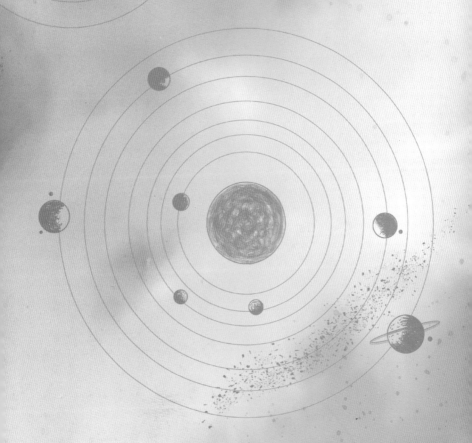

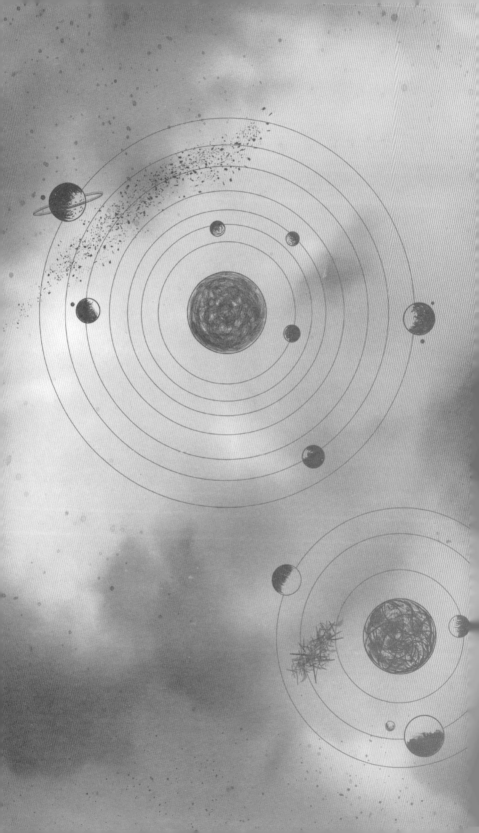

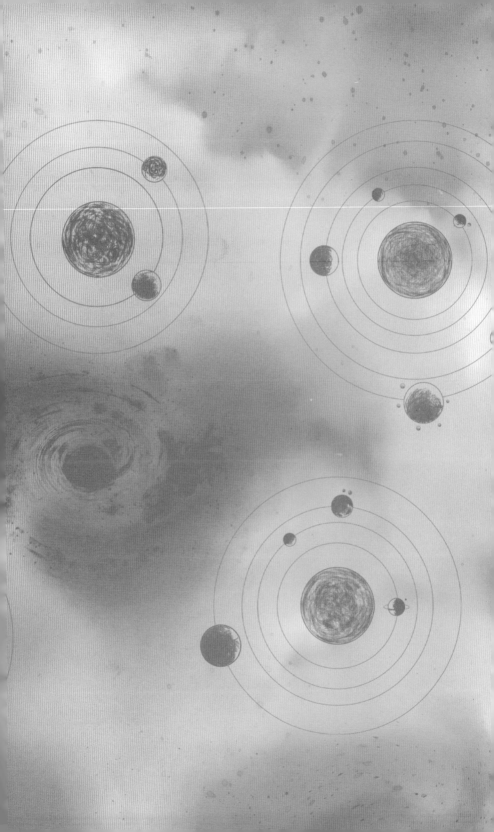

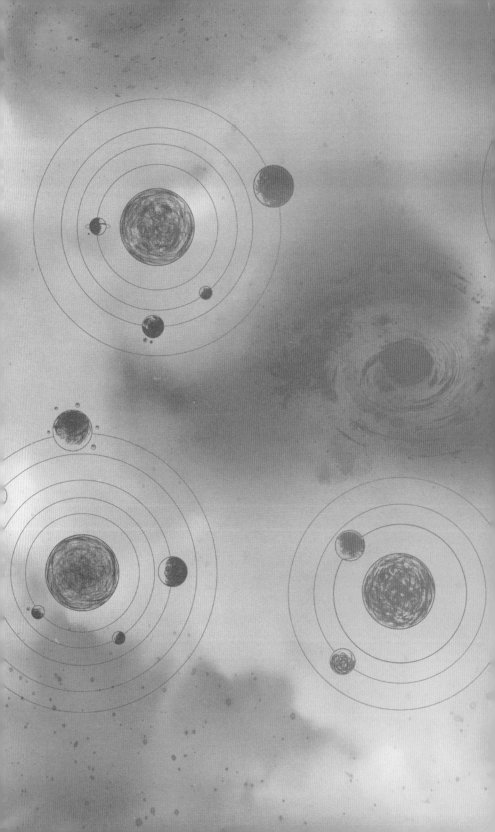

ZÉNIT

GRANTRAVESÍA

SASHA ALSBERG ✶ LINDSAY CUMMINGS

ZÉNIT

La Saga de Androma

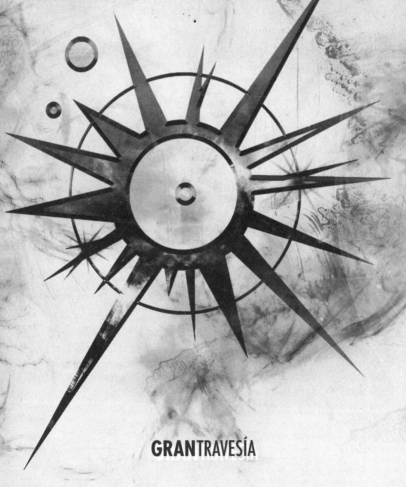

GRANTRAVESÍA

ZÉNIT

Título original: *Zenith*

© 2016, Sasha Alsberg y Lindsay Cummings

Publicado según acuerdo con New Leaf Literary & Media, Inc., a través de International Editors' Co., Barcelona

Traducción: Sonia Verjovsky

Diseño de portada: © 2016, COVER ART

D.R. © 2018, Editorial Océano, S.L.
Milanesat 21-23, Edificio Océano
08017 Barcelona, España
www.oceano.com

D. R. © 2018, Editorial Océano de México, S.A. de C.V.
Homero 1500 - 402, Col. Polanco
Miguel Hidalgo, 11560, Ciudad de México
www.oceano.mx
www.grantravesia.com

Primera edición: 2018

ISBN: 978-607-527-609-0

IMPRESO EN MÉXICO / *PRINTED IN MEXICO*

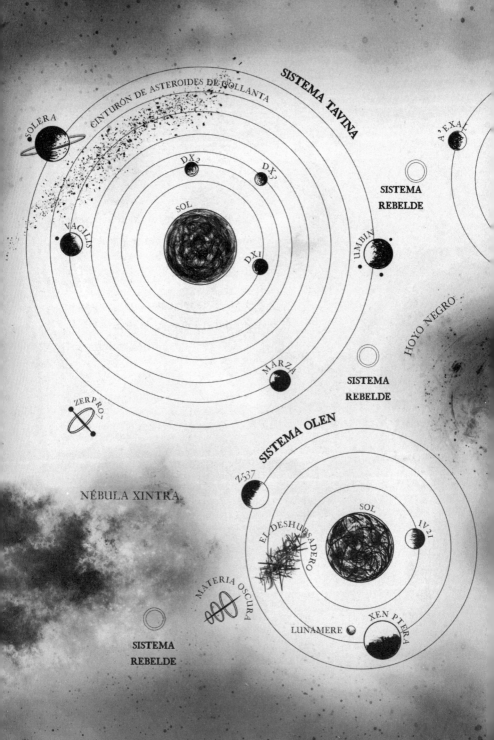

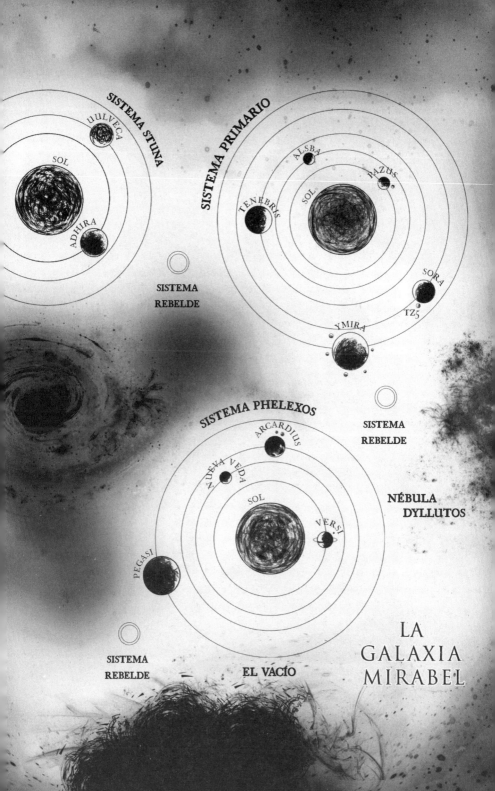

SISTEMA STUNA

UULVECA

SOL

ADHIRA

SISTEMA PRIMARIO

ALSBA

PAZUS

TENEBRIS

SOL

SORA

TZ5

SISTEMA
REBELDE

YMIRA

SISTEMA PHELEXOS

ARCARDIUS

NUEVA VEDA

SISTEMA
REBELDE

NÉBULA
DYLLUTOS

SOL

VERSI

PEGASI

SISTEMA
REBELDE

EL VACÍO

LA
GALAXIA
MIRABEL

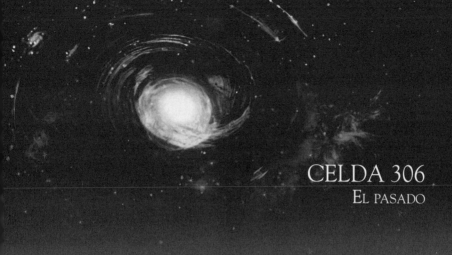

CELDA 306
El pasado

Oscuridad infinita.

Lo rodeaba en la Celda 306, y se retorcía y giraba para infiltrarse en sus huesos, hasta que él y la oscuridad se volvieron uno.

Desde hacía mucho, sus pensamientos ya no se dejaban influenciar con cada gemido y crujido de las paredes de la cárcel. Tenía una manta raída envuelta alrededor de los hombros, su única compañera, pero no lograba tapar el beso helado del aire que se escabullía entre los hilos.

Yo soy Valen Cortas, pensó, mientras dejaba que las palabras rodaran una y otra vez por su mente. Era lo único que lo dejaba seguir adelante, y que ataba una filosa y envolvente espiral de coraje a sus venas. *La venganza será mía.*

Lo que haría, lo que daría, por tener un solo instante en la luz. Por sentir el roce de una tibia brisa de mediodía sobre la piel, escuchar el susurro de las hojas en los árboles de Arcardius, su planeta nativo.

Había vivido en Arcardius toda la vida, pero en la Celda 306 los recuerdos de su hogar habían comenzado a desvanecerse. Cuando miraba el mundo, Valen era en mil colores, y sus dedos ansiaban pintar cada giro de la luz, cada onda del viento que volaba por las calles plateadas.

Cada matiz era único en sus ojos.

Pero aun así… estaba perdiendo los colores.

Por más que lo intentara, Valen no lograba recordar el tono preciso de morado que se arremolinaba sobre las Montañas Revina. No lograba evocar las tonalidades exactas de las lunas azules y rojas que se mezclaban en el cielo. El destello de la luz de las estrellas cuando caía la verdadera noche, una guía constante que resplandecía en el cielo. Con cada momento que pasaba en este abismo, los colores todos se derretían en un solo matiz de negrura.

Con un escalofrío, se apretó la frazada alrededor del demacrado cuerpo.

El dolor de recordar las cosas amadas y perdidas le había quebrado las garras, y amenazaba con aplastarle los huesos.

En alguna parte de la prisión oscura y húmeda, se escuchó un grito, filoso como una navaja, como la punta de un cuchillo que bajó raspando la columna de Valen.

Se dio la vuelta y apretó las manos contra sus orejas.

—Yo soy Valen Cortas —susurró entre labios agrietados—. La venganza será mía.

Otro grito. El siseo y estallido de un látigo eléctrico, un destello de luz azúl que pasó como fantasma entre los barrotes. A Valen le faltó el aliento, le dolieron los ojos, le palpitó la cabeza, se le agitaron los recuerdos. El color. Un azul como un mar poderoso, un azul como el cielo abierto y sin nubes. Y luego… una vez más la oscuridad, y el silencio.

Los nuevos prisioneros siempre gritaban durante días, hasta que se les rasgaba la garganta. Lanzaban los nombres de sus seres amados e intentaban aferrarse a quienes eran.

Pero en Lunamere, al final todos se volvían un número.

Valen era el 306. En lo más profundo de las entrañas de la encarnación del infierno.

El frío era interminable. La comida bastaba para mantener la piel colgada en los huesos, pero se atrofiaban los músculos y los corazones latían más lento. El hedor de los cuerpos se levantaba como una ola, un olor que desde hacía mucho había impregnado los muros y barras de obsidinita.

Esas paredes de obsidinita eran lo único que separaba a Valen y a los demás prisioneros del vacío del espacio exterior y sus muertes prematuras. Al igual que los otros prisioneros, había pensado en escapar. Se imaginaba saltando por el muro, zambulléndose en el abismo sin aire.

Alguna vez la muerte asustó a Valen, pero con cada día que pasaba se acercaba más y más a convertirse en su mayor deseo.

Aun así, en lo más profundo de su alma atormentada, sabía que debía sobrevivir.

Debía aguardar el momento y esperar que los Astrodioses no lo hubieran olvidado.

Y así, se sentaba, soñando con la oscuridad, envuelto en sus brazos gélidos.

Yo soy Valen Cortas.

La venganza será mía.

Capítulo 1
Androma

Sus pesadillas eran como manchas de sangre.

No importa cuánto intentara borrarlas de su mente, para Androma Racella era imposible deshacerse de ellas. En las noches más oscuras se aferraban a ella como una segunda piel. Y entonces, podía escuchar los susurros de los muertos que amenazaban con arrastrarla hasta el infierno, donde pertenecía.

Pero Andi había decidido desde hacía mucho que las pesadillas eran su castigo.

Después de todo, ella era la Baronesa Sangrienta. Y si sobrevivir significaba dejar de dormir, entonces soportaría la fatiga.

Esa noche habían llegado las pesadillas, como siempre, y ahora Andi se encontraba sentada en la cubierta de su barco, el *Saqueador*, y tallaba una serie fresca de marcas en sus espadas gemelas.

Los resplandecientes brazaletes de compresión que tenía en las muñecas, y que protegían su piel quemada, resultado de un accidente años antes, eran la única luz en un espacio de otro modo oscuro. Sólo necesitaba apretar un botón para activarlos.

Las puntas de los dedos se veían blancas bajo las uñas pintadas de rojo mientras punzaba la hoja de una de las espadas con un trozo de acero y creaba una delgada marca del largo de su meñique. Sin las espirales de electricidad, la espada parecía cualquier otra arma: las marcas, el signo de la suerte de cualquier otro soldado. Pero Andi conocía la verdad. Cada línea que tallaba en el metal era otra vida segada, otro corazón que se había detenido con un corte de sus espadas.

Cien vidas para cubrir el dolor de la primerísima. Cien más, para quitar el dolor a palazos y echarlo en un lugar oscuro y profundo.

Andi levantó la mirada cuando un objeto en el cielo llamó su atención.

Un trozo de basura espacial que se alejaba, precipitándose entre miles de estrellas.

Andi bostezó. Siempre amó las estrellas. Incluso de niña, había soñado con bailar entre ellas. Pero esta noche se sentía como si la estuvieran mirando, a la espera de que fracasara. Malditas burlonas. Bueno, pues estarían tristemente decepcionadas.

El *Saqueador*, una centelleante astronave hecha del raro e impenetrable varilio de vidrio, era conocido por su diabólica velocidad y agilidad. Y la tripulación, un grupo de chicas que provenían de cada rincón infernal de la galaxia, era tan filosa como las navajas de Andi. Eran el corazón de la nave, y las tres razones por las que ella había logrado sobrevivir tanto tiempo tan lejos de casa.

Hacía cinco días, las chicas habían aceptado el encargo de robar un cargamento espacial de BioDrogas de Solera, el planeta capital del Sistema Tavina, y entregarlo a una estación satelital justo afuera del planeta Tenebris, en el sistema vecino.

No era una solicitud fuera de lo normal. Las BioDrogas eran uno de los transportes que más solicitaban a Andi, ya que estas drogas en particular podían pulverizar el cerebro de cualquiera o, si se usaban correctamente, llevar a alguien hasta la dicha de olvidarlo todo...

Cosa que, pensó Andi, mientras reanudaba sus marcas de la muerte, *no me molestaría experimentar en este momento.*

Todavía podía sentir en las manos la sangre caliente del hombre al que había matado en la estación de Tenebris. El modo en que sus ojos se clavaron en los de ella antes de que lo atravesara con sus navajas, silenciosa como un susurro. El pobre tonto nunca debió haber intentado traicionar a Andi y su tripulación.

Cuando el compañero de éste vio la obra de Andi, con gran diligencia les entregó los krevs que le debían a su equipo por el trabajo. Aun así, ella había robado otra vida, algo que nunca disfrutaba hacer. Hasta los asesinos como ella tenían alma, y Andy sabía que todos merecían que alguien los llorara, sin importar sus crímenes.

Andi trabajaba en silencio sólo con la compañía del zumbido de los motores de la nave por debajo, y el ocasional siseo del sistema de enfriamiento que provenía de arriba. El espacio exterior era silencioso, reconfortante, y Andi tenía que luchar para evitar quedarse dormida, donde acechaban las pesadillas.

El sonido de unas pisadas hizo que Andi volviera a levantar la mirada.

El golpeteo rítmico se abrió paso por el pequeño pasillo que conducía hasta la cubierta. Andi siguió tallando, y volvió a levantar la mirada cuando una figura se detuvo a la entrada, con los brazos, azules y repletos de escamas, acomodados sobre las angostas caderas.

—Como tu Segunda de a bordo —dijo la chica, con una voz tan uniforme como la Rigna especiada que habían compartido más temprano—, exijo que regreses a tu camarote y duermas un rato.

—Y buenos días a ti también, Lira —dijo Andi con un suspiro. Su Segunda parecía saber en dónde estaba, y qué estaba haciendo, en todo momento. Sus ojos agudos captaban cada detalle, sin importar qué tan pequeño fuera. Esta cualidad hacía que Lira fuera la mejor piloto de la galaxia Mirabel, maldita sea, y era la razón por la que habían logrado tener éxito con tantos trabajos hasta ahora.

Era una de las muchas cualidades peculiares que tenía Lira, junto con las manchas de escamas esparcidas por toda la piel. Cuando experimentaba emociones fuertes, las escamas resplandecían y emanaban calor suficiente para quemar y atravesar la carne de sus enemigos. Por esta razón, la ropa de Lira carecía de mangas. Pero este mecanismo de defensa también le requería mucha energía, y en ocasiones la dejaba inconsciente una vez que se activaba.

Sus escamas eran un rasgo que muchos de su planeta nativo deseaban, pero pocos tenían. El linaje de Lira se podía rastrear hasta los primeros adhiranos que colonizaron el mundo terraformado. Poco tiempo después de la colonización, el planeta había experimentado un evento radiactivo que transformó a sus primeros colonizadores en una variedad de seres con características distintas, incluyendo las escamas que Lira había heredado.

La Segunda de Andi pisó sobre la cubierta iluminada de estrellas y levantó una ceja afeitada.

—Tarde o temprano, se te va acabar el espacio en esas espadas.

—Y entonces tendré que poner mis marcas en ti —dijo Andi con una sonrisa malvada.

—Deberías retomar la danza. Quizá te quitaría un poco de esa tensión mortal que cargas.

—Con cuidado, Lir —le advirtió Andi.

Lira sonrió de oreja a oreja, y pasó dos dedos por su sien derecha para activar su canal de comunicación interno.

—¡Vamos, arriba, damas! Si la capitana no puede dormir, tampoco nosotras deberíamos hacerlo.

Andi no pudo escuchar la respuesta que hizo que Lira soltara una carcajada, pero muy pronto se escucharon dos pares de pisadas más desde la cubierta superior, y supo que el resto de su tripulación estaba en camino.

Gilly llegó primero; sus trenzas color rojo fuego le rebotaban sobre los hombros mientras se acercaba. Era pequeña para su edad, una chica de no más de trece años, pero Andi no se dejaba engañar por sus ojos azules grandes e inocentes. Gilly era una bestiecilla sanguinaria, una artillera con mucha muerte en las manos. Y vaya que era de gatillo fácil.

—¿Por qué insistes en arruinarme el sueño reparador? —exclamó con su vocecita.

Una chica alta y de hombros anchos apareció detrás de ella y se agachó para no golpearse la cabeza contra el dintel de la puerta al entrar. Breck, la artillera principal de Andi, puso los ojos en blanco mientras colocaba una mano grande sobre el pequeño hombro de Gilly.

—¿Cuándo aprenderás a no cuestionar a Lira, niña? Ya sabes que no te dará una respuesta razonable.

Andi se rio ante la mirada fulminante de Lira.

—Si levantaras la vista de tus mirillas lo suficiente para escucharme, sabrías que mis respuestas son, de hecho, bastante razonables.

Lira guiñó el ojo a las chicas antes de acomodarse en el asiento de piloto junto a la silla de capitán de Andi.

—Esos adhiranos —dijo Breck con un suspiro, y cruzó los gruesos brazos sobre el pecho. Con más de dos metros de altura y un irregular cabello negro que apenas le rozaba los hombros musculosos, Breck era el miembro de la tripulación que más intimidaba. Todos suponían que era una giganta del planeta Nueva Veda, donde nacían los guerreros más poderosos de Mirabel.

¿Y el único problema con suponer eso?

Breck no tenía memoria de su pasado. No tenía la menor idea de *quién* era, ni siquiera de dónde había venido. Estaba escapando cuando Andi la recogió, con una Gilly de diez años a su lado, herida y cubierta de moretones.

A Gilly la habían hallado en las calles del mercado de Umbin, su planeta nativo. Cuando Breck la encontró estaba luchando para escaparse de un par de esclavistas xenpteranos. La chica mayor había salvado a Gilly de un destino peor que la muerte, y ahora las dos tenían una relación más estrecha que si fueran parientes. Para ellas, ya no importaba cuál era la vida que Breck no podía recordar, o cuál era el pasado que Gilly intentaba olvidar. Lo único que importaba era que se tenían la una a la otra.

Breck le jaló una de las trenzas pelirrojas a Gilly, luego levantó la barbilla y olfateó el aire.

—No huelo el desayuno. Necesitamos un cocinero, Andi.

—Y conseguiremos uno tan pronto como tengamos los fondos para comprar un androide culinario —dijo Andi, asintiendo bruscamente con la cabeza. Por lo general, las chicas compartían los deberes de la cocina, pero Breck era la única cocinera decente entre ellas—. Ya nos quedan menos de trescientos krevs. *Alguien* gastó de más en productos para el cabello en TZ5.

Las mejillas de Breck se ruborizaron mientras tocaba las nuevas luces carmesí en su cabello negro.

—Hablando de krevs —agregó Gilly, y su mano diminuta rozó la pistola dorada de doble gatillo que llevaba a la cadera—, ¿cuándo es nuestro próximo encargo, capi?

Andi se echó hacia atrás, cruzó los brazos detrás de la cabeza, y evaluó a las chicas.

Eran una buena tripulación, las tres. Pequeña, pero poderosa en el mejor de los sentidos, y mejor de lo que Andi merecía. Se quedó mirando sus espadas una vez más antes de guardarlas en el arnés. Si sólo pudiera ocultar los recuerdos con la misma facilidad.

—Me avisaron de un posible trabajo en Vacilis —dijo Andi finalmente. Era un mundo desértico en donde el viento soplaba con el calor del trasero del diablo y el aire sofocaba con el hedor del azufre, a sólo unos cuantos planetas de Solera, que estaba cubierto de hielo—. Pero no estoy segura de cuántos krevs nos darán. Y sería complicado lidiar con los nómadas del desierto.

Breck encogió sus amplios hombros.

—Cualquier dinero es bueno si nos provee más reservas de comida.

—Y municiones —dijo Gilly, y se tronó los nudillos como la pequeña guerrera que era.

Andi inclinó su cabeza hacia Lira.

—¿Alguna opinión?

—Veremos adónde nos llevan las estrellas —respondió Lira.

Andi asintió.

—Me pondré en contacto con mi informante. Sácanos de aquí, Lir.

—Como desees —Lira tecleó el destino en la pantalla holográfica del panel de control. Un diagrama de Mirabel iluminó el lugar con luz azul, alrededor de sus cabezas flotaron estrellas, y los pequeños planetas que conformaban cada sistema principal orbitaron alrededor de sus soles. Se trazó una línea brillante desde su ubicación actual cercana a una luna sin nombre, demasiado estéril para ser habitable, hasta Vacilis, a casi media galaxia de distancia.

Lira escudriñó la ruta, luego empequeñeció el mapa y preparó la nave para el viaje hiperespacial.

Andi se giró en el asiento.

—Breck, Gilly, vayan a la bóveda y revisen el armamento. Luego asegúrense de que el *Big Bang* esté completamente cargado. Quiero que las dos estén preparadas en caso de que nos encontremos problemas a nuestra llegada al Sistema Tavina.

—Siempre estamos preparadas —dijo Breck.

Gilly soltó una risita, y las dos artilleras asintieron hacia Andi como saludo antes de salir de la cubierta. La pistola dorada rebotó contra el diminuto cuerpo de Gilly mientras caminaba a brincos detrás de Breck.

—Los motores están calientes —dijo Lira—. Es hora de volar.

El *Saqueador* rugió debajo de Andi mientras ella se sumía en su asiento, y el agotamiento comenzaba a invadirla.

La amplitud del espacio se extendía frente a ellas, y los párpados de Andi empezaron a cerrarse contra su voluntad. Con Lira a su lado, se hundió entre los tibios pliegues del sueño.

El humo se acumulaba sin tregua en la nave arruinada mientras Andi respiraba con dificultad. Miró a un lado, donde la mano ensan-

grentada de Kalee se crispó una vez, y luego quedó colgada e inmóvil
sobre el brazo de la silla.

—Despierta —dijo Andi con voz ronca— ¡Tienes que despertar!

Andi se despertó cuando Lira sacudió su hombro bruscamente. Su corazón latía con fuerza en su pecho mientras sus
ojos se ajustaban a la tenue luz de la cubierta. La luz estelar
por delante, la pantalla holográfica resplandeciente sobre el
tablero.

Estaba *aquí*. Estaba *a salvo*.

Pero algo andaba mal. Parpadeaba una luz roja en la pantalla holográfica, una alarma de proximidad silenciosa junto
a los marcadores que no sólo mostraban la ubicación del *Saqueador*, sino tres naves detrás de ellas, que las alcanzaban
rápidamente. Una visión poco grata para cualquier pirata espacial.

—Nos están siguiendo —Lira frunció los labios, molesta.
Golpeó la pantalla holográfica con la punta de un dedo azul,
y se vio la imagen de la cámara retrovisora, que le mostró a
Andi una mirada lejana de las naves que volaban detrás—.
Dos Exploradoras y una Rastreadora.

—Malditas sean las estrellas —dijo Andi—. ¿Cuándo aparecieron?

—Segundos antes de que te despertara. Salimos de la velocidad de la luz justo fuera del sistema Tavina, como lo pla-
neamos, y la alarma se activó poco tiempo después.

La mente de Andi corrió a toda velocidad mientras calcula-
ba todos los escenarios posibles. Lira nunca dejaba que nadie
se le adelantara al *Saqueador*. Debían haberse camuflado con
una tecnología de un nivel que la tripulación de Andi sólo
podía soñar con tener. Se dijo que ésta era una noche como
cualquier otra, como cualquier otra persecución, pero no lo-

graba deshacerse de la sensación ominosa de que esta vez podría ser distinta.

—¿Sabemos quiénes son? ¿Mercado negro, Patrulla Mirabel? —preguntó Andi, y miró el radar que parpadeaba con los tres puntos rojos infernales que poco a poco las estaban alcanzando.

Lira frunció el ceño.

—Con esta tecnología, tiene que ser la Patrulla. No aparecieron en nuestro radar sino hasta que estuvieron prácticamente encima de nosotras.

Andi se mordió el labio inferior.

—¿Cuál rama?

Ya sabes cuál rama, susurró su mente. Hizo la voz a un lado con un empujón.

—No lo sabremos hasta que aparezcan en nuestras mirillas cercanas, y para entonces será demasiado tarde para que escapemos —dijo Lira.

—Entonces no dejemos que se acerquen tanto.

Los Patrulleros, esos bastardos. Los lacayos del gobierno llevaban años tras la nave de Andi, pero jamás habían estado suficientemente cerca para aparecer en el radar del *Saqueador*.

Su último encargo no debió ser tan provocativo para atraer la atención de los Patrulleros. Era una operación de mercado negro, un simple tomar y marchar. Lo único que hicieron fue transportar unos cuantos cajones de medicamentos para un capo de la droga, nada lo suficientemente importante para hacer que los Patrulleros les pisaran los talones.

Las chicas ya habían realizado trabajos de mucho mayor riesgo… Como la vez que secuestraron a la amante de un magnate solerano y la abandonaron sobre un meteoro, un encargo solicitado por la furiosa esposa del hombre. Recibieron buena remuneración por sus servicios. No fue hasta días después que descubrieron que la mujer no sólo era la amante, sino también la hija de un político prominente de Tenebris. El político peinó la galaxia en busca de su hija. Cuando finalmente encontró su cadáver marchito en esa roca yerma, corrió la voz de quién la había puesto ahí.

Ahora Andi evaluaba con mucho más cuidado sus encargos. Su tripulación todavía huía de la ira de aquel político al día de hoy.

Era *posible* que finalmente las hubiera encontrado. Andi cerró los ojos. ¡Agujeros negros en llamas!, estaba perdida. La nave retumbó debajo de ella, casi como si estuviera de acuerdo.

—Es inútil usar el camuflaje en este punto —dijo Lira, mientras preparaba las velocidades, golpeaba botones, tecleaba códigos—. Los motores siguen demasiado calientes para volver al hiperespacio. Maldita sea su tecnología.

A la distancia, Andi apenas podía discernir las siluetas fantasmagóricas de sus perseguidores. Todavía estaban muy lejos, pero se acercaban con cada respiro que daba.

—Sácanos de esto, y me encargaré de que consigamos dispositivos del mismo calibre.

—¿Y pistolas más grandes? —preguntó Lira, y abrió mucho los ojos azules—. Apenas nos las arreglaríamos si tuviéramos que voltearnos y dispararles. Sólo nos queda un Big Bang.

Andi asintió.

—Pistolas mucho más grandes.

—Bueno, pues —dijo Lira, y una sonrisa peligrosa se dibujó en su rostro—. Creo que las estrellas podrían alinearse para nosotras, capitana. ¿Alguna última palabra?

Alguien más le había dicho eso alguna vez, hacía mucho. Antes de que escapara de Arcardius, para nunca más ver su planeta nativo.

Andi se mordió el labio, y el recuerdo desapareció con un chispazo. Podría haberle ofrecido miles de palabras a su Segunda pero, en su lugar, se puso los cinturones, se giró en el asiento y dijo:

—Un vuelo certero, Lir.

Lira asintió y tomó de modo firme y ensayado el volante de la nave.

—Un vuelo certero.

Una vibración empezó a zumbar y llenó el compartimento antes de que la nave saliera disparada hacia delante, como la punta de una lanza de cristal que se abalanzaba por la negritud infinita.

Capítulo 2
Androma

En un buen día, el *Saqueador* y su tripulación podían perder a sus perseguidores con la misma velocidad con la que volaba un darowak adhirano, pero cuando Andi lanzó una mirada al radar, los tres pequeños puntos seguían parpadeando.

Ahogó un gemido y golpeteó en la portilla frente a ella. El vidrio se fundió y los colores se transformaron para mostrar una imagen en vivo de su cámara retrovisora.

Sintió que el estómago se le desplomaba hasta los pies.

Las naves seguían acercándose. Dos Exploradoras negras, angulares y afiladas, y, en medio, una Rastreadora gigante. Un monstruo en el cielo que arrancó un recuerdo de la mente de Andi.

Cien pares de botas pulidas de la Academia golpeaban el suelo de un flamante recinto de vanguardia en el cielo. Un hombre rígido con un traje azul rey estaba parado frente a la multitud, y enunciaba las especificaciones de la nueva nave Rastreadora. Andi levantó la mano e hizo una mueca de dolor al reparar en una costilla lastimada por una pelea, pero estaba hambrienta de conocimiento, y ya estaba enamorada de volar.

—No he podido ver ninguna insignia en ellos —dijo Lira, y jaló a Andi de regreso al presente. El recuerdo se desvaneció como la neblina—. Todavía no sabemos de qué planeta vienen.

Andi se inclinó hacia delante, deslizó dos dedos contra su sien y se vinculó con los canales de su tripulación.

—Tenemos una sombra, señoras —tragó saliva y miró de reojo a Lira, quien estaba sentada dirigiendo la nave con calma—. Son tres, y se nos acercan desde atrás. Vayan a sus estaciones y prepárense para un combate inmediato. Vamos a oscurecernos —apagó el canal y miró a Lira—. ¿Lista?

Lira asintió mientras Andi tecleaba los códigos que activarían los escudos externos del *Saqueador*.

Las estrellas se despidieron titilando mientras los escudos metálicos se deslizaban desde el vientre de la nave de vidrio, como manos que las envolvían en la oscuridad. Subieron y las rodearon hasta que sólo quedaron tres portillas. Una grande para el piloto, y dos pequeñas para las artilleras, varias cubiertas más abajo.

—Te advertí antes del último encargo que no había que dejar atrás ningún cadáver —dijo Lira repentinamente, mientras ladeaba la nave hacia la izquierda para evitar un cúmulo de basura espacial que hacía piruetas interminables en medio de la negrura. Su voz no sonó ruda. Y aun así, Andi sintió la dolorosa verdad de sus palabras.

Los rastros de sangre eran mucho más fáciles de seguir que cualquier otro. Y después de tantos años de correr, era posible que los Patrulleros finalmente las hubieran alcanzado por culpa de Andi.

—Lo tuve que matar —dijo Andi—, casi le dispara a Gilly. Eso ya lo sabes, Lira.

—Lo único que sé de cierto es que las naves detrás de nosotros se están acercando —dijo Lira, lanzándole una mirada al radar.

Las naves patrulleras podrían haber venido de cualquier parte de la galaxia, pero un sentimiento inquietante en las vísceras de Andi le decía que provenían de Arcardius, el cuartel general de los Sistemas Unificados. Un planeta con ciudades hechas de cristal y edificios que se encumbraban sobre fragmentos flotantes de tierra en el cielo, donde imperaba la vida militar y un general de cabello pálido gobernaba con puño de hierro.

Su hogar. O al menos, solía serlo.

Después de años de trabajo, finalmente se había reconstruido la flota arcardiana tras la guerra contra Xen Ptera, el planeta capital del Sistema Olen.

Estas naves nuevas eran más veloces, estaban mejor equipadas.

Lira rio.

—Qué lástima que tendremos que perdernos su fiesta.

—Quizá por eso estén aquí —dijo Andi —. Para entregarnos las invitaciones personalmente.

—No nos atraparán —Lira enterró los dedos en una taza de metal soldada contra el tablero de la nave, que en un costado tenía inscritas las palabras *Fui a Arcardius y lo único que compré fue esta estúpida taza*. Andi hizo una mueca mientras Lira sacaba un trozo de Goma de mascar Lunar y se lo metía en la boca.

—Esa cosa te puede matar, sabes —dijo Andi mientras la nave gemía y daba un bandazo. La lanzó a un costado contra sus ataduras mientras Lira rápidamente dirigía la nave hacia la derecha.

—Me gusta coquetear con la muerte —dijo su Segunda con una sonrisita burlona.

Guardaron silencio mientras el *Saqueador* seguía volando, con Lira pilotando la nave de izquierda a derecha y de arriba abajo, y las sombras las seguían como si fuera un simple juego de cacería.

Pero el juego que estaban practicando rara vez terminaba en risas y diversión. Culminaría con cuerpos ardiendo en el cielo y sin aire en sus pulmones mientras sucumbían al vacío del espacio.

Andi golpeteó con las puntas de sus dedos los reposabrazos. Sus uñas pintadas de rojo parecían tener puntas de sangre, un guiño bromista hacia los que le habían dado a Andi su nombre de pirata.

Estaba frustrada y hambrienta y, gracias a las pesadillas, llegaba a un nivel de agotamiento que no era humanamente posible sobrevivir. Por lo general, habría estado dispuesta a enfrentar el reto porque, como decía Lira, vivía por la emoción de una vida que pendía al borde de la muerte.

Pero mientras miraba las manos de Lira que guiaban la nave, una imagen muy distinta tomó su lugar.

En su mente, Andi vio las lunas de su viejo hogar, esas hermosas esferas rojas y azules junto a Arcardius, con los anillos de hielo que las rodeaban como guardianes glaciales. Vio sus manos, más jóvenes, enguantadas, con la insignia de los Espectros que parpadeaba en la luz mientras aferraba el acelerador de una nave viajera. Sintió el flujo de adrenalina que le recorría las venas. Luego ese golpe fatal de fuego y de luz, el silbido de la maquinaria y el grito lacerante de una chica. Y la sangre, ríos de sangre, que se secaba sobre el metal caliente…

Zumbó una voz en el sistema de comunicaciones de la piloto, y Andi volvió al presente con un gesto de dolor.

—¿Qué pasa? —ladró.

Junto a ella, Lira le daba con todo al motor, y el *Saqueador* chillaba mientras salía disparado hacia delante.

—¡Vienen a todo vapor! —gritó Breck. Andi podía imaginarse a su artillera varias cubiertas abajo, tendida en posición horizontal frente a su enorme cañón de tanque—. Casi los tengo en la mira. ¿Los podemos dejar atrás?

—Si pudiéramos, ¿no crees que lo hubiéramos hecho ya? —gruñó Andi.

—Astrodioses, Andi —la voz de Breck era profunda y rasposa—. Ya puedo ver la insignia. Son de la Patrulla Arcardiana. Nos van a convertir en bits del espacio.

Andi le dio un ligero golpe a la cámara retrovisora e hizo un acercamiento mientras las naves aumentaban la velocidad. La estrella en explosión de Arcardius la tenía fijamente en la mira. Sintió que se le helaban las entrañas. Había una sola razón por la que viajarían tan lejos de sus territorios.

Esto era todo, entonces. El enemigo del que había escapado por tantos años la había encontrado finalmente.

Aunque el terror amenazaba con congelarla por dentro, Andi se irguió y se armó de valor. No caería sin pelear. Andi levantó la mano para presionar su transmisor, ignorando las últimas palabras de Breck.

—Chicas, ¿están en posición?

—Gilly está en Presagio, yo estoy en Calamidad. ¿Permiso para atacar?

Andi sonrió a pesar de su miedo.

—Concedido.

El canal quedó en silencio, y sólo quedaron la capitana y su piloto, con sus corazones latiendo en sus gargantas, y las estrellas que pasaban rayando junto a ellas como grietas en el tejido del universo.

Y luego Andi lo sintió.

La sacudida.

El *bum*.

La atravesó una punzada de rabia.

—Esos desgraciados acaban de dispararle a mi nave.

—¿Una prueba de fuego? —preguntó Lira, pero entonces maldijo, y de repente se estaban arremolinando para evitar las explosiones mientras los sensores lanzaban advertencias—. Aunque pensándolo bien…

Andi apretó la quijada. Demasiados disparos.

—Capi, esto se está poniendo emocionante.

Esta vez la voz era de Gilly. En el fondo, Andi podía escuchar el familiar *tic, tic, tic* del cañón de Gilly que disparaba desde abajo, y el *BUM* del de Breck justo después, un disparo tras otro contra las naves que se avecinaban.

—Se están acercando, a estribor.

—Más rápido, Lira —gruñó Andi.

Abrió el radar y cerró el foco sobre los otros dos puntos rojos titilantes, ignorando el temblor de sus manos. Se estaban acercando cada vez más, y ya estaban resonando las alarmas de proximidad del *Saqueador*. ¿Qué centellas usaban para operar sus naves?

Tic, tic, tic.

BUM.

Estallaron los disparos, chillidos penetrantes que estremecieron a Andi hasta los huesos.

Era lo único que podía escuchar, lo único que podía *sentir*, más y más fuerte con cada estallido que sacaba a toda velocidad al *Saqueador* de su curso. Volvió a cambiar a la cámara retrovisora de la nave.

Las tres naves ya estaban directamente detrás de ellas. Dos elegantes triángulos negros con enormes cañones en los cascos, y el otro tostado y púrpura por las manchas de humo de la munición magnética de Breck. Parecía un pájaro por la envergadura de las alas, con suficiente espacio para tragarse a la nave de Andi dos veces.

La Rastreadora.

El cerebro de Andi empezó a vociferar estadísticas sobre la Rastreadora: diseñada para tener velocidad, más que agilidad. Había pasado meses estudiando la nave en la Academia, desesperada por explorar cada centímetro de sus interiores, tan bien diseñados. Hasta la mejor de las tecnologías tenía sus fallas, y si no fuera porque también las estaban persiguiendo las dos Exploradoras, podrían haber tenido posibilidades contra la Rastreadora. Pero, la verdad, las municiones más pequeñas no podrían afectar los revestimientos reforzados. Y con su tecnología para esquivar, sería imposible darle a la bestia con el *Big Bang*.

—¡Derríbenlos! —ordenó Andi—. *Más* velocidad, Lira.

Estrujó los reposabrazos y se inclinó hacia delante, como si su cuerpo pudiera ayudar a que su nave fuera más rápido.

—Lo estoy intentando —dijo Lira—. No hemos cargado combustible en semanas, Andi. A este ritmo, se nos agotará. Tendremos que perderlos, en vez de correr más rápido.

—Pero sin el sistema de camuflaje, estamos volando sueltas como si...

Lira la detuvo con una sonrisa traviesa.

—No me refería al camuflaje.

Enderezó la nave y le dio un último empujón a los motores. Las naves se quedaron atrás mientras aumentaba la oscuridad que las rodeaba, como si algo monstruoso borrara las estrellas.

Fue entonces que se encendió Memoria, el sistema de mapeo del *Saqueador*, una fresca voz femenina que normalmente guiaba sus pasos, un consuelo en el vacío del espacio. Pero hoy, las palabras de Memoria llenaron a Andi de un terror gélido y estremecedor.

Entrando a Gollanta.

—Centellas, Lira —dijo Andi, y la oscuridad se empezó a acercar con más rapidez. Recordó la última vez que habían pasado por Gollanta: ese día, casi habían terminado como basura espacial. Desde entonces, habían tratado de evitar la zona—. No puedes hablar en serio.

Lira levantó una ceja afeitada.

—¿Acaso no tienes fe, capitana?

Sería morir entre rejas, o junto al dulce cielo negro.

Andi soltó una bocanada de aire y pasó los dedos por las puntas de su trenza púrpura y blanca. Llevaban meses sin conseguir un buen tesoro, y sus provisiones estaban mermadas. Si las Saqueadoras pensaban escapar, se las verían negras un rato, antes de lograr una fuga limpia.

—No en este momento —dijo Andi.

—Siempre supiste hacer sonrojar a una chica —Lira sonrió de oreja a oreja, y sus colmillos filosos brillaron bajo las luces rojas de las alarmas de proximidad—. Deberías ver la última nave que piloteé.

—Sólo hazlo… antes de que cambie de parecer —Andi apretó el arnés, silenció las alarmas de proximidad y se acomodó mientras Lira conducía al *Saqueador* hacia el cinturón de asteroides de Gollanta. Era un espacio enorme, repleto de miles de rocas espaciales gigantescas que se movían sin fin y que nada más esperaban la llegada de un blanco para eliminarlo.

El Cementerio de la Galaxia.

El lugar al que las naves iban para morir.

El *Saqueador* pasó a toda velocidad junto a un asteroide del doble de su tamaño, un objeto horrendo lleno de profundos agujeros de impacto. Junto a éste, girando lentamente de costado, había un trozo de metal quemado y ennegrecido que parecía el casco de un viejo Paseante.

—¿Lir? —preguntó Andi—. ¿Qué le pasó a tu última nave?

Lira hizo una mueca y se metió en la boca otro trozo de Goma de mascar Lunar.

—Probablemente la acabamos de pasar.

—Que los Astrodioses nos guíen —suplicó Andi. Levantó la mirada—. ¿Memoria? Un poco de acompañamiento, por favor, mientras Lira hace lo posible por no llevarnos volando hasta la muerte.

Un instante después, la cubierta se inundó de música. Cuerdas y teclados y la creciente sensación de paz, control y calma.

—Nunca entenderé cómo puedes escuchar esta basura —masculló Lira.

Andi cerró los ojos mientras Lira aceleraba los motores y se deslizaban hacia un abismo negro y furioso.

Capítulo 3
Klaren
Año Doce

*L*a *niña nació para morir.*

Estaba parada en la oscuridad con las palmas de las manos sobre el frío vidrio de su torre. Estaba sola, protegida como lo estaban todas las Entregadas, mirando hacia el Conducto debajo de ella. Remolinos de negro y de plata y de azul. Un mar interminable, iluminado por las estrellas.

Cada mañana se encontraba ahí antes de que saliera el sol, imaginando cómo sería tocar el abismo. Sentir la libertad de un solo día en el que pudiera tomar sus propias decisiones, escoger sus propios pasos, un momento delicado a la vez.

Deslizó las palmas en el vidrio.

Fue un don, este cuerpo. Un modo de cambiar su mundo, y los otros más allá.

Parada ahí, la niña pensó en sus sueños. Rostros sin nombre, futuros inciertos, muertes que no podía detener, nacimientos que había predicho desde antes del amanecer de sus tiempos.

Las Entregadas eran especiales.

Las Entregadas eran amadas.

Afuera, se movió la oscuridad. La niña soltó un grito ahogado y apretó las manos de nuevo contra el vidrio, y el corazón le latió a toda velocidad mientras esperaba.

Comenzó lentamente. Un parpadeo en el horizonte oscuro, mucho más allá del torbellino del Conducto: una llama que luchaba por vivir. Y luego brotó, con vetas de luz roja que se extendían al cielo y se transformaban en amarillo, naranja, rosado, del color de unas mejillas sonrientes.

La niña sonrió.

Era un acto nuevo. Algo que sólo apenas había descubierto cómo hacer.

Le encantaba la manera en que lograba que la gente la escuchara. Le encantaba la manera en que sus mentes parecían inclinarse ante ella.

Si sus sueños eran verdaderos, entonces algún día utilizaría esta sonrisa por la grandeza. Por la gloria. Por la esperanza de su pueblo.

Hoy estaba parada mirando, muy arriba del Conducto, mientras el sol rojo despuntaba.

Volaban como demonios salidos de un hoyo de fuego.

Quién sabe quién sería la piloto, pero vaya que manejaba bien el *Saqueador*. Típico de la Baronesa Sangrienta conseguir a la mejor de las mejores. Los recuerdos de su historia juntas intentaron adentrarse, pero él los reprimió rápidamente, consciente de que tales pensamientos y sentimientos sólo serían un obstáculo para su gran día de paga. Éste era un trabajo, no una visita social.

—Androma Racella —Dex probó su nombre sobre la lengua—, llevo bastante tiempo buscándote.

Dos meses, para ser exactos. La mayor cantidad de tiempo que Dex hubiera pasado *jamás* intentando capturar a un fugitivo. La había buscado por incontables planetas y se había perdido dos semanas dentro de la Nebulosa Dyllutos, antes de finalmente encontrar un rastro de sangre que se extendía de un extremo de Mirabel al otro.

Ahora estaba sentado en la cubierta de una nave Rastreadora arcardiana, y los destellos de los disparos iluminaban su rostro.

Típico también de la Baronesa Sangrienta obligarme a trabajar con los Patrulleros Arcardianos, pensó Dex, con la vista clavada en la imagen de ella desplegada en la pantalla holográfica que tenía frente a él.

En las manos sostenía un documento que incluía toda la información sobre la capitana del *Saqueador*, incluyendo una foto de su rostro. El mismo Dex había tomado la instantánea cuando *casi* atrapó a Androma en TZ5 la semana anterior. Desafortunadamente, desapareció antes de que la pudiera alcanzar.

Estaba de pie, cubierta por las sombras de un palacio de placer, y un cíborg bailaba en la ventana detrás de ella. El cabello pálido y espectral de Androma ahora lucía luces color púrpura, y se asomaba bajo la capucha negra que tenía sobre el rostro. Dex apenas lograba discernir sus ojos grises y las placas metálicas lisas sobre sus pómulos, una modificación corporal defensiva que se había hecho años antes. Pero definitivamente podía ver el resto de Androma: las curvas perfectas bajo un ceñido traje completo de cuero brillante, y la empuñadura de un cuchillo que se asomaba de sus botas negras. Y, por supuesto, sobre la capa con capucha, estaban sus clásicas espadas relucientes, atadas a la espalda como una equis de la muerte.

La nave retumbó por el estallido de un arma. La pantalla salió volando de los dedos de Dex y el holograma se apagó con un parpadeo.

—¡Infiernos ardientes! —maldijo, mientras parecía que el suelo se movía debajo de él y luego se desplazaba a un lado, hasta dejarlo prácticamente colgado de su arnés—. ¡Estabilízala! —le gritó al piloto.

Su tripulación prestada se apresuró a controlar la nave mientras Dex se aferraba a los reposabrazos y apretaba los dientes. Un pequeño androide mecánico envolvió sus brazos de gancho alrededor del tobillo de Dex y soltó un chillido mientras intentaba en vano quedarse en un solo lugar.

Dex gruñó y se sacudió para quitárselo. ¿De qué servía ser el capitán cuando no podías lograr que tu tripulación hiciera nada que valiera la pena? Y ni siquiera quería *pensar* en la Rastreadora que estaban pilotando. Dex se tragó el asco.

Aquí estoy, parecía decir la nave. *Grande y a cargo de todo y tan clandestina como una babosa de calesa xenpterana.*

Nunca lograrían atrapar al *Saqueador*. No así.

La Rastreadora era veloz, pero el *piloto experto* que el general Cortas le había proporcionado para esta misión no tenía estilo. Las astronaves estaban hechas para volar ligeras, sin límites, y libres.

Tal como lo hacía la que perseguían ahora, con el interior repleto de señoritas ladronas, mentirosas y tramposas.

Se quedó mirando por la portilla, más allá del piloto y del copiloto, que habían unido las cabezas en vano para intentar descubrir maneras de burlar a su presa.

El *Saqueador*.

Dex podía ver su cola más adelante. Cada estallido de fuego iluminaba su silueta.

Una bestia elegante y hermosa que parecía estar hecha de las estrellas en las que se deslizaba. Mortal y deliciosa, toda hecha de vidrio de varilio con la forma de una punta de flecha, ahora escondida por los escudos metálicos que la protegían durante la persecución. Esta nave de Aeroclase era única en su tipo.

Atraparía esa maldita nave y finalmente la recuperaría para sí. Y cuando capturara a Androma, la dejaría de rodillas, la obligaría a aceptar las condiciones de su empleador…

—Señor —una voz temblorosa sacó a Dex de su ensimismamiento. Levantó la mirada para ver al Patrullero más joven de la nave, un chico no mayor de quince años con las fosas nasales de reptil. Un chico que jamás había estado en batalla, que no conocía la sensación de la sangre sobre las manos llenas de cicatrices. Sus luminosos ojos amarillos se mantenían muy abiertos mientras hablaba—. Están haciendo un movimiento interesante.

—¿Qué movimiento? —suspiró Dex—. Dímelo con palabras.

—Parece que están trazando una ruta hacia el cinturón de asteroides.

—Tal como dije que lo harían —espetó Dex.

—¿Qué deberíamos hacer? —preguntó el chico tímidamente mientras daba un paso atrás, percibiendo la inminente explosión de rabia de Dex.

La nave retumbó.

El piloto maldijo.

Dex apretó la palma de la mano contra el dorso de la nariz.

—*Tú* —dijo, fulminando al jovencito con la mirada mientras lo veía entre los dedos de la mano—, te harás un favor e irás a la zona de pasajeros para morirte de miedo en privado. Lo puedo oler desde aquí.

El chico se tropezó con sus propios pies palmeados mientras se alejaba corriendo de la vista de Dex.

—Y los demás —dijo Dex mientras se desabrochaba el arnés y se levantaba del asiento, elevando la voz a un rugido—, *¡atraparán para mí esa maldita nave!*

La gloria de su rabia se perdió en otra explosión.

Esta vez fue tan brillante y tan fuerte que iluminó los cielos. Un bandazo resonó a su alrededor mientras la nave se ladeaba. El pequeño androide mecánico pasó dando tumbos.

—¡Le dieron al motor uno! —aulló el piloto.

Un disparo con suerte.

Dex empezó a perder los estribos mientras se abría el arnés y caía contra el recubrimiento metálico. Este trabajo era la respuesta. Era *todo*. Podría construir o romper su carrera.

Y si Dex perdía esta oportunidad ahora, cuando estaba tan cerca su presa, el general Cortas haría que alguien lo pulverizara cuando volvieran a atracar en Averia… y entonces Dex tendría que sorber líquidos con una pajita por el resto de su vida.

Había tenido suficiente.

Dex salió corriendo, y sus botas repiquetearon contra las rejillas del suelo.

El piloto levantó la mirada mientras Dex se cernía sobre él; sus guantes de cuero chirriaban con cada movimiento del volante.

—Muévete —ordenó.

—Señor, recibí órdenes directas del general Cortas de…

Dex apretó los puños. El piloto se encogió cuando brotaron cuatro navajas rojas y triangulares de cada guante de Dex, justo arriba de los nudillos.

—Hazte a un lado.

El piloto se tropezó al saltar de la silla.

Dex tomó el acelerador, y le brillaron los nudillos afilados mientras otro rayo de fuego pasaba junto a ellos. Podía oír la conmoción en el fondo, el sonido de la voz chillona del piloto mientras se comunicaba con el general. Qué chismoso tan patético. Dex lo bloqueó todo mientras golpeteaba la pantalla y se perdía entre los movimientos a los que estaba tan acostumbrado.

Éste era su lugar, el de la silla del piloto. Detrás del acelerador de su propia nave.

El copiloto, un hombre cubierto de picos color púrpura, se quedó mirando a Dex boquiabierto.

—Tenía razón —dijo, dejando visibles sus enormes colmillos—. Se dirigen hacia Gollanta.

Por supuesto que tengo razón, quería decir Dex. *Androma siempre corre hasta encontrar un lugar en donde esconderse.*

Por la portilla, Dex tuvo un vistazo perfecto y brillante del *Saqueador*, cuya forma irregular, tan parecida a una daga, iba directamente a la boca del infierno.

—Alerten a la flota cerca de Solera —dijo Dex mientras inclinaba a la Rastreadora para seguirlas. Solera era el planeta más cercano, justo en las afueras del cinturón de asteroides. Podrían llegar a tiempo para interceptar al *Saqueador*, si mandaban sus naves más veloces.

—¿Alertarlos de qué, señor? —preguntó el copiloto.

Dex suspiró.

—Nos tienen que alcanzar en el centro del cinturón. Camuflados —si se equivocaba, bueno, pues ya estaba bajo el control del general. Mejor sacarle ventaja de una vez—. Díganles que el *Saqueador* se dirige hacia ellos.

Dex cerró los ojos y se permitió *tener esperanza*. Luego rogó a los Astrodioses que todo cayera en su lugar para este plan de último momento.

Androma era buena en lo que hacía. Pero también Dex lo era.

Y una protegida sólo podía correr más rápido que su maestro por cierto tiempo.

Gollanta.

Un mundo de rocas espaciales bailaba alrededor de ellas, y la muerte tocaba en cada portilla.

Andi se quedó mirándolas con los ojos muy abiertos y brillantes contra la penumbra del espacio. Las rodeaba la oscuridad, iluminada sólo por el tenue brillo de las estrellas distantes de Tavina. Y, por supuesto, los destellos reveladores de las tres naves que todavía las rastreaban.

Haría que se arrepintieran de haber venido tras la Baronesa Sangrienta. Era hora de poner fin a esto.

Andi activó su comunicador.

—Breck, Gilly.

Tenía un lente permanente en el ojo que se activaba con un ligero golpe en la sien y le permitía acceder a la transmisión visual de los otros miembros de la tripulación.

Se los habían instalado hacía meses, y los benditos sistemas de comunicación les habían salvado el pellejo varias veces, y más. Bien había valido la visita tan costosa a ese sospechoso médico en la ciudad satélite junto a Solera.

Primero se conectó al comunicador de Breck: se reveló la pantalla de objetivos de la artillera, con su luminoso punto de mira enfocado en el ala de la nave más cercana. Andi apretó la quijada mientras un asteroide que parecía una calavera se precipitaba hacia la portilla de Breck. Ésta le dio un tiro, y de un estallido lo convirtió en polvo espacial.

Andi parpadeó para apagar la conexión ocular y volvió a su propia vista de los asteroides. Lira estaba sentada junto a ella, y las escamas de los brazos le destellaban mientras trataba de mantener los nervios bajo control. La música llenaba el espacio todavía, tranquilizando a Andi y permitiendo que se concentrara.

Sólo es otro día, se dijo a sí misma. *Sólo es otra persecución.*

—Estamos bajos en combustible, bajos en municiones —aulló Gilly por el comunicador.

—Dispárenle a las cosas pequeñas y esperen mis órdenes —dijo Andi—. Luego usaremos el *Big Bang* y les haremos polvo los huesos.

El arma lanzaba un pulso que inutilizaba los sistemas de defensa de la nave enemiga, seguido de un explosivo que podía eliminar a toda una nave de un solo disparo.

No podría hacerle daño a la Rastreadora, pero las otras naves serían la presa perfecta, si Gilly y Breck jugaban bien sus cartas. Sólo les quedaba un *Big Bang* a bordo, así que tendrían que hacer que valiera la pena.

Gilly contestó con una risita filosa como una navaja.

—Hecho.

Tic, tic, tic.

BUM.

Por la ventana a su derecha pasó volando un traje espacial viejo. Andi se preguntó si todavía tenía un cadáver dentro, y se estremeció ligeramente.

La muerte era la mejor amiga de Andi, un pequeño demonio que le susurraba al oído en las noches oscuras. Y aquí, en este páramo, un cementerio en donde muchos habían encontrado su fin, la muerte se sentía más cercana que nunca.

—Tenemos que dirigirnos contra las Exploradoras —dijo Andi. Nunca había pilotado una, pero había visto muchas demostraciones en la Academia. Estaban diseñadas para ser ágiles y veloces, y eso significaba que carecían de la armadura debida.

—Estoy en eso —contestó Lira.

La Rastreadora era una bestia al seguirlas. Los asteroides más pequeños le rebotaban en los costados, y casi ni rasguñaban el material reforzado. Las naves Exploradoras seguían detrás, protegidas de la peor parte de los ataques de los asteroides.

Las chicas las tendrían que separar, para tomar a las Exploradoras solas en el cielo.

Una roca enorme y descomunal apareció frente a ellas, sin duda el asteroide más grande que hubieran visto hasta entonces.

—Lira —dijo Andi, y un plan se empezó a armar en su mente mientras señalaba al asteroide—, llévanos alrededor de esa cosa.

—Rodearla reducirá nuestra velocidad —Lira ladeó la cabeza, y la luz anaranjada danzó por su rostro mientras el sol distante de Solera entraba a la vista.

Andi apretó la quijada.

—Hazlo, Lira.

Lira asintió, oprimió el acelerador y llevó al Saqueador a toda velocidad alrededor del enorme asteroide.

El *Saqueador* giró en un arco grande, el volumen de la música se elevó y los platillos chocaron. Por la cámara retrovisora, las naves las perseguían, destellos de plata y negro, sombras que se rehusaban a ceder. Pero a medida que giraban más y más por el borde exterior del asteroide, la nave Rastreadora bajó demasiado la velocidad y se salió de la carrera.

Ahora sólo quedaban las Exploradoras y el *Saqueador*, un pronóstico con el que Andi sabía que podían vivir ella, su tripulación y su nave.

—Espérenlo... —susurró, y se le atoró el aliento en la garganta. Por la cámara retrovisora, las Exploradoras las seguían como rayos de luz y disparaban los cañones mientras intentaban en vano alcanzar al *Saqueador*. ¿Qué plan tenían? Aunque las dos Exploradoras las atraparan y trataran de abordarlas, unas naves tan pequeñas no lograrían arrastrar al *Saqueador* por los cielos.

Pasó volando un destello detrás de ellas, a una distancia corta.

—¡Se están acercando más! —gritó Breck por el comunicador—. ¡Lista para la orden!

Andi se mordió la lengua, y el sabor metálico de la sangre fue lo suficientemente fuerte para mantener el miedo a raya.

Por el rabillo del ojo vio otro destello, esta vez más cercano.

Las alarmas de proximidad resonaron en sus oídos. La música estaba demasiado fuerte, el chillido de las cuerdas demasiado penetrante.

—¡Alerta! —gritó Breck—. ¡Casi nos alcanzan!

—¡Cuando digas, capi! —aulló Gilly.

Cerca.

Más cerca.

—Un segundo más —susurró Andi.

—Andi, deberíamos disparar —los ojos azules de Lira se veían negros entre las sombras.

Andi inhaló con un silbido.

—¿Ahora? —preguntó Gilly.

Andi se la podía imaginar, pequeña y con el cabello de fuego, sentada en su silla de artillera varias cubiertas más abajo, con el destino de toda la tripulación en las puntas de sus dedos.

—Ahora —ordenó Andi.

Una centésima de segundo. Andi se quedó mirando las naves Exploradoras por la cámara retrovisora, pensando en los hombres y mujeres adentro. Conscientes de que aquí y ahora enfrentaban sus últimos momentos. Sintió un instante de lástima por ellos, una punzada de remordimiento que siempre experimentaba antes de tomar una vida.

Luego llegó el silbido del *Big Bang* de Gilly que se soltaba desde su cámara, un cohete de la muerte que Andi sabía que tendría un vuelo certero.

Observó mientras le daba primero a la Exploradora de la izquierda y, luego, el estallido derribó a las dos naves. La explosión fue una obra de arte. Dos naves de un solo golpe, trozos de metal y de sangre y de cuerpos. La carnicería tiñó los cielos.

El *Saqueador* chilló mientras el estallido lo sacaba de su ruta, como si las naves moribundas les hubieran puesto las manos sangrientas encima y hubieran *empujado*.

Luego hubo un silencio extraño y quieto. Hasta la canción había dejado de tocar.

—Derribamos las Exploradoras —dijo Breck— Bien hecho, Gilly.

Andi dejó salir una bocanada de aire, y las puntas de sus dedos soltaron los reposabrazos. Pero todavía no terminaba. Miró de reojo a Lira.

—Llévanos al centro del cinturón. Hay asteroides más grandes.

Lira captó.

—Los podemos perder ahí, salir volando por la parte de atrás y escondernos en alguna parte de Solera.

—¿Combustible?

Lira escupió una bola de Goma de mascar en su taza.

—Bajo. Pero lo podemos lograr. Acabamos de perder mucho peso por las municiones.

Andi sintió la oleada de victoria como una estrella que le explotaba en el pecho. Pero junto a ésta tenía la conciencia de lo que acababa de hacer, y eso le minaba la sensación de triunfo. ¿Cuántas vidas había robado? ¿Cuántas familias en Arcardius se vestirían de luto con tonos de gris en las semanas por venir?

Se aflojó el arnés y se permitió respirar un poco más hondo, y apenas comenzaba a recargarse contra el cabezal cuando Lira soltó una maldición.

Las voces de Breck y de Gilly gritaron por los comunicadores, y en alguna parte, en lo más profundo del alma oscura de Andi, supo que se le había escapado algo.

—Hay más naves —dijo Lira sin aliento—. Andi, están *por todos lados*. No es posible. ¿De dónde salieron?

El corazón de Andi le subió volando a la garganta cuando se activó el balido de las alarmas de proximidad.

Las esperaban siete naves que se quitaron el camuflaje y aparecieron frente a sus ojos.

—¡Date la vuelta, Lira! ¡Sácanos de aquí, carajo!

—¡No puedo! —gritó Lira—. La Rastreadora todavía está detrás de nosotros.

Tecleó códigos furiosamente, sus dedos volaban por la pantalla. Luego Lira aulló cuando la pantalla holográfica soltó una chispa, y un extraño siseo salió crepitando del tablero. La misma nave pareció soltar un suspiro profundo y resonante.

Y luego… la oscuridad.

La única luz provenía de las escamas de Lira, que relumbraban con un color púrpura azulado en la oscuridad.

Ay, Astrodioses.

No.

Las había golpeado un pulso electromagnético. Andi observó mientras Lira intentaba volver a encender la nave con el sistema de respaldo, pero sin éxito.

Todo permaneció quieto y en silencio, como si el mismo *Saqueador* hubiera perdido toda la vida.

—Nos apagaron —susurró Lira, y sus facciones se volvieron de piedra. Le fluía humo de las escamas, pero incluso éstas se habían vuelto oscuras ya. Como si la conmoción hubiera paralizado sus emociones. Su voz se quebró mientras intentaba revivir el tablero y reiniciar los motores de emergencia—. Ay, Andi. Apagaron *todo.*

Andi negó con la cabeza.

—No puede ser. Tenemos escudos para eso, nada podría… ¡Nadie sabe cómo traspasarlos y detener esta nave! —Andi había instalado los escudos de defensa especiales poco después de tomar posesión del *Saqueador*. Se suponía que evitaban que los pulsos electromagnéticos y otros ataques por el estilo afectaran a los sistemas internos de la nave.

Los ojos azules de Lira se veían afligidos, y tenía los dedos inmóviles como piedras en el acelerador.

—Él podría, Andi.

El corazón de Andi se volvió de hielo.

No era posible.

Se suponía que él estaba *muerto*, arrojado en algún infierno profundo y oscuro de donde jamás lograría escapar.

Esto no estaba sucediendo. Esto no *podía* estar sucediendo. Se puso en pie de un brinco y se sintonizó con los canales de audio de la tripulación.

—Cápsulas de escape. Ahora. Muévanse.

Andi tomó sus espadas del respaldo de su silla de capitán, donde las guardaba durante el vuelo, se ató el arnés alrededor de la espalda y lo fijó bien.

Lira seguía paralizada en la silla.

—¡Lira! ¡Dije que se *muevan*!

La voz de Lira sonaba tan muerta como el *Saqueador*.

—No nos podemos ir, Andi. Cuando la nave se queda sin energía, también las cápsulas se quedan sin energía.

Sonaron pisadas, botas que repicaban contra el metal. Breck y Gilly aparecieron a la puerta.

—¿Qué hacemos? —preguntó Breck—. Nos matarán a todas.

—No, si nosotras los matamos primero —dijo Andi entre dientes.

—Podríamos escondernos —sugirió Breck.

—*Nosotras* no nos *escondemos* —dijo Lira acaloradamente.

Andi se sintió partida en dos. Ésta era su tripulación, por más magullada y rota que estuviera, criminales de todos los extremos de la galaxia que esperaban que ella las salvara. Pero con una nave muerta, ¿qué podía hacer?

—No quiero que me vuelvan a llevar —susurró Gilly. Había desaparecido la hadita sanguinaria, y en su lugar quedaba una niña asustada. Estalló en llanto, y las gruesas gotas salpicaron el metal muerto a sus pies. Breck cayó de rodillas y estrechó a Gilly en un abrazo demoledor.

Susurró palabras reconfortantes, pero Andi no las oyó. No estaba escuchando.

Se dio media vuelta y miró por la portilla a las naves en espera. Eran tantas: soleranas, por la insignia. Y luego, todo a su alrededor retumbó. Pareció sacudir el esqueleto mismo de la nave e hizo repiquetear las paredes. Un ruido profundo y oscuro que hizo que Lira dejara caer las manos del acelerador y corriera al lado de Andi.

—Nos están jalando —susurró Lira—. Si tienes un plan, Andi, más vale que nos lo cuentes ahora.

Pero no había ningún plan.

Por primera vez en su vida de pirata, alguien le había ganado.

No es él, susurró la mente de Andi. *No puede ser él.*

Y aun así, el *Saqueador* era un cadáver. Ya estaba empezando a hacer frío en el puente de mando, y el aliento de Andi aparecía frente a ella en forma de diminutas nubes blancas.

Haz algo, gritó su mente. *Sácanos de aquí. No te pueden capturar, Andi, no puedes volver nunca.*

El miedo la perforó y la rodeó, y amenazaba con congelarla y dejarla como la nave.

Pero ella era la Baronesa Sangrienta. Ella era la capitana del *Saqueador*, la astronave más grandiosa de Mirabel, y tenía una tripulación que esperaba sus palabras.

Así que Andi tranquilizó sus nervios y los empujó hasta el fondo. Se giró, desenvainó las espadas y las sostuvo a sus costados.

—Levántense —les dijo Andi a Breck y Gilly.

Se incorporaron, y Gilly se limpió las lágrimas del pequeño rostro mientras Breck le apretaba el hombro a la artillera más joven.

—Armas —dijo Andi.

Las chicas se formaron una junto a la otra, Andi con sus espadas, Gilly con su pistola. Breck reveló un látigo corto y negro que crepitaba de luz. Lira se quedó parada con los puños cerrados, y parecería no tener armas para quienes desconocían la manera en que podía mover el cuerpo, ágil como un depredador a la caza. Sus escamas centellearon mientras miraba con expresión asesina la salida de la cubierta.

Esperaron. La determinación era la única cosa que las mantenía en pie. En la cubierta de abajo, se abrió la puerta principal del *Saqueador*.

Andi escuchó el eco de las fuertes pisadas que se movían por los pasillos angostos y subían por las escalinatas. Una lejana voz masculina se mezclaba con los pasos y susurraba una orden a medida que se acercaban.

Andi vio la cabeza del primer hombre mientras doblaba la esquina. Otros lo seguían de cerca, soldados que llenaban los pasillos que llevaban al puente de mando, todos vestidos con los trajes azules arcardianos y la insignia de tres triángulos blancos de los Patrulleros de Mirabel en el pecho. Sostenían sus rifles plateados contra el vientre y mostraban sonrisas de satisfacción en el rostro.

Andi estaba más que familiarizada con esos rifles y con las pequeñas esferas eléctricas que liberaban. Un disparo paralizaba a su víctima y la volvía indefensa ante cualquier captura de los Patrulleros.

—Hola, chicos —dijo Andi.

Arcardianos o no, se aseguraría de que se manchara de sangre la insignia de todo aquel que no diera marcha atrás. Se trataba de su tripulación o de su pasado, y —al diablo con su alma— *siempre* escogería a su tripulación.

—Podemos hacer esto del modo fácil o el difícil —dijo el soldado que iba hasta delante con voz calmada y tranquila, como si se tratara de una conversación amena.

—Ah —rio Andi—. Pero, verás, acabas de interferir con mi nave. No lo veo con muy buenos ojos.

Desvió la atención del hombre frente a ella cuando escuchó el sonido de unas botas que golpeteaban contra el metal. Los Patrulleros se pusieron rápidamente en posición de firmes mientras se acercaba su comandante.

Éste era el hombre que le había ganado.

Éste era el hombre que tendría que matar hoy.

A medida que se acercaba, el pecho de Andi se tensó con sólo verlo, alto y musculoso y pulido a la perfección para luchar.

Es él, dijo una voz pequeña y asustada en su mente.

Luego, como si confirmara sus sospechas, él emergió de la oscuridad, como un demonio que surge del infierno.

La conmoción más pura se disparó por las venas de Andi. Luego se disolvió en furia.

—*Tú* —gruñó ella.

—Yo —dijo Dex, encogiéndose de hombros.

—Se supone que deberías estar muerto —susurró Andi—. Yo te…

—¿Me abandonaste a mi suerte? —Dex arqueó una ceja.

Ella recordaba cada centímetro de la blanca y angular constelación de tatuajes que se enroscaba por toda la piel morena de Dex, la sensación de sus manos fuertes sobre su cuerpo. El recuerdo de él, el *dolor* de su corazón destrozado. Todo empezó a retorcerse en una rabia hirviente mientras lo miraba, vivo y *libre*, en la nave de *ella*.

Las espadas de Andi crujieron, y una luz morada se arqueó alrededor de sus feroces aceros. Junto a ella, las otras Saqueadoras se tensaron, preparadas para la pelea.

—Te voy a matar —susurró Andi.

—Lo puedes intentar —dijo Dex, encogiéndose de hombros; sus ojos marrones, alguna vez cautivadores, tenían un destello de risa—. Pero los dos sabemos cómo terminará eso.

Ella soltó un alarido y se le fue encima, sin que le importara un carajo si había veinte o cien soldados arcardianos fuertemente armados que le bloqueaban el paso.

Ahogaría a Dex Arez en su propia sangre.

CAPÍTULO 6
DEX

No era exactamente la reunión que Dex se esperaba. No es que se hubiera imaginado que Androma iría corriendo a sus brazos y lo besaría con la pasión de una pareja de enamorados separados durante años. Sus últimos momentos juntos no habían salido del todo bien, con ese asunto de que *Andi se fue volando con la nave de Dex y lo dejó sangrando y muriendo en una luna estéril.*

Por otro lado, él *sí* la había entregado a los Patrulleros por sus crímenes, a sabiendas de que le darían una sentencia de muerte tras regresar a su propio planeta nativo.

El amor estaba muy bien y todo, pero el dinero era la verdadera llave del corazón de Dex.

Aun así, tomando en cuenta lo que Androma le había hecho, la debería odiar, debería quererla muerta.

Pero al verla frente a él, disolviéndose en la rabia y la furia, con los suaves implantes metálicos de los pómulos que reflejaban la electricidad que inundaba sus espadas…

Astrodioses, ella era magnífica: una criatura que había desatado su ira sobre el mundo. Valdría la pena cada gota de sangre que estaba por derramarse con tal de ser él quien la llevara finalmente hasta los pies del general.

Pero mientras crujían sus espadas en la habitación demasiado silenciosa, y se formaban espirales de electricidad alrededor, Dex se preguntó si había cometido un error. No la había visto en años, pero había escuchado los rumores. No estaba seguro de que ella en verdad pudiera blandir esas armas con una gloria y una gracia que derramaban sangre y quebraban huesos.

Pero ahora, mientras Androma decía con voz ronca: *Te voy a matar*, y sus palabras lanzaban una punzada de arrepentimiento al corazón de Dex, él lo *supo*.

La joven que alguna vez conoció, esa chica temblorosa que encontró magullada y rota en los mercados de Uulveca, había desaparecido.

En su lugar se alzaba la guerrera que él había entrenado y endurecido, a quien había transformado en algo diabólicamente delicioso.

Dex alcanzó su pistola mientras la Baronesa Sangrienta atacaba.

El mundo se ralentizó, pero Andi se movió como un destello de luz.

Se precipitó por la primera ola de Patrulleros antes de que pudieran parpadear, blandió las espadas y cercenó las extremidades humeantes de los cuerpos mientras gritaban y sucumbían ante la agonía característica de la Baronesa Sangrienta.

El cabello blanco se le soltó de la trenza y las luces pintadas de morado eran casi un borrón mientras giraba y saltaba. Golpeaba los brazaletes de varilio contra sus rostros, derramaba chorros de sangre y pateaba para derribar a sus oponentes, como estrellas que caen de los cielos.

Los Patrulleros finalmente recobraron la compostura y levantaron los rifles para disparar.

Qué desafortunada elección de arma. Tan pronto como soltaron las balas, las chicas se ocultaron detrás de la altísima figura de Breck. Las balas le rebotaban de la piel, se alisaban y caían al suelo.

Bendita sea su sangre neovedana, su piel a prueba de balas.

—Van a tener que mejorar eso, caballeros —dijo Breck, con las manos en las caderas, y las chicas protegidas detrás de ella—. ¿Qué pasa? ¿Nunca le habían disparado a una neovedana?

—¡Derríbenlas! —gritó Dex—. Guarden a Androma para mí.

Sus palabras lanzaron una descarga de rabia directamente al corazón de Andi.

Había amenazado a su tripulación. Con eso había renunciado a su propia vida, y a las vidas de los Patrulleros.

—¡Avancen! —gritó.

Breck se movió y las chicas la siguieron mientras continuaba una inútil descarga de balas contra su pecho.

Una bola de luz blanca pasó disparada junto al hombro de Andi. Un enemigo se proyectó hacia atrás, y ya casi era un cadáver cuando azotó contra el marco de la puerta.

—Ah, ése fue un buen tiro —dijo Gilly, soltando risitas y blandiendo su pistola de doble gatillo. Un gatillo mataba, y el otro inhabilitaba. Sopló el humo que salía del cañón y sonrió de oreja a oreja mientras se volvía a agachar detrás de Breck.

—¡Quiero el piso teñido de su sangre! —le gritó Andi a su tripulación por encima del caos.

Habían desaparecido sus emociones, había desaparecido su corazón.

La máscara asesina de la Baronesa se hundió en su lugar.

Los Patrulleros caían alrededor mientras las chicas atacaban, saliendo al azar desde atrás del cuerpo de Breck. Andi esgrimía las espadas y atacaba con una furia que mantenía encerrada para momentos como éste. Los años de danza y entrenamiento en la Academia habían transformado su cuerpo en un objeto fluido y feroz.

Un Patrullero volteó el rifle y lo blandió contra la cabeza de Breck.

—¡Tómenlo! —rugió Andi.

Gilly descargó su pistola sobre el hombre.

Detrás de ellos, Lira daba saltos mortales, giraba. Era un borrón de fulgurante piel escamada y traje negro, de puños que quebraban mandíbulas, de piernas que se cerraban alrededor de gargantas. Siguieron avanzando y dejando una estela de cuerpos gimientes, silenciados poco después por la pistola de Gilly y el látigo de Breck, mientras la pelea se movía hacia el pasillo.

Aun así, los Patrulleros que quedaban siguieron peleando.

—Derríbenlos a todos —les ordenó Andi a sus chicas, entretanto le tajaba la mano a un Patrullero por la muñeca. Breck recogió la pistola que todavía estaba en la mano, antes de que pudiera caer al piso, y la disparó. Estalló sangre plateada contra el muro metálico—. Pero recuerden, Dex es *mío*.

Él estaba parado ahí, detrás de su ola de hombres combatientes, y la miraba fijamente mientras salía de atrás de la protección de Breck.

Un Patrullero disparó.

Andi levantó los brazos. La bala golpeó sus brazaletes de varilio antes de poder darle en la garganta.

—Encárguense de él —dijo, mientras la bala repiqueteaba contra el suelo. En un santiamén, Breck estaba junto a ella y le torcía el cuello al hombre con un glorioso *pop*. Música para los oídos de Andi.

Ahora sólo quedaban tres hombres entre Andi y su enemigo.

Estaban preparados, con las pistolas fuera, una sólida fila frente a Dex.

Ella podía ver su perfil sombreado recargado contra el muro metálico del pasillo, con una postura tan fresca y casual que le daban ganas de arrancarle los ojos.

—¿Qué pasa, Dex? ¿No quieres salir a jugar conmigo? —la voz de Andi era un peligroso ronroneo.

Dex soltó una carcajada, y su flequillo color caoba cayó sobre un ojo marrón cuando dio un paso para encontrar su mirada.

—Siempre te gustó la teatralidad, Androma. Mi pequeña y amarga bailarina.

—No soy *tuya*, nunca lo seré.

—Ya lo veremos.

—Estos tres pueden vivir —dijo, y asintió con la cabeza hacia los últimos Patrulleros—. Es contigo con quien quiero pelear, Dextro.

Vio cómo él fruncía el ceño cuando usó su nombre completo. Definitivamente no era un nombre que uno asociaría con un Guardián Tenebrano, y menos con el cazador de recompensas más notorio de Mirabel.

—¿Es misericordia lo que estoy oyendo? —sonrió Dex, mientras retrocedía y se detenía frente a la escalera plateada que llevaba hacia la cubierta inferior. Enredó los dedos sobre el barandal, con las botas acomodadas sobre el hoyo en el suelo—. Seguramente no de la Baronesa Sangrienta.

—No finjas que me conoces —replicó Andi—. Aunque es cierto que invadieron mi nave, y ya que insisten en protegerte…

Con un crujido de las espadas, se abalanzó y cortó tres cabezas con un golpe de tijera. Los cuerpos se desplomaron, y cayeron a los pies de Andi. El aroma familiar a carne chamuscada subió flotando hasta su nariz. Y con ella, una punzada de remordimiento que enterró en lo más profundo.

Dex parpadeó una vez, su única reacción hasta ahora, y la sangre de Andi *hirvió* ante su aire despreocupado.

—Eran una pésima tripulación —dijo.

Luego se escurrió por la escalera. Andi, después de enfundar una espada, se lanzó tras él, sin molestarse siquiera en usar los peldaños mientras se deslizaba hacia abajo. Cayó con un ligero golpe seco antes de voltear hacia el largo pasillo detrás de ella.

—Andi, Andi —dijo Dex—. Tan predecible.

Andi se quedó de una sola pieza.

Terminaste de escapar, susurró un pequeño demonio en su mente.

Frente a ella había otro grupito de guardias arcardianos que le apuntaban con las pistolas. Los encabezaba Dex, con una sonrisita engreída en el rostro.

Había caído directamente en su trampa por segunda vez ese día.

Dex se habría dado una palmadita en la espalda, de no ser por la multitud de Patrulleros que lo rodeaban.

—¿Estás lista para hablar, o quieres matar a unos cuantos más de mis hombres? —preguntó, consciente de que Andi no tenía más opción que obedecer. La superaban en número, sin importar cuántas habilidades tuviera con las espadas. A menos que quisiera que le dispararan cientos de balas paralizantes de luz antes de poder dar un solo paso.

La mirada que le lanzó habría hecho que un hombre inferior se encogiera, pero Dex miró directamente a esos ojos color gris claro, y enfrentó su desafío de frente.

Ella guardó silencio. Tan sólo enfundó la espada que le quedaba y cruzó los brazos sobre el traje negro. Los luminosos brazaletes que llevaba en los antebrazos llamaron la atención de Dex: él mismo había pagado esos brazaletes de varilio, un regalo que le había salvado la vida a ella diez veces. Eran irrompibles, como sus espadas. Pero los brazaletes no eran sólo un accesorio. Mantenían unida la carne de sus muñecas, quemada en un accidente que había tenido hacía mucho tiempo. En ese momento, ella no tuvo el privilegio de visitar a un médico, así que la piel se le había dañado sin posibilidad de arreglo.

Sin el regalo de Dex, no tendría el uso total de las muñecas y antebrazos; seguramente no tendría ni siquiera la fuerza para levantar esas espadas que tanto le gustaban.

A Dex le dio una especie de placer enfermizo saber que todavía conservaba los brazaletes, un recordatorio de su amabilidad cuando ella se encontraba en su momento más débil. Una parte de él que nunca podría quitarse de encima.

Dex volteó hacia el guardia de uniforme azul que estaba parado más cerca de ella.

—Quítale las armas —el hombre corpulento y cornudo puso cara de que hubiera preferido saltar de la cámara de aire—. *Ahora mismo* —dijo Dex con un poco más de brusquedad, y el guardia se puso en acción rápidamente.

Andi le escupió en el rostro mientras le sacaba las espadas del arnés y la pistola de la funda que tenía en el muslo.

—Te arrepentirás de esto —dijo Andi en un susurro amenazador. El hombre la fulminó con sus ojos de rayas rojas y blancas.

—No estoy tan seguro de eso.

Ella levantó la mirada hacia donde estaban las otras Saqueadoras, agrupadas en la cima de la escalera.

—Si se mueven, mis guardias dispararan —Dex gesticuló con la mano, y la mitad de los hombres inclinaron sus rifles de luz hacia la tripulación inmóvil de Andi.

La piloto de Adhira, y la giganta parada junto a ella. Y la niña pelirroja que fulminaba a Dex con la mirada, con todo el cálculo frío de una asesina experimentada.

Él no les mostraría clemencia si seguían peleando, y sabía que Andi lo percibía. Ella miró a su tripulación y dijo:

—Desistan. Hagan lo que dice.

—Los podemos derribar, Andi, no están... —comenzó Lira.

—Ya basta, Lira —gruñó Andi—. Se acabó.

Dex sabía que ella odiaba decir esas palabras.

Aplaudió con las manos.

—Éste *sí* es el drama que había estado esperando —satisfecho, se volteó hacia dos guardias con los uniformes adornados de insignias. Tomaba una cantidad infernal de trabajo lograr el estatus de oficial arcardiano, y aun así aquí estaban estos dos, inclinando la cabeza ante cada orden de Dex—. Oficial Hurley, su escuadrón vigilará a la tripulación. Oficial Fraser, sígame y traiga a sus hombres para vigilar a la *capitana* Racella.

Se abrieron paso por el largo pasillo de metal. La luz azul de los brazaletes de Andi rebotaba por los pasillos. Cuatro guardias rodeaban a Andi encajonándola, mientras que los otros dos estaban posicionados en cada extremo de la fila.

Bastarían seis hombres más, Dex. Ella no pelearía mientras su tripulación estuviera en peligro. Al caminar, los recuerdos se adueñaron de Dex, y su cuerpo se movió por instinto entre los pasillos familiares de la nave. Pasaron varias puertas antes de detenerse frente a la puerta de vidrio que llevaba a la sala de juntas. Dex colocó la mano en el escáner junto a la puerta, pero siguió tan muerto como el resto de la nave.

Andi esbozó una sonrisa de satisfacción. Dex le devolvió la sonrisa, levantó la pistola y le disparó al vidrio.

Un gruñido rugió por el pecho de Andi, pero Dex simplemente se encogió de hombros y dijo:

—Lo puedo reemplazar. El *Saqueador* es mío otra vez —luego dio un paso sobre el vidrio destrozado y entró a la habitación—. Instalen la caja.

Se movió a un lado mientras los guardias metían una delgada caja plateada del largo de su antebrazo. En un costado tenía grabado el símbolo de Arcardius, una estrella en explosión. Colocaron la caja en la mesa y se formaron contra el muro posterior de la habitación, jalando a Andi con ellos.

—Por favor, siéntate —le dijo Dex a Andi, y extendió el brazo con un gesto grandilocuente—. No soy más que un buen anfitrión.

Los ojos de Andi brillaron de disgusto. No se sentó. En su lugar, recargó la espalda contra la pared, mientras sus ojos grises se movían a diestra y siniestra.

Dex *sí* le había enseñado bien.

—Como quieras —dijo, y caminó hacia el lado opuesto de la mesa de conferencias, donde se dejó caer en una silla.

La tensión en el sitio era una bestia viva. Dex casi podía sentir que le respiraba en la nuca. Así que se recargó en la silla, subió las botas en la mesa de vidrio junto a la caja, y concentró toda su atención en Andi.

Ella lo fulminó con la mirada, fría como la pared metálica contra la que se recargaba.

—¿Qué carajos quieres?

Ay, esto estaba buenísimo. Mejor que eso. Era la mejor maldita cosa que le hubiera pasado a Dex en *años*.

Andi llevaba cuatro años escapando del destino que la esperaba en Arcardius. Habían mandado soldados de alto rango, curtidos por la guerra, para rastrearla. Otros criminales, capaces de escabullirse entre las sombras, habían intentado encontrarla. Hasta el mismo general y sus guardias personales, los Espectros, habían salido a buscarla un par de veces. Pero después de cada esfuerzo, de cada krev gastado para descubrir a la fugitiva, *Dex* era quien la había atrapado.

El destino era una cosa hermosa.

—Sólo un momento y ya —dijo, deleitándose con esto, con la sensación de los ojos de Andi clavados en los suyos—. Nos acompañará otro invitado antes de que comencemos.

Dex esperó su avalancha de preguntas, y le sorprendió que no llegara ninguna.

Simplemente se quedó inmóvil, con las manos en puños a sus costados, apuñalándolo con mirada fría e insensible.

—Relájate, Andi —dijo Dex, arrastrando las palabras—. Antes adorabas pasar tiempo a solas conmigo.

Él sabía que estaban todo menos solos, con cuatro guardias estacionados alrededor de la habitación y dos justo afuera de la puerta destrozada, pero se sentía como si lo estuvieran. Justo como ese fatídico día en la luna de fuego.

—Tú no sabes nada de lo que adoraba —dijo Andi.

Ella entrecerró los ojos, y él esperó a que le hiciera una serenata detallada con las palabras coloridas que le encantaba usar —algunas que el mismo Dex le había enseñado—, cuando de repente repicó la Caja. Un embudo de luz brilló desde el costado hasta el muro desnudo al frente del salón.

Esto desvió la atención que tenían el uno sobre el otro, y la llevó al hombre cuyo rostro apareció frente a ellos en la pared.

Andi se quedó rígida.

Por primera vez ese día, a pesar de todo lo que Dex le había lanzado, pareció afligida. Atónita. *Adolorida*.

—Hola, Androma —dijo el hombre en la pantalla—. Te he estado buscando desde hacía mucho, mucho tiempo.

Dex sonrió. *Esto* valía más que todos los krevs de la galaxia.

Capítulo 7
Androma

—General Cortas —espetó Andi.

Prácticamente se desplomó en la silla, y sintió que se le aflojaban las piernas.

El rostro del general había perseguido a Andi en los últimos cuatro años, jurando destruirla en cada sueño… y a veces cuando estaba despierta, también.

Se quedó sin palabras.

La última vez que le había puesto ojos al general Cyprian Cortas, Andi era una chica desesperada y encadenada, sentada sola en el juicio donde la condenaron por la muerte de la hija del general.

Kalee.

Ni siquiera la suma de todas las marcas en las espadas podría cubrir el dolor de esa primera muerte.

El sentimiento de culpa le hirvió en las entrañas, y Andi se dejó llevar por los recuerdos, de regreso a esa noche funesta en Arcardius.

El viento en el cabello, el beso de la libertad que le bañaba la piel mientras corría a toda velocidad por los pasillos con Kalee a su lado.

Las carcajadas que brotaban entre ellas mientras se metían a hurtadillas a la nave personal de transporte del general.

El clic del arnés de Kalee, para quedar bien sujetada en el asiento del copiloto, y de nuevo la risa nerviosa de Andi mientras miraba a su protegida, a la chica a quien había jurado proteger.

—¿*Estás segura?* —*preguntó Andi, con los dedos sujetando el acelerador.*

Kalee levantó una ceja pálida, con un amago de sonrisa.

—*Como mi mejor amiga y Espectro personal, te ordeno que lo hagas, Androma.*

El motor empezó a ronronear cuando Andi arrancó. Con el sonido, la recorrió una sensación de emoción.

Kalee sonrió.

—*Por una vez en tu vida, diviértete en verdad.*

—Debo admitir que te has visto mejor —el general Cortas trajo a Andi de vuelta al presente, dejándola sin aliento bajo su mirada fija. Bajo los brazaletes, le dolieron las cicatrices de las quemadas en las muñecas.

Estrellas del cielo.

En todos estos años, ella había intentado reprimir los recuerdos, sólo para que regresaran todos con una crueldad repentina, con la agudeza de un látigo. El hombre frente a ella era víctima de la estupidez de Andi. Y junto a ella estaba el hombre que había rechazado su amor.

¿Los dos juntos? Casi era suficiente para quebrar a Andi.

Ello obligó a su mirada a subir por la pantalla, agradecida de que su tripulación no estuviera aquí para atestiguar este momento. Las podía sentir ahora, intentando alcanzarla, pero les negaba el acceso cada vez que entraba una solicitud a su comunicador.

Había algunas cosas que una capitana debía enfrentar sola.

El general había envejecido desde la última vez que lo había visto. Su cabello, alguna vez castaño, ya estaba entrecano, y tenía la piel arrugada por el sol. El cuerpo se le veía cansado, aunque sus brillantes ojos azules brillaban con el mismo escrutinio de siempre.

—¿Eres el que está detrás de esto? —preguntó Andi, olvidando la deferencia formal con que la que debía tratar a este hombre, conforme había sido entrenada durante toda la vida.

—Soy un hombre muy poderoso, Androma.

El general de Arcardius estaba sentado frente a un escritorio plateado. Detrás de él, un ventanal grande mostraba una vista espectacular. A Andi le dolía esa vista, pero aun así no podía desviar la mirada.

Arcardius.

Las cascadas se derramaban por una gravarroca flotante hacia los arroyos al fondo. Se extendía un vasto paisaje de color hasta donde alcanzaba la vista, espolvoreado por las relucientes estructuras de vidrio que conformaban la ciudad capital de Veronus. Éste era el planeta que ya no podía llamar su hogar. Incluso desde aquí, podía ver los edificios abovedados de vidrio en el centro: la Academia, donde ella y miles de estudiantes militares más se habían entrenado. También era el lugar en donde había aprendido a bailar. Donde le habían presentado el acelerador de una nave después de que escogiera ser piloto como su ruta de entrenamiento militar. Fue ahí, en la Academia, donde nacieron sus sueños más grandiosos. La habían elegido entre muchos para ser la Espectro personal de la hija del general, un estatus que la mayoría de los arcardianos sólo soñaba con lograr.

Había pasado cada segundo al lado de Kalee después de eso.

Hasta el choque.

Hasta su sentencia de muerte tan pública, con millones de ojos llenos de odio que la observaban y la consideraban una traidora.

—¿Qué quiere de mí? —preguntó Andi ahora.

Por un rato, el general no dijo nada. Movió la mandíbula con su barba incipiente de un lado a otro, como si rumiara un pensamiento que no estaba seguro de si debería compartir. Tenía el pecho salpicado de brillantes rayos plateados y dorados, pesados con la carga de los logros y las medallas que había adquirido durante su largo reino como líder militar de Arcardius.

Me gustaría matarte, del modo que tú mataste a mi hija, se imaginó Andi que le decía.

Me gustaría darte la sentencia de muerte de traidora que realmente mereces.

Un millón de posibilidades, todas nefastas.

Y *todas* bien merecidas, y a Andi le llenaban las entrañas con otra capa de culpa. Otro peso más para cargar consigo a la tumba.

Pero cuando el general habló, sus palabras no fueron de castigo ni de muerte.

—Has estado bastante ocupada desde la última vez que nos vimos.

Chasqueó los dedos, y una mujer cíborg comenzó a avanzar desde un rincón de la habitación. Llevaba la cabeza calva y uniforme, con trozos de metal intercalados con carne artificial, de manera similar a los pómulos de Andi. La cíborg le extendió una pantalla holográfica al general que se encendió con un destello entre sus manos.

—*La sangre tiñe los cielos sobre Pazus* —leyó el general Cortas en la pantalla. La inclinó ligeramente, y Andi pudo divisar el título rojo y dorado de una transmisión de noticias que se dejaba traslucir. Se hundió en la profundidad de la silla mientras recordaba la historia. Se había viralizado por todo Mirabel.

El general suspiró antes de proseguir.

—Hace dieciséis meses, dos navíos del mercado negro fueron derribados y acabaron con muchas vidas cuando los escombros cayeron sobre una aldea paziana. Los traficantes de armas en el mercado negro te pagaron una fortuna por llevar sus armas, y cuando las cosas se complicaron un poco… atacaste las naves de tus enemigos sin pensar dos veces en la destrucción que esto causaría.

Ella asumía total responsabilidad por esas muertes. Nunca se le ocurrió que los escombros pasarían por la atmósfera en trozos tan grandes, y menos que golpearan a uno de los únicos poblados de Pazus.

—Nunca te atraparon —dijo el general Cortas con la voz baja—, pero yo sabía que habías sido tú. Eso es lo que haces, Androma. Dejas una estela de caos a tu paso, y jamás volteas para ver qué vidas se acabaron por eso.

Sus ojos azules soltaron chispas.

A mundos de distancia, Andi todavía se encogía bajo esa mirada gélida. Pero se rehusaba a morder el anzuelo, a soltar una sola palabra que este hombre pudiera retorcer y voltear contra ella al instante.

El general volvió a golpetear la pantalla y apareció otro titular, éste con una fotografía del *Saqueador* en toda su gloria revestida de varilio.

—Se menciona a la Baronesa Sangrienta —dijo el general Cortas al bajar la pantalla— en trece casos desde el año pasado, seis de los cuales involucran múltiples muertes. Y no tengo la menor duda, Androma, de que habrá muchos más casos que pasaron sin pena ni gloria. Eres una de las criminales más notorias de todo Mirabel —suspiró y se movió en su asiento—. Por eso contraté a Dextro para encontrarte.

—Entonces hágalo ya —dijo Andi. Se le desbordaron las palabras, incapaz de dejarlas encerradas más tiempo—. Deme la inyección, como realmente quería hacerlo desde hace tantos años.

Había sido su error el que llevó a la muerte dolorosa de Kalee, y sólo fue por un giro del destino que Andi había logrado escapar de acompañar a la chica bajo su cargo.

Andi miró al general también.

—Si desea matarme, adelante. Pero deje libre a mi tripulación. Yo aceptaré la culpa de nuestros crímenes en Mirabel. De todos. Si esto tiene que ver con… —no consiguió decir el nombre. Le dolían las cicatrices otra vez con sólo pensar en el pasado—. Si esto tiene que ver con su hija… Fue un accidente, general. Un error.

—No estoy aquí para hablar del pasado —espetó el general. Tenía la voz llena de dolor, y respiró hondo antes de volver a hablar—. Soy un hombre poderoso, Androma, pero desesperado.

—¿Desesperado por qué? —preguntó Andi—, ¿por verme morir finalmente?

El general Cortas se echó hacia atrás, haciendo una mueca, como de dolor escondido, y acomodó las manos sobre el escritorio de plata.

—No vine a vengarme —dijo.

Andi parpadeó sorprendida.

—Entonces… ¿qué es lo que quiere?

El general suspiró.

—Me gustaría ofrecerte un trabajo.

Andi estuvo a punto de caer de su silla.

—Disculpe… ¿cómo?

No sabía qué más decir, o qué pensar siquiera, así que esperó a que él continuara.

—Es la desesperación, Androma, la que me lleva a esto. Y, créeme —dijo el general, lanzándole una mirada a Dex, quien había estado sentado en silencio con los pies todavía apoyados en la mesa—, he agotado todas las demás opciones.

Dex guiñó el ojo, y Andi no podía imaginar por qué el general Cortas habría querido que Dex fuera su cazarrecompensas personal para este trabajo. Tal vez sólo para fastidiarla. Él era el general del planeta militar más fuerte de Mirabel. Seguramente tenía otros agentes.

El general prosiguió.

—Mi hijo, Valen, desapareció hace dos años.

—Lo recuerdo —dijo Andi, y asintió la cabeza con brusquedad. ¿Cómo podría olvidarlo?

Valen, el hermano mayor de Kalee, con su cabello oscuro y sus suaves ojos color miel. Él siempre había sido amable, pero nunca le había dedicado más de unas cuantas palabras pasajeras a Andi cuando visitaba la finca flotante de Kalee sobre Arcardius.

Salvo *esa* noche.

Él las había visto salir a escondidas e intentó detenerlas, sólo para que Kalee lo pusiera en su lugar mientras se escabullían por la puerta de la extensa finca Cortas. Ésa fue la última vez que Andi lo vio: no apareció en el tribunal durante su juicio por la muerte de Kalee.

Dos años después, Valen Cortas desapareció en la noche y todo rastro suyo se desvaneció. Aunque no había señales de forcejeo, el general Cortas juró que había sido un secuestro llevado a cabo por un grupo hábil, entrenado para no dejar atrás el menor rastro.

Las noticias se habían esparcido como el fuego por todo Arcardius, y luego hasta los cielos, a los líderes de todos los demás planetas, lunas y satélites habitados de Mirabel.

—Sospechábamos que se lo había llevado algún mercenario xenpterano —dijo el general Cortas—, pero no hubo ninguna demanda de rescate. Ninguna respuesta a nuestras investigaciones. Habría atacado su planeta cuando se lo acababan de llevar, pero no podíamos arriesgarnos a romper el tratado de paz entre nuestra parte de la galaxia y la suya. Todavía quedan diez años para que termine el tratado.

Hizo una pausa. La pena le volvía pesada la voz. Dos años después de perder una hija, también le habían arrebatado al otro.

De nuevo, la culpa desgarró a Andi desde dentro.

—Y entonces, ¿qué quiere que haga? —preguntó ella con cautela—. Si bien recuerdo, nunca hubo rastros para empezar, y lo más seguro es que ya haya desaparecido toda pista suya.

El general se inclinó hacia delante en su silla.

—Hace dos meses, uno de los dos satélites captó una señal desde la luna penitenciaria de Xen Ptera, Lunamere. El mensaje estaba en código militar arcardiano, el cual sin duda recuerdas de tu tiempo en el ejército.

Andi inclinó la cabeza.

—Lo recuerdo.

Tantas noches que se había quedado despierta en su habitación en Averia mientras Kalee dormía, con las pantallas luminosas esparcidas sobre su escritorio junto con manuales militares y apuntes garabateados, en intentos fallidos de descodificar los extraños símbolos ancestrales. Siempre había sobresalido en el entrenamiento de armas, pero no se había ocupado tanto en pulir su mente. Sin embargo, la expectativa era que un Espectro aprendiera *todas* las cosas, y que las aprendiera bien.

—Le estaba enseñando el código a Valen antes del secuestro —dijo el general Cortas mientras se pasaba una mano por el cabello canoso—. No ha habido una sola palabra desde entonces, pero estamos bastante convencidos de que se trata de Valen. El mensaje era una palabra específica que le di para descodificar justo antes de que se lo llevaran.

Andi escuchó atentamente. Después de tanto tiempo, casi todos creían que Valen Cortas estaba muerto. Había rumores de que se había escapado por su cuenta y que estaba escondido en alguna luna tropical distante, lejos de las garras de su padre y de la estricta vida militar de Arcardius. Otros sospechaban que le había dolido demasiado la muerte de su hermana y que simplemente se escondía en la oscuridad de la finca. Andi siempre sospechó que el secuestro era la verdad.

—¿Por qué me está contando todo esto? —preguntó.

—Porque quiero que lo recuperes.

Fue un esfuerzo no quedarse boquiabierta.

—Yo no… —Andi balbuceó en busca de las palabras correctas—. No puedo…

—¿No *puedes*?—el general ladró una carcajada—. La Baronesa Sangrienta hace todo lo que quiere. Hasta robarse una astronave en medio de la noche, chocarla contra la ladera de una montaña y sacrificar a una niña inocente en el proceso. Una a la que había jurado proteger.

Andi aspiró una bocanada de aire.

Sentía el pecho partido en dos.

—Se suponía que ella sería mi heredera —susurró el general Cortas—. Y tú me la robaste. Se la robaste a mi esposa. Se la robaste a *mi pueblo*.

Mi pueblo. Alguna vez fue el pueblo de Andi también. Sentía la garganta tan seca como una cáscara, y su corazón le latía con fuerza en su interior.

Pero matar a Kalee, aunque hubiera sido por accidente, había sido un acto de traición. No había nada que decir, nada que pudiera deshacer lo hecho.

Así que se concentró en el presente.

—¿Por qué yo? —preguntó Andi— Hay un millón de Patrulleros o soldados a quienes les podría ofrecer el trabajo.

—No sin comenzar una guerra —dijo el general.

Eso tenía sentido. Los Patrulleros de Mirabel no podían entrar como si nada a una cárcel xenpterana y robarse a un prisionero frente a los guardias sin violar los términos del tratado. La intención del acuerdo era prevenir más guerras entre Xen Ptera y los otros sistemas principales de la galaxia, Primario, Stuna, Tavina y Phelexos. La paz galáctica siempre había requerido un cuidadoso equilibrio entre cada sistema, y cuando se rebeló el Sistema Olen, éste se había alterado.

Los Sistemas Unificados no podían arriesgarse a que volviera a suceder.

Pero una pirata que no estuviera afiliada oficialmente con ninguno de los lados...

El general golpeteó los dedos contra el escritorio y volvió a atraer la atención de Andi a la pantalla.

—Hay, por supuesto, otra opción.

Andi arqueó las cejas, y el general Cortas sonrió.

—Podría mandarte a ti junto con toda tu tripulación a los Abismos de Tenebris para cumplir una cadena perpetua por los crímenes que cometieron. Asesinato, robo, falsificación, incendios provocados —remarcó cada palabra con las puntas de sus dedos—. ¿Me atrevería a seguir adelante? Las puedo enterrar en lo más profundo y oscuro, para que nunca vuelvan a ver el sol.

Andi aspiró una bocanada de aire. Los Abismos de Tenebris era donde encarcelaban a los criminales más despiadados, incluso peores que ella. Hombres y mujeres que obtenían un placer enfermizo de torturar y matar a inocentes.

—O —dijo el general— podríamos limpiar tus antecedentes. Si, y sólo si, traes a mi hijo de regreso. *Vivo*.

—¿Limpiar? —preguntó Andi— Quiere decir...

El general Cortas la miro a los ojos.

—Te perdonaré por tus crímenes. Levantaré tu pena de muerte. Podrías volver a Arcardius, Androma.

Mi hogar, susurró la mente de Andi.

De pronto se liberaron mil recuerdos, y se vertieron en ella desde el lugar en el que los había resguardado cuidadosamente.

Su mamá haciendo piruetas mientras un vestido plateado ondeaba alrededor de ella. Sus uñas recién pintadas, que brillaban bajo la luz de los candelabros cuando apretaba una suave mano contra la mejilla de Andi y susurraba: Mi hija, protegiendo a la heredera del general. Un verdadero sueño arcardiano.

Su padre, más tarde, esa misma noche, que elogiaba a Andi mientras ella bloqueaba su ataque. Has estado practicando sin mí, *dijo, y flexionó las manos mientras se abalanzaba y ella se escabullía rápidamente.*

Arcardius, lleno de calor y risa y belleza.

Arcardius, lleno de los gritos de Kalee y de su sangre en las manos de Andi, tibia e injusta y...

Andi bloqueó el recuerdo de golpe, antes de que se pudiera formar por completo.

Durante años, había sido un soldado sin hogar, siempre a la fuga, demasiado asustada para bajar la velocidad, por miedo a que el pasado la alcanzara. Se había convertido en criminal para sobrevivir. Había puesto su honor a un lado a cambio de su vida. Ahora tenía la oportunidad de eliminar el pasado, de encontrar un trabajo honesto y una estabilidad para su tripulación.

—¿Eso es todo? —preguntó. Cruzó los brazos sobre el pecho.

El general asintió.

—Eso es todo.

Andi entrecerró los ojos. Debía haber algún truco, algún detalle escondido que el general Cortas no estaba revelando. Pero ya no le quedaban opciones. Su tripulación estaba en alguna parte de esta misma nave, rodeada de guardias armados. Un movimiento equivocado, y tendría su sangre en las manos también.

No podría recuperarse de eso.

—Júrelo —dijo Andi.

El general alzó una ceja. Apretó los labios.

—Júrelo como alguna vez me hizo jurar —prosiguió Andi—. El Juramento Arcardiano.

Por un momento, el general Cortas sólo se le quedó mirando. Ella se imaginó que estaba viviendo el mismo recuerdo que ella. En otro momento, en un lugar muy distinto, los dos en pie frente a frente en la Esquirla… Una torre nítida y cristalina que capturaba el sol y lo arrojaba por la habitación como fuego vivo.

Juro por mi vida y mi sangre que protegeré a Kalee Cortas, dijo Andi.

El general Cortas volteó para mirarla, y sus ojos ardieron de orgullo. Ella no lo decepcionaría.

El recuerdo se desvaneció, y Andi encontró la mirada del general mientras él recitaba el juramento.

—Juro por mi vida y por mi sangre honrar los términos de nuestro acuerdo.

Andi cruzó los brazos, y sus brazaletes tintinearon al chocar.

—¿Cuándo partimos?

El general volvió a hacerle una seña a la mujer cíborg, que se deslizó de vuelta su lado y enderezó su elegante saco mientras él se levantaba.

—Quiero a mi hijo de vuelta lo más pronto posible.

—Mi nave necesita reparaciones —dijo Andi—. Y provisiones. Suficientes para hacer dos veces el viaje hasta el Sistema Olen y de regreso, por si nos enfrentamos con problemas.

El trabajo no le tomaría tanto tiempo, pero quería aprovechar para conseguir provisiones ahora que tenía posibilidades.

—Tendrás lo que necesitas —dijo el general Cortas con un movimiento brusco de la cabeza.

—También necesitaré más municiones —dijo Andi, recordando la promesa que le había hecho a Lira antes de que comenzara todo esto. Las necesitarían si se cruzaban con las naves Ambulantes del Sistema Olen—. No hay modo de saber qué nos lanzará la reina Nor una vez que logremos entrar a su sistema, y menos cuando lleguemos a Lunamere.

El general sonrió y miró no a Andi, sino a Dex.

—El cazarrecompensas se encargará de eso —dijo, con la voz empapada de una satisfacción enfermiza—, dado que te acompañará en tu misión.

Capítulo 8
Klaren
Año dieciséis

*L*a joven estaba parada en su torre, bañada de oscuridad.
Tantos años había esperado. Tantos sueños había soportado.

La joven había crecido, con dieciocho años de fuerza. Esta noche, ella era un sacrificio dispuesto y digno, con sangre del color del arma plateada que tenía escondida entre los dobleces de su manto.

Podía sentir, más que ver, a las demás Entregadas a su alrededor. Un trío de cuerpos a su izquierda y otro a su derecha mientras todas miraban el Conducto que daba vueltas al fondo.

La joven levantó un poco más la barbilla. No temblaría, como la Entregada a su izquierda. No presumiría, como la de su derecha.

Esta noche, conquistaría la Entrega.

Y entonces conquistaría al mundo más allá de esta torre, al viento a sus espaldas, con el fuego de la esperanza encendido en las venas. Desde el momento en que nació, la chica supo que sería ése el sendero por el que le tocaría abrir brecha.

El viaje que tendría que hacer, a través del Conducto.

—¿Cuándo comenzará? —preguntó una—. ¿Cuándo nos elegirán?

La joven esperó, observando el mar que se arremolinaba debajo. Se extendía, hasta donde podía ver, un manto negro que se volvía más denso por la ausencia de la luna.

Lo percibió un momento antes de que comenzara.

—Ahí —susurró una de las Entregadas—. Comienza.

Una solitaria llama azul cobró vida con un destello en el centro del mar. El color se extendió, agitándose hasta que el Conducto pareció una furiosa vorágine de tonalidades. Un mar de oscuridad transformado en una luz reluciente que lo iba cubriendo todo.

A su alrededor, las Entregadas se movían. Soltaban la respiración. Las manos empezaban a temblar. Pero el corazón de la joven simplemente revoloteaba, como si percibiera lo que estaba por venir. Ya lo había visto en sus sueños.

Ella observó sin parpadear mientras el Conducto se empezaba a estirar y lanzaba esferas flotantes de su luz hacia el cielo.

Se desplazaban hacia lo alto, las atrapaba el viento. Danzaban como almas liberadas hacia las estrellas.

Muy pronto, las esferas se moverían. Pronto, escogerían a la que fuera digna del viaje.

La joven estaba lista, con las manos dentro de los pliegues de su manto, mientras las esferas empezaban a formar un rastro en el cielo. Se elevaban, más y más, como la cola de una estrella flameante. Cuando llegaran a la altura suficiente, alcanzarían la cúspide de la torre. Y entonces elegirían.

Los sueños de la joven le habían dicho que sería ella. Pero debía estar segura. No dejaría la esperanza de su pueblo en manos del destino.

A medida que las primeras esferas alcanzaron la cima de la torre, deslizó la navaja fuera de su manto. Todo fue silencioso, ni siquiera un silbido mientras rozaba el tejido brillante.

—Los sueños son verdaderos —susurró.

Luego dio la vuelta por el lugar y deslizó la navaja por las gargantas de las Entregadas.

Quitando vidas preciosas.

Fue demasiado fácil, tal como se lo prometieron sus sueños. Cada año, habría más Entregadas, más elegidas. Pero ahora ella sería la primera.

Cuando la joven terminó, caminó por encima de los desplomados cuerpos silenciosos. Cuando presionó las palmas de las manos sangrientas contra el vidrio de la torre, el vapor pasó a través de él deslizándose como una nube.

Afuera, las esferas del Conducto se habían reunido en el cielo para formar una flecha y la iluminaron como un gran faro de luz. La revelaron ante los miles de seres reunidos abajo, lejos. Ella podía sentir que, mientras la elegían, rugían con tanta fuerza que el vidrio temblaba.

Había terminado la Entrega.

El Conducto había elegido.

Y sólo quedaba la joven.

Capítulo 9
Dex

—¡Ni en sueños, carajo! —Dex se puso en pie. Ese viejo desgraciado, hundido, taimado.

—¿Eso será un problema, Dextro? —el general sonrió como un lobo de hielo solerano, y las comisuras de sus ojos azul pálido se arrugaron mientras miraba a Dex—. Acompañarás a Androma en su misión para asegurarte de que siga las reglas y no se escape. Ya perdí a una hija por sus tonterías. No perderé a otro.

Dex maldijo para sí.

Debió haber sabido que no había que conspirar contra el general de Arcardius después de todo lo que había oído decir del hombre: el soldado condecorado con la habilidad para conseguir por las malas lo que quisiera, torciendo las palabras y chantajeando a quien fuera que se interpusiera en su camino. Una habilidad de la que pocos habían sido testigos, pero de la que muchos hablaban. El general Cyprian Cortas era un hipócrita andante cuando se trataba del camino de honor arcardiano.

—Hicimos un *trato* —dijo Dex con la quijada apretada.

—Y el trato todavía se honrará. Los términos simplemente se... —el general hizo un gesto con la mano, como si descartara su viejo acuerdo— extendieron.

—Podría matarla —gruñó Dex—. ¿Y entonces qué haría para recuperar a su hijo precioso? —miró de reojo a Andi, quien ya estaba en pie también, con los puños listos, como si se preparara para una pelea que Dex no estaba seguro de que en realidad él pudiera ganar.

—Ah —dijo Andi—, pero los dos sabemos cómo acabaría eso.

Andi le sonrió burlonamente.

Dex sintió que sus propias manos se cerraban, que las navajas de sus guantes rogaban por escapar y encontrar su marca cortándole la garganta.

Pero Dex se volvió de nuevo hacia el general.

—Es más que capaz para hacer este trabajo sola. No soy niñera —él había cumplido con su parte; se suponía que el trabajo ya estaba hecho.

El general Cortas levantó una ceja encanecida.

—¿Vas a querer tu dinero o no, cazarrecompensas?

Así que ése era su juego. Dex suspiró.

—Tiene miles de hombres y mujeres bajo su mando. ¿Por qué no escoge a uno de ellos para que la acompañe? Lo más probable es que me expulse de la nave tan pronto como estemos fuera de alcance. Usted lo sabe.

Sería algo tan propio de *Androma*.

—Entonces, más vale que te mantengas alerta —sugirió el general.

—¿Puedo opinar sobre quién entrará a mi nave? —dijo Andi, lanzando desesperada los brazos al aire, con sus brazaletes relucientes.

Dex se giró hacia ella.

—*No es tu nave.*

—El que la encuentre se la queda, Dextro...

—¡Suficiente! —ladró el general Cortas. Se acercó a la cámara y su rostro creció lo suficiente en la pantalla para que Dex pudiera ver su repentino tic en los ojos.

—Puede ir con ella, señor Arez, conseguir su dinero y caerle en gracia al gobierno cuando haya terminado el trabajo, o puede irse de aquí sin nada. No olvide que yo soy su mejor esperanza para que lo readmitan como Guardián. Usted elija.

Dex estaría total y completamente fastidiado si rechazaba este trabajo. No sólo perdería un cargamento de krevs, sino que todo por lo que había pasado para llegar a este momento, cuando había estado tan cerca de recuperar su título de Guardián que casi lo había podido *saborear*, habría sido por nada. A menos que participara en el horrendo jueguito del general y formara equipo justo con la persona que, para empezar, había logrado que le arrebataran su cargo como Guardián.

Sus entrañas se agitaron con sólo pensar en salir volando de ahí con Androma Racella a su lado, a bordo de *su* nave. La misma que ella le había robado hacía tres años, cuando lo dejó sangrando en esa luna.

Había sobrevivido. Pero ella se había llevado todo lo que él amaba.

Ahora, él ansiaba recuperar su nave y despegar hacia el espacio, dejándola atrás para que ella lo viera partir, para que sintiera lo que él había vivido.

Se dio la vuelta lentamente, esta vez para mirar a Andi.

Ella parecía estar congelada. Atrapada. Y aun así él sabía que, en lo más profundo de su mente, ella estaba urdiendo algún tipo de plan para vengarse de él.

Dex suspiró.

Había perdido esta batalla contra el general. Pero estaban en juego su paga y su reputación, las dos cosas que valoraba más que nada más en su vida.

No caería sin pelear.

La había atrapado, como se había propuesto. Ahora sólo debía mantenerla entre sus manos un rato más, hasta que terminara el encargo.

Y asegurarse de que no intentara matarlo. De nuevo.

Así que Dex Arez, el mejor cazarrecompensas de la Galaxia Mirabel, miró profundamente a los ojos de Andi, iluminados por la luna, y le guiñó el ojo mientras decía:

—Justo como en los viejos tiempos, amor mío.

CAPÍTULO 10
LIRA

No había muchas cosas en esta galaxia que Lira Mette odiara.

Una nave lenta, aunque fuera molesta al principio, siempre se podía alterar para que corriera más rápido, mientras se contara con las piezas y la tripulación correctas.

Un puñado de Goma de mascar Lunar rancio, por más que supiera tan amargo como una fría noche solerana, de cualquier modo podría surtir el efecto suficiente para levantarle los ánimos durante un vuelo aburrido.

Hasta el temperamento de su capitana, tan salvaje como un látigo eléctrico, se podía canalizar en algo que volvía estupenda a la tripulación del *Saqueador*. E incluso lo suficientemente aterradora para hacer que la gente temblara ante la sola mención de sus nombres.

Pero ¿cuando se trataba de Dextro Arez?

La palabra *odio* no era lo suficientemente fuerte para describir los sentimientos de Lira.

Dex era un cazarrecompensas despiadado y sin honor. Un hombre que le había destrozado el corazón a su mejor amiga y la había dejado encadenada, situación que la llevó a escapar y llevar una vida de fugitiva. Un desgraciado que apenas si podía llamarse Guardián Tenebrano después de todo lo que había hecho. Le alegraba que hubiera perdido su título y su nave esa noche.

—Ese imbécil jamás será un digno Guardián —masculló Lira en voz baja, mientras el odio inundaba sus venas.

La sensación la sacó de equilibrio.

El odio era un sentimiento más reciente para Lira, algo que siempre le habían enseñado a extinguir desde el momento en el que parpadeó a la vida. Pero ahora, en este momento, se aferró a él.

Había muchas cosas a las que se había aferrado desde que dejó su planeta nativo de Adhira.

—Lo odio —dijo Lira, y probó las palabras en su lengua—. Resulta que lo odio mucho, muchísimo.

—Noticia de último minuto, Lir: todas lo odiamos —dijo Breck a su izquierda. Y aunque estaba demasiado oscuro para que Lira pudiera ver a su compañera de tripulación, podía imaginarse los labios fruncidos en su rostro—. Tenemos que escapar. Deberíamos estar allá abajo con Andi, liberándola.

—¿Y cómo propones que lo hagamos? —preguntó Lira. Las palabras no eran severas, sino curiosas.

El conocimiento, junto con la paz, era otro rasgo que a los ciudadanos adhiranos se les animaba a seguir por encima de todo lo demás. El deseo de aprender y crecer, de cuestionar el mundo que los rodeaba en todo momento.

—Pienso —dijo Gilly frente a ellas, en alguna parte de la oscuridad— que deberíamos empujar a Breck por la escalera y dejar que aplaste a esos Patrulleros hasta que lo único que quede sean sus horrendas almas.

—Hay un pequeño problema con esa solución, Gil —dijo Breck—. Los grilletes.

La niña resopló en respuesta.

—Ya hemos logrado escapar antes de grilletes como éstos.

—No con nuestra capitana encarcelada abajo —dijo Lira.

Las tres estaban esposadas con grilletes eléctricos, sentadas con las espaldas contra las frías paredes de acero del pasillo que conducía al puente de mando de la nave. Todavía había cadáveres esparcidos en el suelo alrededor de ellas tras la pelea, y el olor a muerte empezaba a inundar el angosto espacio.

A Lira se le agitó el estómago por el disgusto y la frustración, en partes iguales.

Ella no creía en matar, no creía en arrebatar vidas sin sentido y enviar sus almas a sus próximas vidas. Eso era algo que debían decidir los Astrodioses. Asesinar no era el modo de vida de los adhiranos: cuando era niña, Lira había escuchado a su tía recitar muchas veces las palabras que ataban a su pueblo a una vida de amor y armonía. *La paz, tan profunda como las raíces de los árboles de Aramaeia. Tan alta como la Montaña de Rhymore.*

Pero eso era entonces, allá en su planeta nativo. Esto era ahora.

La vida en el *Saqueador* era muy, muy distinta. Había cambiado a Lira poco a poco, y la había marcado del mismo modo en que Andi marcaba las muertes en sus espadas. Lira dudaba que su familia pudiera siquiera reconocer a la chica en la que se había transformado en los años recientes.

Y además, esos Patrulleros caídos que la rodeaban no habían muerto por su mano. Habían sido las de Andi, Breck y Gilly, sin duda. Lira sólo les ayudaba a derribar a sus oponentes. Lo que sucedía después era algo que decidían las otras chicas.

Ésta era su nave. Su hogar. Los Patrulleros lo habían invadido y habían amenazado la libertad que se habían ganado con tanto esfuerzo.

Y por más que la Lira de antes desaprobara que pensara así... esos Patrulleros se merecían lo que les había pasado.

—¿Entonces? —preguntó Breck—. ¿Cuál es el plan, Lira?

—Esperemos —respondió. Porque, por una vez, su mente se había quedado en blanco. Nunca había estado separada de su capitana en una misión. Nunca había tenido que asumir *realmente* el título de Segunda de a bordo. En especial, no con invasores en su nave. En especial, no con ataduras.

—¡Al diablo con la espera! —dijo Breck, con voz ronca.

Se oyó el sonido de las carcajadas de los guardias que se escurría desde abajo, por el agujero en el suelo donde se levantaba la escalera.

Montaña de Rhymore, pensó Lira. ¿Cómo es posible que rían en un momento como *éste*?

No tenía nada de chistoso que capturaran a Andi, que la mantuvieran como prisionera de Dextro Arez en alguna parte de las cubiertas inferiores, separada de su tripulación y enfrentada a, sabrán las estrellas, qué cosa. Incluso en ese momento, Lira podía sentir el hueco en el pecho donde faltaba Andi. Como si una costura del corazón se le hubiera soltado y pronto se pudiera descoser. Y las otras chicas también.

Parientes de sangre o no, Andi era parte de su familia. Y las familias no estaban hechas para que las despedazaran.

Lon estaría de acuerdo con eso, susurró la Lira de antes desde el fondo de su mente.

Se sacudió de encima ese susurro. Esto no tenía que ver con Lon. Esto no tenía que ver con el pasado. Esto tenía que ver con el aquí y el ahora.

Con liberarse.

Lograrían salir de esto. ¿O no? Lira se quebró la mente en busca de una solución, de una *salida*. Pero no encontraba nada.

Gilly suspiró.

—Ay, cabrón. Estoy perdiendo la sensación en el trasero, chicas. Necesito moverme.

—No digas *cabrón*, Gil —la regañó Breck.

—¡Pero tú dijiste que Dex lo era!

—Porque ése podría ser su apellido. Junto con desgraciado bastardo, descerebrado y porquería sin alma y...

Las palabras de las chicas se fueron apagando mientras Lira se refugiaba de nuevo en sus pensamientos. En un lugar silencioso, tranquilo y controlado. Al igual que sus manos cuando guiaban el acelerador de la nave, sin otra cosa más que el espacio y las estrellas que se extendían frente a ella.

Con los ojos cerrados y la cabeza contra el metal frío, Lira repasó la cronología de los eventos del día y se preguntó en dónde se había equivocado. Se preguntó cómo podría haber salvado a la tripulación de este destino. Si tan sólo hubiera volado la nave con más delicadeza. Si hubiera logrado encontrar una manera de dar más potencia a los propulsores traseros o quitar más peso de la bodega de carga...

Apretó los puños. Las escamas azules que tenía esparcidas sobre la superficie de los brazos y cuello empezaron a relucir de un color púrpura profundo y arrojaron su luz sobre el espacio apretado. Empezó a salir vapor de su piel mientras se intensificaba el calor.

La ira.

Una emoción que se había acercado a un lado del odio como un viejo amigo querido. Lira no había sentido rabia en meses. Siempre había trabajado para controlarla, porque las emociones profundas, como el enojo, llevaban a una reacción en su sangre, y esa reacción llevaba a que Lira quemara hoyos en su ropa a medida que las escamas sobre su piel se calentaban.

La voz del hermano de Lira se volvió a meter en su mente. *La ira nunca es tu amiga, bichito.*

Maldito el dolor en el pecho que venía con eso. ¿Por qué eran siempre las palabras de Lon las que la acompañaban en sus momentos más oscuros? Le recordaban su casa. Le recordaban otro fracaso.

Se volvió a concentrar en el tema en cuestión.

—Nos hace falta esa yegua de hielo solerana que intentó comerse la garganta de Andi hace unos meses —dijo Gilly—. Estos grilletes no serían nada para ella.

—Las yeguas de hielo se comen a la gente, Gilly —dijo Breck—, no el metal.

Lira suspiró. Si tan sólo los grilletes de sus muñecas estuvieran hechos de cuerda. Entonces podría irlos quemando para quitárselos y abrirse paso con sus propias manos entre la barrera de Patrulleros que estaban abajo.

Hizo una mueca mientras sus escamas se calentaban al punto de ebullición.

—Lir —dijo Gilly, y la luz de las escamas de Lira iluminó su rostro preocupado—. Está bien. Lo resolveremos.

—Tiene razón —agregó Breck—. Sólo... cálmate, antes de que te agotes. Lo último que necesitamos ahora es perderte a ti también —mostró una sonrisa. Sus dientes brillaron con un fantasmagórico color púrpura bajo la luz de Lira—. Andi estará bien. Es inteligente. Y Dex es...

—Un cabrón —dijo Gilly con una sonrisita malvada.

A pesar de todo, Lira soltó una carcajada.

Lon adoraría a esta niña. Si en algún momento lograban salir de esto, quizás algún día Lira los presentaría.

—¿Y ahora qué? —preguntó Breck, y llamó la atención de Lira de nuevo hacia ella. A la artillera le goteaba sangre de las dos fosas nasales. Uno de los Patrulleros se había envalentonado y había golpeado su rostro con la culata del rifle. Él ya estaba inconsciente, gracias al agresivo y rápido puño de Lira.

—Esperemos —volvió a decir Lira mientras se le enfriaba la piel, mientras encerraba de nuevo la ira dentro de ella y la enterraba en lo más profundo—. No hay otro plan más que la paciencia. Porque si nos movemos, los hombres de Dextro le meterán una bala en el cerebro a Androma. Y entonces seremos la causa de la muerte de nuestra propia capitana.

A Lira le había costado demasiado no zambullirse por las escaleras y clavarle un cuchillo en la espalda a Dex mientras se llevaba a Andi por los pasillos de su nave. Hasta la postura de Dex estaba llena de presunción. Lira no podría imaginarse (a menos que tuviera un palo metido en el trasero) cómo o por qué alguien caminaría así.

—Esperemos —dijo Breck.

—Esperemos —repitió Gilly.

Y las chicas esperaron.

Y esperaron.

Pareció que por horas, hasta que Gilly, ya suficientemente aburrida, se quedó dormida y sus ronquidos resonaron por los pasillos. Hasta que el estómago de Breck empezó a rugir y Lira paró de contar los minutos desde que Andi se había ido. Mil escenarios pasaron por su mente.

Mil soluciones también, seguidas rápidamente por las razones por las cuales no funcionarían. Le hincaban los dientes y la destrozaban mientras sus escamas se iluminaban, se apagaban, se volvían a encender.

Era inútil. Tan increíblemente inútil, esta habilidad.

Lira casi sucumbió ante la fatiga de la energía desperdiciada. Apenas se le estaban empezando a cerrar los ojos, con el sueño que la llamaba como un veneno, cuando una voz perforó la oscuridad.

—¿Señoritas?

Las tres se pusieron en alerta.

Las escaleras debajo de ellas repiquetearon mientras alguien subía.

—Protege primero a Gilly—le susurró Breck a Lira.

—Cueste lo que cueste —asintió Lira.

Luego apareció una criatura que se detuvo como a medio camino en las escaleras. Llevaba una linterna en su puño, una luz que le arrojaba un fulgor extraño y etéreo sobre el rostro.

Tenía el cuerpo hecho de metal y engranajes y luces que titilaban detrás de un revestimiento transparente, como un reloj esqueleto. Tenía el rostro completamente blanco, con extraños ojos que no parpadeaban.

Era un IA.

—¿Quién demonios eres? —aulló Gilly.

—Me llamo Alfie —respondió la criatura con una voz clara y entrecortada. Diplomática—. Soy el asistente personal del general Cyprian Cortas, un Emisario Inteligente con Forma de Vida Artificial, versión 7.3.

A medida que se impulsaba por el último tramo de la escalera y entraba por el pasillo, Lira notó que tenía una brillante llave plateada aferrada en el otro puño.

Podría hacer su movida ahora. Podría liberar a las chicas con ayuda de este extraño recién llegado, con este fortuito giro de eventos. El rostro blanco de la criatura se volteó hacia Lira.

—La capitana Androma Racella llegó a un acuerdo con el gran general Cortas.

—¿Un acuerdo? —preguntó Lira, sin quitar los ojos de la llave. Tenía el cuerpo tenso, listo para saltar. Andi odiaba al general Cortas. Era la única persona a quien temía en todo Mirabel—. ¿Bajo qué términos?

—Pronto se discutirán, Lira Mette —el IA ladeó la cabeza, como si tuviera la mirada clavada en algo que no lograba comprender del todo. Mientras levantaba la llave con un movimiento extrañamente uniforme, dijo—: Pero primero tengo órdenes de liberarlas a todas.

—Pues… demonios —dijo Breck—. Eso no me lo esperaba.

Lira sólo pudo quedarse mirando mientras el extraño IA se paraba frente a ella, se inclinaba sobre una rodilla metálica y deslizaba la llave en sus grilletes.

X en Ptera estaba muriendo.

La reina Nor Solis lo sabía desde hacía años. Había sido testigo del dolor de su planeta con sus propios ojos... pero saber la verdad no significaba que fuera más fácil enfrentarla.

Durante años, supo que se acercaba.

Podía sentirlo en el aire contaminado que respiraba, el ardor de la polución que desgarraba sus pulmones mientras se paraba en el balcón del Salón Nyota con vista hacia las ruinas de su reino, alguna vez tan hermoso.

Ella y sus consejeros habían intentado restaurar la belleza de Xen Ptera desde el final del Cataclismo, pero la radiación había vuelto estéril el suelo. Los cultivos se marchitaban en el momento mismo en que trataban de brotar de las semillas. Se secaron los arroyos. Las criaturas se extinguieron, mientras que otras mutaron y su sangre se volvió ácida, imposible de comer.

Xen Ptera alguna vez había sido un planeta próspero, rico en minas de varilio que llevaron comercio y riqueza al Sistema Olen. Pero a medida que se agotaban y cerraban las minas, el futuro de Xen Ptera empezó a parecer desolador.

Se hundieron los negocios. A medida que se terminaba el varilio, cesó el comercio entre Olen y otros sistemas. La hambruna arrasó con los hogares xenpteranos, lo que condujo a la debilidad y luego a la suciedad y a la enfermedad, que se extendían más con cada año que pasaba.

El padre de Nor había acudido a otros sistemas para solicitar ayuda, pero los sistemas Unificados se rehusaron a ofrecer la suficiente.

Y así comenzó el Cataclismo.

Ahora, quince años después, la lucha había cesado desde hacía mucho, pero a Nor se le habían acabado las opciones a pesar de todo lo que hizo.

Hasta tiempos recientes, Xen Ptera había tenido que depender de la comida y el agua que conseguían en Iv21, un pequeño planeta vecino. Pero los recursos de Iv21 distaban, por mucho, de ser suficientes para mantener a la población de Xen Ptera por un periodo extendido, y hacía meses que se habían acabado las limitadas reservas de comida cosechada en ese planeta.

La muerte llenaba el vacío que dejaban atrás.

Por la bulliciosa ciudad zumbaban ruidos mecánicos. Desde su punto de observación, kilómetros por arriba del suelo, Nor tenía una vista despejada del territorio. Sobre el paisaje gris flotaban columnas de humo negro. Los edificios, desde los que apenas tenían pocos pisos hasta los que se encumbraban a kilómetros de altura, se sofocaban unos a otros en la claustrofóbica capital de Nivia.

Las flores habían dejado de brotar y el agua verdadera ya era un sueño, a medida que las tabletas de agua artificial ocupaban su lugar. Del cielo naranja oscuro llovía ácido, que quemaba tanto la piel de carne como la metálica.

Nor se aferró al barandal mientras el piso debajo de ella dejaba escapar un resuello grande y estremecedor. Los temblores eran constantes, y agrietaban el suelo y devoraban todo lo que estuviera en su camino. Su pueblo solía guardar luto por las vidas perdidas en la corteza fundida, pero en los últimos años, los temblores se habían vuelto tan regulares como para que a alguien todavía le importara.

Los xenpteranos se estaban volviendo insensibles a la destrucción que los rodeaba.

Nor escuchaba el coro de la muerte en los gritos de su pueblo hambriento, lo veía en la neblina verde que les quemaba la piel mientras soplaba por las calles derruidas de la ciudad con cada hálito amargo de viento.

Durante años, el sufrimiento de su pueblo, de su planeta, la había despedazado.

Pero ella sabía en lo más profundo de su ser que pronto tendría el poder para detenerlo todo.

—¿Su Alteza?

Nor se puso rígida al oír la voz de una niña detrás de ella. Se giró de su lugar en el balcón y abandonó el horizonte de su ciudad capital y el dolor que le golpeaba el pecho.

Como un veneno.

Había una niña cíborg parada en la puerta, con manchas de metal que se arremolinaban sobre su piel quemada y un engranaje que zumbaba en donde tendría que haber estado su corazón. Era una de las pocas que se habían salvado de la exposición a la radiación, incluso después de todo su daño.

—¿Te atreves a acercarte a mis aposentos privados? —dijo Nor. El viento entraba aullando por las puertas abiertas del balcón y le revolvía las ondas de cabello color medianoche—. ¿Qué significa esto?

Sonrió para sí cuando la niña dio un paso atrás, inclinó la cabeza y el cabello plateado cubrió su rostro.

A Nor siempre le había encantado el sonido de su propia voz: poderosa pero pura. Una voz que ponía de rodillas hasta a los hombres más fuertes y valientes. Una voz que podía hacer que rodaran cabezas, si alguien decía una sola palabra en su contra.

—Mis disculpas, Su Alteza —susurró la niña. Arrojó la mirada hacia sus propios pies desnudos—. Darai vino a visitarla, y...

Nor levantó una mano. Las palabras de la niña se detuvieron de golpe.

—Llévame con él —ordenó Nor.

—Está en su oficina, Su Alteza. La acompañaré hasta ahí, si lo desea.

Nor asintió una vez. La niña dio media vuelta y los engranajes de su pecho metálico crujieron. Humana, pero apenas.

Siguió a la criada enérgicamente por los pasillos forrados de tapices, hasta el elevador. Se quedaron paradas en silencio mientras bajaban los diez pisos, antes de detenerse en el que albergaba la oficina de su consejero.

Nor pasó rozando a la niña temblorosa y entró a la habitación de Darai sin molestarse en tocar.

Las estrellas le hacían guiños desde adentro. Cientos de miles pintadas en las paredes, una réplica del cielo que Xen Ptera no había podido ver en años. Y en el centro de la habitación, sentado frente a su escritorio blanco, se encontraba el consejero de más confianza de Nor.

—¿Tienes tan alta opinión de ti mismo, Darai, que te atreves a convocarme *a mí* a *tus* oficinas? —siseó Nor. Se acercó al pulcro escritorio blanco.

—Mis disculpas, Su Alteza —dijo él. Se levantó e hizo una profunda reverencia; un mechón canoso cayó sobre su rostro curtido. La mitad de éste se encontraba mutilado, con la piel marchita y quemada por un accidente en la niñez, y trozos de metal se asomaban por donde las costuras permanentes ayudaban a mantener la piel en su lugar. Rara vez hablaba del accidente, y nunca ofrecía muchos detalles en respuesta a las preguntas que le hacía Nor al respecto.

—¿Qué significa esto? —preguntó ella.

—Tengo nuevas noticias sobre el arma. Me acaba de avisar Aclisia que está en las últimas etapas de desarrollo.

Nor sonrió, y su ánimo se elevó de inmediato. Llevaba años esperando, imaginando la gloria de su más grande creación. Y ahora estaba casi completa.

—Entonces nos debemos preparar de inmediato.

Darai se levantó del escritorio, y sus largas túnicas se extendieron detrás de él como una cortina.

—Nor, puedo sugerir…

—Di lo que piensas ahora, tío, antes de que me canse de ti.

Darai apretó los labios con una débil sonrisa. Era un hombre orgulloso, pero él mismo le había enseñado a Nor a ejercer el gobierno como si blandiera una poderosa espada. Él había sido parte de la vida de Nor desde que ella tenía memoria. El único miembro de su familia que sobrevivía, no de sangre, pero sí gracias a sus años de lealtad a Nor, y a su madre antes que a ella.

Darai inclinó la cabeza y se acercó lentamente a Nor.

—El momento es de suma importancia, por supuesto. Debemos tener paciencia para asegurarnos de que todas las piezas se acomoden antes de actuar.

—La última pieza ya está en su lugar —dijo Nor con un ademán de su prótesis de mano de oro.

Ver su mano le recordaba su pasado. Las explosiones. Las pérdidas. La necesidad de venganza que le daba fuerza.

El pasado era lo que alimentaba su presente.

Nor se dio media vuelta, y su collar de picos rozó su mandíbula. Al otro lado de la habitación, las estrellas pintadas la fulminaban como ojos de demonio.

—Cuando pongamos de rodillas a la galaxia —dijo Nor, y una sonrisa apareció lentamente en sus labios pintados de rojo—, quisiera cubrir esta habitación… con la sangre de cada hombre, mujer y niño que alguna vez haya levantado un dedo contra mi planeta.

Darai avanzó por el piso de baldosas hasta pararse a su lado.

—Querida —tenía la voz resbalosa, como si estuviera empapada de aceite—. Cuando pongamos de rodillas a esta galaxia, podrás pintar todo el palacio de sangre, si así lo deseas.

Nor cerró los ojos y sonrió.

Podía verlo, *saborearlo*.

Y eso le agradó.

Andi cruzó los brazos sobre el pecho y se enterró los dedos en los bíceps mientras intentaba mantener la rabia bajo control. Estaba sentada en la silla del capitán, en el puente de mando, y miraba por la portilla del *Saqueador* recién reparado hacia la enorme bahía de carga de la nave Rastreadora. Los daños internos habían sido relativamente rápidos de arreglar, pero era el exterior de la nave la que mostraba más deterioro tras su pelea con los Patrulleros. Se aseguraría de que el general Cortas pagara también por eso.

Su nave no era una chatarra. Se rehusaba a dejar que lo pareciera.

Andi se dio media vuelta en la silla para enfrentar a la tripulación y examinar a cada una de ellas. Ninguna herida seria, aunque Gilly exhibía una fea cortada en la clavícula y Breck tenía sangre seca debajo de la nariz. Lira, con toda la gracia de siempre, estaba encaramada como un pájaro en su silla de piloto.

El corazón de Andi se relajó un poco al ver que estaban todas completas.

—¿En verdad vamos a hacer este encargo sin chistar? —preguntó Breck, recargada contra la puerta de entrada detrás de ella.

—Este equipo nunca se queda callado —dijo Lira—. Los masacramos. Todavía estoy sorprendida de que no nos hayan arrancado la cabeza después de eso.

Breck hizo un ruido en el fondo de la garganta.

—No me sorprendería que el general no cumpliera la promesa de perdonarnos después de que le entreguemos a su hijo sano y salvo, y esté de regreso con papito. ¿Cómo sabes que cumplirá su promesa, Andi?

Andi hizo una mueca mientras miraba a los Patrulleros de afuera, con sus botas perfectamente pulidas y sus inmaculados uniformes azules.

—Hizo el Juramento —todos los Patrulleros de allá fuera habían hecho los juramentos también, cuando se incorporaron a las filas arcardianas. Varios habían seguido a Dex hasta la muerte gracias a esos juramentos. El Juramento Arcardiano era una obligación, como si fueran dos almas que se volvían una—. Cumplirá su promesa, con tal de que yo cumpla la mía.

—Haciendo tratos con el diablo —dijo Lira con un suspiro—. ¿Qué nos falta por hacer?

—Déjame que le dispare al viejo, capi. Podemos pasar ahora mismo por Arcardius, y lo puedo hacer rápidamente —gimoteó Gilly junto a Breck. Se le habían deshecho las trenzas rojas, y los rizos caían sobre sus hombros y hacían que sus ojos lucieran más azules—. Y entonces terminará todo esto. De todos modos, no quieres volver a Arcardius —pareció encogerse dentro de sí por un segundo mientras pensaba en eso—. ¿Cierto?

—Nadie —dijo Andi, fulminando a Gilly con la mirada sobre la enorme figura de Breck— le disparará a nadie más. Al menos, todavía no.

No respondió a la segunda pregunta de Gilly.

Ya lo había pensado, y se había imaginado todas las maneras en que podría resultar la vida de regreso en Arcardius.

Incluso con el perdón, jamás volvería a ser igual. Cuando murió Kalee, la gente miró a Andi como si fuera la escoria del planeta. Como si hubiera decidido ponerle un cuchillo a Kalee en la garganta y se la hubiera cortado. Como si hubiera querido volverse una traidora.

Existiera o no la posibilidad del perdón, Andi sabía que no lograría salir de esto con su tripulación. Por el momento, estaban encerradas como el ganado azul que alguna vez había visto en una granja satélite.

—A mí tampoco me gusta nada —dijo Andi—, pero no tenemos otra opción. Nuestra nave está en sus manos, y en este momento tiene rodeada esta bahía de carga con una Rastreadora repleta de guardias armados —golpeteó las uñas pintadas de rojo sobre el reposabrazos—. No dudo que cumpla el Juramento… pero ésa no es nuestra principal preocupación en este momento. Nos dirigimos al Sistema Olen.

—Y estamos hablando de Xen Ptera —dijo Gilly—. Nunca hemos robado nada de ahí. ¡Ni siquiera hemos *estado* en el Sistema Olen, capi!

Viajar a Olen se había vuelto una misión imposible desde que había terminado el Cataclismo. Seguía vigente el tratado de paz que evitaba que el enorme Sistema Olen, con Xen Ptera como su planeta capital, atacara a los demás Sistemas Unificados de Mirabel. Pero los habitantes del Sistema Olen no eran particularmente amistosos con los Sistemas Unificados.

Andi no los culpaba. Era un milagro que alguien hubiera sobrevivido la explosiva batalla final que se había llevado a cabo en Xen Ptera en los últimos días de la guerra.

—No podemos pensar así. Si lo hacemos, terminaremos por pensar de más cada movimiento que hagamos. Sólo es otro encargo. Tomar y llevar.

Pero a la misma Andi le costaba trabajo creerlo. Había visitado bastantes lugares sucios y destruidos en Mirabel. El pirateo la llevaba con su tripulación hasta los lados más oscuros de los distintos planetas y lunas que habían visitado. Pero si la mitad de los rumores que había escuchado sobre Xen Ptera eran ciertos, tenía que ser fuerte. Si no por ella, entonces por su tripulación.

Sus acciones pasadas las habían metido en este desastre. Las tenía que mantener vivas hasta el final.

—Lo que digas tú, Androma —dijo Breck—. Si no te molesta, me llevaré a la pequeña Gilly abajo a revisar el armamento nuevo. Con las provisiones que nos dio el general, podremos hacer Centellas lo suficientemente grandes para destrozar toda una luna.

—Adelante —dijo Andi—, pero quiero que las dos estén de regreso antes de despegar.

Una parte egoísta de Andi habría preferido que el general Cortas no fuera quien les diera las nuevas armas a las artilleras. Durante los últimos meses, habían tenido pocas de sus más adoradas provisiones. Ella quería mantener a sus chicas, pero hasta ahora, lo único que había logrado había sido ponerlas en peligro.

Andi suspiró, consciente de que pensar de esta manera era una tontería. Gilly sonreía de oreja a oreja mientras ella y Breck salían del puente de mando, y con tal de que las dos estuvieran contentas con el nuevo armamento, no importaba en realidad quién las proveyera.

Lira se quedó atrás, observando a Andi con esos ojos adhiranos que todo lo veían. Eran las que más tiempo llevaban juntas, y habían compartido incontables historias bebiendo botella tras botella de espumoso Cram Cósmico, hasta terminar con los ojos vidriosos como las estrellas.

Andi nunca olvidaría el día que conoció a Lira, en un cuadrilátero de pelea en Zerpro7. Estaban paradas la una junto a la otra, dos chicas resueltas a ganar sus apuestas. Pero esa noche, las peleas eran lentas y los peleadores poco hábiles, y pronto Andi se encontró conversando con Lira.

Deberían ponerme a mí en el cuadrilátero, había dicho Lira, y suspiró mientras se inclinaba sobre el barandal sucio para asomarse a la pelea.

Suenas bastante confiada, respondió Andi.

Tengo bastante confianza cuando se trata de pelear, dijo Lira, *pero mi verdadero don es volar.*

Habían hablado largamente, hasta entrada la noche, y horas después Andi le había ofrecido a Lira un viaje de prueba en su nave. Salieron volando de Zerpro7 y nunca miraron atrás.

—No estás bien, Andi —dijo Lira ahora—. Lo puedo ver con la claridad del varilio, así que deja de fingir.

Andi suspiró y pasó su mano por el enredado cabello blanco y morado. Le tomaría horas deshacer esos nudos.

—Estoy bien —pero ya sabía que Lira percibía la mentira en el mismo momento en que salía de sus labios—. Sólo estoy... —suspiró—. Necesito un rato para pensar, Lira.

Lira la miró con desconfianza, pero la complació.

—Estaré en mi camarote si me necesitas.

Andi observó a Lira salir antes de voltear y asomarse por el muro de vidrio transparente hacia el interior de la nave

105

Rastreadora. Los hombres con sus uniformes azules de Patrulleros Arcardianos se apresuraban como hormigas por todos lados mientras terminaban de hacer las revisiones finales del *Saqueador*.

Andi estaba agotada, mental y físicamente; ese tipo de fatiga que dudaba poder arreglar con el sueño. Para variar, no tenía claro cuál sería el siguiente paso, además de rescatar al hijo del general. Más allá de eso, había una vasta incertidumbre total.

Una sentencia de muerte perdonada. Todo un planeta que la esperaba. Pero después de todo lo que había sucedido, y con las heridas que llevaba dentro todavía… ¿en verdad, podría regresar?

Levantó las espadas con un suspiro y empezó a tallar los muertos del día. Mientras raspaba el metal, los pensamientos de Andi navegaron hacia el pasado.

Deseaba con desesperación que jamás la hubieran escogido para el puesto sagrado de Espectro, y en su lugar haberse vuelto tan sólo un soldado común y corriente, como su padre. Sus primeros recuerdos de su tiempo juntos eran de los días de entrenamiento, los puños amoratados y los nudillos sangrientos. *Tenemos la pelea en la sangre, Androma. Siempre defenderemos a Arcardius, cueste lo que cueste.*

Fue a causa del entrenamiento de su padre que terminaba a menudo en la oficina del comandante tras haber peleado con otros alumnos de la Academia cuando el enojo la rebasaba. Fue por su ira que sus padres la metieron en clases de danza, con la esperanza de que eso ayudara a pulirla un poco.

Y fue por la danza que había conocido a Kalee. Si tan sólo se hubiera quedado callada en la Academia, si no hubiera hecho a Kalee reír durante sus clases de danza, si no la hubiera invitado a almorzar en su cápsula… su amistad jamás habría comenzado.

Y el general Cortas jamás habría visto el vínculo que compartían. La ferocidad con la que Andi defendía a Kalee cuando sus compañeros de clase la fastidiaban. La destreza con la que podía romper una nariz y deslizarse de nuevo a las sombras sin otra palabra. Cómo sobresalía en cada clase militar y recibía las mejores notas en las clases de combate físico.

Fue una serie de pequeñas decisiones que la llevaron a un gran error, y por eso, por culpa de *Andi*… Kalee había muerto.

La dolorosa verdad todavía seguía atenazada a Andi después de tanto tiempo.

Esta nave y estas chicas eran su único consuelo. Y ahora se dirigían a la boca del infierno.

Gilly tenía razón. Este trabajo era mucho mayor que cualquier cosa que hubieran hecho jamás. Era en raros momentos como éste que Andi habría deseado tener una vida más simple y más fácil.

Si tan sólo pudiera creer que el perdón del general Cortas podría arrebatarle el dolor del pasado. Pero ella sabía, tanto como el general, que su futuro se había destrozado cuando Kalee exhaló su último aliento.

—Saludos, Androma Racella.

Andi se giró en la silla, levantó las espadas y se encontró cara a cara con alguien inesperado.

Algo, más bien.

La confusión acribilló su mente antes de que pudiera acomodar las piezas. No había conocido a muchos IA en su vida, aunque en las transmisiones de hacía años los había visto atender a los aristócratas pudientes de todo Mirabel.

El rostro del IA era blanco como las montañas cubiertas de nieve de Solera. Tenía dos ojos y una boca, piernas y brazos, pero más allá de eso, no poseía ningún otro rasgo humanoide. El cuerpo del IA era transparente, como las paredes del *Saqueador*, y Andi podía ver todos los engranajes y cables que llevaba dentro, chasqueando y zumbando como un reloj antiguo.

Los IA habían sido extremadamente raros desde que terminó el Cataclismo, hacía quince años, cuando los prohibieron en todo Mirabel. El Sistema Olen había convertido a los IA en armas durante su guerra contra los Sistemas Unificados, y de no ser por la tecnología militar avanzada desarrollada por Nueva Veda y Tenebris para combatir al ejército de IA, éstos habrían derrotado a los Sistemas Unificados. No había sido sino hasta hacía seis años que los seres de inteligencia artificial se habían integrado de nuevo a la sociedad, sobre todo como sirvientes, recaderos y mecánicos... y a veces chefs, algo que Breck le había rogado tantas veces a Andi que consiguiera para el *Saqueador*.

Después de quedarse mirando al IA por unos cuantos segundos más, un silbido desde el pasillo llamó la atención de Andi. Dex entró paseando al puente de mando con una sonrisa petulante en el rostro.

—Ah, veo que conociste a Alfie —dijo, y miró primero a uno y luego a la otra.

—¿Alfie? —preguntó Andi, confundida por el nombre.

—Son las siglas en inglés de *Artificial Lifeform Intelligence Emissary*, Emisario Inteligente con Forma de Vida Artificial —dijo el IA, y se quedó mirando a Andi con esos ojos extraños—. Pero me puede llamar Alfie —hizo una ligera reverencia.

Dex le dio una palmadita a Alfie en el hombro.

—Es del general. Su tarea es trabajar como nuestra niñera en el viaje y enviarle reportes al grandulón allá en Arcardius.

—Maravilloso —dijo Andi—. Siempre quise tener una niñera en mi nave.

Dex se agachó junto a ella y puso los labios al nivel de su oído.

—Sabes, eras mucho más divertida hace tres años.

Era como si *quisiera* que Andi lo matara.

Ella se giró y de inmediato se puso nerviosa al darse cuenta de que los separaban pocos centímetros. Estaba tan cerca de ella que le podía ver los poros en la suave piel morena, los profundos ojos marrones y la cicatriz elevada en la sien, regalo de una pelea que tuvo con un exconvicto justo después de que se conocieran él y Andi.

Esa cicatriz no era nada comparada con la que ella le debía haber dejado en el pecho el día que le robó la nave. Los Guardianes Tenebranos tenían la fama de ufanarse de sus cicatrices de batalla, pero la que le había dejado ella —siguiera existiendo o no—, no era por la que debería sentirse orgulloso.

Era una señal de su debilidad. Un asqueroso recordatorio de cómo había escogido el dinero por encima del amor.

El corazón de Andi, esa cosa tan traidora, revoloteó por un momento como solía hacerlo cuando él la miraba. Ella solía amar sus ojos, las palabras no dichas en sus profundidades. La sensación de la piel de él contra la suya durante sus noches de pasión.

Ahora esos pensamientos la avergonzaban. Se protegía de esos recuerdos que ya no eran parte de un presente dichoso, sino de un pasado doloroso.

—Has cambiado mucho en tres años, Dextro —dijo Andi con calma—. Y ahora, si no te mueves, te haré una cicatriz nueva, y esta vez te atravesará el cuello.

Él levantó los brazos en rendición antes de incorporarse para separarse de ella.

—Alfie, toma mis bolsas, por favor. Instalémonos —volvió la vista hacia Andi con una mirada distante en los ojos. La expresión pensativa la desconcertó por un instante, pero luego él esbozó una sonrisa burlona y dijo—: Me parece estupendo estar de nuevo en *mi* nave.

—Mis registros me dicen —dijo Alfie, siguiendo a Dex— que el *Saqueador* pertenece a Androma Racella.

Andi soltó una carcajada de satisfacción mientras desaparecían.

Dex.

Hasta su nombre era veneno para su mente.

En otro momento de su vida, Andi se había sentido culpable por ser tan fría con él. Pero ese tiempo había pasado hacía mucho. Ahora estaba hecha de hielo, tan llena de rabia y remordimiento como para acercarse a él.

Él la había traicionado, así que ella lo había traicionado a él.

Un corazón destrozado por otro.

Recordó cómo se consumían los ojos de Dex, cómo le brotaba del pecho la empuñadura de la daga de Andi mientras yacía sobre la luna yerma y ardiente. Fue el día que reclamó al *Saqueador* como suyo. El día que reclamó su corazón de regreso también.

Los corazones eran cositas patéticas y se rompían con demasiada facilidad. La Baronesa Sangrienta no podía darse el lujo de tanta debilidad. En especial, *no* ahora que Dex estaba de vuelta a su lado.

Es sólo un encargo, se dijo Andi. *En el instante mismo en que recuperes a Valen Cortas, podrás expulsar a Dex por la cámara de aire.*

Sonrió de sólo pensarlo y luego se volvió a acomodar en su asiento, donde se puso a tallar las marcas de nuevo.

Pronto agregaría otra que acompañará a las que ya tenían las espadas.

Justo a la medida de Dex.

Capítulo 13
Dex
Cuatro años antes

Dex detestaba venir a Uulveca durante la cosecha anual.

Era un planeta menor del Sistema Stuna, un lugar en donde el punzante olor a estiércol de los uhven emplumados llenaba el aire. Dex se cubrió la nariz y la boca con un paño para evadir el olor, pero no lograba bloquear del todo el nauseabundo hedor.

No estaría aquí por mucho tiempo: lo único que tenía que hacer era revisar a un sospechoso que, según los rumores, estaba haciendo tratos turbios, y tomar unas cuantas fotos de la evidencia. Si atrapaba a ese desgraciado tramposo en el acto, significaría montones de krevs y agregaría otro tatuaje de constelación a su cuerpo. Otra marca de su estatus de Guardián.

Si no, bueno… Dex no quería pensar en la expresión que tendría Raiseth en el rostro si volvía con las manos vacías.

Ésta era su oportunidad de comprobarle al líder de la rama de los Cazarrecompensas que era más que sólo un estudiante de diecisiete años estrella en los ojos. Era un Guardián hecho y derecho, recién galardonado con el título por el que había trabajado toda la vida.

No era fácil la vida de un Guardián después de graduarse. Nadie te ofrecía techo y comida gratis, ni te daba una misión fija.

Podías trabajar en una oficina y condenarte a una vida de aburrimiento mientras esperabas a que te llamaran para algo más importante.

O podías ser como Dex.

Desesperado por vivir en la acción y recolectar riquezas, se había unido a la rama de los Cazarrecompensas de los Guardianes, con la esperanza de ponerles las manos encima a los peores criminales de Mirabel y meterlos tras las rejas. De mantenerse ocupado y pulir sus habilidades mientras esperaba más órdenes.

Con el tratado de paz entre los Sistemas Unificados y el Sistema Olen, Dex se había imaginado que tendría que esperar mucho tiempo antes de poder ver cualquier acción de verdad.

Él era tan bueno como cualquiera de los cazarrecompensas de Raiseth. Incluso mejor. Si ésta hubiera sido la Academia de Guardianes, habría obtenido la calificación máxima en cada prueba de habilidades. Habría dominado en las clases de pelea. Habría destrozado a todos los demás rangos cuando se tratara de conseguir información.

Pero a Raiseth no le importaba el título de Dex, ganado con tanto esfuerzo. El mismo Raiseth era un héroe de guerra, un Guardián jubilado del máximo estatus. Para él, cazar recompensas tenía que ver con comprobar tu valía, con capturar un premio criminal con facilidad.

Dex estaba decidido a hacerlo.

Ahora, en su primera misión, Dex se entreveró con la multitud de personas que vendían sus mercancías en carpas desvencijadas. Algunos ofrecían fruta de senada madura, una rareza que sólo crecía en las selvas meridionales del planeta, mientras que otros levantaban con ganchos trozos de carne recién salida del matadero, con la sangre azul goteando en las charolas puestas debajo.

—Bébete la sangre para encontrar a la mujer de tus sueños —le llamó una vieja tendera a Dex, con un espasmo en su único ojo mientras él pasaba. Era color púrpura puro, una sombra que le recordaba las lunas en las afueras de Nueva Veda. Le volvió a dar un espasmo en el ojo—. Cinco krevs por un tarro, mi niño.

Dex soltó una carcajada mientras evitaba su puesto.

—No existe una sola mujer en la galaxia que pueda soportarme.

Siguió oyendo el cacareo de la mujer detrás de él mientras desaparecía en las profundidades de la multitud.

En todo su alrededor brotaban risas, como un manantial. La música flotaba por el aire, con distintas canciones que sonaban como si tocaran a destiempo… y aun así, todo se entretejía, como si lo tañera una sola mano. A pesar de la pestilencia, este pequeño planeta era un lugar de crecimiento y de amor y de vida, y en algún lugar en medio de todo esto estaba su objetivo.

Dex siguió moviendo la cabeza mientras caminaba, en busca del distintivo pelaje rojo del pecho de su objetivo. Raiseth le había dicho que el hombre de Stramh estaría allí, traficando gusanos cerebrales ilegales. Cuando pasó con zancadas firmes junto al puesto de un marroquinero, apresuró el paso, y sus botas se deslizaron sin esfuerzo sobre el suelo rocoso. Lograba ver la tienda de su objetivo a la distancia, un puesto destartalado hecho de lona y postes metálicos oxidados.

Pero a medida que se acercaba, Dex frunció el ceño. El puesto estaba vacío, y al dueño no se le veía por ningún lado.

Casi como si hubiera empacado todo y se hubiera ido, a sabiendas de que Dex estaba en camino.

Raiseth se lo había advertido, sus objetivos tenían sus propios informantes, demasiado veloces y demasiado listos como para que los atraparan en el primer intento.

Desde el principio de su misión, Dex se había estado imaginando el momento en el que extendería una mano y colocaría el cuchillo en el costado peludo y pelirrojo del traficante, mientras le susurraba palabras de derrota en la oreja puntiaguda. Ese momento ya había pasado. En su lugar, se acercó a largos pasos al puesto, entró y se arrodilló para inspeccionar las repisas cubiertas de polvo clavadas dentro.

Dex necesitaba una señal, cualquier indicación de adónde había escapado el objetivo, pero sólo lo recibieron el polvo y la suciedad.

Tendría que idear un nuevo plan. Pero primero, debía regresar a la nave y ponerse en contacto con su informante.

Dex apenas empezaba a deslizarse entre la multitud cuando lo sintió.

Un cambio en el peso que llevaba en el cinturón donde guardaba su bolsa de krevs. Dex se giró rápidamente, sacó la navaja y al mismo tiempo envolvió un puño alrededor del cuello del presunto ladrón.

Era una mujer joven. Tenía el cabello blanco del color del polvo de estrellas, enredado y apelmazado como si la acabaran de atrapar en medio de una tormenta. Unos ojos grises se asomaban del rostro cubierto por una máscara de suciedad y mugre. Tenía la bolsa de krevs de Dex apretada con fuerza en su puño.

Él le arrebató la bolsa, pero no le soltó el cuello.

—Buen intento —dijo Dex—. Con cualquier persona normal, te habrías salido con la tuya.

Ya había lidiado antes con ratas callejeras y les conocía todos los trucos, así que, mientras apretaba a la joven ladrona con más fuerza, esperaba que sus ojos grises se llenaran de lágrimas. Esperaba una patada en la ingle, o que le hundiera los dientes en la mano.

—Podría matarte con sólo torcerte el cuello un poco —agregó, esperando que ella se moviera.

La joven entrecerró los ojos. Fue su única advertencia de que estaba a punto de reaccionar antes de que torciera su cuerpo. Él sintió que el pie de ella se enganchaba alrededor de su tobillo, y en un abrir y cerrar de ojos, los dos estaban en el suelo.

Ella le puso un pequeño cuchillo contra la garganta. El cuchillo de él, que debía haberse robado de su cinturón.

—Impresionante —dijo Dex.

Luego él movió su propio peso y utilizó el impulso para que los dos rodaran hacia un costado, donde aterrizó sobre ella, el cuchillo descartado, los labios fruncidos por igual en los dos rostros.

Su bolsa de krevs estaba a varios pasos de distancia, y se habían esparcido unas cuantas monedas doradas que resplandecían bajo el sol.

—Quítate —dijo la joven.

No había temor en sus ojos. Sólo una rabia ardiente, tan ferviente como una llama.

Intentó contonearse para soltarse, pero estaba débil. Él podía ver su fragilidad por la manera en que la ropa desgastada le colgaba del cuerpo y bailaba en el viento. Llevaba las muñecas envueltas con una tela gruesa, atada con tiras de cuero. El material estaba embarrado de manchas oscuras, posiblemente sangre.

Era demasiado grande para ser una rata callejera y estaba demasiado sucia para trabajar en un palacio del placer. A los dueños de los palacios de Uulveca les gustaba mantener limpias y atractivas a sus trabajadoras.

Una idea persistente en el cerebro de Dex le dijo que ya la había visto antes. Pero había visto a centenares de personas en el mercado hoy. ¿Quizás ella lo había estado siguiendo?

Con curiosidad, Dex le quitó un poco de peso de encima, pero no la dejó ir.

—Deberías aprender a escoger tus blancos con más astucia.

Ella entrecerró los ojos y arrastró la mirada por su cuerpo.

—Debería decir lo mismo de ti. Ni de lejos pareces lo suficientemente fuerte ni capaz de capturar a ese traficante al que perseguías.

—¿Lo conoces? —preguntó Dex con curiosidad. Si podía sacarle la información, quizá no tendría que ponerse en contacto con su soplón. Podría evitar las burlas de los otros reclutas de Raiseth y salvar la misión antes de que fuera demasiado tarde.

La joven ladeó la cabeza, con el amago de una ligera sonrisa en los labios agrietados.

—Te va a costar.

Dos pueden jugar a esto, *pensó Dex.*

—¿Qué tal si, en vez de que te entregue a los Patrulleros, me cuentas lo que quiero saber?

Con eso la tenía. O eso pensó.

Ella encogió los hombros huesudos y soltó una carcajada. Una vacía, del tipo que brota de una persona que ya espera muy poco de la vida.

—Yo no les importo.

Mientras Dex se levantaba y la jalaba consigo, captó el centelleo en sus ojos. Un rastro de miedo mientras miraba por encima del hombro de Dex, como si esperara que llegaran corriendo los Patrulleros.

¿Qué habría hecho, se preguntó Dex, para acabar en este hoyo hediondo? Debajo de la mugre, Dex podía ver a alguien perseguida por los fantasmas de su pasado. Alguien que estaba deshecha, pero lo suficientemente lista y veloz para participar en sus juegos. Sin duda, una combatiente fuerte, probablemente más fuerte cuando estuviera bien alimentada.

Dex lo pensó otro momento antes de responder.

—Si me das la información que necesito, te compraré comida. Por lo visto, la necesitas.

Ella se le quedó mirando con los ojos entrecerrados, como si tratara de buscar una intención oculta.

—Yo escogeré el lugar —dijo finalmente—. Y quiero toda una semana de alimentos. Y todos los krevs que tienes en la bolsa.

Dex hizo una pausa. Si no fuera por su orgullo, volvería tranquilamente de regreso a su nave y se pondría en contacto con su informante. Pero tenía una reputación que resguardar, así que ésta le pareció la mejor opción.

—La mitad de los krevs —dijo—. Y si descubro que mientes, te mataré.

—He ahí lo curioso —esbozó una sonrisa, pero no le llegó hasta los ojos—, yo ya estoy muerta.

Luego dio media vuelta y se desvaneció entre la multitud. Dex levantó el bolso de krevs y la siguió, con una sensación persistente en la mente mientras se preguntaba quién era.

Y quién había sido.

CAPÍTULO 14
ANDROMA

L a estaba mirando fijamente de nuevo.

—¿Eres incapaz de parpadear? —preguntó Andi.

El IA estaba sentado frente a ella en la sala de juntas del *Saqueador*, donde había estado desde el principio de su reunión.

—Ya que no soy una criatura viva, no requiero de párpados para bloquear las partículas dañinas de manera que no entren a mi lente ocular. Esto significa que soy incapaz de parpadear, Androma Racella.

Si el IA infernal no hubiera pertenecido al general Cortas, Andi le habría desatornillado la cabeza y le habría sacado los cables por el cuello. En cambio, volteó hacia el siguiente miembro más digno de matar de su nueva tripulación.

—Haz que se calle, Dextro, antes de que lo haga yo.

Dex chasqueó la lengua y sacudió el dedo.

—Vamos, vamos, Androma —dijo su nombre lentamente—. Tú más que nadie deberías saber cómo le gusta al general que sean sus pequeñas mascotas.

Las puntas de los dedos de Andi se crisparon hacia sus hierros enfundados.

—¿Y qué se supone que significa eso?

Él levantó las manos enguantadas.

—Relájate, Andi. Sólo estoy tratando de conversar. Es lo que hace la gente.

—No quiero tener una conversación —dijo Andi—. No contigo.

Sólo había transcurrido un día desde que Dex se había instalado en su nave, pero parecía mucho más tiempo. Andi no había logrado escapar de la presencia de Dex ni por un segundo. La nave podría ser pequeña, pero no *tan* pequeña. No importaba adónde fuera, Dex lograba encontrarla. En su camarote, donde examinaba sus fotos de los planetas, todos los lugares que había explorado, él la había encontrado. Había revisado su colección de música clásica, luego se había carcajeado al ver la pantalla de calendario que parpadeaba en el muro de cristal. Los guapos modelos de todos los rincones de Mirabel ondeaban mientras él pasaba las imágenes y le silbaba a cada uno.

—¿Así que *esto* es lo que te gusta, Androma? —le había preguntado, moviendo las cejas oscuras de forma sugestiva—. Supongo que entiendo por qué me dejaste.

—¿Qué es lo que quieres, Dextro? —le había preguntado ella.

—Debemos hablar.

Parado en la entrada de su habitación, con una tenue sonrisa en los labios, por un momento le había parecido exactamente como hacía años, cuando habían compartido este mismo espacio. Ella le azotó la puerta en la cara, antes de que sus recuerdos, y su corazón, la pudieran desmoronar.

No lograba entender cómo él podía tomar su situación tan a la ligera, cómo podía venir sin más y querer *hablar* y ya, después de todo lo que habían vivido y todo lo que habían hecho.

Pero sabía que en el momento en el que le entregaran a Valen Cortas de nuevo a su padre, se desharía de Dex para siempre.

—Está aumentando dramáticamente tu ritmo cardiaco —sonó la voz tranquilizadora de Alfie desde el otro lado de la mesa—. ¿Necesitas un momento para descansar?

Necesitaba mucho más que eso, pero Andi sólo negó con la cabeza y volvió a la tarea que tenía enfrente.

Un mapa del Sistema Olen llenaba el aire del sitio, tres esferas relucientes que rotaban lentamente alrededor de un único sol. A la izquierda de Xen Ptera, el planeta capital de Olen, había una masa gris: el Deshuesadero, donde lanzaban las naves viejas hacia los cielos y las dejaban para que los demás comerciantes les quitaran lo necesario... pero, más notablemente, donde se peleó la última batalla real del Cataclismo, la Batalla de Cielo Negro. Se rumoraba que el padre de la reina Nor, el rey anterior, había enviado centenares de naves para pelear, sólo para verlas caer del cielo mientras miles de soldados Olen morían a manos de los Sistemas Unificados.

El Deshuesadero era el lugar perfecto para que desapareciera el *Saqueador*.

Andi levantó la mirada mientras la puerta recién reparada de la sala de juntas se recorría y entraba el resto de su tripulación. El mapa holográfico titiló mientras las chicas lo atravesaban, y luego volvió a su lugar.

Gilly estaba entretenida comiendo un trozo de pan de la cena. *Si tuviera la oportunidad,* pensó Andi, *Gilly se comería todas nuestras provisiones.* Andi a menudo se preguntaba si su estómago era un hoyo sin fondo. La niña de trece años estaba creciendo con mucha rapidez, y su apetito iba de la mano con su repentino desarrollo.

El sistema de la nave, Memoria, pitó por encima.

—*Mensaje entrante* —dijo la fresca voz femenina.

Alfie levantó la mirada y ladeó la cabeza.

—Una inteligencia artificial en la computadora central de un navío pirata —dijo—. Jamás había observado algo así.

—Nos la robamos durante un encargo el mes pasado —explicó Gilly—. Breck la instaló.

—*Mensaje entrante* —volvió a decir Memoria— *para Dextro Arez.*

Dex se levantó y las patas de su silla rasparon contra el frío piso metálico, como el aullido de un fantasma.

—Me espera mi informante.

Llevaban horas discutiendo distintos planes, y finalmente se habían decidido por uno que les agradaba a todos… y, lo más importante, al general Cortas. El general tenía las garras profundamente hundidas en la espalda de Andi, incluso desde el otro lado de la galaxia. Ya había rechazado varios planes, lo cual parecía contrario al propósito de contratar a Andi y a su tripulación para llevar a cabo un encargo para el cual a él le faltaba la experiencia. Sus llamadas breves y a menudo acaloradas hacían que Andi añorara sus días de Espectro. En ese entonces, él la había respetado, incluso la había elogiado en los raros momentos en que se había quitado su careta de general. Ella lo había visto con ojos de soldado, entrenada para ganarse su aprobación. Él le había dado la libertad de hacer su trabajo, e incluso había permitido que ella se mudara a Averia para que pudiera quedarse al lado de Kalee en todo momento.

Qué bajo había caído desde entonces.

Quisiera o no, el general Cortas tenía que ceder en esta misión, respetar sus métodos. Ella le había dicho eso durante su llamada más reciente.

—Tráemelo de vuelta, Androma —había dicho el general— y quizá lo haga.

Andi y Dex finalmente habían urdido en un plan. Su tripulación rodeaba la mesa mientras Dex salía del lugar, con Alfie detrás, diciendo algo sobre conversar con su compañera IA.

Las chicas esperaron que se fueran para empezar a hablar. Lira estaba parada frente a Andi, y sus ojos azules analizaban su rostro.

—Te ves un poco preocupada.

—Estoy bien, Lir —dijo Andi con un gruñido mientras se examinaba el esmalte rojo resquebrajado. Tendría que pedirle a Gilly que le volviera a pintar las uñas pronto—. Creí que ustedes se habían ofrecido a mantener ocupado a Dex. No me deja en paz.

La piloto se encogió de hombros.

—Dextro es un hombre con muchos talentos, y el más irritante de todos es que conoce esta nave por dentro y por fuera.

—Eso —agregó Breck, y enroscó las manos enormes para hacerlas puño mientras se volvía a desplomar en una silla demasiado pequeña para su muscular cuerpo— y su pequeña sanguijuela, Alfie, que siempre parece estar diez pasos por delante de nosotras.

Gilly soltó una risita y se limpió las migas de pan del rostro.

—Voy a encerrar con llave al IA en la bodega de desperdicios.

Andi sonrió de sólo pensarlo.

—Cuanto antes mejor. También podrías encerrar a Dex ahí mismo.

Así es como deberían ser las cosas, sólo ella y sus chicas haciendo planes para dar un gran golpe. Sin tener a bordo a un hombre engreído que adoraba los krevs.

—Pronto haremos nuestra primera jugada —dijo Andi, y puso a las chicas al tanto sobre la parte más reciente del plan. Le lanzó una mirada a su Segunda—. ¿Lira?

Lira asintió y extendió la mano para deslizarla en el mapa que se extendía sobre sus cabezas, programado para responder sólo a ella y a Andi. *Con gran consternación para Dex*, pensó Andi con una sonrisa petulante. Dex ya le había pedido al menos una docena de veces que le diera acceso, y cada vez ella le había puesto un alto. Con gran placer.

Cuando Lira lo tocó, los planetas del mapa empezaron a girar, sus suaves colores se volvieron más profundos y el sol ardió brillante mientras daba vueltas alrededor de la sala. Lira golpeteó sobre una mancha negra en el mapa, y agrandó el espacio antes de usar la punta del dedo para trazar un resplandeciente círculo rojo a su alrededor.

—Ahí —dijo, apuntando al círculo— es en donde estamos ahora, en el Deshuesadero.

En ese momento, el *Saqueador* se encontraba oculto en el interior del enorme casco de un acorazado derribado. Si por casualidad alguien pasaba por esta zona, sería fácil confundir su nave como una parte del buque más grande. Ésa había sido la brillante idea de Lira, y los daños exteriores que recientemente había sufrido el *Saqueador* eran un camuflaje útil.

Trazó una línea desde su ubicación actual hasta Lunamere, donde Valen permanecía cautivo.

—Aquí es donde tenemos que estar —dijo Lira, justo antes de que Andi la relevara.

—El plan es que en dos días nos estaremos reuniendo con la informante de Dex, Soyina Rumbardh, en la Taberna Materia Oscura, ubicada justo afuera de la frontera de seguridad de Xen Ptera —Andi dio un ligero golpe a un punto en el mapa justo a la izquierda de Lunamere, donde una pequeña esfera plateada colgaba suspendida en la oscuridad: la taberna satélite—. Ahí finalizaremos el plan de escape con Soyina e iniciaremos el rescate. Dex y yo entraremos a Lunamere mientras las demás se dirigen al punto de encuentro.

Andi miró a Lira justo cuando entornaba los ojos.

Su Segunda no estaba contenta de que Dex y Andi fueran a Lunamere sin ella, *en especial* con el plan que habían ideado. Alto riesgo, con una *posible* recompensa. Pero era la mejor opción que tenían, y necesitaban que Lira pilotara la nave. Además, por más que Andi odiara admitirlo, ella y Dex sabían cómo llevar a cabo un encargo juntos.

Fue lo primero que los unió, y lo que los destrozó después. Sólo tenían que superar esto sin matarse el uno al otro antes.

Andi tragó saliva y prosiguió.

—A estas alturas, lo único que necesitamos es un mapa de la cárcel. Sin él estaremos perdidos. Pero por suerte para nosotros, nuestra informante lo debe estar enviando a Dex mientras hablamos.

Podría describirse a Soyina como una sombra escondida en la oscuridad con pocos registros disponibles sobre ella en las transmisiones galácticas. Era una mujer complicada que se había rehusado a permitir que nadie más que Dex viera su rostro, lo cual significaba que Andi tendría que entrar a ciegas cuando se encontrara con ella en persona. No era una situación ideal, pero ya había enfrentado cosas peores antes.

—Sé que no soy la que tiene más experiencia en estas cosas —dijo Gilly desde el otro lado de la mesa, mientras pulía su pistola dorada—, pero todo suena demasiado fácil. ¿Cómo sabes que podemos confiar en esta supuesta informante que tiene Dex?

Breck ladró una carcajada.

—¿Cómo podemos siquiera confiar en Dex?

—No podemos —dijo Andi. En la mente vio el rostro de Dex hacía años en Uulveca, la primerísima vez que se topó con él. Esa sonrisa torcida, la mano envuelta alrededor de su garganta. Su bolso de krevs enroscado en el puño de ella. Debió haber sabido ese mismo día lo que era. En qué la convertiría a ella.

—La marca de Dex es traicionar a la gente —prosiguió Andi. Prueba de ello era una vieja abolladura en la pared de la habitación donde estaban. Andi todavía recordaba el golpe en la cabeza que había salvado a Dex en la época en que habían compartido esta nave—. Por eso tengo un plan B.

—¿Y ése sería? —preguntó Breck, arqueando una ceja.

—Bueno, señoritas —dijo Andi mientras se inclinaba hacia delante y su rostro resplandecía bajo la luz del mapa. Las estrellas se ondulaban hacia afuera y se alejaban de su caricia, como si estuvieran hechas de agua—, me parece que Dextro necesita aprender una pequeña lección sobre los elementos sorpresa.

El látigo silbó por la oscuridad.

Un chasquido, un crujido y, con ellos, el hedor a carne chamuscada.

El látigo eléctrico mordió la piel de Valen, una y otra vez, hasta que ya no pudo contener los gritos, hasta que sintió la garganta destrozada y la sangre bañó el suelo como una alfombra tibia y mojada.

Lo estaban deshaciendo, poco a poco.

Yo soy Valen Cortas, pensó. Pero mientras el látigo caía de nuevo, el chasquido azul que iluminaba las salpicaduras en las paredes de piedra ahogó su propia voz en la cabeza.

Su tortura había comenzado tres meses antes, cuando había llegado a esta cárcel… primero con la inanición, un hambre tan profunda que sentía que el estómago se le hacía trizas. Luego vinieron las preguntas, los golpes y, poco después, los azotes.

Desde entonces, Valen había perdido la noción de la cantidad de veces en que lo había lacerado el látigo o lo habían aporreado con los guanteletes eléctricos de los guardias.

Si se hundía en el dichoso olvido del inconsciente, lo traían de vuelta con una inyección, prisionero de los horrores a los que no podía escapar. El ciclo continuaba sin fin, hasta que Valen pensó que de los muros habían brotado garras que lo despedazaban. Hasta que pensó que se ahogaría en su propia sangre. Hasta que la sola mención de su planeta nativo de Arcardius le arrancaba carcajadas maniáticas. Su hogar no estaba en ningún lado mientras se ahogaba en el dolor en la oscuridad de la Celda 306, un lugar sin color ni risa ni luz.

Yo soy Valen Cortas, *pensó mientras el látigo le besaba la piel otra vez y le arrancaba los tendones que tenía debajo.* La venganza será mía.

Más de una vez, se preguntó si había muerto y lo habían bajado a rastras hasta el infierno. Pero ni el infierno podría ser tan cruel.

Sisear, rasgar, chamuscar.

Seguía y seguía hasta que otra cosa reemplazó su mantra.

¿Por qué lo estás aceptando? ¡Resístete!, le dijo una pequeña voz en la cabeza. Valen casi soltó una carcajada cuando el látigo volvió a caer y ahogó la voz. Pero luego regresó, más fuerte esta vez.

No seas débil, como tu padre cree que lo eres. ¡Resístete!

¿Cómo podría luchar cuando él no era nada? ¿Cómo podría gritar cuando le habían robado la voz, cuando su cuerpo estaba demasiado débil y mutilado para moverse?

Sisear, rasgar, chamuscar.

Entonces, como si estuviera justo al lado de la oreja de Valen, la voz gritó: Jamás lograrás la venganza si les permites que hagan lo que quieran. Debes pelear, Valen. ¡Resístete!

Como si lo hubieran hundido en las aguas del ártico, una sensación irradió por su cuerpo, algo que nunca antes había experimentado.

Un poder, un deseo, una necesidad.

El chasquido del látigo silbaba por encima, la promesa de un veloz regreso. Él no lo podía aceptar. No lo aceptaría.

—¡ALTO! —gritó Valen. *Su voz reverberó contra los muros de obsidinita de la habitación.*

Esperó el siguiente latigazo, pero cuando éste no llegó, estiró el cuello a un lado. Incluso ese ligero movimiento lanzó una oleada de dolor en todo su cuerpo como si lo arrastraran sobre una cama de clavos. Su visión titilaba, y el inconsciente lo jalaba como un amigo bienvenido.

Pero lo que vio lo desconcertó.

Su torturador, un hombre grande con brazos del tamaño del torso de Valen, se había detenido a medio golpe. El látigo todavía crepitaba por encima y bañaba el lugar con una espeluznante azul palpitante.

Valen no tuvo tiempo de entenderlo antes de que se abriera la puerta pesada con un gruñido; dos soldados montaban guardia.

Entre ellos se deslizó a la habitación una figura vestida con una túnica.

—Hola, Valen —dijo la figura, y Valen soltó un grito ahogado cuando ella se quitó la capucha. Rizos oscuros cayeron sobre sus hombros, donde un collar de rojos rubíes rodeaba su garganta. Y sus ojos, notó Valen, eran de un color dorado tan brillante que, en su delirio, él sonrió e imaginó que los pintaba. Ella se detuvo frente a él, y bajó una mano de metal dorado para apartar un mechón de cabello de la frente. Las puntas de sus dedos estaban diseñadas para parecer unas delicadas garras.

Ella era el ángel de la oscuridad, llegada de las profundidades del infierno.

Cuando lo miró, su sonrisa brillaba como el fuego.

Capítulo 16
Androma

De lejos, la Taberna Materia Oscura parecía un faro luminoso entre las estrellas. Junto a ella, a un breve viaje en nave, estaba Lunamere.

La luna penitenciaria era de color negro entintado como el espacio exterior, salpicada de cicatrices a causa de los choques de asteroides y las zonas de impacto del Cataclismo. Pero Lunamere había sobrevivido a esa guerra, un orgulloso símbolo del sistema en donde casi todo lo demás se destruyó.

A medida que el *Saqueador* planeaba más de cerca y Lira lo guiaba sin el menor esfuerzo junto a las pocas naves que se atrevían a salir hasta esta orilla del Sistema Olen, la taberna satélite reveló su lado más oscuro.

Le faltaban secciones completas, como si una boca gigante le hubiera dado una mordida, o una serie de bombas hubieran estallado al mismo tiempo y la hubieran destrozado desde su interior. La luz estelar se colaba entre los huecos como ojos parpadeantes. Era increíble que el satélite anillado todavía se mantuviera en una sola pieza.

Tampoco es tan increíble, pensó Andi, *que sea el lugar perfecto para encontrar a la amiguita de Dex.*

—Ésa no puede ser la taberna. Es un montón de basura espacial —le dijo Gilly a la tripulación mientras se asomaban por la portilla del *Saqueador*.

—Te equivocas, pequeña. Tiene estilo. Las cosas que tienen estilo no son basura —dijo Dex, bajando la vista hacia ella.

—Entonces, eso confirma mi teoría —dijo Breck, parada junto a Gilly.

Dex la miró de reojo, y levantó una ceja como pregunta.

—Ya que *tú* no tienes ningún estilo, me queda claro que sólo eres un trozo de basura espacial.

Andi contuvo una carcajada y se giró de nuevo hacia el panorama frente a ellos. El muelle de atraque estaba repleto de naves de todos los estilos y modelos. Había Trilladoras plateadas con colas de pescado, perfectas para cortar entre las estrellas. Había Índigos azul hielo con las cuatro alas extendidas como un pájaro gigante. Luego una belleza rara, una Eremita Carmesí. Su elegante marco bermellón podía volverse completamente invisible a la vista, y no sólo al radar. Todas las naves estaban formadas como regalos multicolores, listos para llevárselos.

Lástima que no tuvieran tiempo para robarse una e ir a dar una vuelta.

Era la hora pico en la Materia Oscura, el final del ciclo solar. Según Dex, todos, desde los cazarrecompensas hasta los carceleros, frecuentaban la taberna.

Dex se deslizó hasta Andi para mirar por la portilla.

—Tenemos que hablar —dijo. Despedía el mismo aroma de siempre. Como los árboles de las montañas de Tenebris, fresco y fuerte. Su pulso se aceleró con su cercanía y, por un momento, las cosas entre ellos se sintieron como eran antes.

Ella dio un paso para alejarse y le recordó a su tonto corazón que este hombre era quien lo había roto.

—No tenemos tiempo de hablar, Dex —dijo Andi con un suspiro—. Vamos a aterrizar pronto.

—Es exactamente a lo que me refiero —dijo él—. Estamos por comenzar juntos este trabajo, y preferiría hacerlo como compañeros y no como enemigos.

Andi se dio la vuelta para enfrentarlo con los brazos cruzados.

—Tú y yo siempre seremos enemigos —dijo ella con voz grave.

—No conoces toda la historia, Androma.

—Conozco lo suficiente.

Él soltó una carcajada y se pasó la mano por el cabello desordenado.

—Cinco minutos. Sólo… cinco minutos, para expresar lo que tengo que decir.

Andi abrió la boca para responder, pero la voz de Gilly llenó el vacío entre ellos.

—¿Capi? —llegó brincando hacia ellos, con el cabello recién trenzado—. Ya casi es hora.

Dex suspiró.

—Después —susurró Andi—. Tendremos esa charla.

Andi dio media vuelta mientras Gilly tomaba su mano y la arrastraba de regreso hacia la tripulación en espera. Era la segunda vez que Dex intentaba hablar sobre lo que había pasado entre ellos, y aunque ella no sentía el menor deseo de volver a los recuerdos, no podía evitar sentir curiosidad sobre lo que él tenía que decir.

Ella sacudió la cabeza. No era el momento para pensar en esas cosas. Tenían un trabajo que hacer.

Andi volvió su atención de nuevo hacia la vista de la Materia Oscura. Nunca antes había estado ahí, pero podía imaginar que si alguien descubría que una chica de su reputación estaba cerca, se matarían los unos a los otros tranquilamente para entregarla a cambio del premio mayor. Ella llevaba años en la lista de los más buscados de Mirabel, desde que había escapado de Arcardius y asumido su vida de piratería. Ya casi nadie se molestaba en buscarla a estas alturas, porque demasiados habían perdido la cabeza tratando de perseguirla. Pero aquí, en la guarida de los enemigos, estaba cayendo directamente en su juego. Tendrían que ser estúpidos para no aprovechar la oportunidad de capturarla.

Acomodó su cabello bajo la capucha, cubriéndose el rostro entre las sombras.

—Mantengan un perfil bajo —le ordenó Andi a su tripulación—. Los ojos sobre nosotras en todo momento. Al menor indicio de problemas, si ven que alguien se pasa de la raya, toquen la alarma y se largan de ahí. Ningún error —miró de reojo a Dex con expresión fulminante mientras las chicas asentían—. Ninguna sorpresa.

Él cruzó sus brazos tatuados y sonrió.

—Jamás me atrevería.

Lo haría... *Ah, claro que lo haría.* Ella le dio la espalda y se mordió el interior de la mejilla para evitar decir algo más.

—¿Lira?

Lira estaba sentada en la silla de piloto y sus manos apretaban el acelerador suavemente mientras los guiaba hacia la dársena.

—No es necesario que digas lo que estás pensando. Me queda completamente claro lo que se debe hacer ahí dentro.

—Bien —dijo Andi—. Tendremos que movernos rápidamente una vez que entremos. No más de cuarenta minutos.

—Suficiente tiempo para armar un lío —dijo Gilly mientras se balanceaba sobre los dedos de los pies. Llevaba la pistola dorada enfundada en la cadera junto a un cinturón cargado de Centellas caseras. Breck tenía uno idéntico: las dos eran bastante capaces de incitar el caos con ellas, si sus trabajos anteriores podían tomarse como indicadores.

—Entonces estamos listos —dijo Andi. Sintió un revoloteo de emoción nerviosa en su pecho. Rápidamente fue reemplazado por la náusea cuando se quitó las espadas. Dex suspiró mientras se sacaba los guantes y los ponía de golpe sobre el tablero.

—Si alguien se mete con éstos mientras no estoy...

—Nadie quiere tu asqueroso jugo de palmas —dijo Gilly.

—¿Qué demonios es el jugo de palmas? —preguntó Breck.

Gilly suspiró.

—Sudor de hombre.

—¿Dónde está Alfie? —preguntó Dex, ignorando sus comentarios, mientras Lira bajaba el acelerador gradualmente y la nave se desaceleraba en respuesta—. Necesito que le envíe un reporte al general Cortas antes de movernos.

Nadie respondió.

Andi se volteó hacia Gilly, quien claramente intentaba contener una carcajada.

—¿Por qué me estás mirando? No tengo la menor idea —dijo Gilly.

Andi arqueó una ceja.

Gilly le contestó con una sonrisa inocente.

—Le mandaré el comunicado al general yo mismo —masculló Dex mientras salía por la puerta.

El *Saqueador* se inclinó hacia la Materia Oscura, deslizándose entre la oscuridad líquida como un arma lista para desatarse sobre el mundo.

Mientras tanto, en las profundidades del corazón de la nave, Alfie estaba sentado solo en la bodega de desperdicios cerrada con llave, mirando hacia las estrellas.

—*Hola, Alfie* —dijo Memoria—. *¿Quieres un poco de compañía?*

Al oír el sonido de su voz, Alfie levantó la mirada y sonrió.

Capítulo 17
Androma

Andi había visitado bastantes antros de mala muerte, clubes revoltosos y casas de placer en las que ocurría mucho más tras las puertas cerradas de lo que se esperaba.

El ambiente de la Materia Oscura, sin embargo, provocaba una sensación particularmente desagradable.

Las puertas metálicas rechinaron al recorrerse y dejaron salir una ola espesa de aire reciclado que para su gusto olía a vómito. El recinto era curvo, con paredes metálicas abolladas al azar, como si hubieran lanzado cuerpos contra ellas y éstos hubieran dejado su marca. En el centro de la Materia Oscura se alzaba un mostrador oxidado, espeso de manchas tanto corporales como de bebidas fermentadas. Los comensales distribuidos a su alrededor se encontraban en distintos estados de desorden alcohólico, algunos derrumbados como podían en los bancos, otros gritándole al cantinero de cuatro piernas y seis brazos que les rellenara el vaso.

Andi dudó de que se percataran de quién era, aunque se les quedara mirando directamente a la cara con su nombre tatuado en la frente.

Al entrar tomó nota de las salidas. Una, detrás de ellos, por donde acababan de entrar. La otra estaba justo al otro lado de la multitud, con un letrero rojo que brillaba tenuemente y estaba medio bloqueado por un hombre calvo que medía casi tres veces la altura de Andi. Sin duda, de Nueva Veda, un planeta en el que los habitantes tenían la constitución de gigantes. Seguramente, en algunos años Breck crecería hasta llegar a una altura parecida, una guerrera a quien nadie se atrevería a contrariar. Andi sonrió de sólo pensarlo.

Esperaba que Breck, Gilly y Lira colocaran sus Centellas explosivas rápidamente en su lugar, y que salieran antes de que le metieran marcha veloz al plan.

Del otro lado del bar había otros a quienes Andi reconocía por la información que habían recolectado en la nave. Una mesa llena de guardias de Lunamere, seguramente fuera de servicio, mientras engullían tarro tras tarro de espuma amarilla que goteaba de sus barbas sin rasurar… o, en un caso, de una mandíbula con púas. Sabía que todos llevaban látigos eléctricos en las caderas, listos para aturdir o matar con sólo apretar un botón, con los pesados guanteletes eléctricos correspondientes.

Y sus ojos estaban constantemente en busca de alguien a quien echar tras las rejas.

Nos veremos más tarde, chicos, pensó. Esto, por supuesto, si todo salía de acuerdo con el plan.

Junto a los guardias de Lunamere, una mujer que jugaba a las cartas le silbó e hizo una señal al cantinero para que le volviera llenar el tarro de cerveza. Tenía la mitad del cuerpo cubierto de quemaduras que formaban una línea que cortaba su rostro en dos a la perfección. Junto a ella, un Tambaruun macho de cuatro piernas fumaba un trozo de corteza de selva adhirana; la nube de humo cambiaba de colores cada vez que exhalaba. También él estaba cubierto de quemaduras que le recorrían los seis brazos musculosos y convertían sus manos en trozos hinchados de piel.

La mayoría de los comensales mostraban quemaduras o cicatrices, extremidades mutiladas, cuencas de los ojos vacías, como si fueran agujeros negros. Eran los sobrevivientes de las sangrientas batallas terrestres del Cataclismo, prácticamente cada uno de ellos, con las marcas que lo demostraban. Desde la guerra, Andi había visto una buena cantidad de personas con recuerdos de la batalla, pero esta escena era distinta. Ésta era una *habitación* completa repleta de ellos a la vez, rotos y magullados, engullendo alcohol para mantener el dolor del pasado bajo control.

Andi tenía un indicio de cómo se sentía eso. Ella misma lo había experimentado muchas veces.

La guerra era algo desalmado que reclamaba vidas a diestra y siniestra. Pero eran los sobrevivientes los que tenían que seguir batallando incluso después de que la pelea terminaba.

—Ésta —dijo Dex, extendiendo los brazos llenos de tatuajes y sacando a Andi de sus pensamientos— es la gema del Sistema Olen.

—No has visto muchas gemas, entonces —Andi se bajó la capucha sobre el rostro mientras se mezclaba entre la multitud que se dirigía al bar—. A trabajar.

Dex la siguió en silencio, con la frente en alto, como si fuera el dueño de la taberna. Andi siempre admiró su pasión por la vida, una cualidad que pocos tenían. Ella escogería la soledad y el silencio sin chistar antes que salir en público.

Dex podía disfrutar de este lugar por los dos: Andi estaba acostumbrada a lugares más elegantes en sistemas más brillantes, mimada por todos los bailes extravagantes a los que había tenido que asistir en Arcardius, como la sombra constante a las espaldas de Kalee. Y con los pocos segundos que llevaban ahí, ya temía que nunca lograría quitarse el hedor de la Materia Oscura de la armadura y el manto.

El hecho de haber tenido que dejar sus espadas benditas y hermosas en la nave sólo amplificaba su molestia. Tendría que hacer lo posible con los brazaletes como arma. Eran suficientemente fuertes para bastarle por ahora.

—Deberíamos separarnos —evitó a un hombre que pasaba cojeando con una muleta dorada hecha de la antigua pierna de una androide—. Encontraremos a tu informante más rápido de esa manera.

—En algún momento la encontraremos —Dex se detuvo para revisar el lugar—. Preferiría que nos quedáramos juntos.

Por encima del hombro de Dex, Andi vio a Breck, Gilly y Lira que se mezclaban entre la multitud. Una por una, habían colocado las Centellas en sus lugares, bajo las cubiertas de las mesas, en los hoyos oscuros de los marcos metálicos de la taberna y en las ventilas de aire en el suelo. Andi sonrió mientras desviaba la mirada. Vaya escena provocarían las chicas cuando las detonaran.

Lo suficiente para distraer, pero no para destruir.

—Soyina puede ser un poco… chocante —dijo Dex—. Las dos tienen eso en común.

Andi lo fulminó con su clásica mirada.

—Sólo me refiero a que las dos pueden aterrar a cualquier hombre con una sola mirada.

Ella le mostró los dientes.

Dex sacudió la cabeza y le hizo una señal a la mesera para que los alcanzara. Una mujer cíborg llegó balanceándose sobre pies que no combinaban, uno de metal y el otro de piel, ambos enfundados en sandalias plateadas de tacón.

—¿Qué puedo hacer por ti, tenebrano? —preguntó la mujer, recargándose contra la barra y lanzándole una mirada curiosa a su piel marcada—. No te había visto antes por estos lares.

—Estoy buscando a un cliente frecuente suyo —dijo Dex. Se acercó un paso mientras Andi se alejaba, sintiendo que le hacía falta el peso de las espadas en la espalda—. ¿Con tatuajes migratorios, dos grandes ojos de luna que no combinan?

La cíborg sacudió sus rizos rosados.

—Lo siento, tenebrano, no he visto a nadie con esa descripción —sus ojos resplandecieron al examinar a Dex de arriba abajo—. Pero quizá me puedas convencer de que busque un poco más si… —extendió su mano hacia él.

Andi suspiró y dio un paso al frente, lista para sacarle la respuesta a la mujer a golpes. Pero Dex levantó un brazo.

—Aceptaré lo que sepas y un tarro de Griss —le lanzó un krev dorado a la mujer—. Y mientras estás en eso, agrega una doble para mi acompañante. Le caería bien.

Andi lo miró de mala gana desde las sombras de su capucha.

La mesera sonrió y se metió el krev en el espacio entre sus pechos. Movió la cabeza hacia un rincón oscuro al fondo del lugar.

—Estás buscando a Soyina. Está por allá. Aunque debería advertirte… No le gusta que la molesten. Cuando termines con tus asuntos, no dudes en volver. Te invitaré un trago cuando acabe mi turno.

Con un guiño del ojo, regresó para tomar los pedidos de sus otros clientes.

—Hay otros modos de obtener información, ¿sabes? —dijo Andi mientras Dex volteaba a mirarla.

Él echó la cabeza hacia atrás y rio con tantas ganas que ella pudo distinguir un diente desportillado en el fondo de su boca. A Andi le agradó verlo. Se lo había roto de un codazo hacía mucho, y bien valía la diminuta cicatriz que ella todavía llevaba de trofeo. Ése fue el día en el que lo desarmó por completo mientras entrenaban por primera vez. El día que los llevó a su primer beso, que los llevó a más besos, y a una noche que pasaron...

—¿Por qué te estás riendo? —gruñó Andi.

Dex extendió la mano para dejarla pasar, fingiendo una cortesía que ella sabía que no tenía.

—Hay algo que nunca aprendiste de mí, Androma.

—¿Lealtad? —preguntó Andi—. ¿Cómo mantener la boca cerrada?

—No —Dex le dio una palmadita en la mejilla, luego evadió el golpe que ella le lanzó al rostro—. Cómo *divertirte*.

Con una carcajada, salió disparado junto a ella y se dirigió al rincón oscuro de la taberna, donde los esperaba su sombría informante.

—Vaya, se trata de mi bastardo favorito de pelotas pequeñas.

—Mi querida Soyina —dijo Dex, mientras jalaba una silla frente a la mujer y se sentaba en ella con el respaldo al revés y los brazos doblados por encima—. Cómo me han hecho falta tus cumplidos tan sinceros.

La última vez que había visto a Soyina compartieron tres botellas de Griss y se habían encerrado en el baño de la mansión de un tenebrano acaudalado hasta la mañana.

La noche había sido gloriosa, pero cuando despertó, a la mañana siguiente, ya no estaban sus krevs, y tampoco sus pantalones. Lo ató a las tuberías doradas del inodoro, en toda su gloria, para que lo vieran los pobres criados.

Ah, qué amante había sido. Un poco desviada, pero ¿acaso no eran así todos en Mirabel? Dex nunca había sido de los que escogen con cuidado a sus compañeras. Su pasado con Andi era evidencia de ello. Por supuesto, había hecho muchas cosas mal. Más de las que había sido capaz de soportar. Se había odiado por ello, y aún se odiaba. Si tan sólo ella pudiera *hablar* con él, oír su versión de la historia...

Concéntrate, Dextro, se dijo.

Ahora sonrió mientras apreciaba la vista de Soyina.

Ella estaba sentada perezosamente frente a él con las piernas subidas con indiferencia sobre la mesa. Tenía las botas desgastadas manchadas de sangre —Dex estaba seguro de eso—, y lucían tan amenazadoras como la sonrisa en sus labios pintados de rojo. Tenía el cabello recogido en una trenza que revelaba sus hermosos ojos. Uno marrón, como el de Dex, el otro de un blanco pálido y fantasmagórico que combinaba con las almas perdidas de los prisioneros a quienes había torturado y asesinado brutalmente en Lunamere. Sobre su piel se deslizaban y retorcían tatuajes migratorios con patrones que giraban mientras escogían nuevas ubicaciones sin rumbo sobre su cuerpo.

—Eres una mujer valiente al acceder a reunirte así conmigo, Soyina —dijo Dex ahora—. La última vez que te vi...

Le brotó una carcajada de los labios pintados.

—Todo fue diversión y juegos, Dex —lo miró fijamente por un momento con esos ojos desconcertantes. Luego se engulló la bebida de un solo trago y volteó a mirar a Andi—. *Tú*, señorita luz de estrella —dijo, mirando la punta de las trenzas blancas y moradas de Andi que colgaban por debajo de su capucha—. *De ti* he oído historias. Déjame ver esa carita tan bonita.

Andi no se movió, una estatua silenciosa en la oscuridad.

—Tendrías más posibilidades de quedar bien con la reina de Xen Ptera —dijo Dex.

Astrodioses, ¿qué estaba haciendo Dex aquí, con dos de las mujeres más aterradoras con las que hubiera estado jamás? Eran tan parecidas que un temblor recorrió todo su cuerpo. Un movimiento equivocado, y era posible que se pudieran volver…

Se estremeció de sólo pensarlo.

… *amigas.*

Sólo podía imaginarse el infierno que desatarían y que le llovería encima entonces.

Un androide amarillo chillón llegó rodando, volvió a llenar el tarro de Soyina y luego volteó para colmar el de Andi.

Ella levantó una mano para detenerlo, un movimiento silencioso que bastó para mandar al androide rodando de vuelta entre la multitud.

—Mi colega descerebrado y yo no vinimos aquí para charlar de nimiedades —dijo Andi. La capucha aún cubría su rostro y lo mantenía en las sombras—. ¿Dextro te puso al tanto del problema que tenemos?

Soyina asintió.

—Lo hizo.

—¿Y tienes lo que solicitamos? Dice Dex que tienes ánimos de causar algunos problemitas.

Soyina soltó una risita que de alguna manera a Dex le recordó a la pequeña artillera de la tripulación de Andi. Para su sorpresa, le había empezado a agradar tenerla cerca. Pero siempre había tenido una debilidad por los niños con actitud.

—Muéstrame el rostro, niña —dijo Soyina— y seré tu fiel servidora.

Andi suspiró. Dex buscó alrededor para ver si encontraba algo que pudiera usar como arma. Él sabía que Andi podía atacar a Soyina en un suspiro, y hoy no podían darse ese lujo.

Para su sorpresa, Andi levantó la mano y se retiró la capucha del rostro para revelarse ante la otra mujer.

—Ahh —dijo Soyina. Bajó los pies de la mesa y se inclinó hacia delante, hasta quedar con la nariz apenas a un par de centímetros del rostro de Andi.

Soyina tenía una pasión por la oscuridad, y el alma de Androma Racella era la más oscura de todas.

—Hermosa —susurró Soyina, y su aliento le movió el cabello a Andi del rostro. Pasó la uña filosa por el implante de mejilla metálico de Andi, y sus tatuajes migratorios bajaron deslizándose por sus brazos como si tuvieran miedo.

Dex tenía que reconocérselo a Andi. No se inmutó bajo la mirada de Soyina. Él se permitió un momento para admirar su rostro finamente esculpido antes de desviar la mirada. Era *hermosa*, pero ya no tenía permiso de pensar en ella de ese modo. No después de lo que él le había hecho.

—Casi puedo probar la muerte en ti —respiró Soyina—. ¿Cuántas vidas has robado, Baronesa Sangrienta?

Andi se giró hacia Dex.

—¿Le *dijiste* quién soy?

Él se encogió de hombros y le lanzó una mirada despreocupada que sabía que ella detestaba con cada centímetro de su ser.

—¿Qué te puedo decir? Soyina es tu gran admiradora.

—¿Alguna vez has torturado a alguien, Baronesa? —preguntó Soyina, atrayendo la atención de Andi de regreso hacia ella—. Sólo me puedo imaginar las cosas que podrías hacer con esa oscuridad que yace en ti. La reina xenpterana sería prudente en contratarte como mi colega. O como mercenaria, quizá.

—¿Como colega? —Andi se deslizó de nuevo en su silla y levantó una ceja hacia Dex, sin duda harta de la cercanía de Soyina.

Dex dio un sorbo a su bebida y asintió.

—Soyina practica el arte de la tortura —explicó, y sonrió cuando los ojos de Andi se abrieron un poco ante su explicación—. Ella trabaja en Lunamere con una de las maneras más *avanzadas* que tiene la reina Nor de obtener información de los prisioneros.

—Un trabajo repugnante, pensarían muchos —dijo Soyina. Pasó los dedos por sus rizos oscuros—. Pero tiene sus encantos —soltó una risita, luego acomodó las manos sobre la mesa desvencijada frente a ella. Los tatuajes se arremolinaron como una nébula sobre ellas y luego se fueron poco a poco de regreso a sus codos—. Dagas y chispas de fuego. Canales de electricidad. Los gritos de las mujeres son buenos, pero los hombres… ay, cómo les gusta rogarme.

Dex suspiró mientras ella proseguía.

—Claro, no todo es malo —dijo Soyina mientras se retorcía un rizo con la punta del dedo—. Cuando se extinguen, no siempre los dejo muertos.

Andi arqueó una ceja pálida y Soyina le obsequió esa misma sonrisa sublimemente escalofriante que Dex había obtenido de ella misma antes. Dex se preguntó cómo la veían los que estaban al borde de la muerte mientras soltaban información sobre lo que sabían de los Sistemas Unificados. Corrían rumores de que, aunque hubiera un tratado de paz, la reina

145

Nor todavía hervía con el deseo de venganza y buscaba una manera de acabar con los otros sistemas. Sin embargo, nunca habían podido recuperarse de la destrucción que les había causado el Cataclismo. El daño era demasiado, las vidas perdidas, también.

—También soy Retornista —dijo Soyina, volviendo a llamar la atención de Dex hacia ella—. Con cada muerte llega la oportunidad de una segunda vida. La oportunidad de más información. Los traigo de regreso, con tal de que me quede dentro de la ventana de tres minutos, por supuesto.

—¿Con qué? —preguntó Andi—. ¿Cómo puedes traer a un muerto de vuelta a la vida?

Soyina soltó una carcajada arrogante, deleitándose claramente con la ignorancia de Andi.

—¡Con la ciencia, mi niña!

Era lo malo de trabajar con alguien como Soyina. Le encantaba charlar y presumir y hablar de más. A Dex le estaba empezando a dar vueltas la cabeza y se preguntaba cómo era posible que se hubiera interesado en una mujer que estaba evidentemente fuera del eje.

Miró de reojo a Andi.

Dos mujeres, pues.

—El mapa, Soyina —le recordó Dex—. ¿Lo tienes contigo?

Ella parpadeó con una sonrisa torcida en los labios mientras parecía volver al presente.

—Antes de zambullirnos en el tema que nos atañe, ¿habrás recordado el pago que solicité?

Dex le dio otro buen trago a su bebida y se relajó mientras el fuego se deslizaba hacia los huesos.

—La mitad de tu pago ya se transfirió anónimamente a tu cuenta. No se puede rastrear. Cuando la misión esté completa, obtendrás la otra parte. ¿Estás segura de que no puedes ir con nosotros?

Soyina levantó las muñecas y entornó los ojos.

—La gran reina rastrea a sus carceleros. Me temo que les arruinaría la misión si los acompañara. Aunque, si fuera, imagínate todo el tiempo que podríamos compartir juntos. Y eso me recuerda, Dextro, la otra parte de mi pago.

—No se me había olvidado... —Dex sintió que el calor empezaba a subírsele a las mejillas mientras miraba de reojo a Andi y luego a Soyina otra vez—. La otra parte de tu pago la recibirás...

—*Ahora* —dijo Soyina con una sonrisa de depredador. Apretó los labios para hacer un puchero mientras miraba la expresión de horror en el rostro de Dex—. Hicimos un trato, cazarrecompensas. Te estaré esperando.

Se levantó de la mesa y su silla raspó el suelo mientras se alejaba caminando.

Dex la miró escabullirse hacia el baño y agitarle un dedo antes de desaparecer tras la puerta cerrada.

—No puedes hablar en serio —dijo Andi, con el rostro horrorizado—. En verdad le vas a pagar con...

—No le voy a pagar. Sólo le estoy ofreciendo recuerdos —dijo Dex. Se levantó y se desarregló el cabello con una mano mientras se apartaba de la mesa—. Tú deberías saber, Androma, lo divertidos que pueden ser cinco minutos conmigo.

—Tres minutos —dijo ella—. En un buen día.

—¿Celos, amor mío?

—Difícilmente.

Él la observó extender la mano hasta el otro lado de la mesa y engullir de un solo trago lo que quedaba de su tarro. Luego se jaló la capucha sobre la cabeza y se volvió a acomodar en la silla.

—Buena suerte, *cazarrecompensas*. Y esta vez, trata de no perder los pantalones cuando termines.

Dex se quedó paralizado a medio paso.

—¿Cómo sabes…?

Andi soltó una carcajada debajo de la capucha.

—Tengo una reputación que defender, Dextro. Fue mi prioridad enterarme de cada detalle escondido del pasado de mi pareja.

Con eso lo despidió.

Dex se giró sobre sus talones y se dirigió al baño a zancadas, maldiciéndose mientras dejaba a un demonio detrás e iba a saludar al siguiente.

Lunamere era casi impenetrable.

Eso lo sabían desde hacía días, cuando ni siquiera los avanzados sistemas de piratería informática de Alfie pudieron obtener la menor información sobre la luna penitenciaria y, menos, los planos del edificio. No había supervivientes a quienes pudieran interrogar: no porque no hubieran podido encontrar ninguno, sino porque no existían. Los prisioneros de Lunamere estaban ahí de por vida, o hasta que la muerte se los llevara.

La luna que albergaba la cárcel era un páramo frío y yermo. La cárcel era una altísima fortaleza sin ventanas y con sólo dos puertas.

Un acceso para los prisioneros que entraban.

—Y una salida —dijo Soyina al explicarles el mapa a Andi y Dex, acercándose tanto que podían ver cómo se iluminaban sus extraños ojos al hablar—. Para los cadáveres.

Andi levantó la mirada.

—¿Eso es todo? ¿Ninguna otra salida? Ni siquiera...

—Es una cárcel, Corazón Oscuro —dijo Soyina con un movimiento de la mano—. Se supone que una vez que entras no deberías volver a salir. Por suerte para ustedes, yo me puedo encargar de esa parte. Ustedes simplemente tienen que encontrar su propia manera de entrar, como lo discutimos antes, Dextro.

—Diez mil krevs para un boleto sencillo —dijo Dex a la izquierda de Andi. Apretó la mandíbula al hablar, como si estuviera conteniéndose para no decir algo de lo que seguramente se arrepentiría.

Soyina sonrió con todos los dientes.

—Lejos de ser lo suficiente para que valga la pena. Y de todos modos, aquí estoy, ayudándote. ¿Por qué no mejor me entrego en bandeja para que Nor me degüelle?

El dinero habla, pensó Andi. Bajó la mirada de nuevo hacia el mapa sobre la pantalla tenuemente iluminada que había generado Soyina, hacia los pasillos de Lunamere que se torcían y giraban. Tenía diecisiete niveles, un edificio hecho de obsidinita negra extraída de la misma luna. Imposible de destrozar, raspar o abollar, a menos que fuera con herramientas manufacturadas expresamente para trabajar con la piedra. Y era el único edificio en todo Lunamere que no había sido aniquilado por completo durante la Batalla de Cielo Negro.

—Las celdas —dijo Andi—. ¿De qué están hechas?

—Del mismo material que el resto del edificio. Ni crean que podrán fugarse por ahí después de entrar. Muchos enloquecieron tratando de salir de la oscuridad.

Revisaron el mapa por un rato, y Andi hizo su mejor esfuerzo por memorizar cada centímetro de la distribución. No había elevadores que llegaran a los diecisiete pisos de la prisión, y cada escalera les permitiría bajar sólo un nivel. Andi y Dex tendrían que atravesar cada pasillo en su totalidad —y deshacerse de cualquier guardia que encontraran en el camino— para llegar a la siguiente escalera inferior.

Incontables hombres y mujeres —y niños, si los rumores decían la verdad— habían pasado el resto de sus vidas entre los muros de esa prisión. Andi sintió asco cuando bajó la mirada al mapa.

En su mente apareció una imagen de sí misma hacía cuatro años, sentada en una banca de mármol mientras cientos de soldados arcardianos la miraban a ella. Compañeros de clase que ahora siseaban su nombre como si fuera una maldición. Maestros y entrenadores con los cuerpos rígidos de odio por su fracaso.

Vio un mazo plateado apretado en un puño iracundo y oyó el *bum* cuando bajó como martillo de guerra. La expresión retorcida del general mientras le clavaba la mirada, y la madre de Kalee con lágrimas en los ojos, una tristeza que la quemaba tan profundamente que ardía como las laceraciones aún frescas en la muñeca de Andi.

Culpable, había entonado el juez. *Culpable de traición.*

—¿Andi? —preguntó Dex.

Dex pasó la mano frente al rostro de ella y la trajo de regreso al presente. Andi se sacudió los recuerdos, para encontrar que Dex y Soyina la miraban fijamente.

—Ya tienes nuestros planes —dijo Andi—. Ahora quiero saber cómo vas a cumplir con tu parte del trato. Una vez que logremos entrar, ¿cómo piensas sacarnos?

—Una vez que estén dentro, ubicaré sus celdas. Lo más seguro es que los pongan a los dos cerca, en uno de los niveles superiores. En esta época del año llegamos a niveles de saturación —hablaba como si la cárcel fuera uno de los hoteles más finos de Mirabel, repleto de turistas que la visitaban de todos los rincones de la galaxia—. Tendré abiertas sus celdas para cuando despierten.

—¿Despertemos? —preguntó Dex.

Soyina llevó un dedo a sus labios y sonrió.

—Tienen una hora para encontrar a su prisionero y liberarlo antes de que yo misma suene las alarmas para alertar de su escape. ¿Qué? —preguntó al ver la mandíbula y los puños apretados de Dex—. Una chica tiene que salvarse el pellejo de alguna manera.

—¿Y cómo tendremos una noción del tiempo? —preguntó Dex.

Soyina lo sopesó.

—Los guardias rotan cada media hora. Ése será su marcador.

Se volvió a concentrar en el mapa y señaló una gran sección de habitaciones en el segundo nivel que conducían a la única salida.

La de los cadáveres.

—Esta habitación de aquí será su meta.

—¿Y esa habitación sería? —preguntó Andi.

—Ésa, queridos amigos, es mi salón de juegos. Mi palacio del dolor. Los prisioneros entran y yo selecciono las herramientas que usaré para hacerlos cantar. ¿Y cuando mueren? Salen por esa puerta sobre una nave de transporte. Arriba y a volar, para salir a flotar con las estrellas.

Dex casi se atraganta con la bebida. Andi simplemente se quedó mirando a la extraña mujer y se preguntó cuánto podría realmente confiar en una persona que obtenía tanta dicha del dolor ajeno. Andi mataba para estar a salvo, para mantener viva a su tripulación cuando se agotaban todas las demás opciones. Después meditaba y lloraba sus muertes. Al dormir la perseguían los rostros de los muertos. Pero Soyina sonreía con el robo de vidas, como si cada muerte sólo le diera más orgullo.

—¿Y qué de las armas? —preguntó Andi—. ¿Puedes dejar algunas en nuestra celda?

—Mi arma es mi mente —dijo Soyina con una sonrisa enloquecida—. Les haría bien aprender a luchar de la misma manera.

Si tan sólo supiera lo que puedo hacer con los puños, pensó Andi, recordando todas las veces en las que había pelado con Lira en entrenamiento en las bodegas de carga del *Saqueador*. Todos los meses que había pasado con Dex en su gremio de los cazarrecompensas, aprendiendo a quebrarle el cuello a un hombre con la facilidad con la que partiría en dos la delgada rama de un árbol.

—Mis brazaletes —dijo Andi, mirándolos— no se pueden quitar. Te asegurarás de que queden intactos.

No era una pregunta. Una exigencia, más bien.

Soyina asintió.

—Hay dos guardias estacionados en cada nivel en todo momento. Están armados con guanteletes y látigos eléctricos programados en niveles paralizantes, por si les dan demasiadas veces.

Dex asintió bruscamente con la cabeza.

—Nos encargaremos de ellos. ¿Cómo lograremos entrar a la celda de Valen?

—Dejaré la llave —se volvió a encoger de hombros—. Parece demasiado sencillo, ¿no creen? Por suerte para ustedes, Lunamere es ancestral. Lleva siglos funcionando sin toda esa tecnología que tanto enorgullece a los Sistemas Unificados.

—¿Y qué de Valen? —preguntó Andi—. ¿Lo has...?

No estaba segura de cómo hacer la pregunta, y aun así pareció que Soyina leyó su mente.

—El prisionero —dijo, y se inclinó hacia delante con la barbilla sobre las manos— es extraño. Es fácil quebrarlo, y aun así... —la voz se le fue apagando mientras miraba más allá de Andi. Por un momento, casi pareció atormentada—. Nunca se me ha muerto.

Andi se preguntó qué información le había sacado Soyina a Valen. Siempre fue un chico callado, de pocas palabras. Ella vivió a unos pasos de él por varios años, y apenas si podía recordar una conversación con él que durara más allá de un *hola* pasajero por los pasillos. Andi sabía que el dolor tenía una manera de hacer que la gente, callada o no, escupiera la verdad. Si no había una verdad para dar, inventaban algo. La gente haría lo que fuera, diría lo que fuera, para evitar el dolor.

Se preguntó qué había dicho Valen.

También se preguntó qué diría cuando la viera.

—¿Alguna duda? —preguntó Soyina.

El silencio se suspendía entre todos, a veces interrumpido por el tintineo de los vasos, el taconeo de los zapatos, las fuertes carcajadas de los comensales cercanos.

Esto era demasiado fácil. Demasiado sencillo. Andi se quedó mirando a la mujer frente a ellos y buscó en su rostro cualquier señal de traición, de algún otro plan entre manos. Pero a veces era más fácil preguntar que tratar de adivinar las intenciones de alguien más.

—¿Por qué nos estás ayudando?

Por primera vez, se borró la salvaje sonrisa de Soyina. En su lugar quedó una nueva expresión, algo más oscuro y profundo. La mujer detrás de la máscara.

Se desabrochó los dos botones superiores del uniforme negro de carcelera. Cuando lo abrió Andi frunció el ceño.

El pecho de Soyina era un mosaico de cicatrices y quemaduras, idénticas a las de los demás comensales distribuidos alrededor de ellos en la taberna mal iluminada. Sus quemaduras eran parecidas a las que tenía Andi en las muñecas.

Errores, parecían susurrar, y picaban y se retorcían en su piel mientras los tatuajes se enroscaban alrededor de ellos, transformándose al pasar sobre las cicatrices.

—Mis marcas —dijo Soyina, con voz grave y firme— son la prueba de que sobreviví al Cataclismo. Cualquiera supondría que nací y crecí en Xen Ptera, ya que sufrí con los demás cuando los Sistemas Unificados atacaron —suspiró y empezó a abotonarse el uniforme otra vez para esconder las cicatrices—. Yo *no soy* de este sistema. Yo estaba aquí de visita con mi familia cuando llegó la guerra, y mi propio planeta se rehusó a dejarnos regresar por miedo a que nos hubiéramos vuelto espías.

Andi había oído historias como ésta, sobre centenares de refugiados obligados a quedarse, en el Sistema Olen, cuando comenzó la pelea. Era una mancha en la historia de los Sistemas Unificados que muchos buscaban cambiar. Habían intentado y fracasado, y fracasado de nuevo. Otros habían tratado de ocultarlo bajo la alfombra, como si nunca hubiera ocurrido.

—A mis padres y a mí nos obligaron a pelear. Murieron odiando a los Sistemas Unificados por habernos abandonado a la suerte —dijo Soyina con un gruñido. Su mirada se cruzó con la de Andi cuando volvió a hablar, y relució como un cuchillo—. Pero sobreviví. Muchos creerían que todavía le debo mi lealtad a los Sistemas Unificados, que odiaría al Sistema Olen todavía más por habernos obligado a pelear en una guerra contra nuestros propios planetas nativos. Al principio, sí odié a Olen. Pero mis lealtades cambiaron cuando vi a lo que sometían los Sistemas Unificados a la gente de Olen desde hace casi una década —suspiró—. Pues bueno. Supongo que estoy considerando que este trabajo es la oportunidad de dejar a Olen atrás, volver a lo que alguna vez fue mi hogar y exigir un cambio a mi manera.

—Vaya que te costará trabajo —dijo Dex.

Soyina esbozó una sonrisa de soldado. Oscura y llena de secretos.

—Estoy preparada para lo que tenga que hacer. Y ahora, a trabajar.

Le volvió a dar un golpecito al mapa y volvió a llamar la atención de Andi a las habitaciones que albergaban la puerta de salida.

—Una hora para encontrar y rescatar al chico. Los encontraré en esa puerta, no antes y no después. Mi compañera acaba de enfermarse de manera muy misteriosa, así que seré la única trabajando con los cuerpos. Pero si alguno de los guardias que patrullan los atrapa… —volvió a reír, y regresó su máscara—. Bueno, pues supongo que nos estaremos viendo en ese lugar sea como sea. A ustedes les corresponde ver cuáles serán las circunstancias.

Un temor frío se empezó a deslizar por la columna de Andi, subiendo y bajando.

Vivos o muertos. Andi esperaba que fuera lo primero.

Soyina miró a uno y luego al otro, con un amago de risa en los labios.

—La muerte es una cosa sencilla. Son los piratas a los que jamás entenderé —se levantó de la silla y se giró sólo una vez para lanzarles una mirada a los dos que seguían sentados a la mesa—. Una hora. Si su plan se va a pique, mantengan la boca cerrada acerca de mí y yo haré lo mismo por ustedes.

Le guiñó el ojo a Dex. Antes de irse, se inclinó y le susurró a Andi al oído.

—*No* lo hicimos, por cierto. Hace rato, quiero decir. Tu compañero quería lloriquear como un bebé sobre lo que *siente* por ti.

Andi abrió la boca, anonadada, mientras Soyina retrocedía y le guiñaba el ojo una vez más. Luego se dio la vuelta y se fue, desvaneciéndose entre la multitud, y los dos quedaron solos.

Dex se quedó mirando a Andi por un minuto.

—¿Qué dijo?

—Nada —dijo Andi. Soyina debía estar mintiendo. Los sentimientos de Dex eran comparables a los de un trozo de varilio—. Nada de nada.

Sentada en esta taberna y sola con Dex, se empezaba a sentir lenta. El humo le ardía en los pulmones y el sabor a licor rancio pesaba en su lengua. Suspiró y se levantó, estirando las extremidades, se tronó los nudillos y se preparó para moverse.

Dex se paró también, y frunció el ceño por un momento mientras la miraba.

—¿Confías en mí, Androma? —preguntó, y dio un paso hacia ella.

Hacía mucho, ella habría susurrado que *sí*. Su corazón patético y traicionero dio un vuelco. Andi lo increpó por dentro y soltó una fuerte carcajada.

—Jamás volvería a ser tan ilusa.

Él se detuvo a la distancia de un brazo, lo suficientemente cerca para que ella pudiera ver su barba incipiente. Las líneas por la falta de sueño bajo los ojos.

—Entonces esto tendrá que ser divertido —dijo con un suspiro—. Sígueme la corriente.

Sonrió de oreja a oreja como si guardara un secreto.

Luego se abalanzó hacia ella y con un movimiento uniforme aplastó sus labios contra los de ella.

CAPÍTULO 18
NOR

*S*in importar cuánto aire llegara a sus pulmones, seguía respirando con dificultad.

La aplastaba una piedra. Una única piedra solitaria, no más grande que la palma de su mano, le estaba drenando la vida desde el alma misma. Sentía como si le hubieran metido el peso de mil peñascos a la fuerza, en un intento de atormentarla interminablemente, al darle aire sin que realmente le permitiera respirar.

Una voz incorpórea le susurró nimiedades dulces y terribles al oído.

Patética.

No eres digna.

Débil.

En estos momentos de total vulnerabilidad, cuando no podía moverse ni pensar por sí misma, Nor se sentía como un peón en la partida de otra persona.

Necesitaba el control y el poder, pero estaban a mares de distancia del suelo agrietado en el que parecía haberse transformado.

El peso de la piedra aumentó a una presión insoportable. Ya no permitía que entrara el aire a sus pulmones temblorosos. Ella moría, la obligaban a visitar una tumba prematura.

Sin importar cuánto deseara que se detuvieran sus torturadores invisibles, siguió hundiéndose, hasta que el suelo no pudo aguantar más la presión.

Se abrió un abismo bajo su cuerpo quebrado y se la tragó completa.

Caía.

Estaba cayendo en el abismo negro. Caía en picada hacia una hoguera ardiente que le daba la bienvenida con sus colmillos afilados.

La piedra jamás dejó su pecho, durante todo el tiempo. No hasta que la devoró el fuego.

Incluso entonces, seguía sintiendo el dolor de mil rocas.

Nor se despertó de un brinco, forcejeando por algo, lo que fuera, que la anclara a la realidad.

Tenía tanto frío. Su cuerpo, bañado de sudor, atraía el frígido aire reciclado que se adhería a ella como una segunda piel.

La rodeaba la oscuridad, la comprimía. Estaba de regreso en la pesadilla, debía ser. Entonces, en menos de un soplo, una mano robusta que conocía de sobra la aterrizó en este mundo.

Zahn.

—¿Nor?

Su mano rodeó sus hombros, y la estrechó contra su pecho desnudo.

—Aquí estoy. Todo está bien, estoy aquí —le susurró al oído, tratando de calmar su respiración errática.

—Volví a tener ese sueño —susurró ella—. Era tan… oscuro.

Los labios de él estaban en su piel, sentía su aliento tibio, mientras le hablaba con voz baja y uniforme.

—Abriré las cortinas.

Su figura desnuda se deslizó de la cama y la dejó extraña y vacía. Se extendió un dolor por su pecho que le recordó el sueño.

Al otro lado de la habitación, las cortinas se abrieron. Nor se cubrió los ojos de la neblina roja de la primera mañana mientras flotaba hacia ella. Zahn pareció volverse uno con las sombras de sus aposentos mientras daba un paso para alejarse de la ventana.

—Vuelve a mí —susurró ella.

Trotó de regreso a la cama y la jaló hacia él, ahuyentando a los monstruos de su sueño.

La tibieza que irradiaba de él era tan reconfortante, que calentaba su cuerpo tembloroso, a diferencia del infierno ardiente en el que había caído entre sueños.

De día, Zahn era su guardaespaldas personal y la protegía de los daños físicos. De noche, cuando tenía la misma pesadilla una y otra vez, él estaba ahí para cuidarla.

Ella no permitía que nadie más que Zahn se le acercara tanto. No sólo físicamente sino emocionalmente, bajo las capas con las que se había cubierto. Nadie, ni siquiera Darai, tenía permiso de verla tan vulnerable.

—Cuéntamelo —susurró el—. ¿Era igual?

Ella asintió.

—No podía respirar. No podía pensar, Zahn.

Llevó la prótesis de mano a su rostro para limpiarse las lágrimas, luego la dejó caer, asqueada al ver el metal dorado, las cicatrices en la parte superior de su muñeca. Asqueada consigo misma por sentirse tan débil.

Pero Zahn envolvió sus tibios dedos alrededor de los suyos metálicos, y presionó los labios contra sus mejillas. Le limpió las lágrimas a besos.

—Estás a salvo —dijo con un suspiro—. Siempre te protegeré, Nor.

—No necesito que me protejan —susurró ella.

La suave carcajada de Zahn provocó un temblor que recorrió su columna.

—Todos lo necesitan, en algún momento o en otro. A mí no me engañas, Nor Solis. Nunca lo has hecho, y nunca lo harás.

Ella recargó la cabeza en su pecho y escuchó el latido de su corazón.

Fuerte. Firme. La única constante en su vida, aparte de su deseo de venganza.

Para mucha gente, Nor era la gobernante gélida que aparecía en las pesadillas de sus enemigos para aterrorizarlos. Pero para Zahn, ella sólo era Nor. El amor de su vida, como él era el de ella.

Sólo habían quedado los dos desde que el Cataclismo les arrebatara sus familias hacía años. La había visto en su momento más débil y, sin él, se habría perdido en el dolor. Él era su único amigo, la única persona a la que amaba. Él se había abierto paso entre sus murallas cuando murió su padre, el rey, y luego las siguió rompiendo hasta que ella ya no quiso dejarlo fuera.

Los líderes, valientes y honestos en todos los sentidos que parecían importar, siempre tenían otras dimensiones. Otros secretos.

Zahn era el secreto mejor guardado de Nor.

—No me dejes —dijo Nor, mirándolo a los ojos. Vio la pasión que se reflejaba ahí.

—Ni en sueños —dijo él.

Se rozaron sus labios, y las manos de él se deslizaron por la espalda desnuda de ella, con suavidad al principio. Luego, hambrientas de más, cuando ella permitió que él la volviera a acostar.

—Te amo —dijo Zahn—. Mi *Nhatyla*.

Lo que quedaba del temor de su pesadilla se fue desvaneciendo a medida que un sentimiento muy distinto tomaba su lugar.

CAPÍTULO 19
DEX

Dex había olvidado lo veloces que podían ser los reflejos de Andi cuando estaba enojada.

Furiosa, en realidad, pensó, mientras miraba cómo la conmoción en su rostro se transformaba en una máscara de ira pura e hirviente.

Sólo tuvo el más breve de los segundos para pensar cuál habría sido su error, mientras Andi quitaba a empujones a algún pobre tonto de su camino. Y entonces la silla de Dex ya estaba en manos de Andi, mientras la levantaba sobre la cabeza.

—¡*Dex*! —gritó. ¿Fue un *gruñido* lo que escuchó que venía de sus labios?

Apenas tuvo tiempo de levantar los brazos sobre su cabeza antes de que ella le azotara la silla encima. Dex chocó contra la mesa y derribó tres tarros de vidrio que se rompieron contra el piso metálico.

—¿*Qué demonios*? —gritó Andi.

Dex gimió al levantarse y se sacudió los vidrios de la camisa. Sin duda, eso le dejaría un moretón o dos. Pero al menos su plan, por más doloroso que fuera, estaba funcionando.

Se volteó para sonreírle a Andi.

—¿Es lo único que tienes, *capitana*?

Sólo necesitaba que ella le siguiera la corriente, que hiciera un escándalo lo suficientemente grande para llamar la atención de la alcaldesa de Lunamere. Ése sería su boleto de entrada.

Andi escupió en el suelo y luego se limpió los labios con el dorso de la manga. Por un momento pareció totalmente *Andi*, furiosa como un felino mojado y aterradoramente hermosa. Dex sintió cierta petulancia, como si pudiera pavonearse por horas con la cabeza en alto.

Luego vio el momento en el que le cambió el rostro a Andi. Se transformó en otra persona por completo: una actriz que interpretaba el papel perfecto.

—¿Cómo te *atreves* a engañarme? —dijo mostrando los dientes.

Las manos de Dex cayeron a sus costados.

—Espera… ¿qué?

Apareció Lira con las manos en las caderas mientras le lanzaba una mirada mortal.

—¿Así que ésta es la otra chica, Dextro? —miró a Andi de arriba abajo, y luego de nuevo a Dex—. No estoy nada impresionada.

¿Qué demonios estaban haciendo? Esto no era parte del plan.

Alrededor de ellos, la gente dejó de hablar. La música se desvaneció cuando *una voz más* se unió a la mezcla, y Dex oyó las fuertes pisadas que se acercaban.

—¿En serio pensaste que podías engañarme con otras dos chicas —dijo Breck, y se colocó entre Lira y Andi— sin que nos diéramos cuenta?

Dex bajó la voz.

—Damas…

—Las chicas hablan, Dextro —dijo Andi, y se sacudió el cabello sobre el hombro. Miró a Lira y luego a Breck—. Se merece que le demos una lección acerca de las relaciones.

El volumen de su voz creció con cada palabra, y más comensales de la taberna estiraron el cuello para ver de qué se trataba todo el alboroto.

Dex se frotó los antebrazos, que todavía le ardían, y susurró rápidamente:

—¿Exactamente qué creen que están haciendo las tres?

Andi lo ignoró.

—¿Quién quiere dar el primer golpe?

Breck se tronó los nudillos y la gente se levantó de las sillas y empezó a rodearlos, lista para lo que parecía ser una pelea prometedora.

—Te lo puedes quedar —dijo Lira—. Es una pérdida de mi tiempo.

—Del mío también —coincidió Breck mientras los hombres abucheaban y aullaban y se reían por el tramposo atrapado en la red.

—Vamos, señoras —dijo Dex lentamente, empezando a entender su plan. Si tenían que ofrecer un espectáculo para los mirones, pues… eso harían—. Sólo fue un besito.

—¡Ya lo creo que lo fue! —aulló Breck.

Antes de que Dex se pudiera preparar, el pie de Breck se azotó contra su vientre.

Dex salió volando.

Cayó con un golpe terrible contra una mesa y todo el aire desapareció de sus pulmones. La mesa se volteó y se quebraron más tarros de vidrio mientras las cartas y los krevs se arremolinaban por el aire, una ráfaga de negro, rojo y dorado.

Dex se detuvo de golpe cuando azotó la cabeza contra la pared de atrás.

Eso también le dejaría una marca.

El silencio sopló por la Materia Oscura, y mientras a Dex se le empezaba a despejar la visión, los únicos sonidos que escuchaba eran el crujir de las botas sobre el vidrio quebrado y el goteo constante del alcohol desperdiciado que formaba charcos sobre los bordes de la mesa, a medida que se levantaban sus ocupantes y rodeaban a Dex en medio círculo.

La giganta lo había catapultado justo en medio de una mesa llena de guardias de Lunamere, cada uno de ellos de aspecto más furioso que el anterior.

—Discúlpenme, chicos —dijo Dex—. Parece que acabo de caer justo en medio de su jueguito de cartas.

El guardia más cercano a él, una bestia del tamaño de Breck, frunció el labio superior y, aunque parezca mentira, gruñó como perro salvaje.

—Les faltaste al respeto a esas señoritas —dijo el gigante—. Y echaste a perder mi juego. Tenía la mano ganadora.

—Tranquilo, grandulón —Dex levantó los brazos en señal de rendición—. Podemos hablar de esto.

El guardia extendió una mano carnosa, agarró a Dex por el cuello de la camisa y estrujó la tela. Luego lo levantó hasta que casi se tocaban las narices y las piernas de Dex colgaban.

—¿No podemos hablar, entonces? —preguntó Dex.

La carcajada de Andi detrás de él fue el único sonido en el lugar.

Entonces el guardia lanzó un golpe, y se desató el caos.

Dex no era el hombre más alto según los estándares de Mirabel, pero lo que le faltaba en altura, le sobraba en velocidad y agilidad… y, sobre todo, en el deseo de *ganar*.

Además, se burlarían de él por toda la vida si no lograba derribar a unas cuantas docenas de borrachos en un pleito de cantina.

Fue pura gracia y gloria al girar y hacer piruetas, derribando a los guardias de Lunamere mientras se apuraban hacia él con la esperanza de hundirle los cuchillos en el vientre. Dos hombres se abalanzaron contra él; Dex extendió un cuchillo tomado de una mesa cercana, y sonó un *clic* cuando le dio a uno de ellos en la mejilla.

La sangre salpicó a una mujer tuerta que estaba en una mesa cercana, y ella rápidamente comenzó a aullar sobre que le habían echado a perder la comida, antes de meterse apurada a la riña. Su compañero se zambulló tras ella con un garrote negro que sacó de debajo de la mesa. Dex saltó, y apenas evitó un golpe.

Un paso, dos pasos, brinco.

Dex aterrizó en la barra y sus botas se deslizaron mientras los vasos se volcaban y vaciaban los contenidos de sus dueños.

Un grupo completamente nuevo de comensales enojados gritó y se levantó para unirse a la pelea.

Diez hombres desde la izquierda.

Seis desde la derecha, todos cargando armas.

Y Andi, que se lanzaba desde atrás con…

Los ojos de Dex se abrieron como platos mientras evitaba una silla que le pasaba volando por la cabeza. ¿Eso que empuñaba eran *cuchillos de carnicero*?

Los gritos furiosos llenaron la taberna, música para los oídos de Andi mientras se unía a la pelea.

El mundo se desvaneció, y cada comensal se volvió una sola sombra confusa, hasta que lo único que podía ver eran los puñetazos demasiado lentos, el silbido de una navaja sin filo que hacía piruetas por el aire para clavarse en la espalda de otro hombre.

Andi corrió hacia delante, le sacó la navaja al hombre, luego hizo una pirueta y la empujó en el muslo de un guardia de Lunamere mientras éste pasaba corriendo junto a ella para perseguir a Dex.

El guardia aulló y cayó, y ella había despegado de nuevo, saltando sobre su cuerpo caído con las manos ansiosas por desatar el caos, sacar sangre y diseminar la gloria de su nombre.

La Baronesa Sangrienta estaba aquí.

Se aseguraría de que cada uno de ellos lo supiera.

Dex soltó una carcajada mientras lanzaba una botella contra la cabeza de un guardia. Se quebró mientras él agarraba otra y otra más, y las mandó volando al otro lado de la taberna para que estallaran contra las paredes metálicas.

Por todos lados había una sinfonía de sonidos, de palos blandidos contra metal, hombres y mujeres que gritaban a todo pulmón mientras la gente que estaba bajo los efectos del alcohol arremetía contra todo y nada a la vez.

El caos circulaba por la taberna y crecía como un incendio forestal.

Hablando de fuego... pensó Dex, mientras se enfrentaba a dos hombres al mismo tiempo. Andi estaba por la barra, ¿pero dónde estaban Breck y Gilly y Lira con sus Centellas?

Se agachó justo cuando el hombre frente a él lanzó un golpe. El puño del hombre se conectó por error con la persona que estaba detrás de Dex. Se oyó un crujido y un grito, y los dos pobres desgraciados cayeron peleando, siseando y escupiendo como gatos lanzados al agua.

El plan estaba en orden. Todo era un desastre glorioso, hermoso y bendito.

Sólo tenían que mantenerlo hasta que llegara la alcaldesa de Lunamere.

Andi buscó un reloj por la barra, mientras sus ojos examinaban más allá de los puños blandidos y de la gente parada sobre las mesas para tener una mejor vista de la riña. El holograma en la pared, sobre la barra, decía 13:23.

Suficiente tiempo para desatar un poco más de caos.

Dex estaba arrinconado con la espalda contra la barra, y le rezumaba sangre verde fresca de una cortada en la frente. Tres hombres lo estaban cercando, uno que llevaba la pata de una silla rota como arma, otro que mostraba los colmillos gruesos y rojos. El pequeño androide que atendía las mesas daba círculos junto a ellos, y le faltaba una de sus ruedas chirriantes. Junto a éste, el cantinero de seis brazos usaba la rueda faltante para aporrear la cabeza de otro hombre.

Cada parte del alma de Andi le decía que se largara lo antes posible de ahí, antes de que estallaran las Centellas. Podía abandonar la misión. Dejar a Valen Cortas en la cárcel, con Dex junto a él, una vez que la alcaldesa de Lunamere se enterara de la riña.

Pero mientras retrocedía y miraba el conteo en el reloj, una parte diminuta de ella, alguna cosa animal en lo más profundo, empezó a abrirse paso con las garras para subir y salir a la luz en la taberna llena de humo.

La Baronesa Sangrienta nunca le había dado la espalda a una pelea.

Con un suspiro, se impulsó hacia delante, blandiendo sus cuchillos prestados como si fueran extensiones de su cuerpo. Pequeños trozos del cielo aferrados en sus puños que desataban el caos.

Se abrió paso a cuchilladas entre la multitud y despejó la zona frente a Dex justo a tiempo para jalarlo hacia abajo, detrás de la barra.

—¿Ya es hora? —preguntó Dex.

Andi ni siquiera tuvo oportunidad de asentir antes de que estallaran las Centellas.

Y entonces todo el mundo explotó a su alrededor.

La joven estaba parada sobre la ladera de una colina en un mundo que agonizaba, mirando las gotas de lluvia ácida que caían del cielo.

El viaje hasta aquí había sido largo. Pero, como siempre lo soñó, la joven había sobrevivido.

Unas nubes verdes y pálidas bloqueaban todo el horizonte, pero entre el velo podía discernir, apenas, la cumbre del Palacio Solis a la distancia. Desde su punto más alto se alzaban los altísimos chapiteles hechos de vidrio negro, relucientes cristales rojos entretejidos con el negro, como los rastros de gotas de sangre.

Bajo los chapiteles, en las profundidades del corazón del palacio, el rey de Xen Ptera se preparaba para una reunión esperada desde hacía mucho tiempo.

El viento soplaba y agitaba la lluvia por todos lados. La joven tembló, se apretó más el abrigo y se acercó el manto protector alrededor del rostro, para proteger mejor su piel.

Hoy daría el primer paso.

—Ya es hora, Klaren —dijo una voz a su derecha.

La joven se giró. Su mejor aliado, su consejero de confianza, no era el tipo de hombre al que muchos quisieran mirar.

Algo había salido mal en su Formación y le había dejado la mitad del rostro mutilado, como si estuviera hecho de cera derretida y descolorida. Sus ojos brillaban en color casi negro, como los chapiteles del palacio a lo lejos. Unos trozos de metal mantenían unida su piel.

Qué criatura tan horripilante era Darai.

Pero la joven conocía su alma, y sabía que era pura.

Después de todo, él le había dado la navaja que garantizó que ella fuera la única Entregada que estuviera en pie cuando el Conducto hiciera la selección.

—Estoy lista —dijo la joven. Tomó su brazo mientras él le ayudaba a subirse al carruaje robado.

—Recuerda lo que hablamos —dijo Darai suavemente al tiempo que un sirviente prestado ataba las riendas sobre un Xentra brillante, como una araña, con muchas patas que repiqueteaban mientras bajaba reptando por la ladera de la colina. Las ruedas del carruaje se empezaron a mover y los llevó hacia abajo, donde se unirían a los innumerables que se dirigían al palacio—. Recuerda lo que está en juego.

La joven asintió y luego volteó hacia la ventana. A medida que se acercaban al palacio, buscó el hilo de los sueños que mantenía guardados en la mente, como un constante rastro fulgurante de rescoldos que nunca se apagaban del todo.

Sintió su calor y se dejó ir.

El futuro se derramó en su sitio e inundó su mente.

Podía ver el rostro de un hombre, gentil y amable, pero cuando la joven miraba realmente, tenía los bordes filosos. Sus ojos verdes eran brillantes como las esmeraldas, y encontraron los suyos mientras ella daba un paso a la luz y se quitaba la capucha para revelar su rostro perfectamente esculpido. Sus curvas femeninas. Ella casi podía escuchar el latido de su corazón, casi probar el deseo que derra-

maba al mirarla, mientras tomaba su mano en la suya y la apretaba contra sus labios.

Había cien jóvenes alrededor de ellos, pero en ese momento, todas palidecieron en comparación. Ella era todo lo que quería este rey. Todo lo que jamás hubiera soñado en una esposa.

—¿Estás segura de que tendrás éxito? —preguntó Darai ahora, mientras alejaba a la joven del hilo de sus sueños.

—Estoy segura —dijo ella, sin el menor indicio de duda en su voz. Levantó la barbilla con orgullo—. Así como estaba segura hace años, durante mi Entrega, de que sería la elegida —lanzó una sonrisa de lado—. Haré lo que sea, Darai, para asegurarme de que mis sueños se vuelvan realidad.

Darai inclinó la cabeza.

—Eres un sacrificio digno.

La joven sonrió. Había trabajado toda la vida para abrirse paso con las garras hasta aquí, peleando con las palabras, el ingenio y la sonrisa para que la notaran los ojos correctos, para hablar en los oídos de quien la escuchara. Le había tomado todo lo que tenía llegar hasta aquí, mantenerse con vida, volverse lo suficientemente fuerte para asegurar un lugar en la fila de esposas potenciales del rey.

Hoy, todo daría frutos cuando él le pusiera los ojos encima, cuando ella dijera las palabras que había ensayado, año tras año.

El carruaje llegó rodando y se detuvo al fondo de la colina. La lluvia ácida los bombardeaba desde los cielos y los truenos retumbaban mientras el carruaje se sacudía.

—Que la luz sea tu guía —dijo Darai, y le abrió la puerta.

La joven se levantó la capucha y dio un paso para salir a la lluvia ácida.

Pronto, muy pronto, se convertiría en reina.

Capítulo 21
Lira

Llovía vidrio sobre ellas.

Lira abrió los ojos para ver a Breck encorvada a su lado, tosiendo por el humo en los pulmones, con los ojos llorosos y rojos.

Las montañas se desmoronan, pensó Lira.

¿Qué tan fuertes habían sido las Centellas caseras de Gilly? Quizá se habían pasado de generosas con la cantidad de polvos que habían vertido en los casquillos esféricos.

Lira rodó para quedar a gatas y se arrastró junto a las cartas de juego esparcidas por todos lados, las botellas rotas y los cuerpos que gemían en el suelo. En alguna parte, al otro lado del lugar, el cantinero soltaba maldiciones por el desperdicio de licor.

—¡Mi pierna! —gritó alguien—. ¡Mi pierna!

Un androide que soltaba chispas del cuello sin cabeza caminaba dando círculos por todos lados, chocando contra las mesas volteadas y las sillas despedazadas.

Definitivamente demasiado fuerte, pensó Lira.

Junto a ella apareció Gilly. Tenía la nariz torcida y le sangraba.

—Eso estuvo… genial.

Si la pelea no había atraído a la alcaldesa… seguramente, después de esto, vendría a restaurar el orden. Y sería en cualquier momento.

Lira siguió gateando hacia delante, tosiendo mientras se consumían los fuegos de las Centellas. Examinó lo que la rodeaba, en busca de Andi y Dex.

Al principio, no podía ver a su capitana. Por un momento, el temor se tragó a Lira por completo.

Lo habían estropeado todo.

Habían hecho estallar el plan junto con la taberna.

Vaya espectáculo, Lir.

El mensaje del comunicador apareció en su visión, y supo que Andi estaba a salvo.

Parpadeó para alejarlo y volvió a examinar la oscuridad.

Ahí. Movimiento a su izquierda, cerca de la barra: Andi se levantaba, usando una mesa para incorporarse. Junto a ella, Dex se levantaba con dificultad. El pobre tonto parecía un bebé recién salido del vientre, desorientado y confundido. Lira sabía que una persona empática ayudaría a que un miembro del equipo se situara de nuevo.

Lástima para él, pero Andi era todo menos eso. Lira sonrió de sólo pensarlo.

Con tanto humo que nublaba el lugar, le costaba trabajo ver cualquier cosa que estuviera más allá de unos cuantos pasos frente a ella. Pero podía escuchar los gemidos de la gente. Silbaban maldiciones entre dientes apretados.

—Su taberna —mascullaba el cantinero—. Su taberna, *su hermosa taberna*… La alcaldesa me *matará*…

Un aullido reverberó por todo el sitio cavernoso. Lira estiró el cuello hacia la entrada de la taberna mientras los guardias se abrían paso entre las puertas arrancadas, con las pistolas frente a ellos, los rayos láser color esmeralda que cortaban el humo mientras buscaban por el lugar la causa del ataque.

El estómago de Lira dio un vuelco.

Era hora.

El último paso del plan.

Desde su posición, el cabello pálido de Andi y sus mejillas de metal, ya visibles mientras daba un paso adelante, eran como faros en el caos. El humo se le enredaba entre los pies como espíritus danzantes.

Todavía tienes tiempo de detener este plan, siseó la mente de Lira. *No puedes confiar en Soyina. No puedes confiar en Dex.*

Pero entonces Dex estaba hablando, su voz como un disparo en medio de todos los gemidos y gruñidos.

—Ya era hora de que llegaran.

Los guardias se formaron frente a él y Andi. Demasiados rifles apuntaban a sus pechos, sus cabezas, sus cuellos. Tiros de gracia, todos.

Ayuda a tu capitán, le rogó esa vocecita a Lira. *No puedes permitir que esto suceda.*

Una sola figura caminó entre el humo, y los guardias se abrieron en abanico para hacerle espacio. Lira miró con la mandíbula apretada mientras la alcaldesa de Lunamere examinaba la escena.

—Ya que ustedes son las únicas personas de pie en este lugar ahora, les haré una pregunta y me responderán con la verdad —ella se infló, y la cinta roja y dorada sobre su pecho brilló en la taberna llena de humo—. ¿Ustedes fueron los perpetradores de este ataque?

Dex inclinó la cabeza y le mostró su mejor sonrisa.

—Me declaro culpable.

La alcaldesa dio un paso adelante.

Y azotó el puño contra el rostro de Dex.

Su cabeza giró a un lado, y con un golpe aterrador se tambaleó contra una mesa volteada.

—Acabas de destruir activos que valen *miles* —gruñó la alcaldesa. Miró hacia sus guardias—. Deténganlos y escanéenlos. Quiero saber quiénes son estos desgraciados y qué demonios están haciendo en mi taberna.

Lira observó todo con una sensación de náusea en el vientre.

Dex se levantó y se volvió a dar la vuelta, y su boca esbozó una sonrisa sangrienta.

—Bueno, bueno, alcaldesa. Los rumores sobre su fuerza son verdaderos. Me encantaría invitarla a salir algún día. Quizás a los Sistemas Unificados, donde puedo mostrarle un planeta que en verdad sea digno de su tiempo.

La alcaldesa apretó los puños.

—Amordácenlo.

—¿Acaso tiene algo de Griss? No del barato que sirven aquí —dijo Dex, alterándola incluso más—. Muero de sed.

—¿Qué significa todo esto? —exigió la alcaldesa, mirando hacia Andi—. Explíquense.

Andi le sonrió como un depredador.

—Vete al carajo. Y al carajo con Xen Ptera.

Un guardia marchó hacia Andi con la pistola extendida. Estaba por ponerle los grilletes cuando Andi se levantó de un brinco y dio una pirueta tan veloz que ya le había arrebatado la pistola y la había usado para dispararle en la rótula, antes de que el guardia pudiera siquiera gritar de sorpresa.

—¡*Arréstenlos!* —aulló la alcaldesa—. ¡Ahora!

Los demás guardias se abalanzaron sobre ella y Dex.

En medio del caos, una sola palabra se filtró hacia la visión de Lira desde el canal de Andi.

Corran.

Lira sacudió la cabeza. Ése no podría ser el mejor plan... no podía ser la única manera. Todo estaba pasando demasiado rápido.

Corran.

—Vamos —dijo Gilly—. Es hora de irnos.

Pero Lira estaba paralizada.

—Lira —susurró Breck—. Nos dieron la orden.

La diminuta mano de Gilly se envolvió alrededor de la de Lira. La empezó a jalar, con suavidad al principio, pero luego con insistencia cuando Dex gritó maldiciones y Andi empezó a gritar algo sobre maldecir a la reina de Xen Ptera. Una vez que los tenían en el suelo, esposados, la mitad de los guardias empezó a moverse por el lugar. Uno de ellos descubrió el casquillo de una Centella.

—Justo aquí, alcaldesa. Parece casera.

—Quiero que revisen a cada una de las personas de esta taberna. Identificaciones. Antecedentes. Háganlo ya.

A menos que se fueran ahora, los guardias pronto descubrirían al resto de las chicas.

Corran.

El mensaje estaba ahí en rojo brillante, suspendido frente a los ojos de Lira.

Lira se odió por tener que hacer lo que estaba por ejecutar, odió la orden que Andi le había dado.

Pero permitió que Gilly la dirigiera hacia las sombras. Se paró con paciencia mientras Breck deshabilitaba en silencio al único guardia que no sospechaba nada, junto al hoyo que habían estallado estratégicamente en la pared de atrás. Un veloz punto de salida.

Gilly se deslizó hacia la oscuridad. Breck se metió detrás de ella.

Pero Lira se detuvo y miró sobre el hombro una última vez, y sus entrañas le rogaron que no se fuera. Nunca, en ninguna de sus misiones, habían abandonado a su capitana.

Y ahora, la alcaldesa de Lunamere estaba parada sobre Andi como una depredadora lista para saltar.

—Te pudrirás en el infierno por esto —estaba diciendo.

No está sucediendo, gritó la mente de Lira. *Esto no está sucediendo.*

Iba contra cada fibra de su ser.

Pero era una orden —todo era parte del plan— y Lira no podía desobedecer.

Fue con gran dolor que dejó atrás a su capitana, una prisionera, y se fue a asegurar la dulce libertad de regreso en la nave que las esperaba.

CAPÍTULO 22
ANDROMA

*L*as lunas sobre Arcardius colgaban como dos ojos fulgurantes, y sus luces se entremezclaban para crear un matiz púrpura en el cielo.

Clavaban la mirada sobre Averia, la montaña flotante de color verde y morado que albergaba la finca de los Cortas. De día, Averia parecía un óleo creado por la mano de un artista. Las suaves colinas verdes, los arroyos azules flanqueados por la flora de rojos, amarillos y naranjas profundos. Luego estaba la finca en sí, llena de ángulos y líneas sólidas, como un extenso pájaro blanco con las alas abiertas sobre el terreno.

De noche, sin embargo, todo Averia estaba bañado de azul.

La luz de las lunas parpadeaba sobre la finca, asomándose por las ventanas del quinto piso, iluminando a las dos chicas mientras bajaban de puntillas por los pasillos, con cuidado de no despertar a nadie.

—Sólo es un viajecito —le susurró Kalee a Andi, mientras Andi seguía a su mejor amiga y protegida por una puerta abierta que parecía una boca oscura y profunda—. Volveremos antes de que se dé cuenta de que nos fuimos.

—Estás loca, Kalls. Eso no va a pasar.

Había transcurrido más de un año desde que Andi había hecho el juramento como la Espectro de Kalee. Hasta ese momento, su vida había sido confusa, sin dirección. Andi era un soldado sin causa que *vivía a la sombra de la perfecta imagen arcardiana de su madre y de la urgencia constante de su padre por entrenarse más. Por golpear más rápido. Por ser un mejor soldado.*

Andi amaba su planeta, profundamente, pero estaba demasiado joven para que la reclutaran para una labor. Demasiado enojada para hacer amistades. Faltaban tres años para que se graduara, y no importaba cuánto entrenara para hacer sentir orgulloso a su padre o danzara para volverse la hija graciosa que su madre deseaba, no podía llenar el vacío.

A Andi le encantaba pelear y bailar. Pero necesitaba algo que le perteneciera.

Luego, por algún extraño giro del destino, el general Cortas la había elegido de entre miles. Ahora ella era una Espectro y cuidaba a la hija del general. Vivía en el ala residencial de su finca, asistía a sus cenas familiares, mostraban su rostro en todas las pantallas de Arcardius mientras se mantenía cerca de Kalee en los bailes y en las reuniones de alto perfil. Tenía un propósito. Tenía un puesto del más alto honor. Su servicio hacía que su familia, y su planeta, estuvieran orgullosos. El título era suyo, ella se lo había ganado.

Pero más que eso… Andi ahora tenía una amiga tan cercana como una hermana. Había logrado traspasar la perfecta imagen exterior de Kalee para descubrir a la joven que estaba debajo, una chica con heridas y complejos, justo como ella misma. Kalee trabajaba mucho para complacer a su padre y a su planeta: verdaderamente deseaba dirigir Arcardius algún día, con una mente militar y un alma gentil, y el general la hacía trabajar duro. A menudo, la presión se volvía intolerable.

Andi siempre estaba ahí para ayudar a arreglar las cosas.

Andi había ayudado a Kalee a atravesar las épocas duras y, a cambio, Kalee había auxiliado a Andi a romper sus propios muros, a trabajar con su enojo y los sentimientos de que no era digna.

Aunque Andi cuidaba a Kalee, a menudo sentía que Kalee también la cuidaba a ella. Juntas, eran una unidad.

Ahora, mientras pasaban de puntillas junto a una puerta cerrada, Kalee se llevó un dedo a los labios. Se asomaba un rayo de brillante luz blanca por el resquicio junto al suelo.

Era su *habitación*.

Valen Cortas, el extraño y silencioso hermano mayor de Kalee que aparecía en los momentos más inconvenientes. Ella se lo podía imaginar ahí dentro en este momento, sentado frente a su caballete, dándole vida a las imágenes sobre la tela. Reacomodando sus tubos de pintura al óleo. O quizás organizando su ropa por colores, mucha de ésta salpicada de pintura.

—Vamos —susurró Kalee.

Andi cuidó cada paso y contuvo una carcajada mientras se deslizaban junto a la habitación de Valen y llegaban al pasillo principal de Averia. Una escalinata grandiosa conducía hasta la entrada redonda de la finca, donde un holograma del símbolo de Arcardius giraba muy abajo, en medio del aire.

Andi se inclinó sobre el barandal de mármol junto a Kalee y levantó la mirada.

Un piso más arriba de ellas estaba la sala, acurrucada en el rincón más lejano, con un ventanal con vista a los jardines. Era el lugar favorito de Kalee para sentarse y pasar las páginas de algún libro antiguo de papel. Las páginas estaban cubiertas de ilustraciones, un cuento de hadas de los planetas hacía mucho tiempo.

Un piso arriba de eso estaba el muelle, donde el padre de Kalee guardaba su nave de transporte personal.

—¿Jamás habías considerado llevarlo a dar una vuelta siquiera? —preguntó Kalee.

—Es de última generación —dijo Andi—. Tan sólo el motor vale más que mi vida, Kalee. Y si tu padre nos atrapara con él, perdería mi puesto.

Kalee sacudió la cabeza, y sus rizos pálidos cayeron por su espalda.

—Es mi cumpleaños. No le molestará.

Andi suspiró y apretó el barandal con tanta fuerza que sus guantes de Espectro tiraron contra su piel.

—¿Y si te dijera que nunca sucederá?

Kalee soltó una sonrisa burlona.

—¿Y si te dijera que ya sucedió?

Andi se giró rápidamente para mirarla, y se le abrieron desmesuradamente los ojos para combinar con las lunas de afuera.

—¿Qué hiciste?

Kalee buscó dentro de su bolsillo y sacó la tarjeta plateada de arranque que había tomado de la oficina de su padre. Andi creyó haber visto a Kalee tomar algo del escritorio discretamente, pero Kalee había aprendido demasiados trucos de ella.

—Un viaje corto, Androma —susurró, y esbozó una sonrisa en las comisuras de los labios—. ¿Lo harías por tu mejor amiga?

—Podría perder mi trabajo —volvió a decir Andi.

Kalee frunció el ceño.

—Mi padre no lo sabrá jamás. Duerme como un tronco. Y además, prácticamente ya eres parte de la familia, Andi. Un tirón de orejas. Quizás un rudo sermón del general si nos atrapa. ¿Pero más allá de eso? —gesticuló con la mano—. Tomaste muchas clases de vuelo. Las dos sabemos que te habrías convertido en piloto si no te hubieran dado este trabajo —sus ojos azules se abrieron enormes mientras le rogaba—. Sólo un pequeño vuelo alrededor de la montaña. Vamos, tú eres la que siempre me estás diciendo que me relaje.

Andi rio mientras Kalee ondeaba la tarjeta frente a su rostro.

Una voz que sonaba como la de su padre le dijo que ningún soldado, en ningún momento, desobedecería las órdenes. Pero si mantenía a Kalee a salvo mientras volaba el transporte… no estaría desobedeciendo para nada.

—*Está bien. Pero si nos atrapan, diré que me secuestraste y me obligaste a subir.*

Kalee asintió, luego sujetó la mano de Andi y la jaló hacia el pasillo, hacia las escaleras.

—*Será la mejor noche de tu vida, Androma Racella* —*dijo mientras alcanzaban los escalones*—. *Ni que te fuera a matar.*

Andi despertó en la oscuridad, con un espeso aroma a sudor impregnado en la nariz y la sensación ardiente de un piso de metal a sus pies, y debajo de éste, el motor de una nave que retumbaba muy cerca.

Maldijo, y luego intentó levantar las manos para limpiarse el sudor del ceño.

Estaban atrapados. Atrapados con cadenas que tintineaban mientras trataba de sacar las muñecas a la fuerza de los grilletes.

Por un momento, la atravesó el pánico y se le retorció en la piel, causándole angustia por la necesidad de salir corriendo. De salir como pudiera de ahí, antes de que fuera demasiado tarde.

Pero luego otro sonido se mezcló con el rugido del motor.

Ronquidos que venían de su izquierda, como el gruñido del *Saqueador* cuando Lira le daba duro y pesado.

Andi conocía ese ronquido, se había consolado con él desde la primera noche en que lo había escuchado, hacía años, en la barraca de algún brutal cazarrecompensas en Tenebris. Siempre había significado que no estaba sola.

El ronquido pertenecía a Dex. Y al escucharlo, a pesar del todo el enojo que sentía contra él, Andi se relajó mientras los recuerdos de sus últimos momentos en la Taberna Materia Oscura se acomodaban en su lugar.

La pelea. Las Centellas.

Ese *beso* que por un momento la dejó sintiéndose como plastilina cuando unieron sus labios, como lo habían hecho tantas veces antes… hasta que la dominó la furia.

¿Por qué estaba pensando en ese maldito beso? Había *odiado* ese beso. Detestaba los estúpidos labios de Dex.

Necesitaba concentrarse.

El plan había funcionado. Estaban en un pequeño navío de transporte, los dos encadenados, bañados por la oscuridad plena y total. Eran prisioneros de Xen Ptera y se dirigían a Lunamere, la prisión más aterradora de toda la Galaxia Mirabel.

Estaban exactamente en donde tenían que estar.

Andi soltó una bocanada de aire, luego recargó la cabeza contra la caliente pared metálica de la nave.

El tranquilizante que todavía tenía en el sistema la llamó y, quisiera o no, cerró los ojos y se volvió a hundir en las sombrías profundidades del sueño.

Capítulo 23
Valen

Valen era un hombre hecho de arrepentimientos.

Atrapado en esta interminable confusión, ausente de luz y con sólo los recuerdos como compañía, a menudo su mente comenzaba a vagar.

Al principio, intentó traer los recuerdos positivos de su pasado. La cálida sonrisa de su madre, las aventuras que había compartido con su hermana, cuando se zambullían con los amigos desde los trozos flotantes de roca desperdigados por Arcardius hacia los tibios pozos de agua.

Le daba paz, un diminuto atisbo de esperanza cuando no podía aferrarse a nada más.

Luego la oscuridad ahuyentó todos los buenos recuerdos.

Otros tomaron su lugar.

La expresión vacía en el rostro de su madre esa vez que Valen pasó junto a la puerta que conducía a la alcoba de sus padres, y se asomó entre las grietas cuando una sola palabra salió flotando.

Infiel.

Las conversaciones hechas añicos frente a la mesa del comedor. Un vaso arrojado, el padre de Valen que se levantaba mientras su silla caía. Y no sólo una palabra, sino una frase completa que lo quebró: *pudiste haberla detenido.*

Era culpa de Valen que su hermana estuviera muerta. Era su culpa haber sido un protector débil y patético que no hizo su maldito trabajo.

Después de todo, ¿de qué servían los hermanos mayores, si no para proteger a los menores?

Kalee seguiría viva de no ser por su cobardía... cantando por los pasillos, persiguiéndolo por el agua entre las caletas escondidas y los túneles subterráneos. Sentada junto a él en el salón de baile mientras Androma Racella, la mejor amiga de Kalee de la escuela, bailaba en el escenario frente a ellos.

Al quedarse dormido, lo perseguía una realidad.

Su hermana estaba muerta, y él estaba vivo.

Y en algún lugar allá fuera, su asesina estaba libre.

Los pensamientos como éste eran lo peor de todo.

Valen estaba sentado en su habitación con la mirada clavada en un retrato de la protectora de su hermana, convertida en asesina.

Había luna llena; había estado ocupado pintándola cuando Kalee pasó como si nada por su puerta cerrada, creyéndose silenciosa al pisar con los pies desnudos. Pero Valen siempre había sido de los que podían detectar el más pequeño cambio en los sonidos. Y aún más, los cambios de color.

Adoraba la manera en que la pintura de sus pinceles se secaba cuando no los lavaba y se oscurecía desde un azul rey como un cielo despejado hasta un negro nocturno, sin estrellas. A veces veía la forma en que una estrella brillaba de color púrpura, luego blanco otra vez, mientras parpadeaba para él desde las alturas de los cielos. Le encantaba poner las manos sobre distintas muestras de tela para observar los cambios de tono mientras las torcía de un lado a otro con las puntas de sus dedos.

Y siempre notaba —a pesar de lo que Kalee creyera al respecto— los movimientos de las sombras que se escabullían bajo su puerta cerrada. Una figura oscura y sin forma que por un momento estaba ahí, y al siguiente había desaparecido.

Así fue como se volvió tan bueno para seguir a Kalee y a su Espectro.

Así había llegado a notar la gracia con la que caminaba Androma Racella. Y su cabello: para los demás, un suave tono de pálido rubio que para él era mucho más. Bajo la luz del sol, se transformaba en un blanco tan brillante que a él le recordaba la nieve recién caída. En la oscuridad, cobraba un resplandor plateado del color de la luna.

En el lienzo frente a él, la había pintado con dos mitades.

Una de color blanco brillante bajo un sol luminoso, casi azul en los puntos en donde se suspendía bajo las sombras. La otra mitad de ella la había representado con un gris apagado, el cabello de Androma como la líquida luz de luna que se derramaba sobre los hombros, el acento perfecto para sus ojos tormentosos.

Él la consideró una obra maestra. Una de las mejores que hubiera hecho jamás. Y esa noche estaba saliendo de su habitación, con el calor del orgullo y de una botella del mejor Griss de su padre que le calentaba el pecho, cuando las vio salir para llevarse el transporte a dar una vuelta sin permiso.

Valen cerró los ojos y respiró hondo.

Le dolía el pecho, como si estuviera a punto de partirse a la mitad.

Esta noche, ninguna sombra se escabullía afuera de su puerta. No había pisadas que pasaran correteando por el frío piso de mármol, no había susurros callados ni risitas apagadas que rebotaran

contra las paredes blancas y frescas mientras las dos chicas pasaban
apuradas, dirigidas a la habitación de Kalee.

Tendría que haberlas detenido.

Tendría que haber tomado la muñeca de Kalee para rogarle que no fuera. Tendría que haber caído de rodillas como un niño, o simplemente haberla levantado y llevársela cargando mientras ella le gritaba groserías al oído.

Los recuerdos lo ahogaron de nuevo.

—*Valen.*

La voz de su madre, suave y quebrada, detrás de su puerta cerrada.

—*Ella… Ella hubiera querido que estuvieras ahí. Eres su hermano, Valen.*

Un profundo suspiro, seguido del inconfundible sonido de las lágrimas que reprimía.

Él cerró los ojos. No lloraría.

Si lloraba, el abismo en el pecho se le abriría por completo, y se desplomaría y seguiría cayendo hasta llegar al fondo.

Su madre siempre había sido fuerte. Pero esta noche, era como un vidrio fracturado. Si la apretaba con demasiada fuerza, se rompería. ¿Y entonces quién estaría ahí para arreglar las cosas? Su padre no, sin duda. El general Cortas estaba ocupado ofreciendo conferencias de prensa y declaraciones formales, y bajo la fachada de tranquilidad fría y diplomática había una barriga llena de licor, ingerido del gabinete en el fondo de la alacena.

El abismo en el pecho de Valen empezó a abrirse, y el calor de sus ojos amenazó con volverse llamas. Parpadeó una vez. Dos. Pudo oír el momento en el que su madre se dio por vencida y se fue, y la habitación pareció invadirla un frío repentino con su ausencia.

Así que Valen se sentó y se volvió a quedar mirando el retrato, obligándose a ver, a mirar.

Había hecho un trabajo excelente, tan real en sus pinceladas que casi parecía como si fuera Androma Racella quien lo miraba ahora.

No lo quería hacer.

Por los dioses, no quería hacerlo, para nada.

Pero esta noche, Valen levantó el pincel y abrió una colección fresca de colores listos para crear.

El pincel, aferrado en la mano, casi se partió en dos. Pero con cada pincelada, dejó que se le escurriera la tristeza, y algo más duro y fuerte tomó su lugar. Cuando acabó, se dio cuenta de que se había equivocado antes.

La pintura anterior era un juego de niños. Ahora, finalmente había creado una obra maestra.

La colgó para dejarla secar y salió de la habitación, y miró atrás una vez más.

Androma Racella lo miraba fijamente desde la pared.

Había dejado sin tocar una mitad de ella, el lado iluminado por la luna. Pero se había tomado su tiempo con el otro lado, su rostro bañado de salpicaduras de tonos de púrpura tan oscuros que casi parecían negros, contra su piel pálida y suave.

Le caían gotas mojadas de pintura roja por las mejillas y se deslizaban desde el lienzo hasta el piso. Un suave plin, plin, plin que le recordaba no las lágrimas, sino la sangre de su hermana.

Sin duda, una obra maestra, como si Andi se hubiera arrancado la máscara que había estado llevando y le hubiera revelado al mundo su otro ser, el que había escondido bajo la superficie por tanto tiempo.

Valen hizo un esfuerzo por apartar la mirada del cuadro y cerró la puerta.

El pasillo estaba vacío, la extensa finca silenciosa como un susurro. Ya se habían ido todos, ataviados con sombras de apagado gris arcardiano, para asistir al funeral de Kalee.

Androma Racella no asistiría. Estaba atada con cadenas, esperando un juicio que no ganaría. Tras las rejas, imbuida en alguna oscuridad profunda e impenetrable en la que ningún color podía prosperar… Y nadie, no importa qué tan fuerte fuera, podía sobrevivir.

Hasta que la inyección finalmente se la llevara.

Valen sintió dolor y consuelo por igual al pensar en ello mientras caminaba.

Podrían echar a Androma a los Abismos de Tenebris por todo el tiempo que quisieran, incluso darle la pena de muerte, pero eso no traería a Kalee de vuelta. Cuando pasó por la habitación de su hermana, le llegó el más ligero indicio de su aroma a verano.

Flotaba como una brisa distante, y se fue diluyendo rápidamente cuando la realidad tomó su lugar.

El abismo se rompió en él, y Valen Cortas cayó de rodillas en el umbral de la habitación de Kalee y sollozó.

Capítulo 24
Androma

A ndi se despertó con un dolor que retumbaba por todo su cráneo.

Estaba acostada boca arriba, mirando la oscuridad. O, hasta donde sabía, podía estar boca abajo. Era interminable: ni un destello de la luna que resplandeciera en las paredes, ni una silueta borrosa de sus pies extendidos frente a ella mientras se incorporaba lentamente.

Esto no se parecía al transporte.

Ahí, todo había estado negro a su alrededor, pero la mantuvo en calma el excesivo calor del motor de la nave, en funcionamiento bajo ella, una sensación que le recordaba al *Saqueador* justo lo suficiente. La suficiente calma para concentrarse en el plan. El premio al final del túnel de Lunamere.

Esto era otra cosa por completo.

La oscuridad se sentía como si albergara mil ojos que observaban, una negrura oprimente que parecía filtrarse hasta el alma misma, para acomodarse en lo más profundo del tuétano de los huesos.

Tiritó, pero no creyó que fuera del todo por el frío.

El suelo debajo de ella estaba rugoso, hecho de piedras que se sentían como bloques de hielo. Andi recorrió las manos sobre él, feliz de descubrir que ya no tenía puestos los grilletes. Sin embargo, al moverse para ponerse de rodillas, sintió que su cabeza bamboleaba como si estuviera bajo el estupor de una Rigna especiada.

O, pensó Andi, mientras llevaba sus manos a las sienes y sentía un bulto en donde algún guardia xenpterano la había golpeado con los guanteletes eléctricos, *el estupor de quién sabe qué tranquilizante con el que me dejaron inconsciente.*

Ésta podría haber sido su vida… *debió* haber sido su vida. Encerrada tras las rejas, a la espera de la pena de muerte, con el fantasma de su mejor amiga como su única compañía.

Se intensificó esa onda tan familiar de temor, y Andi quiso alcanzar una de sus espadas, cortar y rebanar y despedazar ese trozo de ella mientras hacía trizas los cuerpos de los demás. Muerte tras muerte, para cubrir la de Kalee. Para darse el tipo de destino que merecía.

Pero entonces escuchó un gemido junto a ella.

No estás sola, recordó Andi.

—¿Qué demonios? —dijo Dex con voz ronca—. ¿Andi? —pasaron los segundos, y el ruido de su respiración laboriosa parecía reverberar contra los fríos muros de piedra. Ella podía oír las manos de él mientras tanteaban el suelo, buscando. Ni siquiera se encogió cuando las puntas de los dedos de Dex rozaron los suyos, y él se quedó quieto—. Por favor, dime que ésta es Andi, y no alguna babosa de calesa xenpterana, hambrienta de amor y llamada Rechoncha.

A pesar de todo, Andi soltó una carcajada. Las enormes babosas eran bestias horripilantes y aceitosas que intentaban acostarse sobre cualquier cosa que tuviera un pulso.

—Soy yo —dijo Andi. Luego retiró la mano, y de inmediato sintió más frío con la ausencia de su contacto.

—¿Cuánto tiempo llevamos inconscientes? —preguntó Dex.

—¿Cómo diablos lo voy a saber? —dijo Andi.

Parecía que se había escurrido el tiempo. Soyina les había dicho que sólo tenían una hora.

Escasamente lo suficiente para lograr salir de esta celda y encontrar a Valen, en especial con las sombras tan espesas como los muros de obsidinita que los rodeaban.

Andi buscó en sus brazos y sintió con alivio los brazaletes de varilio que rodeaban sus muñecas. Por un momento temió que no estuvieran ahí, que de alguna manera los guardias de Lunamere hubieran logrado romper el varilio impenetrable, por más imposible que fuera sin las herramientas correctas, o que Soyina se hubiera llevado los krevs de Dex y los hubiera abandonado aquí dentro a podrirse juntos.

Qué terrible giro de eventos habría sido ése.

Pero los brazaletes estaban ahí. Fríos sobre sus muñecas y, con ellos, el estallido de una esperanza. Andi presionó los pequeños botones en el dorso de cada brazalete, y de ellos salió un raudal de luz. Un talismán para mantener las sombras a raya.

—El mejor regalo que hayas recibido jamás, Andi —dijo Dex—. ¿Me pregunto quién te lo dio?

Ella recordó el día en el que él se los había regalado, y cuántos krevs había ahorrado para pagarlos para que los diseñara e instalara un cirujano que residía en una diminuta luna rebelde cerca del centro de Mirabel. La instalación había sido dolorosa, pero una vez que los brazaletes quedaron en su lugar, Andi casi se volvió a sentir completa. Al menos por fuera. Un regalo que siempre agradecería.

Andi suspiró.

—Uno de estos días, Dextro Arez, voy a ayudarte a que saques la cabeza de tu propio trasero.

Andi se dio la vuelta y luego se puso en pie lentamente, ignorando los gritos de dolor de sus músculos adoloridos tras la pelea. La celda tenía una reja, con barrotes de obsidinita tan gruesos que Andi supo al instante que sin ayuda de Soyina estarían perdidos. El material era casi tan fuerte como el varilio. No había manera de que pudieran fugarse de aquí de otra manera.

Apretó el rostro contra los barrotes fríos y se quedó mirando hacia el negro abismo más allá.

Ningún movimiento. Ninguna figura sombreada que paseara por ahí. A lo lejos, creyó oír gritos, o cacareos de risa. Pero la oscuridad tenía cierta forma de engañar los sentidos de cualquiera.

—Siento como si me hubieran partido en dos la cabeza —gimoteó Dex.

Andi puso los ojos en blanco.

—Si ya terminaste de quejarte —dijo, y recordó cómo Dex podía ser un llorón cuando tenía una dolencia de *cualquier* tipo—, tenemos que movernos. No sabemos cuánto tiempo ha pasado, y si no llegamos con Valen hasta donde está Soyina en menos de una hora, no saldremos vivos de esta pocilga.

Dex se rodó para quedar de rodillas, y maldijo mientras estiraba los músculos.

—Esto de permitir que me sometan a golpes —dijo—, *no* es uno de los momentos de la vida que más me llene de orgullo.

Andi arqueó una ceja mientras se trenzaba el cabello para quitárselo del rostro, y luego flexionó los músculos para probar si tenía algún punto débil que no hubiera notado antes.

—No sabía que tuvieras algún momento que te llenara de orgullo.

Dex se puso en pie con gran esfuerzo.

—Eres la peor compañera que me haya tocado jamás, Androma Racella.

Andi le sacó la lengua, luego extendió la mano para probar la reja de la celda. La perilla giró, pero la reja pesaba. Se recargó contra ésta y enterró el hombro contra los barrotes.

La reja rechinó y gimió en protesta.

—Diría que estoy de acuerdo contigo en eso —susurró Andi, y se movió a un lado para abrirle espacio a Dex cuando la alcanzó—, pero creo que Soyina se saca el premio.

Empujaron la reja juntos.

—Soyina tiene sus encantos —dijo Dex entre dientes apretados—. Tienes que admitirlo.

Andi lo dudaba pero concentró su atención en la fuga.

—Éste sería un buen momento para hablar —dijo Dex.

Andi suspiró.

—Estamos en medio de una cárcel y el reloj literalmente está haciendo la cuenta regresiva de nuestras vidas, ¿y quieres hablar *ahora*?

Sus hombros se presionaban juntos mientras trabajaban en la reja.

—No logro encontrarte a solas —dijo Dex—, así que sí, mientras estamos atrapados en una celda de prisión, me parece la mejor opción.

—No nos debemos una conversación —dijo Andi—. Debemos acabar este trabajo, y asunto terminado.

—La historia que compartimos tiene dos lados, Androma.

Andi hizo una mueca.

—No necesito oír tus pretextos, Dextro. Ahora *empuja*.

—Si logramos salir vivos de esto, ¿me prometes que sólo me escucharás? —susurró Dex—. No lo volveré a pedir. Podemos hablar del pasado, y… ponerle fin para siempre.

—Las cosas llegaron a su fin cuando me traicionaste.

—Cinco minutos —dijo Dex—. Por favor, Androma. No me hagas rogar.

Eso la hizo sonreír. Sería interesante.

—Cinco minutos —dijo ella—. *Si y sólo si* logramos abrir esta maldita reja y sacar a Valen a salvo de aquí.

La puerta se abrió de golpe con un último empujón. Se balanceó hacia fuera con un crujido horrible, y luego quedó entreabierta mientras la luz de los brazaletes de Andi prodigaba sombras torcidas contra el muro negro justo detrás, a no más de unas cuantas brazadas de distancia. Ningún guardia llegó corriendo. Ningún prisionero gritó desde las celdas cercanas.

La oscuridad era extraña y quieta, y les rogaba que dieran un paso fuera de la celda y exploraran.

Andi miró a la izquierda, luego a la derecha.

No había nada más que barrotes hasta donde la luz de sus brazaletes le permitía ver.

Por un momento, ella y Dex simplemente se quedaron ahí parados, mirando por el pasillo angosto con las botas tiesas en el umbral de la celda.

—Parece que estoy a medio camino de ganarme mis cinco minutos. ¿Qué pasa, Baronesa? —susurró Dex finalmente. Andi podía sentir su aliento tibio en la mejilla—. ¿Tienes miedo?

Ella le tenía miedo a muchas cosas.

A la soledad. A perder las vidas de su tripulación o dañar su nave más allá de cualquier reparación.

Pero no a la oscuridad. Ésa era una parte de ella, precisamente la que le había permitido sobrevivir por tanto tiempo.

Sólo una hora —o menos, dependiendo de cuánto tiempo hubieran estado inconscientes— y el silencio se rompería con el bramido de las alarmas, el golpeteo frenético de las botas de los guardias sobre los pisos de piedra, el *clic* de las balas al deslizarse dentro de las recámaras de los rifles que sostenían los guardias, quienes les dispararían no para desarmarlos, sino para matarlos.

Para esto se había entrenado toda la vida.

Había llegado la emoción del momento.

Sin decir otra palabra, Andi dio un paso y fue soltando sus partes más débiles mientras permitía que la Baronesa Sangrienta se quedara a cargo.

Dex la siguió, y juntos dejaron atrás la celda vacía.

CAPÍTULO 25
DEX

Nunca más, pensó Dex.

Nunca más dejaría que uno de sus clientes se pasara de listo y lo metiera en una situación como ésta.

Las misiones de rescate.

No eran su idea de la diversión.

Después de esto, Dex se iría a una de las tibias lunas de Adhira. Se acostaría a la orilla del agua dorada con una hermosa mujer de piel suave a su lado, preferiblemente una que le susurrara cosas bonitas al oído. Una cuyo maquillaje favorito fueran los labios pintados, y no las mejillas salpicadas de sangre. Una que no se la pasara separando extremidades de cuerpos ni caminara entre pilas de cadáveres en medio de alguna luna penitenciaria oscura y húmeda en el sistema más miserable de Mirabel.

Esa mujer estaba parada ahora junto a Dex en la oscuridad, quitándose el cabello con luces moradas del rostro. Se le habían mezclado gotas rojas con los demás mechones.

Dex ni siquiera había visto a los guardias aparecer desde la oscuridad, cuando Andi ya estaba maldiciendo, encima de ellos, y derribando al primero para azotarle la cabeza contra las piedras con un crujido nauseabundo.

—¡Ayúdame a acabar con él! —le había ordenado ella, y cuando Dex logró robarle al guardia su látigo corto eléctrico y darle choques hasta dejarlo inconsciente, Andi ya le había robado al otro el llavero de la trabilla del cinturón. El brazo de ella se había enroscado hacia atrás como un resorte, y luego le había enterrado la llave más grande y larga en el ojo al guardia.

—Astrodioses, Andi —dijo Dex mientras se inclinaba por encima del cadáver para inspeccionarlo.

De un modo extraño, la llave parecía estar como en casa en la cuenca del ojo, perfectamente posicionada en el centro, como si Andi la hubiera colocado ahí con un toque artístico. El río de sangre estaba disminuyendo y ya sólo era un chorrito que formaba un pequeño charco en el piso de piedra junto a su boca abierta.

Dex se estremeció, luego la miró. La luz de sus brazaletes la hacía parecer un fantasma, pálido y salpicado de la prueba de más muertes.

—En caso de que no lo hayas notado —dijo Andi mientras se agachaba y le sacaba el látigo del cinturón al guardia—, nos hacen falta armas y tiempo. No tengo muchas opciones aquí, Dextro.

—Le clavaste la llave en el ojo —dijo Dex. Volvió a mirar el cadáver, y luego a Andi.

Ella lo ignoró, una habilidad que siempre había tenido, y presionó un botón del látigo. Se oyó un chisporroteo y salió un arco de azul en espiral que bañó el pasillo con su luz titilante. La sangre que se le secaba en el rostro se veía tan oscura como el aceite cuando se encontraron sus miradas.

—Si no me hubiera encargado de él, habría tocado la alarma. Y entonces tendríamos cincuenta guardias enfrente, en vez de dos. Hoy no quiero apostarle a ese pronóstico.

Al mirarla, Dex de repente entendió la verdad.

No se le veía remordimiento en los ojos por las matanzas. Ni siquiera una chispa. No había nada más que la promesa de la misión que la llevaba hacia delante.

Alguna vez, Andi había sentido los acontecimientos a tal grado que casi la quebraban, y había permitido que sus sentimientos controlaran cada acción. Ella lo había querido profundamente, y a él le habían resonado los mismos sentimientos en su interior.

Durante años, él se había preguntado si los rumores sobre ella no eran del todo correctos. Si quizá lo de la Baronesa Sangrienta sólo era un espectáculo, un personaje que Andi había creado para mantenerse a salvo junto con su tripulación. Él se imaginaba que cuando los escudos metálicos cubrían al *Saqueador*, ella lloraba con la tripulación por las vidas perdidas, las tareas oscuras que había tenido que hacer para poder realizar su trabajo.

Se había equivocado.

La Baronesa Sangrienta no sentía remordimiento por estas matanzas y tampoco había llorado por los miembros de la tripulación de Dex a quienes había eliminado cuando la capturó.

—No es sólo una reputación, ¿cierto? —preguntó Dex.

Andi lo miró con la ceja arqueada.

—Lo de la Baronesa Sangrienta —dijo él, y pisó por encima de los guardias caídos mientras se preguntaba quiénes eran, qué hubieran hecho con sus vidas de no haber acabado en esta pila a sus pies. La Baronesa Sangrienta *era* Andi, hecha y derecha, y probablemente lo había sido desde el día en que le robó la nave. Ahora ella volteó hacia la oscuridad y se alzó alta y fuerte mientras miraba hacia delante, sin el menor indicio de temor en su hermoso rostro.

Repartía la muerte como un mazo de naipes. ¿Cuántos más morirían antes de que lograran sacar a Valen Cortas de ahí con vida?

—Dos —dijo Andi calladamente, mientras apagaba el látigo eléctrico y los bañaba una vez más en sombras.

—¿Dos? —repitió Dex.

—Dos muertes. Dos marcas en mis espadas.

Ella bajó la mirada a los guardias muertos, luego lo volvió a mirar a él. Un destello de dolor atravesó sus ojos.

—Tengo un código, ¿sabes? Límites que no cruzo.

—¿Y hoy? —preguntó Dex mientras miraba los cuerpos—. ¿Cruzaste un límite?

—Los recuerdo, Dex —dijo ella—. A cada uno de ellos.

Por un momento, *sí* logró ver a la Andi que alguna vez había conocido. Le vio la misma mirada atormentada en los ojos que había tenido al pararse sobre él, el cuchillo de ella enterrado en su pecho. Su confianza despedazada por culpa suya.

Quizás había tenido razón en sus instintos originales. Quizás en algún lado, escondido en lo más profundo... quedaba un fragmento de compasión.

—La Celda 306 —dijo Andi, recordándole la misión a Dex—. Todavía nos quedan doce niveles por bajar, y el reloj sigue avanzando.

Dex asintió y la siguió por la oscuridad.

No fue hasta que alcanzaron a la siguiente pareja de guardias y entraron en acción silenciosa, lado a lado, que Dex se dio cuenta de algo aterrador.

Esto le encantaba. Luchar junto a ella en perfecta sincronía, como un equipo fluido.

Por primera vez en mucho tiempo, se sintió completamente vivo.

*L*a joven, ya una reina, estaba sentada en su palacio y contemplaba a su mayor error.

Era hermoso, este error diminuto. Una criatura nacida del propio cuerpo de la reina, entretejido en su vientre. Protegido del mundo amargo y moribundo fuera de los muros del palacio.

No era parte de su plan.

Y la reina sabía, desde el momento en que dio a luz a la bebé, que eso la cambiaría para siempre.

Ya tenía a la bebé envuelta en sus brazos, tibia y suave y repleta del poder de cambiar el destino de mundos enteros.

—Nor —dijo la reina, acariciando la mejilla diminuta de la niña con la yema del dedo—. Un nombre fuerte, hecho para una hija de la luz.

Sonaron pisadas afuera de la habitación.

La reina levantó la mirada cuando entró el rey, seguido de una fila de guardias.

—Luces hermosa, corazón mío —dijo él, y le dio un beso en los labios. Un segundo después, le dio otro a la diminuta frente de Nor.

Eran años los que la reina y el rey habían compartido juntos, y los ojos de él aún conservaban la vidriosa mirada del hombre perdidamente embrujado por el amor.

La reina le sonrió.

—Me amas —susurró—. Tanto como el día en el que me viste por vez primera.

—Siempre te amaré, Klaren.

Lo dijo como si ni siquiera fuera una pregunta.

Ella casi ni tuvo que intentar seducirlo. Quizá, de algún modo, eso significaba que él era su regalo. Un hombre que la amaba a pesar de lo que era. A pesar del pasado que ella le había escondido durante todos estos años.

—Descansen, mis niñas —dijo el rey, y luego su séquito se lo llevó, todos con expresiones preocupadas en los rostros mientras inclinaban las cabezas respetuosamente, con las voces llenas de tensión, con una sola palabra que les brotaba sigilosamente de los labios.

Guerra.

Afuera, la lluvia ácida carcomía las paredes del palacio, descascarándolas poco a poco, royendo los chapiteles que se desmoronaban. Más abajo, el suelo rugía con la advertencia de otro temblor que estaba por llegar.

Mucho más allá, por las calles de la ciudad, cien mil vidas anhelaban la salvación.

La niña lloraba, y llamó la atención de la reina.

—Duerme ya, mi errorcito perfecto —susurró—. Duerme, y no olvides soñar con la luz.

La bebé se tranquilizó con el sonido de la voz de su madre.

En unos momentos, cerró los ojos.

Sola en los aposentos de su palacio, la reina de Xen Ptera arrullaba a su hija suavemente, y una lágrima se deslizaba por su mejilla al recordar su misión y pensar en el poco tiempo que les quedaba.

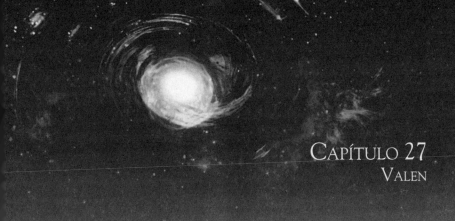

La oscuridad era silenciosa a menudo, y el latido lento y constante del corazón de Valen servía como el único recordatorio de que todavía seguía vivo. Que todavía sufría los dolores de Lunamere.

A veces imaginaba que estaba de regreso en su antigua alcoba y que escuchaba no a su corazón, sino a Kalee.

Qué raro eres, Valen, ella solía decirle. *Pero eres mi tipo de raro favorito.*

Esta noche, él volvió a intentar recordarla.

Ella siempre tuvo los ojos amables y curiosos, y el sonido de su risa era como el trinar de los pájaros en una mañana de primavera mientras el sol despuntaba detrás de las gravarrocas flotantes de Arcardius.

Y aun así, mientras trataba de evocar una imagen de su rostro, se esfumaba.

Una sonrisa cruel y elegante tomaba su lugar. Una reina de la oscuridad y la sombra. Un ama de la miseria y la salvación.

Se borró la imagen de ella de su mente y lo dejó meciéndose hacia adelante y hacia atrás en la oscuridad, intentando recordar su mantra. Su dominio de la cordura, su razón de permanecer vivo.

La venganza será mía.

La venganza. Su sabor sería tan, tan dulce.

Al mecerse, se imaginó que oía pisadas en la oscuridad.

Junto con las pisadas, sin embargo, atisbó una luz que brillaba suavemente. No el tipo de luz fría y penetrante que soltaban los látigos o guanteletes eléctricos de sus torturadores, sino una luz que danzaba y parpadeaba al moverse y rebotar contra las paredes afuera de su celda.

Como las estrellas.

Valen soltó un grito ahogado y reprimió un gemido al mismo tiempo que se impulsaba con las manos y las rodillas. Todavía le sangraban las cortadas frescas de la espalda, y su camisa deshilachada estaba completamente empapada, mientras partes de la tela se quedaban pegadas a su piel destrozada. Casi había muerto de nuevo esta noche, golpeado hasta que se escabulló dentro de ese lugar de luz tibia y tranquila. Había querido quedarse ahí, para sentir la luz sobre su piel.

Pero luego oyó la voz de su hermana.

Sé fuerte, Valen, susurró ella. *Recuerda, somos más fuertes juntos*. Aguantó hasta que terminaron los golpes, rehusándose a ceder. Rehusándose a quebrarse.

Ahora se arrastró hacia delante en la celda, desesperado por obtener un atisbo de esa extraña luz nueva. Aunque fuera parte de su imaginación, tenía *color*. Tenía una suavidad que no había visto desde que lo habían arrojado a este lugar tan cruel.

Con esfuerzo, logró llegar a la puerta, donde sabía que siempre esperaba un guardia con las llaves colgadas del cinturón y burlas frescas en los labios, si sabía que Valen estaba despierto y lo escuchaba.

El sonido de las pisadas se hizo más lento.

La luz del pasillo se apagó con un parpadeo, arrojando a Valen de nuevo a la oscuridad.

—¿Quién está ahí? ¿Joneska? —llamó el guardia de Valen en la oscuridad—. No tenemos que cambiar hasta dentro de media hora más.

Con las extremidades temblorosas, Valen levantó las manos, se aferró a los barrotes de la puerta de su celda y luego se impulsó hacia arriba para asomarse entre ellos.

Hubo un destello de luz, un chisporroteo conocido que hizo que a Valen se le revolvieran las entrañas, mientras otro guardia que estaba parado en el pasillo un poco más adelante encendía su látigo corto. El hombre que lo sostenía no era alguien a quien Valen hubiera visto antes.

Aunque no podía recordar los rostros de su pasado, conocía bien los de sus torturadores… cada mirada fría, cada arruga de sus espantosos rostros.

Bajo la luz crepitante, este nuevo hombre parecía tener estrellas que bajaban por sus brazos bronceados. Constelaciones que casi parpadeaban con luz, como si se tratara de una pintura, una obra de arte.

—Acabó tu turno —dijo el hombre estrellado con una sonrisa burlona.

—¿Quién demonios eres? —ladró el guardia de Valen.

Otro chispazo de luz cuando se encendió un segundo látigo corto con un chisporroteo. Valen soltó un grito ahogado y, en respuesta al movimiento, el dolor lo recorrió con un alarido de sus costillas.

Pero no pudo contener la exclamación que se le escapó de los labios.

No podía creer la visión de la mujer de cabello pálido parada en la oscuridad, con dos brazaletes resplandecientes en las muñecas que iluminaban las oscuras cicatrices de sus brazos y las salpicaduras de sangre que parecían pintura en su rostro.

Ella dio un paso adelante con la gracia y agilidad de un depredador... tan *real*, a pesar del hecho de que no podría serlo.

—Lo que deberías estar preguntando, más bien —dijo ella con una sonrisa amenazadora—, es por qué sigues vivo.

El guardia levantó la muñeca. Valen sabía que estaba conectada a un comunicador.

Pero antes de que pudiera hablar, la mujer reaccionó. Fue un borrón de color: el cabello de una pálida luz de estrellas, las salpicaduras rojas del rostro, la suave luz que brillaba alrededor de sus muñecas, y las penetrantes chispas azules eléctricas del látigo al bajarlo en un arco nítido y sólido.

Se escuchó un silbido.

Una pequeña nube de humo.

La mano del hombre cayó sobre el piso de piedra con un golpe seco.

El guardia estaba demasiado impactado para gritar siquiera. Tan sólo abrió la boca y se quedó mirando su mano desmembrada, el humeante muñón de la muñeca, y luego de nuevo a la mujer en la oscuridad.

—Harás exactamente lo que te diga —dijo ella, y su voz salió como el ronroneo de un demonio, el canturreo de la mascota de un diablo—. Soltarás al prisionero de la Celda 306 y, si te opones, te cortaré en trocitos, poco a poco, hasta que lo hagas.

El hombre tatuado junto a ella soltó una sonrisita burlona.

—¿Con qué trozo empezarás?

—No estoy segura —ella sonrió, pero todo estaba mal, como si debiera haber tenido colmillos en vez de dientes. Sus ojos pálidos se movieron de nuevo hacia el guardia, quien seguía parado sin moverse frente a la celda de Valen—. Tienes diez segundos para abrir la puerta. Hazlo ya, antes de que cambie de parecer.

El guardia se dio la vuelta, moviéndose con torpeza con la mano que le quedaba. Se le resbalaron las llaves y luego soltó un grito al caer de rodillas e intentar sujetarlas. Sus dedos rozaron la mano desmembrada, y con un grito de dolor se desplomó a un lado, inconsciente.

—Perturbador —dijo el hombre tatuado entre risas—. ¿Realmente tenías que cortarle la mano?

La joven no respondió. Dio un paso adelante, silenciosa y ligera como fantasma, y recogió las llaves de las piedras.

Valen se refugió en la parte de atrás, a trompicones, de repente reacio a salir de este lugar.

Reacio a creer que ésta fuera la realidad. Que ella en verdad estuviera ahí, llevándole luz a la oscuridad de Lunamere.

El cerrojo hizo *clic*.

La puerta se abrió en silencio, con las bisagras sueltas gracias a sus visitas frecuentes a la cámara de tortura.

El hombre tatuado se quedó en el pasillo para mantener abierta la puerta. Pero la joven dio un paso dentro la celda, con esos brazaletes extraños que iluminaban su rostro de azul fulgurante. Valen había pintado ese rostro muchas veces en años pasados. Alguna vez la creyó hermosa; un ángel de cabello rubio y facciones hermosísimas que le había dado felicidad a su hermana. Una chica a la que estaba desesperado por entender.

Pero cuando ocurrió el accidente, supo que se había equivocado.

Androma Racella no era un ángel.

Era la encarnación de la muerte.

—Hola, Valen —dijo ella. Extendió una mano firme hacia él, pero Valen se escabulló hacia atrás como un bicho—. Vinimos a rescatarte.

Valen llevaba semanas sin usar la voz, salvo para gritar a través del dolor. Abrió los labios agrietados y llenos de sangre, listo para decirle esas palabras que había imaginado decirle, después de tantos años.

Luego estalló un chillido estridente desde los muros.

Capítulo 28
Androma

L a alarma partió el silencio como un cuchillo.

—¡Maldita sea! —gritó Dex, aunque Andi apenas si podía oír su voz por encima de la alarma—. ¡Es demasiado tarde!

Con la mente a mil por hora, se giró de nuevo hacia Valen.

Un piso más hacia abajo y encontrarían a Soyina que los esperaba, junto con la promesa de escapar. Tenían que irse. *Ya.*

—Valen —dijo Andi mientras se apuraba a su lado—. Vamos. Te sacaremos de aquí.

Valen cerró los ojos con fuerza. Cayó de rodillas mientras sacudía la cabeza y murmuraba *no, no, no* al escabullirse y dejar una estela de sangre tras de sí.

¿Cómo *demonios* se suponía que lo sacarían de ahí así como estaba? Era un lío de sangre y estaba hecho añicos, apenas capaz de pararse y menos de bajar corriendo por un tramo de escaleras mientras lo perseguían los guardias.

—¡Ayúdame a levantarlo! —le gritó Andi a Dex.

Valen aulló y se escurrió todavía más hacia atrás, dejando otra mancha de sangre fresca en las piedras. Intentó levantarse, pero le temblaron las piernas por el esfuerzo. Tenía los brazos cubiertos de moretones y latigazos, y estaban demasiado flacos.

Era increíble que siguiera vivo. Andi trató de aplacar la ola de horror que sintió al verlo en este estado. No tenían tiempo para esto. A la distancia, se oyeron gritos y unas luces azules bailaron por las paredes afuera de la puerta abierta de la celda de Valen a medida que se iban acercando los guardias.

Andi se asomó por la puerta de la celda. En la entrada a las escaleras apareció un guardia. Luego otro detrás de él, seguido por dos más.

No esperaba que las cosas salieran así. Pero sabía que ésta era la única parte de la misión que importaba, aquella que les ganaría a ella y a Dex y a su tripulación el perdón de sus nombres y un cargamento de krevs.

Andi miró a Valen y frunció el ceño.

Él era una sombra de la persona que alguna vez había conocido, pero seguía siendo un Cortas… un fragmento vivo de Kalee. Andi no había podido mantener viva a su amiga, pero ni en broma le pasaría algo a Valen mientras ella lo cuidara.

—Lamento mucho esto —dijo.

Luego bajó la base sólida del látigo corto sobre la cabeza de Valen.

Éste se desplomó.

Dex se quedó mirando, boquiabierto, desde atrás.

—¿Ése es tu plan?

—Toma un brazo —ordenó Andi.

Pronto estaban parados frente a la boca de la celda, con el cuerpo inconsciente de Valen colgando entre los dos.

—¿Te acuerdas de todas esas clases de lucha con espadas que me diste en Tenebris? —preguntó Andi—. ¿En las que peleábamos con una sola mano?

—Ay, amor —Dex levantó una ceja oscura—. ¿Cómo podría olvidarlo?

La cabeza de Valen se ladeó y tocó la mejilla de Andi, y ella casi tuvo arcadas por su olor pútrido.

—Y una cosa más, Dex —dijo Andi, y empujó la cabeza de Valen hacia el otro lado. Dex la miró a los ojos mientras ella extinguía la luz de los brazaletes—. No me llames *amor*.

Aferró con fuerza el látigo corto e imaginó que era una de sus espadas, viendo ya la manera en la que atravesaría los tendones como una navaja al cortar carne cruda. En su mente, era un Espectro de nuevo. Se imaginó que se trataba de Kalee en vez de Valen.

Nadie lastimaría a su protegido.

—Listos —susurró Dex—. Silencio.

Esperaron por una fracción de segundo a que se acercaran más los guardias; la luz de sus armas se iba volviendo más brillante con cada pisada de las botas.

—Ahora —dijo Andi.

Juntos, salieron ella y Dex de la celda, cargando a Valen Cortas entre los dos.

Había seis guardias parados justo a la vuelta de la esquina con las armas levantadas. Por lo visto, listos para la pelea.

Brincaron, y sus dos cuerpos se deslizaron con un solo movimiento, con Valen todavía entre ellos.

Dex del lado izquierdo, Andi del derecho. Se movieron tan rápidamente que el mundo a su alrededor pareció haberse detenido.

El látigo de Andi destelló con un arco glorioso y golpeó al guardia más cercano justo cuando éste entraba en acción. La punta del látigo se enredó alrededor del látigo del guardia y serpentearon como puntas de dedos eléctricos al entrelazarse.

Andi jaló hacia atrás. El látigo del guardia pasó volando sobre ellos y luego estalló con una lluvia de chispas contra la puerta de la celda más adelante.

—Cúbreme —gruñó Andi.

Dex atacó mientras Andi se levantaba, usando el contrapeso de los dos chicos, y lanzaba el pie contra la mandíbula del guardia desarmado. Sonó el crujido de los huesos que se despedazaban bajo su bota.

—¡Abajo! —gritó Dex.

Un látigo corto pasó volando por el espacio en donde acababa de estar la cabeza de Valen. Cercenó la punta de la trenza de Andi, y el aroma a cabello quemado subió por su nariz.

Ella se levantó con los labios fruncidos, y un mechón de su cabello cayó hasta el suelo.

Estos desgraciados de Lunamere iban a morir.

El mundo se movía con los súbitos fogonazos de la oscuridad y la luz que peleaban y se entrelazaban. Los guardias frente a ellos eran como fantasmas que aparecían y luego se iban apagando a medida que los látigos y los guanteletes crepitaban, desde el azul hasta el negro y al azul otra vez.

Con cada mancha de oscuridad, Dex y Andi se movían hacia delante. El cuerpo de Valen era como un peso muerto sobre sus hombros.

—¡Abátanlos! —gritó un guardia.

Dex le pasó a Valen a Andi y se dejó caer en el suelo con una pierna extendida que golpeó contra las piernas del guardia y lo dejó tendido.

—¡Vamos! —le gritó Andi desde atrás, moviéndose hacia las escaleras.

Dex rodeó a Valen con un brazo y los jaló a los tres hacia las escaleras. Azotó la puerta detrás de ellos y de inmediato derritió el cerrojo con el calor eléctrico de su látigo corto.

Unos puños golpearon el metal detrás de ellos.

—Un nivel más y saldremos. Soyina nos estará esperando a la puerta, si tenemos suerte —dijo Andi, quien ya los estaba jalando a los tres por las escalofriantes escaleras.

Algo pasó zumbando cerca de su rostro.

Andi soltó un aullido al sentir que un cuchillo se enterraba en su hombro.

En un abrir y cerrar de ojos, se lo arrancó y lo enarboló frente a ella.

—Sostén a Valen —gruñó.

Antes de que Dex la pudiera detener, bajó a toda velocidad por las escaleras, blandiendo el cuchillo.

Había demasiados guardias. Aunque Andi se abriera paso a golpes hasta abajo, seguían emergiendo más por las escaleras hacia él y Valen.

Se le habían acabado las armas. Se le habían acabado las opciones.

—Lamento mucho esto, amigo —dijo Dex.

Con un gran empujón, impulsó a Valen por las escaleras que quedaban.

Los guardias se cayeron con el paso de Valen.

El tipo estaba inconsciente. Ningún daño, a menos que muriera al bajar… sólo era un tramo de escaleras, no veinte.

Dex saltó sobre el barandal hasta el piso de abajo, recogió el látigo de un guardia caído y lo blandió para abrirse paso hasta la figura postrada de Valen.

Andi ya estaba ahí, forcejeando para alejar al último guardia vivo. El guardia esgrimió uno de sus guanteletes que escupía electricidad azul. Andi se agachó y luego se levantó con suficiente rapidez para azotarle la cabeza contra la pared.

Un gruñido final, y ella lo pateó hasta que quedó en silencio.

Luego, nada. Se apagó la alarma.

Los cubrió el silencio mientras se abría una puerta con un crujido detrás de Dex.

Del otro lado había algo que les alegró la vista. Soyina, con una llave en la mano, parada junto a un carrito de ruedas. Sus ojos desiguales brillaron al ver las secuelas de la pelea.

—Mira, mira —dijo Soyina—. La pandilla logró salir.

—¿Lo lanzaste por la escalera? —preguntó Andi.

Dex le ayudó a levantar a Valen sobre el carrito en espera de Soyina.

—Me tuve que poner creativo.

Junto a él, Andi respiraba con resuellos irregulares.

—Tenemos que irnos —dijo ella—. Termina el trabajo, Soyina, sácanos como puedas de aquí.

Soyina se les quedó mirando con una nauseabunda sonrisa torcida en los labios. Con un extraño cacareo, dijo:

—Bueno… esto podrá dolerles un poco.

Se estiró detrás de ella, sacó una pistola, y de un solo balazo proyectó a Dex a toda velocidad hacia la oscuridad.

Lo último que él vio fue la cabeza de Andi que golpeaba el suelo junto a él, con sus pálidos ojos grandes como lunas. Luego lo envolvió una luz blanca, y toda la noción del mundo se desvaneció.

El laboratorio de la reina era un espacio nacido de la deses-peración.

Un eco patético de la grandeza destrozada hacía mucho, en el Cataclismo. Lo que quedaba eran sólo fragmentos de lo que alguna vez fuera el glorioso sueño de su padre: un lugar con la intención de sanar al planeta de Xen Ptera y traer de vuelta la vida, antes de que fuera demasiado tarde.

Ese sueño había muerto con él. Ahora su viejo laboratorio se había transformado en la cuna de la muerte.

Nor era una reina engendrada de la sangre más pura, y no soportaba meter un solo pie en el laboratorio, a menos que fuera absolutamente necesario. A Darai le había tomado años convencerla de que bajara, y más años aun para que en realidad lo hiciera.

Ahora, mientras bajaba por la arruinada escalera en es-piral bajo la superficie del planeta, casi podía sentir que los muros se desplomaban sobre ella, amenazando con aplastarla otra vez.

Se quedó paralizada cuando una imagen de su padre apa-reció en su mente. Podía ver los ojos que salían de sus cuen-cas, el cráneo que se colapsaba junto a la base de una estatua de piedra rota, la sangre que manchaba los dedos de sus pies deshechos. Era como si Arcardius, y el resto de los Sistemas Unificados, le hubieran aplastado la vida por completo a su padre cuando soltaron sus últimas bombas.

—¿*Nhatyla?* —preguntó Zahn, deteniéndose junto a Nor para colocarle una mano tibia en el codo—. ¿Qué pasa?

Casi había olvidado que él se encontraba a su lado, en la oscuridad.

—Estoy bien —dijo ella, tragando el nudo que sentía en la garganta mientras empujaba a un lado los recuerdos. Respiró hondo, a pesar de la tensión en su pecho, y en silencio recitó las palabras con las que Darai la había criado: *El miedo es sólo una ilusión.* Nada la aplastaría ni la detendría hasta que el destino hiciera lo suyo. Y éste había decidido, hacía mucho, que sería Nor quien llevaría a cabo la venganza de Xen Ptera.

—¿Quieres que regresemos? —preguntó Zahn. Las puntas de sus dedos dibujaron suaves círculos sobre su piel.

Nor se giró hacia donde esperaba la tenue luz del día, llamándola para que volviera. Para que cediera a su debilidad.

La claustrofobia era uno de sus secretos mejor guardados. Sólo Darai y Zahn conocían la verdad del trauma que había enfrentado el día del ataque, y las cicatrices físicas y mentales con las que la había marcado.

No quedaban muchos lugares cerca de Nivia donde pudieran armar el laboratorio, así que cuando Darai encontró ese antiguo refugio antibombas que seguía manteniéndose firme a pesar de los temblores incapacitantes, empezaron a fortificar sus límites para que durara.

—Soy una reina que busca ser conquistadora —dijo Nor, mientras la imagen de su padre y la aguda punzada de temor seguían rogando que los dejara entrar a su mente. Cerró los ojos y se concentró en la mano de Zahn, suave y tibia—. Habrá batallas mucho peores que ésta.

—Y recompensas por ganarlas —susurró él—, si mi reina así lo desea.

A pesar de todo, Nor sonrió. Pasó caminando en silencio junto a él, hasta las profundidades del túnel iluminado por antorchas donde Darai esperaba.

La estructura estaba desvencijada, y no mejoraba a medida que iban avanzando. Los tacones metálicos de Nor repiqueteaban sobre las piedras desmoronadas. Un agua oscura y pútrida corría por debajo de las suelas de sus zapatos mientras se apuraba para seguirle el paso a su tío, y Zahn la escoltaba como un muro en movimiento.

En la base de los escalones, Darai giró a la derecha hacia un pasillo angosto. Los travesaños crujían por encima de ellos, mientras sismos sutiles estremecían el suelo. Nor bajó un poco más la capucha de su manto para protegerse de las piedritas que le llovían, y los bordes de la capucha quedaron como un antifaz que la mantenía en calma. Uno podía perderse fácilmente en estos túneles, construidos tan profundamente que nadie oiría su llamado.

Unos cuantos pasos más y dieron vuelta a la izquierda, al final del pasillo.

Directamente frente a ellos había una puerta plateada que chocaba tanto con el escenario que la rodeaba que era casi risible.

—Te están esperando —dijo Darai—. Creo que te sentirás complacida por lo que encontrarás dentro.

Le extendió una mano, y acompañó a Nor hacia el escáner retiniano que había en la puerta. Una tenue luz verde iluminó el espacio sobre ella con un *bip*, y la puerta se abrió con un crujido pesado.

Apenas entró, los vapores pungentes de los cuerpos preservados y de las toxinas saturaron los sentidos de Nor. Se cubrió la nariz y la boca rápidamente con un pañuelo aromatizado.

El pañuelo olía a calas de fuego. Eran las flores favoritas de su madre, cultivadas por manos suaves en el patio del viejo palacio. Ahora su aroma le trajo una ola fresca de recuerdos que sólo avivaron en ella el deseo de venganza.

Zahn y Darai la guiaron a la profundidad del espacio iluminado, un búnker cavernoso con pesados muros y techos de roca que la hicieron sentir pequeña.

Había técnicos de laboratorio con sus abrigos rojos xenpteranos parados frente a las mesas de piedra, y sus manos trabajaban con destreza, golpeteando las pantallas iluminadas tenuemente, mezclando frascos blanquecinos llenos de sustancias efervescentes. Hacía mucho, Nor se había parado en este mismo lugar, mirando a su papá recorrer los pasillos. Se había maravillado ante las sustancias resplandecientes, las semillas preciadas que los científicos de su padre habían cuidado con tanto esmero, con la esperanza de cultivar comida.

La misión había cambiado, pero la sensación en la habitación era la misma. Era un lugar de orden. Un trocito tangible de progreso que tranquilizó a Nor.

—Han trabajado sin parar, Su Alteza —murmuró Darai mientras la llevaba por el pasillo.

Los científicos inclinaron la cabeza mientras pasaba con Zahn detrás de ella como una sombra viva.

Había otra puerta metálica al fondo del lugar. Zahn tecleó el código para entrar al laboratorio privado de su científica principal, Aclisia, y la puerta se abrió al instante.

Sólo la científica de dos cabezas entendía la pasión de Nor por la destrucción y el deseo que tenía por igual de transformarla en una verdadera obra de arte. Juntas, le ofrecerían un espectáculo a la galaxia, y todos los ojos estarían mirando.

Aclisia estaba parada detrás de una mesa de laboratorio de espaldas a Nor. Frente a ella, había filas y filas de relucientes frascos plateados, formados como diminutos soldados a la espera de sus órdenes. Cuando Darai y Nor dieron un paso adelante, Zahn se quedó atrás para vigilar la puerta.

Nor se acercó lentamente a la mesa, evaluando la vista. Ya había pasado la mitad de su vida desde que la idea de Zénit brotara en su mente, y sólo ahora, después de años de soñar, su arma comenzaba a cobrar vida finalmente.

—Ahh, reina mía —dijeron las dos voces de Aclisia a la vez.

Nor levantó la mirada mientras su científica principal arrastraba los pies hacia ella.

Para cualquier otro, Aclisia era terrible de ver. Pero Nor había pasado años en su presencia, mirando a la mujer de dos cabezas trabajar. Dos cerebros deberían significar dos personas separadas, pero las cabezas de Aclisia trabajaban juntas, como si fueran una sola. La cabeza derecha tenía su lado racional y podía conversar durante horas sin perder el ritmo. La izquierda estaba un poco más desequilibrada, pero era la parte de Aclisia que Nor más admiraba, quizá. Le permitía soñar interminablemente, hasta que incluso las ideas más irracionales se volvían posibles.

—¿Ya estás en la etapa final para terminar el arma? —preguntó Nor.

Las dos cabezas de Aclisia se giraron para mirar la mesa de laboratorio, y las dos manos forcejearon para levantar un solo frasco plateado. El vidrio tintineó cuando la científica lo mostró, lo sacó del estuche y lo levantó hacia la luz.

—¡Hazlo lentamente, tonta! —le chilló la cabeza de la derecha a la de la izquierda.

La cabeza izquierda resopló, molesta.

—Sólo estoy tratando de darle a nuestra reina un atisbo de su nuevo juguete.

—Es increíble que haya podido soportarte tantos años —replicó la cabeza derecha.

—No te quedaba otra opción, cariño —respondió la izquierda.

Las dos cabezas se fulminaron mutuamente con la mirada. La de la derecha tenía el corto cabello rojizo parado como si fueran llamas, y la de la izquierda, pálidos rizos rubios pegados al cráneo.

Nor se aclaró la garganta.

—Se me está acabando la paciencia.

Aclisia asintió sus cabezas y luego extendió el frasco.

—Con cuidado, reina mía —dijo la cabeza derecha.

Nor acurrucó el frasco en sus manos como si fuera una gema recién pulida. Resplandecía bajo la tenue luz de laboratorio, y se sentía tibio al contacto, y no frío, como había supuesto que estaría.

—Cada frasco guarda miles de dosis —le dijo la cabeza derecha a Nor.

—Ahora sólo necesitamos a alguien para jugar —agregó la cabeza izquierda.

—Un sujeto de estudio —corrigió la derecha.

Aclisia miró a Nor, esperanzada.

—Ya nos encargamos de eso —dijo Nor. Levantó la mano enguantada para llamar la atención de Zahn—. Ordena a los guardias que traigan al sujeto.

Detrás de ella, Zahn apretó un botón en su comunicador de muñeca y susurró una orden. Menos de un minuto después, sonó un golpe a la puerta y Zahn avanzó a zancadas para abrirla.

En el umbral estaba parada una mujer harapienta que forcejeaba contra sus ataduras mientras dos guardias la arrastraban dentro.

—¡Reina Nor! Por favor, concédame su clemencia.

La alcaldesa de Lunamere cayó de rodillas ante Nor, con sus muñecas atadas frente a ella como si orara.

Nor miró a la traidora con desprecio.

—Tuviste a una de las fugitivas más buscadas de los Sistemas Unificados en *mi* cárcel. Y en vez de mantenerla ahí, donde podríamos haberla convencido de unirse al lado correcto de la galaxia... la perdiste. No sólo eso, sino que un escuadrón completo de guardias está muerto, desapareció el prisionero de Arcardius y mi mejor Retornista desapareció de su puesto misteriosamente. ¿Y te atreves a pedirme clemencia?

La alcaldesa sollozó a los pies de Nor.

—*Por favor.*

—Aclisia —dijo Nor, sin quitarle los ojos de encima a la patética mujer frente a ella. La científica se apuró para pararse al lado de Nor—. Aquí está tu primer ensayo vivo. Y, por el bien de esta traidora, esperemos todos que funcione.

La alcaldesa gritó mientras dos guardias la ponían en pie de un jalón. El sonido se intensificó cuando la ataron a una silla en el rincón de la habitación.

Los gritos se volvieron gemidos furiosos cuando la amordazaron. Luego salió un frasco de líquido plateado que casi relucía bajo todas las lámparas. Aclisia miró a Nor con cuatro ojos hambrientos y brillantes.

—¿Desea hacer los honores, Su Alteza?

Nor miró la escena con un calor repentino en el corazón mientras escuchaba los gemidos implacables de la alcaldesa.

—Vine a ver un espectáculo —dijo Nor—. Denme algo inolvidable.

—Con placer —dijeron las dos cabezas de Aclisia a la vez.

Darai y Zahn aparecieron junto a Nor y la flanquearon como soldados.

Cuando Aclisia destapó el frasco, Zahn tomó la mano de Nor en la suya.

Se aferraron el uno al otro, y los latidos de sus corazones pulsaron al mismo ritmo mientras veían cómo rendía frutos el sueño más grande de Nor.

CAPÍTULO 30
KLAREN
AÑO VEINTICUATRO

La joven nació para morir.

Siempre lo supo; se había estado preparando para eso desde el día en que fue engendrada.

Desde su Entrega y durante todos los años que pasó trabajando para llegar a donde estaba, la joven había recordado el sueño. ¿Cómo podría olvidarlo jamás? Lo vio ahora en su mente.

Un palacio negro y rojo que se incendiaba.

Un planeta que se desmoronaba, hambriento de vida, casi listo para estallar en medio de una batalla. Un rey que intentaba con desesperación salvar a su pueblo.

Una astronave que se dirigía por los cielos y ofrecía una última oportunidad de cambiar el destino.

—¿Klaren? Ya es hora.

Ella abrió los ojos. El rey de Xen Ptera estaba arrodillado frente a ella, con los ojos enrojecidos y llenos de lágrimas. Su frente arrugada por la preocupación. Había envejecido tanto desde que empezó la guerra. Pero aún era hermoso, aquel hombre que les había dado a ella y a Nor una vida maravillosa.

—¿Es hora? —preguntó ella.

Él asintió y le extendió una mano.

—La amenaza contra el palacio era cierta. Los soldados se están acercando, y la mitad de mis tropas no están en el planeta —inhaló un suspiro tembloroso y derrotado—. Temo que ganarán, Klaren. Los Sistemas Unificados nos destrozarán pronto.

—Aún hay esperanza —susurró ella.

Él negó con la cabeza.

—No, corazón mío. La esperanza está tan muerta como nuestro planeta. Seguiré con esta guerra, pero… el tiempo es fugaz. Debemos escondernos, ahora, antes de que profanen las rejas del palacio.

Ella permitió que su esposo le quitara las cobijas y la ayudara a salir de la cama.

La reina se había enfermado en los últimos meses; su cuerpo se encontraba desgastado por respirar el aire del planeta, contaminado y destrozado por la guerra. Incluso con las persianas de hierro cerradas, lograba distinguir un rastro de luz verdosa que se escurría entre los bordes de la ventana. Todavía podía sentir el repiqueteo de sus pulmones con cada respiro que daba.

Ahora podía escuchar el chillido de las naves afuera. Los gritos de los soldados, mientras se libraba una batalla más. ¿Cuántas más habría? Podía oír el bramido de las municiones en busca de objetivos vivos. Casi podía probar el sabor caliente metálico de toda la sangre que ya se había derramado, de todas las vidas perdidas en la interminable pelea. Mujeres. Hombres. Niños. Nadie estaba seguro en Xen Ptera.

El planeta se había aferrado a la vida por tantos años.

Y hoy la reina tenía una opción.

Ya sabía, como lo había soñado hacía años, por cuál se decidiría.

Su cuerpo se retorció por los temblores al levantar las manos hacia el rostro de su esposo. No se suponía que debiera sentir esto por él, por la vida que habían construido juntos. Por la hija que compartían.

Con sólo pensar en Nor, tan pequeña, tan poco preparada para lo que estaba por venir...

Las lágrimas brotaron por las mejillas de la reina.

Deseaba poder regresar. Deseaba poder cambiar esa noche de pasión que habían compartido, los días sin cuidados que le siguieron y el tónico que ella había olvidado tomar...

—Ve al búnker —susurró ella. Lo miró a los ojos y niveló la voz al estado de calma del acero sólido—. Llévate a Nor contigo. Ve ahora.

Él abrió los labios para hablar, pero ella lo besó con toda la furia de su corazón, con todo el fuego de la batalla que arrasaba más allá. Detrás de ella, Darai se escurrió de las sombras, con su severo rostro arruinado mientras observaba a la reina alejarse de su rey.

—Yo los cuidaré a ellos como te he cuidado a ti —dijo Darai, colocando una mano en el codo de la reina para estabilizarla—. Recuerda la misión, Klaren.

Juntos, miraron al rey salir de la habitación sin volver la vista atrás.

Ella no le quitó los ojos de encima mientras hablaba.

—Temo no estar lo suficientemente fuerte. Que todos estos años me hayan vuelto débil. Ese... amor... me volvió débil.

—No tenemos espacio para el amor, reina mía. Así como no tenemos espacio para que te quedes aquí, consumiéndote en donde ya no queda esperanza —Darai apretó su codo y la obligó a apartar la vista del rey en retirada—. Tú irás y lo crearás para nosotros. Seguirás adelante hacia nuestra meta. Eres la Entregada más fuerte que haya conocido jamás.

—¿Y mi hija? —preguntó la reina—. ¿Qué hay de ella?

—A donde tú vas, ella no te puede seguir.

El corazón de la reina se encogió en su pecho.

Darai le sonrió con tristeza, aunque ella sabía que le dolía por las cicatrices.

—La luz será su guía. Así como te sigue guiando a ti.

La reina le dio un beso en la mejilla y memorizó su rostro. En algún lugar afuera del palacio, sonaron gritos. Hubo una explosión. Un repiqueteo que sacudió los muros.

Habían llegado los soldados.

Klaren aferró las manos de Darai entre las suyas.

—La entrenarás con la verdad. Te asegurarás de que se vuelva fuerte.

Los ojos de Darai eran como el fuego.

—Lo juro por la Luz. Lo juro por el Conducto.

La reina sonrió, pensando en la ferocidad con la que su hija siempre se había aferrado a las cosas. Lo terca que era. Lo endiabladamente decidida.

—Será una gran reina, Darai. Enséñale, justo como yo se lo habría enseñado, que siempre tendrá que elegir su deber por encima de su corazón.

Incluso ahora podía sentir que el suyo se despedazaba en el pecho.

—Ve. Al siguiente mundo, reina mía —dijo Darai, colocando un dedo bajo su barbilla. Levantó su mirada hacia la suya—. No mires atrás.

La reina salió de la habitación.

No se detuvo ni un momento, ni siquiera cuando el humo empezó a enroscarse por los pasillos. Ni siquiera cuando las pisadas subieron golpeando por las escaleras de caracol y las figuras oscuras de sus soldados entraron a la vista, rechazando a los intrusos que se atrevían a invadir su palacio desmoronado.

Ni una sola bala tocó su piel mientras caminaba con gallardía hacia la puerta.

Nadie la detuvo mientras les quitaba la llave y salía hacia la batalla que rugía más allá.

De inmediato, los soldados enemigos se movieron en manada hacia ella.

Afuera de las murallas del palacio había una astronave cubierta del azul más profundo, con un símbolo en el costado de una estrella en explosión. La rampa ya estaba abierta y una figura caminaba hacia abajo, rodeada de guardias.

Él marchó lentamente para saludarla, ese demonio de sus sueños con los ojos como el cielo.

—¿Qué es esto? —preguntó—. ¿Una rata xenpterana, atrapada al pasear afuera de la jaula?

—General Cortas —dijo la reina. Ella le sonrió, algo practicado que no le había fallado jamás, y le complació sentir esa chispa tan conocida y cálida que se encendió en su pecho cuando se cruzaron sus miradas. Cuando, en medio de su odio afilado por la guerra, él notó su belleza y tuvo sed de más.

—Lleven a esa reina loca a bordo —ordenó el general Cyprian Cortas—. Como mi prisionera personal.

Ella no se resistió cuando los soldados la escoltaron a la nave, cuando la tierra xenpterana crujió bajo sus pies por última vez. No volteó al palacio, ni siquiera una vez.

Su esposo se equivocaba.

La esperanza no estaba muerta.

La esperanza, en forma del sacrificio de la reina, apenas destellaba a la vida.

Capítulo 31
Androma

—¿Qué estás haciendo?

Andi se dio la vuelta rápidamente.

Valen estaba parado en la base de la escalinata con los brazos cruzados sobre el pecho y el cabello revuelto como si se acabara de despertar de un largo sueño. O finalmente hubiera vuelto a aparecer después de horas de pintar imágenes abstractas sobre los lienzos que tenía esparcidos por toda la alcoba.

Nunca había hablado mucho con Andi antes de que ésta se volviera un Espectro. Y, ahora, aunque viviera en su hogar y sus alcobas estuvieran a una corta distancia la una de la otra, hablaba con ella incluso menos. Pero siempre parecía estar escuchando cuando ella y Kalee se reían sobre el último drama que se difundía por las calles de Arcardius. Durante las comidas, cuando Andi y los demás Espectros montaban guardia, ella lo observaba con curiosidad. Por lo general, Valen se sentaba en el asiento más alejado de su padre, encorvado hacia delante como si batallara contra algún dolor profundo y silencioso. Y algunas veces, Andi pillaba a Valen mirándola con sus extraños ojos color avellana que nunca parpadeaban, con las manos teñidas de pintura aferrando el tenedor dorado como si fuera un arma que no quisiera usar.

Y con los años, Andi lo había descubierto varias veces cuando las seguía a ella y a Kalee por los pasillos que se enroscaban por la finca, *y se metía tras las puertas abiertas con las mejillas ardientes cuando ella se daba vuelta rápidamente para sorprenderlo, preocupada de que se tratara de un intruso que quisiera hacerle daño a Kalee.*

Valen Cortas era silencioso y extraño: un misterio que Andi en realidad no tenía interés en resolver. Y aun así, a pesar de sus peculiaridades, los alumnos mayores de la Academia Arcardiana siempre hablaban de él, susurraban su nombre entre clases por los pasillos cuando pasaba arrastrando los pies con las agujetas desatadas y manchas de pintura en el uniforme arrugado.

El general Cortas ni siquiera le había asignado un Espectro de tiempo completo a Valen. Kalee decía que era porque no era el heredero, pero a Andi siempre le extrañó. Era palpable la tensión entre padre e hijo. Daba lugar a reuniones incómodas cuando estaba presente la familia completa con sus respectivos Espectros.

—Te hice una pregunta —dijo Valen ahora desde el fondo de las escaleras.

—Y yo no tengo que contestarte —Kalee se llevó el cabello claro al hombro, el polo opuesto del cabello oscuro de Valen.

Valen frunció el ceño.

—Le preguntaba a Androma.

Andi abrió la boca. Valen nunca trataba de hablar directamente con ella. Y ahora… estaba enojado, y la miraba como si ella estuviera intentando robarse a su mejor amiga.

—Vamos a salir a divertirnos, Valen —dijo Andi—. Quizá deberías acompañarnos. Bajar los pinceles un rato y salir a ver el mundo verdadero.

Ella no lo dijo con la intención de ser descortés, pero la boca de Valen se retorció al oír sus palabras. Y luego su mirada cayó sobre la tarjeta de arranque plateada que Kalee tenía apretada en la mano.

—No irán a ningún lado. No con eso.

Empezó a subir las escaleras, sus pies descalzos mudos con cada pisada.

—Ya basta, Valen —Kalee gimoteó como un perro enjaulado mientras le daba empujoncitos a Andi para que siguiera subiendo por la escalera—. Vamos, Andi. No nos va a detener.

—Despertaré a papá —las amenazó Valen.

Kalee rio.

—No te atreverías.

Andi se quedó mirando a Valen, quien, antes de esta noche, siempre había parecido tan callado, tan concentrado en sí mismo más que en el mundo que lo rodeaba.

—No hay lugar para los tres en la nave —dijo Kalee.

De todos modos, él siguió subiendo.

—No puedes venir.

—Kalls —Valen dijo su apodo con un suspiro pesado. Miró a Andi y volvió a fruncir el ceño—. ¿Tú no le vas a poner un alto a esto?

—Por supuesto que no lo hará —dijo Kalee—. Vamos, Valen, es mi cumpleaños.

Valen frunció el ceño.

—No eres la misma cuando estás con ella, Kalls. No hagas esto. No es una buena idea. Sólo… baja. Te acompaño a tu habitación.

Kalee enlazó su brazo en el de Andi.

—Soy mejor cuando estoy con Andi, Valen. Sólo estás celoso porque a nadie le interesa subirse a una nave contigo a solas.

Andi parpadeó sorprendida cuando Valen se quedó de una sola pieza. Él miró fijamente a Kalee como si le acabara de romper el corazón.

Y quizá lo había hecho.

—No vengas llorando conmigo cuando te atrape papá —susurró. Luego se le retorció el rostro con una sonrisa triste—. Feliz cumpleaños, Kalee. Espero que sea todo lo que quieres que sea.

Se dio la vuelta, y se deslizó de nuevo escaleras abajo.

Por un momento, Andi se preguntó si quizá tenía razón. Quizá no deberían ir. De nuevo, esa vocecita susurró: Es un error. No es una de tus órdenes. Tus órdenes son mantenerla a salvo, Androma, no mantenerla contenta.

Pero mientras Andi miraba la tarjeta en la mano de su protegida, la arrebató la emoción de la noche. La promesa de que la aventura esperaba, y una nave con motores más grandes de los que jamás hubiera tenido bajo su control en la Academia.

—Vamos, Kalee.

Jaló a su amiga para que la siguiera por las escaleras y por la puerta hacia el muelle. El transporte las esperaba, una bestia plateada agazapada a la luz de la luna. Andi soltó un chillido de risa mientras Kalee la perseguía por la plataforma: el viento en sus cabellos, el beso de la noche sobre sus pieles.

Esta noche, serían más que sólo una Espectro y su protegida. Serían cómplices. Chicas con una misión, listas para despedazar los cielos silenciosos.

Capítulo 32
Lira

Habían pasado 86,400 segundos desde que encendieron el temporizador de su misión, y Lira no se había permitido ni por un momento dejar de moverse.

Caminaba de un lado al otro del *Saqueador*, con pasos silenciosos como susurros, mientras pasaba preocupada junto a la silla de capitán vacía de Andi.

Había encontrado a su capitana ahí tantas noches, tallando marcas en sus espadas, con el cuello encorvado como si la oprimiera el peso de sus pecados.

La primera parte de la misión había salido como planearon. Andi y Dex habían entrado, y él suponía que se apegarían a *su* plan. Pero Dextro Arez no se imaginaba que las Saqueadoras no estaban dispuestas a seguirle la corriente.

Habían llevado a cabo el Plan B con la máxima fineza. Lira jamás olvidaría el momento en que Breck lanzó a Dex volando al otro lado de la taberna con una sola patada en el estómago, ni los labios fruncidos en los rostros de los guardias de Lunamere mientras Dex les destrozaba el juego de cartas y sus krevs se esparcían por toda la taberna para que cualquiera los reclamara como propios.

Después de que estallaron las Centellas y llegó la alcaldesa de Lunamere, Lira y la tripulación salieron de la pútrida taberna con toda la velocidad que les permitieron las piernas.

Lo último que vio de Andi fue cuando ella se giró para enfrentar a la alcaldesa y su inevitable conducción a Lunamere.

Se habían cruzado sus miradas desde lados opuestos de la taberna, y mientras los guardias xenpteranos rodeaban a Andi, ésta le había enviado un último mensaje desesperado a Lira.

Corran.

No era una sugerencia nacida del miedo. Era una orden.

A pesar de todo lo que sentía, Lira había obedecido.

Pero a cada paso, se sentía como una traidora.

Tu capitana está encadenada, le susurró una voz en el fondo de la mente. *Deberías estar a su lado. En cambio, estás escapando.*

Lo único que haces es escapar.

Escapar de tus deberes.

Escapar de tu familia.

La voz, como siempre, sonaba como la de Lon. Desde el pecho y profunda, llena de conocimientos y amor a la vez.

Lira había echado todo a un lado. Se había obligado a subir al *Saqueador*, con las manos apretadas en el acelerador al meter reversa para salir del muelle de atraque del viejo satélite desmoronado.

Todo esto era parte del plan. Y aun así, Lira no podía evitar sino sentir que acababa de repetir un acto que había hecho hacía cuatro años.

Escapar de lo que más amas, la voz de Lon volvía a entrar con sigilo en su cabeza.

Mientras pilotaba el *Saqueador* para alejarlo de la Materia Oscura, Lira sólo podía esperar, y rezarle a los Astrodioses, que Andi y Dex lograran escapar, y con Valen Cortas detrás. Con un poco de suerte, Andi y Valen saldrían ilesos. De Dextro, no le importaba una mínima centella.

Conocía lo suficiente sobre el daño que alguna vez le había causado a Andi como para desearle lo peor. Tomaba mucho quebrar a una mujer como Andi, y él lo había logrado.

—Estoy aburrida —dijo Gilly, interrumpiendo los pensamientos de Lira—. Quisiera que Dex estuviera aquí.

La piloto la miró desde el tablero oscuro frente a ella.

—*¿Qué?*

Gilly se encogió de hombros.

—Es gracioso. Me agrada.

—No es gracioso —dijo Lira—. Es el enemigo de Andi y, por lo tanto, *nuestro* enemigo. Y se le hizo *tarde*.

Veinticuatro horas completas después de haber salido de la Materia Oscura, el *Saqueador*, apagado en modo de supervivencia para evitar su detección, era una sombra oscura en el Deshuesadero. A Lira no se le escapó la ironía de tener que fingir que todo estaba muerto en el aire cuando, hacía tan sólo unos días, los hombres de Dex literalmente habían acabado con la nave para poder abordarla y comenzar todo el proceso para llevar a cabo esta misión.

Las escamas de Lira chisporrotearon mientras otra onda de odio recién formado sopló en el interior.

—Vas a derretir el tablero —dijo Breck.

Lira suspiró y sacudió las palmas de las manos.

Retira el enojo, se dijo a sí misma. *Retíralo, porque eres lo suficientemente fuerte. Encuentra el control.*

Había pasado demasiado tiempo. Se suponía que Andi y Dex ya tendrían que haber salido de Lunamere y estar a salvo de vuelta en la nave. Ya deberían haber dejado atrás este cementerio de naves, y ser un pequeño punto en la distancia.

¿Y ahora?

Se les había hecho treinta minutos tarde.

Demasiado tarde, por treinta minutos.

Lira giró los pulgares, sin saber qué más hacer con las manos. Se le había formado un nudo tenso en el pecho, uno que se rehusaba a renunciar a su agarre, sin importar qué tan profundamente respirara. ¿Cuál era la causa de la demora? ¿Había salido algo mal en los pasillos oscuros de Lunamere? No podía conectarse al canal de su capitana: la distancia entre ellas era demasiada.

—No puedo esperar más —les dijo Lira a las chicas, llamándoles la atención.

Gilly, quien estaba volteada en la silla, se incorporó.

—Andi nos ordenó que nos quedáramos aquí. *¿Tú* la quieres desobedecer?

—No del todo —dijo Lira, sacudiendo la cabeza.

—Entonces, ¿qué vas a hacer? No los vamos a dejar atrás y ya, ¿cierto? —preguntó con los ojos muy abiertos por la ansiedad.

—Por supuesto que no, Gilly —respondió Breck por Lira—. Sólo está… preocupada.

Breck entornó los ojos hacia Lira en advertencia. Un mensaje privado de la artillera pasó por su transmisión. *Guarda la compostura. No asustes a la niña.*

A veces Lira olvidaba lo joven que era Gilly. Le habían arrancado la juventud de tajo por las cosas horribles que le habían hecho en el pasado, y ciertamente su inocencia no se había restaurado con el camino que ahora seguía con las otras chicas.

Pero ella no sabía la verdad, y tampoco Breck. Lira frunció el ceño mientras pensaba en lo que le había ordenado Andi justo antes de entrar a la Materia Oscura.

Si no volvían a la hora señalada, las chicas debían ponerse a salvo. Debían esconderse en el agujero más oscuro que pudieran encontrar hasta que el general Cortas y sus lacayos las olvidaran del todo.

Se volvieron a iluminar las escamas de Lira.

Había seguido las demás órdenes de Andi. Pero ésta no la podría obedecer.

¿Cómo podían siquiera confiar en Soyina? Según sus pesquisas, estaba en orden... y aun así, Lira no confiaba realmente en nadie de esta galaxia. Nadie podía hacerlo, con su historia tan retorcida.

Otro problema menor era el hecho de que, por segunda vez esa semana, Lira se había visto obligada a asumir su papel de Segunda de a bordo. Odiaba el título, y deseaba poder desecharlo con la facilidad con la que Breck y Gilly se deshacían sus casquillos usados.

Si estuviera sólo Lira en esta nave, sin Breck y Gilly, tomaría por asalto a Lunamere ella sola hasta encontrar a Andi, viva o muerta.

Era lo menos que podía hacer en aras de su larga amistad. Por la oportunidad de una vida verdadera, sin esa responsabilidad que le estrujaba el corazón y le quebraba la espalda, y que la esperaba allá en Adhira.

Pero ¿cuando las vidas de las otras dos chicas estaban en juego? Lira lanzó sus emociones a un lado, como debían hacerlo los adhiranos, y se dijo que debían quedarse ahí.

—Ahora vuelvo —dijo Lira, y se giró sobre sus talones.

—¿Adónde vas? —preguntó Breck. Cuando Lira no respondió, agregó—: ¿Lir?

—Ya sabes que nunca nos cuenta —le susurró Gilly, aunque Lira la oyó al salir de la habitación—. ¿Quieres jugar un partido de Flota mientras esperamos?

Breck suspiró.

—Para qué, ¿para qué me puedas volver a masacrar? ¿Y dónde está Alfie, por cierto?

—Te lo contaré si juegas Flota conmigo —le ofreció Gilly.

Sus voces se fueron apagando cuando Lira salió del puente de mando, dando fuertes pisadas por el pasillo, y descendió ágilmente por la escotilla de la escalera hacia la cubierta inferior. El metal frío se sintió como el paraíso bajo sus pies descalzos. Otra escalera, unos cuantos pasos largos, ágiles y veloces para cruzar la pasarela, y entró hecha una furia por la puerta al fondo del pasillo a su camarote.

Su habitación estaba limpia, organizada y más bien vacía, salvo por una sola repisa soldada que contenía su colección completa de novelas románticas en tabletas de mano, cada una con historias de pilotos que se robaban a sus amantes para tener aventuras por los cielos. La misma Andi le había regalado la colección completa a Lira en su Día de Maduración el año pasado.

Lira había solicitado una habitación sola. Breck y Gilly compartían la que estaba frente a la suya, que estaba amueblada con literas suaves, repletas de cosas, mientras que Andi tomó el camarote del capitán más arriba.

¿Pero Lira?

Ella disfrutaba el tiempo para perderse en sus pensamientos. Y disfrutaba la ventana panorámica abovedada con vista al remolino infinito del espacio exterior. Sin importar a dónde viajara el *Saqueador*, siempre había una vista gloriosa. En constante cambio a través de los muros de varilio. Hoy, Lira miró hacia el casco de un acorazado roto, tan golpeado y derretido que sólo quedaba un mero trozo de desperdicio. La mitad de la insignia xenpterana faltaba en un costado.

¿Qué tamaño de bomba, se preguntó Lira, habían usado sobre esa nave?

El Cataclismo era un misterio para ella más que para las demás, ya que venía de un planeta que estaba obsesionado con la paz. Lira eligió no estudiarlo. Le daba demasiado miedo descubrir lo que tendría que hacer un líder si se enfrentaba a la terrible posibilidad de una guerra.

Suspiró y le dio la espalda a la ventana panorámica. Había un pequeño catre de metal bajo ésta. Se hundió sobre la firme losa de metal, disfrutando el frío sobre la espalda.

Aquí era en donde podía encontrar unos cuantos momentos de paz durante sus días más ajetreados. Aquí podía descifrar el torbellino constante de preguntas y pensamientos que le salpicaban la mente de día y de noche.

Había tomado muchas decisiones desde que se fuera de Adhira.

Todas involucraban a Andi y a las chicas. Trabajaban juntas como unidad. Un solo organismo con muchos brazos y piernas… algunos más pequeños que otros, algunos con más cicatrices o marcas. Pero al fin y al cabo, una y la misma.

Algunos podrían decir que las chicas eran desalmadas.

Pero ellas *eran* el alma de Lira. Y si ella tuviera que apostarlo, diría que ella era parte de la suya también.

Durante años, Lira le había dedicado su vida a esta tripulación. Había llegado como una chica que soñaba con la libertad. Ahora, la tenía al alcance.

Sólo el general Cortas lo impedía.

Y si algo le sucedía a Andi, después de todo lo que había tenido que pasar... en especial en esta misión, Lira nunca se perdonaría por haber permitido que Andi entrara sola.

Odiaba pensarlo, pero si algo le sucedía a Andi, Lira quedaría al mando. ¿Qué haría entonces?

Escaparías, volvió a reverberar la voz de Lon. *Porque el poder y la responsabilidad son demasiado para ti, bichito.*

Pero eso no era del todo cierto. Lira pilotaría el *Saqueador*. Ella tenía en sus manos las vidas de Andi y de las chicas cada vez que salían en una nueva misión.

Suspiró y cerró los ojos. Ahuyentó a los demonios. No eran tan grandes ni tan aterradores como los de las otras chicas, Lira lo sabía... pero aun así, la acosaban.

Cuando el padre de Lira murió en la peste de Wexen, una inmensa enfermedad que barrió con todo y se llevó a muchos en Adhira, su madre se había encerrado en sí misma. Luego se había ahogado en botellas de Griss y había rechazado cualquier ayuda cuando se volvió demasiado fuerte la necesidad de beber. Después de un tiempo, partió en medio de la noche sin decir una sola palabra, y dejó atrás a Lira y a su hermano gemelo, Lon. Lo último que supo Lira fue que su mamá todavía vivía en Adhira, junto al Mar Infinito, emparejada con un hombre con branquias que bebía más que las criaturas marinas que atrapaba para ganarse la vida.

Sin la hermana de su madre, Lira y Lon habrían quedado solos de niños. Pero su tía había entrado a sus vidas y los recibió en su hogar. Los habían cuidado bien, amado bien. Pero cada año crecían. Y con el crecimiento venía la *responsabilidad*.

La carrera familiar. Su tía no tenía hijos que asumieran el puesto cuando ella muriera, así que se lo había ofrecido a Lira. Ella se había rehusado, una y otra vez.

Pasaba los días entrenándose y estudiando cómo pilotar una nave, en vez de asistir a clases con su tía.

Lon la animaba siempre, consciente de que la hacía feliz, pero con la esperanza de que no sería lo que determinara su futuro.

Así que cuando Lira empacó las maletas y se fue... nunca olvidaría la expresión en el rostro de su gemelo. Como si lo acabara de traicionar. Como si hubiera vuelto a abrir las heridas que su madre les había causado años antes a los dos. Era la misma mirada que Lira *creyó* haber visto en los ojos de Andi cuando ella la dejó encadenada, rodeada de guardias en la Materia Oscura.

Sólo era su mente, que le gastaba bromas. Que tiraba de sus debilidades. Andi había planeado que ocurriera esa captura, paso a paso. Pero otra cosa era ver cómo se llevaba a cabo.

De nuevo, se calentaron las escamas de Lira.

De nuevo, las obligó a enfriarse.

Por eso dormía sobre el metal y sin sábanas. Porque los sueños se volvían demasiado reales y, de todos modos, para cuando despertara, cualquier ropa de cama ya se habría vuelto ceniza.

Un golpe a la puerta sacó a Lira de su ensimismamiento.

Se abrió para revelar a Breck y Gilly.

—Sólo estoy descansando —dejó escapar Lira. Una mentira estúpida e inverosímil.

Breck frunció el ceño, con las manos sobre las caderas. Tuvo que agacharse para no golpear su cabeza contra el dintel de la puerta al entrar.

—Estás enfurruñada, Lira. Y las Saqueadoras no se enfurruñan solas.

Gilly lanzó un mazo de naipes sobre el regazo de Lira. Una edición de lujo de Flota, muy popular en todo Mirabel.

242

—Acabo de derrotar a Breck —dijo, mientras enredaba una de sus trenzas rojas alrededor del dedo—. Y creo que también me gustaría derrotarte a ti.

Lira suspiró. Nadie le podía ganar a Lira. Gilly lo sabía.

Pero ella también sabía cómo poner a Lira de mejor humor cuando sentía que la galaxia la oprimía por todos lados.

—Vamos, entonces —dijo Lira, e invitó a las chicas a entrar con un ademán. Gilly soltó una risita y se acomodó con las piernas cruzadas sobre el catre metálico de Lira, y sonrió al repartir los naipes relucientes.

Lira miró su mano. Una buena serie de armaduras, unos cuantos soldados sólidos, pero su ¿arma? Por supuesto: una espada, malditos sean los Astrodioses. Era como si el destino se riera de ella y le recordara constantemente la ausencia de Andi en la nave.

—¿Y si no logran salir? —preguntó Gilly, bajando su primera carta.

Una nave Exploradora, seguida rápidamente de un piloto plenamente entrenado.

Mucho poder de ataque.

Lira se aclaró la garganta y se quedó mirando por la ventana los trozos flotantes de metal retorcido, al mismo tiempo que bajaba un naipe que cancelaba la habilidad de ataque de Gilly durante ese turno.

—Lograrán salir —dijo Lira, aunque ni ella misma lo creía del todo—. Confíen en mí. Y si no pueden confiar en mí, entonces confíen en Andi.

—Confiamos en ti —dijo Breck. Frunció el ceño cuando Lira hurgó en los bolsillos y se metió un trozo de Goma de mascar Lunar en la boca—. Si sigues masticando esa cosa, me vas a hacer vomitar.

La goma de mascar Lunar era su forma de liberar el estrés. La sustancia empalagosa no e les agradaba a todos, pero era una de las cosas favoritas de Lira.

Lira escupió un pedazo en la taza que tenía junto al catre.

—Te toca, Gil.

—Mejor tomaré una carta.

Lira asintió para indicar que estaba de acuerdo.

—Andi es sólo una mortal —les dijo Breck a las dos chicas—. Y no sabemos quiénes son los xenpteranos, o de qué son capaces. Si en verdad tienen la habilidad de secuestrar a Valen Cortas y llevárselo al otro lado de la galaxia sin que nadie los vea o los oiga... Eso hace que me pregunte qué se han traído entre manos todos estos años —estaba mirando por la ventana de Lira e ignoraba el juego de Flota, como si pudiera ver a Andi desde esta distancia—. Hace que me pregunte qué más podrían hacer, o podrían haber hecho, sin que lo supiera el resto de Mirabel.

—Sólo tenemos que esperar —dijo Lira— que Andi y Dex hayan pensado en eso. Y que realmente se pueda confiar en Soyina. Porque justo ahora... —suspiró al recordar a su tía que le decía esas mismas palabras, hacía años, cuando la peste de Wexen pasó por Adhira—. La esperanza es lo único que tenemos.

—La esperanza es un trasero rabioso —dijo Gilly.

—Explícamelo, Gilly —dijo Breck con un suspiro—, ¿exactamente cómo podría un trasero ser *rabioso*?

Lira se atragantó con una carcajada repentina e inesperada.

—Lo juro, ustedes dos nacieron con el espíritu sarcástico de mi hermano.

—Estás muerta —dijo Gilly de repente, y bajó tres naipes que fulguraban de color rojo.

Lira bajó tres más distraídamente; las estadísticas ya habían cobrado forma en su mente, y su victoria fue instantánea.

—Mis disculpas, Gil.

Gilly aulló una nueva ronda de maldiciones, y Breck sacudió la cabeza en silencio, desistiendo, por fin, de censurar el vocabulario de la joven artillera.

Jugaron tres rondas más, y pronto Lira se perdió entre las carcajadas de sus amigas, el veloz reparto de las cartas desde las puntas de sus dedos y el deleite con cada una de sus victorias.

No fue hasta que oyó que alguien llamaba a la puerta y volteó para ver a Alfie entrar, que el dolor aterrador le volvió al pecho. Y con éste llegó un olor repentino, lo suficientemente punzante y horrendo como para hacer que le lloraran los ojos.

Gilly bajó del catre de un brinco; sus naipes se esparcieron por el suelo y sus luces se apagaron.

—¿Cómo escapaste?

La cabeza de Breck se volteó rápidamente hacia ella.

—¿De qué estás hablando, Gil?

Alfie se deslizó en silencio hacia ella, con la cabeza ladeada. Con él, llegó ese olor.

—Con ayuda del sistema de Inteligencia Artificial del *Saqueador*, pude destornillar las tuercas de la puerta de la bodega de desperdicios para retirarme del lugar. Apreciaría mucho si pudieras eliminar de tu agenda de vuelo cualquier ataque futuro sobre mi persona. Es lo más conveniente para su misión.

Lira se quedó ahí sentada, intentando entender lo que acababa de pasar. Luego se escuchó un enorme ladrido del otro lado de la habitación, justo cuando Breck se dobló en dos, riéndose.

—Gilly, hermosa diablilla, tú. ¡En verdad lo hiciste! ¡Lo encerraste en la bodega de desperdicios!

Gilly esbozó una sonrisita petulante y se cruzó de brazos.

Entonces a Lira se le ocurrió algo más.

—Alfie, ¿volviste a poner las tuercas a la puerta de la bodega de desperdicios?

Alfie inclinó la cabeza ovalada. Lira podía ver los engranajes que se movían en su cuerpo, como si ponderara profundamente su pregunta.

—No, no volví a ensamblar la puerta. Los robots mecánicos deben estar haciéndolo ahora.

Las tres chicas soltaron un gemido de exasperación.

—Alfie, *idiota* —gimió Gilly—. En esta nave no tenemos robots mecánicos.

Lira se dobló y tuvo arcadas por el olor.

Antes de que pudieran armarle un buen lío a Alfie, la fresca voz femenina de la nave habló sobre sus cabezas.

—*Mensaje entrante para Lira Mette* —después de un momento, Memoria agregó—: *Hola, Alfie.*

Alfie levantó la mirada.

—La voz de Memoria es muy seductora para mi programación interna. Me gustaría conversar con ella cuando hayas terminado, Lira Mette.

—Ay, Astrodioses —dijo Breck—. *No* me digan que nuestra nave está a punto de hacerse novia del IA del general.

Lira se fue corriendo al muro opuesto y le dio un golpecito a la pantalla holográfica empotrada en el metal. Pasaron segundos antes de que se iluminara y apareciera un mensaje.

Casi podía sentir que se liberaba la tensión de sus músculos mientras volteaba hacia la tripulación en espera.

—Es de Soyina —dijo Lira, y sonrió mientras pasaba junto a Alfie en dirección al pasillo, por donde se fue corriendo al puente de mando, con los dedos ansiando aferrar el timón del *Saqueador*—. Es hora de recoger a nuestra chica.

CAPÍTULO 33
ANDROMA

—¡Androma! Oh, Astrodioses, ¡despierta!

Yacía en la oscuridad junto a una nave que ardía. La voz de su padre la llamaba, amortiguada como si estuviera bajo el agua.

Las manos de su padre le aferraron el rostro, y se sentían tibias contra la noche glacial.

Ella quería seguir durmiendo, pero la voz sonaba desesperada. Un tono despiadado que suplicaba y le rogaba que despertara.

Andi abrió los ojos y soltó un grito ahogado.

Frío. Hacía *tanto frío*.

Dex se cernía sobre ella y tenía las manos puestas a cada lado de su rostro.

—Estás viva —soltó con dificultad. El aliento le salía como una nube espesa. Tenía los ojos muy abiertos. Aterrado, como si hubiera estado mirando su cadáver.

—No sabía si… No podría seguir viviendo si estuvieras…

La conmoción abrumó a Andi, y se esforzó para mantener el pánico a raya. Le dolía el pecho como si le hubieran disparado, y cada respiro amenazaba con partirla en dos. Intentó inhalar aire, pero sentía un peso en el pecho.

—¿Puedes respirar? —preguntó Dex—. ¡Quédate conmigo, Androma!

Él le empezó a quitar algo pesado del pecho. Se sentía como una roca.

Ella aspiró con dificultad y se dio cuenta, con horror, de qué era lo que estaba sobre ella.

Un cadáver.

Ahora, al respirar, sentía la presión fría de algo *debajo* de ella, como una alfombra irregular. Lentamente, con el lado racional de la mente —la parte que había afinado por años en el colegio militar y luego, más tarde, con la vida en el *Saqueador* con las chicas— recobró el control de sus pensamientos.

Evalúa la situación. No olvides respirar.

Pero, Astrodioses… el *olor*. Andi se atragantó con él. Miró a diestra y siniestra. Cadáveres, a su alrededor.

Volvió a tragar otro soplo de aire. El peso de la muerte y el oprimente olor a putrefacción estaban por todos lados e inundaban la pequeña nave de transporte en la que se encontraban. Dedos tiesos y helados que la presionaban entre los omóplatos. Sintió el estacazo filoso de un pie descalzo que se recargaba contra su rodilla. Y, finalmente, la cabeza calva de una mujer, con los cuatro ojos completamente abiertos y sin parpadear, mientras Andi movía su cabeza para observar mejor lo que le rodeaba.

—Sácame de aquí —volvió a resollar Andi. En la mente, lo único que podía ver era a Kalee, muerta junto a ella en la nave de transporte, con los ojos cerrados, la sangre por doquier—. ¡Sácame de aquí!

Dex jaló y empujó y finalmente, ella quedó libre.

Él la envolvió con los brazos y, tambaleantes, se cayeron de espaldas.. Juntos, con los brazos de Dex envueltos todavía alrededor de ella, se hundieron contra una pared metálica; parecía que los cadáveres junto a sus pies los fueran a jalar hacia la pila con sus dedos muertos y helados.

—¿Qué demonios pasó? —preguntó Andi entre dientes.

—Soyina nos disparó —dijo Dex—. Aunque parezca mentira, *nos disparó*.

Él todavía la estrechaba. Andi sabía que debía separarse, pero se sentía tan tibio y el transporte estaba tan *frío, diablos*.

Finalmente, después de dejar de temblar, Andi se retiró de los brazos de Dex y se dio la vuelta para mirar lo que los rodeaba.

Unos techos metálicos bajos y curveados parecían oprimirlos, y las estrechas paredes le producían claustrofobia. Había una sola puerta del otro lado del pequeño espacio, y mientras Andi volvía a respirar y temblaba por el hedor pútrido, sintió que algo retumbaba debajo de ella.

Era la sensación inconfundible del rugido de una nave mientras el piloto, seguramente detrás de esa puerta cerrada, aceleraba. Su cuerpo se balanceaba con el movimiento, lo que significaba que la nave era pequeña.

Los recuerdos se acomodaron en su lugar. Soyina, ese demonio mañoso.

Andi todavía podía ver la manera en que la Retornista les había apuntado una pistola durante sus últimos momentos en Lunamere. Todavía podía sentir el dolor que había aflorado en todo su cuerpo. Luego la oscuridad. Un espacio tan vacío y desconocido como un agujero negro. Soyina había cumplido su promesa de sacarlos de Lunamere, eso era cierto. Pero Andi jamás se había imaginado que sería así, en una nave de transporte designada para llevar cadáveres de Lunamere al Deshuesadero, más allá de la Materia Oscura, donde las naves muertas y la gente aún más muerta se deslizaban interminablemente por el cielo sin estrellas.

Andi dio un bandazo a la derecha, y una ola de náusea la golpeó junto con el aroma.

No vomitaría.

La Baronesa Sangrienta *no* vomitaba.

Andi resolló de nuevo, obligó a su cuerpo a erguirse y de inmediato perdió el contenido de su estómago.

Sobre el regazo de Dex.

Él abrió y cerró la boca mientras miraba el desastre.

Luego, increíblemente, se rio. Por un momento, ella pensó que había perdido la cordura. Pero entonces a Andi la recorrió la imagen del caos del último trabajo y la comprensión de que habían logrado escapar de Lunamere y que *habían salido vivos* para contarlo.

Ella se rio con él. Cuando ya no pudo reír más, lo miró bien por primera vez bajo la tenue luz del letrero que señalaba la salida de emergencia, sobre sus cabezas.

Bajo el desastre de su vómito, estaba cubierto de sangre seca sobre el traje negro. Tenía un moretón verde y amarillo que se le había extendido por la frente, como si lo hubieran golpeado con un martillo del tamaño de un puño.

Ella había visto moretones así antes, por la pistola de doble gatillo de Gilly. Una bala paralizante, hecha para incapacitar, pero no para matar.

Soyina, volvió a pensar Andi. Era diabólicamente lista, capaz de completar su misión al mismo tiempo que se salvaba ella misma. Pero esto sin duda no había sido parte del plan. ¿Y qué si las balas de Soyina no hubieran sido paralizantes?

¡Hoyos *negros ardientes*!

La muerte jamás se sintió tan cerca.

—De no creerlo, pero lo logramos —dijo Andi—. Parece mentira que lo hayamos logrado.

Luego, su corazón dio un vuelco en el pecho.

Valen.

Andi se dio la vuelta y miró por el espacio abultado, que estaba lo suficientemente ancho como para que entraran treinta muertos en fila.

—Ayúdame a encontrarlo —le exigió a Dex—. ¡Ayúdame a encontrar a Valen!

Cuando él no se movió, Andi maldijo y empezó a escarbar entre los fríos cadáveres ella sola, jurándoles a las estrellas que si había arruinado esto después de todo lo que habían vivido, de todas las vidas que ella había robado…

Ahí está. Sobre la pila al otro lado del transporte, acostado bocabajo, con la espalda destrozada abierta y desnuda. Andi se fue a gatas hacia él, ignorando el asco que se agitaba en su vientre. La sensación de que todo estaba mal se extendió por su ser mientras presionaba las manos contra las pieles heladas y llenas de cicatrices.

Se sentía frío cuando lo alcanzó, pero el pulso estaba ahí. Un palpitar suave. Dex finalmente la alcanzó, y juntos lo empujaron de costado, con cuidado de no tocar las laceraciones sobre su espalda. Las heridas parecían causadas por unas garras filosas que le hubieran cortado la piel en trizas, le hubieran permitido sanar y luego la hubieran cortado en trizas de nuevo.

La mirada de Andi viajó hasta el rostro de Valen.

Era la primera vez que realmente podía detenerse a mirarlo, a estudiar el modo en que sus rasgos habían cambiado en algunas partes y se habían quedado iguales en otras.

Tenía el cabello rapado hasta el cuero cabelludo, pero ella reconocía el color caoba oscuro que lucía años atrás. Tenía las mejillas hundidas, y los huesos sobresalían con ángulos filosos. Y sus labios, alguna vez tan llenos, estaban incoloros y vacíos.

—Es un milagro que no esté muerto —dijo Dex.

Andi se descubrió incapaz de responder. Mirarlo era como ver su propio pasado. Pero rescatar a Valen —su única oportunidad de redención— no había cambiado el vacío que seguía sintiendo por dentro.

El vacío seguía ahí.

Ver a Valen simplemente lo había abierto, y ahora amenazaba con volver a succionarla.

—¿Cuánto tiempo llevamos aquí afuera? —preguntó Andi.

Dex se encogió de hombros.

—No estoy seguro. Me desperté y luego te vi y…

Ella no podía olvidar la expresión atormentada de sus ojos cuando la despertó.

La voz de Soyina reverberó en su mente. *No lo hicimos, por cierto… Tu compañero quería lloriquear como un bebé sobre lo que siente por ti.*

Pero Dex no tenía permiso de albergar sentimientos. No tenía permiso de mirar a Andi como lo había hecho hacía un momento, no tenía permiso de tomar su rostro como si sostuviera al mundo en las manos.

Andi hizo a un lado esos pensamientos. Estaba conmocionado. Pensó que su compañera estaba muerta. Por supuesto que se había preocupado.

—Sin duda, Lira está haciendo un hoyo en el piso de mi nave, caminando de un lado al otro.

Dex levantó una sola ceja.

—*Mi* nave.

Esta vez no discutió con él, consciente en el fondo de que esa batalla ya la había ganado hacía mucho. Con esfuerzo, Andi apartó la mirada de Valen. No habían terminado el trabajo. No podría relajarse hasta que estuvieran de vuelta en la nave, reunidos con su tripulación, y hubieran llevado a Valen a la enfermería, en donde Alfie pudiera ponerse a trabajar para sanarlo.

Además, el olor empezaba a empeorar.

Pedirle ayuda a Dex no era una de sus cosas favoritas, en especial después de que acababa de verla perder el control al despertar. Pero sabía que él representaba la única manera en la que lograrían salir de este maldito transporte antes de que los arrojara en el Deshuesadero.

—Dex.

Dijo su nombre como un suspiro, odiando la manera en la que se sentía tan familiar en su lengua.

Estaban demasiado juntos. Demasiado solos, a pesar de los cadáveres y de la figura inconsciente de Valen junto a ellos.

—Androma —contestó Dex, inclinando la cabeza.

—¿Recuerdas esa noche en que lograste abrir las cerraduras de mi puerta en tu vieja nave carcacha?

—¿Cómo podría olvidarlo? —los ojos de Dex brillaron como polvo de estrellas—. Tu camisón era…

—No es un punto de discusión en este momento —siseó Andi, interrumpiéndolo. *Ahí* estaba esa vieja molestia tan familiar. Suspiró—. ¿Lo puedes hacer otra vez? ¿Con esa puerta?

Él miró por encima del hombro de Andi, y sus ojos brillaron con otro tipo de travesura mientras asentía.

—Bien —dijo Andi. Bajó la mirada a sus botas y empezó a quitarles las agujetas. Estaban fuertes y firmes, y por suerte no se habían deshilachado en la pelea en Lunamere—. Entonces, hazlo ahora.

Se envolvió las agujetas de las botas alrededor de los puños, y luego las jaló para que quedaran tensas. Las cuerdas cantaron con un tañido satisfactorio.

—¿Me piensas matar con tus agujetas, Baronesa? —preguntó Dex.

Andi miró la figura durmiente de Valen y le rogó a los Astrodioses que lo mantuvieran respirando hasta que lograran llevarlo a la seguridad del *Saqueador*.

—No —dijo ella, mientras empezaba a arrastrarse de nuevo por encima de los cuerpos—. Pero me encargaré del piloto tan pronto como nos dejes pasar por esa puerta. Y luego *tú* nos llevarás volando de regreso a mi nave.

—¿Tú no? —arqueó una ceja—. Después de todo el miedo que has infundido en los demás, todavía te da demasiado miedo pilotar un...

—No sabes de qué estás hablando —escupió Andi.

—¿Tu tripulación lo sabe?

Andi se quedó callada, y él sonrió como si supiera su secreto.

Como si le diera mucho gusto guardárselo para sí.

Cinco minutos después, Andi estaba sentada en el asiento del copiloto, con un cadáver fresco en la pila, detrás de la puerta abierta. Otra marca, otro rostro que la atormentaría. Dex tomó el acelerador e inclinó el transporte hacia casa: la astronave de vidrio que esperaba como una gema en el cielo iluminado de estrellas.

Capítulo 34
Dex

Los sentidos de Dex estaban siendo injustamente agredidos. Finalmente se había resuelto el misterio del IA desaparecido y en su lugar había quedado una puerta inestable en la bodega de desperdicios. Ahora, el olor a cosas innombrables se abría paso por cada cubierta de la nave, comparable con el olor a cadáver. Para colmo de males, la tripulación de diablesas de Andi no había dejado de seguirla por todos lados desde que aterrizaron de emergencia en el pequeño túnel de atraque del *Saqueador*.

Sus voces eran como disparos en su cabeza.

La pequeña artillera de cabello de fuego quería saber si la sangre que tenía Andi le pertenecía a ella o a algún *bastardo despelotado*, a lo que la giganta respondió: *Por supuesto que no es suya, Gil. Y no digas* bastardo. *Di* maldito. *¿Tienes hambre, Andi?* Todo eso seguido por la piloto adhirana que le daba vueltas a Andi como un ave de presa que le picoteaba las cortadas y moretones, y luego lanzaba miradas gélidas en dirección a Dex, como si hubiera sido el autor.

—Ésta —dijo Dex, sentado en la enfermería y dejando que el IA le mimara todas sus cortadas y moretones— es mi propia versión personal del infierno.

—Es posible que sientas un poco de dolor —dijo Alfie, y jaló una línea fresca de puntadas en la frente de Dex con un poco más de fuerza de la necesaria, lo que aumentó la lista de cosas que quería olvidar esta noche a través de la bebida, una lista más amplia que los planetas.

Andi lo fulminó con la mirada desde la mesa de al lado, y luego reanudó los susurros con su tripulación. Había rechazado la ayuda de Alfie y le había hecho un gesto despectivo con la mano en agradecimiento por ayudarla a cargar el cuerpo de Valen hasta la enfermería.

Andi no había dicho una sola palabra desde entonces.

Era tan puramente Androma ser tan fría como un día solerano, que ese gramo de normalidad liberó un poco de la tensión que Dex tenía en los hombros mientras rápidamente le agradecía las puntadas a Alfie, y luego se deslizaba de la mesa.

—Iré a reportarme con el general —anunció Dex.

Alfie regresó con Valen, quien aún yacía inconsciente sobre la mesa en el centro de la enfermería, con los ojos cerrados y los moretones cada vez más oscuros bajo la brillante luz blanca. Las tripulantes ni siquiera levantaron la cabeza para despedir a Dex, salvo por la más pequeña, quien rápidamente alzó dos dedos en su dirección, un gesto tenebrano para mandarlo al carajo.

Él suspiró y movió la mandíbula adolorida de un lado al otro mientras se dirigía a la salida. Se deslizaron las frías puertas metálicas y luego se cerraron detrás de él.

Silencio. Fue tan inmediato que Dex casi lloró del alivio. Llevaba años solo, haciendo las cosas a *su* manera. Guardándose cada recompensa para él solo. Trabajar con una tripulación, en especial la de *Androma*, a veces era más de lo que podía soportar.

—Los krevs, Dex —se dijo para sí—. Tantos krevs que te podrías ahogar en ellos, y la gloria de que te reinstauren como Guardián.

Disfrutaba ser un cazarrecompensas rebelde. Era una manera de conseguir dinero rápido, pero la vida que había llevado hasta el momento en que conoció a Andi la había dedicado a su cargo como Guardián de Mirabel. Ahora tenía la oportunidad de recuperar el estatus perdido, y la había tomado. Tenía su última recompensa en las manos, y tanto los krevs como su título estaban tan cerca, que apenas si podía contener su triunfo.

De hecho, incluso sonrió mientras se abría paso por el angosto pasillo y luego ascendía la escalera, hacia el nivel superior. Sus músculos lo maldijeron por el esfuerzo.

Dex atravesó otro pasillo angosto y se dirigió a la sala de juntas. Había dibujos en las paredes, principalmente figuras de palo con las cabezas hechas pedazos y puntitos rojos en el fondo que supuso que eran gotas de sangre.

No podría quitarle el ojo de encima a la Saqueadora más pequeña. Y dormiría con la pistola en la mano. Una trampa en la puerta con neblina paralítica. Y no pasearía por los rincones oscuros donde ella pudiera esperarlo.

Dex entró a la sala de juntas y se desplomó en una silla en la cabecera de la mesa, intentando no hacer una mueca al darse cuenta de que su antiguo asiento tan preciado ya no se acomodaba a su cuerpo como solía hacerlo. Se sentía fuera de lugar en lo que alguna vez fuera su hogar.

Levantó la Caja Comunicadora y, con un suspiro y una renuencia bárbara, apretó Enviar para hacer la llamada.

El general Cortas contestó de inmediato.

—Es la mitad de la noche, cazarrecompensas —su rostro, proyectado contra el muro frente a Dex, parecía haber producido más arrugas desde la última vez que habían hablado. Dex no entendía por qué no aprovechaba los procedimientos de rejuvenecimiento facial de Arcardius—. Más vale que sea urgente.

Dex se echó para atrás en la silla y cruzó los brazos tatuados sobre su pecho. La constelación blanca del Cachorro de Zorro parecía asomarse en él.

—Hola, general. Estoy sano y salvo. Gracias por preguntar.

El general Cortas yacía en una lujosa cama dorada. Junto a él, Dex apenas lograba divisar la forma sombría de su esposa.

—Mi hijo —dijo el general sin titubear. Tenía el cabello cano revuelto por el sueño—. ¿Lo tienen?

Fuera de pantalla, su esposa preguntó:

—¿Valen está a salvo? ¿Vuelve a casa?

Dex se tomó su tiempo para responder, deleitándose en el hecho de que, aunque fuera sólo por un momento, habían cambiado los papeles. Ahora el general estaba a su merced.

—Habla, cazarrecompensas —dijo el general Cortas— o me aseguraré de cortarte los fondos a la mitad.

No cambiaron tanto, entonces, pensó Dex.

—Lo tenemos —dijo. Se raspó una manchita de sangre seca del antebrazo—. Está vivo, pero no está bien.

La esposa estalló en lágrimas. Dex esperó un momento mientras el general la tranquilizaba.

—Los detalles —dijo el general Cortas cuando volvió a la cámara. Miró de reojo a su esposa llorosa—. Que sean delicados.

Dex asintió.

—Parece ser que durante todo ese tiempo en Lunamere, tuvieron... modos menos que placenteros de sacarle información —el rostro del general se retorció, pero Dex siguió adelante—. Ahora mismo está bajo los cuidados de Alfie. El IA me aseguró, *muchas veces*, que la salud de Valen es su mayor prioridad.

—Bien —dijo el general. Ya estaba levantando una mano y chasqueaba los dedos a algún asistente escondido justo fuera de pantalla. Las luces azules y rojas de algún sirviente androide parpadearon mientras el general Cortas se dirigía a él—. Envía un mensaje a mi oficina. Avísales que mi equipo rescató a Valen. Comiencen los preparativos para su retorno de inmediato.

—Perdimos varias horas en Lunamere —interrumpió Dex—. Unos cuantos problemas imprevistos, así que estimamos una demora de no menos de un día para devolvérselo.

—Recuperen el tiempo —dijo el general Cortas, y se frunció aún más su ceño con cejas pálidas—, y les aumentaré la paga.

Dex asintió.

—Haré mi mejor esfuerzo. Si me hubiera contratado a mí solo...

—Si te hubiera contratado ti solo, tu cabeza estaría clavada en un pico en el rincón más oscuro de Lunamere. Tuve razón en traer a la Baronesa Sangrienta —la voz del general se volvió ácida cuando mencionó a Andi—. No le quites el ojo de encima a mi hijo, cazarrecompensas. No lo dejes solo con esa chica ni por un segundo. Su seguridad es de suma importancia.

Dex volvió a asentir.

—Como usted lo desee, general.

—¿No necesito recordarte —agregó el general, acercándose más a la cámara— el destino que te espera, en caso de que no me lo entregues sano y salvo?

—Lo recuerdo muy bien.

—De acuerdo —el general Cortas levantó la mano y la dejó cerca de la pantalla—. No me vuelvas a marcar por esta línea. No quiero que Xen Ptera detecte alguna de estas transmisiones.

—¿No lo quiere ver antes de irse? —ofreció Dex.

El general se quedó de una sola pieza, y sus ojos se cubrieron de una extraña niebla.

—Lo veré cuando esté en casa, y a salvo. Recuerda quién eres, Arez. Recuerda que no eres nada sin mí.

Con eso, le dio un golpecito a la pantalla. Se fundió a negro.

Dex se tomó un momento para reincorporarse.

Luego se levantó, recordando la promesa que Androma le hizo en Lunamere.

Con el corazón en la boca, salió a los pasillos del *Saqueador*, recorrió el camino familiar hasta su antiguo camarote y se detuvo frente a la puerta cerrada.

Desde el interior se derramaba música clásica.

Suspiró mientras la imaginaba ahí dentro, sola, enfrentando los fantasmas de cada hombre y cada mujer que había matado en los últimos días.

Llamó a la puerta. Él sabía que ella no respondería, aunque la música no hubiera ahogado todo el sonido.

Pero era ahora o nunca, supuso.

Dex respiró hondo, abrió la puerta del camarote del capitán y entró.

CAPÍTULO 35
ANDROMA

Los muertos la miraban bailar.

Andi cerró más los ojos, deseando que se fueran. Aunque estaba sentada en la oscuridad de su camarote de capitán en el *Saqueador*, con la música clásica a todo lo que daba por las bocinas, su mente y su cuerpo estaban a años luz de distancia.

Arcardius. Un planeta adornado de vidrio que alguna vez llamó hogar.

Daba vueltas por el escenario de la Academia, y la cubría el techo abovedado salpicado de luces, todas con la forma de las estrellas en explosión de Arcadia. Estaban ocupados los asientos que miraban al escenario, aunque no de vivos.

Estaban ocupados por los muertos.

Sus víctimas miraban mientras Andi subía al escenario. La música comenzó, suave al principio, un tintineo de campanas. Luego el *crescendo* de los címbalos, y ella emprendió el vuelo. Su cuerpo era un vehículo, un conducto por el que permitía que se moviera la música.

Sus brazos se extendieron. Los dedos de sus pies en punta, y ella giró, dando vueltas y vueltas, un planeta en órbita.

Cuando abrió los ojos, vio que el primer hombre se levantaba de su asiento.

Tenía sangre en una rajada sobre la garganta, roja como una sonrisa. Manchaba la placa de Patrullero Arcardiano que llevaba en el pecho.

—Lo siento —dijo Andi—. Lo siento tanto.

Él no hablo. Los muertos nunca lo hacían, así que ella le extendió la mano. Él la tomó con un apretón ligero como la pluma y, juntos, bailaron.

Dieron vueltas y vueltas, giraron, deslizándose por el escenario, ingrávidos como dos fantasmas en la noche. Mientras bailaban, Andi se obligó a mirarlo. Entre la sangre, entre la máscara de horror que guardó en los últimos momentos al morir por la espada, vio al hombre que había asesinado.

Era un ser humano. Un hombre que había vivido y respirado y amado y odiado, un hombre a quien ella había matado a sangre fría. Ella lo había hecho porque él le habría correspondido. Porque si no lo hubiera hecho, ella hubiera muerto.

Mientras bailaban, se obligó a sí misma a mirar cada detalle de su rostro. Las arrugas alrededor de los ojos, la piel bronceada, como si hubiera pasado tiempo recientemente al aire libre, bajo el sol ardiente. Un soldado que se entrenaba para una misión que sabía que estaba por venir.

No podría haber sabido que moriría a manos de la Baronesa Sangrienta a bordo del *Saqueador*, mientras que su comandante prestado, un cazarrecompensas con ojos que perforaban, lo instaba a derribar al enemigo.

Se derramaban lágrimas por las mejillas de Andi y la sacaban de la visión que había creado con tanta claridad en la mente. La música iba creciendo, silenciando sus lágrimas. Cerró los ojos y se obligó a entrar de nuevo en su mente. Les debía esto a los muertos. Este dolor, esta danza, este tiempo en el que ella se entregaba por completo a sus recuerdos.

El siguiente cadáver dio un paso hacia el escenario.

Ésta era una mujer, una guardia a la que había silenciado en Lunamere. Mientras unían las manos y giraban al ritmo de las cuerdas llenas de tristeza, Andi vio que la mujer era joven. Tenía los ojos cansados en un rostro escuálido. Como si no hubiera dormido, como si no hubiera disfrutado de una comida completa, en días.

—Lo siento tanto —dijo Andi.

La mujer simplemente bailó, más y más, hasta que su figura se desvaneció como la neblina.

Otro de los muertos tomó su lugar.

Bailaban, uniendo sus manos a las palmas tibias de Andi. Cuerpos que se entrelazaban como enredaderas, que se entretejían y luego se separaban.

Andi bailó hasta haberlos recordado a todos. Hasta la última de las personas a quien había asesinado, cada corazón palpitante al que ella había detenido demasiado pronto. No importaba que fueran sus enemigos. No importaba que, en esos últimos momentos, Andi se hubiera permitido elegir.

Cruzar la línea que había trazado para ella misma. Darle la muerte a otro, o morir.

Ella bailó en su mente hasta que se le acabaron las lágrimas. Bailó hasta que el auditorio estuvo casi vacío. Hasta que las luces del escenario se apagaron, como si las estrellas empezaran a caer en un sueño tranquilo.

Ahora sólo quedaba una figura en el público. Andi volteó a mirarla mientras ésta se levantaba. Estaba ataviada con un resplandeciente vestido azul que se le arremolinaba por los tobillos como fragmentos de nubes. Siempre fue su favorito, y la hacía sonreír y sentirse, por un rato, como una reina.

Su cabello claro, aplastado contra el cráneo de un lado, se había vuelto rojo por la sangre fresca. Tenía los ojos cerrados mientras se paraba en la base del escenario, sin moverse.

Cada vez, sin importar el baile, sin importar cuántas muertes tuviera que recordar Andi, esta chica aparecía.

—Kalee —dijo Andi—. Despierta.

La chica no se movía, no abría los ojos.

Andi trató de alcanzarla, pero el escenario se había transformado en algo más pequeño, un espacio que se reducía, unas paredes que se cerraban hasta que aparecía sentada en la silla del capitán de una nave, el fuego ardiendo, el humo llenando sus pulmones.

—¡DESPIERTA! —gritó Andi.

La nave crujió. Gimió, mientras las llamas iban lamiendo más y más cerca.

El calor había empezado a brotar sobre las muñecas de Andi. Un dolor que palpitaba y gritaba y le rogaba su atención, pero no se la podía dar.

Porque Kalee estaba muerta.

Las lágrimas nublaron la visión de Andi, y volvió a tratar de alcanzarla una última vez, desesperada por salvar a su protegida.

Algo la tocó en la espalda.

Se escurrió la visión como el agua entre las puntas de los dedos, y se dio la vuelta para verlo parado ahí, bañado por la luz de las estrellas que resplandecían a través de las paredes de vidrio de su camarote.

—Me prometiste una conversación —dijo Dex. Ella apenas lo pudo escuchar por encima de la música que seguía sonando. Por encima del eco de sus propios gritos, que la seguían atormentando después de su visión.

Con las húmedas lágrimas que aún bajaban por sus mejillas, Andi asintió.

Dex se sentó junto a ella en el piso de su habitación.

—Cuando estés lista —dijo. Él conocía su rutina. La había seguido desde la primerísima noche que habían compartido juntos. Distintos lugares, distintos momentos, pero los movimientos siempre eran los mismos.

Envueltos en la música, se sentaron hasta que terminó la melodía. Los cubrió el silencio, espeso e incómodo y estático, pero familiar. Como un amigo que llevaban mucho tiempo sin ver, y que volvía a casa.

—Adelante, Dex —dijo Andi.

—¿Estás bailando con los muertos de nuevo? —preguntó Dex.

—Algunas costumbres no deberían cambiar —dijo Andi.

Se dio la vuelta para mirarlo. Estando solos, en su camarote privado, la presencia de Dex se sentía imponente. Demasiado real, después de todo lo que acababan de vivir en Lunamere. Comenzaron a cobrar forma los viejos recuerdos de los dos, alguna vez amantes que compartieron esta misma habitación.

Te amo, Androma, había dicho Dex. La había levantado, la había cargado hasta el pequeño catre en un rincón de la habitación. Entre besos, la había mirado como si fuera la luz del sol en la oscuridad.

Tres días después, la había vendido a los Patrulleros por sus crímenes.

Andi acalló su mente. No permitiría que los recuerdos entraran. No ahora, que ya se sentía tan débil.

Dex finalmente se había bañado, se había quitado la sangre y el vómito seco, y tenía el cuello de la camisa abierto para revelar la cicatriz que ella alguna vez le había dejado. El moretón de la pistola paralizante de Soyina se había oscurecido sobre su frente. A ella todavía le palpitaba el que tenía en el pecho, incluso ahora.

—Todavía no puedo creer que nos disparara —dijo Dex, notando la mirada de Andi. Se colocó una mano en el moretón e hizo una mueca. Tragó saliva y la miró directamente—. Cuando… cuando te vi en esa pila de cadáveres, Andi…

—Te prometí cinco minutos —dijo Andi, interrumpiéndolo—. Dijiste que querías hablar del pasado. Hablemos de eso.

Los labios de Dex se abrieron ligeramente. Luego los cerró y desvió la mirada, vacilando antes de hablar.

—He repasado esta conversación en la mente un millón de veces. Y ahora que estamos juntos, no estoy seguro de por dónde empezar.

—¿Qué tal con esto? —preguntó Andi. La debilidad de sus visiones dancísticas, el dolor de enfrentar a sus fantasmas, se esfumaron repentinamente. En su lugar llego el ácido—. Me traicionaste —dijo ella. Se puso en pie, de repente incapaz de quedarse quieta—. Sabías que enfrentaba la pena de muerte allá en Arcardius. Me dejaste en manos de quienes me darían esa muerte, ¡y todo por unos cuantos krevs!

Habían salido las palabras.

Ella les había contado a las chicas sobre el horrendo destino al que Dex la había abandonado, pero nunca, en los años que habían pasado separados, se había imaginado que lo vería vivo, y que le diría esto a la cara.

Era tan absurdo, y él estaba tan callado que ella echó la cabeza hacia atrás y rio. Él se encogió como si ella lo hubiera golpeado.

—Ay, Dextro —dijo Andi, acercándose un paso a él mientras él se levantaba—. ¿No me digas que pensabas que te había perdonado, sólo porque logramos hacer un trabajo sin matarnos el uno al otro? Déjame que te recuerde que este encargo no fue mi decisión. ¡Lo tomé sólo porque me obligaste, cuando te uniste al equipo de ese hombre diabólico!

—Si tan sólo supieras toda la historia… —comenzó Dex, pero Andi no quería oír. Estaba tan enojada, y detrás de esa rabia se escondía un dolor puro. Era tan crudo que le daban ganas de estallar. ¿Había pensado él alguna vez en el dolor que le había causado? ¿Se había puesto alguna vez en su lugar, traicionada por la persona que le había jurado su amor, y enfrentar la muerte de la que llevaba tantos años escapando?

—¡Yo te amaba! —gritó ella. Su voz se quebró al decir esas horrendas palabras, pero siguió adelante, incapaz de detenerse—. ¡Yo te amaba, y te deshiciste de mí como una prostituta cualquiera!

El corazón le latía tan rápidamente que pensó que le estallaría.

Él dio un paso atrás, como si lo hubieran empujado.

—Me tienes que escuchar, Andi —rogó Dex. Sus ojos oscuros estaban muy abiertos, sus brazos tatuados extendidos, las palmas unidas de modo suplicante frente a él.

Ella odiaba lo hermoso que era. Odiaba la curva de su mandíbula, el marrón de sus ojos, el modo en el que la luz de las estrellas se vertía sobre él como la caricia de un amante.

Apenas podía soportar mirarlo.

—No tengo que hacer nada —gruñó Andi.

No podía sentir el frío goteo de las lágrimas que derramaba, no sabía que todavía le quedaban lágrimas para llorar hasta que probó lo salado en los labios. Aspiró el aire entre dientes apretados. Sintió que se le crispaban los puños, el peso de los brazaletes que rogaban lanzar un golpe. Ceder al enojo. Hundirse en esa oscuridad que la había tragado hacía años. Pero por más que quisiera lanzarle un golpe, sabía que sus puños no estaban en control de esta pelea.

Sus palabras lo estaban.

Ella lo quería lastimar. Quería que sintiera el dolor que le calaba el alma, así como lo había experimentado ella.

Las heridas físicas sanarían, pero las cicatrices internas nunca.

—¿Acaso no lo entiendes? —exclamó Andi. Él se veía deshecho; sus tatuajes de constelaciones parecían grietas sobre su piel. Ella lo quería hacer añicos por completo—. Tú eras mi mundo entero. Tú me enseñaste que aún me podían amar. Cuando todo lo demás, un planeta *entero*, me odiaba tanto que me querían ver muerta, hasta *mis propios padres*... te encontré a ti. Empecé a vivir otra vez. Empecé a confiar. Luego te perdí a ti también, al igual que a todos los demás. Te diste la vuelta, así como lo habían hecho ellos.

Ya no le importó que las lágrimas fluyeran libremente y éstas se derramaban por sus pómulos metálicos hasta salpicar sus pies. Llevaban demasiado tiempo guardadas. Necesitaba soltarlas.

—Fuiste un cobarde. Un patético cobarde hambriento de krevs. Me fallaste cuando eras la única persona que pensé que nunca lo haría.

Sus palabras reverberaron en el espacio.

Por un segundo pensó que él se daría la vuelta y se iría, su cobardía era demasiada como para escuchar.

Pero entonces Dex cruzó el lugar con tres largos pasos y se acercó tanto a ella que pudo sentir su aliento en el rostro.

—¡Te entregué porque huías de la ley! Me habías mentido sobre tu pasado, Andi. ¡No hice nada que no se esperara de mí! Mis obligaciones como Guardián eran hacia el bienestar de la galaxia, ¡no hacia algún Espectro fugitivo que le había fallado a todo su planeta! Tú decidiste pilotar esa nave. Fueron *tus* manos las que la chocaron. ¡Fue *tu* fracaso el que mató a Kalee! Corriste, Androma —soltó una carcajada, luego un breve ladrido que le estalló del pecho—. ¡Y ahora mira en qué te transformaste! ¡En la Baronesa Sangrienta!

—Tú me transformaste en esto —dijo Andi con los labios fruncidos—. Me volví un monstruo de tu creación. Maté, y me gustó. Y a ti te gustó también. Todas esas muertes por toda la galaxia tienen tu nombre, tanto como el mío.

—¿Me estás culpando de los asesinatos que has cometido? Él se rio en su cara.

—*Eres increíble cuando peleas, Androma* —dijo ella, volviendo a arrojarle las palabras del pasado—. *Eres imparable.* Cada vez que me veías eliminar a alguien, cada trabajo en el que te ayudé, me mirabas con orgullo. Con amor.

Giraban el uno alrededor del otro como depredadores, con la sangre hirviente y los cuerpos temblando de rabia mientras las estrellas observaban.

—¿Alguna vez pensaste en mi versión, Androma? —la voz de Dex se quebró de repente mientras se pasaba los dedos por el cabello negro—. Podrás creer que conoces toda la historia, pero te consume tanto el odio que sólo te ves a ti misma.

Ella se pasó la palma de su mano sobre el rostro y sintió el frío de sus pómulos de metal mientras se limpiaba las lágrimas.

—¡Qué hipócrita eres! ¿Alguna vez me pediste mi lado de la historia?

Él hizo una pausa, luego dijo:

—Tu lado de la historia no importa. Me clavaste un cuchillo en el pecho. Te robaste mi nave y me abandonaste para que muriera.

—Y lo volvería a hacer, mil veces —gruñó Andi, y pisó más cerca hasta que prácticamente se estaban tocando, hasta que sus corazones furiosos latían como uno.

Ahora vio las lágrimas en los ojos de él, también. Sintió cómo su pecho subía y bajaba mientras lo abrumaban los sollozos.

—Eres la única mujer a la que he amado —susurró.

Dio un paso atrás, y el espacio entre los dos se sintió tan distante como el negro cielo de afuera.

—Si me amabas, ¿por qué me traicionaste? —preguntó Andi con un susurro.

Dex soltó un respiro. Ahora, cuando habló, su voz sonó más suave.

—Hay en la historia más de lo que crees, si tan sólo me escucharas.

Ella sacudió la cabeza.

—No esta noche, Dex.

—Si no esta noche, ¿entonces cuándo?

Era tan terco que a Andi le daban ganas de gritar.

—Ya escuché suficiente.

Él se apresuró de nuevo hacia ella, tomó sus manos entre las suyas y las apretó con fuerza. La obligó a levantar la mirada hacia él.

—No tuve otra opción. Cuando descubrí que eras una prófuga, me sentí como un tonto por no haberme dado cuenta antes. El modo en que podías pelear, las quemaduras en tus muñecas. ¿Cómo es posible que no lo hubiera visto, cuando el general había divulgado tu nombre por todas las transmisiones? Astrodioses, Andi, sólo habían pasado unos días cuando descubrí quién eras realmente, y ya te habías metido en mi corazón. Yo estaba impactado. Sabía que tenía que entregarte, pero... dejé que pasara el tiempo. Me permití amarte, protegerte, ayudarte a redescubrir la fuerza que siempre supe que tenías.

—Y de todos modos me entregaste —dijo.

—¡Tenían a mi padre!

Ladró las palabras con un solo respiro. Tenía los ojos muy abiertos, como si no pudiera creer que realmente las hubiera dicho.

Dex nunca antes había hablado de su familia, y ella nunca insistió en el tema. Así como él nunca insistió en que ella le diera detalles sobre su propio pasado.

—Los Patrulleros Arcardianos se lo llevaron como rehén. El general... todos los que le eran leales... estaban tan furiosos cuando escapaste de Arcardius antes de que se pudiera cumplir tu pena de muerte. Algunos de sus hombres se acercaron a mí. Dijeron que si yo no los llevaba contigo, matarían a mi padre. Sólo era un mecánico. ¡Un hombre inocente! Él no había matado como lo habías hecho tú, él no había... —Dex respiró hondo—. Me dejaron escoger, Andi. Podía entregar a la mujer a la que amaba, con quien sólo había pasado un año de mi vida... o podía ver morir en sus manos al hombre que me había criado.

Andi no sabía qué creer, qué pensar.

Dex se limpió las lágrimas de las mejillas mientras caía de rodillas frente a ella.

Deshecho.

Dextro Arez estaba finalmente, *finalmente*, deshecho. Ella lo vio con total claridad frente a ella, una victoria que se había imaginado en el corazón durante años.

¿Y entonces por qué no se sentía bien?

—Cuando me contaron exactamente lo que le hiciste a Kalee... no sólo permitir que tu protegida muriera durante tu guardia, sino el hecho de que tú lo habías *causado*, una parte mía, la parte de Guardián, quiso entregarte para que enfrentaras el castigo de traidora que merecías.

Bajó la mirada a sus manos.

—La otra parte... mi corazón, Androma, me decía que sólo eras una niña cuando sucedió. Un soldado, sí. Pero tan joven, con tanta responsabilidad. Fue un error. No importa qué tan fuerte sea la persona, todos cometemos errores.

"Traté de advertirte, para que al menos pudieras huir antes con una ventaja. Cuando salí esa mañana, Andi... ¿recuerdas mis palabras?

Ella se quebró la cabeza, buscando.

Y ahí estaba.

Dex, recargado contra el marco de la puerta. Llevaba toda la mañana sintiéndose mal, vomitándolo todo en la enfermería.

Se vistió lentamente y vino a sentarse junto a ella en el catre, mirándola con tristeza en los ojos.

—Sabes que siempre tienes que estar alerta cuando yo no esté —dijo—. Sabes que nunca estás verdaderamente segura en esta galaxia.

—El Saqueador es mi hogar, Dex —dijo Andi—. Estoy perfectamente a salvo cuando estoy aquí.

Él suspiró.

—Me sentiría mejor si estuvieras armada en todo momento —se asomó debajo del catre—. Tu reserva de cuchillos está recién afilada.

Entonces ella rio y le dijo que se estaba preocupando sin razón. Le dijo que estaría bien hasta que él regresara. Que ella sabía cómo cuidarse sola.

Había pensado que sólo estaba diciendo tonterías. Que estaba agotado y preocupado por ella, porque estaba emprendiendo una tarea que sería más larga de lo normal.

—Les rogué —dijo Dex ahora—. Les rogué que entendieran que habías cometido un error. Nunca podrías volver a casa, ¿no era ya castigo suficiente? Pero no me quisieron escuchar. Sólo te querían a ti, Androma. Querían que el general Cortas obtuviera justicia. Me ofrecieron dinero y un puesto como Guardián principal de Arcardius. También dijeron que soltarían a mi padre. Si hubieras estado ahí, Andi... —se miró las botas—. Si hubieras visto la expresión de temor de mi padre en el video que me mostraron, donde se veía cautivo y encadenado... Si hubiera sido una de tus Saqueadoras, y si se hubiera tratado de mi vida o la suya... sabrías por qué lo hice.

Ahora levantó la mirada para verla, sus ojos suplicantes, la emoción tan cruda sobre su apuesto rostro.

—Lo siento tanto, Androma —susurró Dex—. Nunca me perdonaré por lo que te hice.

Sus hombros se encogieron.

En sus recuerdos, ella vio ese momento final y fugaz en la luna de fuego. Su cuchillo en el pecho de Dex, la camisa de él manchada con el color verde de su sangre.

Sintió el dolor del corazón que se le rompía en el pecho. La sensación de que apenas podía respirar.

—Andi —susurró Dex—. Por favor. Mírame. Dime que podemos superar esto. Los dos cometimos errores. Los dos tomamos nuestras decisiones, y hemos tenido que vivir con ellas.

Ella le dio la espalda, incapaz de mirarlo a la cara.

—Nunca podremos volver a lo que fue antes —dijo Dex—. Pero... si estás dispuesta... podríamos hacer algo nuevo.

Ella no lo miró mientras decía:

—Sólo vete, Dex.

Se le quebró la voz al decir su nombre.

Él pasó junto a ella en silencio y salió de la habitación sin decir otra palabra.

Andi se acomodó otra vez en el suelo.

Ahí, sola en su camarote, levantó las espadas y agregó más marcas, y el torrente de sus lágrimas volvió resbalosas las navajas.

CAPÍTULO 37
KLAREN
AÑO VEINTICINCO

—Suéltame —susurró la reina—. Cyprian... Por favor.

En la oscuridad de sus aposentos privados, iluminada sólo por la luz de la luna, lo único que podía ver era la silueta espectral del general frente a ella y oprimirla contra la pared. Él tenía la camisa de volantes abierta a la mitad. Sus ojos azules parecían llamas que intentaban con desesperación no apagarse.

Tenía las manos en puños, enredadas en el cabello de ella.

Envueltas alrededor de su garganta, mientras la empujaba con más fuerza contra la pared.

—Te mataré —gruñó—. Tú me... hiciste... algo...

La empujó con más fuerza. Ella casi no podía respirar. Su visión se volvió borrosa. Por un momento, el pánico la llamó por su nombre.

—Suéltame.

Ella dejó salir las palabras ahogadas, mientras luchaba por respirar.

Incluso en medio de su odio, ella se obligó a extender la mano y tocarlo. Con manos trémulas, le pasó los dedos por la espalda. Sintió el temblor que a él le subía y bajaba por la columna. Le enterró las puntas de los dedos y apretó con tanta fuerza que le sacó sangre.

—Suéltame.

—¡Maldita sea, Klaren! —su cuerpo entero se estremeció cuando finalmente la soltó—. ¡Maldita seas!

Dio un traspié hacia atrás.

Ella se deslizó hacia abajo contra la pared, resollando para poder respirar. Le corrían lágrimas por las mejillas. Cyprian era fuerte. Más de lo que hubiera previsto jamás. Ella odiaba esta pelea. Odiaba la falta de control. La reina levantó la mirada y encontró la de él mientras se paraba frente a ella, encorvado.

—¿Qué me estás haciendo? —preguntó él con las manos extendidas al frente, como si le tuviera miedo. Miedo de sí mismo—. Cada noche, me encuentro aquí. Me persigues en sueños. Vienes a mí en visiones. Tu nombre se mete a la fuerza en mis labios cuando despierto —se pasó una mano sobre el rostro arrugado—. Cuando estoy con mi esposa... pienso en ti.

Ella llevaba dos años esperando esto. Una reina lejos de su planeta, una prisionera en lo más profundo del corazón de la guarida Cortas.

Durante dos años había soportado las preguntas de sus hombres, había permitido que la sacaran de sus aposentos y la obligaran a sentarse frente a una cámara. A grabar videos que le mandaban a su esposo al otro lado de la galaxia.

—Dile que se rinda, Klaren —había dicho Cyprian—. Dile que se rinda, y podrás salir libre.

—No te rindas —había respondido ella a la cámara, usando sólo sus ojos y su voz, como le habían enseñado. Sabiendo que su esposo obedecería sus demandas—. No cedas. Todavía puedes ganar esta guerra, amor mío.

Los Sistemas Unificados seguían bombardeando Xen Ptera y extendiendo más muerte.

Y así había seguido adelante la guerra.

—¡Dímelo! —gritó Cyprian ahora, en la habitación de ella. Se pasó las manos por el cabello cada vez más escaso. La guerra lo había cambiado, lo había transformado en alguien fracturado—. ¡Dime lo que me has hecho!

La obsesión se había extendido. La podía percibir en él como una enfermedad que supuraba.

Incluso ahora, mientras se arrodillaba frente a ella, y las lágrimas le inundaban los ojos...

No podía apartar la mirada.

Ella podría haber sido su prisionera, pero él era su juguete. Un pedazo de arcilla para moldear y formar como ella quisiera.

Ya era hora.

Hora de hacer la siguiente jugada.

Durante toda la vida había esperado este momento. Y así fue que con una sonrisa Klaren levantó la mirada, lo vio fijamente a los ojos, y susurró:

—Es porque me amas.

Él se quedó de una sola pieza.

La fulminó con la mirada, aún a tres pasos de distancia, mientras se ponía en pie.

—¿Qué es lo que me acabas de decir?

La reina tragó saliva y reunió fuerzas desde lo más profundo de su ser. Había nacido para hacer esto. Nacido para sacrificarse. Su corazón, al rey de Xen Ptera. Su hija, no planeada, había sido sacrificada también.

Ahora, entregaría voluntariamente su vida a la causa.

—Tú me amas, Cyprian —dijo la reina, ahora con más fuerza, mientras algo poderoso se disparaba a través de ella. Se levantó, usando la pared como apoyo, y se acercó un paso más a él—. Todos estos años me has estado observando. Anhelabas tocarme. Probarme. Hacerme tuya.

Sus palabras eran veneno.

Ella, la punta de la flecha, apuntada para matar.

—Me tomarás de amante —susurró la reina—. Y vendrás a mí, noche tras noche. Hasta que ya no puedas ver a tu mujer sin desear reemplazarla.

Su captor la fulminó con la mirada, mientras temblaba con la rabia que los últimos dos años había acumulado, tratando de esconderla con tanta desesperación.

Esta noche, ella ganaría.

—¿Yo… te… amo? —dijo él, con los dientes apretados.

Una pregunta, todavía.

Ella debía intentar con más ganas.

—Tú me amas, Cyprian Cortas —susurró, poniendo todo lo que tenía en esas palabras. Dio un paso adelante hasta que su aliento quedó en los labios de él. Hasta que el pecho de ella se apretó contra el suyo, y ella le tomó las manos y las guio alrededor de la parte más baja de la cintura—. Tú me amas, y me harás tuya esta noche.

—Yo… te amo —susurró él.

—Otra vez —dijo ella—. Dilo otra vez.

La mirada de él se encontró con la suya.

—Yo te amo, Klaren.

Ella le tomó las manos, las levantó hasta los lazos de su delgada túnica.

—Entonces muéstramelo.

Retumbó un gruñido de los labios de él mientras se apretaba contra ella.

—Yo te amo —volvió a decir él.

Esta vez, ella supo que había funcionado.

Lo había dicho en serio.

Pasaron el resto de la noche juntos, enredados en las sábanas.

Enredados en las mentiras de ella.

—Es una obra maestra, en verdad —dijo Gilly, sentada con la barbilla sobre las manos mientras examinaba la espalda lacerada de Valen.

—Una obra maestra si eres alguien como Soyina —dijo Lira—. Lo más probable es que *a ella* nunca la volvamos a ver, en especial si Nor se entera por algún rumor de que nos ayudó.

—A Soyina le gusta provocar dolor —comentó Gilly del otro lado de la mesa médica—. ¿Verdad, Andi?

—¿Qué? —Andi levantó la mirada, y vio que las dos chicas la observaban.

—¿Todavía estás pensando si matar a Dextro o no? —preguntó Lira.

Por lo visto, las chicas habían oído la pelea explosiva en acción y en su totalidad. Los gritos de Andi y Dex habían resonado por todos los pasillos de la nave. Encontraron a Andi después, cuando salió de su camarote. Las lágrimas ya estaban secas, y las chicas pasaron el tiempo sentadas en silencio con ella.

Sin música, sin risas. Sólo unos cuantos momentos de silencio que dejaron que su mente se recuperara.

Ahora, unas cuantas horas después, había mejorado su ánimo. Todavía tenía poco claro lo que pensaba, y las emociones seguían a flor de piel, pero de un modo extraño sentía el cuerpo más ligero. Como si oír la verdad de Dex, la hubiera querido saber o no, le hubiera quitado un peso de encima que llevaba años cargando en los hombros.

—No quiero hablar del tema —dijo Andi con un suspiro pesado.

Lira la miró de cerca.

—Más tarde —dijo ella—. Si no, te consumirá.

Andi asintió, consciente de que Lira —como siempre— tenía razón. Se volvió a recargar en la silla, haciendo una mueca mientras el dolor del pecho se reavivaba.

—Esa maldita pistola paralizante —dijo.

Lira prácticamente gruñó junto a ella.

—El próximo encargo que tengas será con nosotras cuidándote las espaldas —suspiró y pasó la mano por su cabeza calva—. Si alguna vez vuelvo a ver a esa *Retornista*, me encargaré en persona de darle mi propia dosis especial de dolor, y ya veremos cuánto lo disfruta.

Andi sonrió, a pesar del dolor que todavía latía en su pecho.

—No dudo que lo harás.

—¿En verdad te disparó? —preguntó Gilly—. ¿A Dex, también? —Andi asintió, y los ojos de la artillera se abrieron como platos—. No puedo creer que no me haya tocado conocerla. ¿En verdad puede revivir a la gente?

Andi se encogió de hombros.

—Dice que es capaz de hacerlo.

La puerta de la enfermería se deslizó con un silbido frío, y Breck entró dando fuertes pisotones.

—Señoritas —dijo con impaciencia, llevando un mechón de cabello detrás de las orejas—. No me interesa cenar sola con Dextro esta noche. Desde que aceptamos este trabajo, tenemos una nave llena de auténtica *comida comestible*. Vengan a disfrutarla con nosotros.

Gilly y Lira se levantaron de sus lugares a cada lado de Valen, pero Andi se quedó ahí, sin querer moverse.

Había ayudado a Alfie a limpiarle las heridas, y los paños empapados de sangre ahora formaban una alta pila en un rincón de la pequeña habitación blanca. Unas ampolletas llenas de su sangre, recién extraída por Alfie, esperaban en una caja de pruebas junto a los paños. El IA quería asegurarse de que Valen no hubiera contraído ninguna enfermedad ni que le hubieran inyectado algún patógeno extraño durante su tiempo en Lunamere.

La espalda de Valen se veía más limpia, pero de ninguna manera se encontraba en mejor estado. A Andi le dolía con sólo mirarla e imaginarse el golpe de los látigos eléctricos que habían causado todo eso al romper y destrozar y quemar.

—¿Andi? —la voz de Lira llamó la atención de Andi de nuevo a su tripulación.

Andi desvió la mirada de Valen para sonreírles suavemente a las tres. Gilly estaba parada de puntillas y hacía todo lo posible para ver mejor las heridas de Valen. Andi hizo un ademán con la mano, la cual, notó, todavía tenía cubierta de los resultados de su batalla en Lunamere.

—Vayan sin mí. Yo me quedaré. Alguien debería estar aquí con él cuando despierte.

Breck se encogió de hombros y jaló a Gilly junto con ella, pero Lira se detuvo por un momento.

—Tienes una fisura. La puedo percibir incluso desde aquí —Lira soltó un suave suspiro antes de explicarle sus palabras.

Pero cuando lo hizo, se hundieron como piedra en el vientre de Andi—. Tarde o temprano tendrás que escoger entre el perdón y el odio. Y tanto tú como yo sabemos con cuál es más difícil vivir.

No esperó a que Andi le respondiera. Simplemente dio media vuelta, graciosa como un pájaro, y salió del lugar.

Andi esperó al lado de Valen toda la noche, sin estar segura de por qué quería estar ahí.

Sin estar segura de por qué no podía apartar los ojos de los latigazos en la espalda que entrecruzaban su piel como listones, o de los moretones que le brotaban como pintura en la pálida piel.

Valen Cortas nunca había sido la persona favorita de Andi. Casi ni lo había conocido en su vida anterior. Era extraño y silencioso y siempre parecía observarla con ojos demasiado interesados en seguirle la pista.

Pero él era un Cortas.

Él era una parte de Kalee.

Y verlo aquí le recordaba a Andi lo que *podía* haber sido. No si se hubiera quedado y enfrentado el castigo de su juicio, sino antes. Antes de la noche que lo había cambiado todo. Si no hubiera tomado en las manos el acelerador de la nave de transporte, o acelerado el motor demasiado fuerte, o apartado demasiado la mirada para reírse por lo que decía Kalee…

Todavía recordaba el momento exacto del impacto. El crujido horrendo y alucinante del metal contra la roca.

Aún se acordaba de esos pocos segundos extraños e ingrávidos suspendidos entre que se dañara el motor de la nave robada y que el ala de la nave golpeara la ladera de una montaña flotante. El estruendo cuando la nave se estrelló contra el suelo. Las llamas calientes del motor que se incendiaba, y el sonido de los resuellos de Kalee al tratar de aferrarse a la vida, las gotas de sangre empapada y pegajosa sobre las manos de Andi mientras presionaba y presionaba y hacía lo que podía por detener el flujo.

—Me duele —le había susurrado Kalee, pero todas sus palabras salían mal. La voz no era suya, la tos agitada que había continuado le había dejado demasiado rojos los labios, mientras brotaba un hilo de sangre de ellos y se le cerraban los ojos…

Andi se levantó.

Ésta era una misión como cualquier otra. Aunque fuera Valen Cortas. Ella no le debía nada: ni su vida ni sus emociones ni el tiempo que podría haber estado pasando ahora, compartiendo una comida e historias de Lunamere con su tripulación.

Caminó de un lado al otro, y se concentró en el dolor de los músculos, la ardiente herida de cuchillo en su hombro que aún no había permitido que Alfie le cosiera.

El dolor era su ancla.

La única cosa verdadera en su vida que nunca mentía ni hacía trampa. Lo mejor de todo era que, si se esforzaba lo suficiente, casi siempre podía superarlo.

Quería creer que Lira estaba equivocada. Pero Andi sabía que tenía fisuras en el alma. Siempre se había considerado un muro tan sólido como el vidrio que conformaba al *Saqueador*. Ella era la capitana. No se doblegaría y, por supuesto, jamás se rompería.

Pero ahora, *sí* se había roto. Y ahora debía encontrar una manera de volver a juntar los trozos.

Apenas se preparaba para irse, para obligarse a apartarse de la figura durmiente de Valen, cuando un indicio de movimiento llamó su atención.

La respiración constante de Valen se había acelerado, las quemaduras y cicatrices de la espalda parecían retorcerse con cada veloz respiración. El rostro estaba volteado hacia ella, y sus labios agrietados revoloteaban como si intentara formar palabras.

Andi dio un paso a su lado y se preguntó si debería llamar a Alfie. Pero en este momento, el IA estaba cargándose conectado al tablero de la nave en el piso superior.

—¿Valen? —preguntó Andi. Su voz sonó como un frágil susurro.

Y la detestó.

Estaba por extender la mano para tocarlo, cuando sonó un *bip* de la caja de pruebas detrás de ella. Andi se dio la vuelta, y frunció el ceño. Una pequeña pantalla en la caja plateada mostró una actualización:

Lectura anormal. Hacer más pruebas.

Alfie había tenido razón. Andi no estaba sorprendida, a juzgar por las condiciones dentro de Lunamere. Volteó a mirar a Valen y se preguntó qué se asomaba bajo la superficie de su piel.

Su respiración se había vuelto a acelerar. Sus manos, que estaban quietas a sus costados, empezaron a cerrarse en puños.

—Valen, estás a salvo —dijo Andi, sintiéndose como una tonta con cada palabra que decía, sin estar segura siquiera de que él pudiera escucharla—. Ya no estás en Lunamere. Te estamos llevando de vuelta con tu padre, de vuelta a...

Se abrieron sus ojos de golpe y se clavaron en los de ella.

—¿Valen? —preguntó Andi.

Primero estaba quieto como una piedra. Un momento después, la mano de Valen salió disparada y sus dedos helados agarraron la tela manchada del traje de Andi.

Ella retrocedió, pero él la jaló con una fuerza que no poseía antes, y la mantuvo en su lugar.

La tiró hacia él. Sus ojos color avellana estaban muy abiertos, atormentados. Su voz sonó cansada y tan ronca como la de un demonio cuando soltó una sola palabra áspera.

—Máta...me.

Capítulo 39
Androma

—Entonces, estás diciendo que nuestro cargamento es un mutante.

Un Dex sin camisa descansaba como un gato perezoso en el piso de la cubierta principal del *Saqueador* y exhibía sus músculos tan flexibles. Tenía las piernas subidas en la orilla del sillón en el que estaba sentada Andi y, junto a ella, Gilly, con las piernas cruzadas, estaba concentrada intensamente en pintarle de rojo las uñas de la mano.

—Deja de moverte —ordenó Gilly—. Vas a manchar todo.

Dex soltó una carcajada y de inmediato inmovilizó sus manos. Gilly pareció satisfecha y blandió el diminuto pincel para uñas como un arma, silbando suavemente mientras pintaba.

Al moverse, Dex rozó el muslo de Andi con las suelas de sus botas inmundas.

Ella las alejó de un manotazo y lo fulminó con una mirada glacial.

Por lo visto, su artillera más joven se había rendido por completo ante los encantos de Dex, pero Andi todavía no estaba lista para soltar el pasado. De hecho, todas se estaban comportando con demasiada normalidad con él mientras disfrutaban este momento único de calma con la nave en piloto automático hacia Arcardius.

—Valen no es distinto de nosotros —le dijo Andi a Dex— y no es un mutante. Y ponte la maldita camisa. Es una nave estelar, *no* un palacio de placer.

—Solía ser los dos —enarcó las cejas y luego hizo una mueca cuando Andi le arrancó una de las botas y se la arrojó en la cara. Gilly maldijo cuando Dex manchó su trabajo una vez más.

Cuando Andi puso las manos en la nave por primera vez, la cubierta principal sólo podría describirse como la *cueva de un troglodita*. Los sillones robados estaban desvencijados y cubiertos de botellas vacías de Griss, había botas sucias y calcetines esparcidos por todos lados, y estaban los naipes desperdigados de algún partido de Flota, con quien fuera que Dex hubiera invitado a su nave en días anteriores para traicionarlo días después.

Desde entonces, se había transformado.

Era cómoda y elegante. Habían tirado casi todos los muebles de Dex y los habían reemplazado con sillones de piel auténtica de vaca adhirana que las chicas compraron después de aceptar sus primeros trabajos bien pagados. Había desaparecido el antiguo comedor de Dex, y en su lugar había una habitación brillante y ventilada que era la parte más usada del *Saqueador*, con la excepción del puente de mando.

Sonaba una suave música clásica por las bocinas superiores de la nave, y el *crescendo* profundo de los instrumentos de cuerda daba una serenata a la tripulación, mientras pasaban el tiempo juntos. Era la música favorita de Andi, aquella que no necesitaba palabras para hablarle al alma de una persona. Era una de las pocas cosas que había traído consigo del pasado.

La nave estaba *mucho* mejor ahora que ella y las chicas le habían puesto su toque.

—Se ven hermosas —dijo Dex, mientras miraba sus uñas recién pintadas—. Éste definitivamente es mi color, pequeña.

Gilly sonrió con orgullo.

Pero Andi hirvió del coraje. Le había robado el corazón a su artillera más joven. ¿Y ahora le robaba también su esmalte rojo tan distintivo?

—No estoy de acuerdo —dijo Andi. Se inclinó hacia delante y le arrebató el bote a Gilly de las manos—. Creo que algo negro, como su alma, le quedaría mejor como tono. ¿No estás de acuerdo, Gilly?

La niña sólo se encogió de hombros, se levantó del sillón y se fue a sentar con Breck y Lira frente a la mesa de varilio cercana.

La mesa tenía la forma de un óvalo grande, y en ese momento estaba equipada con las herramientas de Gilly y Breck para fabricar sus propias Centellas. Se sentaron ahí ahora, dándole vueltas a su más reciente creación. Junto a ellas había un gabinete metálico atornillado contra la pared que guardaba todos los juguetes de las chicas, y la provisión de Goma de mascar de Lira que Andi, de modo no tan secreto, quería expulsar por la cámara de aire.

Frente a la zona de descanso estaba la pequeña cocina, que no contaba con más que dos hornillas, un fregadero oxidado que había que reemplazar, unos cuantos gabinetes metálicos que se podían cerrar con llave para las provisiones de comida y una caja refrigerante para los ingredientes perecederos. Alfie estaba parado ahora sobre esta última y hurgaba entre sus contenidos, con un delantal puesto que decía *Besa al Cocinero* y que de algún modo extraño quedaba muy bien sobre su estructura metálica.

Llevaba la última hora catalogando las provisiones de alimento mientras esperaban a que Memoria terminara de hacer su propio diagnóstico secundario de la sangre de Valen. Cada tanto, Alfie se dirigía hacia la tripulación para soltarles todo un discurso sobre el valor nutritivo exacto de cada artículo, y luego procedía a definir cada palabra que acababa de decir, mientras evadía los múltiples objetos que Breck le lanzaba como respuesta.

—Entonces —dijo Dex, dándole un empujoncito a Andi con el pie descalzo—, ¿quién está a favor de que llamemos *mutante* a nuestro cargamento?

—¿Dex? —Andi lo fulminó con la mirada—. ¿Me podrías hacer el favor de retirar la cabeza de tu cuello?

Desde la silla frente a ellos, Breck se aclaró la garganta.

—No quisiera meterme en medio de esta pequeña… ¿trifulca? —lo dijo como pregunta, y movió la mano como si le diera un manotazo a un bicho de sangre—. Pero, desafortunadamente, coincido con el cazarrecompensas en este tema.

—Traidora —masculló Andi.

—Mis disculpas —respondió Breck —, ¡pero viste los resultados de la prueba! Sangre anormal, Andi. ¿Después de pasar quién sabe cuántos años dentro de Lunamere? Tal vez lo fastidiaron olímpicamente y le causaron alguna anormalidad… —hizo una pausa, ladeó la cabeza y pareció reconsiderar la respuesta—. De hecho, eso suena más probable a que sea un mutante.

Dex gimió mientras la única persona que había estado de acuerdo con él cambiaba de lado.

Lira y Gilly, sentadas junto a Breck, estaban ocupadas revisando una nueva serie de Centellas explosivas que Gilly había fabricado sola. La niña tenía talento, Andi tenía que admitirlo, aunque a veces la desconcertaba la pasión que tenía por la destrucción.

A Andi le recordaba demasiado a sí misma.

—¿Qué opinan ustedes dos? —preguntó Andi.

Lira le dio vueltas a una de las Centellas en sus manos azules, escrutándola.

—Me parece que deberíamos esperar los resultados de las pruebas adicionales de Memoria antes de sacar cualquier conclusión ilógica.

—¡A-já! —la cabeza de Alfie se asomó por la unidad de refrigeración, con la punta de su barbilla ovalada cubierta de escarcha—. Descubrí la fuente del olor —levantó un trozo chorreante de carne verde y luego procedió a marchar hacia el pequeño sitio de expulsiones para dispararlo al espacio—. Los resultados diagnósticos de Memoria estarán completos en cualquier momento, Lira Mette. Hasta entonces, ¿te puedo consolar con una mortífera bebida de tu elección?

Lira ignoró a Alfie, le dio unos golpecitos al interior de la pequeña esfera metálica e inclinó la cabeza hacia Gilly.

—Justo aquí, pequeña. Necesita tener más reacción. Agrega más polvo.

Gilly torció la boca mientras pensaba.

—Yo opino que Valen sí es un mutante —dijo, y le lanzó una sonrisa a Andi antes de voltear de nuevo a la Centella en progreso—. *Definitivamente*, un mutante.

—¡Ja! —Dex batió las manos, triunfante.

Andi suspiró y subió los pies a la mesa.

—Mi tripulación está perdiendo la cabeza.

—No estamos perdiendo nada, sólo está aumentando nuestra imaginación —dijo Breck—. Nos vuelve un poco más interesante la vida.

—Como si necesitáramos más de eso —respondió Andi en voz baja, justo en el momento en que Alfie caminó hacia la mesa frente a ella, le quitó los pies de encima rápidamente y le dio un golpecito a la pantalla que tenía empotrada arriba. Una vez que se iluminó, tecleó una variedad de códigos.

—¿Entonces? —preguntó Dex, moviendo los dedos de sus pies descalzos. Andi estaba cerca de cortarle un dedo o dos. O diez—. ¿Qué tenemos, Alfie?

—Las pruebas dan resultados no concluyentes. No estoy seguro de cómo interpretarlos —respondió Alfie.

Bueno, pues eso no era algo que se oyera decir todos los días a un IA altamente avanzado, en especial con las programaciones de Memoria que complementaban los sistemas y el acervo de conocimientos de Alfie.

—Me encargaré de que el equipo médico personal del general Cortas haga pruebas más exhaustivas. No tenemos en el *Saqueador* lo que necesitamos —levantó la mirada—. Eso no quiere decir, mi hermosa Memoria, que no lo hayas hecho bien.

—¿Acaba de decirle *hermosa* al sistema de nuestra nave? —preguntó Breck.

Alfie prosiguió con su explicación.

—Lo único que puedo determinar es que el ADN del señor Valen Cortas parece haber… cambiado.

—¿Qué?, ¿o sea que cambió de tipo de sangre o algo así? —preguntó Andi.

Alfie siguió desplazándose entre una serie de números y símbolos codificados.

—No es posible cambiar de tipos de sangre, Androma Racella. Creo que el origen de la alteración del ADN es un patógeno, aunque no uno que esté registrado en la actualidad en

Mirabel —le dio otro golpecito a la pantalla—. Una anomalía, quizá. Seguiré revisando para mayores resultados. Hasta entonces, debo alertar al general Cortas.

Andi asintió con la cabeza y deseó que tuvieran más respuestas. Se preguntó qué le habían hecho los xenpteranos a Valen en Lunamere, y a todos los otros prisioneros encerrados tras las rejas. Su piel se erizó con sólo pensarlo.

Pareció bastarle como explicación a Gilly. Se puso en pie de un brinco y casi volcó su Centella mientras soltaba un cacareo diabólico.

—*¡Mutante!* Tenía razón —su rostro pecoso estaba repleto de emoción y realmente mostraba su espíritu joven y vivaz. A Andi le conmovió ver la prueba de que Gilly, contra la creencia generalizada, todavía tenía un alma, por más manchada que estuviera.

—Quizá la tengas. Sólo el tiempo lo dirá, Gil —dijo Breck desde su silla, y una sonrisa suavizó su rostro.

—Por ahora, me disculpo —dijo Alfie, quitándose el delantal y volviéndolo a colgar en el gancho junto al fregadero de la cocina—. Tengo otros asuntos que atender.

Mientras éste salía de la cubierta principal, Andi miró a su tripulación.

Todavía era impactante que hubieran logrado una misión donde todas las probabilidades estaban en su contra. Habían dejado lo peor detrás, pudriéndose en Lunamere. Ya sólo era otro recuerdo para encerrar con llave en la cabeza y pasar al siguiente trabajo, al siguiente día de paga. Eso, por supuesto, si el general Cortas cumplía su palabra y no decidía condenarlas a los Abismos de Tenebris, los cuales se suponía que competían bien con las condiciones horrendas de Lunamere.

Aunque vagaban en su cabeza preguntas sobre Valen y todavía estaba asimilando la verdad de la historia de Dex, de alguna manera Andi consiguió relajarse de nuevo en el sillón. La música había cambiado y sonaba una de sus canciones favoritas, "La canción de la nieve", una pieza triste que escribió un compositor solerano inspirado por los duros e incesantes inviernos del planeta de hielo. Andi cerró los ojos y escuchó, y finalmente se volvió a sentir en paz en la presencia de su tripulación, en la nave que tanto amaba.

El sueño empezó a susurrar su nombre.

—¿Quién quiere jugar Cacería de Sombras? —preguntó Gilly.

Menos mal que sólo quería cerrar los ojos un momento. Andi se inclinó hacia delante, y bostezó.

Breck soltó un gemido, pero Lira se levantó de un brinco con la emoción de participar en otro de los juegos favoritos de Gilly.

—Yo juego —dijo Dex—. Si es que estás preparada para perder horriblemente.

—Éste no lo pierde Gilly —dijo Breck—. Nunca.

—Es cierto —dijo Andi—. Te envenena la bebida con laxantes en el momento en que tomas la delantera.

En el fondo, se escuchó a Breck mascullar algo sobre algunas malas experiencias.

Dex aulló de la risa. Andi le sonrió también, como una respuesta instintiva y fácil.

Antes de que pudiera considerar cómo la hacía sentir eso, la nave rugió bajo sus pies.

Una vez. Dos.

Luego un bandazo horrible la arrojó del sillón.

Las luces se apagaron de golpe, y rápidamente fueron reemplazadas por el rojo sangre profundo de los sistemas de emergencia al activarse.

—¿Qué demonios? —aulló Dex, mientras se ponía en pie rápidamente.

Se sentía como si la habitación cayera de lado, como si el *Saqueador* se estuviera inclinando.

La voz de Memoria sonó por encima.

—*Alerta. Colapso de sistemas. Alerta.*

Nor había conocido el dolor del Cataclismo durante toda su vida.

Sólo era una bebé cuando comenzó, y apenas tenía once años cuando terminó.

Una niña que de la noche a la mañana se había convertido en una reina huérfana.

Había visto cosas que nadie debería ver. Cuerpos ardientes que caían de los cielos mientras los escombros de centenares de naves destrozadas se desplomaban sobre el palacio de su familia. Gritos que se alzaban entre el humo al tiempo que los soldados de los Sistemas Unificados avanzaban por las calles de Nivia, arrasando con ella hasta franquear las puertas del Palacio Solis.

Nor sólo tenía cinco años cuando escuchó que el grito de su madre resonaba por el palacio en la profundidad de la noche. La noche en que se la llevaron, robada por el general Cyprian Cortas de Arcardius.

Por seis años sintió el vacío de la ausencia de su madre. La depresión, cuando su padre, un rey con una reina perdida, en vano intentó gobernar en medio de la derrota de una guerra.

En las noches más oscuras y frías después de que secuestraron a su madre, Nor solía acostarse en el búnker del palacio e imaginarse el rostro del general arcardiano. Fantasaeaban con el dolor que alguna vez le infligiría, el profundo abismo que le abriría en el corazón cuando ella le robara todo lo que él alguna vez hubiera amado.

Fue con gran placer que permitió que sus torturadores dañaran a su hijo, Valen. Por un tiempo, sintió que tranquilizaba esa sed de venganza. Pero desde que había escapado el hijo del general, Nor se sintió vacía de nuevo.

Sola, como se sintió después de la Batalla de Cielo Negro, cuando también su padre la abandonó al morir aplastado bajo los escombros.

Fue Zahn quien sacó a Nor de las cenizas del palacio y la llevó con Darai, quien la educó para que asumiera el trono y se volviera una reina grandiosa e implacable.

Él le llenó la mente con el deseo de dirigir. No sólo con la cabeza, sino con el corazón completo. Cuerpo y sangre, una cabeza en alto, un puño de hierro decidido a aplastar a los enemigos.

Pero ahora, quince años después de que había terminado la pelea, a pesar de todo lo que había hecho, a Nor se le habían terminado las opciones.

O, *más bien*, pensó, mientras sus ojos se ajustaban a los pasillos tenuemente iluminados de la prisión de Lunamere, *la mejor opción acaba de ser revelada.*

El repiqueteo de sus tacones y las pisadas de Zahn junto a ella eran la única fuente de ruido en el pasillo. Darai, quien los estaba siguiendo, tenía una particular manera de escabullirse en silencio entre las sombras. No se percibía ni el susurro de su abrigo al rozar el suelo.

A veces, Nor pensaba en él como una sombra de él mismo, silencioso y escondido.

Pasaron una serie de puertas cerradas antes de entrar a la sala de observación. Una ventana de vidrio los separaba de cinco prisioneros esposados contra sus sillas.

—Reina Nor, es un placer volver a verla —dijo Aclisia. Sus dos cabezas le sonrieron a Nor, e hicieron una ligera reverencia mientras la reina se detenía y ceñía más el abrigo por sus hombros, para protegerse del frío de la cárcel.

—Estamos muy contentas con la última tanda de Zénit —prosiguió su científica principal—. La muerte del sujeto de ensayo en realidad fue bastante afortunada. Nos mostró una propiedad inestable del arma que antes era indetectable.

—¿Cómo murió ella? —preguntó Nor.

La cabeza izquierda de Aclisia sonrió.

—Con dolor.

—Fue un desastre —coincidió la cabeza derecha—. Pero nos agrada decir que creemos que finalmente perfeccionamos la solución.

Nor, con el rostro de piedra, asintió una vez.

La cabeza derecha prosiguió.

—Seleccionamos cuidadosamente a estos prisioneros para que sean los primeros participantes del estudio. Será interesante ver si hay mayores efectos secundarios.

La cabeza izquierda asintió con sinceridad.

—Tenemos mucha confianza de que esta nueva muestra cumpla con sus expectativas. Si todo sale bien… ésta será la última tanda.

Aclisia se frotó las manos, con sus dos cabezas de acuerdo.

Esto era tranquilizante para Nor, ya que las dos cabezas de Aclisia a menudo estaban en discordia la una con la otra. Pero cuando abrió la boca para ordenar que comenzaran las pruebas, un escupitajo descolorido cayó sobre la ventana frente a ella.

—¡*Scnav!* —gruñó uno de los prisioneros hacia ella.

Nor ignoró el insulto; ya la habían llamado con peores nombres antes. Tales ofensas habían dejado de molestarla hacía mucho tiempo.

Sin embargo, Zahn dio un paso adelante hacia la puerta que conducía al cuarto contiguo, con una expresión mortífera en el semblante. Nor levantó una mano para detenerlo.

—Suficiente.

Zahn se quedó congelado, pero tenía los ojos fundidos de rabia.

—No tiene derecho a llamarte así —dijo en voz baja. Una mirada feroz de Nor silenció mayores comentarios.

Ella se giró hacia la ventana, y su mirada cayó sobre el prisionero que había olvidado el significado de la lealtad.

—Aclisia, comienza las pruebas con ése —hizo una pausa cuando se le ocurrió algo—. ¿Se puede activar el arma en cualquier parte del cuerpo?

—Sí, se puede hacer —dijo la cabeza derecha.

La izquierda sonrió.

—Mientras haga contacto con la carne viva y pueda entrar al flujo sanguíneo, la diversión puede comenzar.

Nor inclinó la cabeza y clavó al prisionero con la mirada.

—Entonces deberíamos divertirnos un poco, Aclisia. Veamos qué tan doloroso es cuando la pones en los ojos.

Observó mientras la expresión rebelde del prisionero se transformaba en una de miedo; su cuerpo tembló cuando Aclisia y los dos guardias entraron en el cuarto donde estaba sentado.

—Alto. No, ¡alto! —tenía la voz frenética, y su odio hacia ella se transformó en una súplica de misericordia—. Por favor, ¡haré lo que sea! —siguió gritando mientras los guardias lo detenían para que su cuerpo no se retorciera más, y le colocaban un instrumento de metal bajo los ojos para mantenerlos abiertos.

—Los vivaces son en verdad los más cautivadores —dijo la cabeza izquierda de Aclisia.

Nor observó con cantidades iguales de diversión y fascinación mientras caían gotas del reluciente líquido plateado del frasco y se introducían lentamente en los ojos del prisionero. El líquido plateado era una forma de arte por sí sola, una que tenía la habilidad de embelesar o aterrar a una persona, según su fuerza de voluntad.

Cuando hizo contacto con el ojo derecho, Aclisia dio un paso atrás mientras los guardias seguían conteniendo al hombre. Nor observó con curiosidad mientras la plata se filtraba en el iris como una gota de pintura en el agua. El prisionero, olvidando sus súplicas, volvió a gritarle blasfemias, con el dolor envenenando su voz.

De repente, se interrumpieron sus gritos.

Cayó en un bendito silencio.

Los otros cuatro prisioneros miraron a su compañero recluso y luego a Nor, e inclinaron la cabeza hacia ella. Ella no era tonta. El respeto tan repentino sólo era una fachada para salvarse, pero era emocionante ver el poder que ahora tenía sobre la gente que llevaba toda la vida despreciándola.

Nor volteó hacia Darai, y él asintió en aprobación.

—Adelante, reina mía —dijeron las dos cabezas de Aclisia al mismo tiempo—. Pruébelo.

Zahn abrió la puerta, y su mano rozó la de Nor ligeramente mientras ella pasaba a su lado. Él y Darai la siguieron, y los guardias detrás de ellos quedaron listos con las manos en las pistolas.

Ella se acercó al prisionero. Su mirada, alguna vez llena de odio, ahora la colmaba el asombro.

Nor se detuvo frente a él y lo miró con desprecio, del modo en que Darai le había enseñado, con la barbilla todavía en alto.

—¿A quién sigues? —le preguntó.

—A usted, reina mía.

Él bajó la cabeza en un intento de hacer una reverencia, incluso con las manos atadas. Nor observó mientras los demás prisioneros recibían sus propias dosis de líquido en los antebrazos. Volvió a ver la manera en que se escurría por la piel sin dejar atrás rastro alguno.

Nor esperó un momento antes de hacerles a todos sus más vitales preguntas.

—¿Pelearás por mí? ¿Morirás por mí? ¿Te postrarás ante mí?

—Sí, reina mía —respondieron los cinco al unísono.

Nor soltó un suspiro.

Su sueño, su misión en la vida, estaba en camino de convertirse en realidad. El arma estaba completa, un éxito plenamente capaz de cambiar el futuro de su planeta y el de la galaxia entera.

Volteó hacia Darai y Zahn con una sonrisa tan firme como el acero.

—Soldados míos, es hora de oscurecer las estrellas.

—¿Pueden apagar esa maldita sirena? —gritó Andi por encima del ruido estridente, y corrió a su silla de capitán en el puente de mando. Lira ya estaba tecleando el código del control manual; sus veloces manos azules parecían una estela.

Se apagó la alarma y dejó el cuarto en un escalofriante silencio mientras Lira enderezaba la nave.

El estómago de Andi daba vuelcos mientras el *Saqueador* se nivelaba.

—¿Qué demonios está pasando? —preguntó Andi finalmente, rompiendo el silencio. Activó su comunicador y le mandó una señal a Breck, para pedirle permiso de mirar por su transmisión de artillera. Ella aceptó la solicitud y Andi parpadeó, ahora veía a través de los ojos de Breck.

Breck estaba abajo, en la enfermería. Sus grandes manos y las manos metálicas de Alfie trabajaban frenéticamente para sujetar el cuerpo de Valen, de nuevo inconsciente, contra la mesa. Gilly y Dex entraban y salían de su línea de visión mientras intentaban ayudar.

—¡Memoria! —ladró Andi—. ¡Haz un diagnóstico completo de la nave, ahora!

Silencio durante unos instantes, luego la voz mecánica de Memoria inundó el puente de mando.

—*Según la evaluación, el motor se fundió por completo. Favor de proceder a la plataforma de aterrizaje más cercana y prepararse para el fallo de motor.*

—¿Se fundió? —ladró Andi—. ¡Y cómo demonios es posible! ¡Lo acabamos de reparar hace unos cuantos días!

Lira se metió una bola de Goma de mascar en la boca. Las escamas de sus brazos empezaron a iluminarse.

—Es posible que los imbéciles que la repararon no hayan notado algo. Se está sobrecalentando —Lira presionó unos cuantos botones más, jaló una palanca y volvió a dar un golpecito en la pantalla otra vez—. Si logramos enfriarla, deberíamos poder aterrizar sin problemas. Pero según los números, con la velocidad a la que estamos viajando en este momento, sumada a nuestro peso, la situación parece bastante grave.

—Breck —Andi habló por el sistema de comunicación principal de la nave—, baja a la sala de máquinas y ve si la puedes enfriar.

La voz de Breck resonó en el oído de Andi.

—¡Estoy en eso!

El estómago de Andi volvió a dar un vuelco, y Lira engulló otra bola de Goma de mascar. Cuando esto último sucedía, quería decir que la situación necesitaba su atención completa.

Momentos después, volvió la voz de Breck, casi histérica.

—Ay, Astrodioses, Andi. El sistema de enfriamiento está completamente destrozado. *Sabía* que debía haber exigido que me dejaran supervisar las reparaciones.

Andi parpadeó y se escurrió en la transmisión abierta de Breck para mirar la escena con sus propios ojos.

Salía una nube de humo por la escotilla abierta. La mano de Breck se movía frente a su rostro mientras trataba de abrirse paso a través de la neblina. Señaló y llevó su mirada hacia el sistema de enfriamiento. Todos los cables estaban derretidos, junto con el casco externo.

—Está mal, Andi —dijo Breck—. Mal, del tipo… *nos matará a todos*.

Andi volvió a parpadear, salió de la vista de Breck y entró de nuevo a la suya. Miró de reojo a Lira y pudo adivinar por su expresión afligida que también había visto la transmisión de Breck.

—¿Cómo demonios pudo haber sucedido eso? —preguntó Andi.

—Mecánicos estúpidos que no saben cómo trabajar con un clásico —gruñó Breck.

Lira siseó un suspiro.

—Debemos hacer un aterrizaje de emergencia. Si salimos ahora del hiperespacio, el sistema que nos queda más cercano es… —maldijo— Stuna.

—Y eso significa que tendremos que aterrizar en Adhira —dijo Andi.

Lira asintió, y sus escamas brillaron.

Su pasado en Adhira, su planeta nativo, era algo de lo que Lira no hablaba a menudo. Pero Andi sabía —a juzgar por las escamas de su piloto que se calentaban con tanta rapidez y la manera en que sus dedos aferraban el acelerador con más fuerza que nunca— que volver a casa era algo que Lira definitivamente no quería hacer. Había evitado realizar trabajos ahí durante años. Pero si Lira estaba sugiriendo abiertamente que aterrizaran en Adhira… entonces parecía que el *Saqueador* realmente no tenía arreglo.

—¿Estás segura? —preguntó Andi, haciéndose una trenza en el largo cabello.

La piel de Lira comenzó a soltar humo, pero tenía la voz calmada y firme.

—Puedo acceder a mis contactos ahí. Tendremos ayuda.

—¿Ayuda de la buena? —preguntó Andi—. ¿O de la mala?

Lira se mordió el labio.

—De eso no estoy tan segura en este momento. La reina y yo tenemos… un pasado medio confuso.

Andi soltó un gemido.

—Supongo que pronto lo sabremos, entonces —subió la mano y le dio un golpecito a su comunicador—. Damas…

La voz de Dex resonó en su oído.

—Y hermoso caballero.

La nave se sacudió, un recordatorio del poco tiempo que tenían. *Mataría* a esos patéticos mecánicos por esto.

Andi hizo una mueca.

—Haremos un aterrizaje de emergencia en Adhira.

La voz de Gilly trinó por el comunicador.

—¡Pero Lira no quiere ir ahí!

—¡Es mi orden, Gilly! —dijo Andi—. Suban al puente de mando, *ya*. Alfie, comunícate con el general. Dile que le avise a la reina que necesitaremos una reparación veloz si pensamos terminar esta misión maldecida por las estrellas.

—Ya estamos en eso —dijo Dex.

Después de todo lo que habían tenido que hacer para rescatar a Valen, las cosas simplemente *tenían* que salir mal ahora. *Así es la vida de una pirata espacial*, pensó Andi.

Se apretó el arnés, luego se recargó en el respaldo y observó mientras salían del hiperespacio con una nave herida, disparados directamente hacia Adhira, el planeta lleno de color y de vida.

Junto a ella, parecía que Lira preferiría morir.

A Andi debería haberle arrebatado el aliento la vista de Adhira que se extendía frente a ella.

En su lugar, sólo esperaba seguir respirando una vez que aterrizaran. El destino de la tripulación estaba en manos de Lira, y Andi sólo podía esperar que su piloto pudiera evitar que estallaran en trozos de metal y carne.

Cuando se acercaron al planeta, Lira envió un mensaje al muelle de atraque que había logrado asegurar hacía unos momentos en la capital de Rhymore. Ésta sería la primera vez que aterrizarían en Adhira como tripulación, y Andi sentía que, si chocaban, no sería un buen augurio para las futuras visitas que pudieran hacer al planeta.

Y menos para Lira, cuyas escamas ya habían empezado a fulgurar al punto de soltar humo.

—Pero qué cabezas de chorlito —masculló Lira mientras apagaba el comunicador—. Creen que tenemos suficiente potencia como para llegar a la base de aterrizaje, pero los motores están tan mal a estas alturas, que me sorprende que no hayamos perdido la bomba de oxígeno todavía.

—No los escuches: aterriza donde puedas, y ellos vendrán a nosotros —dijo Andi, intentando calmar a su Segunda. Ésta era la primera vez que Andi veía que Lira estaba cerca de perder el control total de sus emociones, y sabía que lo que la alteraba tanto era el retorno inminente a su planeta nativo.

Cuando entraron a la atmósfera de Adhira, la nave dio un bandazo. A Andi definitivamente no le gustó el gemido metálico que soltó la nave... o el hecho de que no estuvieran bajando a la velocidad que suponía que deberían estarlo haciendo.

Ésta definitivamente no era una entrada atmosférica normal.

—Vamos, nene —dijo Andi, dándole una palmadita al tablero del *Saqueador* como si realmente fuera a escuchar su súplica.

—¡Ya voy! —respondió una voz nada bienvenida detrás de ella.

Andi soltó un gemido audible.

—Siéntate, Dextro. ¡Ya!

—Estoy tratando de aligerar el ánimo, Androma. Todos sabemos que Lira es plenamente capaz de manejar esta situación.

—Gracias —masculló Lira, mientras Dex se dejaba caer en una de las sillas detrás de ella, con las piernas extendidas frente a él como si estuviera por empezar la película. Breck y Gilly entraron apuradas detrás de él y se ataron a sus asientos.

—¿Dónde está Alfie? —preguntó Andi.

—Está abajo, asegurándose de que Valen no se caiga de la mesa —dijo Gilly—. Lo que no importaría, de todos modos, porque dice que hay una probabilidad de 93% de una muerte inmediata o desmembramiento al impacto.

—Malditas vidas artificiales —gruñó Breck.

Andi se dio la vuelta, con los ojos muy abiertos mientras absorbía la vista que se acercaba.

Abajo, apareció el Mar Infinito, el único océano de Adhira, que daba paso a la gran masa central de tierra que estaba salpicada de vetas fluviales, árboles monstruosos, desiertos rojos y la montaña Rhymore en el centro.

Las manos de Lira estaban firmes sobre los controles mientras bajaba la nave con cuidado, lo mejor que podía, al suelo que se acercaba rápidamente. Andi observó a su piloto maniobrar alrededor de los enormes árboles salpicados sobre el paisaje de Adhira. Eran tan altos que llegaban más arriba de las nubes, y algunos se encumbraban incluso más altos que la montaña.

Dex ululó detrás de ella, como si se tratara de un viaje de diversión, y no de un aterrizaje de emergencia altamente peligroso que los podría matar a todos.

Astrodioses, vaya tonto.

Andi bloqueó a Dex y se aferró a los reposabrazos de la silla, mirando de nuevo por la portilla, que ahora estaba llena de árboles y desprovista de cualquier atisbo del cielo.

—¡Más vale que esto no le deje un rasguño a mi nave! —gritó, mientras pensaba en su casco ya dañado.

—¿Rasguño? —aulló Gilly—. ¡Creo que nos tocará más que eso, capi!

—¿Primero las buenas noticias o la mala? —preguntó Lira a Andi, con la quijada apretada y los ojos salvajes mientras evitaba los peores obstáculos en su camino.

—Las buenas —dijo Andi, con la esperanza de que superaran a la mala.

—Las buenas noticias son que los árboles deberán aminorar el impacto y, cuando salgamos del bosque, tendremos que estar tan sólo a unos cuantos metros por encima del nivel del suelo. Más adelante hay un terreno, según el radar, y con este ángulo, podré manipular un aterrizaje semicontrolado.

Andi sintió un alivio momentáneo, pero se volvió a poner tensa al ver la expresión ominosa en el rostro de Lira.

—¿Y la mala? —preguntó.

Su piloto hizo una mueca.

—Estaremos aterrizando en uno de los espacios abiertos que está rodeado de una aldea grande. Aunque los árboles nos ayuden a desacelerar, de todos modos estamos ganando demasiada velocidad, lo que significa que lo más probable es que nos estrellemos directamente contra la aldea —la voz se atoró en su garganta, como si reprimiera el terror y la náusea por partes iguales. Sus manos volaron sobre los controles—. El terreno no es lo suficientemente grande como para aterrizar sin víctimas potenciales.

A Andi le dio vueltas la cabeza en busca de cualquier idea a la cual pudiera aferrarse.

—Si la nave estuviera más ligera, ¿podríamos detenerla a tiempo?

Hubo una pausa antes de que Lira respondiera. Andi casi podía verla haciendo los cálculos en la cabeza.

—Sí. Pero tendremos que perder al menos una tonelada si queremos reducir la velocidad.

Un repentino bandazo lanzó a Andi hacia delante contra el arnés al enfrentar una intensa turbulencia. Cuando levantó otra vez la mirada, frotándose la nuca adolorida, ya no tenía vista de la catástrofe que estaba teniendo lugar afuera, sino de un trasero.

El trasero de *Dex*.

—¿Tienes deseos suicidas, Arez? —gritó Andi, y trató de alcanzar la cintura de sus pantalones cargo para jalarlo hacia atrás.

—No, no estoy obsesionado con la destrucción como lo estás tú, Racella. Si tan sólo sacaras la cabeza de quién sabe qué hoyo oscuro en donde la tienes metida, te darías cuenta de que estoy ayudándote.

Antes de que Andi pudiera detenerlo, aplastó la palma de la mano contra un botón grande y rojo, y un sonido sibilante reverberó por toda la nave.

—¿Acaba de oprimir el botón rojo? —chilló Gilly.

—De nada, damas —dijo Dex—. Me lo pueden agradecer después. Acabo de soltar las cápsulas de escape y disminuir nuestra carga lo suficiente como para detenernos antes de aniquilar por completo a esa aldea con mi nave.

—¡*Mi* nave! —ladró Andi.

—¿Pueden dejar de pelearse *los dos*? —aulló Breck.

Lira maldijo mientras el arnés que tenía atado frente al pecho empezaba a derretirse bajo el calor de sus escamas. El traje que llevaba puesto ya se estaba volviendo cenizas. Si no recobraba el control de sus emociones, Andi sabía que perdería el conocimiento.

—Lira —Andi intentó sonar calmada—. Tienes que respirar. Debes mantenerte en el presente.

Su piloto frunció el ceño, y sus escamas resplandecieron todavía más brillantes.

—Podré respirar cuando nos lleve a salvo hasta el suelo, Androma.

Un árbol enorme apareció frente a ellas, y la nave bramó mientras Lira la inclinaba para evitarlo. Dex se tambaleó sobre el regazo de Andi.

—¡Lira! —gritó Andi mientras empujaba a Dex del camino—. ¡Estabilízanos!

Pero la nave se escoraba aún más, y se inclinó tanto a la izquierda que Andi sintió como si la hubieran volteado de cabeza.

Con terror, volvió la mirada hacia Lira, justo a tiempo para observar cómo su piloto se desplomaba hacia delante en el asiento, con la cabeza colgada contra el pecho y las escamas tan brillantes que verlas era como clavar la mirada en un sol morado.

—¡Está inconsciente! —gritó Andi.

Y se les había terminado el tiempo.

Cada músculo de su cuerpo se tensó mientras veía el terreno que se acercaba rápidamente, y la aldea a la distancia.

La voz de Memoria habló, alta y fuerte, en medio de todo.

—*Prepararse para el impacto en 3, 2, 1...*

Dex detestaba la sensación ingrávida que hacía que se le revolviera el estómago al caer de los cielos. No había control, no había manera de detenerla.

Pero odiaba aún más la sensación del impacto. Sólo tuvo un segundo para habilitar los escudos externos metálicos de la nave antes de que golpeara el suelo.

Cuando se estrellaron contra el planeta, se sintió como si el *Saqueador* fuera una bala gigante que perforaba la roca dura y sólida.

El cráneo de Dex se sacudió mientras el impacto lo llevaba de regreso a su asiento. Sentía los huesos como si se fueran a quebrar bajo la piel, mientras se aferraba a los reposabrazos de su silla y evitaba salir disparado por los aires. Las heridas que había ganado en Lunamere gritaron en protesta.

Hubo un bandazo horrible e inquietante cuando la nave rebotó una vez. Dos veces.

Ay, diablos, pensó Dex.

La nave sobrevoló el paisaje adhirano como si le hubieran brotado garras y estuviera destrozando el suelo.

—*Emergencia* —habló la voz fría de Memoria, apenas audible por encima de los chillidos y rugidos, mientras la nave afortunadamente ralentizaba su movimiento hacia delante—. *Emergencia.*

Se apagó la voz, y todo el sistema se oscureció mientras restallaba un último chillido y gruñido debajo de ellos.

Otro bandazo, como si la nave estuviera al borde de un risco, seguido por el sonido de algo que se partía.

Luego, todo se detuvo con la misma rapidez con la que había comenzado. Un silencio, puro y simple, tan repentino que Dex se preguntó si acaso estaba muerto. Gimió y trató de pararse, pero sus piernas no lograban sostenerlo. Los dientes todavía le vibraban, y sentía la cabeza, *santo infierno de todos los infiernos*, como si estuviera a punto de estallar.

—No es exactamente mi idea de la diversión —dijo Dex, reprimiendo otro gemido.

Nadie respondió.

Quizás él había sobrevivido, y *ellas* estaban muertas.

Luego, de algún lugar frente a él, un gemido, un susurro, el *pop* de un arnés que se desataba. La voz incorpórea de Andi llegó desde la silla del capitán. A Dex le brincó el corazón al oírla.

—¿Están todos bien?

Gilly y Breck respondieron a coro suavemente mientras el *Saqueador* se acomodaba y quedaba quieto.

—Ayúdenme con Lira —ordenó Andi. La piloto todavía estaba encorvada en su arnés, y las escamas de la piel finalmente se estaban apagando, pero les seguía saliendo humo. Como si hubiera estado en llamas unos momentos antes.

Sonó un *pop* horrible, y luego un estallido de luz las cegó cuando parte del escudo metálico del *Saqueador*, sorprendentemente, cayó de la portilla.

Como una escama de piel.

Dex se quedó mirando por la nueva apertura. Se habían detenido apenas a la distancia de un ala de una fila de casas de piedra. La gente salió en masa, todos con los ojos muy abiertos, *casi* todos con el aspecto de estar furiosos como el demonio.

Adhira, como la mayoría de los planetas capitales, tenía un crisol de ciudadanos. Pero a pesar de la variedad de apariencias, todos los aldeanos tenían la misma mirada de odio en los rostros con la que fulminaban al *Saqueador*.

Dex se impresionó un poco. La rabia y el odio eran emociones increíblemente infrecuentes en este planeta pacífico.

Soltó una exhalación aguda cuando el suelo tembló bajo la nave.

A la distancia, más allá de la fila de hogares, se alzaba la orilla de la selva. Ya lograba ver la causa del temblor en la tierra.

Un par de monstruosas criaturas de colmillos negros surgió de la línea de árboles. Eran feos como el pecado, con pieles escamosas y rugosas y colmillos curvos que se alargaban, hacia las copas de los árboles. Detrás de ellas, las bestias tiraban de una carreta de dos pisos del doble del tamaño del *Saqueador*. Sus ruedas de madera eran tan altas como la mayoría de los hogares de la aldea, y tenían pintada sobre los ejes una espiral dorada con una línea horizontal que surgía de en medio, el símbolo de Adhira.

Centinelas. La guardia personal y privada de la reina.

La multitud a la espera se dividió como un río para permitir que la carreta pasara entre ellos, mientras se dirigía directamente hacia el desastre.

Dex se encargó de romper el silencio.

—Lamento darles esta noticia, queridas —dijo, cuando finalmente logró levantarse de la silla con piernas inestables.

—Entonces no lo hagas —dijo Andi, mientras ella y las chicas desataban suavemente a la piloto inconsciente, de la que todavía salía vapor—. Por favor, no lo hagas.

Dex habló de todos modos.

—Estamos *totalmente* muertos.

Andi suspiró mientras miraba la carreta que llegaba.

—Por una vez, Dextro, no tienes la menor idea de cuánta razón tienes.

La última vez que Andi había visto su planeta nativo, era una niña de catorce años con lágrimas en los ojos y la sangre de su mejor amiga en las manos.

Por un milagro, había logrado escapar a la pena de muerte. Después de eso, había salido a la galaxia y viajado por mundos que nunca había conocido, insegura sobre quién era, adónde iba o en quién se tendría que convertir para sobrevivir.

La única cosa segura había sido el susurro de la muerte, un monstruo creado del miedo y la furia que la seguían, sin importar qué tan lejos intentara llegar. Hubo muchas noches en las que Andi se quedó despierta, cuidándose las espaldas, aterrada de que el general Cortas mandara hombres de su planeta para llevársela y encerrarla.

Nunca la encontraron.

En cambio, *ella* encontró a un cazarrecompensas con una pasión por la vida y una bolsa llena de krevs, y él la ayudó a redescubrir su fuerza. Él le dio una razón para seguir adelante y, luego, reemplazó eso con un corazón roto.

Como pago, ella le robó la nave, la llenó con las hembras más feroces de la galaxia y, juntas, las chicas la hicieron suya.

El *Saqueador* era el verdadero hogar de Andi, una lanza capaz de desgarrar los cielos.

Ahora era una carcacha. Su piloto, quien había sucumbido a la fatiga de sus emociones, seguía inconsciente. Los paramédicos le habían inyectado adrenalina cuando desembarcaron de la nave, pero Lira aún no despertaba.

Y Andi estaba enojada.

Estaba parada en la cubierta superior de una carreta de transporte adhirano, con el extraño y tambaleante andar de las enormes ruedas debajo de ella que le agitaban el estómago hasta dejarlo en un estado de intranquilidad. Los animales apestaban a estiércol, lo que no sorprendía a nadie, tomando en cuenta las enormes pilas que dejaban atrás.

Y ahora, detrás de la carreta, arrastraban la nave de Andi, su bendita, hermosa nave *Saqueador*, precariamente equilibrada sobre una especie de trineo de madera.

Una de las bestias soltó otra pila de estiércol vaporoso y apestoso.

El trineo del *Saqueador* se deslizó justo por encima, con un *chapoteo* que salpicó de verde una portilla arruinada.

Andi tuvo que desviar la mirada.

—¿Murió para siempre? —preguntó Gilly, con los ojos como platos. Estaba sentada frente a Andi sobre el piso de madera de la carreta, agitando la mano mientras unos bichos alados del tamaño de sus puños revoloteaban alrededor de ella y mostraban distintos colores cada vez que evitaban sus manotazos.

—No completamente —dijo Breck, mirando más allá de Gilly, hacia la figura triste y cadavérica del *Saqueador*—. Sólo necesita un poco de amor.

Valen, aún inconsciente, estaba con Alfie, envuelto en una frazada limpia color musgo, en la cubierta baja de la carreta. Dex, bendita sea, estaba adelante, charlando felizmente con los Centinelas como si no tuviera una sola preocupación en el mundo. Andi tenía la sensación de que si lo oía hablar en este momento, le arrancaría la garganta con las uñas. Todavía no lograba acomodar sus sentimientos desde la pelea en el camarote. Pero en este momento, era más fácil permitir que su enojo la abrumara. Tener que considerar el perdón, considerar *cualquier cosa* cuando su nave estaba tan destruida... Andi no podía siquiera pensarlo.

—Podremos arreglar la nave —dijo Lira con voz cansada.

Andi volteó hacia ella, sorprendida y contenta de ver que su piloto finalmente había despertado.

—¿Estás bien? —preguntó Andi.

—Me siento terrible, pero sobreviviré —respondió Lira, incorporándose y mirando atrás, hacia el *Saqueador*—. Las reparaciones nos harán perder algunos días, pero los trabajadores de los astilleros adhiranos tienen la capacidad de subirnos de nuevo al aire —suspiró—. Y los contactos, por supuesto. Me espera un mundo de problemas.

—Así es, Lira —dijo Breck—, pero no te preocupes. Estaremos aquí para arreglar las cosas.

Andi sabía que debería estar más preocupada por los asuntos de Lira. El pasado de su piloto en Adhira era enredado y doloroso, una lucha constante que Lira no lograba superar. Pero Andi sentía la mente al borde del abismo, como si le hubieran arrancado las partes que la volvían mortal. En este momento, sentía como si todavía tuviera el velo de la Baronesa Sangrienta adherido a los ojos.

—El *general Cortas* arreglará esta nave, como debió hacerlo antes —dijo Andi con un gruñido acalorado. Los ojos de su tripulación se abrieron grandes con la rabia repentina en su voz—. Si no lo hace, le arrancaré toda la flácida piel del rostro.

Toda esta misión era culpa del general. Si él no hubiera permitido que unos espías xenpteranos entraran y se robaran a *su* hijo, el viejo jamás habría mandado a Dex tras Andi y su tripulación. Entonces no estarían involucrados en este desastre, para empezar, y el *Saqueador* todavía estaría volando, haciendo lo que mejor hacía.

Traficar. Robar.

Y *no* rescatando al privilegiado, por-alguna-razón-todavía-inconsciente hijo del general, con un patógeno misterioso y desconocido en la sangre, ni con Dex, compartiendo todas sus terribles verdades sobre el pasado.

Andi no pudo evitar recordar esa sonrisa que habían compartido justo antes de que chocara el *Saqueador*... ¿Qué significaba que todavía pudiera compartir un momento así con él?

¿Qué le está pasando a mi vida?, se preguntó. Estaba fuera de control. *Ella* estaba fuera de control.

Andi tenía un millón de preguntas en la mente, ninguna de las cuales con respuesta.

—No hay nada que podamos hacer ahora —dijo Lira. Extendió la mano y Andi sintió el revoloteo tibio de las puntas de los dedos de Lira sobre su hombro. Se tensó ante el contacto, y Lira retiró la mano—. Una mente tranquila es una mente decente.

—No ahora, Lira —gruñó Andi—. Ahórrate tus proverbios adhiranos para otro momento.

Lira suspiró y volteó a mirar a las demás.

—Tu hogar podrá ser la nave, Androma. Es el de todas nosotras, también. Pero Adhira es el planeta que me dio la vida. Perdí el control de mí antes de evitar que nuestra nave chocara contra uno de sus campos de cultivo más redituables. Cuando se entere la reina Alara...

Andi no respondió.

Lira entrecerró los ojos.

—No eres la única que sufre hoy, capitán.

Se levantó para sentarse con Breck y Gilly.

Andi se desplomó otra vez contra su asiento, y de inmediato detestó haberlo hecho.

Estaba cansada. Estaba hambrienta también, y —por alguna infernal razón desconocida para ella, o para su tripulación, o para ese ridículo IA que el general había enviado con ellos en esta misión mortal— era posible que acabara de perder su maldita nave.

Necesitaba ser una líder. Debía hablar con la tripulación e idear un plan. Debía disculparse con Lira. Debía poner en orden sus sentimientos acerca de su conversación con Dex.

Pero en este momento, sólo quería sentarse sin que la molestaran.

Así que eso hizo.

Con la mente a mil por hora, las manos hechas puño a sus costados, Androma Racella, la Baronesa Sangrienta de Mirabel, se quedó en la parte de atrás de la carreta, observando mientras su nave se deslizaba sobre otra pila de fresco estiércol verde, y se dio permiso de hacer un puchero, como niña.

Capítulo 45
Nor

Dejar su torre para ir a la ciudad era como entrar a un mundo completamente distinto. El mundo del que venía era uno de privilegio y riqueza, mientras que aquél al que se dirigía había nacido de la muerte y del caos, y lo habían dejado pudrirse bajo el turbio sol.

La reina Nor Solis levantó la cola de su vestido bermellón mientras ella, Darai y Zahn subían los escalones hasta el carruaje aerodeslizador que esperaba para llevarlos a los antiguos terrenos del palacio, justo afuera de la ciudad. Hoy, la gente respondería a su llamado a la acción. Hoy era el día en el que se pondría en movimiento su plan. Todas las piezas se acomodarían finalmente en su lugar.

—¿Adónde, majestad? —preguntó un sirviente desde el asiento del conductor, justo detrás de la barrera encortinada.

—Las ruinas del palacio —dijo Nor con un ademán casual de la mano protésica. Hoy le dolían las cicatrices, como todos los días. Pero volver al lugar donde había ocurrido todo hacía que le palpitaran más. Un tictac constante en el fondo de la mente que susurraba: *Muerte, muerte, muerte.*

—Vayamos lentamente. Quiero que todos los ojos nos vean pasar.

—Sólo asegúrate de que no se acerquen demasiado —agregó Zahn al conductor—. Flota justo arriba de su alcance.

En el momento en el que Nor se acomodó entre los lujosos cojines, el aerodeslizador empezó a moverse. Darai estaba sentado al frente, e inclinó la cabeza hacia ella. Sus cicatrices y los trozos de metal que mantenían unida su piel prácticamente se retorcieron cuando sonrió.

—Eres una visión el día de hoy, reina mía. Tu pueblo estará bendecido de contemplarte.

Ella descorrió las cortinas, para ver mejor su ciudad y a los ciudadanos más abajo. Para ayudarse a recordar lo que con tanto esfuerzo intentaba salvar.

Al estar tan cerca de su torre, los únicos residentes a la redonda eran los pocos ciudadanos ricos que quedaban de Nivia, la última ciudad habitable de Xen Ptera. Los viejos edificios derruidos se alzaban como esqueletos, estirando sus brazos dentados hacia el cielo. El carruaje aerodeslizador pasó a través de una columna de humo, y las ventanas se bañaron de hollín gris.

—¿Supongo que estás preparada? —preguntó Darai—. Todavía no escucho tu discurso. ¿Estás segura de que...?

—Silencio, tío —Nor ni siquiera se molestó en lanzarle una mirada mientras seguía con su reprimenda—. Si realmente confías en mí, como dices hacerlo, no tendrías que preguntarlo.

El silencio de Darai fue un regalo bienvenido mientras se despejaba el humo y el carruaje seguía avanzando, con el motor zumbando al fondo.

—Nor —susurró Zahn, inclinándose lo suficientemente cerca para que su aliento hiciera cosquillas en su oreja—. Estás demasiado tensa. La gente podrá notarlo y tal vez eso provoque dudas —la mano de Zahn rozó su muslo—. Sé que la noche fue larga. Quizá deberíamos intentarlo mañana.

El calor se disparó por su cuerpo cuando él la tocó, seguido por un pico de frustración por sus palabras.

—Ellos verán lo que yo quiera que vean —dijo. Le retiró la mano suavemente—. En este tiempo de oscuridad, encontrarán una reina capaz de guiarlos hacia la luz.

Darai soltó una carcajada silenciosa frente a ellos.

—Algún día, muchacho, aprenderás que ella hace lo que le complace, cuando le complace. Y lo hace con estilo —su sonrisa se extendió mientras agregaba—: Un don heredado de su difunta madre, sin duda.

—Creía haber pedido silencio —espetó Nor, y su frustración se convirtió en furia—. Tu valentía últimamente se acerca a la tontería, tío. Ya me estoy cansando.

Los ojos de Darai revolotearon hacia los de ella.

—Una reina sabia no les habla mal a los demás.

Nor suspiró.

—Pero una sobrina desesperada por obtener el silencio de su tío parlanchín, sí.

Darai sacudió la cabeza con una sonrisa burlona en el rostro, pero afortunadamente guardó silencio.

La mano de Zahn volvió a encontrar el muslo de Nor. Esta vez, ella permitió que la dejara ahí.

Afuera del carruaje, más abajo, las calles de casas robustas y fortificadas hechas para soportar los temblores constantes del planeta inestable, se transformaban en escombros desvencijados, improvisados por manos temblorosas. Para la mayoría de las personas, era un lujo tener un techo sobre la cabeza que las protegiera de los vapores venenosos y de la lluvia ácida. Otras no eran tan afortunadas.

Mientras pasaban, los mendigos levantaban las manos sucias con la esperanza de tocar a su reina; el hambre y la enfermedad estaban dibujados en sus rostros. Nor los miraba, y se abría más la fisura en su corazón.

Los Sistemas Unificados habían hecho esto. Ella se aseguraría de que pagaran por este crimen tan atroz.

—Empiecen a distribuir las raciones y los estuches médicos —le dijo Zahn al conductor y al guardia sentados junto a él—. Asegúrense de que los ciudadanos nos sigan hasta la propiedad.

El guardia asintió, y al salir del carruaje les indicó a sus soldados con un gesto que aventaran las cajas plateadas a los ciudadanos. Una por una cayeron las cajas, como ángeles que bajaban hasta los necesitados. Los ciudadanos acudieron en masa alrededor de ellas, como insectos, rompiendo y arrancando los contenidos en su interior.

—Salúdalos, Darai —ordenó Nor.

Su consejero abrió la ventana y asomó la cabeza calva.

—¡Vengan, xenpteranos!

Se elevaron gritos ahogados de la ya enorme multitud de espectadores. La voz de Darai era suave, pero se transmitía como una ola. Los rostros cubiertos de mugre y suciedad se inclinaban hacia el carruaje en el cielo.

—Su reina los alimentará. Ella sanará sus aflicciones, si tan sólo vienen y escuchan sus palabras.

Abajo, los siguieron las hordas de ciudadanos.

Darai se volvió a recargar dentro del aerodeslizador y le sonrió a Nor; los pómulos sobresalieron. Las cicatrices del rostro nunca se habían desvanecido, aunque las de él, a diferencia de las de ella, no venían de la guerra. Y aun así, las llevaba con el orgullo de un sobreviviente.

—¿Por qué alimentarlos, cariño, cuando sabes lo bajas que están nuestras reservas? Tenemos soldados que alimentar, científicos que...

—No deseo oír ninguna opinión más que tengas sobre este asunto —dijo Nor, llevaban semanas discutiéndolo—. Es la última advertencia, tío.

Darai cruzó los brazos sobre el pecho.

—Algún día envejeceré y ya no estaré. Y entonces te harán falta mis comentarios, y mi consejo.

Nor resopló, molesta.

Zahn le había preguntado a Nor muchas veces por la poca paciencia que tenía hacia su tío. Él la había criado, la había protegido y, aun así, a menudo era tan fría con Darai, que él podría haber sido un desconocido inoportuno. Pero Nor sabía que a Darai en realidad no le molestaba.

Él respetaba su frialdad, su impaciencia, el modo en que le hablaba... porque la volvía más fuerte.

Darai creía que el amor era una debilidad.

No deseaba que ella le enseñara su lado más suave. Las pocas veces que lo había hecho al crecer, la había castigado por eso. Así que ella le daba exactamente lo que deseaba. La reina fría, en vez de la niña atormentada y herida que alguna vez había sido.

Después de varios largos minutos, Nor preguntó:

—¿Te acuerdas de esa insípida criaturita que me regaló mi padre para mi séptimo cumpleaños?

Darai asintió con una pequeña sonrisa.

—La Indriga emplumada. Te seguía por todo el palacio como si estuviera hambrienta de atención. Tu sombra constante.

—Me fue leal desde el principio —dijo Nor—. ¿Y sabes por qué, Darai?

Su silencio fue respuesta suficiente.

—La alimentaba —explicó—. Dale comida a una mascota, Darai, y hará todo para quedarse a tu lado. Hazla pasar hambre, o golpéala, y empezará a temer tu misma existencia, y sólo saldrá de su escondite en los momentos en que tengas algo que darle para llevarse.

—Me temo que no entiendo.

Nor cerró los ojos y se pellizcó el entrecejo, sintiendo cómo se gestaba un dolor de cabeza por estar expuesta al aire contaminado, fuera de su torre. Su tío se estaba volviendo senil. Últimamente, ella había empezado a dejarlo atrás, a buscar sus consejos cada vez menos.

—El pueblo de Xen Ptera ya es mi responsabilidad. Pero más que eso, son mis soldados, y deseo que me sigan siempre. No importa qué tan oscuro sea el sendero sobre el que elija caminar.

—Palabras sabias, reina mía —dijo Darai, inclinando la cabeza—. Una gobernante sólo es tan fuerte como su ejército. Tu padre solía decir exactamente lo mismo.

—Pero su ejército fue débil —dijo Zahn, reincorporándose a la conversación. Miró a Nor como si fuera una diosa—, y el de ella será el más fuerte que este planeta haya visto jamás.

Ella se tomó a pecho sus palabras, y pensó en recompensarlo más tarde, en sus aposentos privados. Juntos, miraron hacia la multitud que todavía los seguía más abajo.

Nor cerró la cortina y el aerodeslizador siguió moviéndose.

Sabía que su pueblo luchaba para sobrevivir, pero no podía permitirse pensar en el dolor cuando se estaban gestando planes más grandes. Su pueblo era resistente, capaz de sobreponerse a las peores traiciones de los otros sistemas malditos de Mirabel.

Ella tenía que fortalecerse contra el pasado para hacer posible el futuro. Hoy se marcaba un nuevo comienzo. Hoy, llamaría a sus xenpteranos para que se levantaran en armas.

Cuando su plan se hiciera realidad, gritarían su nombre por estas calles desoladas, sabiendo que pronto serían libres.

El carruaje de Nor se detuvo en la base de la montaña de escombros. Hacía años, en ese lugar se había alzado un palacio reluciente e inmaculado con chapiteles negros y rojos. Mientras absorbía la visión de la destrucción, los recuerdos inundaron sus sentidos.

Los escombros que aplastaban su brazo. La sangre que goteaba en el polvo. El padre de Nor junto a ella, sus gritos que se apagaban mientras el peso del palacio le robaba los últimos respiros.

En alguna parte del cielo, una explosión sacudió al mundo.

Una voz del pasado la llamó, y la ayudó a mantenerse consciente.

—Nor, mi dulce Nor. Estabas hecha para tanto más que esto…

—¿Estás lista, Nor? —preguntó ahora Darai, y su voz la trajo de regreso al presente mientras gesticulaba hacia la puerta. Atrás de la cortina podía ver a su pueblo: miles que acudían en masa para pararse en la gran extensión de escombros.

Este mismo lugar solía ser el patio del palacio, tan vibrante de vida que, en los días más soleados, le habían dolido los ojos de sólo mirarlo. Recordaba cómo corría por esos jardines. Las risas mientras su padre la perseguía, las *nhatyla* que siempre florecían y cambiaban de colores con cada estación. Eran las únicas flores que nunca morían con el frío. En el invierno, cuando todo lo demás se desvanecía, se transformaban en un morado tan profundo y brillante que podrían competir con una nébula.

Los colores así ya no existían en Xen Ptera. Los guardias personales de Nor, ataviados en sus uniformes color rojo intenso, estaban distribuidos entre la multitud, el único tono brillante aparte del vestido que ella llevaba. Le recordaban la sangre que alguna vez se había encharcado en estas calles desmoronadas, los incendios que habían ardido después de que soltaron las bombas sobre miles de inocentes.

—¿Majestad? —Darai se incorporó frente a ella y extendió la mano cubierta de venas—. Ya es hora.

Ella levantó las faldas de su vestido arriba de los tobillos y dio un paso afuera del carruaje, con su propia fuerza, hacia la plancha de roca que serviría de escenario mientras se dirigía a su pueblo. Estaba listo un micrófono plateado para amplificar sus palabras.

Nor se detuvo frente a él. Su aliento volaba por encima de la multitud. Había miles de cuerpos atiborrados alrededor de las ruinas del palacio. Las voces zumbaban entre la muchedumbre, suplicándole que les diera de comer, que los vistiera. Las madres levantaban a sus hijos y le rogaban a su reina por la salvación.

Había una razón por la que Nor casi nunca salía de su torre. De pie ahí, tan cerca del caos y la destrucción, con sus zapatos de seda sobre los huesos de su pasado... una mujer más débil se habría doblegado y roto. Xen Ptera era su hogar, y los ciudadanos eran piezas vivas de la totalidad... y cada uno de ellos se estaba cayendo en pedazos, poco a poco.

Pronto, no quedaría vida en este lugar desolado.

Los gritos fueron creciendo mientras ella se paraba ahí, mirando a las hordas de gente abajo. Éste era el futuro de Xen Ptera. Éste era su ejército.

Débil.

Arruinado.

Debía darles fuerza, y la fuerza no era nada sin la esperanza.

Volvió a respirar hondo. Adentro, afuera; firme y certero.

Convéncelos. Haz que se unan a ti.

Ella sonrió.

Para esto estaba hecha.

Nor levantó los brazos, su puño dorado relucía en la luz mortecina. Como obedeciendo una orden, la multitud calló.

—Compañeros xenpteranos —dijo Nor con una voz que irradiaba poder—. Nuestro planeta está muriendo: esto lo hemos sabido durante el último siglo. Llevamos demasiado tiempo sentados en silencio, esperando el fin de nuestro planeta. Cuando intentamos tomar acción, nuestra galaxia nos traicionó. Y así comenzó la guerra.

La multitud gritó en señal de conformidad mientras ella proseguía.

—A mi madre la capturaron durante el Cataclismo. Por años, fue prisionera de Arcardius. Mi padre, solo, intentó ayudar a nuestro planeta, pero acabó aplastado bajo el peso de los Sistemas Unificados, como tantos otros en la batalla final —Nor hizo una pausa, y dio un respiro—. Hoy acudo a ustedes, de pie sobre su tumba. Exactamente en el mismo lugar donde se estropeó mi propio cuerpo.

Silencio, marcado por algunas toses. El llanto de un niño.

No tenían esperanza. No tenían el deseo de pelear; no había modo de levantarlos con las palabras de su reina.

Por un momento, el temor se aferró a Nor como un puño de hielo. Fracasaría. No se convertiría en la líder que siempre había deseado ser. Terminaría igual que su padre, un gobernante muerto sin honor. Sin victoria. Sólo con vergüenza.

Miró hacia la multitud, buscando una salida, pero Zahn llamó su atención y asintió para animarla. Junto a él, Darai estaba de pie, mirando. Ella recordó las palabras que él le había dicho después del funeral de su padre, los dos en la torre, con la lluvia ácida que goteaba del cielo.

Tú te convertirás en lo que él nunca pudo ser, Nor. Me quedaré a tu lado hasta que se vuelva realidad.

Ella respiró profundamente, y le dolieron los pulmones por el aire contaminado mientras bajaba la mirada hacia su prótesis dorada.

Era un escudo. Uno detrás del cual ya no se podía esconder. No, si quería que su pueblo la viera, la *viera en verdad*.

Uno por uno, Nor abrió los sujetadores que mantenían la prótesis en su lugar y cada *pum* sonó como un disparo en el micrófono.

Un disparo. Dos disparos. Tres.

La mano dorada cayó a un lado, el aire exterior bañó su piel e hizo que se tensara. Donde solía estar su mano verdadera, sólo quedaba un muñón feroz, cubierto de cortadas y cicatrices rojas e inflamadas.

Levantó en alto el brazo, ignorando el impulso de esconderlo entre los pliegues de su vestido.

—Estoy aquí frente a ustedes, xenpteranos, no como su reina… sino como su igual.

La mentira se deslizó de sus labios como un delicioso veneno. Si era eso lo que querían oír, lo diría.

—Me rompieron aquí de niña, nacida en las trincheras de la guerra que nos dejó a todos despedazados. Durante años, he batallado con las heridas de mi pasado. Igual que todos ustedes.

Miles de ojos la miraron. Cicatrices y quemaduras y extremidades que habían sanado mal… y algunas que faltaban por completo.

Pero la estaban escuchando. Ella lo podía ver por el modo en que abrían los ojos. Lo podía *sentir*, en la rabia y el dolor palpable que parecían soplar por encima de la multitud, entre los susurros.

Con el brazo arruinado todavía en el aire, Nor prosiguió.

—Me levanto ante ustedes, marcada por las costumbres destructivas de nuestros enemigos, y les digo… ya no me doblegaré ante el dolor y el miedo. Ya no me permitiré acobardarme al escuchar el nombre de mi enemigo. Se merecen un líder que esté por encima de todo. Merecen una reina de sangre y de rabia.

Empezaron a extenderse gritos de aprobación entre la multitud.

—Los Sistemas Unificados se consideran fuertes, y a nosotros débiles. Hemos permitido que esto sea verdad por muchos años. Pero ya es hora de golpear, de enviarles un mensaje de que todavía estamos en pie. Que somos más fuertes de lo que ellos creen.

La rabia fluyó por su cuerpo, caliente y furiosa.

—Les pregunto ahora, xenpteranos… ¿se unirán a mí?

Ella levantó el brazo más alto, y permitió que su voz volara, elevándose por arriba de los gritos de sus ciudadanos.

—Los Sistemas Unificados creen que nos derrotaron, pero apenas entramos a la pelea. Los estoy llamando ahora para que se levanten conmigo contra un mal que lleva demasiado tiempo esperando nuestra venganza. Merecen compartir nuestro dolor. ¡Merecen compartir nuestra desolación, ver en sus calles fluir ríos con su sangre traidora!

La multitud rugió, y seguía creciendo de tamaño a medida que otros más se unían al público de Nor.

—Éste es el punto de inflexión de una guerra que nunca terminó. Durante quince años nos hemos sentado en silencio, pero pronto la galaxia escuchará nuestro grito.

Los ciudadanos empezaron a gritar, exigiendo venganza, salvación, sangre.

Se giró hacia Darai, levantando la barbilla con un orgulloso movimiento de cabeza mientras la gente rugía.

Él caminó hacia ella con una pequeña caja plateada encerrada entre las palmas de las manos. Se inclinó antes de arrodillarse, con la caja sostenida frente a Nor. La tapa se abrió con un *pop* audible. Adentro, acurrucado en un lujoso cojín, había un pequeño frasco de líquido plateado de un suave fulgor.

Nor lo tomó con la única mano que tenía, y lo levantó para que la multitud lo viera.

Esperó hasta que sus voces se quedaron calladas.

—Hemos cosechado los frutos de nuestro trabajo —dijo Nor—. El contenido de este frasco pondrán de rodillas a los Sistemas Unificados. Ésta es la última pieza de un plan que se ha estado gestando durante años, y finalmente es hora de desatar su poder sobre nuestros adversarios. Xen Ptera es la ribera de un nuevo océano listo para tomarlo. Esta galaxia, cada planeta de cada sistema fuera de Olen, está por ser arrasado por *nuestra* venganza.

Nor hizo una pausa, y miró a los miles que estaban reunidos frente a ella. La miraban con los ojos grandes y llenos de esperanza, que alguna vez habían perdido bajo el peso de años de lucha.

Con orgullo en el corazón, Nor soltó la última línea.

—¡Recuerden, xenpteranos, y nunca lo olviden, que hasta las estrellas pueden sangrar!

El clamor de la multitud fue ensordecedor cuando colocó el frasco de vuelta en su caja, levantó la cola de su vestido y volvió con pasos largos al carruaje.

Sus gritos la siguieron mientras subía con gracia.

Continuaron mientras Zahn y Darai la alcanzaban, y el carruaje despegó hacia los cielos.

—Un verdadero espectáculo, cariño —dijo Darai mientras dejaban atrás los escombros del palacio. Le brillaban lágrimas en los negros ojos—. ¿Qué sigue?

—Procederemos con Zénit —replicó Nor. Lanzó una mirada por la ventana encortinada, sonriéndole a su pueblo mientras empujaban y se abrían paso por las calles más abajo, desesperados por estar más cerca de ella mientras volaba hacia su torre—. Y manda a forjarme una corona —agregó.

—¿Una corona? —preguntó Darai.

—Toda reina necesita una —dijo Nor, deslizando la mano por el muslo de Zahn mientras miraba a su pueblo celebrar en las calles—. La quiero usar mientras nos damos un festín con los huesos de la galaxia.

Lira siempre había sido una con los cielos.

Adhira, un planeta terraformado al extremo, le había enseñado a amar, vivir la vida sin poner los pies en el suelo.

El suelo era un lugar confuso, con límites y leyes.

Los cielos no ofrecían más que una libertad interminable.

Tenían todo para dar, y no exigían nada a cambio.

Y aun así, estar de nuevo en Adhira…

Mi hogar, pensó Lira, parada en el templo de roca en la cumbre de la montaña fortaleza de Rhymore, el punto central del mundo terraformado.

Le había tomado a la carreta de transporte dos horas para arrastrar hasta este lugar al *Saqueador* arruinado desde el sitio del choque, le llevó a Lira otra hora para explicarles a los Centinelas de la reina Alara lo que había sucedido, y otra más para finalmente encontrar un momento para escapar de las chicas una vez que se acomodaron en el ala de huéspedes en la profundidad de la montaña.

Sus preguntas y las miradas preocupadas que le arrojaban a Lira eran demasiado para su estado emocional, de por sí frágil.

Necesitaba un momento para calmarse.

Para redescubrir su paz.

Se había alejado de la tripulación sin que la vieran mientras almorzaban, y pasó junto a Dextro y Alfie cuando enlazaban una llamada con el general Cortas. Se sorprendió cuando Dex levantó la mirada y le preguntó cómo se sentía: jamás habría pensado que fuera capaz de una cortesía como ésa. Ella le ofreció una sonrisa pequeña y atónita antes de escapar.

Finalmente, después de recordar el camino por los sinuosos túneles de la montaña y subir unas escaleras tan altas que Lira pensó que las piernas le explotarían por el esfuerzo de sus músculos ardientes, logró llegar a su destino.

Y ahora aquí estaba parada, en la cima de Rhymore. Recobró el aliento, bebió agua dulce de una cuenca de roca roja pulida en el centro del encumbrado templo y admiró el panorama del principio de la tarde que más había extrañado desde que se fuera de este planeta, hacía cuatro años.

Aunque el templo era pequeño, con apenas el espacio suficiente para albergar unos cuantos cuerpos a la vez, para Lira era el lugar más espacioso del mundo. Nada salvo las cuatro columnas de roca y la saliente que le llegaba a la cintura se levantaba entre ella y el cielo, y el panorama de Lira era interminable.

Desde aquí, podía ver *todo* Adhira, hasta donde pudieran llevarla los ojos.

Era aquí, sobre la montaña misma, a donde Lira había venido incontables veces de niña.

Cuando su padre pasó a la siguiente vida. Cuando le hicieron su Ceremonia de Eflorescencia, y cuando simplemente quería escapar del peso del mundo que llevaba sobre los hombros. Aquí, la montaña siempre había ofrecido llevar su carga.

Había sido aquí, año tras año, que una Lira mucho más joven solía venir a sentarse con un grueso chal de lana alrededor de los hombros, mientras el viento frío peinaba su rostro, y se había permitido soñar.

Un catalejo único y enorme se alzaba vacío y a la espera en el centro del templo de la montaña. Estaba hecho de exactamente el mismo varilio que el *Saqueador*, adquirido hacía mucho en un intercambio con Xen Ptera.

Aunque el varilio era irrompible, Lira tuvo cuidado mientras apretaba el ojo contra el ocular frío.

Unos cuantos ajustes, unos cuantos giros y destellos de luz, y Lira sintió que una sonrisa se extendía por su rostro.

Su pecho se aligeró. Se aceleró su pulso.

Aunque había visto este panorama cientos de veces, seguía arrebatándole el aliento. Por el catalejo, todo Adhira se desplegó frente a ella, como un mapa perfecto y diminuto.

¡Por los cielos, cómo había extrañado este planeta! Hacia el norte, podía ver la extensión esmeralda que conformaba Aramaeia, la selva terraformada repleta de árboles monstruosos que se extendía todo el camino hasta las nubes y más allá. Dentro de esos árboles estaba el bullicio de ciudades enteras. Al borde de Aramaeia, entre los árboles, estaban las Cascadas de Amorga. Hacían un ruido tan estrepitoso que era imposible oír cualquier otra cosa una vez que te acercabas a medio kilómetro de su ubicación.

Ella había ido a esas cascadas. Había nadado en sus profundidades, y había explorado la Ciudad Hundida que estaba después.

El viento soplaba, y le hizo cosquillas a los sentidos de Lira. Giró el catalejo hacia el oeste, donde un verde interminable se desdibujaba entre unos rojos y marrones profundos.

Las Arenas de Bailet estaban salpicadas de giamontículos, piedras desérticas de kilómetros de altura. La ciudad de Lavada prosperaba dentro de los monstruosos pilares, donde los citadinos se paseaban a través de una serie de túneles sinuosos. No eran los únicos habitantes dentro de esos pilares. Lo compartían con los *vergs*, unas gentiles criaturas del color de la arena con muchos ojos que les ayudaban a ver en las profundidades de los giamontículos. Tenían casi la misma cantidad de patas que de ojos, y ésas le permitían arrastrarse por los túneles más profundos bajo el suelo que todavía no estaban habitados por otros residentes lavadianos.

Lira se estremeció. Nunca había sido fanática de los insectos gigantes que se retuercen.

Volvió a mover el catalejo, luchando contra un soplo fresco de viento. Ajustó la mirilla hasta que apareció una visión de un azul profundo y hermoso. El Mar Infinito, un mundo de agua tan insondable como amplio; su gente estaba dotada de agallas y de dedos palmeados en las manos y los pies, y eran capaces de vivir bajo el estruendo de las olas.

Y aquí estaba parada Lira, muy lejos, en el cielo.

En el centro de todo.

Amaba este lugar. Había sido aquí, sola en este mismo balcón, donde Lira había conocido por primera vez los amores más grandes de su vida.

El cielo.

Las estrellas.

Y las naves que volaban entre ellas.

—¿Admirando la vista?

Lira levantó la vista tan rápidamente que casi se cae.

Esa voz. Cómo la había extrañado.

—¡Bastardo escurridizo! —siseó Lira.

Luego pasó junto al catalejo y cruzó hasta el otro lado del templo con tres pasos largos y veloces, hasta lanzarse entre los brazos de su hermano gemelo.

Lon era mayor que ella por sólo unos cuantos minutos, pero nunca le permitía olvidarlo. Él era la fuerza bruta y ruidosa contra el silencio tranquilo y calculado de Lira. Era el que siempre se burlaba de ella por tener la nariz metida en las páginas de los libros... Y aun así, a menudo se había gastado su sueldo para comprarle los mejores que podía encontrar.

—Debo admitirlo, hermanita —dijo Lon, sosteniéndola al alcance de la mano—, esta vez te superaste con tu entrada. ¿Destrozar un campo completo de cultivos hrevanos y, en el proceso, *también* tu nave? —sonrió de oreja a oreja, y le brillaron los ojos morados—. Sin duda, has cambiado.

Él siempre supo cómo provocarla. Pero Lira sonrió al mirar a su hermano.

Astrodioses, cómo había crecido.

Ya medía al menos una cabeza más que ella, y sus brazos azul pálido estaban repletos de músculos que se extendían hasta un cuello grueso y unos hombros fuertes. Llevaba puesta la tradicional camisa verde holgada y sin mangas de los Centinelas. Lucía un emblema adhirano dorado y brillante prendido en la tela justo arriba del corazón.

—¡Te ascendieron! —suspiró Lira.

—No es fácil trabajar para la reina Alara, como bien podrás imaginarte —Lon esbozó una sonrisa de gato de bosque, lo que le ganó otra sonrisa de Lira. Golpeó los nudillos contra el emblema adhirano, la interminable espiral que significaba vida—. Ha pasado mucho desde que te fuiste, bichito.

Ella arrugó la nariz.

—Creí que ya había dejado atrás ese horrible apodo.

Él soltó una carcajada retumbante, comparable con el viento de la montaña.

—Podrás dejar tu planeta atrás, Lira. Pero eso no cambia lo que eres por dentro.

El silencio se abatió sobre ellos, repentino y penetrante.

Una mancha única de escamas en la mejilla derecha de Lon se puso tibia, reluciendo con el azul más ligero. Cerró los ojos y apretó la mandíbula, haciendo desaparecer las emociones con la voluntad.

Siempre había sido mejor que ella para controlarlas.

—Lon —susurró Lira—, te he extrañado. Pienso en ti todos los días. He querido visitarte, en serio. Es sólo que...

Que me volví una criminal, pensó. *Que tenía miedo de lo que pensarías de mí, de la persona en la que me convertí.*

—Dejaste de mandarme noticias —dijo él—. Desapareciste, Lira. Lo único que tenía para mantenerme al día contigo eran las... —tragó saliva con fuerza, y volvieron a relucir las escamas de su mejilla— noticias sobre cierta tripulación de chicas que buscaban su rastro, del otro lado de Mirabel. Crímenes que no quiero ni empezar a discutir.

Ella cerró los ojos. Desvió la mirada de la expresión de dolor de su rostro, tan parecido al de ella.

—Cambiaron las cosas allá afuera. Las situaciones se salieron de control. Yo... reaccioné.

—Hubo *muertes* —siseó Lon. Tenía la voz tan baja que casi se perdía en el viento.

—No por mis manos —prometió Lira—. Lo juro, Lon. Lo juro en este lugar sagrado.

Él flexionó la mandíbula mientras apretaba los dientes.

—Sé que no eres una asesina, Lira.

El corazón de ella se relajó, sólo un poco.

—Pero te fuiste. Me dejaste a *mí*, y decidiste olvidarte de casa.

—No —Lira levantó las manos—. Decidí protegerlos de quien me he vuelto, Lon.

Cayó el silencio entre los dos. En algún lugar más abajo, sonó una campana. El tañido, profundo y pleno, se extendió por la ladera de la montaña y se escurrió a los oídos de Lira. Significaba que la reina Alara estaba aceptando peticiones del pueblo adhirano, jóvenes y viejos, ricos y pobres.

Alara era una líder sabia, amorosa y atenta. Se preocupaba con todo el corazón por Adhira, y se entregaba completa al cuidado de su pueblo.

Era algo que Lira jamás podría hacer, jamás podría siquiera *soñar* con hacerlo.

Así que escapó. Se había vuelto alguien que no era digno.

Había creado demonios que la perseguían, aquellos que no podría dejar atrás jamás.

—No tenemos mucho tiempo solos, así que te lo diré en breve —dijo Lon, atrayendo su atención de nuevo hacia él—. No importa en qué creas que te has convertido... —suspiró, y volteó para mirarla—. Sigues siendo mi hermana. Y yo siempre tendré lugar en mi corazón para ti. La antigua tú. La nueva tú. La tú en la que todavía tienes que transformarte —presionó dos dedos contra su frente—. No tengo que estar de acuerdo con todo ello, Lira, pero mi lealtad es tuya... hasta que la montaña caiga.

Hasta que la montaña caiga.

Ésas eran las últimas palabras que él le había dicho... antes de que escapara en una nave y tomara una vida en los cielos.

El corazón se le volvió a estrujar.

—No todo es malo… lo que las chicas y yo hacemos —dijo Lira, intentando hacer más ligero el tono de su voz. Se movió de nuevo hacia el catalejo y pasó las puntas de los dedos encima de éste—. No puedes ni empezar a imaginarte lo que ha pasado en los últimos días.

—Me imagino que es una historia como pocas —dijo Lon—. Tomando en cuenta que ni tú ni tus amigas se están pudriendo en alguna celda en el corazón de Rhymore justo ahora por ese aterrizaje de emergencia. Y justo antes de la Revalia, además.

Lira hizo una mueca. Había olvidado por completo que era el festival de la paz. Era un evento anual en Adhira, una celebración del fin de la guerra contra Xen Ptera.

—Déjame contarte mi lado de la historia, entonces —dijo Lira—. Deja que te explique qué ha pasado, para que puedas tratar de verlo desde otra luz.

Lon sacudió la cabeza.

—Lira… no puedo.

—¿Sólo lo bueno? —preguntó Lira, y su voz se acomodó con ese tonito de súplica que usaba con él cuando eran más pequeños. Cuando ella desesperadamente quería la última mordida de su merengue de musgo, o jugar con uno de sus juguetes—. Soy piloto de astronaves, Lon. Justo como siempre soñé que lo sería —puso la mano en su brazo tibio—. Hasta adopté esa porquería de hábito que tratas de esconderle a la reina.

Los ojos de él brillaron.

—También tú tienes tus secretos —bromeó ella.

—¿Goma de mascar Lunar, bichito? —chasqueó la lengua y sacudió la cabeza. Pero entonces sonrió, y el calor se extendió de nuevo por sus facciones mientras mordía el anzuelo—. Por todos los Astrodioses, ¿qué te llevó a hacer eso?

—No puedes ni imaginártelo —dijo Lira, y miró al cielo—. Las cosas que vemos allá arriba, Lon. Es…

—No es algo que aprobaría la reina —Lon terminó la frase. Levantó un dedo mientras Lira fruncía el ceño—, pero tiende a ser un poco rígida. Y es exactamente por eso que… si reprimes las cosas que ella no necesita saber… no le contaré ni un solo detalle de lo que estás por decirme.

Ella abrió la boca para compartir, pero él la detuvo con una ceja arqueada.

—Sólo lo bueno. Si tiene algo que ver con Adhira, cualquier cosa que pueda amenazar a este planeta, no lo escucharé.

—Lo juro —dijo Lira—. Sabes que jamás haría algo que dañara este lugar, Lon.

Él inclinó la cabeza.

—Entonces adelante, bichito —cuando volvió a levantar la mirada, sus ojos estaban llenos de entusiasmo—. Nada más… empieza.

Y así se quedaron parados, hermano y hermana, dos mitades de un entero, mientras el viento adhirano azotaba el templo y Lira le contaba sus historias.

Él sacudió la cabeza divertido cuando le describió a Gilly y su espíritu fogoso. Sonrió cuando le habló de las danzas de Andi y de sus uñas pintadas de rojo y la manera en que su música inundaba por todos los pasillos de la nave. Gruñó algo sobre esos Guardianes engreídos cuando Lira le habló de Dex, y silbó con aprobación cuando le describió las comidas exquisitamente preparadas por Breck. Soltó una carcajada cuando Lira le contó algunos chistes neovedanos, y de las bromas que Breck compartía con Gilly.

Sujetó los brazos de Lira cuando le habló de sus persecuciones a toda velocidad y de la misma manera en que podía pilotar una nave como un pájaro incansable. Los planetas que habían visitado, las atmósferas tan increíbles a las que habían entrado, los mundos gloriosos más allá de éste. Planetas hechos de hielo. Planetas de diamante. Planetas que nunca veían la luz del día, tan fríos que el aire casi les había congelado los motores de la nave antes de que pudieran alejarse volando.

Todo el tiempo la escuchó; de vez en cuando se mordía el labio inferior, pensativo.

Lon siempre supo que Lira albergaba una oscuridad en el alma. Un pequeño *tirón*, un diminuto *susurro* en el fondo de la mente que siempre la llevaba mucho más allá de las travesuras que Lon solía hacer cuando crecieron aquí.

Ella se había enamorado, no de alguien, sino de los cielos, de la aventura.

Había encontrado una nave llena de chicas con su propia afinidad por la oscuridad, y que reflejaba la propia.

Cuando terminó, Lon la miró por un rato.

—Nunca fue tu destino quedarte aquí —dijo él—. Lo supe desde el momento en el que intentaste saltar desde este mismo templo con alas hechas de hoja atadas a los brazos.

Lira soltó una carcajada.

Él la envolvió con un brazo y la estrechó.

—Bienvenida a casa, bichito —lo sintió respirar junto a ella. Exhalar, profundamente—. Detesto arruinar tu extraña llegada a casa… pero…

—¿Qué pasa? —Lira se separó.

Lon se encogió de hombros, con una sonrisa torcida en el rostro.

—La reina solicitó una reunión privada contigo. Y, ya que yo seré tu Centinela personal por ahora… vine a llevarte con ella. Y asegurarme de que no escapes mientras ella te da el castigo que considere apropiado por el daño que tu nave causó a los campos hrevanos.

—Claro que lo harás —dijo Lira con un gemido—. ¿Y mi tripulación? ¿También ellas estarán ahí?

Lon sacudió la cabeza.

—No. Sólo tú. No tiene deseos de hablar con la tripulación —levantó las manos—. Son sus palabras. No las mías.

—Perfecto, pues —dijo Lira—. Si ya eres un Centinela tan grande y aterrador… —le pellizcó la mejilla, obligando a las escamas a iluminarse con un destello de enojo—. Me tendrás que perseguir hasta allá abajo.

—Lira, no tengo tiempo para juegos de niños.

Pero ella ya estaba en camino.

—¡Ya estás perdiendo! —gritó mientras pasaba volando junto a él, deslizándose ágilmente por la escalera del templo que conducía a los túneles montañosos, fingiendo que era una escalerilla del *Saqueador*.

—¡*Lira*!

El gruñido retumbante de Lon reverberó mientras intentaba alcanzarla en vano.

No tenía la menor oportunidad.

CAPÍTULO 47
VALEN

Lo primero que notó fue la luz.

Incluso con los ojos cerrados, Valen podía percibirla brillando justo en la superficie de sus recuerdos. Le recordaba la breve temporada primaveral de Arcardius, su época favorita del año. En esas mañanas, le encantaba quedarse dormido con las ventanas abiertas, para que la suave brisa entrara ondeando las cortinas.

Si lo intentaba con suficiente fuerza, podía imaginarse que estaba en su cama, mientras el trino distante del cantar de los pájaros lo despertaba suavemente. El sonido de las hojas que bailaban sobre las ramas, el suave golpeteo de los pies justo afuera de la puerta. Sin duda, algún criado que entraba para empezar su día de trabajo.

Pero ése era el pasado. Pronto despertaría, y la dureza de la realidad tomaría su lugar.

Lunamere tenía una manera de enterrarle las garras en la espalda a cualquiera, y de rehusarse a soltarlo jamás.

Valen suspiró y se rodó a un lado, encogiéndose al anticipar el duro frío de las piedras debajo de la mejilla, el espasmo de dolor que le perforaría el cuerpo lastimado.

Pero en lugar de piedra, sintió la suavidad de una almohada. En vez de dolor, entró a una suave montaña de frazadas. El tembloroso frío de Lunamere había desaparecido, y en su sitio había un calor que no había sentido en años.

Valen convenció a sus ojos, bañados por los residuos pegajosos del sueño, para que se abrieran.

Sí estaba acostado en una cama, con el cuerpo cubierto por frazadas verdes hechas de la seda más suave. Al fondo de la cama, notó Valen enarcando una ceja, había una bola de pelaje anaranjado. Un animal de algún tipo, tan acurrucado que no podía ver dónde tenía la cabeza, sólo que su lomo se levantaba y bajaba con respiros largos y perezosos. No había visto un animal de ningún tipo en años. Su mirada se extendió más allá de la criatura dormida, para examinar el cuarto.

Era un lugar salido directamente de los cuentos de hadas que había leído de niño, y por un momento se preguntó si era su propia versión de la vida después de la muerte. Quizá finalmente había muerto, y era aquí a donde había viajado. Un alma entre las estrellas, que finalmente se situaba en el lugar más seguro que su subconsciente pudiera recordar.

Las paredes curvas eran de piedra, con vides que cubrían toda la superficie rugosa. Sus ojos pasaron lentamente por ellas, siguiéndolas hasta donde se torcían y enredaban en una ventana grande y elegante tallada en la piedra.

Los ojos de Valen se abrieron más cuando vislumbró el mundo más allá.

La luz de la tarde parpadeaba a través de la ventana abierta. Muy abajo, se extendía por kilómetros un bosque interminable, con árboles tan altos que perforaban las nubes del cielo.

Valen podía apenas divisar una enorme cascada blanca que retumbaba a la distancia, y cuando sopló el viento, se imaginó el sabor del agua en los labios.

Deseó que su hermana estuviera con él en este momento para beber esta belleza... fresca y fría y tan llena de vida.

Esta habitación, estas frazadas, esta vista. Era como una pintura hecha por un artista con muchas más habilidades que las suyas. Valen se movió ligeramente, y se encogió cuando el dolor en su cuerpo arruinado finalmente lo golpeó. Si fuera un sueño, el dolor habría desaparecido. Esperó a que la oscuridad se abatiera sobre él y lo robara.

—Qué vista tan maravillosa, ¿no crees? No hay nada como una tarde adhirana.

Valen giró la cabeza al escuchar la voz de una mujer.

Detrás de él, una parte de la habitación de roca parecía haberse abierto, revelando una puerta escondida que no había visto antes. En la entrada estaba una hermosa mujer que le recordaba una caja de pinturas.

Su cuerpo era un mosaico de colores que se fundían unos con otros, algunos de un naranja tan brillante como la bola de pelaje que aún dormía a los pies de Valen, otros de un rosa que le recordaba a los atardeceres que encendían el cielo arcardiano. Llevaba puesta una delgada túnica de tejido verde, el color contrastaba tan intensamente con las tonalidades del atardecer sobre su piel que Valen casi sollozó ante la belleza de todo ello.

Ella era increíble. Los dedos de Valen se crisparon por la necesidad de pintarla.

Pero lo más extraño de todo... Valen *conocía* a esta mujer.

Todo le regreso en este momento. Los recuerdos de su rostro en transmisiones holográficas con su padre, discutiendo el comercio. Fotografías de ella en los libros mientras estudiaba a los líderes de otros planetas capitales.

—Su alteza real —dijo Valen, de algún modo encontrando la voz. Su garganta se sentía hecha polvo, como si no la hubiera usado en semanas—. Pero... usted es adhirana. ¿Cómo?

Él nunca había estado en el planeta terraformado de Adhira... qué raro que lo soñara en la vida después de la muerte.

La mujer inclinó la cabeza, con una pequeña sonrisa en los labios como si reprimiera una carcajada.

—Prefiero que me digas reina Alara sencillamente, joven señor Cortas. Y para responder a tu pregunta de por qué soy adhirana... bueno, sería como si yo te preguntara cómo es que eres arcardiano. Simplemente somos lo que somos. ¿No estás de acuerdo?

Valen asintió y se encogió al sentir una punzada de dolor.

Un sueño extraño, sin duda.

—Quería decir —dijo él, ahora concentrándose en elegir sus palabras—, ¿por qué estoy aquí?

—Debes estar confundido —dijo Alara, sonriendo gentilmente. Alisó una arruga de su vestido con las puntas de sus delicados dedos—. Pasaste por una experiencia bastante traumática, señor Cortas. Por suerte, tu padre envió un IA programado médicamente junto con tu tripulación de rescate. Si no... —su delicada ceja se frunció—, tu padre y yo no estaríamos aquí teniendo esta conversación.

—¿Mi padre? —el estómago de Valen dio un vuelco.

Intentó impulsarse sobre las almohadas, pero sintió como si algo le arrancara la columna. El dolor en su espalda floreció. Valen cerró los ojos y respiró profundamente, tratando de alejarlo con la imaginación. Pero no se iba.

Con cada respiro empeoraba, y súbitamente se descubrió gimiendo y apretando la quijada para no gritar.

Alara cruzó el cuarto en silencio y se detuvo junto a su cama.

—Ay, cielos. Me parece que ya se pasó la hora de darte otra dosis de JemArii. Eran bastante profundas las laceraciones de tu espalda. Probablemente sea a causa del sedante que estuviste dormido durante el choque.

—¿Qué choque?

—Los detalles no importan en este momento, Valen. Lo que quisiera saber es... ¿qué es lo último que recuerdas? —se acercó un paso más a él, con esa fresca sonrisa todavía en los labios—. Estuviste en Lunamere por mucho, mucho tiempo —él sintió las frescas puntas de sus dedos sobre su piel, y de repente apareció en su mente la imagen de otra persona.

Una reina de la oscuridad.

Un demonio con piel de mujer.

Se encogió, y volvió a soltar un grito ahogado cuando su cuerpo mutilado palpitó del dolor.

—Nor —respiró. Cerró los ojos con fuerza, y ahí estaba ella, parada sobre él, con las manos extendidas.

—Ella no está aquí, Valen —dijo la reina.

Pero él ya no estaba escuchando.

—Abre los ojos, muchacho —dijo ella—. Abre los ojos para que veas que estás a salvo.

No podía hacerlo. No quería abrirlos, porque sabía que cuando lo hiciera, estaría de vuelta en su celda.

—Yo soy Valen —se susurró a sí mismo.

Todavía podía sentir la suave cama debajo de él, pero en la mente sabía que no era real.

—Yo soy Valen. Yo soy Valen. Yo soy...

La puerta se abrió con un golpe estremecedor. Y entonces había manos sobre sus muñecas, voces que pronunciaban su nombre, que le decían que se mantuviera en calma, que estaba a salvo, que ya no estaba en Lunamere.

—Ahora no —dijo él—. Ahora no, ahora no… —se retorcía contra sus captores. No podía liberarse.

Jamás quedaría libre.

—Vuélvanlo a tranquilizar —dijo la voz de Alara—. Estamos yendo demasiado rápido.

Valen sintió el agudo pellizco de algo que se hundía bajo su piel. Lo envolvió la tibieza, y con ella llegó una ola de mareo, como si estuviera dentro de una astronave durante una colisión.

Se desplomó contra las almohadas, y mientras lo hacía, se abrieron sus párpados suavemente.

Lo último que vio fue a Androma Racella que se inclinaba desde las sombras, al otro lado de la habitación, la mitad de su rostro fulguraba mientras la luz del sol se derramaba sobre su piel, como una pintura.

Capítulo 48
Lira

Lira había olvidado lo extraño que era estar en su planeta. Odiaba la sensación de tener el peso extra sobre los hombros. Como si hubiera algún bagaje que no pudiera sacudirse, que se aferraba a sus huesos.

Pero había llegado aquí sola. Había dejado a Lon muy atrás en los túneles, al recordar un viejo escondite que había usado de niña. Se había metido en un resquicio entre la pared del túnel y un viejo busto tallado a mano del gobernante original de Adhira, el rey Rodemere Ankara, el hombre que tuvo una influencia muy fuerte en el credo adhirano sobre vivir en armonía con los demás.

Ahora Lira se levantó y se abrió paso por el último túnel que llevaba a los aposentos privados de la reina, haciendo su mejor esfuerzo por recobrar el aliento y alisarse las arrugas del vestido mientras caminaba.

El piso de roca se sentía frío sobre los dedos de sus pies descalzos, y las parpadeantes antorchas azules iluminaban su paso como viejas y conocidas amigas que la saludaban. Pero no se sentía como un recibimiento a casa.

Se sentía como una marcha de la muerte.

Al caminar, Lira pasó junto a otros habitantes de su pasado: una mujer cornada que era la costurera de Rhymore. Un Guardián jubilado que se había mudado de Tenebris para convertirse en uno de los tutores de Lira. Algunos parecían sorprendidos de su regreso. Otros —no del todo entregados a la idea de la armonía— la observaban viendo o la fulminaban con la mirada o preguntaban por qué había regresado después de todos estos años.

Al fin, aparecieron los aposentos privados de la reina Alara. Las enormes puertas de roble, de al menos dos pisos de altura y talladas a mano por artesanos de Aramaeia, estaban cerradas al final del túnel.

Dos Centinelas, ambos con los mismos emblemas dorados que Lon llevaba en el pecho, estaban de pie, empuñando sus báculos de piedra.

Las puertas se abrieron cuando Lira se acercó, crujiendo y gruñendo bajo su propio peso.

Y ahí estaba la reina, esperando, con su atención concentrada en una brillante pantalla que tenía en el regazo.

Alara era hermosa en todos los sentidos de la palabra, por dentro y por fuera. Su estructura era ligera, perfectamente proporcionada, escamas en la piel. Tenía una postura elegante, conseguida sin esfuerzo.

Lira siempre había admirado la belleza de Alara, pero ésta palidecía en comparación con la inteligencia de la mujer.

Estaba sentada en una banca cubierta de musgo junto a una pequeña ventana tallada que daba a la ladera de la montaña. Un vientecillo entraba por los vanos en forma de diamante que dejaban entrar la cantidad de luz suficiente para que Alara resplandeciera.

La reina a quien nadie le temía, que amaba a todos.

—¿Me mandaste llamar?

La voz de Lira tembló un poco mientras entraba al gran espacio, adornado por antiguos tapices tejidos que colgaban en las paredes y las enredaderas que se torcían por todos lados, cubriendo hasta el techo abovedado de roca.

—Lirana —dijo la reina sin levantar la mirada—. Por favor, entra —seguía viendo la pantalla holográfica, golpeteando con una cadencia que hacía que Lira pensara en el picoteo de un pequeño pájaro.

Lira tragó saliva, luego se armó de valor.

Ella era la piloto del *Saqueador*, y a pesar del hecho de que su nave había caído inesperadamente —*no era culpa suya*— y que había condenado a todo un campo de cultivos a convertirse en un desperdicio ceniciento —*en parte, su culpa*— y de que no quería estar ahí en absoluto… aceptaría las consecuencias.

Entró al cuarto con los hombros firmes, y se detuvo justo frente a la reina de Adhira.

Sabía hacia dónde iría la entrevista. Así que, antes de que Alara pudiera hablar, Lira abrió la boca para explicar.

Pero la reina levantó una palma de la mano.

El silencio se cernió entre las dos.

La frustración se apoderaba de los sentidos de Lira, como un gusano intentando escabullirse dentro de su cráneo. Apretó la quijada. Apretó los puños.

Luego, al fin, Alara levantó la mirada para encontrar la suya.

—Acabo de tener una conversación bastante desafortunada con Valen Cortas, esa pobre alma torturada, así que evítame cualquier saludo dramático que hayas preparado.

Lira se quedó boquiabierta mientras Alara se levantaba.

—¿Valen está despierto?

La reina asintió.

—Siempre todo es muy interesante cuando estás por aquí. Bienvenida a casa, mi joven sobrina. Ha pasado mucho, mucho tiempo.

CAPÍTULO 49
LIRA

A Lira le temblaban las rodillas.

¿Cómo, centellas malditas, después de todas las cosas que había visto en esta galaxia, después de todo lo que había hecho y los enemigos que había enfrentado, lograba su tía amorosa y hermosa hacerle sentir miedo?

—Te fuiste —dijo Alara— sin decirme una palabra. Engañaste a mis Centinelas. Abordaste una nave con una tripulación de forasteros, hombres y mujeres que yo no conocía, de un planeta rebelde que no he visitado, y decidiste emprender una vida en la que las únicas noticias tuyas las encontraba en los carteles de los más buscados que aparecían en mis transmisiones bilunares.

De alguna manera, aunque Alara todavía estaba sentada y su voz era suave, tranquila y uniforme, Lira sintió como si le estuvieran gritado mientras se encogía contra la pared.

—Me hirió el corazón, Lirana —prosiguió su tía, manteniendo los ojos esmeralda sobre Lira todo el tiempo—. Pero lo que más me hirió fue observar a tu hermano caminar por los pasillos como si buscara un fantasma. Después de todo lo que sufrieron juntos, decidiste abandonarlo.

Se trataba de eso, entonces.

Cada palabra era peor que una puñalada en el vientre de Lira.

Pero ella sabía que esto sucedería. Se había preparado para este discurso, año tras año. Era la razón por la que no había regresado a casa desde que se había ido a buscar una vida como piloto de astronaves. Era la razón por la que Andi no había aceptado ningún trabajo en Adhira.

Porque entendía el dolor de enfrentar el pasado.

Andi y Dex habían tenido su conversación. Ahora le tocaba a Lira.

—Te ofrecí mi título, muchas veces —dijo Alara. Mirándola todavía, hablando con ese tono tranquilo, uniforme, regio. Lira se miró las puntas de los pies—. Te ofrecí una vida de seguridad y comodidad dentro de esta misma montaña, donde pudieras tener todo lo que siempre quisiste. Y es más, Lirana, podrías tener todo Adhira en las puntas de los dedos. Todo un planeta lleno de gente que podrías llamar tuya. Para proteger. Para gobernar.

—¡Pero ése es el punto! —siseo Lira, luego parpadeó sorprendida, porque su voz simplemente hubiera brotado. Y ahora que la presa se había reventado, no la podía contener—. No quiero tu estúpido título. No quiero gobernar. No quiero cuidar a todo un planeta lleno de gente —dio un respiro profundo, y finalmente miró a su tía a los ojos—. Te amo, pero no quiero *ser* tú.

Y ahí estaban.

Las palabras que Lira se había guardado en el pecho por tanto tiempo, desde que su tía había empezado a entrenarla para el puesto. Alara nunca pudo procrear hijos, pero cuando su hermana dejó de cuidar de Lira y Lon, Alara se convirtió en su única guardiana.

Y Alara pensó que había encontrado a su heredera.

Había querido compartir su mundo con Lira, cada animal, planta y persona que vivía y respiraba en todo lugar.

Pero fue demasiado, por mucho.

No quiero el título. No quiero el trabajo. No quiero la responsabilidad.

Quiero volar entre las estrellas. Quiero navegar por las nébulas. Quiero pilotar mi nave tan cerca de un agujero negro que el miedo casi me sacuda el cuerpo. Y luego quiero poder superarlo.

Todas esas cosas, Lira las había dicho ya.

¿Pero esto?

Nunca había tenido las agallas de compartir esto con su tía.

Alara asintió lentamente, como si estuviera meditando las palabras de Lira.

Se detuvo y presionó un botón sobre la pequeña banda plateada que tenía alrededor de su delgada muñeca. Momentos después, se abrieron las puertas de sus aposentos, y entró un Centinela.

El corazón de Lira dio un vuelco.

Lon.

Él le sonrió a Lira como pidiéndole disculpas mientras pasaba caminando, con los ojos clavados en el suelo al tomar su lugar junto a su tía.

—Te he amado como si fueras mi propia hija —dijo finalmente Alara—. Después de todos estos años, Lirana, e incluso con el dolor que tu hermano y yo hemos soportado por tu ausencia... te sigo considerando un pedazo de mi corazón. Una parte vital de este planeta —miró a Lon de reojo—. Muéstraselo.

—¿Que me muestre qué? —preguntó Lira.

Con un suspiro profundo, Lon levantó una pantalla brillante.

En ella había una fotografía de Lira, sonriendo despreocupada. Ella conocía esa foto. Era de su Ceremonia de Eflorescencia. Su vestido era hermoso, la tela como un elegante arroyo fluido, en cada tonalidad de azul que se pudiera imaginar. Lira estaba parada frente a un atardecer y su rostro estaba iluminado por una sonrisa y por la luz del crepúsculo. Y Lon a su lado con el brazo alrededor de sus hombros. Con una sonrisa idéntica a la suya.

—Ésta es una fotografía de una chica que alguna vez amó su hogar y su familia —dijo Alara—. Ésta es la hija a quien crié —se quedó mirando la imagen, sonriendo con tristeza.

—¡Todavía te amo! —aulló Lira. Podía sentir que se le volvían a calentar las escamas mientras se esforzaba por alejar las emociones—. Nunca he dejado de amarte. Pero ya no soy la misma chica —suplicó—. Nunca lo fui, Alara. Es como si durante toda mi vida aquí, hubiera estado… actuando un papel. Por ti. No por mí.

Alara asintió, y Lon se mordió el labio inferior, mordisqueando la piel hasta que Lira temió que fuera a sangrar.

—Siempre fuiste una soñadora —dijo Alara—. Lo supe desde que naciste. No sé en qué tipo de telaraña te enredaste, pero sé que si involucra al general Cortas, temo por tu seguridad.

Con la sola mención de su nombre, Lira arqueó la ceja.

—Es un buen líder, pero su honestidad y sus métodos son cuestionables, en el mejor de los casos. Sin embargo, ha estado en constante comunicación conmigo, y yo con él, desde el primer momento en el que aparecieron los carteles de la más buscada en las transmisiones.

—Lo lamento —dijo Lira.

En verdad lo lamentaba. Por la vergüenza que le ocasionaba a su tía. Por la preocupación que debía haberles causado tanto a Alara como a Lon.

—Conozco los planes que tiene para ti, y para el resto de la… —dio una respiración profunda y estremecedora— la tripulación con la que te alineaste. Si tienes éxito en tu misión de devolver a Valen Cortas a casa, el general Cortas te prometió un perdón absoluto por tus crímenes. ¿No es así?

Lira asintió.

—Yo quisiera ofrecerte algo más, también.

Su tía se volteó hacia Lon, quien golpeteó algo en la pantalla y lo giró para que Lira lo pudiera ver.

Los ojos casi se le salieron de tanto que los abrió.

—Durante años, he estado en pláticas con los otros líderes planetarios sobre sus propias flotas estelares. Debería haber actuado hace mucho con respecto a este tema. Y desde que una fuerza rebelde xenpterana secuestró a Valen Cortas, me di cuenta de que Adhira necesita una presencia más fuerte en el cielo, quieran las estrellas que no vuelvan a golpear otra vez, y en este planeta… o si algo llegara a suceder que nos regresara a ese agujero negro de la guerra —se golpeó la frente con dos puntas de los dedos y susurró una oración silenciosa a los Astrodioses—. Te amo, Lirana. Siempre te he amado. Me heriste. Traicionaste mi confianza. Pero somos familia, consanguíneas, atadas a este planeta por el deber, lo veas así o no.

Lira asintió otra vez, mirando todavía la imagen en la pantalla.

—Y así, por medio de muchas negociaciones con el general Cortas, tengo la posibilidad de ofrecerte esto.

Señaló la pantalla.

En ella había un documento oficial que establecía que Lirana Mette sería la nueva piloto de la nueva nave Exploradora Adhirana *Skyback*.

Era el modelo más veloz de la galaxia Mirabel. El más avanzado. Con mucho espacio para cargamento, mucho lugar para reunir y recoger y regresar a casa con lo que quisiera. Y también mucho espacio para armamento, algo que Alara nunca, en todos sus años gobernando Adhira, había aprobado.

La nave, elegante y hermosa, era la más deseada por cualquier conocedor de naves. Ni siquiera estaba disponible en el mercado todavía.

—Vivirías en Rhymore junto con tu hermano y conmigo —dijo Alara—. Por supuesto, tendrías que trabajar sin sueldo por un año para pagar los cultivos arruinados por tu reciente aterrizaje de emergencia. Y me aseguraría de que ingresaras a un entrenamiento mecánico para pilotos, con los mejores del campo, para que no repitas tus errores. También trabajarás para controlar tu pérdida de energía cuando te enfrentes con emociones fuertes, como siempre insistí. Me queda claro que no lo practicaste en tus viajes. Una vez que accedas a mis términos, estarás en libertad de pilotar esta nave. Tenemos comercio con varios planetas en todo Mirabel. Tú serías quien viajara, con Lon a tu lado y algunos más, para recolectar y entregar productos. Y en caso de que alguna vez surgiera la necesidad… ayudarías a entrenar a otros pilotos para proteger este planeta.

Lon se paró junto a Lira y habló.

—Será tuya, Lir. Tu nave. Tú la pilotarías para siempre. Por Adhira. Por nosotros. ¡Y yo estaría contigo en tus aventuras! Es todo lo que siempre quisiste, Lira.

Lira sintió que un remolino la llevaba hacia un espacio oscuro y profundo.

Había tantos recuerdos aquí. De su niñez, del dolor de su madre cuando la abandonó, la sensación de que no habría nadie quien los cuidara a ella y a Lon. Luego el rescate, cuando su tía los llevó a su montaña fortificada. Dentro de su corazón y sus brazos expectantes.

Ésa era la oportunidad de corregir las cosas con Alara y con Lon. La oportunidad de venir a casa, y seguir haciendo lo que más amaba.

Sin dirigir el planeta. Sin otro título más que el de piloto.

Diablos, ni siquiera tenía que ser capitana de la nave si no quería hacerlo. Alguien más podía tomar esas decisiones, y ella simplemente mantendría las manos sobre el timón y los ojos en el cielo.

Todo en su interior le rogó que aceptara.

Pero luego se infiltraron las palabras de su tía. Lira levantó la mirada hacia los dos.

—Dijiste que el general Cortas estaba involucrado. ¿Qué estabas... negociando con él?

Lon se volvió a morder el labio. Esta vez le salió sangre. Una pequeña gota de un delicado azul cielo primaveral.

—Esta oferta sólo es válida una vez —dijo Alara. Pareció erguirse más—, con la estipulación de que te retires de la actual misión. Sólo tienes que decirlo, Lirana, y estarás libre del encargo del general Cortas y de todos los peligros y frustraciones que conlleva. Tu tripulación puede permanecer aquí, por supuesto, hasta que esté arreglada su nave. Pero cuando se vayan, tú te quedarías en Adhira. Ya aparté los fondos para empezar a construir tu nave.

Lon dio un paso adelante, y se acercó lo suficiente como para que Lira pudiera sentir el calor de su cuerpo. Él tomó las manos frías de Lira entre las suyas.

—Sólo di que sí, Lir. Ya te divertiste. Ya tuviste tus aventuras, y no terminarían. Sólo serían... más seguras. En algo que aprobarían los Astrodioses.

El corazón de Lira subió como bala a su garganta.

Se sintió dentro de una batalla, con dos lados de su corazón que libraban una guerra.

El humo se empezó a filtrar desde el calor de sus escamas. Y aun así, Lon no la soltaba, aunque ella sabía que lo estaba quemando.

—Yo…

Dos pares de ojos sobre ella.

Dos sueños.

—Tienes hasta que tu tripulación se vaya de este planeta para decidir —dijo Alara.

—¿Las chicas? —preguntó Lira—. ¿Y si quisiera que ellas fueran mi tripulación, aquí?

Lon empujó la pantalla hacia las manos de Lira; el bosquejo de la nave —y el nombre de Lira sobre éste— a plena vista.

—Te amamos, bichito —dijo Lon—. Y queremos lo mejor para tu futuro.

—Y sentimos que ese futuro no las debería incluir —dijo Alara suavemente.

Lira los observó por un momento, luego volteó la mirada hacia la pantalla. Sintió que sus escamas traicionaban su estado emocional, así que Lira sólo asintió bruscamente antes de darse la vuelta para salir de la habitación.

Para salir caminando por los pasillos.

Viendo cómo chocaban el pasado y el futuro. Los rostros de su tripulación. Los cadáveres que yacían a sus pies. El dolor de dejar atrás a su familia, y la dicha de encontrar una nueva más allá de las fronteras adhiranas.

Después de pasear un rato, Lira finalmente encontró a Dex en la sala de su aposento temporal. Alfie estaba sentado junto a él en el sillón. El IA aceitaba su engranaje mientras Dex aceitaba su interior con una botella de Griss.

—Están en el Pozo —dijo Dex con un ademán.

Lira arqueó una ceja.

—¿Haciendo qué?

—Atacándose entre sí vorazmente, con una serie de maniobras defensivas y ofensivas —dijo Alfie sin levantar la mirada de su tarea.

—Se llama entrenamiento —explicó Dex. Su mirada se cruzó con la de Lira—. Gilly dijo que estaban prohibidos los niños.

—Tiene razón —dijo Lira. Observó a Dex por un momento mientras él hablaba con Alfie, con una sonrisa, en tanto el IA le hacía más preguntas—. ¿Dextro?

Dex levantó la mirada.

—La historia que le contaste a Andi en la nave —dijo Lira—. ¿En verdad no había otra manera de salvarlos a los dos?

Se le apagó la sonrisa mientras respondía:

—Si hubiera existido otro modo, Lira... —sacudió la cabeza, y su ceño se arrugó mientras daba un largo trago de Griss—. Habría acabado con la galaxia.

Lira asintió, comprendiéndolo. Dex levantó la botella de Griss hacia ella con un gesto de despedida mientras Lira salía de la habitación, en dirección al Pozo, un lago de agua dulce en las entrañas de la montaña, donde su tripulación la estaría esperando.

El corazón se le retorcía con el ofrecimiento que acababa de recibir.

—Otra vez estás enfurruñada —dijo Breck a Andi mientras daban círculos una alrededor de la otra, como dos tiburones hambrientos.

—No estoy enfurruñada —dijo Andi—. Sólo me estoy arrepintiendo de mis decisiones. Profundamente.

Breck levantó una ceja oscura.

—Pasas demasiado tiempo en tu propia cabeza. Es hora de que salgas de ahí —se abalanzó, y en un abrir y cerrar de ojos, Andi tenía el pie gigante de Breck en el estómago.

Andi salió volando.

Aterrizó con un gran chapuzón en el enorme lago que consistía la mayor parte del Pozo. Era lo doble de profundo de lo que medía de ancho, y unos peces coloridos destellaban en sus profundidades, dedicados a succionar las algas para que el lago permaneciera resplandeciente, con un tono cristalino.

Andi salió temblando y escupiendo en busca de aire, para encontrar que Breck, Lira y Gilly se carcajeaban a la orilla del lago. Sus risas resonaron por la inmensa caverna y se deslizaron por la superficie del lago azul. Los trabajadores de los alrededores levantaron la mirada de sus puestos sobre el puente que atravesaba el lago, olvidando por un momento los ductos con los que extraían agua del Pozo.

El Pozo de Rhymore no era exactamente el mejor lugar para entrenar. El espacio que rodeaba el lago era de piedra sólida y resbalosa, y la única fuente de luz provenía de los destellos aleatorios de los peces bajo la superficie del agua. Era difícil ver y moverse, y además tenían un público cautivo conformado por los trabajadores de la reina Alara que las observaban.

A pesar de ello para Andi era el lugar perfecto para que ella y su tripulación practicaran sus habilidades de pelea, que no habían podido realizar en tierra firme desde hacía tiempo.

—Te acaba de derrotar —dijo Gilly mientras Andi salía empapada del lago. Un pez succionador, con una boca casi humanoide, apenas perdió la oportunidad de aferrarse a su pierna.

—No es chistoso —dijo Andi mientras exprimía el agua de sus ropas y se sacudía el cabello. Nunca debió haber permitido que esa patada hiciera contacto. Se sentía lenta, como si la mente le pesara.

—En realidad fue muy chistoso —contestó Lira con una gran sonrisa.

—¿Tan chistoso como esto? —preguntó Andi.

Con un gruñido, saltó.

Lira la esquivó hábilmente, y sus pies descalzos se movieron con facilidad sobre las orillas rocosas del lago en el interior de la montaña.

El golpe de Andi casi hizo contacto con Gilly, en su lugar, pero la joven artillera se agachó, y luego se incorporó para responderle el golpe. Andi la bloqueó con sus brazaletes, y Gilly aulló como una criatura de la noche.

—¡Me la vas a pagar!

Se lanzó contra Andi, pero Breck se puso frente a ella, y los golpes de Gilly no alcanzaron su objetivo.

—Lira, de mi lado —ordenó Andi—. Breck y Gilly, enfrentamiento.

Su piloto la alcanzó, y juntas se giraron para enfrentar a Breck y Gilly.

—La primera en sacar sangre gana —dijo Andi—. Sin armas. Sólo puños y pies.

Gilly mostró los dientes y miró a Breck, quien estaba parada con las manos en puño para protegerse el rostro.

—Les vamos a ganar, y de qué manera, señoritas.

En un instante, las chicas entraron en acción. Fue una ráfaga de puñetazos; la ropa mojada de Andi la ayudó a deslizarse entre los dedos de Breck, mientras que los saltos graciosos de Lira la mantuvieron lejos del alcance de Gilly.

Mientras se movían, los pensamientos que distraían a Andi se escurrieron en su pelea. Otro oponente que enfrentar, y no importaba con cuántas ganas lanzara los puños, con qué esfuerzo encajara cada gancho y golpe, o esquivara uno con éxito, los pensamientos la atacaban con más fuerza.

Más feroces de lo que pudieran ser jamás los golpes de Breck y de Gilly.

Mientras Breck dirigía una patada contra el muslo de Andi, ella rápidamente le devolvía una. La gigante soltó una carcajada mientras Andi se dejaba caer y se alejaba, rodando, de otro ataque. Lira estaba ahí como refuerzo, lanzando golpes veloces al brazo izquierdo de Breck. Gilly respondió con una ráfaga de maldiciones y una piedra lanzada contra el rostro de Lira.

A medida que las chicas se movían y entrelazaban, Andi pensó en lo que todavía le faltaba por enfrentar.

Valen, al despertar, la había mirado como si supiera que su alma era negra. Andi suponía que lo era. Un alma que se había llevado tantas vidas debía estar manchada.

El puño de Breck le dio contra la mandíbula.

—¡*Sí!* —aulló Gilly.

El dolor le gritaba a Andi, pero se esforzó por alejarlo. No caería tan fácilmente.

Y aun así, mientras ella y Lira retrocedían, alejándose unos pasos para recobrar la compostura, los pensamientos sobre Valen volvieron con más fuerza.

Por supuesto que él no te quiere ver, Andi. ¿Por qué querría hacerlo, ver a la asesina de su hermana? Ni en un millón de años.

De todas las maneras posibles, Andi se culpaba por el dolor de Valen y su captura. Todos —los reporteros y los chismosos de la galaxia entera— habían hablado de cómo el joven hijo del general no seguía siendo el mismo después de la muerte de Kalee. Si Andi no hubiera chocado esa nave… entonces quizá Valen no habría salido en la noche, para caminar solo por el jardín memorial de Kalee.

No lo habrían capturado las fuerzas xenpteranas. Y entonces todo esto… Adhira, el aterrizaje de emergencia, el maremoto de emociones que estaba sufriendo Lira…

Nada de esto habría sucedido.

Andi sabía que ella era el principio de la espiral que lanzaba la vida de Valen —y de muchos otros— fuera de control.

—¡Tu izquierda! —aulló Lira.

Andi apenas evitó otra roca lanzada por Gilly. La joven artillera siempre encontraba municiones, hasta en el corazón de Rhymore.

Gilly pasó dando piruetas, burlándose y riendo mientras Breck y Lira se enfrentaban cara a cara.

—Vamos, capi —dijo Gilly, agitando un dedo frente a Andi.

Doblándose rápidamente, Andi salpicó agua helada a Gilly en el rostro.

Regresaron a la pelea dando tumbos.

Los pensamientos de Andi siguieron justo detrás.

Después de que la carreta de transporte los había dejado ahí, y los restos del *Saqueador* fueran llevados a las profundidades de la montaña, Andi y Dex habían llamado al general Cortas.

Había salido *muy* mal. A Andi todavía le dolía la cabeza por la conversación, en la que el general se había alterado tanto que Alfie le había sugerido que *consumiera una botella de sus tónicos tranquilizantes y retomara la conversación en un momento posterior.*

En algún momento, el general Cortas había acusado a Andi y su tripulación de ser una pérdida de tiempo. Dex había estado en desacuerdo con él, con lo que Andi rápidamente le recordó a Dex que ella podía defenderse sola, y una ráfaga de réplicas amargas empezó entre los dos.

Entonces el general los había reprendido y le había puesto fin a la llamada.

—Podría haber salido peor —dijo Dex antes de que se fuera cada quien por su lado. Al menos, las cosas salieron mejor de lo que siempre salían cuando se trataba del general. Tal vez.

Era con la reina Alara con quien Andi todavía debía tener una conversación.

Ella sabía que le esperaba una reprimenda —sin duda, más puntos negros en su historial—, pero se imaginó que a Lira le tocaría la peor parte del regaño de la reina adhirana.

Y hablando de Lira...

En ese momento se defendía de Breck en el centro del puente. La reluciente agua azul iluminaba el rostro de Lira y hacía que sus ojos destacaran nítidamente mientras rastreaban los movimientos de Breck y los reflejaba cuando le tocaba a Breck ponerse a la defensiva.

Los trabajadores se esparcieron, soltando gritos ahogados mientras las dos chicas se movían con rapidez y agilidad.

—¡Vamos! —gritó Gilly.

Tomó la mano de Andi y abandonó el ataque por un momento, mientras capitán y artillera se dirigían a acompañar a los otros dos miembros de su tripulación.

A medida que corrían, la invadían más pensamientos.

Completa este trabajo, y te perdonaré la pena de muerte. Arcardius volverá a estar abierto para ti otra vez. ¿Qué harás, entonces, con tu tripulación?

Abrirse con cada una de las chicas había sido difícil. Una capitana necesitaba a su tripulación, leal y fiel, pero una tripulación también tenía que confiar en su capitán. Había sido una batalla cuesta arriba dejar que las chicas entraran a su corazón, en especial después de la pérdida de Kalee y luego de Dex. Andi sentía recelo de apegarse emocionalmente a cualquiera.

Pero su tripulación la había conquistado, y Andi no podía rogarles a los Astrodioses lo suficiente para que las mantuvieran a salvo.

—Voy a entrar otra vez —dijo Gilly.

Corrió a toda la velocidad por el puente y saltó sobre la espalda de Breck, donde colocó sus manos diminutas sobre los ojos de Breck para obstaculizarle la visión.

—*¡Gilly!* —gritó Breck, y Lira dejó de pelear y dio paso a las carcajadas.

Andi dejó de caminar. Se paró junto a la base del puente, observándolas. Se dio cuenta, de repente, de que todo el corazón le dolía. Era un dolor casi físico.

Ella amaba a estas chicas. Eran las mujeres más fuertes que hubiera conocido jamás, y lo único que le quedaba en la galaxia. Si alguna vez les sucediera algo... Si alguna vez tuviera que enfrentar una decisión como la que había tomado Dex, cambiar a *una sola* de ellas por la vida de otra.

La visión de Andi se nubló mientras miraba a las chicas reírse, todas ellas dobladas en dos como si no tuvieran una sola preocupación en el mundo.

Apenas si las podía ver ahora, parada a unos cuantos pasos, sobre el puente, y aunque todavía estaba mojada por su caída al lago, se percató, cuando sintió un calor que se derramaba por sus mejillas, de que estaba *llorando*.

Astrodioses.

¿Qué demonios le estaba pasando?

Andi intentó sorberlas para que desaparecieran. Pero las lágrimas, casi como si las hubiera alentado, empezaron a caer con más fuerza. Más rápido, hasta que pensó que jamás se secarían.

En ese momento Andi advirtió que las chicas se habían quedado calladas.

—¿Andi? —preguntó Lira.

Toda se giraron para enfrentarla sobre el puente.

Andi escuchó pisadas, y de repente las chicas la estaban rodeando, la tomaban por los brazos y la llevaban más lejos. Bajaron de nuevo por el puente, pasaron la orilla del gran lago, dentro de las sombras de la caverna. Se acomodaron bajo la saliente de una roca filosa.

Las chicas se acercaron más y más a Andi, aguardando en silencio hasta que finalmente cesaron sus lágrimas.

Los trabajadores, ya sin el disturbio de la sobrina de la reina y sus amigas peleadoras, volvieron a sus labores. Una calma inundó la caverna.

Finalmente Lira habló.

—Tienes miedo.

No era una pregunta, y Andi se sintió agradecida de que en realidad no tuviera que contestarla. Gilly y Breck siempre habían supuesto que era valiente, por encima de tener que enfrentar un sentimiento tan pequeño y frágil.

Para ellas, ella era la capitana. Una criadora del miedo.

Pero Lira veía la verdad con la claridad con la que percibía el lago de montaña que se extendía frente a ellas.

—Me quiero disculpar —dijo Andi— con todas ustedes, por aceptar este trabajo —volteó hacia Lira—. Y contigo, por lo de antes, en la carreta de transporte. Sé que estar aquí no es fácil para ti.

Lira sacudió la cabeza.

—No necesito una disculpa, capitana. Necesito que digas qué te está molestando.

—¿Quieren oír hablar de Dex o de Valen primero?

Ninguna de las chicas respondió, como si todas le dieran empujoncitos suaves a Andi para que ella lo decidiera.

—Lo que me dijo Dex... —comenzó Andi, insegura de adónde llevaban sus palabras—. No estoy segura de poder manejarlo.

—¿En qué sentido? —preguntó Breck.

El corazón de Andi se estrujó mientras consideraba lo que estaba por decir.

—Todos estos años, pensaba que estaba muerto... y era más fácil. Era más fácil creer que realmente me había traicionado porque el dinero era más importante para él que el amor. Pero, ahora que sé la verdad. Si fuera cualquiera de ustedes la que estuviera cautiva… si fuera Kalee, y tuviera que entregar a Dex al enemigo a cambio —de repente se percató de que tenía miedo de sus propios pensamientos—. No estoy segura de que hubiera decidido algo distinto de lo que hizo Dex.

—Fue injusta la decisión que tuvo que tomar —dijo Gilly. Lo expresó de forma tan sencilla. Y tenía razón.

Lira asintió y se llevó las rodillas hacia el pecho, envolviendo los brazos alrededor de ellas.

—El dolor que te hizo pasar fue injusto, también. Pero la vida, y de eso estoy bastante segura, nunca toma en cuenta nuestros sentimientos cuando decide llevarnos por un camino cambiante.

Andi se quedó mirando al lago; los ojos le ardían por las recientes lágrimas.

—Intenté matarlo. ¿Y si lo hubiera logrado?

—No lo hiciste —dijo Breck. Sus ojos oscuros se encontraron con los ojos pálidos de Andi mientras hablaba—. Y ahora conoces su lado de la historia, y él conoce el tuyo. Los dos hicieron cosas terribles, rompieron promesas, arruinaron una confianza mutua. Puedes seguirte aferrando a tu enojo, si crees que eso te hará fuerte —ella sonrió un poco entonces—. Pero la fuerza bruta no lo es todo, Andi. Confía en mí: yo lo sabría.

—Breck tiene razón —coincidió Lira—. El enojo y el odio nunca le han dado a ningún hombre o mujer una paz duradera.

—¿Así que lo perdono y ya? —preguntó Andi—. ¿Paso a lo que sigue?

—Eso le corresponde a tu corazón decidirlo —dijo Lira.

Todas dejaron de hablar por un rato, perdidas en sus propios pensamientos. Gilly se acomodó junto a Andi y empezó a pasar los dedos por el largo cabello de Andi, que se iba secando.

—Ahora deberíamos hablar de Valen —dijo Gilly, torciendo el cabello de Andi en una elaborada trenza—. Porque todos sabemos que ése es un asunto completamente distinto al de Dex.

Breck soltó una carcajada.

—Sí. Definitivamente lo es, Gil.

Las chicas voltearon la mirada hacia Andi.

Ella suspiró. Ya estaba diciendo muchas verdades. Suponía que era hora de soltar unas cuantas más, antes de que se le acabara el valor.

—Valen volverá a despertarse. Cuando me vea... si trata de matarme... —Andi hizo una pausa, y tragó saliva con fuerza—. Me temo que no intentaré detenerlo.

Lira guardó silencio mientras ponderaba sus palabras.

—La venganza es una criatura poderosa.

—También lo es la culpa —dijo Breck.

—Y la vergüenza —agregó Lira, mirando sobre el barandal—. La vergüenza es un monstruo que conozco demasiado bien.

Estas cosas ya eran parte de Andi, tanto como su sangre, tanto sus huesos. Compañeras tan constantes como la tripulación que ahora la rodeaba.

—Tienes muchos demonios sobre la espalda, Androma —dijo Lira. Extendió la mano suave y tibia y la colocó en la mejilla de Andi. Andi se relajó con su caricia, consciente de que Lira nunca había juzgado a las otras chicas, y nunca lo haría. Ella veía más allá de lo que eran, descubría los motivos detrás de cada uno de sus movimientos.

—No he conocido a alguien, en todos mis viajes, que cargara sus demonios con tanta persistencia, y se rehusara a soltarlos cuando el lastre se vuelve demasiado pesado para soportar.

—Breck probablemente podría cargar un gran lastre —sugirió Gilly de repente.

Lira y Breck se rieron suavemente.

—Sí, ella podría. Y eso me lleva a este punto —Lira bajó la mano de la mejilla de Andi. Pero sus ojos siguieron mirando los de Andi sabiamente—. Tienes una... tripulación leal, Andi —pareció atorarse un poco con la palabra, como si le provocara dolor. Luego sacudió la cabeza ligeramente y siguió adelante—. Mientras estemos aquí, juntas, como una sola pieza... permítenos ayudarte a cargar un poco del peso.

—¿Y si no puedo? —preguntó Andi.

Miró al lago. Se imaginó que, afuera, el sol probablemente estaba por ponerse, señalando el inicio del Festival de la Revalia, la celebración que significaba el fin del Cataclismo. Las chicas debían prepararse.

—Ésa es una decisión que debes tomar sola —dijo Lira—. Todas debemos hacerlo. Algunas de nosotras simplemente nos tomamos más tiempo para decidir qué hacer.

—¿Y tú, Lira? —preguntó Andi—. ¿Tienes que tomar una decisión?

—Tengo muchas —dijo Lira con un suspiro.

—¿Quieres hablar de ello? —preguntó Breck—. Si hay un mundo de drama que nos está oprimiendo a todas en este momento, ¿por qué no agregar un poco más?

Lira soltó una carcajada.

—Me atemoriza lo que tengan que decir al respecto.

—No tengas miedo —dijo Gilly—. Acabamos de ver a Andi llorar. Definitivamente no vamos a juzgarte.

Andi rio, luego se alejó de Gilly suavemente mientras la niña terminaba su trenza.

—Eres mi Segunda, Lir. Te ayudaré con cualquier decisión que tengas que tomar. Y sé que las artilleras lo harán también.

Todas las chicas asintieron.

Lira cerró los ojos.

Por un momento, sus escamas resplandecieron con un azul suave. Un tono que Andi sólo había visto algunas veces, cuando Lira pensaba que nadie la miraba.

Tristeza.

Una tristeza profunda, que le calaba los huesos.

—¿Lir? —preguntó Andi suavemente—. Nos puedes contar.

Al otro lado de la cueva, una puerta pesada se abrió de golpe. Alfie apareció; su cabeza oval giraba de un lado al otro mientras buscaba a las chicas en la cueva.

—Podríamos escondernos —sugirió Gilly—. Podríamos quedarnos en esta cueva para siempre.

Breck soltó una carcajada.

—Entonces nos perderíamos la Revalia, pequeña. No podemos perder esta oportunidad tan perfecta de arreglarnos.

Gilly asintió con la cabeza, se puso en pie de un brinco y con un ademán llamó a Alfie.

El IA marchó sobre el arco del puente hasta el lago para alcanzar a las chicas.

Aunque Alfie no podía mostrar emoción, Andi sintió que sus palabras mostraban tensión, cuando las pronunciaba.

—Mis disculpas por interrumpirte, capitana Racella —dijo Alfie—. Pero el señor Valen Cortas está despierto.

A Andi se le hundió el estómago hasta los pies.

—Dextro Arez fue a saludarlo y acompañarlo a nuestros aposentos temporales.

Todas las chicas se levantaron, listas para seguir a Alfie de vuelta a su espacio prestado.

—Deberías ofrecer una oración a los Astrodioses, capi —dijo Gilly, mientras saltaba junto a Andi, de regreso por el puente y hacia la salida del Pozo.

—¿Una oración para qué? —preguntó Andi.

—Para que ustedes dos no empiecen el segundo Cataclismo.

—¡Gilly! —la amonestó Lira.

Pero Gilly ya había desaparecido y corría para alcanzar a Breck mientras salían por el gigantesco umbral de piedra y giraban hacia un angosto pasillo.

Andi miró hacia atrás una vez, de vuelta al lago. Se preguntó si realmente podía encontrar un lugar en donde esconderse y olvidarse del mundo.

Pero sabía que ésa no sería una opción. Los capitanes —los líderes— no se escondían. Enfrentaban sus problemas directamente, aceptando sus miedos y atacándolos de todos modos.

—¿Vuelo certero? —sugirió Lira.

—No es la mejor declaración en este momento, Lir —dijo Andi. Suspiró—. ¿Qué nos ibas a decir antes de que nos interrumpiera Alfie?

—No te preocupes por eso, Androma —Lira abrazó a Andi por los hombros y la guio por el pasillo—. No es importante.

A pesar de sus palabras, Andi todavía podía sentir el calor de las escamas de Lira, que lentamente se calentaban hasta la tristeza mientras alcanzaban al resto de la tripulación.

CAPÍTULO 51
ANDROMA

—¿**P**odrías *dejar* de caminar de un lado al otro, antes de que hagas un hoyo en la montaña? —preguntó Breck.

—Lo siento —dijo Andi—. Pero estamos en Adhira, en la víspera de un festival de la paz. De todos los planetas y sitios para tener esta conversación con Valen, tenía que ser aquí. Es como si los Astrodioses se rieran de mí.

Este planeta era un lugar tranquilo. La reina Alara tenía Centinelas, pero no un ejército. Y, definitivamente, no soldados convertidos en asesinos, como Andi.

Adhira no poseía armas, jamás se había presentado un problema mayor de violencia. Durante el Cataclismo, fue el último planeta de los Sistemas Unificados en sumarse a la lucha, y quizá sólo porque Alara esperaba salvar a su pueblo de un destino parecido al de Xen Ptera.

A Andi se le erizó la piel con sólo pensar que estaba aquí. No pertenecía a este planeta, y jamás podría pertenecer.

Sentía como si estuviera contaminando el suelo de este hermoso planeta con cada paso que daba.

Sería la primera vez que Valen la vería en verdad en cuatro años. No contaba el día que lo habían rescatado: Andi dudaba que él hubiera comprendido realmente quién era antes de desmayarse, algo parecido a lo que había sucedido hoy, más temprano.

Lo que inquietaba a Andi no era sólo que Valen la viera, sino también el hecho mismo. Esta vez, no estaría sangriento ni con retazos de ropa cubriendo su cuerpo escuálido. Estaría consciente, limpio hasta parecerse al chico con quien había compartido la finca, y Andi no sabía qué encontraría. ¿Un hombre enloquecido por los años de encierro? ¿O al hermano de Kalee, que finalmente enfrentaba a la asesina de su hermana?

Andi había visto a muchos arcardianos desde su escape, pero ninguno que conociera su pasado cercanamente. Valen no sólo era la primera persona que en verdad conocía a la *vieja* Andi —con la excepción del general Cortas, por supuesto—, sino que también era una de las personas a quienes más había lastimado.

Ésta no sería una reunión feliz. De eso estaba segura.

La culpa que sentía con respecto al general no era la misma que experimentaba con Valen. Era difícil de explicar, un sentimiento que no podía definir del todo, casi como si condujera una nave sin un sistema cartográfico, a toda velocidad hacia algún lugar del que desconocía la ruta. Quizás era porque Valen siempre había sido tan puro y bueno, mientras que el general Cortas sabía cómo manipular su culpa para sacar alguna ventaja.

En lugar de todo esto, se concentró en el hecho de que se suponía que esta noche debía ser una celebración. Pronto empezaría la Revalia. Habían pasado quince años desde que el Cataclismo había terminado, y hoy era el momento para que los Sistemas Unificados celebraran su victoria.

Cada planeta celebraba a su modo. El Festival de la Revalia de Adhira estaría acompañado de danzas y bebidas, de la dicha de olvidarlo todo y de cielos estrellados. Algo que alguna vez le habría encantado a Andi, y que habría anhelado. Las festividades arcardianas no eran tan animadas: el planeta militante elegía celebrar con banquetes y desfiles estrictamente orquestados, no cabía la diversión.

Celebrar en Adhira debería emocionarla, pero, hoy, la idea de *celebrar* parecía falsa. Además de eso, en unos cuantos días, cuando aterrizaran en Arcardius, se llevaría a cabo la Cumbre Intergaláctica. Los líderes de cada uno de los cuatro sistemas estarían presentes como símbolo de que la paz todavía existía en la galaxia, y seguiría existiendo entre los planetas integrantes de los Sistemas Unificados.

Andi no había participado en la celebración en años. Suponía que, de no haber aterrizado aquí en un momento así, lo más seguro es que habría dejado que pasara otro año sin advertirlo.

—Hola, capi —dijo Gilly, trayendo a Andi de regreso al presente.

Gilly estaba sentada en el suelo con las piernas cruzadas, jugando con una bola anaranjada y peluda. Al principio, Andi pensó que se trataba de algún tipo de fruta extraña que había recogido, pero al acercarse lentamente, vio que tenía dos ojos grandes y algo que parecían ser tres cuernos en la cabeza.

—Gilly, ¿qué demonios es eso? —chilló Andi.

—No estoy segura. Me lo encontré arriba y me pareció adorable —reflexionó Gilly, sin retirar la mirada de la cosa que tenía frente a ella. Ésta le dio un manotazo con una pata casi del tamaño de su rostro aplastado. Gilly soltó una risita y le rascó la cabeza, detrás de los cuernos—. Me gusta.

—¿Y si es venenoso?

—No lo es.

—¿Cómo lo sabes?

—Porque el pequeño desgraciado me mordió —interpuso Breck desde su asiento. Levantó un dedo envuelto con gasa—, y todavía no estoy muerta. Sin embargo, estoy planeando decenas de miles de modos de matarlo.

—No la escuches, Estrago —Gilly recogió a la bola de pelusa y la estrechó contra ella.

—Estrellas benditas, ¡le puso nombre a la bestia! —chilló Breck.

—Me parece que le queda muy bien el nombre, Breck —agregó Lira—. Toda bestia merece un nombre enérgico.

—Permítanme asistirlas —agregó Alfie, acercándose silenciosamente—. La palabra *estrago* se define en el *Gran diccionario universal* como una *gran destrucción o devastación. Daños ruinosos.*

Breck volvió a levantar el dedo vendado como una prueba más.

—*¿Ven?*

La bestia peluda gruñó y brincó de los brazos de Gilly hacia los pies de Breck. Breck se lanzó sobre la mesa y hacia Lira, quien se giró hacia ella maldiciendo, y sus escamas destellaban un morado brillante.

—Oh, cielos —dijo Alfie, con un zumbido de sus engranajes que sonó como un suspiro.

Andi sí podía con esto.

Era algo familiar: el sonido tranquilizante de la discusión era música para sus oídos. Nunca se había sentido tan agradecida por una distracción.

Su alivio no duró mucho. Un momento después, se abrió la puerta y entraron Dex y Valen. Dos hombres de épocas completamente distintas de su vida, y ninguna de las relaciones había terminado del modo que ella había imaginado.

Eran polos opuestos: uno, originario de una vida privilegiada, extraño pero de corazón puro; el otro, de un mundo que exigía la determinación de un guerrero. Verlos lado a lado era muy extraño.

Andi no podía mirar a Valen a los ojos. Era demasiado personal. Le preocupaba que, si lo hacía, él pudiera distinguir la podredumbre que albergaba en su interior. Él la había visto en su mejor momento, y también caer. No podía imaginarse qué pensaba de ella ahora.

Los dos hombres se acercaron a las afelpadas sillas frente al sillón.

Armándose de valor, los siguió al área de descanso.

Se permitió lanzarle un vistazo a Valen. Bajo su túnica verde, ella podía percibir su fragilidad, era un simple cascarón de lo que alguna vez había sido. En lugar de los dedos manchados de pintura, vio moretones. En vez de los ojos iluminados por la curiosidad, vio las ojeras que se los tragaban por completo. Parecía como si quisiera encogerse dentro de sí mismo como lo había hecho cuando ella y Dex lo encontraron en su celda en Lunamere.

¿Qué horrores había tenido que experimentar?

—Valen Cortas. —Alfie se acercó moviendo los pies, y se detuvo frente a Valen para hacer una profunda reverencia—. Yo soy Alfie, el Emisario Inteligente con Forma de Vida Artificial personal del general Cyprian Cortas. Mis órdenes son asistir a su padre para regresarlo a casa.

Valen inclinó la cabeza hacia Alfie.

—Mis más profundas disculpas de que estés programado para trabajar para mi padre.

Los ojos imperturbables de Alfie se quedaron mirando a Valen.

—Estoy detectando niveles fuertes de desagrado hacia…

—Suficiente, Alfie —interrumpió Dex—. ¿Por qué no vas a revisar las reparaciones de la nave? A Memoria probablemente le caería bien un poco de compañía.

Al oír el nombre de Memoria, Alfie irguió la postura.

—Veo que mis engranajes se están calentando a un ritmo alarmante. Con permiso.

Se dio vuelta, por lo visto más que impaciente por pasar un rato a solas con la nave arruinada. Sus pisadas se apuraron mientras salía de la habitación. Andi se preguntó por un segundo si todos los IA podían sentir emociones como Alfie, o si se debía a una peculiaridad de su programación.

—Alfie ayudó a estabilizarte cuando te sacamos de Lunamere —dijo Dex, rompiendo el silencio mientras apoyaba las botas en la mesa—. Ahora que ya se fue… ¿qué les parece si tenemos una conversación tranquila y completamente adulta?

Levantó sus cejas oscuras hacia Andi.

Fue un esfuerzo obligarse a hablar.

Andi sabía que no tenía opción. Le gustara o no, ella era la capitana de esta misión infernal. Ella había permitido que su piloto navegara al Sistema Olen. Y, aunque no hubieran estado en el *Saqueador*, de todos modos era el partido que le tocaba jugar. Su movida.

Valen siempre había sido un alma gentil, pero las cosas podrían haber cambiado. Había sido un prisionero de Lunamere, en suelo enemigo, torturado al borde de la muerte. Ahora que estaba despierto, ella tenía que asegurarse de que su tripulación estuviera a salvo en su presencia.

No podía creer que estaba por hacer esto. Pero tenían que hacerlo hablar.

Respiró hondo.

—Hola, Valen.

Al oír su voz, Valen se quedó de una sola pieza. Todos lo hicieron, como si observaran ese momento, único en el tiempo, antes de que una explosión sacudiera al mundo. Valen podía sentir, más que oír, cómo el sonido era succionado fuera de la habitación; y de repente el silencio fue más de lo que podía soportar.

Los ojos de ella estaban clavados en los suyos. Horadaban, con su calor, su piel.

Era justo como la recordaba… y aun así, de algún modo distinta, todo a la vez, y no sólo eran las placas metálicas que brillaban en sus pómulos. Era algo más profundo. Su cabello pálido estaba trenzado hacia atrás, en vez de llevarlo suelto, como solía hacerlo. Le había agregado luces moradas, un color que de algún modo resaltaba sus ojos. Tenía la piel cubierta de cortadas y moretones, pero debajo de todo eso, aún estaba esa belleza horrible y destructora que siempre había tenido.

Ella había sido letal entonces, y ahora era algo mucho más peligroso.

Mientras que todos los demás descansaban sobre los asientos afelpados, Androma se había quedado en pie. Todos usaban ropa colorida y holgada, pero ella seguía con su traje entallado, reforzado con lo que parecía ser una armadura antibalas.

Ella era el hielo que acompañaba a la cálida apariencia de su tripulación.

Y lo miraba directamente, sin miedo.

Él la miró también.

—Diez segundos —dijo Dex de repente desde la izquierda de Valen.

Todas las cabezas giraron para mirar al cazarrecompensas.

—Me da esperanzas —dijo Dex, con una sonrisa torcida que Valen supuso que era distintiva en él— ver que quizá Valen no intentara asesinar a Androma, como yo había supuesto —levantó una mano hacia la giganta sentada frente a él—. Págame.

Andi se quedó boquiabierta, y se dio la vuelta para fulminar con la mirada a la neovedana.

—¿Hiciste una apuesta sobre esto, Breck?

La joven, quien Valen supuso que era Breck, se miró las puntas de los pies con una sonrisa avergonzada.

—Lo siento, Andi. Sabes que no puedo resistirme a una buena apuesta.

Metió la mano en el bolsillo y sacó unos cuantos krevs dorados, que colocó en la mano abierta de Dex.

—Estoy empezando a pensar que se están volviendo amigos ustedes dos —dijo Andi.

Breck se ruborizó.

Dex soltó una risita mientras se embolsaba sus nuevos krevs.

Pasó un momento de silencio incómodo, antes de que Dex volteara a ver otra vez a Valen.

Imaginó que ahora le tocaba a él ser el espectáculo.

—Entonces, recién liberado amigo mío —dijo Dex—, es hora de que hables. ¿Qué te hicieron ahí dentro?

—¡Dex! —susurró Andi. Se giró hacia Valen, moviendo la mandíbula ligeramente de un lado al otro—. A lo que se refiere Dextro es…

—¿Por qué estás *tú* aquí? —soltó Valen.

Ella se detuvo a media oración, con la boca a medio abrir y los ojos grises muy abiertos.

Por un momento extraño, Valen casi pensó que se daría media vuelta y saldría corriendo.

Pero eso no correspondía a la Androma que alguna vez había conocido, una Espectro que había cuidado a su hermana sin ningún miedo, y sin duda no a la joven que lo había rescatado de Lunamere. Todavía no sabía de cuántos guardias se habían desecho ella y Dex a fin de liberarlo o, para empezar, cómo habían logrado entrar.

—Tu padre nos contrató a mí y a mi tripulación —explicó Andi como si nada.

—Eso lo sé. Dex me lo contó mientras veníamos hacia acá —dijo Valen, cerrando los ojos y sacudiendo la cabeza, todavía impactado por haber abierto una línea de comunicación con esta… asesina—. Lo que quiero saber, Androma, es, ¿por qué tú?

Ella se quedó mirándolo.

Su tripulación se quedó mirándolos.

La extraña criatura de la pequeña ronroneaba desde su regazo, y era lo único que los salvaba del silencio más incómodo del mundo. Pero Valen se rehusó a romperlo hasta que Andi respondiera.

Ella le debía al menos esto, aunque ya le hubiera salvado la vida.

—Ha pasado mucho tiempo desde que nos vimos —dijo Andi finalmente. Le habló con suavidad, como si fuera un niño que pudiera estallar en un ataque de ira. Esto hizo que a Valen se le revolvieran las entrañas—. Han cambiado las cosas desde entonces —volvió a respirar hondo—. Yo he cambiado.

En la época en que la había conocido Valen, no era sólo una sombra entrenada que tenía la tarea de proteger a Kalee, y que había fracasado. También había sido una bailarina que se movía como si la música fuera parte de su alma. Su risa era tan fuerte que podía escucharse por todos los pasillos de Averia. Estaba viva. Ahora era una joven con cicatrices en los brazos y un fuego que ardía en sus ojos. Parecía que no había dejado de correr desde su escape de Arcardius.

—Eres una asesina, Andi —dijo Valen. Tenía que decirlo. Por él. Por Kalee—. Hasta donde puedo ver, no has cambiado nada.

Él esperaba que ella se avergonzara, pero lo tomó como alguien acostumbrado a que lo atacaran.

—Lo que pasó fue un error —dijo Andi. Esta vez su voz sonó desgarrada—. Lo que pasó fue…

—¿Por qué te escogió mi papá para que me rescataras? Con todos los soldados condecorados de la galaxia… —Valen inclinó la cabeza hacia Dex, quien llevaba las marcas de Guardián Tenebrano— escogió a una traidora. Una fugitiva. Con todas las demás opciones que tenía disponibles en Arcardius, ¿por qué escogería a la asesina de su hija para ser la salvadora de su hijo?

Ahí estaba. Afuera, a la luz, como una herida sangrante.

—Porque —la voz de Andi estaba al borde de despertar una furia fría y calculadora— soy la mejor para este trabajo. Y porque tu padre, algo que esperaba plenamente que hiciera, amenazó con echarnos a mí y a mi tripulación a la cárcel si no aceptaba la misión. Somos las prescindibles de la galaxia... somos una parte de ella, y a la vez, no podía arriesgarse a que nos atraparan.

Ésa era la verdad; Valen lo supo sin dudarlo.

—Como debieron haberlo hecho desde un principio —espetó—. Y peor.

La mandíbula de Dex se tensó. La joven adhirana puso una mano en el brazo del tenebrano, como si lo retuviera. O, quizás, a juzgar por la expresión de su rostro, como si se estuviera conteniendo también.

Valen apartó la mirada, incrédulo.

Recordó los resultados del juicio de Andi. Muerte. La habían encerrado en el calabozo por varios días, lista para recibir la sentencia. Y luego, contra todos los pronósticos, se había escapado, desvaneciéndose en la noche como el humo en el viento.

—Fue un error —volvió a decir Andi—. Si lo pudiera deshacer...

Valen apretó los dientes.

—Asesinar no es un error.

—Si bien recuerdo, tú fuiste el que permitió que tu hermanita y su amiga salieran a hurtadillas para robarse el flamante transporte de tu padre y llevárselo a dar una vuelta —contestó Andi. Sus palabras sonaban suaves y relajadas, pero sus ojos estaban en llamas.

—Espectro —dijo Valen—. Una Espectro primero, y siempre. En eso le fallaste.

—De nuevo —dijo Andi—, fue un error. He tenido que vivir con las consecuencias.

—¡Kalee no pudo! —gritó Valen—. ¡A ella no le tocó vivir, Androma!

El mundo dio vueltas alrededor de Valen. Contuvo bruscamente el aliento, decidido a no perder el control. No perdería esta batalla.

Ella cruzó los brazos sobre su pecho. Su rostro era impasible. Exasperante.

—Lo que yo quiero saber, Valen, es cómo demonios te llevaron de Arcardius. La frontera está bien protegida. Los Espectros de tu padre trabajan de día y de noche, y todavía más. Pero él dice que desapareciste sin dejar rastro.

—¿Me estás acusando de algo, Androma?

Ella simplemente lo miró feroz como una leona.

—Salí a caminar por los jardines. Después de la muerte de Kalee, las cosas estaban un poco tensas en la finca, como estoy seguro de que te podrás imaginar.

Ella se encogió de dolor al oír sus palabras.

—¿Qué sucedió después? —preguntó Dex, inclinándose hacia delante, con las manos descansando sobre sus rodillas. Distrajo la atención que Valen tenía puesta sobre Andi—. Es importante que lo sepamos, Valen, para evitar que vuelva a suceder. Para que podamos mantener a salvo a las familias de otros líderes de los sistemas.

Valen tragó saliva con fuerza, recordando los eventos de esa noche.

—Salió un grupo de hombres enmascarados de entre los árboles. Traté de correr, pero me rodearon. Pedí ayuda a gritos, pero no había nadie alrededor que me escuchara. Y luego me inyectaron algo —dijo, bajándose la túnica para revelar una cicatriz circular justo arriba de la clavícula—. Lo siguiente que recuerdo es estar acostado en una nave, encadenado.

Todavía podía recordar el temor que lo había recorrido en el momento que despertó. Preguntas que no tuvieron respuestas hasta mucho después.

—Aterrizamos en Lunamere tiempo después. Alcancé a ver el exterior antes de que me encerraran. Luego me dejaron inconsciente otra vez. Me desperté con la cabeza rasurada, sin ropa y con una mejilla aplastada contra las piedras de mi celda.

Congelado contra las piedras, pensó para sí, *por lágrimas que no recuerdo haber llorado.*

—Yo ya no era un nombre —prosiguió Valen. El enojo había desaparecido repentinamente de su voz, y en su lugar estaba un susurro solemne que hacía que le doliera la garganta—. Era un número. Celda 306. No sé si pasaron minutos, horas o días antes de que entraran a mi celda. Y... luego comenzó todo.

Se dio cuenta de que se había vuelto a hundir en el sillón junto a Dex. De que estaba temblando, a pesar del calor en la habitación. Que estaba sintiendo la amenaza de la oscuridad que se cernía sobre él, a pesar del brillante rayo de luna que se colaba a través de las cortinas.

—¿Comenzó qué? —preguntó Dex—. Estás a salvo aquí, Valen. Puedes hablar con nosotros.

Pero no lo estaba. No con Andi aquí.

Ella lo miraba como solía hacerlo. Como si fuera una pregunta que no podía responder.

Él se miró las manos mientras éstas se aferraban a sus rodillas. Había enflaquecido tanto. No se había percatado hasta que se miró hoy al espejo. Apenas si reconoció al fantasma que lo miraba desde ahí.

—Los golpes —dijo Valen. Las heridas de la espalda parecieron retorcerse en respuesta a sus palabras—. Comenzaron lentamente al principio. Por cada pregunta que no contestaba, me daban un latigazo en la espalda.

—¿Qué clase de preguntas? —preguntó Dex. Valen suspiró.

—Sobre mi padre, sobre todo. Qué hacía cada día, cuál era su horario. Con quién hablaba, quién iba y venía de nuestra finca. Al principio no respondí. Tenía miedo de lo que harían si lo hacía.

—Pero con el tiempo... —Dex ayudó a guiarlo.

—Deben comprender —dijo Valen, y levantó la mirada—. Sabían cuándo estaba mintiendo. Quizá tenían algún tipo de sistema, o quizás era sólo por años de torturar a la gente para obtener respuestas. Transformaron el dolor en una forma de arte. Se los tuve que decir.

—¿Qué cosa? —lo presionó Dex.

—Yo... —Valen hizo una pausa, cada vez más frustrado al recordar los interrogatorios—. Nada tenía sentido.

—¿Nos puedes dar más detalles? ¿Nos puedes dar cualquier información sobre la reina Nor?

Valen sintió el cambio en el pecho.

Como si algo se hubiera roto de repente, o se hubiera resbalado y quedado suelto.

Sintió que la *rabia* se abría paso dentro de él. Y esta vez, no trató de controlarla.

Simplemente se levantó y dejó al grupo atrás tan rápido como pudo.

Después de la abrupta salida de Valen, Andi dejó a su tripulación para que se preparara para la Revalia mientras ella iba a buscarlo. Sabía que quizás estar a solas con él no era la mejor idea, pero debía encontrarlo. Asegurarse de que estuviera a salvo.

No estaba en su habitación. Ella había registrado la fortaleza de Alara, decidida a hallarlo. Por donde buscara, desde los múltiples balcones esparcidos por doquier hasta el templo en la cima de la montaña, pasando por las fragantes cocinas llenas de vapor en la profundidad de la roca firme, se encontraba con trabajadores de ojos muy abiertos que no recordaban haber visto a Valen.

Incluso un pequeño y oxidado androide barredor, cuyos brazos habían sido reemplazados con escobas polvorientas, tan sólo se dio la vuelta cuando le preguntó por Valen, y sus ruedas chirriaron mientras desaparecía a la vuelta de la esquina.

—Gracias por la ayuda —masculló Andi.

Valen no estaba; había desaparecido sin dejar rastro.

Se intensificaron las preocupaciones de Andi.

No era que le importara *él*, específicamente. Era claro que a él no le gustaba ni un poco alguien como ella. Tenía que ver con que ella sabía, sin la menor duda, que si el general se enteraba de que había perdido a su hijo, pediría su cabeza.

Y también la de cada miembro de su tripulación.

Valen era un premio que valía miles de krevs, toda una vida de libertad de la justicia y de todos los errores que había cometido como Espectro.

Echando chispas, Andi dio fuertes pisotadas por los sinuosos y angostos pasillos de la montaña tallada, y bajó a la salida que estaba en el nivel del suelo.

Rápidamente mandó un mensaje a los canales de las chicas.

Estoy afuera. Todavía no lo encuentro. Quizá necesite su ayuda para buscar.

La respuesta de Gilly fue instantánea.

—Estrago + Yo. Estamos en eso.

—No va a traer a esa maldita pelusa a mi nave —masculló Andi mientras parpadeaba para borrar el mensaje y se escabullía hacia fuera, pasando junto a dos Centinelas que custodiaban las enormes puertas de madera de salida.

Adhira había cobrado una forma completamente nueva en la oscuridad.

Bajó caminando por la colina. Sus botas dejaron atrás el rocoso terreno de la montaña, y de repente se encontró en las exuberantes orillas de Aramaeia.

El cuadrante terraformado era tan extraño. Tan hermoso. Alrededor de ella se alzaban, como guardias, troncos de árboles enormes, tan grandes como edificios. Cuanto más lejos caminaba, más comenzaba el sotobosque a dominar el paisaje: extrañas plantas parecidas a helechos con hojas irregulares, en las que el verde se fundía con los extremos morados que rozaban suavemente sus pantorrillas.

Andi levantó la mirada y estiró el cuello para ver las copas de los árboles. Estaban magníficas esta noche, el cielo lucía como un techo pintado, el parpadeo distante de planetas y lunas fulguraba en tonos etéreos a través de la oscuridad. Cada tanto, salía disparada una ardiente bola de fuego: un meteorito que caía por los cielos. El aire estaba cómodamente fresco, lo suficiente como para llenarle el pecho con una chispa de vida, y cuando sopló el viento, las hojas de los árboles parecieron susurrar y luego se estremecieron como una lluvia de colores, torciéndose y bailando mientras se acercaban al suelo.

Andi empezó a sentir que se relajaba cuando otro meteorito pasó resplandeciendo y se desvaneció detrás de las copas de los árboles.

Era la vista perfecta para un pintor, de no ser que estuviera bloqueada por hojas del tamaño de su cabeza. Con esa idea, el instinto le dio un tirón a la mente de Andi.

Valen estaría en alguna parte con una vista plena y sin obstrucciones. Algún lugar que lo hiciera sentir cercano a quien solía ser. Algún lugar que lo hiciera sentir más cerca de Kalee.

Al pensar en su vieja amiga y protegida, sintió una pequeña punzada en las entrañas.

Sonaron pisadas detrás de ella, y Andi se dio media vuelta rápidamente, alcanzando las espadas.

El hermano gemelo de Lira estaba parado ahí, hermoso y con el pecho desnudo. Sus ojos azules se clavaron en los de ella.

—¿Estás explorando? —preguntó Lon—. La selva es peligrosa después de que se pone el sol.

Andi bajó los brazos y los cruzó sobre su pecho, con sus brazaletes frescos sobre la piel.

—No me preocupa.

Lon se parecía tanto a Lira que Andi sintió que no le podía quitar los ojos de encima.

—Podrás ser una luchadora hábil en los cielos, pero esto es Adhira.

Andi suspiró.

—¿Así que viniste a acompañarme de vuelta a la montaña?

Lon caminó sobre sus pies descalzos. Otra cosa que compartía con Lira: un odio al confinamiento de las botas.

—En realidad vine para ayudarte. Vi adónde fue.

—¿Sí? —Andi pasó las puntas de los dedos sobre una hoja de helecho. Ésta tembló y se enroscó en sí misma, lejos de su caricia, como si fuera capaz de sentir—. Nadie lo vio pasar. Es como si nadie pusiera atención por aquí. Todos hacen sus vidas, paseándose por ahí, sonriendo como si todo siempre estuviera bien.

—Quizá deberías pasar un poco más de tiempo en Adhira —dijo Lon. Luego soltó una carcajada cuando Andi lo fulminó con la mirada—. Ya veo de dónde aprendió Lira esa expresión.

—Ha aprendido muchas cosas en mi nave.

—¿Como a perder el control de sus emociones y casi morir al hacer un aterrizaje de emergencia en una astronave de vidrio? —preguntó Lon. Sus palabras no eran ácidas. Simplemente... eran.

—Es de varilio —dijo Andi—. Algo que sabrías si te interesaras mínimamente en las pasiones de Lira —suspiró—. No tengo tiempo para discutir sobre ella. Si me permites, tengo que recuperar al hijo perdido de un general.

Sin decir más, dio media vuelta y se dirigió hacia el mar de helechos, feliz de dejarlo atrás.

Pero Lon pronto estaba su lado otra vez, sigiloso, mientras decía:

—Por ahí no. Sígueme.

Se dirigió hacia la oscuridad y Andi lo siguió de mala gana, aunque también agradecida de tener un guía... incluso si él parecía sentir encono hacia Andi y las chicas.

—Hay algo extraño en él —dijo Lon, mientras apartaba una enorme planta llena de púas para que Andi pudiera pasar sin lastimarse. Detrás de ésta había un sendero bien apisonado para adentrarse en la profundidad de los árboles—. Algo que no me gusta. En especial, porque estuvo en una nave con mi hermana.

—Lira es capaz de defenderse sola —dijo Andi—. Ama lo que hace, ¿sabes? Y nosotros la amamos a ella también. Somos una familia, todas las que estamos a bordo del *Saqueador*.

—¿*Familia*? —preguntó Lon, y su tono de voz se elevó un poco—. ¿Ya te contó lo que su familia *verdadera*... lo que mi tía... tiene planeado para ella?

—Nadie puede planear cosas para Lira —dijo Andi—. Tú y Alara tampoco deberían hacerlo.

Lon suspiró.

—No te lo ha dicho, entonces.

Vaya que estaba haciendo un valiente esfuerzo para sacarla de quicio, para ser adhirano.

—Ya me lo contará cuando esté lista.

—¿Y si no te gusta lo que tiene que decirte? —señaló hacia delante con un largo dedo—. Ve a la izquierda por aquí.

Siguieron una bifurcación del sendero y se adentraron más en la selva.

Andi sopesó lo que dijo.

—¿Y qué significa eso?

—No vine para hacerte enojar, Androma —dijo Lon, pasando por encima de un pequeño arroyo que atravesaba el sendero—. Simplemente me estoy asegurando de que, cuando mi hermana te cuente la conversación que tuvo con mi tía, la ayudes a ver lo que es mejor para ella.

Andi se puso tensa. Lo que fuera que Lira había batallado por compartir con las chicas hacía rato, era profundo. Lo suficiente como para entristecerla de una manera que Andi nunca había visto. Lo suficiente para hacerla esconder sus palabras cuando Andi le ofreció la oportunidad de compartirlas abiertamente.

¿Dejaría la tripulación?

No.

Andi se rehusó a pensar en eso. Lira jamás dejaría a las Saqueadoras. Sobre todo ahora.

—No sé a dónde quieres llegar, Lon —dijo Andi, deteniéndose para mirarlo a la cara—, pero espero que sepas que quiero a Lira como si fuera mi hermana. No importa qué tenga que decirme, la escucharé con la mente y el corazón abiertos.

—¿Y no intentarás persuadirla para que cambie su decisión?

Andi soltó una carcajada.

—Nadie persuade a Lirana Mette.

Él sonrió al oír eso, con una expresión que a Andi le recordó otra vez a su Segunda.

—Es una gran piloto —dijo Andi—. Ama su vida allá arriba, entre las estrellas.

Lon asintió.

—Eso es lo que me temo —se quedó mirando hacia delante por el sendero, donde volvía a hacer una curva—. Sigue un poco más. Valen está más adelante, junto al arroyo.

—Gracias.

—Estaré esperando aquí, en caso de que necesites ayuda —encogió los hombros a medias—. Son órdenes de Lira.

—Por supuesto.

Andi siguió caminando por el sendero que pronto se abrió para revelar un claro atravesado por un arroyo, con flores lunares que se abrían en la oscuridad, algunas radiantes como si fueran hebras de luz solar.

A la distancia, Andi podía escuchar la distante música de cuerdas de un *sumdrel* que flotaba en el viento desde una aldea cercana. Estaba empezando la Revalia, el inicio de una noche desenfrenada y sin preocupaciones.

Andi examinó el claro, y su mirada por fin se posó sobre una solitaria figura sentada sobre una roca grande junto al arroyo. Prácticamente se desplomó en el suelo del alivio. Desde aquí, se veía en paz, como si no tuviera una sola preocupación en el mundo.

Estaba sentado con la cabeza inclinada y su piel lucía radiante gracias a las flores y al invariable haz de luz de la luna que iluminaba el agua. Estaba dibujando algo en el barro húmedo en la orilla del arroyo, y sus manos se movían sin esfuerzo como si el palo fuera un pincel y el barro un lienzo fresco. Andi se acercó poco a poco, esperando atisbar algo de su arte. Pero no logró ver lo que era, antes de que él volteara al oír sus pisadas. Su rostro era inescrutable.

—Andi —dijo suavemente—. ¿Cómo me encontraste?

Ella dio otro paso hacia él, aproximándose lentamente. Una parte de ella quería seguir soltando palabras dolorosas y rascar las costras de su propio corazón hasta desgarrarlas, y que la verdad del pasado se derramara como sangre.

La otra parte de ella sintió alivio al ver que ya parecía estar más tranquilo en su presencia.

—Un Centinela te vio salir —dijo ella—. Pensé en venir a ver si estabas bien —hizo una pausa, esperando una respuesta que él no le dio—. Tenemos que volver hacia Rhymore.

Ella se giró para regresar, pero él la detuvo.

—No, espera —su voz sonaba adolorida, pero luego tragó saliva y asintió—. Yo... necesito unos minutos más. He pasado mucho tiempo sin ver el exterior.

En todos los años que llevaban de conocerse, ésta era probablemente la única vez que habían estado a solas. Andi estaba consciente de ello, avanzó con lentitud y se acomodó junto a él, a un brazo de distancia.

Se quedaron sentados en silencio. El arroyo burbujeaba alegremente. Cada tantos segundos, Andi oía el *paf* que revelaba una cola que se asomaba fuera del agua.

Recordó, con una sonrisa triste, las veces que había intentado pescar usando sólo sus manos en Uulveca. La desesperanza que sintió: diez veces más grande y más fuerte que cualquier animal que nadara bajo la superficie, pero incapaz de atrapar uno para alimentarse.

Si Dex no le hubiera dado comida, quizá no estaría viva hoy.

Valen se movió junto a ella, se escuchó el roce de su ropa y la alcanzó su aroma. No a *pintura fresca*, como lo recordaba, pero tampoco el olor pútrido que emanaba en Lunamere.

Era fresco y frío, como el aire que los rodeaba, como el silencio extrañamente cómodo que compartían.

¿Quién hablaría primero? No podía suponer que sería ella, porque, ¿qué diría?

Lamento haber matado a tu hermana.

Notó en su visión periférica que Valen estaba dibujando en el barro otra vez. Se asomó, y finalmente pudo ver mejor lo que esbozaba. Era una mujer, con una corona en la cabeza y el viento espectral soplando en su cabello.

—¿Quién es? —preguntó Andi.

—Nadie.

Su voz sonó aburrida mientras lo decía. Pero sus ojos, mucho más angustiados que los que recordaba Andi, no apartaron la vista de la imagen en el barro.

El silencio volvió a caer sobre ellos. Andi intentó encontrar un punto medio entre los dos. Un tema seguro que discutir. Ella sabía que él debía odiarla, pero se descubrió queriendo desesperadamente restaurar este puente entre ellos... deseando que no tratara de clavarle esa estaca en el corazón.

—Recuerdo tus pinturas —ofreció—. Tu madre las colgaba por toda la finca. Mi favorita era la que pintaste de la cascada al caer de las gravarrocas —todavía podía ver los matices únicos de verde, azul y amarillo que había usado. Las gravarrocas eran el rasgo más distintivo de Arcardius: montículos grandes de tierra que flotaban en la nada, como si los hubieran hechizado para que se mantuvieran arriba. Valen había logrado capturar su belleza de un modo completamente nuevo, haciéndolas incluso más cautivadoras de lo que ya eran—. Siempre tuviste tanto talento para el arte.

—Cuando me encerraron, casi olvidé cómo se veían los colores —dijo, pasando la estaca de un lado al otro del barro, con pereza —. ¿Sabías que el negro tiene más de un tono?

Volteó y levantó una ceja, con los ojos llenos de un significado que Andi no pudo interpretar.

Ella se encogió de hombros.

—Para mí, todo se ve igual.

Valen se echó hacia atrás sobre los codos, asomándose al cielo nocturno.

—Hay un millón de colores allá arriba. Un millón de tonalidades, todas mezcladas. Cuando ves el mundo más allá del blanco y negro, las empiezas a notar —suspiró y sacudió la cabeza—. En Lunamere… perdí hasta esa habilidad.

Ella no sabía qué decir, preocupada de alterarlo si escarbaba con demasiada profundidad.

—Te odié por mucho tiempo —dijo él.

Ahí estaba.

Esa punzada de culpa en las entrañas otra vez y, con ella, la satisfacción enfermiza de finalmente recibir lo que merecía. Había escuchado esas palabras del general Cortas y su esposa, pero nunca de Valen.

Después del accidente, él nunca se había vuelto a mostrar ante ella.

—Arrebataste la cosa más hermosa de mi vida —susurró Valen—. Kalee era la única persona en mi vida que era *verdadera* —tragó saliva con esfuerzo, como si tuviera trozos de vidrio roto en la garganta—. Sé que tenemos un pasado difícil, Androma. Hay cosas que hiciste, decisiones que tomaste, que no estoy seguro de perdonarte.

—No espero que lo hagas —dijo ella.

Él cerró los ojos y respiró hondo.

—Pero tampoco me puedo perdonar a mí mismo por haber sido parte de esas decisiones.

Andi mantuvo el rostro en calma, el cuerpo inmóvil, demasiado preocupada por revelar la conmoción que le recorría el cuerpo al oír sus palabras. Sus acusaciones previas debían haber calado profundamente para que Valen dijera tales cosas.

Ella quería mirarlo a los ojos, ver su propio dolor reflejado ahí. Pero tan sólo se quedó observando el cielo iluminado de estrellas, esperando a que él continuara.

Valen se movió otra vez a su lado.

—Pude haberlas detenido esa noche. *Debí* haberlas detenido. Sin embargo, me quede ahí congelado, mirándolas subir por esas escaleras sin mí. Durante tanto tiempo, te culpé a ti por haberla matado.

Otra puñalada de dolor en el corazón de Andi.

Esa cosa tan estúpida, tonta, emotiva. Quería arrancársela del pecho.

—En Lunamere, no tenía nada que me hiciera compañía, más que mi dolor y mis pensamientos. Tuve mucho tiempo para pensar en esa noche, y en todo lo que llevó hasta ella. Tiempo de darme cuenta de que nos habían criado en una sociedad en donde la perfección es la única opción. Pero eso no significa que siempre sea posible. Todos tomamos malas decisiones esa noche, no sólo tú. *Ella* se subió sola al transporte. Y yo decidí quedarme atrás.

Andi quería hablar, pero temía destrozar este extraño momento desgarrador en el que se encontraban ahora.

—Lo que intento decir es que me he aferrado a mi odio por ti por demasiado tiempo. Y aunque realmente no podré olvidar jamás lo que hiciste… sé que no lo hiciste sola. Todos tuvimos algo que ver con esa noche —encorvó los hombros mientras decía las siguientes palabras—: Incluso Kalee.

Ella nunca había estado segura de que los Astrodioses fueran verdaderos y auténticos. Pero justo ahora, en este momento, casi podía sentir su presencia. Una sensación suave y tranquilizadora que reemplazaba el temor que la había agobiado desde que rescataran a Valen.

—Lo siento —susurró Andi. Ese dolor horrible e infernal regresaba a su pecho y subió burbujeando a su garganta. Se lo tragó, obligándose a mantenerse en control—. Sabía que no debería llevarla. Escuché un pequeño susurro varias veces que me dijo que no lo hiciera. Pero insistió tanto. Sólo quería hacerla *feliz* en su cumpleaños. ¿Sabías que tu padre casi no habló con ella en todo el día?

Valen soltó un soplido.

—Mi padre —dijo con amargura.

—¿Pero esa noche? Todo estaba perfecto. Nos estábamos divirtiendo tanto, y Kalee reía, y era una tarde tan hermosa, Valen. Las estrellas estaban prácticamente vivas. Y luego aumentó el viento y yo sólo… perdí el control.

Todavía podía recordar el cielo vacío frente a ella.

Luego el bandazo del transporte. El golpe cuando el ala chocó contra la ladera de la montaña. El desplome.

—Quisiera haber muerto con ella —confesó Andi.

—También yo quisiera haber muerto —dijo Valen.

Ella asintió, mirando las flores lunares, maravillada por cómo parecían llamas delicadas y pequeñas que bailaban con el viento.

—Sin Kalee… —comenzó Andi, finalmente dándole voz a la comprensión que había aceptado en estos últimos días—, sin Kalee, nunca habría tenido una sentencia de la cual escapar. Y si no hubiera escapado, jamás habría encontrado a Dex. Y sin él…

—No serías la Baronesa Sangrienta —Valen terminó la oración por ella—. Mi padre no te habría contratado.

Era un ciclo vicioso, uno que Andi deseaba romper incluso antes de que siquiera comenzara. Pero era su historia. Su vida.

Y era el peso que le tocaba cargar.

—Lo siento —dijo una vez más—. En verdad lo siento, Valen.

Por todo, pensó ella. *Incluso por mí.*

Él no respondió. La expresión de su rostro era un poco más ligera y menor la tensión en sus hombros.

—Nos iremos tan pronto como reparen la nave —dijo Andi—. Y entonces irás a casa.

—¿A casa? —lo dijo como pregunta. Sentía que era un sueño, que los dos llevaban los últimos cuatro años atrapados en una pesadilla.

Una brisa flotó entre los árboles, y con ella, el sonido distante de la música.

—¿Quieres ir al festival? —preguntó Andi, vacilante.

Valen, después de un momento, asintió con la cabeza.

—Creo que me gustaría.

Se levantaron y dieron algunos pasos, separados, hacia el borde de la selva.

Andi se volvió a mirar al cielo nocturno.

La oscuridad ya parecía un poco más ligera. Como si no estuviera completamente negra, después de todo.

Capítulo 54
Lira

Lira estaba en la base de Rhymore, y el beso fresco del aire nocturno bailaba lentamente alrededor de ella.

Siempre había amado las noches adhiranas, la paz que venía con cada destello de las estrellas, mucho más allá de la cima de la montaña. Cerró los ojos y recargó la cabeza contra la montaña, aliviada tras el comunicado que Andi les había enviado a ella y a las chicas.

Lo encontré. Las veo en la Revalia.

Entonces Lon la había ayudado a encontrarlo. Bien. Los dos arcardianos podrían hablar más, moverse en medio de su enredo de telarañas y con suerte disfrutar el festival esta noche.

La Revalia, pensó Lira, todavía asombrada de que estuvieran en Adhira en las fechas del festival. Aunque parecía que llegaría tarde a las festividades.

Incluso a bordo del *Saqueador*, con sus provisiones limitadas, Breck y Gilly se tomaban años en prepararse para los eventos sociales. ¿Pero aquí, donde tenían a la mano un planeta entero repleto de artículos de belleza?

Tus vueltas constantes y silenciosas serán nuestra perdición, le había advertido Gilly a Lira en las habitaciones temporales de las chicas, justo después de lanzarle una almohada de musgo al rostro. *Ya oíste a la niña*, le había dicho Breck, mientras le guiñaba el ojo a Lira como disculpa, le daba una nalgada y la empujaba fuera del cuarto.

Lira había salido de la montaña fortificada con un simple vestido en tonos de arena y un par de sandalias de tiras. Ahora estaba bastante segura de que estaría esperando a sus amigas para siempre.

Pero eso le venía bien.

No pudo evitar sonreír al mirar el flujo constante de gente que salía de Rhymore. La Revalia se llevaba a cabo en un cuadrante distinto del planeta cada año, y los atuendos cambiaban según la ubicación.

Esta noche, sería en las Arenas de Bailet. Enormes carretas de carga, tiradas por Albaodontes con sus múltiples lenguas enroscadas y silbantes, ya estaban llevando a los ciudadanos de Rhymore hacia Bailet.

A la luz de la luna, Lira podía ver las siluetas aladas de las criaturas de la selva que llevaban a sus jinetes hacia el desierto. Podía oír el tañido distante del canto de las Ballenas Celestes al volar desde el Mar Infinito, llevando a centenares a cuestas.

—Pensaba que no te gustaban las fiestas.

Lira miró de reojo cuando un brazo tibio se acercó al suyo, y con él un familiar aroma almizcleño que le recordaba a los túneles de la montaña.

—Y yo pensaba que se suponía que estabas vigilando a Andi —le dijo Lira a su hermano.

—Está perfectamente bien allá fuera. Tengo la sensación de que cualquier criatura que pueda cruzarse con ella, le tendría miedo —Lon sonrió de oreja a oreja y se cruzó de brazos. Aunque llevaba puestos unos pantalones negros holgados, el resto de su cuerpo estaba desnudo. El torso esculpido y los músculos estaban a plena vista de la gente que pasaba con sus atuendos de festival, y algunos susurraban o soltaban risitas entre ellos mientras intentaban cruzar miradas con Lon—. Y además, todas las princesas necesitan un acompañante para ir al baile. Se me ocurrió… ¿quién mejor que tu hermano protector y de confianza?

Lira lo fulminó con la mirada, una expresión digna de Andi.

—No soy una princesa.

—Técnicamente, lo eres —dijo Lon.

Lira puso los ojos en blanco.

—Y éste no es un baile —se impulsó de la ladera de la montaña mientras dos figuras familiares salían por la puerta. Breck y Gilly, listas al fin para conquistar la noche, engalanadas con los mejores vestidos de Adhira. Lira se volvió de nuevo hacia su gemelo—. Y aunque lo fuera, ¿quién dice que me gustaría ir del brazo de mi hermano?

—Vamos, bichito —dijo Lon con tono persuasivo—. Sé que mueres de ganas de hacer ese baile que aprendimos para nuestra Ceremonia de Eflorescencia. Si bien lo recuerdo, esos pies que tienes podían pisotear durante días y días.

Lira soltó una carcajada al recordar las interminables horas de clases. El horror de pararse en público, frente a cientos de ojos, y bailar. Con su hermano, justamente. Lira jamás entendería cómo Andi podía bailar por *diversión*.

Era la tortura de las torturas.

Sonó un rugido en la noche, seguido por una serie de siseos, mientras llegaba otra carreta de transporte, monumental, con imponentes ruedas de madera que chirriaban mientras el Albaodente se detenía.

—Ya llegaron por nosotros —dijo Lon—. Es una noche magnífica, ¿no crees?

Lira no estaba escuchando.

Se había volteado para mirar a Breck y Gilly salir de la montaña, luciendo tan *vivas*. Tenían los rostros luminosos por las sonrisas y las carcajadas. Gilly llevaba el cabello trenzado con elegancia sobre la cabeza. Obra de Breck, sin duda. Y los ojos de Breck, con los párpados pintados para parecer un atardecer desértico, eran completamente hipnotizantes.

La Revalia era una noche de celebración. Un momento para perderse en la dicha de vivir en un planeta dedicado a la paz armoniosa.

Lira estaba en casa. Su hermano estaba a su lado. Su tía la había perdonado, más o menos, por el aterrizaje de emergencia. Debería sentirse tan ligera como el viento que le hacía cosquillas en las mejillas y tiraba de su holgado vestido color arena.

Debería sentir el júbilo que sentían todos alrededor de ella.

Pero mientras Lira miraba a Breck y a Gilly que corrían hacia ella, y pensaba en Andi, que finalmente encaraba sus demonios al confrontar a Valen y abrirse con las chicas y contarles de Dex…

Su corazón se fracturó un poco más.

Sólo podía pensar en la imagen de la astronave con su nombre encima, la promesa de poder quedarse aquí y vivir una vida donde siempre había sido su destino estar.

—¿Lir? —preguntó Lon. Señaló el transporte, que estaba casi lleno mientras todos entraban—. Hora de irse.

Lira asintió.

Metió el brazo en el de su hermano, luego extendió el otro para tomar la mano de Breck, mientras ella y Gilly finalmente las alcanzaban.

—Señoritas —dijo Lon, sonriéndoles a Breck y a Gilly—, el desierto nos espera.

Juntos, los cuatro caminaron hacia el transporte y se unieron a la multitud. Lon hablaba con Breck y Gilly, explicándoles cómo sería el festival y diciéndoles lo afortunadas que eran de estar aquí en la noche más exuberante de Adhira.

Todo el tiempo, incluso al subir al transporte, cuando empezaron a girar las ruedas y el camino hacia las Arenas de Bailet se abrió por completo, Lira pudo ver al fondo de la colina ese espacio de resplandeciente arena roja salpicada de bailarines que ya giraban a la luz del fuego...

Todo el tiempo, su corazón le susurraba: *No puedes tener dos familias*. Su mente siseaba: *No puedes tener dos vidas*.

No sabía cuál escogería.

La carne de su carne, o los vínculos de corazón que había forjado con estas chicas en los últimos tres años.

El reloj avanzaba, moviéndose hacia una decisión. Si rechazaba el ofrecimiento de Alara... nunca volvería a tenerlo.

—Es hora de soltarse —dijo Breck—. Lir, tienes cara como si acabaras de vomitar un kilo de Goma de mascar Lunar.

—Lira no vomita —dijo Gilly.

—Eso es ridículo. Todos vomitan —agregó Breck.

—Nunca la he visto vomitar. Y yo la espío, pues, *todo* el tiempo.

Lon soltó una carcajada junto a Lira.

—Ya lo veo —susurró él— lo que te atrae de esta tripulación —bajó la voz todavía más—. Decidas lo que decidas, Lira... de todos modos te querré.

Una explosión sacudió la noche. Un rastro de fuego se extendió por el cielo y lo iluminó de rosa brillante. Centelleante como una estrella fugaz.

—Cómo me gustan los explosivos —suspiró Gilly, mirando al cielo mientras comenzaba el resto del espectáculo.

Lira sonrió, echó para atrás los hombros y guardó en lo más profundo de su ser la decisión que debía tomar.

No decidiría esta noche.

Mañana, quizá. Se sentaría con Andi y las chicas, y les diría lo que había estado escondiendo.

Por ahora, se acomodó contra el calor de su hermano de un lado y de Breck y Gilly del otro, y dejó que el cielo resplandeciente la convocara hacia la promesa de una noche perfecta y sin tener que pensar.

Capítulo 55
Dex

Si alguna vez hubo un momento para que Dextro Arez tuviera la dicha de olvidarlo todo, era éste.

Al bajar de la carreta de transporte, sus botas cayeron sobre la suave arena del desierto. Sintió que en el rostro se le dibujaba una sonrisa que se le extendía de oreja a oreja.

Las Arenas de Bailet.

Dex había estado aquí antes, poco tiempo después de conocer a Andi. Fue uno de los primeros lugares a los que viajaron juntos. Ella lo había ayudado a rastrear un objetivo para Raiseth, su antiguo jefe y líder de la rama de los cazarrecompensas. Se habían maravillado ante la belleza de este planeta y, más tarde esa noche, habían celebrado su victoria bebiendo y bailando en una pequeña taberna de la aldea hasta la mañana siguiente.

A lo largo de las Arenas de Bailet se extendían imponentes montículos en espiral hechos de roca roja, cada uno lo suficientemente grande para albergar a centenares de ciudadanos.

Esta noche, los giamontículos habían sido transformados. Tenían resplandecientes espirales adhiranas pintadas en los costados, y algunos tenían clavadas en la piedra banderas que ondeaban en el viento.

Bajo ellos había cientos de personas que daban vueltas en la arena, con la ropa holgada que bailaba en el viento mientras sus cuerpos se movían al ritmo de la música. El ritmo estaba vivo a la luz del fuego, con centenares de manos que aplaudían a la vez cuando los instrumentos de cuerda iban en *crescendo*, hasta alcanzar una nota alta dulce y penetrante.

En las orillas del festival habían colocado pabellones, y los comerciantes anunciaban sus mercancías a todo el que pasara por ahí. De los puestos colgaba ropa colorida que revoloteaba en el viento. Una bandada de pájaros color blanco purísimo salió volando de una jaula y prorrumpió en el cielo ante las aclamaciones de la multitud.

Dex casi se tropezó con sus propias botas cuando un pilar de llamas anaranjadas inesperadamente se arremolinó en lo alto en el cielo, frente a él, y luego bajó en un arco, para desaparecer en la boca expectante de una tragafuegos del Mar Infinito, con agallas verdes en el cuello que resplandecían mientras el fuego salía disparado por las hendiduras.

Vaya que le debe costar trabajo tragar fuego bajo el agua, pensó Dex con sarcasmo.

Junto a ella, un pequeño androide redondo daba vueltas por la arena, recolectando krevs de las manos extendidas y depositándolos en una caracola del tamaño de la cabeza de Dex.

Dex pasó junto a una astromántica cuyo puesto estaba envuelto con telas holográficas y carrillones. Su música se entremezclaba con los sonidos del festival.

Al acercarse al centro de la multitud, a Dex se le hizo agua la boca con el aroma que le llegaba de una carne recién cocinada, que seguramente provenía de un puesto del que ascendía el humo anaranjado hasta el cielo. El tendero, un hombre uulvecano de cuatro brazos, volteaba los trozos de carne rápidamente en el aire y los bajaba sobre un asador. Una larga fila de comensales esperaba, algunos con gruesos tarros del dulce Jurum que envolvía en un abrazo cálido y burbujeante a quien lo bebiera.

Eso, pensó Dex, *es justo lo que estoy buscando.*

Miró hacia atrás, a donde la tripulación de Andi se abría paso desde la cima de la colina. Breck lucía maravillosa en su vestido. Gilly caminaba junto a ella con un vestido color púrpura resplandeciente que hacía que sus trenzas rojas brillaran tan intensamente como la lava lunar. Ya estaba dando vueltas al ritmo de la música.

Gracias a los Astrodioses, había dejado al demonio cornudo y peludo en la montaña fortificada, con Alfie.

Luego, estaba la piloto. Tenía el rostro iluminado con una serena sonrisa mientras dirigía a la manada, caminando como si no tuviera una preocupación en el mundo. El hermano gemelo de Lira se deslizaba junto a ella, con su torso musculoso desnudo frente al desierto.

Por un momento, mientras Dex los miraba, se dio cuenta de que estaba pensando: *Ahí va mi tripulación.*

Aunque no era su intención hacerlo, había formado un vínculo con las Saqueadoras. Sus personalidades eran magnéticas. Cada una de ellas brillaba a su modo, y la idea de dejarlas atrás una vez que terminara todo esto lo entristeció.

Volvió a mirar hacia la colina, justo a tiempo para atisbar dos figuras que despuntaban por el horizonte.

Aunque pareciera mentira, Dex dejó de caminar con sólo verlos.

Valen no se veía tan fuera de lugar como hacía rato. Todavía estaba atrofiado y repulsivo, notó Dex, pero tenía una sonrisa en el rostro. Se veía más vivo, transformado desde la última vez que Dex lo había visto, mientras hacía añicos el corazón de Andi allá en las habitaciones.

Era demasiado temperamental. Demasiado extraño. Dex se repitió que debía vigilarlo.

Pero quien realmente llamó la atención de Dex fue Andi.

Por un momento la vio como la chica que solía ser, parada en la ladera de la colina, mirando hacia el mundo más abajo… no como si lo quisiera reducir todo a cenizas, sino, más bien, como si quisiera bajar corriendo para celebrar todo lo que la vida tenía que ofrecer.

Había desaparecido su ceño fruncido y, con él, esa trenza apretada que hacía que pareciera que no tenía espacio para sonreír ni aunque quisiera. En su lugar, el cabello suelto revoloteaba con el viento como listones púrpuras y plateados, y aunque todavía llevaba puesta su entallada ropa negra, ésta resaltaba sus curvas a la luz de la luna.

Dex no lo pudo evitar. Se le acaloró el cuerpo, y de repente se estaba imaginando todas las veces que habían bailado juntos en el pasado, la sensación de su piel suave bajo sus manos, las palabras encendidas que ella le había susurrado y que disparaban choques de electricidad por cada uno de sus nervios. La manera en que apretaba los labios contra los suyos…

—Astrodioses —dijo Dex para sí mismo.

Éstos eran pensamientos que tenía que empujar hasta lo más hondo, hasta que se marchitaran y murieran, al igual que sus sentimientos por ella. No tenía ni siquiera el derecho de *pensar* en esas cosas.

Dex se permitió lanzarles una última mirada a Andi y Valen, preguntándose por los momentos que podrían haber compartido juntos en la oscuridad. Él había supuesto, igual que todos, que el abismo entre los dos no se podría cerrar jamás.

Pero, no por primera vez desde que comenzó la misión... a Dex le sorprendió descubrir que se había equivocado.

Suspiró y se giró sobre los talones, con la boca hecha agua por las ganas de probar la dulce libertad líquida que se lo llevaría a otro lado. Finalmente, había comenzado la Revalia.

Ya era hora de que Dex se divirtiera un poco.

CAPÍTULO 56
ANDROMA

Algo de la noche había cambiado.

Los pies de Andi se sentían más ligeros mientras ella y Valen se abrían paso juntos hacia el festival. Había pasado tanto tiempo desde la última vez que había bailado. *Bailado de verdad*, no sólo imaginarse danzando con los muertos durante sus tiempos de remembranza. Con la disculpa que se liberó entre ella y Valen, era hora de permitirse un poco de libertad. Soltarse y no ser la Baronesa Sangrienta por una noche: sólo una chica que miraba las estrellas, en vez de capitanear una nave pirata entre ellas.

Andi sabía que era imposible cambiar las cosas, mudar la piel de quien se había convertido en los últimos años. Pero por ahora, no le molestaba fingir que era alguien que nunca podría ser.

Esta noche bebería y bailaría hasta el hartazgo, se zambulliría en la dicha de olvidarlo todo y se volvería a hundir en la realidad una vez que terminara la Revalia. Después de todo, era el festival de la victoria contra las fuerzas xenpteranas y, de alguna manera, la tripulación merecía celebrar su exitosa misión de liberar a Valen de las garras de la reina Nor.

Valen estaba a salvo, y todos estaban vivos y relativamente bien, y tal vez Alfie aún añoraba a Memoria en las profundidades del corazón de Rhymore. Era un regalo adicional, por lo visto otorgado por los Astrodioses en el cielo, que no estuviera presente.

Cuando Andi se acercó a la base de la colina, la multitud frente a ella se onduló, y luego se separó como un mar agitado. Divisó a su tripulación, que desaparecía entre las olas de vendedores y música. Hasta atrás estaba Gilly, bailando de puntillas mientras seguía a Breck. Lira las dirigía, con una sonrisa que iluminaba sus rasgos mientras hablaba con su hermano gemelo, Lon.

¿En dónde estaba Dex?

Andi se descubrió buscándolo, con la esperanza de vislumbrarlo entre la multitud. Ya una vez habían bailado en Adhira, en una noche de borrachera que los había dejado a los dos con bastantes recuerdos difusos a la siguiente mañana. Sonrió al recordarlo. La risa. La manera en que sus cuerpos se habían entrelazado tan perfectamente…

Detente, se dijo. Una parte de ella quería encontrar a Dex. Hablar con él, estar cerca de él. Pero sabía que no debería estar buscándolo y, desde luego, no debería estar pensando en él. Él sólo complicaba las cosas. Los dos juntos eran como el Griss y la Rigna. No eran buena combinación.

Esta noche tenía que ver con olvidar a Dex, y todo lo demás de su propio pasado.

Y además… Andi no recordaba la última vez que ella y su tripulación habían tenido una salida así de llena de vida. Las Saqueadoras siempre trabajaban al abrigo de la oscuridad, escondidas en las partes más profundas de las sombras para que nadie las viera. Hoy formarían parte del mundo, y celebrarían bajo las estrellas.

Se giró hacia Valen.

—¿Listo?

Por un momento, Andi se preguntó si Valen sería capaz de lidiar con toda la muchedumbre, el ruido, los cuerpos que se apretujaban unos a otros por doquier. Sus ojos de Valen volaban de un lado al otro de la escena asombrados, como si no lo pudiera absorber todo y no estuviera seguro de realmente querer hacerlo.

—No estoy seguro de cómo… —asintió lentamente, como si se acompañara con sus propias palabras— hacer esto.

Andi se apartó cuando un grupo de niños corrió a toda velocidad entre ellos, riéndose y persiguiendo a una criatura parecida a la sanguinaria bestiecilla de Gilly.

—Pues… ya hemos ido a muchos bailes militares antes —dijo ella—. Es justo así. Sólo que mejor, porque esta vez ninguno de los dos está obligado por sus deberes. Podemos simplemente vivir.

—¿Y cómo vive uno? —respondió Valen, lanzándole una mirada ansiosa—. Parece que lo he olvidado.

Andi se encogió de hombros.

—Supongo que tendremos que descubrirlo juntos.

Ella los dirigió entre la bulliciosa muchedumbre.

La asaltaron al instante los aromas a comida, bebidas y perfumes, que se envolvían alrededor de sus sentidos como una frazada calientita. En la arena roja había una serie de puestos que vendían banderas patrióticas de los Sistemas Unificados, con cuatro líneas verticales que corrían bajo el emblema de la galaxia, una espiral con una estrella que brotaba en el centro.

—Llevaba una eternidad sin ver una de éstas —dijo Valen.

Se detuvo y pasó las manos sobre una de las banderas; los colores morados y blancos tenían un parecido sorprendente con el cabello de Andi.

—Ay, ya están por toda la galaxia —dijo Andi—. En especial en los últimos dos o tres años, ahora que la gente siente más optimismo por que los xenpteranos ya no tomarán represalias. El tratado de paz mantiene esa esperanza, pero también el silencio de los xenpteranos tiene que ver. Seguramente te perdiste esa moda mientras estabas... —se le fue apagando la voz, y frunció el ceño.

—Está bien —dijo Valen, encogiéndose de hombros—. Puedes hablar de mi tiempo de encierro. Es una parte mía, tanto como mis cicatrices.

Su mirada cayó sobre las muñecas de Andi, donde se había subido la manga para revelar las marcas que habían quedado de su accidente con Kalee. Aún con sus brazaletes, seguían siendo evidentes. Ella levantó la mano para bajarse la manga, deseando quitárselas de la piel y esconder cualquier evidencia que pudiera romper la extraña paz que habían encontrado ella y Valen.

Afortunadamente, él volteó la mirada hacia las banderas que ondeaban en el puesto.

—*Ellos* merecían que los quitaran de la bandera —dijo de repente con voz mordaz, y Andi se imaginó que hablaba de Xen Ptera—. Murieron *millones* de personas en esa guerra.

La bandera alterada era un *púdrete* universal para el Sistema Olen en su totalidad, exhibido en los tableros de las astronaves, colgado en las ventanas, tatuado en las espaldas de viejos soldados arrugados que se habían jubilado desde hacía mucho.

El diseño de la bandera siempre había sido más o menos el mismo, pero cuando los Sistemas Unificados ganaron la guerra, lo que alguna vez habían sido cinco líneas se volvieron cuatro, señalando la división de Olen de los Sistemas Unificados.

Andi era muy joven cuando se desarrolló el último año de la guerra, y había pasado por alto la peor parte del temor en su niñez, en medio de la neblina acaudalada y resplandeciente que emitía Arcardius. No vivió con el miedo constante que habían tenido muchos de los demás planetas durante los últimos días de la guerra.

Pero nunca olvidaría el día en que oficialmente eliminaron al Sistema Olen y lo comunicaron por todas las transmisiones galácticas; nunca olvidaría el sonido de los hurras de sus padres, en vez de lamentos, cuando expulsaron a Olen. Nunca había conocido una vida sin que Olen fuera una marca oscura en las orillas de Mirabel, todo un sistema que había estallado en actos terroristas cuando los Sistemas Unificados no pudieron ayudarles a salvar a su planeta moribundo con suficiente rapidez.

La supervivencia del más apto era un concepto que se había transmitido desde la época de los Ancestros, y había tanta verdad detrás de esa idea. Olen no era apto, así que no sobrevivieron. Andi consideraba que el acto de guerra de Olen había sido un intento último y desesperado por obtener lo que querían. Tristemente, no les había resultado bien. Incluso antes del Cataclismo, Xen Ptera ya era un planeta débil, carente de recursos desde hacía mucho.

Ahora estaba hecho añicos, aferrándose a un soporte vital mientras se desvanecía.

—Vámonos —dijo Valen.

Dio media vuelta, lanzándole una última mirada fulminante sobre el hombro a las banderas que ondeaban en el viento.

Mientras avanzaban, Andi dejó que su mente se hundiera en un estado calmado de observación. Aquí no había ninguna meta, ninguna misión que cumplir, ninguna recompensa en juego. Por una vez, podía simplemente *ser*.

Pasó por encima de dos chicos que participaban en un juego de mesa en la tierra. Uno de ellos tenía escamas como las de Lira, que se iluminaban intensamente de color amarillo veraniego. Su amiga, una niña musculosa que se parecía un poco a Breck, soltaba risitas mientras se golpeaban con los dados, en vez de jugar el juego. Una inocencia tan pura la hizo sonreír, hasta que oyó las voces con un poco más de claridad.

—Tú eres el xenpterano. Yo soy la capitana de las flotas arcardianas.

—¡Yo *no quiero* ser el xenpterano! ¡Eso quiere decir que voy a perder!

Apareció una mujer de la carpa detrás de los niños, diciéndoles a los dos que no hablaran de un lugar tan horrible en un día de tanta celebración.

Mientras la muchedumbre fluía hacia delante, permitió que se los tragara por completo, llevándose los malos recuerdos.

Antes de unirse a los bailarines, Andi compró un tarro de Jurum para cada uno. Era una bebida famosa en Adhira, y se decía que hacía que quien la bebía se olvidara de sus problemas. Sonaba demasiado bueno para ser verdad, pero Andi tenía bastante experiencia con el Jurum.

—¿Estás segura de esto? —le preguntó Valen, olfateando el líquido reluciente y espumoso en su tarro.

Andi asintió.

—Sí. Pero no bebas tanto como Lira. Ella es bastante *pro* cuando se trata del Jurum, de hecho.

Andi dio un trago. Cuando la bebida tocó su lengua, el sabor empalagoso se sintió suave, como un paraíso líquido.

El efecto instantáneo fue de dicha, y Andi le dio la bienvenida con los brazos abiertos. Se aguzó su vista, y todo se volvió más vibrante y vivo de lo que lo estaba segundos antes, haciendo que todo el festival estallara de color, como si lo mirara a través de un caleidoscopio.

El mundo se volvió más hermoso alrededor de ella, llevándose toda la oscuridad.

Valen tomó otro sorbo de su tarro.

—Es tan...

—Hermoso —susurró Andi. Su voz resonó y onduló como una gotita que caía en el agua, y soltó una carcajada mientras se engullía el resto del tarro.

Creyó sentir que el suelo respiraba bajo sus pies, escuchar que los altísimos árboles a la distancia se reían de felicidad, sentir que los montículos de roca en espiral suspiraban desde arriba de las arenas desérticas. El mundo estaba *vivo*.

—Vamos —dijo Valen. Se desvaneció entre la multitud de danzantes que giraban al mismo tiempo, y mientras se movían, Andi se tuvo que preguntar si sus pies estaban siquiera tocando el suelo.

Se sentía ingrávida.

Como una astronave de cristal.

Capítulo 57
Dex

Dex estaba sentado a las orillas de la multitud, observando a los bailarines y disfrutando la sensación de dos tarros de Jurum que palpitaban por su flujo sanguíneo.

Vivía para este tipo de lugar. Mujeres que bailaban, tan bellas y llenas de vida que debería haber estado desesperado por unirse a la multitud. Lo habían invitado varias veces a bailar, incluso una mujer había ofrecido comprarle un tarro de Jurum mientras lo abordaba a la orilla de la multitud.

Ella podía haber sido la mujer de sus sueños. Pero esta noche... a Dex no le importaba.

En realidad, lo único que le importaba era atisbar a Andi en la multitud.

Andi, con su mirada de *te apuñalaré en las pelotas y me reiré de ti mientras gritas.*

Andi, quien lanzaba insultos tan filosos como sus espadas eléctricas.

Andi, quien le había robado el corazón, y luego la nave.

Andi, a quien había traicionado.

Andi, Andi, Andi. Su nombre reverberaba por su mente como una bandada de aves sirena adhiranas.

—Mierda —masculló Dex.

En verdad tenía algún problema. Quizá se había enfermado. Quizás Alfie le había dado un analgésico demasiado fuerte cuando lo curó en la nave unos días antes.

O quizá, susurró una voz antipática en el fondo de la mente de Dex, *estar de nuevo aquí, en el planeta en donde alguna vez tuviste el lujo de pertenecerle a Androma, te está haciendo jugarretas en la cabeza.*

Dex sacudió la cabeza. Llevaba demasiado tiempo en tierra firme. Tan pronto como estuviera a bordo de *su* nave otra vez, encerrado con Androma Racella en un espacio reducido, recobraría los sentidos y se daría cuenta de que ella no tenía planeado un futuro con él.

Él había tenido la esperanza de que contarle la verdad sobre lo que había ocurrido hacía años ayudaría a reparar la ruptura entre los dos. Que podrían comenzar de nuevo: quizá no volverían a compartir jamás la intimidad que alguna vez tuvieron, pero se podrían haber vuelto amigos.

Pero desde su conversación, Andi había hecho su mejor esfuerzo por evitarlo. Él no la había presionado. Sabía que necesitaba tiempo para procesar la verdad, y quizá jamás lo perdonaría.

Tal vez el verdadero perdón —la resurrección de su pasado juntos— no llegaría jamás.

Dex sacudió la cabeza y viró la atención a su tercer tarro de Jurum, por primera vez desde que lo había comprado. Había estado demasiado ocupado con sus pensamientos estúpidos y traidores como para ponerle atención a lo que en realidad le importaba.

Ponerse hasta las estrellas de borracho.

Justo cuando lo llevó hasta sus labios, con un líquido que había dejado de burbujear desde hacía rato, su mirada se fue sin rumbo hasta la pista de baile que lentamente se estaba abriendo en un círculo. Los bailarines se mecían a izquierda y derecha, aplaudiendo y golpeando los pies al ritmo que crecía constantemente.

Mientras giraban y se dividían, Dex vio un destello de cabello blanco y púrpura. Una mujer con los brazos levantados al cielo, las caderas que se balanceaban como si se mecieran al ritmo de una corriente escondida.

Su corazón se relajó un poco al saber en dónde estaba Andi.

Como si eso importara. No le importaba. Él *sabía* que no le importaba, pero su mente —y él ya estaba *absolutamente seguro* de que ésta estaba fallando— lo engañaba para pensar que sí.

—Idiota —murmuró Dex en su tarro antes de beber el contenido de un solo trago. Ya sabía que se arrepentiría mañana al despertar.

Androma.

Su nombre entró en su mente como un susurro. Más allá del Jurum, más allá del muro que había tratado de levantar.

Por primera vez vio que ella era el espectáculo principal por el que se había formado el círculo. Esta Andi era tan distinta de la que él conocía. Se deslizaba por las arenas como si fuera una pista de baile pulida. Giraba en círculos y hacía piruetas por el aire, cayendo con la suavidad de una pluma. Sus brazos y piernas hacían bailes propios y fluían con el viento que revoloteaba por el desierto.

Ella era el sonido y el viento y el movimiento. Los elementos que conformaban el mundo estaban bajo sus órdenes.

Y en este momento, él sólo la podía ver a ella.

Lo demás era ruido de fondo.

Dex observó mientras ella se mecía hacia delante y tomaba una mano de entre la multitud, llevando al observador hacia su baile mágico. Aunque sentía como si tuviera la mente atiborrada de algodón, Dex pudo notar la molestia que sintió al ver que esa persona era Valen.

Ese paquetito atado con un moño, listo para ser entregado al general Cortas.

Parecía que Valen era lanzado en un velo de sombras ondulantes, mientras ella bailaba a su alrededor. Se quedó ahí parado en un trance propio, con los ojos vidriosos. Su cuerpo apenas si se mecía al ritmo de la música.

La tripulación los alcanzó. Breck y Gilly y Lira reían mientras bailaban alrededor de Andi.

Ella rio con ellas.

Ese sonido hizo que a Dex le cantara la sangre, pero la carcajada no había sido para él, y con sólo pensarlo, lo recorrió la furia y lo sacudió como una chispa de fuego.

Al infierno con todo, y de regreso.

Dex no podía echarle la culpa al Jurum, ni siquiera con la cabeza enredada por el brebaje embriagante, por lo que sabía que estaba por hacer.

Esta noche, se comportaría como un idiota.

Mañana lidiaría con las repercusiones.

Se movió hacia delante por instinto, abriéndose paso entre la multitud, mientras los hurras rugían contra él.

—Andi —su voz era baja, un susurro que ronroneaba. Tan suave como el Jurum que corría por sus venas.

Ella no era suya: jamás lo había sido, verdaderamente, y jamás lo sería.

Eso fue lo que lo deshizo.

Al principio ella no lo vio acercarse, pero cuando se dio vuelta, se detuvo, con una mirada embelesada sobre él. Los ojos de Valen se abrieron más, y dio un paso atrás, luego otro, hasta que se desvaneció entre la multitud.

—Dex —dijo Andi.

Al principio, Dex pensó que lo iba a golpear por interrumpir su espectáculo.

Se armó de fuerza para el impacto, se preparó para una pelea, a pesar del calor que lo recorría, del suelo que ondulaba bajo sus pies como olas agitadas. Pero en vez de cerrar los puños, Andi hizo exactamente lo contrario.

Fue corriendo hacia él, saltando los últimos pasos hacia sus brazos listos.

—Baila conmigo —susurró, y su aliento le hizo cosquillas en los labios.

Sus palabras estaban tan llenas de pasión, que Dex casi se cayó.

Sus labios estaban tan cerca, mientras ella apretaba su cuerpo contra el suyo.

—Andi —Dex respiró su nombre como un suspiro—. No deberíamos hacer esto.

Y aun así, mientras él la estrechaba en sus brazos, apretándola con fuerza contra su pecho, no la quería soltar. No quedaba espacio entre ellos, y él se deleitó en su cercanía, en la familiaridad de todo, en el fuerte sentido de equilibrio entre los dos que siempre los hizo tan grandiosos.

—Sí deberíamos —dijo ella.

Él llevaba tanto tiempo queriendo esto, sin siquiera saberlo.

La mente de Dex le gritaba que se detuviera, que ella no estaba pensando con claridad, pero su cuerpo ansiaba más.

Andi lo miraba como solía hacerlo, hacía tanto. Los dedos de ella se enterraban en su espalda.

El mundo se esfumó alrededor de ellos. Desapareció el pasado, barrido en un instante.

Justo antes de que sus labios se tocaran, el desierto estalló en una explosión de fuego y de luz.

Capítulo 58
Androma

Sonaron gritos forjados de terror por todas las Arenas de Bailet.

El tiempo pareció recuperarse como una liga que volvía a su lugar.

Empezaron a caer cuerpos alrededor de Andi, gente que escapaba de la multitud mientras aparecían figuras enmascaradas que disparaban rifles. Llevaban un símbolo extraño pintado en las armas, los cascos rojos y las armaduras desvencijadas.

Algo que Andi había visto antes.

Algo que *sabía* que debería conocer, pero había un espesor que todavía le bloqueaba la mente, como agua que ahogaba su cerebro.

Alguien gritó y cayó al suelo junto a ella.

Era un joven adhirano con los ojos azules como el Mar Infinito. Un parche de escamas resplandecía débilmente sobre su mejilla mientras jadeaba y apretaba sus brazos contra el pecho.

—¿Lon? —escuchó Andi que decía su Segunda.

Lira cayó sobre su hermano, gritando su nombre, rogándole que se quedara con ella, presionando las manos contra su pecho.

Dex jaló a Andi hacia la arena, cubriendo su cuerpo con el suyo mientras la multitud estallaba en gritos estridentes.

Fue suficiente para aclararle la mente a Andi, para arrancar el velo, mientras levantaba la mirada y recordaba el origen del símbolo de los rifles.

Después de quince años de paz, los xenpteranos habían venido a cobrar su venganza.

Capítulo 59
Valen

V alen se dejó caer al suelo y se arrastró a ciegas, sintiendo como si al mundo le hubieran brotado garras y la arena a su alrededor se convirtiera en piedra.

Tenía que regresar a Arcardius.

No podía volver a Lunamere.

El festival empezó a desvanecerse de su vista. En su lugar apareció la imagen de las puertas de una celda, manchadas con las marcas negras de las quemaduras de los látigos eléctricos.

El cielo desapareció, y lo reemplazó la imagen de un techo de piedra frío e irrompible.

Cada balazo era como un látigo que caía sobre su espalda.

Miles de pies corrían junto a él, destellos de cuerpos que pasaban a toda velocidad, enredados en gritos explosivos mientras las balas rebotaban entre la multitud.

No podía ver a las Saqueadoras. No conseguía ver a Dex.

Un soldado se le acercó corriendo, vestido con armadura, con el escudo xenpterano extendido en el pecho.

El soldado levantó el rifle. El tiempo empezó a transcurrir más lentamente. Valen vio que la punta de un dedo enguantado del soldado se estiraba hacia el gatillo, y en su mente, lo vio todo como si estuviera acostado sobre piedras frías y congeladas, mientras la oscuridad se cernía a su alrededor como una neblina densa, con el destello de un látigo azul que estaba a punto de arrancarle la piel.

Valen levantó la cabeza, obligó a sus labios a parar de temblar mientras miraba hacia donde creía que estaban los ojos del hombre, más allá de la máscara, mientras su dedo alcanzaba el gatillo.

—*¡No!* —gritó Valen—. ¡No! ¡No *yo*!

Valen cerró los ojos y esperó el disparo. En su lugar, un cuerpo rozó el suyo al pasar.

Valen abrió los ojos, y el soldado ya no estaba.

Te tienes que mover, Valen, le rogó su mente.

Se arrastró hacia delante por la arena, cerrando los ojos cuando sus manos sintieron la humedad pegajosa de la sangre, ignorando la opresión de la piel de otro contra la suya, más húmedo y frío de lo que debería haber estado.

Se suplicó a sí mismo que se mantuviera concentrado, en el presente, pero el mundo daba vueltas, un planeta soltado de su eje, y no lograba mantenerse bajo control.

Encontró un puesto sin su tendero, con el brazo tentacular cercenado extendido sobre el piso de tierra. Una mancha de sangre se extendía sobre las ventosas. Junto a éste yacía un androide dorado inmóvil; su torso estaba completamente abierto por la explosión, y supuraba un líquido plateado.

Valen estaba por arrastrarse adentro y esconderse en la oscuridad cuando escuchó un grito con su nombre.

—*¡Valen!*

Se volteó para verla.

Androma Racella, cortando entre el caos como la punta filosa de un cuchillo, blandiendo las espadas mientras derribaba a los soldados. Su tripulación la seguía: los tatuajes blan-

433

cos de las constelaciones de Dex parecían retorcerse sobre su piel mientras corría, y Breck llevaba a cuestas a un hombre adhirano. La piloto, Lira, gritaba y sollozaba mientras los seguía, con la piel iluminada por brillantes escamas moradas que echaban humo en la noche. Frente a ellos, el miembro más pequeño de la tripulación sostenía en los brazos un rifle robado.

Un disparo. El estallido de una bala de luz que salía volando desde la recámara.

Cayó un xenpterano frente a ellos, y Gilly saltó sobre su cuerpo postrado, cayó sobre una rodilla y volvió a apuntar.

Otro disparo, una segunda bala liberada, un silbido que voló justo más allá de la cabeza de Valen.

Detrás de él, se desplomó un cuerpo.

Lo único que podía oír Valen era el silbido y el chasquido de las espadas de Andi. Valen se encogía con cada soldado que caía en su camino mientras Andi venía por él.

—Yo soy Valen —susurró—. Yo soy Valen, yo soy Valen.

De nuevo, vio el mundo pasar desde los muros de piedra sangrantes hasta el despavorido desierto adhirano y de regreso. Cerró los ojos y se meció de un lado al otro, de un lado al otro, hasta que una mano le aferró el hombro, tratando de sacudirlo de su trance.

—¡Valen!

La voz de Andi. Pero detrás de ésta, los sonidos de estallidos, disparos, más gritos. Sus espadas crepitantes como látigos de Lunamere que querían una probada de su piel calcinada.

Unas manos lo arrancaron del suelo, lo obligaron a pararse. Abrió los ojos para ver a Andi que lo miraba fijamente, con manchas de sangre salpicadas en el rostro, en el cabello. Estaba moviendo la boca, pero él no lograba descifrar sus palabras.

Lo único que escuchaba era el palpitar de su corazón, el eco de su respiración laboriosa.

Andi lo golpeó en la cabeza. El sonido inundó sus oídos.

—¡Tenemos que correr!

Una flota de naves se estaba acercando. Cada una era como un cadáver vivo, nacido de las cenizas del pasado de Xen Ptera, visible a la luz de la luna y del fuego arrasador.

Algunos de ellos estaban construidos con pedacería irregular y vieja de acorazados ancestrales. El metal negro estaba cubierto de quemaduras y abolladuras y agujeros reparados.

Pero desde el costado de cada uno, un único símbolo dorado vigilaba a Valen como un ojo observador.

El escudo de armas de la familia Solis. Un triángulo filoso en forma de daga.

Acompañaban al rostro que le sonreía a Valen desde su mente.

Una reina de la muerte y de la oscuridad, sentada en el trono de los huesos de la galaxia.

CAPÍTULO 60
ANDROMA

El suelo tembló. La arena se esparció cuando la flota aterrizó a la orilla del desierto. Brotaron nubes de vapor al abrirse las rampas de carga, y las figuras uniformadas se desbordaron como bichos.

Dex gruñó.

—Refuerzos.

—¿Qué demonios es esto? —gritó Breck.

—¿Acaso importa? —chilló Andi—. Estamos en medio de una zona de guerra.

En la arena junto a ellos, el pecho desnudo de Lon era un río de sangre.

—¡Debemos llevarlo con los paramédicos! —gritó Lira, sollozando mientras arrancaba la orilla de su vestido y apretaba la tela contra el pecho de su hermano. Estaba inconsciente, y se veía al borde de la muerte.

—Tienes que mantener tus emociones bajo control —dijo Breck—. Lira. Necesitas hacerlo, o te perderemos. Lon necesita que te quedes con nosotros.

Lira apretó sus escamas contra la herida, intentando cauterizarla, pero cada vez que lo intentaba, su luz se apagaba. Como si ella no se pudiera controlar cuando más lo necesitaba.

—Gilly, ¡a la izquierda! —ordenó Andi.

La niña giró a la izquierda y disparó otra ronda. Salieron espirales de luz del cañón. Un soldado cercano gritó mientras salía volando con el estallido, y chocó contra el puesto que albergaba las banderas de los Sistemas Unificados. Gilly soltó el rifle vacío y recogió otro de un soldado caído, con dos cañones esta vez.

—¿Adónde, capi? ¡El *Saqueador* no está listo para volar!

—¿Escondernos en Rhymore? —sugirió Breck. Se puso en pie de un brinco mientras aparecía otro soldado, y disparó. Las balas rebotaron en su piel. Gilly disparó de vuelta. El soldado cayó, inmovilizado por el arma paralizante.

—No funcionará —dijo Gilly. Amartilló dos veces la pistola y cambió al cañón superior—. Acabamos de perder nuestros transportes.

A la distancia, Andi podía ver los carruajes de los Albaodontes en llamas.

Breck maldijo.

—Si a alguien no se le ocurre un plan pronto, Lon morirá. ¡Y luego caeremos todos, justo después de él!

Lira empezó a sollozar otra vez.

Las chicas se estaban desmoronando frente a los ojos de Andi.

Ella lo absorbió todo, mientras su corazón latía a toda velocidad. Su mente le gritó que ésta era culpa *suya* por atraer a los xenpteranos hasta aquí. Le lanzó una mirada a Valen mientras se arrodillaba en las arenas cercanas, con los ojos cerrados y las manos apretadas contra las orejas como si de esa manera pudiera bloquear el caos.

¿Lo habrían rastreado los xenpteranos de algún modo?

—No iremos a Rhymore —dijo Dex de repente.

Breck se dio la vuelta para bloquear una ráfaga de balas. Gruñó, cayendo sobre una rodilla, sin aliento. Las balas no podían atravesar su piel, pero eran tan grandes que la golpeaban fuertemente. Pronto, se agotaría.

—No iremos a Rhymore —dijo Dex otra vez, mirando al grupo que lo rodeaba—. No llegaríamos muy lejos antes de que nos atraparan. Deben haber venido por Valen. Lo quieren de regreso. No se irán hasta tenerlo.

—No dejaremos que se lo lleven —dijo Andi.

—No —Dex se asomó por encima del hombro de Andi, hasta el borde distante del desierto—. Nadie se lo llevará de vuelta a Lunamere porque nos sacaré volando de aquí en este momento, para ponerle fin a esta misión antes de que nos mate a todos.

—Es un buen plan —dijo Andi—. Pero de ¿dónde diablos vamos a sacar una nave en este momento?

—Ustedes son piratas espaciales —dijo Dex—. Estoy seguro de que pueden elegir la que les guste.

Con una sonrisa entre dientes, señaló a la distancia, donde estaba una flota de astronaves xenpteranas lista y a la espera.

—¿Y tu plan para llegar ahí? —preguntó Breck sin aliento.

Todos se quedaron callados mientras pasaba marchando un grupo de soldados, con sus máscaras y su armadura roja como rayos en el humo. Las llamas crepitaban y lamían la madera a sólo dos puestos de distancia, y el calor desató un recuerdo en la mente de Andi.

—¿Recuerdan el encargo que nos dieron en Sora? —preguntó Andi. Miró a Breck y a Gilly, cuyos ojos se iluminaron cuando súbitamente se dieron cuenta de cuál era el plan de Andi—. Encuentren soldados más o menos del tamaño de cada uno de nosotros. Mátenlos, y que sea limpio y veloz. Los necesitamos.

—¿Para qué demonios? —aulló Dex.

Una sonrisa adusta se extendió sobre las facciones de Andi.

—Por primera vez en tu vida, Dex, sólo haz lo que te digo.

Él asintió.

—Apresúrense —dijo Andi.

Los tres se desvanecieron en el humo, dejando a Andi atrás para proteger a Lon y a Lira.

Cuando un soldado apareció entre el humo, la Baronesa Sangrienta levantó las espadas y las blandió, pensando en la nueva marca que tendría que agregarles pronto.

Capítulo 61
Dex

La máscara xenpterana apestaba a sangre putrefacta.
A cada paso que daba Dex, las botas robadas le apretaban
los pies y la armadura del soldado muerto lo rozaba en todos los
lugares equivocados.

Le hirvió la sangre tenebrana.

El… hombre que había usado este traje antes que él había
asesinado a inocentes. Se había acercado a Revalia como si
fuera una zona de guerra, disparándole a cualquiera que se
moviera. Hombre, mujer, niño.

—Apresúrense —dijo Dex, mientras ayudaba a arrastrar
por la arena a un Valen conmocionado.

Frente a ellos, Andi tomó la delantera con paso firme. Ni
tan rápido ni tan lento. La armadura xenpterana estaba demasiado holgada, pero el papel le quedaba.

Otros soldados pasaron corriendo junto a ellos, y el corazón de Dex dio un brinco hasta su garganta.

Se darán cuenta, pensó. *No se dejarán engañar por nuestras
máscaras robadas.*

En su imaginación vio toda una vida tras las rejas, atrapado en esa horrible oscuridad de la que acababan de liberar
a Valen. Se preparó para una pelea, con el cuerpo enroscado
como un resorte a punto de soltarse.

Pero los soldados sólo pasaron corriendo junto a ellos, cargando sus rifles, hasta desaparecer en el humo más adelante. Dex esperaba que ellos también ardieran con los cuerpos que él y las Saqueadoras habían dejado atrás.

A Andi le tomó todo su esfuerzo no blandir las espadas contra los soldados mientras pasaban corriendo. Pero se contuvo y prosiguió por la colina mientras se acercaban más y más a la orilla del desierto.

La fila de naves estaba a casi un kilómetro de distancia; todavía tenían las rampas bajadas, y sus interiores oscuros estaban a la espera de tragarlos por completo.

Con cada paso, cada respiro, se acercaban más.

—¿Cuál de todas? —preguntó Andi. Junto a ella, Breck cargaba a Lon sobre el hombro, con el cuerpo flácido como si estuviera muerto—. *Lira*. Nos tienes que decir cuál.

Andi no podía ver el rostro de su piloto detrás de la máscara xenpterana. Pero adivinó que no había ninguna expresión mientras Lira corría, robótica y silenciosa.

Andi mejor miró a Dex. Conocía las astronaves mejor que ella, podía verlas como si estuvieran volteadas de dentro hacia fuera.

—¿Cuál?

—Ésa. En medio de la flota. Es la más pequeña, así que será más difícil de rastrear.

La nave elegida era arcaica. Las alas estaban abolladas, el casco parecía estar hecho de distintos modelos, y aun así… había logrado llegar aquí en una sola pieza, a través de todo el camino desde Xen Ptera y, a menos que sólo lo hubieran planeado como un viaje sin retorno, suponía que la nave tenía suficiente combustible para el vuelo de regreso al Sistema Olen.

Andi tragó saliva, y miró hacia atrás una sola vez, hacia la destrucción distante.

Los soldados se estaban reuniendo y derribaban todo lo que quedaba de los puestos.

Habían formado a los androides en la arena para interrogarlos. La gente estaba amontonada en el suelo cercano, donde algunos gritaban y otros suplicaban clemencia. Otros más miraban estoicamente hacia el desierto, como si estuvieran resignados a la misma conmoción que en este momento inundaba a Lira y a Valen.

—No podemos dejarlos morir aquí —dijo Andi. Adhira los había acogido. Alara les había permitido quedarse en Rhymore después de su aterrizaje de emergencia. Sabía que el general había tenido algo que ver con eso… pero este planeta los había recibido a ella y a su tripulación con los brazos abiertos.

Y ahora estaba bañado de sangre.

Una víctima de los terrores de Xen Ptera.

Breck levantó a Lon más arriba sobre su hombro. Su voz amortiguada llegó desde dentro de la máscara.

—No tenemos opción. Si volvemos allá abajo, moriremos nosotros también, Andi —inclinó la cabeza hacia Valen—. Él es nuestra misión.

Andi dio media vuelta.

Tomaría esta decisión ahora y se permitiría considerar las consecuencias después. Más rostros, más muertos para convocar a su baile.

Siguieron adelante, hasta que la arena bajo sus botas robadas se volvió metal.

Hasta que subían marchando por la rampa de la nave elegida, mientras Dex les susurraba: *Vamos, vamos, vamos.* Gilly entró corriendo, blandiendo el rifle a la izquierda y a la derecha, en busca de cualquier soldado que quedara a bordo.

—Despejado —dijo, moviendo los labios.

Estaba extrañamente hueco por dentro. Suficiente espacio como para meter a cien soldados en la bodega de carga vacía. Por arriba, estaba suspendida una sola pasarela que se extendía hacia la izquierda y hacia la derecha. La oscuridad los esperaba más allá.

Breck bajó a Lon y lo puso en el frío piso metálico. Lira se acurrucó junto a él, moviendo su cabeza suavemente para acomodarla en su regazo. Valen se inclinó frente a ellos, hablando en tonos callados con Lira. Sus propias manos temblaban, pero parecía tener mejor control de sí mismo por ahora.

Ve con Gilly, le indicó Andi en silencio a Breck.

La giganta asintió y se deslizó junto a Andi para seguir a Gilly y a Dex y adentrarse en la nave.

Ella los observó subir por la escalera hacia la pasarela, sin intercambiar palabras mientras se separaban, Breck y Gilly a la izquierda, Dex a la derecha.

Andi esperó, recobrando el aliento y rogándole a los Astrodioses que la nave estuviera vacía.

Sólo pasaron unos segundos antes de que estallara un disparo arriba.

La tripulación.

Tras dejar la puerta de carga abierta, Andi dio media vuelta y corrió a toda velocidad al corazón de la nave.

Capítulo 62
Dex

A Dex se le llenó de sangre la vista.
Se tambaleó y cayó para atrás sobre el piso; su cabeza zumbaba.

De toda la gente que podría haber encontrado esperando en el puente, tenía que haber sido un soldado de sangre neovedana, ¿no es así? Y uno del doble del tamaño de Breck, fácil.

Después de entrar y encontrar al gigante listo para saltar, Dex sólo tuvo tiempo de disparar un tiro, inútil, contra el hombre a prueba de balas. Tal vez había sido uno de tantos visitantes que se quedó atrapado en Xen Ptera durante su infancia, lo que le abrió los ojos a la negligencia de los Sistemas Unificados. Ahora peleaba por la reina Nor.

—Pequeño pedazo de imbécil tenebrano —retumbó la voz del piloto mientras daba zancadas hacia delante. Arrancó la pistola de las manos de Dex con tanta facilidad como si le quitaran su juguete a un niño.

Luego la *dobló a la mitad* sobre su enorme muslo. El metal chilló mientras un sonido similar se escurría de la garganta de Dex.

—Tranquilo, grandulón —dijo Dex, levantando las manos frente a él. Intentó incorporarse, pero veía borroso. Sus dos manos, extendidas frente a él, de repente parecieron siete—. Podemos hablar.

El gigante soltó una carcajada amenazadora y avanzó hacia él.

Entonces silbó la puerta del puente de mando al abrirse, y Breck y Gilly estaban paradas en la entrada, con los ojos muy abiertos.

—Ay, por el amor de las estrellas —dijo Breck.

Gilly disparó diez rondas. Cada una de ellas golpeó contra el pecho del hombre y luego cayó al suelo metálico.

Ping, ping, ping.

El gigante miró a Gilly. De su pecho salió un pequeño rugido mientras se abalanzaba con un paso hacia delante y lanzaba un golpe.

—*¡No!* —gritó Breck.

Saltó frente a Gilly. Sonó un *crac* espantoso cuando el puño del hombre conectó con el costado del rostro de Breck.

Ella cayó junto a Dex, con las extremidades extendidas sobre el suelo.

Gilly gritó justo cuando Andi entró corriendo al puente, con los ojos muy abiertos y las espadas preparadas y crepitantes.

Su rostro, bañado en luz eléctrica, fue lo último que Dex vio antes de que la oscuridad se lo llevara.

Capítulo 63
Androma

El gigante lanzó un golpe.

Andi se agachó, el puño pasó volando por encima de su cabeza y chocó contra la pared metálica.

Se abolló con un chillido estridente.

—Vamos, desgraciado —gruñó Andi.

Ella retrocedió y salió lentamente al puente; el traje xenpterano le quedaba demasiado grande y limitaba ligeramente sus movimientos.

El gigante la siguió. Detrás de él, Andi podía ver la figura extendida de Breck, con Gilly arrodillada sobre ella y Dex en el suelo.

—¿Crees que te puedes robar mi nave? —gruñó el gigante mientras se acercaba a grandes zancadas hacia Andi.

Ella se encogió de hombros mientras se detenía en el centro de la pasarela.

—Ya lo he hecho antes.

El gigante soltó una risita.

—Hoy no, niñita.

Y entonces estaba tras ella otra vez, lanzándose hacia delante con dos zancadas pesadas que sacudieron el metal bajo sus pies.

Andi giró las espadas, luego se lanzó con *un gancho, dos ganchos, tres*. Las navajas crepitaron y cantaron con cada impulso. Pero cada vez, las espadas rebotaban en las muñecas del gigante mientras las bloqueaba: su piel a prueba de balas resultó ser lo suficientemente fuerte para evitar hasta el menor rasguño.

Malditos neovedanos. La mente de Andi hervía mientras caía sobre una rodilla para permitir que otro puño pasara volando junto a ella, antes de levantarse.

Era fuerte, pero lento.

Y si tan sólo pudiera descifrar *cómo* deshabilitarlo, quizás hacerlo perder el equilibrio y caer de costado…

El gigante aferró el barandal de la pasarela y arrancó un pedazo, mientras el metal gritaba en protesta.

—Me gustan las peleas con espadas —gruñó.

Y luego arremetió.

Andi levantó las espadas en forma de equis. Saltaron chispas cuando sus navajas chocaron con el arma improvisada. Logró empujarlo hacia atrás, apenas dándose suficiente espacio para ajustar sus espadas, dar medio paso hacia atrás y blandir de nuevo.

El gigante la bloqueó y avanzó.

Siguieron y siguieron esgrimiendo. El cuerpo de Andi tomó el control, en piloto automático.

Espada izquierda, espada derecha. Bloquear.

Impulsar.

Caer sobre una rodilla, evitar un golpe.

Levantarse de nuevo, avanzar.

Todo el tiempo, la piel a prueba de balas del gigante repelía sus ataques.

Los brazos de Andi empezaron a temblar mientras el gigante la empujaba hacia atrás, más y más cerca del final de la plataforma.

—¡Deja que nos llevemos la maldita nave! —gritó Andi por encima del fragor del metal.

—Mis soldados regresarán pronto —gruñó el gigante—. Y entonces, morirás.

Le lanzó un trozo de barandal.

Éste silbó mientras crujía contra la pared justo un lado de la cabeza de Andi.

Andi estaba perdiendo la fuerza, se le estaban acabando las opciones. Las pistolas no funcionaban, sus mejores luchadores estaban inconscientes, indefensos o, en el caso de Lon, *muriendo, para ser exactos,* en la bodega de carga de abajo.

Un golpe hizo contacto.

Andi gritó cuando una de las espadas se escapó de su mano. Se tambaleó sobre el barandal, donde cayó junto a Valen, y se apagó la electricidad.

—¡Corre, Andi! —gritó Valen.

Ella levantó la espada que le quedaba con las dos manos y la blandió.

El gigante levantó las palmas y aferró la espada. Las corrientes eléctricas hicieron que su cuerpo se sacudiera y trabara, pero siguió en pie.

Lentamente, con los ojos que taladraban los de Andi, jaló la espada de manos de ella.

La lanzó sobre el barandal para que alcanzara a su compañera.

—*¡Corre!*—volvió a gritar Valen.

El aliento de Andi se atoró en su garganta. Nunca había perdido una pelea, no así, no como…

¡Bum!

Andi levantó la mirada justo a tiempo para ver un estallido de luz roja que se abalanzaba hacia ella desde la puerta de entrada, aún abierta, y salía disparada por el aire como un enjambre rojo de muerte.

Su rostro se roció de sangre cuando el guerrero neovedano estalló en vapor. Mientras caían gotas de sangre caliente por las mejillas, Andi parpadeó, tratando de entender qué acababa de suceder.

Donde alguna vez estuvo parado el gigante, sólo quedaba el pedazo de barandal metálico arrancado.

Andi soltó un suspiro y cayó de rodillas.

Gilly apareció desde el puente de mando con la boca completamente abierta.

—¿Qué demonios acaba de suceder?

Andi apuntó sobre el barandal de la pasarela. Abajo, se oía el chillido de unos engranajes mientras se cerraba la puerta de entrada.

Parado frente a la puerta, con un lanzamisiles gigante del que todavía salía humo, acomodado sobre el hombro, estaba Alfie. Bajó un costal donde se retorcía algo. Con un fuerte aullido, salió una criatura cornuda y peluda.

—¡*Estrago!* —gritó Gilly con felicidad.

Andi se quedó inmóvil, mirando al IA.

—Hola, Androma Racella —dijo Alfie—. Por lo visto te encontramos justo a tiempo. ¿Cómo puedo asistirte más en esta misión?

—Programa esta nave para sacarnos de una maldita vez de aquí.

Momentos después, rugieron los motores de la nave mientras se disparaba por la atmósfera del planeta en dirección a Arcardius.

Capítulo 64
Lira

No había suficiente Griss en la galaxia para anegar los pensamientos de Lira Mette.

Estaba sentada sola en el cuarto de almacén del acorazado xenpterano robado, desplomada contra una caja de madera que había quemado por completo con sus palmas escamadas. Todavía flotaba el humo por el pequeño espacio, elevándose entre las bolsas apiladas de provisiones alimentarias, los botellones de agua, la repisa metálica frente a ella que guardaba las máscaras adicionales de los soldados xenpteranos.

—Maldita sea —gritó Lira. Miró la botella de líquido ámbar junto a ella en el piso metálico. Las últimas gotas que quedaban la llamaban por su nombre.

Desde el momento en que la nave se levantó del suelo, cada momento horrendo de las últimas horas se había empezado a fundir hasta formar un enorme monstruo lleno de recuerdos.

Ahora el monstruo susurraba su nombre, suplicándole a Lira que se perdiera en su canto de sirena.

Ella no cedería.

En lugar de eso, Lira recogió la botella de Griss y la vació sobre su lengua, engullendo rápidamente cada última gota bendita.

Con cada sorbo que daba, recordaba un poco menos. Pero aun así, a pesar de la pila de cuatro botellas vacías a las que se agregaba la recién vaciada, no se anegaban los *sonidos*.

Los sentimientos.

El dolor.

Jamás olvidaría los gritos que habían seguido a la primera bala, la primera muerte. El chapoteo de la sangre caliente que golpeaba la arena mientras los xenpteranos salían de la nada y atacaban.

Jamás podría borrar la imagen de su hermano al caer junto a ella. Cómo se sintió que escaparan todos para salvarse entre el humo, con el pecho agitado, el corazón que latía a toda velocidad. La sangre de Lon en sus manos, las lágrimas húmedas sobre su propio rostro, las escamas que ardían como antorchas púrpuras en medio del tiroteo mientras corrían por el desierto, desesperados por huir.

Lira gimió; su cabeza daba vueltas y palpitaba mientras agarraba otra botella de Griss y trataba de descorcharla con las manos desnudas.

Pero ver sus manos le trajo de vuelta el recuerdo de Lon tirado en la arena mientras Lira presionaba las palmas contra su pecho, intentando en vano detener el sangrado.

Soltó un soplido y aventó la botella.

Estalló contra el otro extremo de la bodega, y cayó una lluvia de vidrio como pequeñas esquirlas de estrellas rotas.

—Vaya, qué desperdicio.

Lira se giró, y sintió que su cabeza se bamboleaba hasta casi caer del cuello.

Andi estaba parada en el umbral de la puerta de la pequeña bodega, con los brazos cruzados sobre el pecho y los labios encorvados con una sonrisita burlona.

—Pedí que me dejaran sola —dijo Lira.

Las palabras salieron todas enredadas, como si también su lengua se hubiera emborrachado de Griss.

—Ése es el problema de ser mi Segunda —respondió Andi con un suspiro mientras entraba a la bodega y se sentaba al lado de Lira, con las piernas cruzadas debajo de ella—. Soy la capitana, y rechacé tu solicitud.

Lira la fulminó con la mirada.

—Lira, llevas horas sentada aquí dentro —dijo Andi. Extendió la mano para colocarla en el brazo de Lira, pero ésta la empujó a un lado—. Lon está estable, gracias a Alfie, pero si no vas y lo revisas pronto, podría despertarse y encontrar a Gilly a su lado. O, peor aún, a Estrago.

Su voz sonaba como si nada, como si sólo llevaran a cabo una misión normal.

—¿Cuál es tu problema, carajo? —preguntó Lira de repente.

Andi parecía como si le acabaran de dar una bofetada.

—¿Mi problema?

Lira se estiró detrás de ella y tomó otra botella de Griss. Esta vez, arrancó el corcho con los dientes. Sonó un grato *pop* cuando el líquido burbujeó hasta arriba y se derramó en el regazo de Lira. Se bebió la mitad de la botella de un sorbo.

Cuando levantó la mirada, Andi todavía la veía fijamente.

—Sólo estás paseando por ahí —dijo Lira de modo acusador, agitando la mano—. Como si no hubiera pasado *nada* —dio otro sorbo, mientras fulminaba a Andi con la mirada por encima de la botella—. Pero sí pasó, *capitana*.

—Fue un acto de terrorismo —dijo Andi, abriendo los brazos—. No había manera de detener a Xen Ptera. No, cuando no estábamos preparados. Lo que nos pasó fue...

—¡Tu culpa! —ladró Lira. La armadura xenpterana que llevaba puesta empezó a calentarse contra su piel mientras las escamas cobraban vida—. ¡Tú nos metiste en este desastre al aceptar esa maldita misión por las estrellas del general Cortas! Y ahora desapareció el *Saqueador*, le abrieron el pecho a mi hermano de un estallido, Alara sabrán los dioses dónde está, y mi planeta bañado en sangre.

—Lira… —volvió a intentar Andi, pero Lira ya estaba harta de escuchar.

—¡*Basta!* —gritó. Lira podía sentir cómo su enojo se retorcía por todos lados, como una cosa viva que respiraba, lista para quemar. Para lastimar. Para destruir—. Todo esto ha sido una misión imposible. Debí haber aceptado el ofrecimiento de Alara cuando me dio la oportunidad.

Las palabras cayeron de sus labios como un veneno bienvenido.

Cuando levantó la mirada, el rostro de Andi era de piedra.

—¿Qué ofrecimiento? —susurró.

Lira levantó la botella de Griss, decepcionada de encontrar que estaba vacía. La dejó caer y se fue rodando por el piso metálico. Apenas estaba alcanzando otra cuando de pronto sintió los dedos de Andi alrededor de su muñeca, apretándola con fuerza.

—Lira —dijo Andi con voz ronca. Tenía los ojos como la superficie de una luna ardiente—. ¿Qué ofrecimiento?

Lira trató de empujarla a un lado, pero Andi no la soltó.

Lira miró a los ojos a su capitana, por más borrosa que estuviera su vista.

—Mi tía me pidió que dejara la tripulación —dijo Lira, y dejó que cada palabra hiriera como un cuchillo—. Me dijo que me daría mi propia nave. Una nave de vanguardia que no se podría deshabilitar jamás.

Lira amaba el *Saqueador*, y sabía que al hablar mal de la nave se hería a ella misma también, pero no le importó.

—Debí haberme quedado en Adhira —dijo. Toda la amenaza se le había ido de la voz. Ahora la reemplazaba la sensación ardiente y asfixiante de las lágrimas. Podía sentir que se le derramaban por las mejillas—. Ay, Astrodioses, Andi —gimió Lira—. Yo hice esto. Toda esta gente muerta, porque yo llevé a un prisionero xenpterano hacia su planeta pacífico. Si no hubiera llevado a Valen ahí, ellos no habrían venido.

Andi se quedó callada, con el rostro lleno de dolor mientras soltaba la muñeca de Lira.

Una quemadura, roja, irritada, marcaba su palma.

—Lira —susurró.

Pero Lira negó con la cabeza, luego la bajó para recargarla contra las rodillas.

—Nunca he querido matar —dijo, y las lágrimas siguieron brotando. No trató de detenerlas, y mientras tanto la inundaba la comprensión—. Pero tengo miedo de haber causado el asesinato de miles de personas inocentes en Adhira.

—No —dijo Andi—. Lira, no puedes pensar eso.

Lira mantuvo los ojos cerrados, aislándose de la habitación mientras giraba al tiempo la cabeza.

Quería que su hermano despertara, que estuviera sano y salvo y de regreso en Adhira, adonde pertenecía. Quería gritar y subir corriendo por las escaleras de Rhymore y esconderse en el templo de la montaña, lejos de cualquier mirada curiosa, donde pudiera lanzar sus sentimientos hacia el cielo y olvidarse del dolor y del miedo y de las preguntas y respuestas.

Pero más que nada, quería beber otra maldita botella de Griss.

—Hicimos este trabajo *juntos* —dijo Andi—. Todos nosotros.

Lira levantó la mirada, sorprendida al oír que a Andi se le quebraba la voz.

Eso no correspondía con la Andi que ella conocía, la capitana endurecida que fingía que el mundo le importaba un comino, que se comportaba como si tranquilamente lo reduciría a cenizas en un instante, si pudiera hacerlo.

Pero aquí, en esta bodega, con las botellas vacías de Griss esparcidas entre ellas, Lira vio a la verdadera Androma Racella.

Eso despejó su mente por un momento, le permitió mirar, escuchar y entender. Una distracción del monstruo que todavía acechaba en su interior.

—*Nosotros* trajimos a Valen a Adhira —dijo Andi—. *Nosotros* tomamos la decisión de ir a la Revalia, de tenerlo allá fuera, al aire libre, sin siquiera considerar las consecuencias —respiró hondo—. Ésas son decisiones que tomamos *nosotros* como tripulación, y yo, como la capitana, las supervisé. Los errores fueron *míos*. No tuyos.

—Pero el ataque… —comenzó Lira.

—El ataque fue horrendo, y jamás me perdonaré por dejar atrás al planeta y a toda esa gente —dijo Andi—. ¿Y para qué? ¿Por la libertad que prometió el general, si le llevamos de vuelta a Valen? —ladró una sola carcajada—. Sólo escogí salvar el pellejo y mi propio futuro, escapando. Escapar, Lir. Es lo que siempre hago.

—Es lo que yo hago siempre, también —dijo Lira.

El silencio se suspendía entre las dos.

Lira levantó un brazo, asegurándose de que sus escamas se hubieran enfriado antes de extenderlo con suavidad y envolverlo alrededor de los hombros de Andi, estrechándola.

Sus cabezas se tocaron mientras Lira se recargaba contra Andi.

—Quizá podríamos parar —susurró Lira.

Andi suspiró.

—No es posible, Lir.

—¿Y si se pudiera? ¿Y si… después de todo esto, después de que Valen esté en casa… volvemos a Adhira? Los ayudamos a recuperarse. Volamos en la astronave de mi tía. Encontramos a los desgraciados que vinieron de Xen Ptera, y los acompañamos a la puerta del infierno.

Podía sentir el hondo suspiro de Andi contra su cuerpo mientras lo consideraba.

—Estás hablando de guerra, Lira —dijo Andi.

—No —Lira cerró los ojos y vio todo el humo, el dolor y la destrucción. En un día, eso la había cambiado, le había retorcido las entrañas hasta que ya no buscaba la paz. Más bien, deseaba algo muy distinto—. Estoy hablando de venganza.

—Venganza —dijo Andi—. No es algo que jamás pensé que escucharía de los labios de Lirana Mette.

—Asesinaron a gente inocente. Incendiaron *mi* planeta. Le dispararon a mi hermano. No tengo la menor idea de dónde está mi tía, o si sigue viva siquiera —Lira se sorbió una última lágrima, pensando en Lon, abajo en la bodega de carga, inconsciente todavía mientras Dex pilotaba la nave hacia Arcardius. Llegarían mañana. Lira ni siquiera sabía si tenía suficiente tiempo para salvarlo—. Alfie dice que Lon podría no despertar. Y si lo hace, no sabemos el grado de los daños que podría tener.

—Es muy fuerte —dijo Andi—. Igual que tú.

—No soy fuerte —dijo Lira—. Si lo fuera, no me habría derrumbado cuando atacaron. Habría levantado un arma y luchado contra ellos.

—Habrías muerto. Todos habríamos muerto.

—¿Y ahora? —preguntó Lira—. ¿Cómo vivimos con la culpa?

Con el dolor, quería decir, *que me está rasgando desde adentro, rehusándose a desaparecer.*

—Yo sé un par de cosas sobre la culpa —dijo Andi, estirándose detrás de Lira, donde quedaba una sola botella de Griss. La descorchó fácilmente y dio un sorbo, luego la inclinó hacia Lira—. No me vas a obligar a beber sola, ¿cierto?

Lira suspiró y tomó la botella.

La compartieron, la capitana y la piloto, en la oscuridad del acorazado xenpterano robado.

Todo el tiempo, Lira esperaba y rogaba a los Astrodioses que su tía estuviera a salvo de vuelta en Adhira. Y que su hermano gemelo, dormido en la cubierta de abajo, sobreviviera.

Capítulo 65
Androma

En los años que siguieron a su escape de Arcardius, Andi jamás había vuelto al Sistema Phelexos. Ni una sola vez. Había temido que, de hacerlo, finalmente la atraparían y enfrentaría la pena de la que llevaba todo este tiempo escapando.

La botella de Griss que compartió con Lira la noche anterior le ayudó a olvidar ese temor… por un breve momento, al menos. Pero entonces el sueño se la había llevado, y con él, acecharon las pesadillas.

Esta vez, habían sido de Valen.

Tú la mataste, susurró Valen a su oído mientras se cernía sobre ella con una navaja acomodada sobre el corazón. *Ahora sufrirás su destino.*

Los ojos de Valen se clavaron en los de ella, y mientras ella gritaba y le rogaba que la soltara, a él le brotaba sangre de los labios.

Incluso ahora, sentada en el puente con Dex, Andi no lograba quitarse la sensación de un frío pavor que la cubría cuando pensaba en el sueño.

Eso, y la oprimente náusea que había acompañado a una terrible resaca… no sólo por el Griss, sino por el Jurum que tan tontamente había engullido durante la Revalia.

Después de todo lo que había pasado en Adhira, estaba agradecida de que hubieran encontrado una salida. Tan pronto como Alfie despachó al guardia neovedano, arrancaron los motores y salieron como pudieron de ese desierto, estallando a través de la atmósfera, y clavándose de inmediato en el hiperespacio. La fuga había sido veloz, y las otras naves xenpteranas no los habían podido ubicar, gracias a que Alfie había encriptado los sistemas de rastreo a bordo.

Después del choque inicial que Andi sintió por el inesperado papel del IA como rescatista, ella lo interrogó hasta casi quedarse sin aliento.

—Mi misión es asegurarme de que el señor Valen Cortas vuelva a casa —le había dicho Alfie mientras Dex los sacaba de Adhira, completamente despierto gracias a una píldora de adrenalina que por fortuna pudieron encontrar en un estuche médico a bordo—. Cuando los guardias de Rhymore supieron del ataque en el desierto, no tuve más opción que embarcarme en un viaje para encontrarlos.

—¿Pero cómo nos encontraste? —le había preguntado Gilly.

El movimiento de hombros de Alfie fue casi el de un ser dotado de sentidos.

—Los fanfafelinos tienen un sentido del olfato potenciado. Así que usé a Estrago para determinar su ubicación precisa. También consideré que Gilly estaría muy molesta si lo olvidaba.

Gilly había soltado un chillido feliz y se había acurrucado con la criatura anaranjada.

—¡Qué fanfafelino tan pequeño y tan bueno eres!

—¿Y Alara? —había preguntado Andi—. ¿Sabes qué le pasó a ella?

El rostro blanco del IA se inclinó hacia un lado.

—Alara no es mi misión, Androma Racella. Por lo tanto, no tengo conciencia de dónde pueda estar actualmente.

Luego Alfie se puso a trabajar directamente sobre la herida de Lon, estabilizándolo con el estuche médico. La herida por el disparo de rifle era profunda, la bala gruesa y fea, como si estuviera hecha de restos de acero rescatados. Si no se había desarrollado una infección todavía, probablemente lo haría pronto.

—Necesitará cuidados inmediatos tan pronto como lleguemos a Arcardius —había dicho Alfie, y sus engranajes zumbaron mientras se levantaba y metía el estuche en las manos de Andi.

Dex había tenido razón sobre la nave robada. Se disparó por la galaxia, a toda velocidad hacia Arcardius. A pesar de eso, el tiempo parecía ir más lento, como si cada segundo contara contra ellos. Consciente de que el viaje sería largo, Andi había alcanzado a Lira en la bodega.

Ahora, *al fin*, mientras los rayos de luz estelar pasaban como destellos junto a su portilla, Dex sacó el hiperpropulsor y arrojó a la nave fuera del hiperespacio justo al borde del Sistema Phelexos.

—Hogar, dulce hogar —dijo Dex, mirando de reojo a Andi.

La sangre verde se le había secado en la frente a Dex, y tenía un feo moretón que se extendía por toda su mejilla izquierda. No tenía su sonrisa habitual.

—¿Qué sucede, Baronesa? —preguntó.

Andi estaba demasiado cansada —y demasiado descompuesta— como para lidiar con él en este momento. No habían discutido el *casi beso* que habían compartido durante la Revalia.

Andi quería hacerlo pasar como un efecto colateral del Jurum, pero aun así... al mirarlo, las mejillas se le encendían.

Se volvió y apretó las puntas de sus dedos contra las sienes.

El murmullo de una voz lejana en el comunicador sonó detrás de ella, donde Alfie estaba ocupado comunicándose con el centro de comandos de transporte en Arcardius, advirtiéndoles que estaban en una nave xenpterana robada.

—Señor, tengo órdenes directas del general Cortas —dijo la voz tranquila de Alfie—. Estoy detectando sugerencias tonales de molestia. ¿Debo informarle al general que no puedo completar mi misión debido a su interferencia?

Más murmullos, luego Alfie le lanzó una mirada a Dex y dijo:

—Aseguré el permiso para acercarnos a Arcardius. También ofreció pulirme sin cobro las placas de metal, si acaso llegara a necesitarlo.

—¿Sabes qué, IA? —preguntó Dex, sonriendo a pesar de su labio partido—. Estoy empezando a sentir que eres grande.

—No puedo ser más grande —dijo Alfie—. Crecer no está dentro de mis capacidades.

Andi dejó que el sonido de sus voces se desvaneciera mientras miraba por la portilla.

Pasaron por el remolino de colores de Pegasi, el gigante gaseoso, y serpentearon por Nueva Veda antes de volar entre las dos lunas de Arcardius.

Del otro lado de las lunas, Andi apenas podía divisar los exuberantes matices azules y verdes de su propio planeta nativo. Los esperaba una fila de brillantes naves Exploradoras: su propia escolta a la superficie del planeta. Golpeó el pie con ansiedad mientras se acercaban a su destino. Al llegar de una misión en un sistema que se suponía que era su enemigo, no podía sino preguntarse si estaba por entrar a otro territorio más peligroso que Olen. Habían escapado de las atrocidades de Adhira, pero ¿quién podía saber qué horrores los estarían esperando todavía?

Andi se sintió egoísta por pensar en estas cosas cuando acababa de llegar de un planeta pacífico que en ese momento se encontraba sumergido en una batalla sangrienta. Se sintió incluso más egoísta por desear que las noticias distrajeran al general Cortas de cualquier intento de alterar el trato que había hecho con ellos. Sólo quería dejar a Valen y estar en camino de vuelta a Adhira a recoger su nave.

Si es que todavía quedaba una nave que recuperar.

Dex inclinó la nave hacia Arcardius, y Andi se permitió un momento para mirar el negro color tinta más allá. Antes de que empezara este viaje infernal, pensaba que las estrellas se burlaban de ella. Pero ahora, por primera vez en mucho tiempo, sentía que había sorprendido a las estrellas.

Como si, a pesar de lo que había pasado a mundos de distancia, brillaran un poco más intensamente, animándola a tener fuerza ante lo desconocido.

Pensar en eso fue lo que relajó ligeramente la rigidez de sus hombros y soltó la tensión de su pecho.

—Vaya, qué bienvenida tan acogedora —dijo Dex con sarcasmo, cuando los rodearon las Exploradoras, dos de cada lado y una detrás. Luego procedieron a conducirlos hacia el planeta.

Andi jamás había pensado que llegaría este día, había estado completamente convencida de que no volvería a ver a Arcardius desde ese último vistazo que lanzó en la cámara retrovisora de la nave en la que había escapado. Pero ahí estaba frente a ella ahora, una mezcla de azules, morados, rosas y verdes que se arremolinaban, sin una sola marca de nube blanca que tapara los colores. Los lagos de sal púrpura que centelleaban como gemas desde lejos, y se veían pequeños en contraste con los brillantes océanos azules que rodeaban la exuberante tierra verde.

Había una enorme isla con forma de medialuna en la punta austral del continente principal, donde de niña había vacacionado con su madre y su padre. Desde lejos, el mar se veía tan azul como en aquel entonces, cuando corría de un lado al otro y salpicaba sus pies en el agua fría de esas playas cubiertas de diamantes, en busca del más grande y brillante.

Arriba de eso, el continente principal de Ae'ri ostentaba tonos del más profundo esmeralda, regado de sombras de las montañas y de las gravarrocas flotantes, suspendidas en el aire, como si estuvieran prendidas de hilos.

La más grande de ellas, una montaña cubierta de nieve, rugosa, tenía incontables recuerdos para Andi.

Ella había volado bajo ella con su padre en una excursión hacía años. Andi podía recordar cómo había apretado el rostro contra el vidrio de la nave turística y su aliento empañaba la vista, y había soñado con, algún día, pilotar su propia nave hasta esa misma montaña. Ella, un soldado en su día libre que exploraba los lugares más difíciles de alcanzar de Arcardius, y los mundos más allá.

Ahora era la capitana de una nave espacial que le daba miedo pilotar. Estaba haciendo más de lo que jamás hubiera soñado, pero no exactamente del modo en que había planeado.

Una voz zumbó de pronto en el comunicador superior, atrayendo la atención de Andi de regreso al tablero.

—*Aquí la Patrulla 73, llamando a las Saqueadoras. ¿Nos copian?*

Andi le dio un golpecito a la cámara retrovisora y vio la señal de una Patrulla Exploradora que parecía no estar muy lejos, detrás de ellos.

—Saqueadoras a Patrulla 73. ¿Tenemos permiso para entrar?

La estática crepitó en la línea. Por un momento, sus entrañas le gritaron a Andi que le suplicara a Dex que diera vuelta a la nave, que salieran volando de regreso a los cielos para que ella y su tripulación se escondieran en las sombras de la luna más cercana.

Antes de que pudiera hacer cualquier tontería, habló la voz por el comunicador.

—*Patrulla 73 a las Saqueadoras. Iniciar modalidad de planeación.*

Dex oprimió el botón junto al acelerador.

—Control de planeación activado —respondió. Pronto se activó la alarma de proximidad, para señalar que las naves Patrulleras se habían enlazado a la suya. Escoltaron a las Saqueadoras hasta la superficie del planeta; parecían monstruos cayendo del cielo nocturno.

—Bienvenida a casa, Androma —Andi se susurró a sí misma.

DEX

Dex se consideraba un hombre inquebrantable, más que capaz de sobrevivir frente a las condiciones más inclementes de algunos planetas de Mirabel. Había resistido un invierno que calaba hasta los huesos en Solera; había llenado de sudor la mitad de su vestimenta, que tanto trabajo le había costado comprar, en la luna desértica de Kaniv, y había pasado horas incontables obligándose a mantenerse despierto en medio de juntas inútiles durante sus días de entrenamiento para convertirse en Guardián.

Pero por más que le desagradaran los ciudadanos pomposos y acaudalados del planeta militar de Arcardius, se deleitaba con la belleza del lugar en su totalidad. Era brilloso y resplandeciente y, fuera o no un cazarrecompensas inquebrantable, a Dex no le avergonzaba ser admirador de las cosas que brillan.

Mientras las naves Patrulleras los escoltaban por la atmósfera y hacia los cielos arcardianos, Dex prácticamente podía saborear el fino licor espumoso que bebería... en cantidades interminables, gracias al cargamento tamaño planeta de krevs que el general estaba por depositar en su cuenta, más la placa de honor que volverían a colgar en su pecho.

Ya no se inclinaría avergonzado cuando pasara junto a otros Guardianes. Volvería a ser uno de ellos, después de tanto tiempo.

Soltó un soplido, concentrándose en la vista mientras se acercaban al suelo. Había muchas otras naves más pequeñas en el cielo, y todas se hicieron a un lado frente a ellos mientras sus escoltas despejaban el camino.

El continente principal de Arcardius apareció a la vista, un glorioso verde salpicado de ciudades junto al agua. *Ahí* estaba el brillo de Dex. Torres de vidrio en espiral que se alzaban hasta el cielo, filosas como navajas pero suaves a la vez, diseñadas por la mano de un maestro arquitecto. Sus reflejos parecían danzar sobre la superficie del agua, lo que duplicaba la belleza de todo.

La bandera arcardiana, azul con el icono de una plateada estrella en explosión en el centro, se veía por doquier. La más grande cubría todo el borde de un edificio abovedado: la reconocida academia militar a la que Andi había asistido antes de convertirse en Espectro.

Entre los edificios había naves personales de las más finas. Corredoras y Propulsoras y, la favorita de Dex, la Navaja Celestial, una nave negra de carbón para un solo pasajero, ligera como una pluma y capaz de volar más rápido que cualquier otra cosa en Arcardius.

Por la cantidad de transportes que había en la ciudad, quedaba claro que estaba empezando a llegar la gente a la Cumbre. Cada año viajaban ciudadanos de todas partes de Mirabel para encontrarse y ser testigos de la renovación de lazos de amistad y de paz duradera entre los líderes del Sistema.

Con razón, el general Cortas había insistido tanto en que devolvieran a Valen a tiempo: sin duda quería anunciar públicamente el rescate de su hijo y el triunfo de Mirabel sobre Xen Ptera una vez más.

Después del ataque sobre Adhira, sin embargo, Dex no sentía que en verdad hubieran logrado una victoria al traer a Valen a casa.

Por toda la ciudad, apartadas del esplendor, se cernía un cúmulo de gravarrocas naturales sobre la ciudad. Trozos grandes y flotantes de tierra —algunos montañosos, otros no—, en donde los arcardianos más ricos elegían residir.

Dex pudo ubicar la del general de un solo vistazo.

Era la más grande de todas, por mucho, salvo por la gran montaña flotante que habían pasado al entrar. En la cima, visible incluso desde aquí, estaba Averia, la finca de los Cortas. La conformaban varios edificios blancos extensos, tan inmaculados y brillantes que con sólo mirar el complejo, a Dex le dolieron los ojos.

Miró a Andi de reojo y notó el modo en que apretaba las manos alrededor de los reposabrazos. Casi como si volara hacia la batalla, en lugar de dirigirse hacia la paga más alta de toda su vida. Hacia el lugar que alguna vez llamó casa, que podría volver a ser suyo otra vez, si quisiera.

—Sólo es un edificio, Baronesa —dijo Dex con voz ligera.

Pero él sabía lo que le habían hecho los arcardianos a ella.

Él sabía lo deshecha que estaba cuando la encontró en ese mercado hacía tanto tiempo.

Lo recorrió una extraña sensación, mientras la observaba mirar su viejo hogar. Quería estirar la mano y tocar la suya. Quería besarla… como casi lo había hecho en Adhira.

Algo más suave. Más dulce.

El tipo de beso que Dex sabía que no merecía darle.

Cuando terminara este trabajo, el mejor regalo que Dex podría ofrecerle a Andi sería irse de ahí. Ella nunca lo tendría que volver a ver después de esto.

Era muy difícil verla ahora y saber que él ya no era lo que necesitaba. Quizá nunca lo había necesitado de verdad.

Con la voz apagada, Dex se comunicó con la tripulación de Andi para que los alcanzaran en el puente de mando.

Cuando llegaron, se levantó en silencio de la silla y se dirigió a la puerta.

Se detuvo antes de dar un paso al pasillo, y lanzó una mirada veloz hacia atrás.

La tripulación había formado un medio círculo detrás de Andi.

La giganta, con toda su fuerza. La pequeña artillera, con la bola de pelusa cornuda que aullaba entre sus brazos. Y luego estaba su piloto, con la expresión enfermiza, cuyo apoyo suave se sentía de todos modos.

Fue entonces que Dex se dio cuenta de que no estaban paradas en círculo: habían formado un muro alrededor de Andi, y la protegían con su presencia.

Algunas cosas eran mucho más poderosas que las armas o las palabras.

Dex las dejó a las cuatro solas, juntas, saboreando el silencio mientras las naves Patrulleras los llevaban hacia la finca Cortas.

Andi sintió como si estuviera viajando al pasado. De regreso al único lugar de la galaxia que pensaba en ella no como la terrible Baronesa Sangrienta, sino como la soldado que había fracasado en el deber que había jurado cumplir.

La chica que había traicionado a todos.

Andi respiró hondo, y se irguió a su altura total mientras la rampa de carga del acorazado robado golpeaba el suelo con un suave *pum*.

El enorme muelle se extendía frente a ella y su tripulación, con inmaculados muros blancos y pisos de mármol con vetas grises. Una fila de naves de todos los tamaños y formas se alineaba en el espacio como una muchedumbre a la espera. Pero, a pesar del esplendor del espacio, de todos modos olía a manchas de grasa y a aire reciclado y a cientos de galones de combustible.

Exactamente como lo recordaba Andi.

La última vez que había estado en esta habitación, Kalee seguía viva.

Andi pensó en la risa de su mejor amiga, brillante con el calor de la emoción. Su voz que burbujeaba con una dicha palpable mientras le lanzaba a Andi la tarjeta de arranque de la nave de su padre y decía: *Llévanos hasta los cielos.*

Una mano tocó la muñeca de Andi, justo arriba de su brazalete.

Miró a la derecha, donde Valen estaba parado mirándola de cerca, como si supiera y comprendiera.

—También yo la puedo sentir —susurró. Sus ojos se veían atormentados.

Era como si el fantasma de Kalee estuviera ahí ahora, observando y esperando a que Andi saliera corriendo. Que escapara como siempre lo había hecho, un pie frente al otro, hasta dejar atrás las cosas que no podía enfrentar.

Quería allanar el camino para su tripulación, dar los primeros pasos para bajar de la nave, pero estaba congelada en su lugar.

Si se sentía así ahora, ¿qué sentimientos le esperaban cuando pasara por este muelle hacia los pasillos de la finca Cortas? Había demasiados recuerdos. Demasiados sentimientos que no quería descubrir. Peor aún, había gente de su pasado que la esperaba. Gente cuyos nombres y rostros le provocaban un sentimiento terrible de anhelo y temor.

Por un momento, Andi deseó con total desesperación que el velo de la Baronesa Sangrienta cayera sobre sus ojos. Poder entrar marchando sin temor hacia lo desconocido.

—Bueno —dijo de repente Dex, dando un paso para pararse junto a ella—. Es hora de recoger nuestra paga —miró a Andi de soslayo con fuerte determinación en los ojos mientras asentía bruscamente hacia ella—. Las damas primero, Androma.

Ella sintió que le daba un golpecito, suave, con la bota.

Con un hondo respiro, Andi dio un paso adelante, y cada movimiento de sus pies plomizos la impulsó por la plataforma hasta que finalmente quedó sobre tierra firme.

Apenas iban a la mitad de la habitación cuando de golpe se abrieron las puertas de salida.

Aparecieron filas de criados y guardias a través de ellas, todos vestidos de azul arcardiano. Un enorme androide médico plateado llegó rodando, con los brazos como tenedores extendidos para que Breck le entregara a Lon.

—Ve —le dijo Andi a Lira—. Asegúrate de que lo cuiden.

Su piloto asintió agradecida y siguió al androide médico hacia la enfermería.

A medida que llegaba más gente, y que cada trabajador de la finca saludaba a Valen como un viejo amigo, de repente sonó un grito ahogado.

—¡Valen!

La multitud se abrió para revelar a una mujer a quien Andi no había visto desde su juicio.

La madre de Valen, Merella Cortas.

Había envejecido dramáticamente en los últimos cuatro años. Tenía arrugas alrededor de los ojos y la boca, y sus rizos rubios mostraban muchas luces plateadas. Andi le lanzó una mirada a Valen, cuyo rostro estaba vacío de emoción, sin siquiera un movimiento de los músculos faciales que traicionara sus pensamientos. Su energía nerviosa se desvaneció, como si lo hubieran empapado con agua fría.

Todos los ojos estaban puestos sobre la madre de Valen mientras corría hacia él; sus tacones repiquetearon contra el suelo de mármol, su vestido azul ondeaba como olas de agua.

Ella envolvió a Valen en un abrazo que aplastaba sus huesos.

—Eres tú. En verdad eres tú, mi niño —sollozó Merella contra los hombros rígidos de Valen. Los brazos de Valen la rodearon cuidadosamente, como si temiera tocarla—. Mi niño, mi precioso niño. Llegaste a casa.

—Casa —Valen repitió la palabra.

Andi apartó la vista, consciente de que no merecía estar ahí.

Sentía como si ya hubiera contaminado a Averia con su presencia, como una asesina que volvía a la escena de su primerísimo crimen.

Averia era exactamente como la recordaba.

Andi jamás olvidaría la primera vez que había ido ahí, siguiendo a Kalee hacia el vestíbulo de la entrada mientras hacían un recorrido de la casa.

Es un poco excesivo, le había dicho Kalee. *Pero es mi hogar, y algún día, yo seré quien lo dirija.*

¿Tú?, había preguntado Andi. *¿No tu hermano?*

Ay, Androma. Entonces Kalee se había reído, echando la cabeza para atrás de ese modo glorioso y despreocupado que hacía que todos los que la rodeaban quisieran acercarse más a ella. *Tú y yo sabemos que una mujer puede gobernar mejor que cualquier hombre. Y además, me veré dos veces mejor haciéndolo.*

Esos recuerdos tiraron el corazón de Andi, chocando con el presente, mientras Alfie los guiaba a ella y a Dex por los sinuosos pasillos hasta las oficinas privadas del general.

Andi conocía la ruta tan bien como los pasillos del *Saqueador*. Había caminado tantas veces por ellos, asegurándose siempre de llegar justo a tiempo para rendir su informe al Espectro principal de Averia. E incluso, a veces, al general mismo.

Ni siquiera había ido a saludar a Valen cuando aterrizaron. Una señal de que, sin importar las circunstancias, siempre pondría su puesto por encima de su familia. Eso era algo que, siempre lo supo Andi, Kalee jamás habría hecho.

Si tan sólo hubiera crecido aquí como debería haberlo hecho.

Si tan sólo se hubiera convertido en la sucesora del general, llevando al Sistema Phelexos a alturas que su padre jamás había logrado alcanzar, a pesar de todos sus planes.

Arcardius estaba construida sobre el honor y la gloria. Muchas veces, Andi se había preguntado si el general Cortas se había deshecho por completo del honor. Y aun así, estaba decidido a destruir a Andi por ese mismo error.

—Caramba —dijo Dex con un silbido mientras pasaban caminando por los retratos familiares y extravagantes paisajes arcardianos ricos en color, algunos de los cuales Andi reconoció como obras de Valen—. Valen creció con mucho estilo —lanzó una mirada a Andi—. Y puedo ver por qué te hiciste amiga de su hermana.

—Nadie se hacía amiga de Kalee Cortas —dijo Andi, mientras pasaban junto a un retrato de toda la familia Cortas. Andi bajó la mirada mientras seguían caminando, sin querer ver la sonrisa de su vieja amiga. Sin querer mirar a Kalee a los ojos y recordar el último momento en que los había visto iluminados de vida—. Kalee escogía a la gente a la que le permitía que entrara a su vida. Tuve el honor de que permitiera que me asignaran a ella.

—¿El honor? —preguntó Dex, levantando una ceja moreteada—. ¿O la maldición?

—Te lo dejaré saber después de que hablemos con el general —dijo Andi.

La luz se colaba por las ventanas que se extendían desde el suelo hasta el techo, cubiertas de un elegante satén del color de la miel.

Aunque ella conocía este lugar y había pasado incontables noches paseando por estos pasillos, sentía como un *error* que estuviera aquí, tan fuera de lugar como lo estaban sus botas de trabajo, cubiertas de la evidencia del pasado mientras dejaba manchas invisibles por las alfombras ostentosas que cubrían el pasillo.

Pasaron a varios sirvientes que trabajaban quitando el polvo, sacándole brillo a las resplandecientes luces orbitales de las paredes y lavando las ventanas.

Al pasar, los sirvientes se quedaron mirando a Andi abiertamente, sin preocuparse por ser discretos. Si Andi hubiera estado en su lugar, tal vez habría hecho lo mismo. Quién no lo haría, cuando la Espectro traidora que se pensaba que había desaparecido hacía mucho, regresaba, sana y salva.

Que se me queden mirando, pensó Andi. *Que miren.*

Los fulminó con la mirada, contenta de descubrir que su atención de repente se movía a otro lado, cuando Alfie dobló la esquina y dejaron atrás a los trabajadores.

Pasaron frente a muchas puertas cerradas y pasillos vacíos, mientras Dex silbaba y los engranajes de Alfie zumbaban a cada paso.

—Te acuerdas de todo, ¿cierto? —preguntó Dex.

—Recuerdo hasta el último detalle —dijo Andi—. Hasta los túneles de escape secretos que instaló el general. Le encantaba ponerlos en los clósets, baños, bajo las barras…

Se le fue apagando la voz cuando se detuvieron frente a la amplia escalinata en el centro de la finca.

Aquí era donde había visto a Valen por última vez. Antes de que todo cambiara. Donde él había tratado de detenerlas a ella y a Kalee, sabiendo que sus planes eran una tontería.

De cualquier forma, habían seguido y lo habían dejado atrás.

—Andi —dijo Dex. Ella levantó la mirada hacia donde él y Alfie estaban parados, esperándola, unos cuantos pasos más adelante.

—Ya voy —respondió ella, sintiéndose como el fantasma de la Andi de antes, mientras los seguía hacia arriba, pensando en otro tiempo, en otra persona que subía por las escaleras en lugar de Dex.

La escalinata terminó en el siguiente descanso, donde doblaron a la izquierda, caminaron por un pasillo cubierto de alfombras rojas y finalmente se detuvieron frente a una puerta de roble cerrada con llave.

—El general Cortas está justo adentro —dijo Alfie, con un ademán hacia la puerta—. Su Espectro principal saldrá en un momento para acompañarlos. Cuando terminen el trabajo, el general Cortas les enviará sus krevs.

—Ya terminamos el trabajo —dijo Dex.

—El general Cortas lo decidirá tras inspeccionar a Valen —respondió Alfie.

Había un tono extraño en su voz, por lo general excesivamente agradable, que Andi no podía identificar.

Casi le preguntó si estaba bien, sabiendo que Alfie era capaz de pensamientos mucho más complejos de lo que ella hubiera adivinado en un principio. Después de todo, él le había salvado la vida a la tripulación, con su lanzamisiles. Y hasta se había acordado de llevar a la criatura infernal de Gilly, una señal de que Alfie tenía cierta comprensión de los sentimientos y los apegos.

—Alfie, ¿estás seguro de que todo está...?

El *clic* de una puerta que se abría detrás de ella hizo que se detuviera.

—Lamento el retraso —dijo la voz de un hombre. Era amable, pero más de un modo diplomático que verdaderamente sincero.

También era desconcertantemente familiar.

Ella se dio la vuelta lentamente, como si estuviera en un sueño.

Andi conocía al hombre parado frente a ella... mejor que a cualquiera. Recordaba el rubio pálido y blancuzco de su cabello, el gris luna de sus ojos y el modo en el que se erguía alto y fuerte... la misma costumbre que había impreso sobre su hija desde una edad pequeña.

Por un momento, su corazón pegó un brinco de felicidad.

Luego se detuvo cuando vio el uniforme azul oscuro que llevaba puesto. Los guantes con el símbolo de Arcardius que alguna vez Andi había usado también, y entonces regresaron las palabras de Alfie: *Su Espectro principal saldrá en sólo un minuto.*

Hablar le tomó todo lo que tenía cuando se dio cuenta de la verdad.

—¿Papá?

Capítulo 69
Androma

Andi era una sobreviviente, y siempre lo había sido. Había sobrevivido al choque y la muerte de Kalee, al juicio que la había marcado con el destino de una traidora. Las semanas en fuga por toda la galaxia después, los meses más allá de eso, cuando Dex la encontró. Había sobrevivido doce horas al día de entrenamiento con Dex para perfeccionar las habilidades que le habían dado su padre y la Academia, hasta convertirse gradualmente en la asesina que era hoy. Había soportado cortadas y latigazos y músculos tan lastimados que se había preocupado de que se hubieran destrozado, que jamás volvería a levantar una mano o levantarse por sí sola otra vez.

Doce meses después, había soportado el resultado desgarrador de un corazón roto por Dex.

Y tan sólo en la última semana, había logrado entrar a Lunamere y escapar con vida, y sobrevivió al ataque sobre Adhira después. Había robado un acorazado xenpterano, luchando con un gigante neovedano y vivía para contarlo.

Y casi besas al hombre que pensabas que odiabas, la reprendió una voz en la cabeza.

Pero esto… ¿su *padre*, como el Espectro principal del general Cortas?

Esto podría realmente matarla.

Ya estaba parado detrás de la silla del general, con el rostro impertérrito mientras miraba hacia el frente, con las manos entrelazadas frente a él.

Ella conocía esas manos casi tan bien como las propias. Eran las manos que la habían abrazado mientras lloraba. Las manos colocadas sobre las suyas, tibias y fuertes, que le habían enseñado a conducir una astronave. A bloquear un golpe y entregar muchos por su cuenta. Esas manos alguna vez habían señalado la espiral del cielo mientras su padre susurraba: *Algún día, Androma, estarás allá arriba, siguiendo tus sueños.*

También eran las manos que jamás se levantaron para apoyarla durante el juicio de Kalee: no habían ni siquiera flexionado un dedo cuando llegó la oportunidad.

Andi quería arrancarle esas manos de las muñecas... casi tanto como quería sentir que le acunaban el rostro ahora, como siempre lo habían hecho cuando era niña.

Antes.

Todo siempre era *antes.*

Andi quería gritar. Quería jalar a su padre hasta el rincón del cuarto, lanzarlo de rodillas frente a ella y exigirle una explicación.

Y aun así, no podía. Porque ella sabía —*Astrodioses*, podía sentirlo— que si hacía cualquier movimiento equivocado frente a los examinadores ojos de demonio del general, él la destrozaría a ella y a su tripulación. La llevaría directamente a la sala de ejecuciones y acabaría lo que había planeado hacer hacía años. Su tripulación, por ser tan leal, caería en su nombre. Y entonces todos estarían muertos. Igual que Kalee.

Así que Andi simplemente se quedó ahí parada, apretando la quijada con tanta fuerza que temía que pudiera quebrarse, y escuchó hablar al general Cortas.

—Quizá te resulte familiar mi Espectro principal —dijo, desplazándose distraídamente por una pantalla en su gran escritorio. Levantó una mano pálida, y un androide sirviente con forma de huevo, azul para combinar con las banderas arcardianas, llegó rodando desde las sombras para entregarle un par de anteojos antiguos sobre una charola dorada. Sólo por moda, sin duda, ya que la tecnología para corregir la visión se había desarrollado hacía miles de años.

El general levantó la mirada hacia Andi mientras se ponía los anteojos.

—Tomó el puesto poco después de tu juicio, Androma.

Junto a ella, Dex se aclaró la garganta y se movió incómodamente, mientras sus ojos miraban los libreros que forraban las paredes de paneles oscuros, en vez de ver a la gente a su alrededor, mientras el general Cortas seguía hablando.

—Ha sido mi asistente más leal desde que te fuiste. En estos últimos cuatro años, por más difíciles que hayan sido, con la pérdida de mi hija y luego de mi hijo... —suspiró y se echó hacia atrás un poco contra su lujosa silla—. Bueno, pues gracias al comandante Racella, han sido un poco más fáciles para mí.

Comandante Racella.

Andi fulminó al general con la mirada.

Él sonrió, claramente divertido.

Ella no quería creer que su padre trabajaría para un hombre como el general Cortas después de todo lo que había sucedido, ni que el general querría trabajar con el padre de la asesina de su hija. Quizá, como una manera de castigar a su familia, el general había obligado a su padre a trabajar ahí, todos los santos días. Quizá su padre odiaba al general tanto como ella.

Pero no la miraba, sin importar cuánto deseara ella que lo hiciera.

Soy tu hija, quería gritar. *Soy sangre de tu sangre. Mírame.*

Abrió la boca para hablar, pero afortunadamente, Dex interrumpió antes de que dijera algo de lo que se pudiera arrepentir.

—El ataque sobre Adhira, señor —dijo, y su voz suave llamó la atención del general—. ¿Hay noticias? Cuando nos fuimos, la reina Alara estaba desaparecida y... miles de inocentes estaban...

El general Cortas levantó una mano para silenciarlo.

—Ya nos encargamos.

Parecía como si Dex se pudiera desplomar del alivio.

La sensación inundó a Andi también, mientras recordaba los horrores que habían visto.

—El ataque xenpterano sobre Adhira fue completamente inesperado —dijo el general—. Una tragedia absoluta, de eso no tengo la menor duda. Agradezco que hayan logrado sacar a mi hijo con vida... aunque, con toda sinceridad, aterrizar en un planeta con poca o ninguna presencia militar es una decisión que yo no habría permitido que tomaran.

Lanzó una mirada a Andi cuando dijo esto, como si *ella* hubiera causado que su propia nave tuviera un fallo.

El general prosiguió.

—Una pequeña flota solerana ya conquistó las fuerzas rebeldes xenpteranas y recuperó el control completo de la situación.

—¿Fueron por Valen? —preguntó Andi—. Por... —miró de reojo a Dex—. ¿Por nosotros?

—Esa información es clasificada —dijo el general Cortas.

—¡Qué clasificada ni qué demonios! —gruñó Dex—. ¡Nosotros estuvimos ahí en el terreno, arriesgando nuestros traseros para poder sacar a su hijo con vida!

—Con cuidado, cazarrecompensas —advirtió el general—. Un *Guardián* debería saber cuál es su lugar.

Dex hizo una cosa que para nada era su estilo: se alejó de la pelea que Andi sabía que quería continuar. Ella también sabía que no se arriesgaría a renunciar a la posición que alguna vez había sido tan preciada para él, de la misma manera en que ella no arriesgaría a su tripulación.

El general Cortas no sólo la tenía a ella en el bolsillo... había metido a Dex ahí dentro, también.

El general suspiró y gesticuló hacia el padre de Andi. Éste se inclinó más cerca, y el general susurró algo a su oído. Su padre asintió, luego se apuró hacia las puertas de su oficina, más allá de Andi y Dex.

Andi pudo capturar un poco de su aroma mientras pasaba. *Caramelos de miel y grano de café arcardiano.* Hizo que le doliera la garganta del anhelo, de la desesperación de volver a ser niña, acurrucada en sus brazos protectores.

Ni siquiera le lanzó una mirada al salir.

Las emociones de Andi cambiaron como el viento mientras se libraba una guerra en ella entre la necesidad de lastimarlo y la desesperación de que él la consolara.

—Están conscientes de la condición debilitada de Xen Ptera, ¿cierto? —preguntó el general mientras entraba otro Espectro a la oficina y tomaba el lugar de su padre. El general Cortas siempre había tenido un equipo de Espectros para que cuidara sus espaldas en todo momento—. Es muy probable que hayan enviado a cada soldado hábil que les quedara a

Adhira para el ataque. La flota solerana los eliminó a todos del mapa, y se aplastaron todos los esfuerzos del Sistema Olen por llevar a la galaxia hacia el miedo. Estoy seguro de que les tomó años juntar sus armas, y más aún encontrar a un solo ciudadano dispuesto a pelear después de una pérdida tan devastadora en el Cataclismo.

—Pero ¿por qué *ahora*? —preguntó Andi—. ¿Y por qué Adhira? ¿Y qué hay del tratado de paz?

El general Cortas levantó una ceja.

—La guerra jamás termina de verdad, Androma. A menudo, el deseo de venganza es demasiado fuerte para olvidarlo.

—¿Y la reina? —preguntó Andi, desesperada de obtener una respuesta para Lira… y para Lon, en caso de que se recuperara.

—A salvo —dijo el general—. Tiene la intención de estar aquí para la Cumbre, como se le requiere a cada líder de los Sistemas Unificados.

—Cancele la Cumbre —dijo Andi de repente.

Las palabras se escurrieron de su lengua sin pensarlo, con demasiada rapidez como para que las regresara.

El general rio como si le acabara de decir que ella sería su sucesora.

—¿Por qué haría yo algo así?

Ella estaba por lanzarse sobre su escritorio y clavarle un puño en el rostro hundido.

—Porque si alguna vez habrá una oportunidad perfecta para que Olen ataque, será sobre este planeta, durante la Cumbre. El Festival de la Revalia de Adhira fue una pequeña probada de lo que llegará esta semana, y con la asistencia de cada uno de los líderes de todo Mirabel… sería el momento ideal de comenzar otra guerra.

El general Cortas tamborileó las puntas de los dedos sobre el escritorio, como si tratara de divertirse con algo mientras ella hablaba.

—Apenas eras una niña cuando terminó el Cataclismo, Androma. Vivías aquí, en mi planeta, rodeada de luces brillantes y sonrisas resplandecientes y suficientes soldados para hacerte sentir protegida en todo momento. Jamás, en todos los años en que creciste aquí, habrías tenido miedo. ¿Tengo razón en decir eso?

El rostro de Andi se acaloró. No respondió, así que el general prosiguió.

—Arcardius es una jaula de hierro. No hay persona ni ejército en todo Mirabel que pueda entrar aquí sin llave —se inclinó hacia delante, con las manos extendidas sobre el escritorio—. Yo tengo esa llave. Yo digo quién entra y quién sale, y el día en que el Sistema Olen logre atacar este planeta con éxito, las estrellas caerán del cielo. La Cumbre Intergaláctica es una manera de resguardar la paz y la unidad entre los Sistemas Unificados, Androma. Le estamos mostrando a Olen que no nos doblegaremos y que no nos romperemos. La reina Alara me apoyará en esto.

Se quitó un pedazo de pelusa imaginario del brillante abrigo y sonrió para sí, como si hubiera demostrado que estaba en lo cierto.

—Le trajimos de vuelta a su hijo, sano y salvo, como nos lo solicitó —dijo Dex de repente. Su tono tenía la tranquilidad de un hombre que intentaba contenerse, como si él también luchara por reprimir la furia que burbujeaba justo debajo de la superficie—. Me parece que ahora nos deben un pago a los dos.

El general Cortas se quitó los anteojos y los bajó sobre el escritorio.

—Decidí alargar los términos de nuestro contrato.

Andi sintió que su estómago se llenaba de plomo.

—*¿Qué?*

El general asintió.

—A pesar de lo que he dicho, los eventos que se desarrollaron en Adhira no se pueden ignorar del todo. Mi hijo apenas regresó a casa. No puedo arriesgar su seguridad durante la Cumbre.

—¿Y eso qué tiene que ver con nosotros? —preguntó Andi.

El general le sonrió.

A Andi se le retorcieron las entrañas.

—Podrán haberlo traído a casa sano y salvo, Androma. Pero eso no significa que yo esté listo para dejarlos ir. Se quedarán aquí hasta que termine la Cumbre y todos los invitados de los Sistemas Unificados hayan regresado a sus respectivos planetas.

Su voz era vil, un demonio que se escondía detrás de su sonrisa reconfortante.

—Me niego —dijo Andi, cruzándose de brazos.

—El pago, general —agregó Dex.

El general ignoró su inconformidad.

—Tú y tu tripulación serán los guardias a sueldo de mi hijo para el baile Ucatoria al terminar la reunión de la Cumbre. Tú misma dijiste lo peligroso que podría ser —el general Cortas soltó una risita mientras volteaba hacia su Espectro—. Por favor, acompañe a estos dos a las habitaciones de invitados para que alcancen a los demás. Asegúrese de que tengan mucho tiempo para descansar en sus habitaciones, sin que *nadie* los moleste —les sonrió a los dos—. Vaya viaje el que han tenido hasta ahora.

—Usted no es nuestro dueño —protestó Dex mientras el guardia rodeaba el escritorio—. Si decimos que no, decimos que *no*.

El general sacudió la cabeza.

—Estás bastante equivocado en ese sentido, cazarrecompensas. Tengo acceso a todos tus fondos… *y también* a tu título como Guardián, que puedo alterar como yo quiera. Y tú, Androma. No sólo tengo a tu tripulación… creo que, de hecho, también tengo acceso a tu nave.

—Llévese la nave xenpterana —gruñó Andi—. No me importa un pepino.

Odiaba la manera en la que el general podía usar a su tripulación y a su nave para sujetarla sin ataduras físicas.

El general Cortás soltó una risita y se puso otra vez los anteojos.

—Estoy hablando del *Saqueador*, Androma.

La sangre de Andi se volvió de hielo.

—Mi nave está en Adhira.

—Por ahora —dijo el general—. Pero si la reina Alara desea entrar a mi sistema para la Cumbre y comprobarle a la galaxia que Adhira no se doblegará ante los intentos de Olen por infundir el miedo… —ondeó una mano frente a él—. Bueno, estoy bastante seguro de que accederá a mis términos de entrada.

Tomaría el *Saqueador*, así nada más.

Andi sintió que se precipitaba de nuevo hacia ese lugar de oscuridad. Sus brazaletes, pesados sobre las muñecas, ansiaban convertirse en armas, blandir y chocar contra su rostro.

—Eso no fue parte del trato.

Esta vez el general no sonrió cuando volteó su mirada hacia ella.

—Tampoco lo fue que me entregaran una caja con los huesos que quedaban de mi hija después de que la dejaste arder en las ruinas de mi nave. Te quedarás y seguirás haciendo lo que te pida hasta que termine la Cumbre, y sólo entonces, si quedo complacido con tu trabajo, quedarás en libertad. Recuerda, niña. No sólo tengo a tu tripulación y tu nave. También tengo tu vida en mis manos, y fácilmente puedo deshacerme de las tres cosas si no cumples.

Cada palabra fue un gancho que Andi no pudo bloquear.

Su respiración salía de los pulmones con un siseo.

Estaba jugando con ella como lo haría con un títere.

—¿Y el pago? —preguntó Dex.

—Todavía está en la mesa —dijo el general. Bajó la mirada hacia la pantalla en su escritorio—. Les estoy ofreciendo habitación y comida gratuitos y cuidado médico para el Centinela adhirano que trajeron con ustedes. No hagan que me arrepienta de mi gentileza. Y ahora... soy un hombre ocupado, como bien lo sabrán. Váyanse ahora, los dos, antes de que cambie de parecer.

Con eso, los despidió.

Andi se volteó hacia Dex, quien ya la estaba mirando fijamente, con los labios completamente apretados.

El general Cortas los había atado a su voluntad, simplemente por la diversión de hacerlo. Para comprobar que estaba por encima de ellos, y siempre lo estaría.

—Avancen, por favor —agregó el general, sólo por si acaso.

Andi lo podría matar ahora, tan fácil como respirar.

Pero sabía que su tripulación se encontraba atrapada dentro de los límites de Averia, y que había sido ella quien las había guiado hasta ahí. Detestaba la idea de decirles que seguían metidas en este trabajo tan olvidado por las estrellas.

Doblegándose a la voluntad del general, tanto que podrían quebrarse.

Ya casi termina, se dijo Andi, intentando permanecer calmada.

—Vámonos, Androma —dijo Dex, colocando una mano pesada sobre su hombro. La apretó con fuerza, como si supiera los pensamientos que la asaltaban. Como si él también quisiera pelear. Inclinó la barbilla, olfateó el aire e hizo una mueca—. Esta oficina huele a hogar para ancianos.

A pesar de todo, Andi sonrió mientras salían de la oficina, seguidos por el Espectro del general.

Cuando Lira era una niña que crecía en el mundo silvestre de Adhira, no podía alejarse más de unos cuantos pasos de su hermano gemelo sin que los dedos de él se aferraran a su muñeca.

Sin que él se apurara a su lado, siempre protector.

Siempre, guía fiel.

A donde fuera, él iba. Todo lo que ella hacía, él también.

Su madre nunca estuvo ahí para ellos, así que Lon llenó ese vacío en su lugar, y Lira el de él. Habían compartido incontables recuerdos, días explorando los cuadrantes del planeta, perdiéndose en su glorioso esplendor.

Habían sido inseparables, dos partes de un entero.

Hasta que, un día, Lon dejó de seguirla. Había dejado atrás su necesidad de estar cerca de su hermana, de seguir sus movimientos como si fueran los propios. Había virado su atención hacia otras cosas.

Como montar guardia cerca de las puertas de Rhymore, haciendo su mejor esfuerzo por imitar a los Centinelas mayores.

Lira había virado los ojos hacia el cielo, mientras que Lon mantenía los pies en el suelo: su más grande aspiración era ser un Centincla adhirano, un protector de la reina, cuyo deseo último era la paz.

Por eso Lon, más que nadie, no pertenecía a esta cama de hospital arcardiana, con los ojos todavía cerrados, mientras un androide médico monitoreaba sus signos vitales.

—Lo siento tanto —susurró Lira mientras tomaba la mano de Lon. Estaba más tibia de lo que había estado durante ese horrendo viaje por los cielos, con Lon acostado en el piso frío del acorazado xenpterano. Su condición estaba mejorando.

Pronto, podría incluso despertar.

Lira quería correr, estar en cualquier otro lado menos éste cuando le contara a Lon las noticias de lo que había ocurrido en su planeta. Cuando descubriera que él no estaba ahí, vigilando a su tía, como había jurado hacerlo.

Su pecho estaba desnudo, con los vendajes frescos apretados sobre su piel mientras yacía en la cama. El balazo por poco lastima a sus órganos vitales, y había perdido suficiente sangre para matarlo.

Y, aunque había sobrevivido, después de que supiera cuántos habían muerto…

Lira imaginaba que Lon desearía haber muerto.

Así que se quedó a su lado por horas interminables, hasta que se la llevaron las manos tibias del sueño.

En sus sueños, se imaginó que montaba sobre un darowak adhirano. La enorme bestia alada, con escamas que ardían brillantes como las suyas, la llevaba por los cielos de Adhira.

El viento la golpeaba con fuerza, haciendo que le lloraran los ojos, que le temblaran las manos.

Aun así, le insistía al darowak que fuera más rápido.

A las máximas velocidades, sentía que podía dejar atrás sus miedos. Su tristeza. Su vergüenza.

La bestia se movió hacia la izquierda, y sus alas chasquearon como una tela tirante. Lira se inclinó hacia su cuello, mirando hacia el suelo más abajo.

Rhymore estaba bañado de humo negro.

Siguieron subiendo en espirales hacia el cielo y planeando entre un banco de nubes. Salieron del otro lado, brillantes, y mientras Lira miraba hacia abajo, entre las alas extendidas del darowak, su corazón se heló con la vista.

Adhira había desaparecido. Donde estaba antes el planeta, sólo quedaba el cascarón seco de Xen Ptera. Un orbe desnudo bañado de oscuridad, el casco esquelético de un mundo que alguna vez había rebosado de vida.

—*No* —dijo Lira con un grito ahogado. Su corazón se empezó a quebrar. Comenzó a llenarse de fisuras que alcanzaban cada válvula con dedos gélidos, hasta que Lira sintió que la oscuridad se la llevaba.

Cayó de la espalda de la criatura, gritando.

Precipitándose hacia el hoyo interminable donde solía estar Adhira.

Lira despertó con una mano suave rozando su mejilla.

—No llores, Lirana.

Esa voz, un bálsamo, tan llena de calma.

Lira abrió los ojos, y la pegajosa humedad de las lágrimas oscureció su vista. Pero vio a la hermosa mujer parada frente a ella con toda claridad, un rostro delicado que conocía y amaba, a pesar de las diferencias entre ellas.

—Tía Alara —dijo con voz entrecortada.

Lira saltó de su silla y cayó contra su tía. Se abrazaron. Las lágrimas cayeron libremente del rostro de Lira pero, por una vez, no se le calentaron las escamas. En cambio, la bañó por completo un alivio fresco.

—Lo siento tanto —sollozó Lira—. Lo siento tanto, tía Alara. Yo no lo sabía, nunca podría haber sabido que…

—No es tu culpa, Lirana. El odio, y el deseo de extender el temor, *nunca* es culpa tuya.

—Volveré a casa después de esto —dijo Lira —. Haré todo para compensar. Haré lo que sea. Accederé a tus términos, si tan sólo me perdonas por haber llevado a Valen ahí.

—No harás nada por el estilo —dijo Alara, retrocediendo para mirar a Lira a los ojos—. Lo único que harás es seguir tu corazón.

Volvió a estrechar a Lira contra su pecho mientras lloraba.

Lira no soltó a su tía hasta que se secaron sus lágrimas. Hasta que se sentaron a cada lado de Lon, junto a la cama, tomaron sus manos y hablaron de tiempos más felices. La belleza de una familia que podía unirse, fragmentada, y encontrar la manera de transformarse en algo entero.

No fue hasta más tarde que Lon despertó, gimiendo, con las escamas de la mejilla encendida por el dolor.

—¿Lira? ¿Tía Alara? —preguntó, con la voz deshecha. Bajó la mirada hacia su pecho vendado e hizo una mueca de dolor—. ¿Qué sucedió?

Lira estaba por hablar, por tratar de explicar los horrores que habían sucedido en Adhira, cuando su tía colocó una mano tibia sobre la de ella.

Compartieron una mirada significativa sobre el cuerpo de Lon.

—Hubo un ataque —dijo Alara.

Contó la terrible historia, llevando la carga para que Lira no tuviera que hacerlo.

Capítulo 71
Androma

Andi salió de los cuartos de baño de las mujeres envuelta con una bata blanca, tibia e inmaculada, y una toalla esponjosa que protegía su cabello recién cepillado.

Había pasado dos horas sumergida en una piscina llena de burbujas con aroma a flores. Había tallado cada centímetro de su cuerpo con carbón de asteroide, quitándose la mugre de los últimos días poco a poco, hasta que sintió que podía respirar otra vez.

Durante dos horas se había perdido en el lujo de un silencio solitario, sin una sola persona alrededor que le hiciera preguntas o que esperara órdenes o que mencionara —por todos los Astrodioses, no— lo que había pasado durante la Revalia, cuando bailó con Dex.

Tenía los pies descalzos por primera vez en semanas, una extraña sensación mientras quitaba la llave a sus aposentos privados y caminaba sobre la lujosa alfombra.

El cuarto era refinado, sacado directamente de las páginas de una transmisión de lujo arcardiana. La cama con dosel era lo suficientemente grande para que entraran tres, con un colchón tan suave que era como zambullirse en un mar de algodón de azúcar. Al otro lado del cuarto, unas resplandecientes cortinas de satén dorado colgaban sobre toda una pared de ventanas. Un asistente las había abierto para revelar la puesta del sol, con las dos lunas que apenas empezaban a iluminar en su lugar, como ojos vigilantes.

Para cualquier otra persona, habría sido un sueño estar ahí. Un honor vivir en el corazón mismo de la finca del general, con sus sirvientes atareados y soldados de espalda recta. Estar en el centro de los preparativos de la Cumbre durante el momento más emocionante del año galáctico.

Alguna vez, se había enredado en el hechizo de este lugar, víctima voluntaria de su esplendor.

Pero ahora la sentía como una jaula, y la situación empeoraba ante el hecho de que había un huésped no deseado en su habitación.

Parecía que su padre había estado esperando a que llegara.

Estaba sentado frente a ella ahora, en un lujoso sillón rojo, con su uniforme azul de Espectro con brillantes hilos de oro que resplandecían a la luz del candelabro de cristal por encima de ellos.

Andi suspiró y pasó junto a él para sentarse en la orilla de la cama, con las piernas cruzadas y las manos entrelazadas en el regazo. Sus espadas, que normalmente tenía atadas sobre la espalda, estaban junto a ella en la cama, recién limpiadas, listas para que les tallara nuevas marcas en el metal, para representar a los soldados xenpteranos que había matado en Adhira. Todavía podía recordar la sensación de cada momento, cada segundo, mientras decidía robar otra vida. Le dolía el estómago con sólo pensar en las decisiones inenarrables que había tenido que tomar.

El silencio en el cuarto era más filoso que sus navajas. Desde el momento en que entró y lo vio esperando, se rehusó a ofrecerle una palabra. Él podría comenzar la conversación, sin importar qué tan incómodo se volviera el silencio o cuánto tiempo les tomara romper el hielo.

Después de un rato, su papá se aclaró la garganta.

—Has crecido —dijo. Su voz era más suave de lo que lo fue cuando los saludó a ella y a Dex más temprano—. Ha pasado... bastante tiempo, ¿cierto?

—Cuatro años —dijo Andi—. Aunque supongo que probablemente lo olvidaste, con lo atareado que debe tenerte el general.

Dijo las palabras como si fueran balas ligeras desatadas por una pistola. Ahora que las había sacado, no las podía retirar.

Su papá no se movió. Sólo ocupado por sus manos entrelazadas, mientras su pecho se levantaba y bajaba con respiraciones uniformes.

—¿Su Espectro principal? —preguntó Andi. Con un susurro, agregó—: ¿Por qué?

Los ojos grises de él se posaron sobre los de ella por vez primera desde que había llegado Andi. Se quería romper bajo su mirada. Se quería desmoronar y caer al suelo, rogándole que se explicara. Pero ya no era una niña. Ya no se desmoronaría. Y *jamás* suplicaba.

—Es una larga historia, Androma —dijo, suspirando—. Y no estoy seguro de que te agradará lo que tengo que decir.

Ella lanzó una mirada hacia la puerta que se había asegurado de cerrar con llave detrás de ella.

—Tengo mucho tiempo. Dice el general que me perdonará una vez que este trabajo termine.

Él presionó una mano contra la oreja, asintiendo distraídamente ante quién sabe qué voz que le había hablado por el comunicador. Seguramente tenía uno parecido al de ella, pero estaba segura de que él no había tenido que viajar a alguna luna polvorienta para encontrar a un doctor que se lo instalara en el mercado negro.

Volvió a mirar a Andi con la expresión abrumada de tristeza. ¿Pero tristeza de qué?, se preguntó. ¿De los años que había perdido? ¿De los errores que los dos habían cometido?

Ahora se veía mucho más viejo. Habían pasado cuatro años, pero parecían diez.

¿La había extrañado? ¿Había querido encontrarla después de que se había fugado?

Mientras levantaba la mirada hacia él, el recuerdo de sus últimos momentos juntos se empezó a formar.

Había ido a visitarla al calabozo, en el sector sur de la ciudad capital. No le habían dado prácticamente nada de comer en tres días, y estaba perdiendo energía.

—Sucederá mañana, Androma —dijo su padre.

Ella apenas había podido mirarlo sin querer llorar. Pero ya no le quedaban lágrimas.

—¿Me dolerá? —preguntó.

El miró sobre la espalda hacia donde esperaban los guardias, a varios pasos de ellos, en el pasillo.

Cuando volteó a mirarla otra vez, tenía la expresión atormentada. Como si ya estuviera viendo el fantasma de su hija.

—La inyección es indolora.

Entonces Andi había asentido. Sus palabras se sentían tan irreales, que apenas si las entendió.

Mañana moriría.

—¿Dónde está mamá? —preguntó Andi—. ¿Vendrá a despedirse?

Las lágrimas bajaron corriendo por las mejillas de su padre.

—No —susurró—. Ella no está bien, Androma.

Mientras lo miraba, se sintió vacía. Los guardias se acercaron entonces, para decirles que se había acabado el tiempo.

—Sólo una última despedida —les dijo su padre—. Yo... no podré hacerlo, mañana.

—Que sea veloz, Oren —dijo el soldado a cargo. Le lanzó una mirada a Andi, con tanta tristeza como decepción en el rostro. El padre de Andi había sido un soldado toda su vida, y era como familia para estos camaradas que trabajaban en las barracas. El soldado acompañó a los demás a unos cuantos pasos de ellos para darles espacio a Andi y a su padre.

—No tenemos mucho tiempo —susurró el padre de Andi—. Tienes que escucharme.

Andi quería alcanzarlo. Aferrarse a él y nunca soltarse. No le importaba, en este momento, que él no la hubiera defendido en el juicio unos días antes. Él siempre había representado la seguridad, la fuerza y el calor.

Después de mañana, no lo volvería a ver jamás.

Las lágrimas escurrían por su rostro.

—Por favor —le suplicó—. Por favor, no dejes que me lleven. Fue un error, papito —era una niña que sollozaba en una celda creada para un asesino a sangre fría—. Por favor.

Él atravesó la celda con unas cuantas zancadas. Se arrodilló frente a ella, hasta que sus miradas quedaron al mismo nivel.

—Mírame, Androma —insistió. Sus manos apretaron las mejillas de ella y llevaron su mirada hacia la suya. Ella intentó parpadear para quitarse las lágrimas y memorizar cada línea de su rostro—. Eres fuerte. Siempre lo has sido.

Los labios de él estaban húmedos por las lágrimas cuando los presionó contra la frente de ella con un beso.

—Oren —dijo el soldado de afuera, ahora más insistente—. Vamos. Ya es hora.

—Ya voy, Broderick —gruñó su padre sobre el hombro.

Se inclinó y envolvió los brazos alrededor de Andi. Ella no le podía devolver el abrazo, por las quemaduras en sus muñecas, demasiado recientes y punzantes. Pero sintió que sus manos tibias tocaban sus vendas alrededor de las muñecas, donde las quemaduras todavía estaban frescas y dolorosas.

Fingió besar su mejilla, y las siguientes palabras las pronunció tan bajo que Andi casi ni las pudo oír.

—Bahía siete. Mañana al amanecer.

Sin decir más, deslizó algo debajo de sus vendas.

Algo frío y sólido. Una llave.

Cuando se separó de ella, sus ojos ardían como carbones.

—¿Alguna última palabra? —dijo el soldado desde afuera.

—Adiós, Androma.

Su padre asintió una vez. Se limpió una lágrima de la mejilla y le dio la espalda, sin volver a mirar atrás.

Los soldados cerraron su celda con llave.

En la mañana, cuando el general y su verdugo vinieron por ella, la puerta de la celda estaba completamente abierta, y la celda vacía como una tumba.

Androma Racella se había ido.

—Siempre fuiste muy tozuda —dijo su padre ahora. La voz casi se le quebró, pero tragó y volvió con más fuerza. Se desvanecieron las arrugas de su rostro cuando el comandante en el que se había convertido tomó el lugar del padre que ella había amado—. Recuerdo el día que naciste. Saliste pateando y gritando tan fuerte que pensé que dejarías sordos a todos. Tu madre y yo bromeábamos sobre que quizá nunca pararías —entonces sonrió, una mirada que hizo que le doliera el pecho a Andi—. A medida que creciste y empezaste a bailar, estábamos tan orgullosos. Hacías piruetas por horas en la sala, sin detenerte hasta poder perfeccionar cada movimiento. Luego, cuando te volviste una Espectro... Podrías haber llegado tan lejos, Androma.

Sus ojos cobraron el brillo de alguien perdido en el pasado. La miraba a ella, pero era como si en realidad mirara a la niña que solía ser.

La niña que nunca podría ni querría volver a ser.

Habían pasado tantos años desde que él la había liberado de la muerte. Ella ya no conocía al hombre frente a ella, y él no tenía idea de quién era ella ahora. Eran como dos extraños: juntos en este cuarto, pero separados por galaxias. Hizo que Andi se preguntara si alguna vez podrían reavivar la relación que habían tenido en el pasado.

—Te escribí —dijo Andi de repente—. Tú... ¿recibiste las cartas?

Había mandado tantos mensajes de vuelta a Arcardius una vez que encontró el modo seguro de hacerlo. Dex le había ayudado con eso... encontrando mensajeros que entregaran sus cartas, y pegándoles un susto mortal para asegurarse de que se quedaran y esperaran cualquier mensaje que sus padres quisieran enviar de vuelta.

Pero jamás llegó nada.

Eso le ayudó a endurecer el corazón. A recordar que, aunque su padre le hubiera dado la oportunidad de escapar... él había continuado después con su vida. Para Andi, eso comprobaba que no podía esperar que nadie, ni siquiera su familia, se quedara cerca cuando los pecados cometidos llegaran para separarlos.

—No te podía contestar —dijo él—. Sabes que no podía.

Ella había visto los titulares en las transmisiones, las sospechas sobre quién podía haber liberado a Androma Racella antes de que pagara por su crimen.

Su padre se levantó y empezó a caminar de un lado al otro.

—Tuve que protegerme. Me vigilaban, todo el tiempo. Todos los que te hubieran conocido alguna vez estaban bajo escrutinio. Compañeros de clase, profesores, instructores militares. Tu madre y yo estábamos hasta el principio de esa lista. El menor error, Androma, y nos habrían descubierto. Nos habrían marcado como traidores también. No podría haber vivido con eso.

Nunca tuvieron la oportunidad de discutir lo que había pasado. Después de que Andi despertó en el hospital, había intentado decírselos. Pero lo único que podía hacer era llorar. Luego se encogió dentro de sí misma, tan profundamente que nadie podía hablar con ella, sin importar qué tan fuerte gritaran. Qué tan desesperadamente desearan una explicación. Ella se estaba ahogando, no por la conmoción, como pensaban los doctores, sino por la desesperanza.

Ella sabía exactamente lo que había pasado.

Ella sabía exactamente lo culpable que era.

—Tuvimos que vivir, todos estos años, sin ti. Fingiendo ante todo el público que amábamos a nuestra hija, pero no a la chica que había asesinado a Kalee Cortas. Que jamás habríamos ayudado a una traidora a escapar.

La habitación se llenó de silencio.

Andi cerró los ojos, dándose cuenta en la oscuridad de que, aunque él le había salvado la vida ese día… también le había destrozado muchas partes del alma.

Abrió los ojos y lo miró, parado ahí con su uniforme de Espectro.

—¿Por qué no me acompañaron?

Su padre se quedó quieto como una piedra.

—Todos cometen errores —dijo Andi—. Algunos son mayores que otros. Eso no significa que no los podamos perdonar. Que no podamos seguir adelante. Yo era una *niña*. Kalee también.

De nuevo, le preguntó:

—¿Por qué no vinieron conmigo? Podríamos habernos escapado juntos. Como familia.

Él asintió y, por un momento, ella pensó que la abrazaría. Que le diría que había cometido un terrible error, pero que todo error se podía arreglar, se podía perdonar. Quizá la envolvería en sus brazos, le diría que lo lamentaba, que debería haberse parado a su lado. Que ella le había hecho un mal terrible al mundo, pero que también él lo había hecho al no acompañarla.

El corazón de Andi dio un pequeño vuelco cuando él se levantó.

Pero en vez de ir hacia ella, se alejó medio paso. Hacia la puerta cerrada.

—¿Realmente fue más fácil? —preguntó Andi—. ¿Fingir que jamás habías tenido una hija? Fue lo que hiciste todos estos años, ¿no es así?

De repente *era* esa niña pequeña otra vez, desesperada por la aprobación de su padre. Pero cuando él se volvió hacia ella, sus ojos no eran los de su padre. Parecía alguien más: un hombre de cabello gris y rostro hundido, sentado detrás de un escritorio demasiado pequeño para su enorme ego.

Se parecía al general Cortas.

—Arruinaste el nombre de la familia ese día —dijo su padre. Cada palabra era una daga en su vientre. Cada respiro, una cuchillada para hacer más profunda la herida anterior—. Tu madre y yo... Trabajamos toda la vida para volvernos miembros honorables de la sociedad arcardiana. Casi perdimos eso, después de que te liberé. ¿Y si nos hubiéramos ido contigo? ¿Una vida escapando, como fugitivos? Eso no fue lo que le prometí a tu madre cuando me casé con ella y juré cuidarla.

Por dentro, su mente estaba gritando *no, no, no*. Así no era como se suponía que debía salir su reunión. Y aun así, su padre seguía escarbando y torciendo la navaja.

—Te mantuvimos con vida, Androma —susurró de repente—. Te mantuvimos con vida, y lo único que eso nos hizo fue destrozarnos desde dentro.

—Me enviaron afuera *sola* a la galaxia —dijo Andi—. ¡Pude haber muerto!

—Pero no fue así —dijo su padre—. Sobreviviste, Androma. Porque ayudamos a liberarte, aunque ningún soldado que hubiera cometido un crimen tan terrible había sido librado antes.

—Lo que está hecho, hecho está —dijo Andi, mirando más atrás de su padre hacia un reloj holográfico junto a la cama—. Dejaste muy claro que ya no me quieres.

—Sé que no entiendes mi situación, y jamás esperaría que lo hicieras —dijo su padre—. Fue el general quien me ofreció este puesto como un acto de misericordia. Es un hombre generoso y se mostró dispuesto a salvarnos a tu madre y a mí, incluso después de la destrucción que tú le habías causado a su familia. A la nuestra. Acepté el trabajo, no porque tuviera que hacerlo, sino porque quería. Servir a nuestro planeta del modo más honorable. Era la única manera de mostrarle al mundo que no éramos los padres monstruosos en los que nos transformaron tus acciones.

Andi dejó que la verdad se hundiera dentro de ella, pesada como una roca.

Aunque le había salvado la vida, jamás la había perdonado.

Dudaba que lo hubiera intentado jamás.

—De modo que así están las cosas —dijo Andi, sorprendida de descubrir que su voz era fuerte y firme. Que con cada palabra, sentía que el valor volvía a fluir dentro de ella—. Jamás estuviste de mi lado, ¿cierto? Del de tu propia hija.

Su padre alcanzó la puerta, colocó la mano en el escáner y esperó a que abriera. Cuando volteó a mirarla, sus ojos estaban atormentados, del mismo modo en que lo estaban allá en el calabozo la noche en la que fue a darle la llave. Ella se dio cuenta ahora de que había leído mal su expresión en ese entonces.

Siempre pensó que él lloraba los años que sabía que jamás compartirían juntos, las dificultades que enfrentaría sola en el mundo.

Se había equivocado. Las palabras de él lo confirmaban ahora.

—Por lo que a mí respecta —dijo, mirando hacia atrás para encontrar sus ojos— mi hija murió en el choque junto con Kalee Cortas. La niña a la que liberé de la celda no era mi hija. Ya se la había robado la Baronesa Sangrienta, lo supiera ella o no en ese momento.

Salió. La puerta se deslizó detrás de él y la encerró en el silencio.

Esperó a que llegaran las lágrimas. Pero no llegaron.

En cambio, se sentó sola, tallando más marcas en sus espadas. Bailando con los muertos dentro de su cabeza.

Después, se amarró las espadas a la espalda y salió por la ventana de su habitación. Se escabulló hacia la noche, sintiéndose ni más ni menos que como un fantasma sin nombre.

Capítulo 72
Nor

Nor Solis había soñado con este momento por años, con la sensación de poder y de alivio que tendría cuando su noche oscura finalmente llegara a su fin.

Pronto abandonaría este lugar.

Pronto llevaría a su ejército y conquistaría las estrellas.

El ataque sobre Adhira había sido veloz, un deseo que le otorgó a uno de sus comandantes. Fue una decisión de último momento, tras enterarse por un informante de que el hijo del general arcardiano estaba ahí.

Nor sonrió.

Sólo era el principio.

Por suerte, el cielo estaba quieto esta noche, la lluvia ácida era llevada por los suspiros del viento. Debió ser muy hábil para escapar de los muros de su palacio sin que alguien se diera cuenta, sin que alguien siguiera su rastro, con una avalancha de preguntas lanzada contra su espalda.

Nor debería estar complacida.

Pero ahora, parada entre las ruinas oscuras de su antiguo palacio, la única emoción que sintió fue tristeza. Como si una profunda herida se hubiera abierto en su pecho y estuviera chupándole toda la felicidad como un agujero negro.

No podía entender por qué. Debería sentirse orgullosa de que su arma ya estaba completa, de que ella y su ejército finalmente podrían tomar el control de la galaxia que alguna vez había exiliado a su sistema, matando a millones de los suyos y dejando a los demás condenados a una muerte lenta y dolorosa.

Desde aquí, Nor podía mirar alrededor y ver todo Nivia. La ciudad capital desmoronada la rodeaba como la sombra de las vidas alguna vez vividas. Los edificios ancestrales, antes vibrantes de color y vida, ahora se levantaban como cascarones vacíos, monumentos a lo que habían sido.

Nor estaba vestida con una capa de viaje, una tela oscura que fluía hasta el suelo como un río de ónix. Alisó los pliegues mientras se acomodaba sobre un trozo de piedra rota que en algún momento debía haber sido la banca de un jardín.

Todavía era evidente en la piedra parte de su belleza anterior, con diseños elegantemente tallados que sabía que su madre alguna vez había amado.

Aquí era donde solía venir a sentarse con Nor de niña. Donde la arrullaba suavemente en los brazos y le cantaba canciones dulces mientras miraba hacia el floreciente mar de flora.

Nor había venido sola al viejo palacio un puñado de veces en los últimos años para buscar la sabiduría entre sus ruinas, para cobrar fuerza cuando se sentía débil. Para ella era fácil ver más allá de la destrucción, imaginarse una brillante película extendida sobre el paisaje entero. Ver lo que alguna vez había sido y fingir que ella todavía era parte de eso.

Una princesa diminuta que bailaba entre los lirios de humo, con las puntas de los dedos que rozaban los pétalos delicados mientras imaginaba que algún día sería reina.

Esta noche, sin embargo, no lograba evocar esa imagen feliz. Nada calmaba la tristeza que parecía crecer dentro de su alma... ni siquiera la cercanía del viejo hogar de su familia.

Nor miró alrededor de la ciudad como si fuera la última vez que la veía jamás. Las calles estaban vacías, y el suelo rugía ocasionalmente mientras un temblor golpeaba a kilómetros de distancia.

El planeta seguía aguantando, pero no por mucho tiempo.

Todos los ciudadanos de la capital estaban dentro de sus casas desvencijadas. La noche anterior, Nor había emitido un toque de queda obligatorio para protegerlos. No estaba dudando de su plan —*los infiernos nos libren* de cualquier gobernante que lo hiciera—, pero si algo salía mal, sabía que su planeta volvería a ser un blanco. Esconderse en las casas no protegería a su pueblo, lo sabía, pero les daba una falsa sensación de seguridad.

A veces las ilusiones eran mejores que no tener nada.

Al mirar a la distancia, pudo ver la neblina verde sobre las montañas agrietadas. Flotaba hacia la ciudad y fluía por encima del suelo como la muerte. Uno siempre la podía ver llegar, pero la neblina se tomaba su tiempo.

Nor estaba tan pasmada por esa visión que casi soltó un grito cuando unas manos tibias rozaron sus hombros por detrás.

—*Nhatyla*.

Aunque Zahn sólo dijo una palabra, su voz profunda la tranquilizó.

—Zahn.

Ella se giró hacia él y aferró sus manos como si él fuera un ancla. Como si, en caso de que ella lo soltara, pudiera salir flotando hacia la neblina verde que parecía esperar para devorarla.

Zahn miró sus manos entrelazadas y frunció el ceño oscuro.

—¿Qué pasa, mi hermosa *Nhatyla*?

Llevó las manos de ella a sus labios y besó sus nudillos, con todo y su prótesis dorada.

Él la había aceptado como era, desde el principio.

Y ella nunca había intentado obligarlo a ser otra cosa que él mismo.

—No lo sé —dijo Nor, exhalando un respiro largo y profundo con la esperanza de que eso expulsaría la tristeza—. Debería sentirme dichosa de que finalmente llegó este día. Hemos trabajado tanto por este momento, Zahn. Durante años, lo he imaginado. Pero ahora que llegó, lo único que siento es angustia.

Zahn niveló su mirada con la de ella, como si de esa manera pudiera ver su alma. Ella se lo permitió. Era el único modo de estar segura de que todavía tenía una.

—Estarían tan orgullosos de ti, Nor —dijo él, y ella supo que Zahn hablaba de sus padres.

Él había crecido en este palacio en ruinas junto a ella, antes de que estallaran las bombas. El joven hijo de un guardia que se escondía en las sombras, observándola con ojos cómplices.

Ella no se percató de él en realidad sino hasta después de que cayeron las bombas. Hasta que él la sacó de los escombros, con el polvo cubriendo su cabello oscuro y su piel, y sangre goteando de su boca.

Vas a estar bien, princesa, le dijo. Un niño de diez años, con la voz tranquilizadora, la única cosa en la que se podía concentrar mientras el mundo ardía alrededor de ellos. Él había envuelto su mano destrozada con su propio abrigo. Poco tiempo después, ella se desmayó por la pérdida de sangre, y cuando finalmente despertó días después, en un oscuro búnker subterráneo, sin la mano, y con su padre muerto, Zahn había estado ahí.

Quédate, le había rogado ella.

Lo hizo, ese día, y todos los que siguieron.

Su fuerza silenciosa. El hombro en el que podía recargarse entre las sombras, cuando las presiones de ser la reina de un mundo condenado se volvían demasiado para soportar. Cuando sus pesadillas trataban en vano de destrozarla.

Una lágrima silenciosa cayó por su mejilla mientras pensaba en el pasado. En la brillante sonrisa de su padre, en la suave caricia de su madre. No había conocido a su madre en realidad; sólo tenía recuerdos fragmentados de una mujer idéntica a ella.

Y aun así, extrañamente, era la voz de su madre la que visitaba a Nor a menudo en sus sueños. Era aún más extraño que Nor hubiera encontrado un consuelo cuando la voz distante de su madre entró en su mente, resonando durante ese fatídico día de la destrucción de Xen Ptera.

Lo siento. Lo siento tanto.

—Nor —dijo Zahn, trayéndola de vuelta hacia él ahora—. Dime lo que estás pensando.

Se sentó junto a ella sobre la banca de piedra arruinada.

—Tengo miedo —susurró ella. Su corazón se contrajo, y deseó más que nunca poder derrotar a los Sistemas Unificados con sus padres a su lado. ¿En que se habría convertido Xen Ptera si ellos hubieran sobrevivido? ¿Si hubieran reunido toda su fuerza y hubieran destruido como uno los mundos más allá?—. ¿Y si fracaso?

—No lo harás —dijo Zahn. Soltó una carcajada, un sonido fuera de lugar en esta tierra arruinada—. ¿Recuerdas lo que me dijiste una vez?

—He dicho muchas cosas —admitió Nor.

Él jaló su cabello juguetonamente.

—Cuando tenías doce años, me llevaste hasta la habitación más alta de tu torre.

—Para ver si podíamos encontrar las estrellas —dijo Nor, recordando esa noche. Finalmente había sanado por completo de las explosiones. Era el cumpleaños de su padre, y ella lo quería honrar buscando su constelación favorita.

—Cuando llegamos allá arriba, el cielo estaba tan denso de neblina que no las pudimos ver —dijo Zahn—. Hiciste un berrinche que llamó la atención de todo el palacio. Y entonces, una vez que subió Darai para calmarte, te paraste de espaldas al vidrio, con todo el planeta como tu telón de fondo, mientras dabas un discurso digno de una reina.

Nor sonrió al oír eso. Era tan joven entonces, tan impetuosa.

—¿Y esto qué tiene que ver con mi miedo por lo que está por venir?

Él besó su mejilla y soltó otra carcajada; Nor sintió su aliento cálido sobre el rostro.

—Te quedaste parada ahí sola, con la barbilla en alto, y le dijiste a todo el personal del palacio que algún día tú les devolverías las estrellas. *Serán tan brillantes, que apenas podrán mirarlas.*

Él retrocedió para observarla de cerca. Los ojos de Zahn brillaban con todo el amor del mundo. Ella lo sintió profundamente dentro de ella, una tintura tranquilizante que tocaba su alma.

—Lo harás, *Nhatyla*. Nos devolverás a todos las estrellas, y más.

Una lágrima se deslizó por la mejilla de Nor.

Él se la limpió a besos.

Era demasiado bueno para ella.

Demasiado puro.

—Éste es el cumplimiento de la promesa que les hiciste a tus padres. A tu pueblo —dijo Zahn, tomando su mano en la suya otra vez—. Desde que éramos pequeños, te he visto llorar tus pérdidas, pero al mismo tiempo, has crecido a partir de ellas. La venganza ha sido una fuerza de impulso en tu vida, y ahora que está a tu alcance, te sientes vacía. Pero no por mucho tiempo, reina mía. Hay muchas maneras de llenar ese hueco —la estrechó entre sus brazos fuertes. Su corazón latía al mismo ritmo que el de ella mientras le susurraba—: Quizás esta parte de tu vida esté llegando a su fin, pero está empezando toda una nueva aventura.

—¿Y qué hay de tu futuro? —preguntó Nor, mirándolo—. ¿Qué harás tú, Zahn Volknapp?

Casi lo podía probar sobre sus labios cuando él se acercó más.

—Tú eres mi futuro —susurró—. Te seguiré, desde este mundo y hasta todos los que siguen más allá. Estaré ahí a tu lado mientras la gente se inclina ante ti y canta tu nombre.

Él mordisqueó su oreja.

La lujuria retumbó por el cuerpo de Nor.

—Y en los momentos callados, cuando estemos solos —susurró Zahn, jalándola incluso más cerca, hasta que ella estaba sobre su regazo, con la boca de Zahn contra sus labios— también yo me inclinaré ante ti, reina mía.

—¿Y qué tal ahora? —preguntó.

En ese momento, ella podía sentir la tristeza que lentamente abandonaba su cuerpo, y el poder que tomaba su lugar.

—¿Ahora? —repitió Zahn.

Sus labios bajaron por su cuello, encendiendo el fuego dentro de ella.

—Ahora, reina mía, creo que estoy cansado de las palabras.

Capítulo 73
Androma

La noche estaba más hermosa de lo que Andi recordara que hubiera estado jamás. Se extendía sobre la tierra como una frazada de estrellas, y en una noche como ésta, fresca y despejada, podía divisar la nébula que rodeaba al sistema. Era una acuarela de rosas, claros y oscuros, con estrellas que la acentuaban como joyas delicadas.

Al crecer, la madre de Andi a menudo le contaba historias de cómo se había formado la galaxia. Alguna vez hubo Espíritus Nocturnos ancestrales que vivían en la oscuridad, alimentándose de los peores males. Sus contrapartes, conocidos como los Portadores de Luz, mantenían a la oscuridad a raya. Llevaban la esperanza de vuelta a los mundos que vigilaban, restaurando tranquilidad en el universo. Siempre había una separación de blanco y negro entre las dos entidades, hasta que un día, todo cambió.

Un Portador de Luz se enamoró de un Espíritu Nocturno, una unidad que jamás había estado destinada a existir, creando así un evento cataclísmico que cambió el curso de la vida.

Su amor creó un monstruoso agujero negro, algo tan peligroso e intocable que se le contempló como la encarnación del mal… hasta que la galaxia se empezó a formar alrededor de la bestia.

Pero la galaxia no fue la única cosa que se formó a partir de su unión.

También abrió paso a la creación de los Astrodioses, seres omniscientes con el poder de dar y de quitar, la mezcla perfecta de la oscuridad y la luz.

Nos muestra que todos tenemos un acto de equilibro que se balancea en nuestras almas, había dicho la mamá de Andi. *Todos nos alzamos en armonía entre los dos. Está en las manos de cada quien ver qué lado se vuelve más fuerte.*

Andi pensaba en esta historia a menudo, y se preguntaba si era posible ser tan bueno como los Portadores de Luz, pero también con sombras de oscuridad de los Espíritus Nocturnos. Sentía como si siempre se estuviera librando una guerra en su interior, con los dos bandos en lucha constante entre sí, sin importar cuánto se esforzara por tratar de mantener a los dos a raya.

Esta noche, en ese cuarto con su padre, Andi había sentido que el Espíritu Nocturno dentro de ella había tomado el control.

Mientras caminaba, Andi absorbía la vista que se extendía desde la finca Cortas. El brillo distante de la ciudad mucho más abajo, con sus chapiteles de vidrio y sus ciudadanos rígidos y de espalda recta. Cada planta y cada brizna de pasto sobre el planeta tenían un fulgor iridiscente, como si estuvieran iluminadas desde dentro. Desde los cielos sobre Arcardius, la flora centelleante hacía que el planeta luciera etéreo, como si los mismos Astrodioses vivieran ahí.

Arcardius fue el primer planeta habitado por los Ancestros, hacía cientos de miles de años, y muchos creían que seguramente los Astrodioses les habían dado a los colonizadores este don como bienvenida a su nuevo hogar. Pero cualquiera que fuera la razón, Andi se sentía agradecida por ella. No quería estar en presencia de la oscuridad después de todo lo que había pasado. Necesitaba aclarar la mente de todo lo que la había estado agobiando desde el principio de su trabajo de rescate.

Andi recorrió los dedos sobre las rosas iluminadas por la luna. Había grupos enormes de éstas colocados alrededor del sendero que llevaba a la profundidad de los jardines. Observó una vuelala que salía disparada junto a ella, dejando una estela de polen reluciente a su paso.

Sus pies la bajaron por unos cuantos senderos más, bordeados de flores y vuelalas en descanso que parecían pequeñas haditas bajo las tonalidades del fulgor de las plantas. Aunque no tenía un destino planeado, sus pies parecían tener vida propia, porque de repente se descubrió en medio de un pequeño claro. Frente a ella estaba una de las rocas flotantes miniatura que punteaban los cielos del planeta.

Una pequeña catarata caía por su borde y formaba un pozo más abajo. Unas enormes flores gajuai rodeaban el perímetro, con pétalos que crecían unos sobre otros para crear un patrón natural de mosaicos.

—Una maravilla, ¿no te parece? —preguntó una voz detrás de ella. Andi pegó un brinco y se maldijo por haber permitido que alguien se acercara sin que ella lo notara.

Este planeta, y su ilusión de seguridad, estaba haciendo que perdiera su toque.

Apenas si reconoció a Valen ahora que estaba todo limpio. Tenía el cabello castaño bien cortado y, con lo flaco que estaba, hacía que su mandíbula fuerte se viera más pronunciada. Lo que alguna vez había sido un rostro suave ahora tenía los bordes duros. Sin duda, con más carne en los huesos sería espectacular.

El niño que recordaba de hacía años ya se había vuelto un hombre.

Por más dañado que estuviera por dentro, al menos sus heridas físicas sanarían. Con suerte, las cosas horribles que había experimentado a manos de Xen Ptera también se convertirían en un recuerdo distante y más soportable con el tiempo.

—Te ves mejor —dijo Andi, mientras él se acercaba. Sus ojos color avellana ardían a través de la oscuridad como rescoldos. Llevaba un caballete portátil en los brazos, junto con una caja plateada que Andi reconoció como su viejo estuche de pinturas.

—Gracias —dijo—. Mamá y yo instalamos este jardín poco tiempo después del juicio, en honor a Kalee.

Andi no supo qué sentir al respecto. De pronto, el jardín alrededor de ella pareció oscurecerse. Se había sentido llamada ahí, como si hubiera necesitado este lugar.

Quizás el fantasma de Kalee realmente estaba presente, y la seguía por la finca Cortas. Aun así, Andi no sentía que mereciera estar en el jardín de Kalee.

—Debería irme —dijo Andi—. Probablemente quieras pasar un rato aquí solo.

—En realidad —dijo Valen, mientras ella se daba la vuelta para irse—, iba a pintar los jardines. Pero estaría bien tener un modelo vivo para pintar. Y hablar con alguien que no intentará mimarme. Lo creas o no, mamá tiene tanto miedo de dejarme solo, que por poco me siguió al baño hace rato.

Andi casi rio al imaginarse a Merella preocupándose excesivamente por su hijo, ya adulto. No podía imaginarse el alivio que debía sentir ahora que Valen había regresado.

Andi se detuvo por un momento.

—¿Querías pintarme a mí?

Valen asintió.

—La forma en que se refleja la luz de la luna contra el metal de tus pómulos y el morado de tu cabello. Son los colores como ésos, con dimensiones y profundidad, los que he extrañado.

—Solías pintar a Kalee —dijo Andi.

Valen asintió.

—Ella adoraba ser el centro de la atención. Siempre fue tan distinta a mí en ese sentido —señaló más allá de Andi, hacia el borde del pozo transparente—. Podrías sentarte ahí. En la roca.

Ninguno de los dos habló al principio, cuando se sentó sobre la roca fría. Valen abrió el caballete y colocó encima un lienzo en blanco, con movimientos expertos y relajados. Abrió la caja de pinturas y las extendió una por una frente a él, antes de hundir el pincel en la primera, un blanco suave del color del cabello de Andi. Era tranquilo este silencio entre los dos, con la suave caída de la cascada más allá.

—Extrañaba esto —dijo Valen.

—Lo puedo ver.

Él parecía contento mientras deslizaba los pinceles sobre el lienzo, y sus ojos volvían a revolotear hacia ella de vez en cuando.

—Algún día, me gustaría pintar cada paisaje de Mirabel —dijo.

Andi sonrió.

—Me gustaría visitarlos todos.

Pensó en su camarote en el *Saqueador*. Todas las imágenes de los rincones de Mirabel esparcidas por los muros de vidrio.

Quedaron en silencio de nuevo por un rato, mientras Valen trabajaba. Entretanto Andi se permitía simplemente sentarse por un rato. Descansar en el momento.

—¿Quieres ver algo genial? —preguntó Valen de repente, su mirada ahora clavada sobre la suya. Tenía una gotita de pintura roja sobre la mejilla. A Andi le recordó al Valen que alguna vez había conocido, antes de que todo cambiara—. Es decir, si todavía está y... me caería bien un descanso —se miró las manos manchadas de pintura.

—Claro, supongo que sí —Andi se encogió de hombros. Sonrió mientras agregaba—: Con tal de que no sea Lodo Saltarín.

Valen rio.

—Todavía no lamento haber hecho eso.

Hacía años, Valen había llevado a Andi y a Kalee a un jardín parecido a éste, y había convencido a las chicas de que tocaran una pila de fango salobre. Resultó que los chicos del lugar apodaban al fango Lodo Saltarín, porque tenía un microorganismo dentro que hacía que les estallara en la cara. Las dos chicas se habían marchado de regreso a la habitación de Kalee cubiertas de mugre, echando humo mientras intercambiaban fantasías de venganza contra el hermano mayor.

Vacilante, Andi accedió y siguió a Valen al otro lado del lago.

Una pequeña escalera flotante llevaba a la cima de la gravarroca.

—Kalee siempre deseó poder subir a una de las rocas, en vez de que la llevaran ahí volando —explicó Valen—. De un modo extraño, esto es para ella —miró sobre su espalda hacia Andi mientras empezaba a escalar—. Vamos.

Las escaleras se detuvieron en la cima de la roca, y Valen hizo de guía hasta la superficie. Una suave capa de fulgurante musgo verde crecía ahí, suave como una manta. Valen y Andi se acomodaron encima, uno junto al otro.

—Éste solía ser el único lugar en donde quería pasar mis días —dijo Valen.

Andi dejó que su mirada se moviera sin rumbo sobre el panorama frente a ella. Era encantador. Todo relucía, campos de luz desde el jardín de abajo que se mezclaban con los azules y rojos de las lunas más arriba. Todo se fundía en un suave púrpura.

—Extrañaba esto —admitió Andi.

—Yo también. Cuando estuve en Lunamere, casi olvidé cómo se veía este lugar.

Andi también lo había olvidado. Los años que pasó lejos de casa se habían robado muchos de sus buenos recuerdos de Arcardius.

—¿Crees que alguna vez volverás a ser el mismo? —preguntó Andi.

Valen jugueteó con el musgo que estaba entre los dos. Levantó una ceja mientras volteaba hacia ella.

—¿Y tú?

—No —dijo ella—. Y tampoco sé si quisiera serlo.

—Aprendí algo, en el tiempo que estuve encerrado —dijo él, y se recargó hacia atrás con los brazos cruzados detrás de la cabeza.

Andi se echó hacia atrás también.

Las estrellas los miraban desde arriba. La nébula pareció soltar un suspiro mientras se deslizaba muy por encima de sus cabezas, centelleando como si estuviera hecha de diamantina danzante.

—Hemos vivido en la oscuridad, Andi —dijo Valen—. Pero eso no significa que ya no podamos vivir en la luz.

Él cerró los ojos, y Andi se quedó reflexionando en cuántas de sus palabras hacían eco de sus propios pensamientos de antes, sobre el equilibrio entre la luz y la oscuridad.

Se quedaron ahí un rato, con el silencio enroscándose entre los dos.

—Hey… ¿Andi? —dijo Valen mientras se levantaba apoyándose en un brazo y se volteaba hacia ella—. Quizá me esté pasando de la raya, y entiendo por completo si me dices que no…

Sus palabras se fueron apagando, y ella asintió con la cabeza para animarlo a seguir.

—Mañana es la Cumbre, y después de eso es el baile Ucatoria. Aunque acabo de regresar, mi padre espera que haga acto de presencia. Sé que es seguro aquí, que todo estará bien, pero… creo que me sentiría mejor si, quizá, tú y tu tripulación vinieran conmigo.

Andi no tuvo fuerzas para contarle lo que había exigido su padre. Que ella y las chicas y Dex ya estarían ahí de todos modos, obligados a quedarse hasta que el general Cortas decidiera soltarlos.

Así que asintió, con los ojos todavía puestos en el cielo.

—Sí, Valen, estaremos ahí.

Por el rabillo del ojo, podía ver que la seguía mirando. Se giró para verlo.

—¿Algo más? —preguntó Andi.

El rostro de Valen palideció.

—Es obligatorio que baile.

Con eso, Andi soltó una carcajada. Cada año, la Cumbre se llevaba a cabo en un planeta distinto. Siempre abría el baile Ucatoria el futuro sucesor de ese planeta, bailando con alguien, una tradición que perduraba desde la primera Cumbre oficial, hace quince años.

—No me interesa bailar con una chica —dijo Valen—. Así que… pensé… ¿quizá podría bailar contigo?

Andi soltó una sola carcajada.

—Soy una chica, Valen. En caso de que lo hayas olvidado.

Él maldijo.

—¡Eso no es lo que quería decir! —luego suspiró—. Sólo quería decir que en estas cosas, normalmente, uno baila con cierto interés romántico, y… preferiría simplemente bailar con una amiga.

Una amiga.

Dijo las palabras como si realmente fueran en serio. Como si, de algún modo, a pesar de todo lo que habían pasado, los horrores que habían compartido, Valen hubiera comenzado a pensar en Andi como una *amiga*.

Aparte de la tripulación, ella no había tenido un amigo en años.

Una sonrisa, al principio incierta, se extendió en los labios de Andi.

—¿Entonces? —preguntó Valen—. ¿Crees que… querrías…? Se lo pediría a una de tus compañeras de tripulación, pero, francamente, me aterran.

Andi volvió a reír.

—Está bien, Valen —dijo, incorporándose y volteando hacia él—. Bailaré contigo.

El alivio en su rostro era palpable. Sonrió, esta vez con una sonrisa real y genuina.

—Mi padre no estará contento —dijo.

—Bien —dijo Andi—. El mío tampoco.

Compartieron una suave carcajada.

—Bajemos otra vez —dijo Valen—. Quiero terminar la pintura.

Ella asintió, y le lanzó una última mirada al panorama frente a ella mientras se ponía en pie. Arrebataba el aliento, y rivalizaba con todos los lugares que Andi había visto en otros planetas lejanos.

Amigos, pensó.

Ella lo siguió por las escaleras, para volver a bajar al jardín.

Capítulo 74
Androma

La fatiga se abatió sobre Andi como una cobija cuando se abrió paso por los sinuosos pasillos de la finca hacia las habitaciones de invitados.

A esta hora de la noche, había más tránsito de lo normal por los pasillos. Los sirvientes de la casa estaban trabajando duro día y noche para hacer que la finca quedara todavía más extravagante de lo que ya estaba. A Andi le pareció una pérdida de tiempo estar puliendo los espejos y las ventanas, de por sí inmaculadas, y no le sorprendió ver a uno de ellos recoger pelusas microscópicas de la alfombra.

—Ese horrendo fanfafelino cornudo me va a matar —masculló una mujer mientras recogía los restos de un tapete completamente desgarrado. Andi escondió una carcajada y pasó junto a ella rápidamente.

Justo cuando estaba por doblar hacia otro pasillo donde se ubicaban las habitaciones de la tripulación, la detuvo un disturbio.

—No sé qué sucedió, señora —le explicaba uno de los androides sirvientes al ama de llaves, con la antena temblando de lado a lado.

Andi se acercó lentamente, con curiosidad, mientras observaba a un grupo de androides y criadas llevarse arrastrando trozos de metal y vidrio rotos, grandes pedazos de *bits* computarizados y cables. Los echaron a un bote de basura grande con ruedas, suspirando mientras hacían su trabajo.

—El general no estará contento —dijo el ama de llaves, mientras tecleaba algo en la pantalla holográfica que llevaba en las manos—. Se había encariñado bastante con ese IA.

El estómago de Andi dio un vuelco.

Su curiosidad fue lo suficientemente fuerte como para hacerla doblar la esquina.

—¿Qué pasó?

La supervisora soltó un soplido de exasperación.

—Nada de qué preocuparse, señorita. Continúe, por favor.

Andi se encogió de hombros y justo se estaba dando la vuelta cuando un objeto blanco y redondo llamó su atención.

Soltó un grito ahogado.

—*Alfie.*

Una de las criadas echó su cabeza desmembrada en el bote de basura con un *pum* terrible.

—¿Qué le sucedió? —preguntó Andi, sorprendida cuando sintió que se le retorcía el estómago. El IA era molesto a veces, pero había sido leal con la tripulación. Le había salvado la vida en Adhira, y hasta se acordó de llevar a Estrago, pensando en Gilly.

La criada sacudió la cabeza con tristeza mientras decía:

—Lo estamos averiguando. El IA le dio un buen servicio al general durante todos estos años. Es probable que se cruzara en el camino de una máquina limpiadora, o que se metiera con alguno de los androides de cocina que no apreciaron sus consejos culinarios. Y ahora, si nos permite, por favor —dijo, y acompañó a Andi para que siguiera por su camino.

Andi no estaba segura de creerle a la mujer, pero ya casi había terminado la limpieza, y no podía hacer nada para ayudar a Alfie.

Mientras se daba la vuelta para irse, un pequeño objeto brilloso en el suelo llamó su atención. Andi bajó la mano rápidamente y lo guardó en la palma de la mano mientras la criada no estaba viendo. No sabía mucho de los IA, pero el objeto que tenía parecía un chip de memoria.

—¿Qué van a hacer con él? —preguntó Andi casualmente.

La mujer se encogió de hombros.

—Lo reemplazaremos con otro. Ya desarrollaron nuevos modelos desde que crearon a éste.

La criada se dio la vuelta, indicando claramente que la conversación había terminado.

Le gustara o no, Alfie se había vuelto parte de su tripulación después de lo que había hecho en Adhira. Mientras partía Andy deslizó el suave chip de metal en un compartimento dentro de sus brazaletes.

Podría no ser nada, un recuerdo inútil, pero su instinto le decía otra cosa. Ya lo revisaría después.

Pasó junto a varios trabajadores más, y todos desviaban la mirada como si ella fuera un fantasma acechando por los pasillos. Un fantasma que preferirían no molestar, por temor de que pronto llegara para acecharlos a ellos también.

Llegó a la bifurcación en el pasillo que marcaba el punto medio de Averia.

La izquierda la llevaría al ala de invitados.

La derecha la llevaría hacia los departamentos residenciales.

Su antigua habitación estaba en esa dirección. Conocía el camino: ya lo podía ver en la cabeza, los retratos pintados a mano de Valen junto a los que pasaría, el aroma al perfume de Kalee flotando desde su puerta siempre abierta.

Algo cambió dentro de Andi mientras estaba ahí parada.

Ve a la derecha, susurró su mente. *Ve y enfrenta a tus propios fantasmas*.

Antes de poder decidir lo contrario, Andi giró a la derecha y bajó por el pasillo.

CAPÍTULO 75
DEX

Dex se enorgullecía del hecho de no haber perdido la habilidad de volverse uno con las sombras.

Había estado siguiendo a Andi de lejos desde que la vio regresar caminando de los jardines con Valen, los dos callados y con rostros contentos.

Dex tenía que hablar con ella antes de que fuera demasiado tarde.

Casi se acercó a ella en el pasillo, pero lo distrajo el desastre de trabajadores que estaban limpiando. Cuando descubrió que se trataba de Alfie, se quedó atrás para hacer sus propias preguntas después de que Andi siguió caminando.

Unos cuantos minutos después, mientras la volvía a alcanzar, apenas logró verla doblar la esquina hacia el ala residencial de la finca, caminando confiadamente como si conociera la ruta.

Este lugar alguna vez había sido su hogar. Por supuesto que sabía a dónde iba. Él la siguió, curioso de saber qué estaba haciendo, hasta que se detuvo frente a una puerta de madera sin llave al final del pasillo. Tras mirar rápidamente hacia atrás, Andi se deslizó dentro y cerró la puerta detrás de ella.

Dex llevaba la mitad del día imaginando cómo sería esta conversación con Andi.

Había muchos resultados potenciales, pocos de ellos buenos.

Le gustara o no, su tiempo juntos estaba por llegar a su fin. Él debía hablar con ella, con franqueza, acerca de sus sentimientos antes de que saliera volando de ahí cuando terminara el trabajo, para nunca volver a saber ni oír nada de ella otra vez.

Con un respiro hondo, Dex abrió la puerta y dio un paso adentro.

La habitación era enorme.

La luz de luna entraba bailando por dos ventanas altísimas en el extremo opuesto, y prodigaba extrañas sombras sobre las filas de estantes. En cada repisa había libros, del tipo antiguo con páginas que se podían hojear, que contenían mundos enteros en los que uno podía caer si no tenía el suficiente cuidado.

Dex nunca había sido un lector, y sabía que Andi tampoco lo era.

Pero recordó que ella decía que Kalee sí.

—El general peinó toda la galaxia para conseguir esta colección —dijo Andi de repente.

Dex se dio la vuelta. Ella estaba parada cerca de él en la oscura habitación, suavemente iluminada por un rayo de luna. Casi se podía sentir la tristeza de sus ojos como algo tangible.

—Dijiste que Kalee era lectora —dijo Dex. Rio suavemente—. No sabía que *así* de lectora.

—Le encantaba explorar —dijo Andi—. Pero al general le encantaba tenerla cerca, así que ella acudió a los libros para tener aventuras.

Se dio media vuelta y pasó caminando junto a la primera fila de estantes, pasando las puntas de los dedos sobre los viejos lomos.

El polvo se arremolinó en el aire con su caricia.

—Supongo que nadie ha usado este lugar desde… —dijo Andi.

Entonces dejó de hablar y siguió mirando los libros. Dex la miró a ella; su mente le decía que hablara, pero sus labios elegían el silencio.

—¿Qué tienen los recuerdos —dijo Andi rápidamente, caminando de vuelta hacia él— que les da la habilidad de lastimarnos tan terriblemente?

Dex sacudió la cabeza.

—El pasado es poderoso. Creo que los dos lo sabemos.

Finalmente ella lo miró a los ojos.

—Estoy cansada de dejar que el pasado me controle, Dextro —susurró—. ¿Tú no?

—Más fácil decirlo que hacerlo —respondió él.

Ella estaba parada cerca de él. Tan cerca que podía ver la cicatriz en el cuello causada por un viejo accidente cuando la entrenaba para el combate. Tan cerca que, si cerraba los ojos, casi podía imaginar que el corazón de ella latía tan rápidamente como lo estaba haciendo el suyo ahora.

Él tenía una cicatriz profunda y brutal en el pecho que se extendía hasta su cuello, y se la había dado ella.

Ella levantó la mano lentamente, y la puso sobre la cicatriz.

—Jamás pensé que te volvería a ver —dijo ella—. Esa noche, en la luna… Y aun así, de algún modo, sobreviviste.

El cuerpo de Dex se sentía como cera derretida. Inútil bajo las manos de ella.

—Andi —comenzó Dex, pero ella sacudió la cabeza.

—No digas nada. Todavía no —ella tragó saliva y retiró la mano—. Nunca me sentí tan herida, Dex, como la noche en que me traicionaste.

Él cerró los ojos. Sintió el dolor de la voz de Andi como si fuera su propio dolor.

—Merecía lo que me hiciste. Muchas noches después de ésa, deseé *sí haber* muerto por tu navaja —ella ya no lo estaba mirando. Él se acercó un paso—. Andi —ella levantó la mirada—, lo lamento —dijo él. Y aunque ya se lo había dicho en el *Saqueador*, sintió como si se estuviera disculpando por vez primera—. Siento tanto haberte traicionado. Siento tanto haber elegido…

—Dex.

Ahora ella le tocó el pecho con las dos manos. El corazón de Dex amenazaba con estallar dentro.

—Yo también lo siento —dijo ella.

Cada palabra era como un regalo que no sabía que estaba tan desesperado por recibir.

—Todos estos años —dijo Andi— me he aferrado a mi odio por ti. Y cuando volviste a aparecer y me contaste la verdad… Ya no sé lo que siento por ti.

Él soltó un respiro.

—Tampoco sé lo que siento por ti.

Andi soltó una suave carcajada.

—Somos terribles juntos, tú y yo.

—¿Lo somos? —preguntó Dex—. Hubo un tiempo en el que éramos estupendos juntos.

Él se dio cuenta de que las manos de ella habían bajado para encontrar las suyas. Que sus dedos de repente se estaban entrelazando, y que ella lo atraía hacia ella, hasta que sus cuerpos casi se tocaban.

—Andi —susurró él. Pero se perdieron sus palabras.

Ella alzó la cabeza para encontrar la suya, y cuando se tocaron sus labios, Dex sintió una chispa tan intensa que lo hizo sentir como si él mismo fuera la electricidad. Los labios llenos de ella se deslizaron contra los de él, seduciéndolo con tanto deseo que no podía resistirse a la atracción.

Y entonces ella lo estaba jalando de la camisa, acercándolo. Sus extremidades se enredaron juntas y sus pechos respiraban como uno. Él la levantó y la giró para que su espalda estuviera recargada contra los libreros.

Sus besos se volvieron insistentes. Hambrientos. El mundo alrededor de ellos dejó de existir. Lo único que importaba era este momento y nada más. La lengua de Dex jugaba con los labios sin aliento de Andi mientras ella le pasaba las manos por el cabello.

Este momento era familiar, tanto como desconocido. Ellos ya no eran las mismas personas que solían ser, pero de alguna manera, con ella en sus brazos, sus labios contra los de ella, Dex sentía que llegaba a casa.

Se besaron hasta que ya no podía respirar. Hasta que el cuerpo de Dex le dolía del deseo, pero sabía que tenían que parar. Cuando se separaron, él dejó los ojos cerrados mientras descansaba la frente contra la de ella.

Se quedaron así por un rato, en silencio compartido.

—¿Dex? —preguntó Andi.

Él se separó de ella para poderla mirar a los ojos.

—No podemos… Esto jamás podrá…

—Lo sé —dijo él.

Y en su corazón, él supo que era cierto. Que sus dos mundos jamás habían estado destinados a volverse uno. Que incluso entre el perdón, con los sentimientos inevitables que resonaban entre los dos, jamás podrían compartir un futuro. Ya habían tenido su oportunidad, hacía mucho. Los dos lo habían estropeado, cada quien a su modo.

—¿Qué harás, después de todo esto? —preguntó Andi.

Él se encogió de hombros.

—Me volveré un Guardián otra vez. Haré todo lo que me pidan, iré a donde las órdenes me manden.

—¿Y el *Saqueador*? —preguntó Andi.

Dex ya había pensado en ello, y era lo que le había sorprendido más.

—Es tuyo —dijo él—. Te lo ganaste con sangre y sudor.

Ella rio suavemente. Él había extrañado esa risa. Algún día la compartiría con otro hombre, alguien que le daría el amor que merece.

—Si alguna vez necesitas una tripulación —dijo Andi—, nos puedes llamar.

Él sabía que era su manera de darle las gracias. Asintió, suspirando mientras la fatiga se abatía sobre él. Pero no quería irse.

—Ya es tarde —dijo Andi—. Probablemente deberíamos intentar dormir antes de mañana.

El baile, recordó Dex de repente.

Mientras estaban parados ahí, alisándose la ropa, él tomó su mano en la suya.

—Jamás había hecho esto antes —dijo. Se sintió como un tonto. Como un niño otra vez, que esperaba recibir las atenciones de una chica hermosa—. Y sé que no tenemos un futuro juntos, después de que termine todo esto. Pero creo… me gustaría si… si tú…

—Oh —Andi miró el suelo entre los dos. Sacudió la cabeza, con una sonrisa triste en los labios—. Iré con Valen.

Dex soltó una carcajada amarga.

—Nunca fui muy bueno con los tiempos, ¿cierto?

Ella suspiró. Se dieron la vuelta para partir, caminando en silencio hacia la puerta de la biblioteca. Antes de salir, Andi puso una mano en su brazo.

—Fue bueno, Dex —dijo ella—. El tiempo que pasamos juntos, antes. No cambiaría nada.

Ella se inclinó hacia él y le dio un beso en la mejilla.

Cuando cada quien se fue por su lado, Dex no pudo *sino evitar sentir que veía a Androma Racella por última vez.*

CAPÍTULO 76
ANDROMA

*S*us sueños eran una locura, repletos de naves que se salían de
control. Un hombre tatuado hecho de estrellas con una sonrisa
endiabladamente hermosa tomó el acelerador mientras giraban interminablemente hacia la negrura.

La nave no era de él, y en alguna parte de la oscuridad, ella
escuchó los gritos de su tripulación. Vidas que había jurado proteger,
mantener a salvo sin importar el precio.

—¡Dame el acelerador, antes de que nos mates a todos! —Andi
intentó detenerlo, pero cuando extendió la mano, los tatuajes del
hombre se convirtieron en las marcas de su espada.

Cientos de marcas.

Siempre las marcas, los números incontables de personas a quienes había matado en años pasados, y a los que mataría en años por
venir.

Había una que resaltaba más, una marca oscura en su frente,
justo entre los ojos.

—La primera muerte siempre es la más difícil, Baronesa —susurró.

Se convirtió en Valen, y sus ojos, alguna vez color avellana, se
volvieron dorados y empezaron a soltar gotas rojas de sangre caliente
y humeante.

Andy despertó con el beso de la luz del sol sobre la piel.

Y las garras demasiado filosas de una pelusa cornuda mientras saltaba sobre su rostro.

Andi aulló y se escabulló hacia atrás, hasta estrellar su cráneo contra el tablero de la cama, mientras Gilly aparecía en el umbral de su puerta abierta; la chica recogió a la criatura infernal y la envolvió en un fuerte abrazo sin parar de reír.

—Esa *cosa* —dijo Andi, mientras se frotaba la cabeza palpitante y fulminaba con la mirada al fanfafelino naranja que se asomaba por debajo del brazo de Gilly— merece que la ensartemos.

Gilly le sacó la lengua.

—No tienes corazón.

—De hecho, sí lo tengo, y estoy convencida de que ese monstruo se lo quiere devorar —frunció el ceño—. Y dime, ¿qué estás haciendo aquí, Gil?

La puerta de su habitación estaba entreabierta. Afuera pasaban corriendo sirvientes, arrastrando cajas, barriendo pisos, hablando en voces bajas pero emocionadas.

Gilly levantó las sábanas de encima de Andi, luego tomó su mano y prácticamente la arrancó de la cama. Estrago silbó receloso, y Andi le respondió con los labios fruncidos. Algún día lo mataría. Por accidente. Con las puras manos.

Los ojos de Gilly brillaron de emoción mientras saltaba arriba y abajo sobre los dedos de sus pies.

—¡Nos vamos a poner hermosas hoy! ¡Es hora del baile!

Antes de que Andi pudiera responder, Gilly la siguió jalando para salir por la puerta abierta y hasta el otro lado del pasillo, donde había otra puerta entreabierta. Podía oír la voz de Breck dentro, hablando sin parar; sus coloridas maldiciones se derramaban hasta el pasillo.

Gilly pateó la puerta para abrirla por completo y revelar a las chicas que estaban dentro.

Breck se encontraba en pie frente a un gran espejo y sostenía un vaporoso vestido amarillo contra el pecho.

—Esto —dijo mirando a Andi y Gilly mientras entraban— está hecho para una *reina*.

—Y esta noche, serás una —dijo Andi en medio de un bostezo, y luego cerró la puerta.

Breck suspiró y empezó a mecerse, abrazando la tela resplandeciente.

—Ése no —dijo Gilly—. Ya te dije, quiero que vayamos vestidas igual.

—¿Vestidas igual, Gil? No hay nada menos elegante en todo Mirabel.

—Pues esta noche, yo digo que vayamos iguales —Gilly arrancó el vestido de los brazos de Breck, soltando risitas mientras lo hacía bolas y lo lanzaba al otro lado del cuarto. Cayó en la cama, donde estaba sentada Lira con las piernas colgadas sobre la orilla.

Cuando vio a Andi, una leve sonrisa apareció en su rostro.

—¿Cómo estás? —preguntó Andi—. Supe que Lon se está recuperando bien.

Atravesó el cuarto y se acomodó en la cama junto a su piloto mientras Gilly trataba de reclutar a Breck a su causa de los vestidos idénticos, y Breck chillaba que la única manera en que podría acceder sería si Gilly se deshacía de su pequeña bestia diabólica y sanguinaria.

—Lon sanará —dijo Lira—. Y Alara llegó sana y salva a Arcardius. Tuvimos una pequeña reunión anoche, los tres.

—Sabía que sobreviviría —dijo Andi, mientras jalaba la borla plateada de una de las almohadas—. Y me da tanto gusto que Alara saliera del ataque sin un rasguño. Pero ¿*tú* cómo estás?

Lira ladeó la cabeza.

—Desde la conversación que tuvimos, de camino hacia acá —dijo Andi. Si cerraba los ojos, casi podía probar el persistente sabor del Griss. La sola idea le producía náuseas.

Lira miró las escamas de sus brazos.

—La costumbre en mi planeta es guardar luto por tres días después del fallecimiento de nuestros seres amados.

Andy quería extender la mano y tocarla, pero no estaba segura de cómo reaccionaría ella. La mayor parte del tiempo, Lira era calmada y mesurada. Pero también sentía las cosas profundamente. A veces, era como si no guardara el corazón dentro del pecho, sino que lo sostuviera en las manos.

—Tomará tiempo superar lo que sucedió en Adhira —comenzó Andi, pero Lira levantó una mano.

—Ya pasaron mis tres días de luto. Los de Lon y de mi tía también. Ahora nosotros, y todos los que perdimos a seres amados durante el ataque, debemos entregar los espíritus perdidos a las estrellas, a los árboles, al viento.

Lira nunca hablaba abiertamente de sus creencias. Eran cosas que atesoraba, y que mantenía cerca. Igual que la realidad de la verdadera profesión de su tía, y lo que le había ofrecido a Lira hacía mucho tiempo.

—¿Cómo sabrás si ya se entregaron? —preguntó Andi.

—Lo sabremos —Lira sonrió suavemente. Su mirada se deslizó hacia la ventana, donde la luz del sol se colaba como un río dorado—. Los sentiremos —entonces sonrió, algo genuino y resplandeciente—. Tengo una sorpresa para todas ustedes.

Andi arqueó una ceja hacia su amiga.

—Bueno, no es exactamente mía, sino una sorpresa de parte de mi tía.

En secreto, Andi esperaba que la reina Alara les hubiera traído una botella de Jurum, porque necesitaría una copa o dos si iba a sobrevivir más allá de esta noche.

—A pesar de sus sentimientos sobre el asunto, sabe cuánto me encanta pilotar el *Saqueador*, y cómo haber tenido que dejarlo atrás nos lastimaba a todas —miró a Andi—. Así que... lo trajo consigo.

Andi no podía creer lo que acababa de oír.

—¡No puede ser! —gritó Gilly, mientras Breck se quedaba boquiabierta.

—¿Está aquí? ¿Sobre Arcardius? —preguntó Andi, asombrada.

—Así es —Lira le sonrió a su amiga—. Y completamente reparado. Créeme, estoy tan sorprendida como todas ustedes.

Andy la jaló hacia ella con un abrazo. Después de todo, recuperaría su nave, sin importar lo que tuviera que decir el general Cortas al respecto.

—Gracias —le susurró a Lira. Luego se giró hacia sus artilleras—. Reúnan sus cosas. Antes de salir al baile, empacaremos y cargaremos la nave, para poder salir corriendo de aquí en el momento en que termine y el general nos transfiera nuestros fondos. Y Gilly, eso incluye a Estrago. Pero lo quiero enjaulado si va a estar en el *Saqueador*.

Gilly suspiró antes de mascullar que estaba de acuerdo.

—¿Está bien si llevamos a Lon al *Saqueador* durante el baile? —preguntó Lira—. No está suficientemente bien como para asistir, y después me gustaría llevarlo yo misma a casa. Sé que es una parada extra, pero... se me ocurre que, después de que termine todo esto, no estaremos tan apuradas por conseguir otro trabajo muy pronto, con todos los krevs que el general está por darnos.

—Por supuesto, Lir.

—Señoritas —dijo Breck, sonriendo con las noticias—, después de esta noche, seremos ricas.

Los ánimos dentro de la habitación se aligeraron por diez.

Las chicas se quedaron sentadas juntas un rato, disfrutando la paz de la presencia de las demás. Siempre habían sido así, como muchas partes de una unidad. La capitana y su piloto, con los sonidos de fondo de Breck y Gilly como una música que era un bálsamo para sus almas.

Alguien llamó a la puerta, y un androide sirviente rojo entró rodando, con las manos de garras sosteniendo una caja plateada.

—Para usted, señorita —habló la voz robótica del androide—, del señor Valen Cortas —el androide colocó la caja en la cama junto a Andi, hizo una reverencia y salió rodando del cuarto.

—¿Qué tiene? —preguntó Gilly.

Bajó a su bestia, que de inmediato empezó a rasgar las gruesas y lujosas cobijas con las garras, hasta abrir un hoyo del tamaño del puño de Andi en la tela.

—Gilly —respiró Breck entre dientes apretados—, llévate al monstruo de regreso a su jaula.

Gilly la ignoró y sólo le dio un suave golpe a la criatura para que se bajara de la cama. Ésta se escurrió junto a los pies de Breck, y la giganta saltó sobre el colchón, haciendo que la tapa de la caja cayera a un lado.

—Vaya —dijo Gilly mientras se asomaba al interior.

Lira sonrió, con los labios apretados.

—Parece ser, Androma, que Valen tiene la intención de convertirte en la atracción principal del baile.

—No en el sentido que estás pensando —dijo Andi—. Lo discutimos anoche.

Estaba por asomarse dentro de la caja cuando sonó un golpe en la puerta.

—Más vale que ésos sean los vestidos idénticos que pedí —dijo Gilly. Breck gimió.

La puerta se recorrió y entraron tres trabajadoras; sus faldas holgadas revoloteaban por sus tobillos y llevaban cajas de maquillaje y productos para el cabello entre los brazos.

—Vinimos a asistir a las señoritas Lira, Gilly y Breck con sus preparativos —dijo la mujer más alta.

—Los Astrodioses deben existir —respondió Breck con un suspiro, mirando con anhelo los productos de belleza arcardianos—. Entren, amigas.

Andy se hizo a un lado para dejarlas pasar, sonriendo mientras observaba a su tripulación. Se merecían esta mañana, se merecían este pequeño regalo de normalidad.

Estaba por salir de la habitación cuando entró otra mujer. Sobre su rostro colgaba una capucha blanca forrada de borlas. La capucha cayó cuando se detuvo frente a Andi, y sus rizos rubios relucieron con el mismo brillo que su sonrisa.

—Vaya, cómo has crecido —dijo, su voz era tan delicada como una flor.

No podía ser *ella*, no después de todo lo que había dicho su padre la noche anterior.

Se quedó helada mientras su madre la envolvía en sus brazos.

Glorya Racella siempre había tenido el poder de hacer que cualquiera se sintiera cómodo en su presencia.

Su voz era como la música, su aroma tan dulce como los más finos pétalos arcardianos, y su sonrisa, siempre presente en el rostro, iluminaba sus rasgos como las lunas al cielo nocturno.

Andi estaba sentada en una silla, mirando al espejo mientras su madre se paraba detrás de ella y pasaba el cepillo por su cabello.

Habían hecho esto tantas veces en su infancia: compartir secretos durante sus momentos tranquilos, cuando Andi se relajaba mientras las puntas de los dedos de su madre masajeaban su cuero cabelludo con suavidad. Debería haberla calmado, como siempre lo había hecho en el pasado.

Pero hoy se sentía congelada dentro de un recuerdo, como el tema de una fotografía o de una pintura. Claramente visible, como si estuviera en verdad viva, pero no del todo.

Y aun así, mientras su madre hablaba, Andi no podía detectar un asomo de quebranto en su tono, en el destello de sus ojos. En el modo en que bebía una copa de líquido espumoso rosado que le había traído un androide sirviente.

—Te has perdido de tantas cosas —dijo su madre, mientras pasaba el cepillo con suavidad por un nudo en la parte de atrás de la cabeza de Andi—. Hay tanto, que casi ni se me ocurre qué contarte primero. ¿Dahlia Juma, tu compañera en la Academia, la recuerdas? —hizo un ademán con la mano, y sus uñas pintadas centellearon como su vestido mientras echaba hacia atrás la cabeza dorada y reía—. Por supuesto que la recuerdas: las dos siempre estaban en desacuerdo. Bueno, ¡pues está comprometida con el hijo del estratega principal del equipo del general! La verás esta noche, me imagino.

Sus palabras se desvanecieron mientras los recuerdos ocupaban su lugar. Andi se perdió en ellos.

La madre de Andi, rebuscando en el enorme clóset, pasando de vestido a vestido mientras Andi se paraba en el umbral de la puerta, suplicándole a su madre que la arropara en la cama.

—Estoy ocupada, cariño. Hay un banquete para las damas esta noche en la Torre Rivendr, y me encantaría que me vieran. Quizá mañana.

El recuerdo avanzó rápidamente hasta Andi sentada frente a la mesa de vidrio de la cocina, callada mientras su madre compartía los últimos chismes de la alta sociedad y su padre se desplazaba en la pantalla holográfica, asintiendo distraídamente ante las palabras de Glorya.

Andi, en el escenario durante sus recitales de danza, observando mientras sus padres llegaban tarde, abriéndose paso hasta el frente de la multitud.

Andi, sentada sola en la oficina de la Academia, con una nariz ensangrentada, enfrentando otro castigo.

El general Cortas saludándola. Ofreciéndole la oportunidad de convertirse en Espectro.

Andi y Kalee juntas en el baile militar. La madre de Andi, desfilando alrededor del lugar, asegurándose de que todos supieran quién era.

Ésa es mi hija, decía. La Espectro más joven en la historia arcadiana.

Andi, esposada durante su juicio, mirando a su madre sollozar en silencio detrás de un pañuelo plateado. Pero cuando llegó la hora de que se levantaran para defenderla, se detuvieron las lágrimas de su madre. Jamás alzó una mano, jamás dijo una palabra para proteger a su hija.

Más tarde, en la celda de Andi, Glorya no fue a despedirse.

—¿Cariño? —la voz de su madre la llamó de vuelta al presente—. ¿Te pregunté si te gustaría asistir al almuerzo conmigo la semana que viene? Sólo las mejores chicas de sociedad estarán ahí…

—No estaré aquí la semana que viene —interrumpió Andi—. Me voy tan pronto como termine este trabajo.

Su madre soltó una carcajada.

—Tonterías, Androma. Según tu padre, una vez que termine el baile de Ucatoria, el general planea levantar tu castigo. Tomará tiempo, estoy segura, para que la gente supere lo que hiciste, pero seguramente el hecho de que hayas rescatado a Valen los ayudará —le dio una palmadita suave a la mejilla de Andi, frunciendo al ver los implantes metálicos—. Éstos no te quedan bien, cariño. ¿Qué te *hiciste*?

Suspiró, y otra vez empezó, rebosante de palabras.

—No importa. Imagínate los pretendientes que podrías tener. Hasta podrías terminar comprometida con el hijo del general. ¡Piensa en los titulares de las transmisiones! *Un romance para desafiar a las estrellas*. Habrá muchas negociaciones, por supuesto. Tu padre tendrá que hablar con el general, ver si puede conseguirte una entrevista pública después de tu perdón, quizás incluso con tu padre y yo presentes, también, para que la gente pueda...

Andi se levantó de repente, interrumpiendo a su madre.

—¿Recibiste mis mensajes?

Por un momento Glorya pareció sorprendida. Luego sonrió, le dio un sorbo a su bebida y sacudió la cabeza.

—Ay, ya sabes cómo son esas cosas, cariño. Calendario ocupado. Es difícil mantenerse al día con todo. Tenía *tantas* ganas de responder, pero tu padre... Me aconsejó que no lo hiciera. Para protegernos.

—Pero los recibiste —dijo Andi—. Viste cuánto te necesitaba. Estaba muriendo de hambre. Estaba robando sobras de las pilas de basura.

Su madre arrugó la nariz.

—Vamos, ésa sí que es una tontería.

Andi se quedó boquiabierta.

—¿Me estás jodiendo, cierto?

Su madre pareció como si le hubieran dado una bofetada.

—¡Una señorita no habla así, Androma! ¡Sé que te crié mejor que eso!

El calor empezó a subir por el rostro de Andi, desde el cuello hasta las mejillas, empapándole la piel, convirtiendo sus palabras en fuego.

—Tú no me criaste para nada, madre. Dejaste que me consumiera, sola, al otro lado de la galaxia, mientras ibas de fiesta. Mientras bebías tus brebajes espumosos y empujabas la verdad hasta lo más profundo.

De un golpe, tiró la bebida rosa de la mano de su madre.

Cayó en el suelo, donde se quebró el vidrio. Hecho añicos, como el corazón de Andi la última vez que vio los rostros de sus padres entre la multitud. Cuando le dieron la espalda. Avergonzados de su propia sangre.

Ella entendía sus razones. *Conocía* las costumbres arcardianas y, aun así, jamás había enfrentado la realidad de éstas. La dureza con la que dirigían el planeta.

—Androma —su madre bajó la voz—. Cálmate. Es un día especial.

—No es para nada especial —siseó Andi. Dio otro paso hacia atrás, dándose cuenta de cómo se lo había creído todo. Lo *estúpida* que había sido al siquiera compartir un momento de su tiempo con esta mujer después de lo que había dicho su padre.

Pero había querido creer. Había querido la oportunidad de recuperar a uno de sus padres, aunque le doliera perder al otro.

—Me abandonaste —dijo Andi—. Dejaste que me escapara sola y asustada de este planeta después de lo que pasó. Pude haber muerto, igual que Kalee. Ella fue más para mí de lo que tú fuiste jamás. Me aceptó por lo que era sin vestirme de diamantes ni perlas, ni lanzarme sobre el escenario con un vestido reluciente para bailar y que todo el mundo me viera. Ahora, ella ya no *está*, y yo sigo aquí. Y tú te estás comportando como si jamás hubiera ocurrido nada. Como si todo esto —Andy gesticuló con la mano entre las dos, hacia el espacio cada vez más grande— pudiera llegar a ser algo real. Ustedes dos resultaron ser tan traidores como lo fui yo, cuando me soltaron. ¿Qué pensaría tu preciosa sociedad arcardiana de eso?

Su madre ya estaba dando pasos hacia la puerta, con esa sonrisa rígida en el rostro, y ahora Andi se dio cuenta de que su padre había tenido razón. Su mamá verdaderamente estaba quebrantada. Glorya Racella estaba envuelta por completo en sus fantasías del mundo. *Andi* no era el tema de una pintura o de una fotografía. Su madre lo era. *Todo* Arcardius lo era, también, como un diamante hermoso y reluciente que era tentador tocar, pero que estaba lo suficientemente filoso como para cortar, como un cuchillo cuando realmente lo presionabas con la punta del dedo.

Éste no era su hogar.

La mujer frente a ella no era su familia.

—Mi padre dijo que yo estaba muerta para él —dijo Andi. Su madre alcanzó la puerta, y la sonrisa finalmente se desvaneció de su rostro—. Pero me estoy empezando a dar cuenta de que, a pesar de todo lo que ha pasado, el día que me fui de aquí fue el día en el que finalmente empecé a vivir.

—¿Qué te han estado metiendo en la cabeza esas chicas horrendas? —volvió a intentar su madre—. En serio, Androma…

Andi alzó una mano.

Su madre podría insultarla y empequeñecerla e ignorar el pasado cuanto quisiera. Pero nadie en todo Mirabel tenía permiso de hablar mal de su tripulación.

—Así no me llamo —susurró Andi. Permitió que la oscuridad subiera por su voz, que la máscara de sombras y acero apareciera sobre su rostro—. Soy la Baronesa Sangrienta. Y si tú o el *comandante Racella* vuelven siquiera a dirigirme una sola palabra a mí o a mi tripulación otra vez, les arrancaré la piel del cuerpo personalmente y la ondearé como una bandera desde mi astronave.

Glorya soltó un chillido suave.

Andy gruñó, mostrando todos los dientes.

Fue entonces que Estrago salió disparado de las sombras de la habitación, chillando mientras perseguía la tapa de una botella de perfume que había caído y rodaba por el suelo. La bestia saltó, y cayó frente a los dedos del pie de Glorya con las garras extendidas como pequeñas dagas.

La madre de Andy gritó, y salió corriendo de la habitación, llamando a gritos a los Espectros del general.

Cuando se desvanecieron los sonidos de su alarido, Andi se desplomó en la silla, levantó el cepillo y empezó a alisar los ridículos rizos con los que estaba tan obsesionada su madre.

De todos modos, le gustaba más cómo se peinaba ella sola. Con una trenza que podía golpear como un látigo.

Estrago se acurrucó a sus pies, y un fuerte ronroneo rugió desde su garganta. Esta vez, a Andi no le molestó el sonido.

Si Gilly había aceptado a la criatura, entonces también Andi podía hacerlo.

Una familia hacía cosas así, hacía sacrificios cuando aceptaba la que no era la primera opción que deseaba. Y ahora Andi sabía, quizá mejor de lo que hubiera sabido jamás, que las Saqueadoras eran más que sólo una tripulación de piratas espaciales habilidosas.

Eran su familia.

Ella era de ellas, y ellas eran suyas.

Andi se siguió peinando el cabello mientras Estrago masticaba los vidrios rotos de la copa de champaña de su madre.

Andy jamás llegó a la Bavista, el baile de la mayoría de edad.

Cuando los arcardianos cumplían dieciséis años, las jóvenes y los jóvenes por igual acudían a una ceremonia con la que habían soñado desde sus primeros años. Una manera de mostrarles a sus conciudadanos que estaban dispuestos y eran capaces de convertirse en miembros adultos de la sociedad.

Todavía recordaba haber visto los vestidos etéreos y los trajes que pasaban flotando por las transmisiones mientras miraba a chicas y chicos deslizarse hacia la Casa A'Vianna en el Sector Cristalino. Parecían ligeros como el aire, llenos de orgullo, estallando de la emoción. Una vez dentro, los recibían miembros de la Cofradía de los Sacerdotes, quienes otorgarían a cada joven tres artículos.

El primero era un frasco de agua del Océano Nórdico, que simbolizaba la fuerza. Para el crecimiento, aceptaban una sola hoja del árbol más antiguo de Arcardius, conocido como La Madre, que se decía que había sido plantado cuando llegaron los primeros Ancestros. Finalmente, les daban una sola piedrita flotante, no más grande que la uña del meñique de un niño, cincelada de la misma gravarroca en donde estaba la finca de los Cortas. Representaba la sabiduría de superarse.

Si Kalee no hubiera muerto, si a ella no la hubieran tildado de traidora y obligado a escapar de Arcardius... ella y Kalee habrían acompañado a sus compañeros en la Bavista del año en el que se volvieron adultos. En cambio, lo había pasado escalando hasta la cima de una montaña solerana. Mirando hacia el mundo frío a través de la mirilla de un rifle, mientras ella y Dex esperaban vislumbrar a una tripulación enemiga.

En realidad, no había pensado en cuánto había extrañado su ceremonia Bavista hasta ahora, mientras esperaba que Valen llegara a su puerta.

Las chicas se habían adelantado, demasiado ansiosas para esperar. Andi les había dado permiso, deleitándose con otros cuantos momentos de paz antes de que llegara Valen.

Se quedó parada frente a un espejo de cuerpo completo, ornamentado y dorado, mirando su reflejo.

Una desconocida despampanante la miraba desde ahí.

Por más que odiara admitirlo, el vestido que Valen había escogido se veía lindo. Tenía un corpiño color morado oscuro que entallaba sus curvas hasta el suelo, y los costados del vestido tenían unos intrincados paneles de malla que fluían hasta una cola larga. Sin embargo, su parte favorita eran las fundas de espada que había logrado que incluyera el sastre. Estaban colocadas sobre su espalda, y la tela del corpiño era lo suficientemente gruesa como para cubrir los filos. Era perfecto.

El sastre también había acentuado su vestido con un collar reluciente lleno de gemas que Andi no pensaba devolver.

Tan sólo las gemas se venderían por miles de krevs en el mercado negro.

La estilista le había rizado suavemente el cabello, para que los mechones rubios y morados se fundieran juntos en delicadas olas por la espalda. Andi había contemplado seriamente preguntarle a la mujer si querría un puesto con la tripulación. Sus habilidades se acercaban a la magia.

La artista de maquillaje, una mujer de aspecto frágil con profundos ojos color ébano que combinaban con su cabello muy corto, había pintado una sombra brillante sobre los párpados de Andi, seguida de un ala oscura que le daba un aspecto casi felino.

Admitir para sí misma que se veía bonita era algo que Andi guardaba en privado. No quería darle la satisfacción a su tripulación de conocer sus verdaderas ideas sobre la moda. Cómo, aunque era una criminal feroz y curtida, todavía podía apreciar la dicha de un vestido de baile hermoso e impráctico.

Sonó un golpe a la puerta justo cuando el sol bajaba por el horizonte, fundiendo la habitación de Andi en un profundo fulgor dorado. Se miró por última vez en el espejo antes de abrirse paso sobre la alfombra gruesa, cuidando de no pisar el vestido ni respirar demasiado hondo, para que no se rasgara el corpiño.

Cuando abrió la puerta, Valen estaba parado ahí, con las manos metidas en los bolsillos del traje, de color blanco y puro, en contraste total con el oscuro vestido de Andi. Los ojos dorados de Valen se abrieron más cuando la miró.

—Te ves estupenda, Androma. No aguanto las ganas de ver la expresión en el rostro de mi padre cuando vayamos a la pista de baile juntos.

Andi le sonrió, tomando su brazo extendido mientras él los guiaba por el pasillo.

—Tú tampoco te ves nada mal, ¿sabes? —dijo ella—. Tendrás todos los ojos de Mirabel puestos encima.

—Cuento con eso —dijo.

—Valen, el Resucitado.

Se detuvo para mirarla, con las cejas arqueadas.

—¿Qué?

Ella se encogió de hombros.

—Así te está llamando la prensa en todas las transmisiones.

Valen soltó una carcajada profunda.

—Se siente bien estar de nuevo aquí, Androma —retomó el paso y, por un momento, Andi se permitió soñar lo que podría haber sido crecer aquí, junto a él.

Si Kalee estuviera también, con su brazo entrelazado en el de Valen. Los tres contra el mundo.

—Algo me dice que las cosas están por mejorar —dijo—. Estoy listo para verlo todo suceder.

Andi se preguntó qué haría ahora que estaba en casa con todo un planeta a su disposición.

Se merecía divertirse un rato.

Con esa idea en la mente, siguieron moviéndose por los pasillos de la finca Cortas hacia el extremo sur, donde los esperaba el salón de baile.

Parecía como si las estrellas estuvieran cayendo de los cielos cuando Valen y Andi entraron al salón de baile. No había techo en esta parte de la finca, sólo el despejado cielo nocturno, iluminado por dos lunas llenas y la Nébula Dyllutos más arriba. Había esculturas abstractas sobre las altas mesas distribuidas alrededor del recinto. En la punta del salón de baile había banderas de cada miembro del Sistema Unificado, colgadas sobre un escenario elaborado y perlado, arreglado con cuatro extravagantes asientos: uno para cada líder del Sistema.

Aunque eran encantadoras las demás decoraciones, lo que más asombró a Andi fue el piso. No estaba segura de cómo lo hacían, pero bajo sus pies se arremolinaban los colores de una nébula azul rey. Era como si la hubieran embotellado sólo para soltarla debajo de ellos, para que los asistentes a la fiesta pudieran bailar en los cielos.

Mientras Andi admiraba el espacio, sintió como si estuviera asomada por los costados de varilio del *Saqueador*.

—¿Lista? —preguntó Valen.

Andi lo miró de reojo.

—¿Y tú?

Él asintió bruscamente y, juntos, entraron a la multitud.

El salón de baile era un crisol, repleto de centenares de personas de toda la galaxia. Personas con muchos brazos y piernas. Personas con cuernos que brotaban de sus frentes. Se paseaban entre la multitud Guardianes Tenebranos con tatuajes de constelaciones como los de Dex, y las figuras altas y vaporosas de los soleranos. Pasaron junto una mujer solerana con una expresión tan filosa que parecía como si estuviera tallada de hielo. Su vestido era transparente como un carámbano, resplandeciendo con cada paso que daba para revelar su cuerpo. La mujer le lanzó una mirada a Andi con sus iris blancos... el producto de una modificación corporal, sin duda.

Divisó a un hombre con piel tecnicolor que se arremolinaba y centelleaba y cambiaba de tonos al azar, como si su cuerpo estuviera cubierto de un solo tatuaje migratorio. Llevaba una banda roja atada a la cintura con diamantes fulgurantes.

Gente de todas las razas, antecedentes, ciudades y profesiones fluían alrededor de ella como si no tuvieran una preocupación en el mundo.

Como si no hubieran atacado hacía apenas unos días a uno de los Sistemas Unificados, en un baño de sangre derramada por el Sistema Olen.

Los ciudadanos acaudalados de Mirabel no se detenían por nadie. Una fiesta era una fiesta, no importa qué demonios estuviera pasando alrededor de ellos. El dinero era el máximo protector. Mientras estuviera disponible en grandes cantidades, siempre se sentirían a salvo.

Valen se detuvo cerca de una mesa alta en la parte de atrás. Andi estaba muy consciente de las miradas y susurros que los seguían como sombra por el lugar. Veían a una pirata y a su prisionero, a un hijo condecorado y a la asesina de su hermana. Andi ya se esperaba esto, así que los ignoró.

Valen, por otro lado, parecía un animal enjaulado.

—Sólo ignóralos —sugirió Andi—. Sólo te hará parecer todavía más fuerte.

No era muy buena para calmar los nervios de los demás, en realidad, jamás había sido capaz de calmarse siquiera a sí misma, pero hizo su mejor esfuerzo con Valen mientras los ojos de éste brincaban a distintos lados de la habitación.

La mirada de Valen finalmente se acomodó sobre un grupo en medio de la multitud. Sonrió.

—Parece que se están divirtiendo.

La música era suave y elegante, pero Breck y Gilly bailaban como locas, con los brazos y las piernas volando por doquier, tan anárquicamente que los bailarines más cercanos estaban al menos a cinco pasos de distancia. Andi reprimió una carcajada. Tenían puestos sus vestidos idénticos.

Lira estaba a un lado, hablando con un oficial adhirano. Tenía el ceño fruncido, como siempre hacía cuando se concentraba en algo serio.

—¡Valen! —gritó una voz atrás de ellos.

Los dos voltearon para ver a un hombre regordete acercarse, con un mechón de cabello color vino tinto estilizado como una ola por encima de su cabeza.

—¿Ése es...? —empezó a decir Andi, ladeando la cabeza hacia la figura que se acercaba.

—Alodius Mintus —término Valen—. Sí, me parece que sí. Tiene que ser. Todavía tiene esa verruga sobre el ojo izquierdo.

Alodius, un antiguo compañero de clase que siempre estuvo interesado en Kalee, se detuvo frente a ellos, soltando un enorme suspiro.

—Válganme los Astrodioses, hombre —dijo, agarrando las manos de Valen, que estaban sobre la mesa, y apretándolas entre las suyas—. Estoy tan contento de que estés en casa. ¡Pensé que nunca te volvería a ver! —lanzó dos puños alegremente contra el hombro de Valen—. Les diste una buena golpiza a esos xenpteranos, ¿no es así, Cortas?

Andi se quería retorcer por el mal chiste, pero se resistió cuando los ojos de Alodius se movieron hacia ella.

—¿Y a quién tenemos aquí? Ya te estás consiguiendo chicas, ¿tengo razón? —Andy quería soltar una carcajada, no por su segundo intento de broma, sino porque trató de guiñarle el ojo al final y no logró hacerlo, y en su lugar, frunció todo el rostro.

Andy ladeó la cabeza.

—¿Qué?, ¿no te acuerdas de mí? Pensé que sin duda lo harías, ya que siempre me pedías que le pasara tus poemas de amor inquietantemente íntimos a Kalee.

Sintió un inmenso placer cuando se le borró la sonrisa. Hasta su cabello rojo, enredado con tanto cuidado, pareció desplomarse sobre su frente.

—Alodius, ¿te acuerdas de Androma Racella? —ofreció Valen.

Alodius abrió la boca como si fuera a decir algo, pero lo pensó dos veces.

Valen y Andi miraron cómo empezaba a retroceder entre la creciente multitud de gente.

—Tengo que... hay alguien que... ay, ¡miren nada más la hora! —chilló, despidiéndose con un movimiento ligero de la mano, antes de voltearse sobre sus talones y casi tropezar mientras desaparecía entre la multitud.

—Pues, bueno —respiró Valen—. Eso me subió los ánimos, sin duda.

Durante el siguiente rato, les sonrió a los viejos amigos, los que estaban decididos a convertirse en sus nuevos amigos lo saludaban. Tenía una expresión genuina en el rostro. Andi lo observó de cerca, sorprendida al ver que se había metido con facilidad en el papel que tenía que representar. Valen, el Resucitado, vuelto a casa después de los horrores que había enfrentado, pero todavía con todo el aplomo del hijo de un general.

Sin embargo, su expresión cambió cuando el anunciante apareció en el escenario y llamó al inicio oficial del baile.

—Llegó la hora —dijo Valen, girándose hacia Andi.

El rostro del general Cortas, que estaba en el escenario, se retorció cuando Valen y Andy se levantaron juntos y salieron hacia la pista de baile ya vacía. Se oyeron unos cuantos gritos ahogados, luego susurros que se escurrían como bichos por el salón.

A Valen le estaban temblando las manos cuando colocó una sobre la cintura de Andi, y tomó su mano izquierda con la otra.

—Relájate —susurró Andi—. Habrá que darles algo de qué hablar.

Ella le mostró una sonrisa malvada cuando la música empezó.

Y mientras Valen le daba vueltas hacia el primer movimiento del baile, Andi vio a Dex parado a las orillas de la multitud, con una clara expresión de anhelo en el rostro.

Capítulo 79
Dex

Dex se preguntó por qué esto estaba sucediendo otra vez. O era una forma muy fuerte de *déjà vu*, o era una broma cruel que le hacían sólo por diversión.

Ahí estaba Dex, vestido para hacer desmayar a las damas, y lo único que podía hacer era mirar a Valen y Andy salir a la pista de baile con esa música melódica, deseando poder tomar el lugar de Valen.

Se había dicho a sí mismo que no lo haría.

Esa última noche, después de su beso, se habían despedido el uno del otro. Había guardado sus sentimientos con cuidado en una caja cerrada con llave en las orillas más profundas de su mente, y luego había tirado la llave.

Pero, Astrodioses celestes, ella se veía espectacular, su belleza exactamente tan mortal como sus puños.

Él la había visto usar varios tipos de atuendos en el pasado —y a veces, absolutamente nada—, pero jamás había llevado una sonrisa con tanta facilidad. Jamás había bailado de ese modo que había pasado toda la vida entrenando, y esta noche, era imposible quitarle los ojos de encima.

Pensó que el tiempo que habían compartido anoche sería suficiente.

Pero ahora, mientras Valen le daba vueltas, y Andi se reía...

No podía soportarlo. Todavía quería estar a su lado. Ser el que la tuviera entre las manos, en vez de Valen.

Maldito suertudo, pensó Dex.

Se dio media vuelta, abriéndose paso a empellones por la multitud hasta que encontró a la tripulación.

—¿Así de mal? —preguntó Lira cuando vio la expresión en su rostro, el modo en que Dex se desplomó en una silla y alcanzó un vaso de líquido espumoso en la mesa.

—Peor —dijo Dex.

Gilly suspiró melancólicamente.

—No aguanto las ganas de enamorarme.

—No es amor —gruñó Dex—. Ni siquiera se acerca.

Breck arqueó una ceja sin decir una palabra.

Él se sentó con ellas, hirviendo en su miseria, hasta que se terminó la canción y el general Cortas tomó el escenario.

Capítulo 80
Androma

Cuando Andi era más pequeña, veía el baile Ucatoria en las transmisiones de la sala de sus papás.

No importaba en qué planeta se llevara a cabo el baile, el salón de la transmisión siempre brillaba, como si estuviera cayendo una cascada de destellos sobre los asistentes a la fiesta como una lluvia constante y resplandeciente. Siempre encendía las características holográficas para que las imágenes parpadeantes de los bailarines llenaran el cuarto. Era como si los hubieran transportado directamente del baile Ucatoria a su propio hogar. Cuando la música tocaba en la transmisión, bailaba al ritmo y seguía el paso de los glamorosos comensales.

Junto a ella bailaban mujeres con vestidos exuberantes, mientras otras daban piruetas por el sillón que estaba a sus espaldas. Las parejas giraban sobre la mesa de centro, luego se deslizaban a través de Andi como si simplemente fuera una parte de ellos, y ellos de ella.

Siempre soñó con asistir al baile, pero cuando llegaba la hora de que terminara y que el líder del sistema anfitrión diera su discurso, Andi siempre fruncía el ceño, apagaba el holograma y encontraba otras cosas para ocupar su tiempo.

Esta noche, deseaba poder hacer lo mismo.

Sin embargo, el anfitrión de Ucatoria de este año era el general Cortas, y no era sólo un holograma frente a ella. Era de carne y hueso, parado sobre el estrado al frente del salón, con un deslumbrante traje dorado bajo las luces brillantes sobre su cabeza. Junto a él planeaban cámaras que capturaban cada detalle del rostro del general.

Esta noche lucía diez años más joven, como si se hubiera puesto una segunda piel para esconder la edad.

Pero su verdadero yo seguía debajo.

—Voy a necesitar otro trago después de este discurso —dijo Breck, mientras Andi alcanzaba a su tripulación en la mesa.

—¿Han visto a Dex? —susurró Andi, lanzando una mirada por el lugar.

Breck encogió sus grandes hombros.

—Dijo que se iba al bar. Estoy segura de que ya se está deshaciendo de sus celos a tragos.

Sus palabras se apagaron mientras la multitud guardaba silencio. Detrás del general Cortas, los otros líderes tomaron sus lugares, sentados sobre elegantes sillones que parecían tronos con los colores de sus respectivos sistemas impresos en la tela.

—Ciudadanos de Mirabel —comenzó el general. Su voz, que por lo común era tan fría, goteaba con un encanto que a Andi le provocaba náuseas—. ¡Bienvenidos —dijo, abriendo los brazos— al quinceavo baile anual de Ucatoria!

La multitud soltó hurras y las damas golpearon sus abanicos suavemente contra las palmas de las manos, y resonaron carcajadas de dicha por todo el salón como si tintinearan campanas.

El general Cortas sonrió entre dientes mientras esperaba que el salón volviera a caer en silencio.

—Durante quince años, los Sistemas Unificados han vivido en paz. Esta noche, ¡celebramos esa unidad! —gesticuló hacia sus compañeros, los demás líderes—. ¡Queremos extender una cálida bienvenida arcardiana a los líderes de los Sistemas de Stuna, Tavina y Primario!

La multitud volvió a echar hurras mientras los líderes que estaban detrás del general se paraban a la vez y levantaban las manos para celebrar. El gobernador Kravan del Sistema Tavina tenía el cabello totalmente descolorido, idéntico a Solera, el planeta de hielo en el que vivía. A su derecha estaba la general polerana del Sistema Primario. Era una mujer musculosa con pinta de poder partir en dos al gobernador Kravan. Bajo el uniforme militar negro, Andi podía ver que tenía el cuerpo cubierto de una constelación de tatuajes, iguales a los de Dex, la señal de un Guardián Tenebrano.

Los ojos de Andi entonces se posaron sobre Alara, la que más quitaba el aliento de todos ellos. Se levantó muy erguida y su pequeña barbilla puntiaguda en alto, con una postura que decía mucho de la gracia adhirana. Tenía la cabeza calva adornada con una resplandeciente corona verde, con enredaderas y flores lunares blancas que se entretejían intrincadamente a su alrededor como joyas delicadas y vivas.

El general Cortas extendió una mano hacia ella.

—Un saludo particularmente afectuoso, amigos míos, para nuestra estimada reina Alara de Adhira, quien ha viajado desde lejos para mostrar la resiliencia y valentía de su pueblo tras los resultados del lamentable ataque sobre su planeta.

Alara se levantó y dirigió una pequeña sonrisa hacia la multitud; parecía vacía, casi triste. Se tocó la frente, una señal adhirana de gratitud, antes de volverse a sentar.

El general apretó una mano contra el corazón, lanzando una mirada de honor absoluto hacia Alara. Andi se lo imaginó ensayando esa mirada frente al espejo hoy, asegurándose de parecer el líder siempre preocupado de Arcardius.

Se volteó hacia la multitud, con una sonrisa suave sobre los labios delgados.

—Hace muchos años, estos cuatro sistemas se reunieron y declararon un deseo compartido de unidad. Esta noche, celebramos esa unidad. Celebramos el hecho de que los Sistemas Unificados, aunque estén separados por años luz de distancia, son *un solo* sistema. Un mundo que se extiende a través de muchos.

Más aplausos. Salieron destellos de las cámaras levitantes cuando el general presumió su sonrisa ensayada.

—Juntos, permanecemos tan fuertes como lo estuvimos ese último día de batalla, hace más de una década. Hoy, todavía mantenemos abiertos nuestros puertos de comercio, compartimos los nuevos conocimientos entre los académicos más brillantes de cada sistema, y somos constantes en nuestras comunicaciones unos con otros. De hecho, justo ayer pillé a mi esposa enviándole un comunicado a la esposa del gobernador Kravan. Creo que el tema de discusión era qué tanto podían lograr que combinaran sus vestidos sin que se diera cuenta la gente.

La multitud soltó risas amables.

—Te dije que los vestidos iguales eran la última moda —le masculló Gilly a Breck.

A Andi le estaba dando comezón el discurso. Qué pérdida de tiempo.

En unas cuantas horas más, ella y su tripulación saldrían libres. Se quitaría el vestido, se pondría su traje entallado y las espadas, y saldrían para retomar el *Saqueador*, para pilotarlo hacia alguna otra misión. Algún lugar lejano, muy lejos del brillo y resplandor de Arcardius.

Pero, por ahora, el discurso seguía y seguía, y Andi se distrajo observando a la multitud. Algunas sonrisas eran genuinas, como la de una futura madre al otro lado del recinto, que tenía las manos extendidas sobre su vientre voluminoso mientras observaba al general Cortas hablar del futuro, de una mañana cada vez más brillante para la galaxia.

Al otro lado del salón, estaba reunido un grupo de chicas que se reían en silencio mientras los papás les lanzaban miradas de desaprobación. A unos pasos, dos jóvenes y apuestos soldados arcardianos, con el cabello peinado hacia atrás que relucía bajo las luces, miraban a las chicas con abierto interés.

Después, Andi sabía, se acercarían a las chicas y tratarían de conquistarlas con sus palabras suaves. Con suerte, si ellas eran listas, les pondrían un alto.

Pero lo más probable era que no lo hicieran. Bailarían juntos. Planearían sus futuros, concentrados en avanzar más y más en la sociedad hasta llegar a la cumbre, así como lo habían hecho los padres de Andi.

Andi suspiró y lanzó una mirada a Valen. Estaba parado en las sombras del escenario; su madre estaba junto a él, con una mano enguantada sobre su hombro.

Quizás, en otra vida, Andi y Valen habrían sido iguales.

Dos jóvenes arcardianos con futuros brillantes, quizás unidos como la sociedad consideraba que deberían estarlo.

Ahora Valen se quedaría aquí.

Y ella se iría, para nunca volver.

Sus miradas se cruzaron por un momento, y la nueva amistad entre ellos hizo que le doliera un poco el pecho a Andi. Puso los ojos en blanco y fingió bostezar.

Él sonrió, como si quisiera reírse. Pero luego pasó algo en sus ojos, y desvió la mirada, con la mandíbula tensa.

—Valen —dijo el general—, hijo mío, ¿me puedes acompañar?

Valen se acercó al podio con su madre detrás. Parecían la familia perfecta, para cualquiera que no supiera del secuestro de Valen, de los tratos diabólicos del general y de la manera en que Merella se hacía de la vista gorda para salvar la reputación de su familia.

Todos estiraron los cuellos, ansiosos por ver de cerca al hijo perdido, que finalmente había regresado a casa. Andi observó también, no porque Valen fuera un espectáculo, sino porque ella sabía, quizá mejor que nadie, que odiaba que lo exhibieran.

Merella se detuvo, y las pisadas de Valen fueron el único sonido en el salón mientras cruzaba el escenario para alcanzar a su padre.

El general Cortas colocó una mano sobre el hombro de Valen.

Andi notó cómo se encogió. Fue casi imperceptible, pero ahí estaba. Por un momento, Valen parecía tenso y adolorido, como si la oscuridad de Lunamere amenazara con aparecer en este salón, frente a toda esta multitud, y todos estos ojos que miraban por todo Mirabel.

Pero luego se relajó, se hundió en el personaje del cortés hijo de político, como lo habían entrenado desde que nació.

—Somos una galaxia resiliente —dijo el general Cortas, mirando directamente a las cámaras—, plenamente capaz de volver con más fuerza que nunca antes —apretó el hombro de Valen—. Mi hijo es la prueba de esto. Muchos de ustedes saben que Valen, mi precioso primogénito, fue raptado por mercenarios xenpteranos hace dos años.

La multitud asintió, y se oyeron chasquidos silenciosos de desaprobación y tristeza por todo el salón.

El general apretó una mano contra su corazón, como si le conmoviera su preocupación.

—Gracias a una empleada nacida en Arcadius —dijo, *sin* mirar a Andi a propósito—, logró regresar sano y salvo.

La multitud rugió y el general levantó las manos, mientras su voz retumbaba en el micrófono.

—Tener a mi hijo de regreso después de dos años de encierro en Xen Ptera es prueba de nuestra fuerza y resiliencia, hasta en los tiempos más difíciles. ¡No nos romperán! ¡No nos doblegaremos ante el temor!

Extendió una mano hacia Valen.

Con pasos extraños, casi quebrados, Valen avanzó.

El general Cortas colocó una mano en la mejilla de su hijo y sonrió.

Valen no devolvió la sonrisa.

É ste era su momento.

La multitud era ruidosa, y los hurras dirigidos a él resonaban por encima del sonido de la voz de su padre en los altavoces. Mientras Valen miraba hacia el salón lleno, vio las miradas de adoración en los ojos, gente que se apretaba pañuelos contra el rostro para limpiarse las lágrimas recién caídas, otros que aplaudían y gesticulaban bajo los cielos gloriosos.

Había soñado con esto, gente que aclamara *su* nombre, con sus miras puestas en él. No por su padre, y no por su apellido. Sólo Valen, parado con su hermana, mirando al mundo apreciarlos, adorarlos.

—Para ti, hijo mío —dijo su padre ahora.

Valen asintió y extendió una falsa sonrisa en el rostro, pero todo era mentira.

Esos hurras *no* eran para él: jamás lo serían, porque nadie lo conocía en verdad. Nadie entendía las cosas por las que había pasado.

La mano de su padre se sintió como un látigo ardiente en la mejilla.

—Hijo mío —dijo el general, y su micrófono transmitió su voz por toda la multitud, donde resonó y volvió a sus oídos y a su cerebro. Valen quería que se le *saliera*. No quería volver a oír esa voz jamás.

—Bienvenido de vuelta a Arcardius. Bienvenido a tu hogar.

La multitud rugió con más fuerza, una ola que formaba una cresta, lista para quebrarse sobre él.

Valen había regresado a Arcardius, eso era cierto.

Pero no estaba en casa. Estaba muy, muy lejos de ella.

Lunamere había estado llena de terrores, pero esos terrores habían abierto paso a su salvación.

En la mente, hasta el fondo, escuchó la voz de una joven, tierna y amorosa, pero llena de poder y presencia mientras hablaba con él. Vio sus ojos dorados, su cabello oscuro y su corazón decidido a llevar la luz de vuelta a la galaxia.

Ya era hora.

Valen lo sintió, tanto como sentía la sangre contaminada que bombeaba por sus venas, tanto como sentía la separación entre él y el hombre que ahora tenía parado frente a él, con una mano demasiado caliente presionada sobre su mejilla.

En Lunamere, Valen había aprendido la verdadera oscuridad que su padre albergaba. Un alma tan negra como la noche, con secretos tan afilados como las espinas. Compartían un linaje, sí, pero eso era sólo la mitad de lo que era Valen.

La otra mitad había tomado el control, lo había ayudado a convertirse en lo que siempre fue bajo la superficie.

Todo comenzaba esta noche.

Hogar, estaba diciendo su padre. *Hogar*.

—Éste *no* es mi hogar —murmuró Valen, mientras miraba a los ojos del hombre que alguna vez había anhelado que lo quisiera con tanta desesperación—. Jamás lo será.

La mano de Valen estaba firme cuando sacó el cuchillo del forro interior del bolsillo de su traje.

Yo soy Valen Solis, se dijo. *La venganza será mía.*

Sonrió y clavó el cuchillo en el pecho de su padre.

Capítulo 82
Androma

Primero, el destello plateado de un cuchillo.

Luego, sangre.

Andi miró, paralizada por el horror, mientras florecía como una nébula carmesí sobre el pecho del general.

Se tambaleó una vez. Dos veces.

Alcanzó a Valen con una mano temblorosa. El cuchillo no hizo ningún sonido cuando Valen lo sacó del pecho de su padre. El general Cortas dio tumbos sobre el escenario con un golpe terrible.

El grito de una mujer perforó el aire.

Andi vio a Merella, la madre de Valen, caer junto a su esposo.

Luego, un estallido sacudió el salón de baile. El vidrio se quebró mientras las paredes se abrían con una explosión.

Un enjambre de soldados vestidos de carmesí irrumpió entre la multitud, con el símbolo de Xen Ptera pintado en los pechos de las armaduras.

Un joven gritó mientras los señalaba. Luego llegó otro grito, y otro, y otro, hasta que todo el salón estalló en terror.

Cuando sonó el primer disparo, Andi ya tenía una daga eléctrica que había sacado de la funda del muslo, una navaja que crepitaba de electricidad, ansiosa por proteger, ansiosa por *matar*.

Los soldados xenpteranos invadieron el salón.

Primero no estaban ahí, y en un abrir y cerrar de ojos estaban por todos lados, entre toda la multitud, con los rifles negros frente a ellos como rayos de la muerte. Era una repetición de Adhira.

En el escenario, Valen estaba parado sobre el cuerpo de su padre con un cuchillo en la mano, una mirada extraña y ausente en su rostro mientras que los soldados arcardianos en servicio levantaban sus propios rifles y se preparaban para una batalla.

Sólo habían derribado a unos cuantos enemigos cuando Valen tomó el micrófono.

Volteó para enfrentar a los arcardianos y levantó las manos con un gesto perezoso.

—¡*Deténganse!*

Los soldados se quedaron de una sola pieza, acatando la orden de inmediato. Sus extremidades no se movían, y sus ojos estaban vacíos en sus rostros flácidos.

—Bajen los rifles —dijo Valen.

Los soldados arcardianos soltaron las armas.

Luego Dex vio el zumbido morado de electricidad cuando la daga de Andi aparecía en sus manos.

—¡Espera! —gritó Dex.

Pero Andi pasó corriendo a toda velocidad junto a él, directamente hacia Valen.

CAPÍTULO 84
ANDROMA

A ndi no lo pensó, sólo se movió mientras sus pies la llevaban al otro lado del salón, junto a Valen.

Apretó la daga con más fuerza mientras llegaba al escenario, saltaba sobre él y patinaba hasta detenerse frente a Valen,
preparada para hacer lo necesario.

Él se giró justo a tiempo, con el brazo extendido frente a
él y el cuchillo todavía apretado en el puño.

—¿Por qué? —preguntó Andi—. ¿*Por qué* harías esto?

Detrás de Valen, seis Patrulleros estaban paralizados a medio paso, quietos como estatuas, con las armas en el suelo.
Y aun así no se movían. Ni siquiera para parpadear. Sólo se
movieron cuando sonaron seis disparos, y todos cayeron al
suelo.

El general Cortas yacía a unos cuantos pasos de distancia
y respiraba con dificultad; Merella tenía sus manos apretadas contra la herida y pedía ayuda a gritos, con la voz ronca
mientras alrededor del salón los soldados de Xen Ptera disparaban sus pistolas. Andi vio cuando una mujer cayó y su
cabeza golpeó el suelo con un ruido repugnante. Sus brazos
se extendieron flácidos contra el torbellino del piso.

Andi no podía ver a su tripulación, casi no podía ver *nada* en el caos.

—Androma —dijo Valen. Ella se volvió rápidamente. El cuchillo que tenía en su mano brillaba rojo de sangre, hasta la empuñadura.

El tiempo se congeló alrededor de los dos.

—Tuve que hacerlo —dijo él. Ella apenas si lo podía oír por encima de los gritos. De las pistolas volaba algo que sólo podían ser balas, y golpeaban a los asistentes y rompían el vidrio. Merella todavía estaba gritando cuando los soldados xenpteranos dirigieron sus pistolas hacia los otros líderes del Sistema, que estaban sentados atónitos en sus sillones con los brazos levantados en señal de rendición.

—Todavía está vivo —dijo Valen. Salía una mancha de sangre del general mientras resollaba e intentaba alejarse arrastrando. Suspiró—. Tengo que terminar el trabajo —dio media vuelta, girando el cuchillo para sostener la navaja como si fuera un pincel, listo para pintar la muerte sobre su propio padre.

Andy se deslizó frente a él y se interpuso en su camino.

—Valen. Detente.

Fuera cual fuera la razón, esto estaba *mal*. No era Valen el que estaba parado frente a ella; no era el niño sensible que había conocido, ni el hombre triste y quebrado que había encontrado en Lunamere. Éste era un asesino frío y despiadado.

Éste era alguien como ella.

La mandíbula de Valen se retorció.

—Muévete.

Andi permaneció en posición.

—No tienes que hacer esto —dijo, mientras su corazón latía con fuerza. Lo miró con el ceño fruncido—. ¿Qué te hicieron en Lunamere? ¿Qué te dijeron?

—La verdad.

Cerró los ojos y movió el cuello de lado a lado, con una pequeña mueca en los labios. Cuando abrió los ojos, estaban llenos de una maldad que jamás lo habría creído capaz de albergar.

—*Por favor*, Valen —dijo Andi—. No tienes que hacer esto.

—Te equivocas, Androma —dijo Valen. Sus ojos cayeron sobre el hombre moribundo entre los dos—. Es lo que siempre tuve que hacer.

—Te detendré —susurró ella.

—No —él apretó el cuchillo con más fuerza y dio un paso hacia delante—. No lo harás.

Capítulo 85
Dex

Volaron chispas mientras el acero golpeaba contra el acero. Andi y Valen se desdibujaban mientras peleaban sobre el escenario, demasiado lejos como para que Dex pudiera intervenir. La multitud rugía alrededor de él, gente que corría a toda velocidad y cuerpos que se desplomaban, tropezándose con la ropa extravagante mientras trataban de huir del caos.

Los soldados xenpteranos disparaban sin piedad y sus balas derribaban a todos a su paso. Era una repetición de Adhira, a pesar de lo que había dicho el general, a pesar de la supuesta invulnerabilidad de Arcardius.

Ahora el general Cortas estaba muriendo, a manos de su propio hijo.

Valen, el débil.

Valen, el pintor.

Valen, el asesino. No tenía sentido.

Un hombre gritó cuando un soldado empezó a disparar una lluvia de balas en su camino. Las armas eran viejas, obsoletas, pero las municiones no lo eran. Dex vio el momento en el que le dieron a un hombre. Observó, horrorizado, cuando una sustancia plateada salpicó contra la frente del hombre, en donde había entrado la bala. El líquido resplandeció y se hundió bajo su piel, como el agua que se escurre por la coladera.

El hombre se desplomó en el suelo, donde quedó tirado boca arriba, mirando fijamente al cielo.

Muévete, se dijo Dex a sí mismo. *Lárgate de aquí de inmediato.*

Podía ver la salida, un camino directo a la libertad, con sólo unos cuantos cuerpos en su camino.

Pero no podía dejar a Andi atrás.

Luego, la oyó gritar.

Era un sonido que conocía como el latido de su propio corazón, como el rugir de la sangre por sus oídos. Se giró rápidamente, y su visión se cerró hasta centrarse en ella.

Andi estaba sobre una rodilla frente a Valen. Le caían gotas de sangre desde la clavícula, que se filtraban desde una herida profunda.

El cuchillo de Andi estaba en el suelo entre los dos, y la electricidad crepitó una sola vez antes de que parpadeara y se apagara.

Ella lo tomó y lo sacudió una vez, como el chasquido de un látigo. La electricidad regresó y se deslizó hasta el borde más filoso.

Dex ya estaba lo suficientemente cerca para oír su voz.

Había menos disparos y disminuían hasta el grado de saber que ya no les quedaba tiempo. En segundos, probablemente sería el siguiente.

Pero no podía quitar la mirada.

Cuando ella se levantó y, de alguna manera, logró ponerse en pie sobre sus pies temblorosos, Dex supo que Valen moriría.

Porque no fue Andi quien se levantó, sino alguien más en su lugar.

La Baronesa Sangrienta.

Capítulo 86
ANDROMA

ndi luchó como si Valen fuera su pasado que venía a perseguirla, y con cada golpe de la navaja, vio la oportunidad de borrarlo.

Pero era demasiado veloz. Demasiado hábil. Demasiado *otro*.

No el Valen con quien había crecido, no el que había rescatado.

Mentiras.

Traición.

Elimínalo, Androma, elimínalo.

No era su voz, sino la de Kalee, la que la llamó en la mente.

Avanzó sobre él con fuego en el corazón y un dolor que perforaba sus venas como veneno. La endeble amistad que estaban construyendo había desaparecido. Ni siquiera estaba segura de que alguna vez hubiera sido real.

—¡Kalee no hubiera querido esto! —gritó Andi—. Ella no habría…

Sus palabras se apagaron cuando vio un destello de azul en la multitud. Lira se apuraba hacia ella, y Gilly y Breck justo detrás.

Abrió la boca para gritarles, para decirles que corrieran.

Sus palabras se interrumpieron por un disparo.

El horrible, desgarrador sonido del grito de Lira cuando cayó bocabajo en el suelo. Dos disparos más. Otro grito, esta vez de los propios labios de Andi, con Breck que aullaba con ella mientras caía con Gilly.

Un soldado estaba parado detrás de ella con el rifle apuntando, y un humo azul subía del cañón, como el aliento caliente y odioso de un demonio.

—No puedes ganar esta batalla, Androma —dijo Valen.

Sus labios estaban cerca de su oído, pero su voz estaba muy lejos. Tan distante como la seguridad de las estrellas.

Cuando Valen le enterró el cuchillo en el pecho, ni siquiera sintió el dolor.

—No debiste meterte en mi camino —dijo.

Andi cayó de rodillas. Soltó un grito ahogado y bajó la mirada para ver la empuñadura del cuchillo que sobresalía de su pecho. Lo sacó. Lo soltó y cayó junto a él en un charco de su propia sangre.

La imagen de Valen se volvió borrosa mientras se alejaba del escenario.

Lo último que Andi vio fue el rostro de Dex entre la multitud.

Luego llegó la oscuridad y se la tragó completa.

CAPÍTULO 87
DEX

L legó demasiado tarde.

Por un breve instante, Dex pensó que estaba muerta.

A su alrededor, todo el salón se estaba volviendo más callado, los gritos se iban apagando.

Unos cuantos disparos aquí.

Unos cuantos allá.

El golpe de un cuerpo contra el suelo.

El *clic* de otra bala plateada que se deslizaba dentro de la cámara de un rifle.

Dex llegó al escenario. Los líderes de los sistemas estaban acurrucados en sus sillas, y los cuerpos de los Patrulleros estaban esparcidos en el suelo a su alrededor. Pero él sólo tenía ojos para Andi.

—Aguanta —le dijo Dex a Andi. Le encontró la garganta con los dedos. Un diminuto latido de corazón palpitaba bajo su piel—. Tú sólo aguanta.

Él vio que sus propias manos se movían, que por instinto se quitaba la chamarra y la presionaba contra su pecho. Mataría a Valen por esto. Lo mataría lentamente, para traerlo de vuelta y volverlo a matar.

Andi respiraba con dificultad. Estaba perdiendo demasiada sangre.

En la multitud, vio a Lira, Gilly y Breck entre los caídos. A Dex le tembló el cuerpo.

Era una pesadilla. Una de la que no podía despertar. Tenía que serlo.

Unos cuantos asistentes seguían parados en silencio, paralizados por el impacto. Un hombre estaba acurrucado en un rincón lejano del salón con los brazos envueltos alrededor del pecho, los ojos completamente abiertos.

—Te voy a sacar de aquí —le susurró Dex a Andi mientras la envolvía con los brazos y la levantaba—. Ahora mismo.

Podía oír el rugido lejano de una nave que se disparaba por los cielos, acercándose todavía más. Pero ¿qué sentido tenía?

Esta gente ya estaba más allá de la salvación.

Los cuerpos estaban dispersos por todo el piso como una alfombra, con ojos abiertos que clavaban la vista en la oscuridad más arriba. La sangre que teñía…

Dex hizo una pausa.

Con una extraña sensación de claridad, absorbió la escena una segunda vez. Fue entonces que se dio cuenta de que *no* había sangre.

Bueno, había unas cuantas salpicaduras de rojo o de verde o de azul de los soldados que los Patrulleros habían logrado detener antes de que los xenpteranos lograran tomar la delantera.

Pero aparte de eso, el recinto tendría que haber estado rebosando de ríos de colores humeantes con las muertes de esos hombres y mujeres de todo Mirabel.

Y aun así, el suelo, los vestidos, los trajes, las corbatas… todos estaban completamente secos.

Valen había atravesado el salón, caminando sobre los cuerpos con la cabeza muy en alto, como un rey de los criminales, un lord que otorgaba pérdidas. Los soldados se agrupaban cerca de las puertas del salón de baile, preparados frente a él. Como si… como si él fuera su líder.

Lo recorrió un escalofrío.

Corre ahora, Dextro. Corre, antes de que sea demasiado tarde.

El sonido de la nave se acercaba más. Podía ver sus luces en el cielo, y el instinto le dijo que no era ayuda. No llegaría ayuda esta noche, no después de esto.

Sabía que debía haber otra forma de salir de aquí. Dex había oído hablar de los pasadizos secretos construidos en las fincas de los líderes, para ayudarles a escapar en caso de un ataque. Sólo tenía que encontrar uno.

Dex bajó a Andi con cuidado en el extremo más lejano del escenario. Mientras penetraba con Andi entre las sombras detrás de una barra cercana, alrededor de todo el salón, los muertos empezaron a levantarse.

Un tirón. Un enroscar de los dedos, un apretar del puño. El parpadeo de unos ojos recién abiertos.

Valen observó todo suceder frente a él, según lo prometido.

Cerró los ojos, se imaginó el pequeño y reluciente hilo azul en el fondo de su mente. Siempre había estado ahí, algo que había visto y sentido desde que era niño.

Sólo después de su tiempo en Lunamere había entendido su significado completamente. El poder bruto y puro que tenía.

Se concentró en el hilo y *jaló*.

La calidez de su presencia mental llegó de inmediato, justo como lo había hecho cuando aterrizaron en Adhira y él la había llamado. Valen suspiró, y lo inundó el alivio cuando se entretejieron sus mentes, que ya no eran dos hilos separados, sino un tapiz compartido. Éste, el espacio íntimo entre los dos, era el lugar adonde pertenecía.

Era su derecho de nacimiento. Su pasado, su presente y su futuro, uniéndose. Todo tenía sentido finalmente.

Ella le había dado las llaves para entenderlo, y ahora él estaba completo.

El cambio está sucediendo, hermana, pensó Valen.

Casi la pudo sentir sonreír, algo tan inusual en ella. Mientras lo atravesaba la sensación, su propia boca se levantó en las comisuras. Habían tenido tan pocas cosas de qué sonreír, hasta hacía poco. Pero todos los meses que había pasado en Lunamere habían valido la pena.

Por esto.

Tenlos listos para mí cuando llegue, contestó ella.

Por un momento, hubo silencio entre los dos, el espacio en su mente vacío de su calor.

Luego su voz volvió de nuevo: *Lo hiciste bien, hermano. Mi fe en ti nunca fue infundada.*

Era gloriosa. Pero era más que eso. Era victoriosa, un soldado parado sobre un campo de batalla empapado de sangre que veía caer a sus últimos enemigos.

Valen cerró el enlace, desapareció el tapiz y sólo quedó el hilo.

Por un momento, se sintió frío. Sin vida.

Luego vio que se levantaba el primer cuerpo. Un Patrullero, sin una marca exterior hecha por las balas modificadas. Como rayos en la multitud, otros se pararon alrededor de él. Mujeres, niños.

Los que ya habían cambiado, sin duda listos para unirse a la causa, se veían frescos y alertas, como si despertaran de un sueño tranquilo.

Los demás, las anomalías que eran inmunes a la sustancia de las balas… Valen sabía que pronto tendría que encargarse de *ellos*.

Como Androma, pensó con una punzada de tristeza. Había visto que la bala le pegaba, pero no cayó. No quedó afectada por Zénit. Tantas veces que intentó obligarla, sólo para sentir que levantaba un muro en la mente.

Uno de los soldados se acercó a Valen.

—Está aterrizando, señor.

—Bien —dijo—. Encárguense de los inafectados restantes. No quiero que ella les ponga los ojos encima.

El soldado hizo un saludo, golpeando el puño contra el corazón, y luego se apuró hacia la multitud mientras más gente empezaba a levantarse y despertar del estupor. Era fácil detectar a los inafectados. No eran muchos, quizá diez. Caminaban en círculos, parpadeando, llamando a sus seres amados.

—Qué lástima —le dijo Valen a nadie.

Todos morirían.

Escuchó que aterrizaba la nave, sintió la vibración del suelo bajo sus pies. Su corazón latió a toda velocidad, y su mente susurró: *Familia, sangre, verdad.*

El vidrio destrozado de las puertas crujió bajo sus pies cuando llegó otro grupo de guardias.

Volteó y se abrió paso hacia el escenario.

Había una mancha húmeda y roja en donde había estado el cuerpo de su padre. Valen apretó la mandíbula.

Andi, pensó.

Su cuerpo había desaparecido también.

Dex, pensó justo después. No los veía, pero sabía que no habían escapado. No en la condición de Andi. Y no con los guardias bloqueando cada salida.

Sin embargo, había cosas mucho más importantes que atender en este momento.

La multitud apenas estaba empezando a bullir con el sonido de voces. Preguntas. Gente que se quedaba mirando a los que los rodeaban, preguntándose qué había sucedido, por qué los soldados vigilaban las puertas. Y aun así, gracias a las balas, permanecían tranquilos, por suerte.

Valen examinó los rostros de nuevo y su mirada cayó sobre Lira, la piloto. Estaba parada junto a Gilly, y las dos observaban en silencio.

De nuevo, llegó el tirón en la mente de Valen, y supo que su hermana estaba cerca.

Enfrentó a la multitud y abrió los brazos.

—*Mírenme*.

Su voz sonó firme y certera, y cuando lo miraron, fue todo lo que alguna vez soñó. No era adoración, exactamente… sino aceptación.

Valen sin una sombra. Valen sin la mancha de su padre a su lado.

Todos los ojos estaban puestos sobre él, embelesados, como si su voz fuera un imán, y como si no fueran capaces de resistir su atracción. Detrás de él, los guardias acercaron a los líderes de los sistemas de Tavina, Primario y Stuna. Se pararon a la derecha de Valen, silenciosos como la noche.

—Llegó la hora de elegir.

Valen se dirigió a la multitud.

—Hoy, en este salón, cambiaremos el curso del futuro. Voltearemos los ojos hacia nuestra única líder verdadera, en vez de a estos patéticos impostores.

Levantó una mano hacia los líderes de Mirabel.

El salón estaba en silencio, como el momento antes de que se sacara una navaja, que se soltara una bala. Antes de que se tomara una vida y otra más.

Antes de que Valen hiciera la pregunta, ya sabía, con toda confianza, cuál sería su respuesta. Echó los hombros hacia atrás, tomó un respiro profundo para calmarse, y miró hacia la gente.

—¿Quién es el gobernante legítimo de Mirabel?

La respuesta vino de una niña, la que estaba parada más cerca del escenario.

—Nor Solis —dijo la niña.

La mamá le hizo una caricia en la cabeza. El papá sonrió.

Se escucharon otras voces, al principio una a la vez, luego más fuertes, que llenaban el salón con el sonido del único nombre verdadero. Valen vio que la piloto de Andi y la artillera más joven dibujaban el nombre de Nor con los labios, como si lo hubieran tenido ahí toda la vida.

Detrás de ellos se abrieron las puertas. Valen oyó el crujido de las botas sobre el vidrio roto. Los soldados se pusieron en firmes mientras aparecía una figura encapuchada, que levantaba las manos para quitarse la capucha y revelar unos labios rojos, un cabello oscuro y unos ojos tan gloriosos como el sol al atardecer.

—Inclínense ante su reina —dijo Valen.

La multitud se inclinó, reverente y lista, mientras Nor Solis, Reina de Xen Ptera, Salvadora de Olen, nueva gobernante de Mirabel, llegaba.

Capítulo 89
El pasado

Su hermano había hecho el trabajo a la perfección.

Una prueba fina de su primera misión en el campo. Había hecho bien al mantenerlo tanto tiempo en Lunamere, torturado casi hasta la muerte. Había liberado su habilidad de persuasión, su verdadero yo. Su derecho natural. Fue entonces cuando empezó a visitarlo cada día en su celda. A entrenarlo, a guiarlo, a ganarse su confianza.

Mientras Nor entraba ahora al edificio, sus dos ejércitos ya estaban listos y esperando. Uno vestido con los colores de Xen Ptera, rojo para combinar con los horrores que extenderían por todo Mirabel contra quienes se rebelaran. El otro, su nuevo ejército, con vestidos de noche, trajes y todo tipo de galas de las que Nor se desharía.

Esas galas serían para *su* pueblo, y sólo el suyo.

Todos se inclinaron frente a ella, las cabezas cerca del pecho, aguantando la respiración como si ella fuera una reliquia sagrada. Se deslizó junto a ellos sin temor, sabiendo que nadie levantaría un dedo para lastimarla.

Valen la esperaba sobre el escenario.

—Hermana —dijo él.

Nor se aguantó las ganas de fruncir el labio al ver su figura. Demasiado delgado, demasiado angular, demasiado *adolorido*. Ningún miembro de la familia Solis merecía que lo trataran así. Pero tuvieron que hacerlo, para asegurarse de que sus instintos de supervivencia se activaran, para obligar sus poderes a abrirse.

Ella lo recompensaría después por su lealtad, quizá con una corona propia.

Era un príncipe de la oscuridad. Su hermano de antaño que finalmente había vuelto a casa, a su lado, adonde pertenecía.

Pero nunca su igual. Ella gobernaría sola.

—Lo has hecho bien, Valen —dijo Nor.

—Falta el último paso —dijo Valen, inclinando la cabeza en agradecimiento—. ¿Te dejo el honor a ti?

Nor arqueó una ceja esculpida.

—Disfruto verte trabajar, hermano. No puedo ser la única que se divierta.

Él le sonrió, algo que había empezado a ocurrir entre ellos sólo recientemente. Nor disfrutó ver esa sonrisa.

Valen se volvió hacia su nuevo ejército. A este punto, se estaría extendiendo una ola por todo Arcardius, a medida que estallaban los explosivos con temporizadores, repletos del líquido plateado, y acercaban a más gente a su causa.

—Seguidores de la reina Nor —dijo Valen, con la voz repleta del nuevo poder que ella había abierto en él—. Debemos eliminar a los traidores a la corona —miró específicamente a los viejos líderes de Mirabel—. *Arrodíllense ante su reina.*

Los rostros de los tres líderes estaban calmados mientras se arrodillaban frente a Nor. Ella buscó dentro de su abrigo y sacó un cuchillo recién afilado. Nor había usado la piedra ella misma, y luego había pulido la hoja hasta la perfección reluciente.

—Sus sacrificios, reina mía —dijo Valen mientras daba un paso a un lado para cederle el espacio a Nor.

Las palabras la hicieron sentir cálida, ligera como el aire. Sintió que sus labios se extendían en una hermosa sonrisa mientras se acercaba a los líderes de los Sistemas Unificados.

Uno por uno, pasó la navaja por sus gargantas. Cada líder que caía era un regalo para su pueblo.

Venganza, cantó su corazón.

Y en ese momento, Nor supo que había comenzado su gobierno.

Lirana Mette se sentía renacida.

Llevaba tanto tiempo cegada por la oscuridad, por las mentiras de los Sistemas Unificados. Llevaba tanto tiempo incapaz de ver la luz.

Desde el momento en el que se puso en pie, oyó un susurro que no dejaba su mente.

La Verdadera Reina, decía.

Sonaba como Valen. El chico al que no habían rescatado, como previamente creyó, sino robado de su reina. Ella sabía que el lugar de Valen era junto a Nor, así como que los Sistemas Unificados eran su enemigo. Que su tía sería un digno sacrificio para la causa. Miró a Gilly y a Breck junto a ella, sabiendo que ellas también oían la voz en sus propias mentes.

La Reina Verdadera, volvió a decir. *Protéjanla, hónrenla, alaben su causa.*

Los ojos de Lira se habían abierto después de tanto tiempo.

Volteó a mirar a Nor Solis, la Verdadera Reina de Mirabel.

La luz finalmente había empezado a brillar.

CAPÍTULO 91
DEX

La pesadilla no había terminado.

Los líderes de los Sistemas de Mirabel estaban muertos. La reina de un sistema que alguna vez consideraron derrotada se alzaba sobre sus cuerpos, sonriendo como si hubiera conquistado la galaxia. Dex la había observado llegar, la vio hablar con Valen como si fueran parientes. Había visto, con perfecta claridad, la manera en la que deslizó el cuchillo sobre las gargantas de los líderes. Lira y Gilly y Breck, la tripulación que lo había aceptado como uno de los suyos, volteó hacia la reina como si ahora le perteneciera.

Y lo único que Dex podía hacer era esconderse como un cobarde detrás de una barra.

Había logrado escabullirse de vuelta al escenario y llevarse al general mientras Valen estaba distraído. Ahora él y Andi estaban junto a él en el suelo, los dos sangrando, los dos muriendo. Un androide cantinero con un torso humanoide que surgía de una sola rueda estaba sentado en silencio a la izquierda de Dex, a la espera de sus órdenes.

Pero ¿qué orden podía dar? El androide no podría salvarlos de su destino, y Dex seguramente tampoco podría.

Los rastros de sangre llevaban directamente hacia ellos. Pronto los descubrirían.

Había desaparecido la valentía que Dex siempre sintió como Guardián. Había desaparecido la confianza que había encontrado como cazarrecompensas.

El temor había aferrado a Dex con su puño de hielo, y no importaba con cuántas ganas intentara alejarse, el terror que lo rodeaba no lo quería soltar.

No había ningún lugar adonde pudieran ir. Ninguna escapatoria. Seguía la locura mientras Nor se dirigía a la multitud, y sus soldados disparaban a los pocos que todavía parecían tener el control de sus propias mentes.

Entonces empezaron a abrirse en abanico por todo el salón de baile.

Se intensificó el terror con cada pisada que daban los soldados, cada segundo que los llevaba más cerca a descubrir el escondite de Dex.

Corre, susurró su mente. Apenas si podía escuchar la palabra por encima del terror que le había apagado los sentidos y lo había dejado paralizado en su lugar.

Andi yacía inmóvil en el suelo junto a él, y su mano se iba volviendo más fría mientras Dex se aferraba a ella como un ancla. Ella no moriría. Ella *no podía morir*, porque si lo hacía, Dex perdería su corazón con ella.

Junto a ella, el general estaba acostado de lado con los ojos abiertos, y se desangraba lentamente. Miraba a la pared, y sus labios pronunciaban palabras que Dex no lograba escuchar.

Los soldados se estaban acercando más. Pronto lo descubrirían. Dex aferró la mano de Andi con más fuerza, y a través de su temor, de su desesperanza, de repente se percató de algo.

Se quedaría con ella hasta el final.

Así fuera lo último que jamás hiciera en su vida, Dex moriría defendiendo a Androma Racella. No caería hasta saber que había hecho todo en su poder para salvarla.

Los murmullos del general se volvieron más insistentes.

Dex se arrastró hacia delante, y casi le había puesto una mano sobre la boca para callarlo, cuando las palabras flotaron hasta sus oídos.

—*El túnel.*

Dex sacudió la cabeza. Quería gritar. Quería salir de ahí con las garras, llevarlos a la seguridad... pero no había un final feliz para esta pesadilla.

—*El túnel* —volvió a carraspear el general Cortas. Le goteaba sangre de los labios, impactantemente oscura. Levantó una mano trémula, y señaló más allá de Dex, hacia las sombras oscuras bajo la superficie de la barra.

Dex se asomó hacia la oscuridad con los ojos entrecerrados. Al principio no vio nada, pero sus ojos se clavaron sobre una pequeña marca en la pared, y algo que Andi le había dicho llegó a su mente.

Recuerdo hasta el último detalle. Hasta los túneles de escape secretos que instaló el general. Le encantaba ponerlos en los clósets, baños, bajo las barras...

La esperanza floreció en su pecho mientras se acercaba y pasaba los dedos por la marca. Era una pequeña puerta, apenas lo suficientemente grande para que alguien entrara arrastrándose. Dex recargó el hombro contra ésta. La *empujó* con toda su fuerza.

Cuando la puerta se abrió para revelar un túnel oscuro más atrás, Dex casi sollozó.

Corre, dijo otra vez su mente.

Se puso a trabajar de inmediato, y la sensación regresó a sus extremidades, la claridad entibió su mente.

—Ayúdame —le susurró al androide. Esa cosa bendita agarró al general por el cuello de la camisa y lo llevó a rastras como una charola de bebidas pesadas.

Cuando los soldados xenpteranos descubrieran los rastros de sangre detrás del bar, Dex, Andi y el general ya se habrán ido.

En el muelle de ataque de Averia, dentro del *Saqueador*, Dex arrancó los motores e inclinó la nave hacia la libertad.

Jamás se había sentido más agradecido por la oscuridad de la noche, mientras dejaba Arcardius detrás.

CAPÍTULO 92
ANDROMA

Humo por doquier.

Lo tenía en los ojos, se le enroscaba en los pulmones.

La nave estaba en llamas. El choque había ocurrido tan rápido. Primero estaban volando por los cielos. Y de repente, el fuego.

El dolor.

Se le arrancó un grito de la garganta.

Ahora repicaban sus oídos. El corazón golpeaba contra sus costillas, y el temor desgarraba todo su cuerpo. Tenía que salir. No podía respirar.

—Ayúda…me.

Andi se giró en su asiento. Entre la neblina, vio la mano extendida de Kalee. Su cuerpo, de costado en un ángulo extraño a la luz del fuego titilante. Su amiga estaba cubierta de sangre. Un pedazo de metal salía de su estómago, como una espada. Con cada respiro que daba Kalee, el metal temblaba.

—Ay, Astrodioses —dijo Andi con un grito ahogado. Extendió la mano, intentó jalar el metal del estómago de Kalee. Pero la chica gritó, y Andi se encogió, con las manos temblorosas y la propia visión que se iba volviendo más oscura—. Aguanta, Kalee. Sólo aguanta.

El pánico se apoderó de Andi mientras trataba de patear la puerta del transporte para abrirla. Pero estaba atorada, tan abollada que atrapó su pierna contra el asiento.

No se podía mover.

—Ayuda —volvió a murmurar Kalee.

Tenía lágrimas en los ojos, y un hilo carmesí se deslizaba desde sus labios pálidos.

—Voy por ayuda —dijo Andi—. Sólo aguanta.

Tenía esquirlas de vidrio incrustadas en los brazos. La piel se le estaba llenando de ampollas frente a sus ojos, por el calor. Empezó a sollozar mientras golpeaba el botón de emergencias en el tablero, pero no se encendió ninguna luz.

—¡Vamos! —gritó Andi.

Golpeó otra vez el botón, otra y otra, pero la nave estaba sin vida alrededor de ellas.

Y nadie venía a rescatarlas.

Junto a ella, Kalee se había quedado en silencio.

Ya no respiraba. Sus ojos estaban cerrados. La cabeza se giró hacia un lado.

—No —dijo Andi—. ¡Kalee, despierta! —el dolor destrozó su pecho y se lo dejó abierto. Volvió a toser, el humo y el calor se volvían insoportables—. ¡Tienes que despertar!

Intentó retorcerse para salir, pero el dolor estalló desde su pierna, desde sus muñecas. Estaba atrapada.

Supo, de repente, que iba a morir.

El frente de la nave deshecha ya era casi un infierno. En segundos, las llamas las alcanzarían.

—¡Kalee! —dijo Andi—. Por favor, no lo hagas. Por favor, no me dejes.

La niña había dejado de moverse. Caía un chorrito de sangre de su estómago, como un río carmesí, cada vez más lento. Como si se le hubiera agotado.

—¡No! Vas estar bien, vas a estar bien —sollozó Andi, intentando otra vez escapar del asiento. Su pierna no se movía; la puerta no la liberaba.

Por favor, suplicó. Por favor, no.

Andi le había hecho esto. Oh, Astrodioses: ella lo había hecho. El choque era su culpa.

Ella era la Espectro de Kalee, había jurado a protegerla con su vida. Y ahora Kalee estaba…

Se sintió mareada mientras miraba a su protegida, a la amiga que era tan cercana como una hermana.

Kalee estaba muerta.

Andi sollozó. Todo su cuerpo temblaba mientras su mente gritaba: La mataste, la mataste, la mataste.

El fuego arrasaba, y Andi sintió que la arrancaban de su propio cuerpo cuando la puerta del transporte se abrió de repente, con un gruñido, y cayó a un lado.

La inundó el aire fresco de la noche.

—Lo siento tanto —sollozó Andi mientras veía a su amiga. Kalee casi parecía en paz, como si tan sólo durmiera.

Andi no la podía dejar. ¿Cómo podría dejarla?

Jamás se había sentido tan sola como en ese momento.

El fuego entró por el espacio vacío; ya estaba tan cerca. La astilla metálica que Kalee tenía en el estómago la había atravesado por completo, clavando su cuerpo contra el asiento. Andi no la podía liberar, no la podía arrastrar de la tumba.

El miedo inundó a Andi como un veneno, obligándola a separarse del transporte mientras rugían las llamas.

Se alejó gateando del infierno, tosiendo para sacarse el humo de los pulmones, y los ojos le ardían tanto que apenas conseguía ver.

Parpadeó entre las lágrimas, luchando contra la oscuridad mientras amenazaba con abrumarla. Esto no estaba sucediendo. Esto no era real.

Kalee no podía estar muerta.

Andi miró hacia atrás para tener el último atisbo de su amiga.

Lo último que vio fueron los ojos de Kalee, de un azul brillante como la luna, que se abrían grandes para mirarla.

Viva, *gritó la mente de Andi.* Está viva.

Andi se estiró hacia la chica, desesperada por salvarla.

El transporte estalló con una última explosión de luz rabiosa, furiosa, lanzando a Andi hacia atrás.

Mientras Kalee ardía, se deslizaron sortijas negras dentro de la mente de Andi, y se la llevaron.

Capítulo 93
Dex

Dex caminaba de un lado al otro de la enfermería del *Saqueador*, viendo cómo la fuerza vital se escurría de los ojos del general.

—¡Dígame lo que sabe! —gritó Dex.

El general era una causa perdida. Sin doctores ni androides médicos, Dex no podía salvarlo. El daño que había hecho Valen era demasiado severo. Era un milagro que el hombre hubiera sobrevivido hasta ahora.

En la mesa junto al general Cortas, Andi se seguía aferrando a la vida. Estaba pálida, fría, con el pecho envuelto en vendajes con los que la había cubierto el mismo Dex.

Dex no había recibido entrenamiento en medicina ni en sanación. El androide cantinero que los había ayudado a llevar al general hasta ahí tampoco estaba programado para sanar.

Pero Lon Mette podía.

Dex no conocía los planes de Lira de pasar a Lon al *Saqueador* antes del baile Ucatoria, pero agradecía a los Astrodioses que el Centinela hubiera estado a bordo.

Cuando Dex apareció sólo con Andi y el general, y los dos morían por las heridas y la pérdida de sangre, Lon le pidió que eligiera. Junto con sus escamas, Lon había heredado algo más de sus ancestros afectados por las radiaciones: era donador universal.

—No los puedo salvar a los dos —dijo—. Sólo tengo cierta cantidad de sangre para dar.

Cuando Dex escogió a Andi, Lon aceptó su decisión sin dudarlo. Ayudó a estabilizar al general lo mejor que pudo. Luego se puso a trabajar sobre Andi. Ahora estaba sentado junto a ella, con un tubo que conectaba sus brazos, mientras la sangre fluía hacia ella. Dándole la oportunidad de vivir. El androide silencioso sostenía un trapo contra la frente de Andi con las manos humanoides, haciendo su mejor esfuerzo por ayudar.

La nave estaba en piloto automático y volaba por el hiperespacio mientras los llevaba al único lugar al que Dex sabía que podía ir. De vuelta al lugar donde había aprendido sus habilidades, al cuartel de Raiseth, en las afueras de Tenebris. El único lugar donde podrían estar a salvo y alguien podría ayudar a Andi.

El cuchillo se había clavado tan cerca de su corazón.

Dex trató de tranquilizarse, pero la rabia rugía por todo su cuerpo.

Necesitaba información. Necesitaba saber por qué, de toda la gente posible, Valen Cortas se había pasado al lado de la reina de Xen Ptera.

Todos se habían equivocado tanto con él. ¿Cómo no habían visto las señales? ¿Cómo no lo habían descubierto?

—¡Dígamelo! —le gritó Dex al general.

Al principio, el hombre moribundo no respondió. Dex se arrodilló junto a él y levantó la cabeza del general suavemente para que pudiera hablar sin que se acumulara la sangre en su boca.

Le tomó un momento encontrar la voz.

—Yo no sabía que esto... —se aclaró la garganta, y una línea de sangre goteó de sus labios — sucedería.

Hizo una pausa, y volvió a respirar con dificultad.

—Dígame lo que *sí* sabe —gruñó Dex.

—Está muriendo —dijo Lon—. Merece un poco de paz.

—Es posible que sea el único hombre de la galaxia que sepa qué demonios acaba de pasar allá atrás —dijo Dex, levantando la voz. Volvió a mirar al general—. *Díganos.*

El rostro del general Cortas palidecía, blanco como las estrellas que pasaban como rayos junto a ellos. Bajó la mirada hacia su pecho sangrante, como si todavía pudiera ver la mano de Valen enterrándole la navaja.

—Sabía que tenía maldad en él —volvió a toser—. Por ese demonio que fue su madre.

—¿Merella? —preguntó Dex.

—No ella —sus dientes estaban rojos de sangre. Hizo una mueca—. Ay, Astrodioses, ¿qué hice?

—Dígamelo —lo presionó Dex, porque sabía que cuando el general muriera, la verdad moriría con el—. No le queda mucho tiempo.

El general Cortas cerró los ojos, y Dex temió que ya se hubiera ido.

Pero luego volvieron a abrirse, azules como un cielo de verano. La luz se les estaba desvaneciendo lentamente.

—He guardado este secreto durante años.

Tragó saliva, y las lágrimas se escurrieron desde las comisuras de sus ojos.

—Así que escucha bien: no por mí, sino por Mirabel. No creo tener suficiente fuerza para decirlo dos veces.

Era madre de nuevo.

Esta vez no era un error, sino un plan que empezaba a encajar a la perfección.

Su segundo hijo estaba en sus brazos, mirándola. Un niño esta vez, con el cabello oscuro y los ojos color avellana.

Era suave este niño, pero fuerte.

Más fuerte incluso de lo que había sido su otra hija, Nor.

La reina podía sentirlo cuando lo sostenía, como una chispa que brincaba de él a ella. A veces, cuando le pedía que no llorara, él seguía con su llanto. A veces, cuando le pedía que durmiera, se quedaba despierto por horas, fulminándola con la mirada. Gritando hasta que su rostro tenía el rojo del atardecer.

Cuando su padre lo cargaba, se retorcía como si él también odiara al hombre tanto como ella.

—Algún día —dijo la reina, mientras miraba a su joven hijo— sabrás quién eres en realidad. Entenderás por qué hice todo.

El bebé lloraba.

Ella no lo amaba.

No del modo en que había amado a Nor.

—Lléveselo —le dijo a la criada junto a ella. La mujer de muchos brazos tomó al bebé en un par de ellos, y lo arrulló suavemente—. Voy a ver a Cyprian.

Salió a los pasillos, pasando junto a los sirvientes que bajaban la mirada.

Le habían empezado a temer desde que Cyprian le había dado rienda suelta en la finca. Desde que el lugar en su brazo ya no lo ocupaba su esposa, sino la mujer que había arrancado del campo de batalla de Xen Ptera hacía dos años.

Lo encontró en su oficina, sentado detrás del escritorio mientras revisaba unos mapas de la galaxia. Decidiendo la mejor manera de atacar Xen Ptera y los demás planetas pequeños del Sistema Olen en los próximos días.

—Cyprian —dijo ella mientras entraba en la habitación cavernosa.

Él se tensó. Algo que hacía con demasiada frecuencia al oír su voz.

Ella apretó la quijada, obligándose a hablar con más fuerza.

—Ven conmigo, amor mío.

Él se levantó, y su silla raspó contra el piso. Cuando cruzó la oficina, tenía el cuerpo tenso, como si no quisiera estar cerca de ella. Mantuvo la mirada baja, hasta que ella colocó un dedo suave bajo su barbilla e inclinó su mirada hacia la de ella.

—Bésame, Cyprian —susurró.

Él apretó sus labios contra los de ella con un beso profundo que lo puso a gemir, deseando más. Siempre más.

Ella se armó de valor mientras se separaba de él y volvía a hablar.

Si él obedecía… cambiaría todo.

—Me llevarás a casa esta noche —dijo ella.

Cyprian levantó la cabeza de golpe.

—¿Qué?

Ella asintió. Los nervios le daban punzadas en los sentidos.

Si podía hacer esto, si lograba hacer que él la llevara de vuelta, acompañada de su nuevo hijo…

—Deseo volver a Xen Ptera —presionó la reina—. Mi esposo… se rendirá.

—Tu esposo —siseó Cyprian—. A él no le importas, reina loca —sacudió la cabeza y se arrancó de ella—. No puedo permitir esto. Has visto demasiado. Escuchado demasiado —sus hombros se levantaban y caían mientras inhalaba y dejaba salir el aire—. Ya estás atada a mí, Klaren. Por medio de nuestro hijo.

—Y es por eso que deseo llevármelo también —dijo ella. Se acercó más a él—. Cyprian... mírame, amor mío.

Él se giró, y le brillaron los ojos.

—No permitiré que me vuelvas a embrujar.

—¿Embrujarte?

Ella dio fuerza a sus palabras, en donde su persuasión era la más fuerte. Puso el poder en su mirada también.

Pudo sentir que funcionaba sobre él, pero sólo por un momento. Luego dio contra el muro.

Poco a poco, Cyprian había empezado a resistirse, construyendo un muro dentro de su mente. Como si hubiera algo dentro de él, algún poder escondido, que él también cargaba.

—Me mandarás con Valen a Xen Ptera —dijo la reina. Su cuerpo temblaba con el poder que infundía a sus palabras—. Esta noche.

Cyprian quedó inmóvil mientras la observaba.

—Nos mandarás a mí y a Valen a Xen Ptera —volvió a intentar, y el sudor perló su frente—. Esta noche.

—Esta noche —dijo Cyprian, y ella sintió que el muro de su mente empezaba a desmoronarse.

La fatiga lo había vuelto más débil.

Y era por eso que, cada noche, lo mantenía despierto con sus besos, sus caricias, su falso amor.

—Mi esposo nos dejará entrar —dijo ella, usando su poder sobre él todavía, obligándolo a obedecer—, mientras propongas un cese al fuego. De los dos lados. Por un día. Nos liberarás a Valen y a mí en Xen Ptera, y olvidarás que existimos. Nos sacarás de tus recuerdos y de tu corazón.

Cyprian levantó la mirada.

Esta vez, cuando su mirada se clavó en la de ella, vio que finalmente había ganado.

—Haz las maletas, cariño —dijo él—. Esta noche, abordarás una nave. Es hora de que vuelvas a casa.

—¿Y luego? —insistió ella.

—Y luego —dijo Cyprian con la mandíbula tensa, mientras el poder de ella fluía dentro de él—, te sacaré de mis recuerdos y también de mi corazón.

—Bien —dijo ella—. Viajaremos cuando caiga la noche.

Mientras la reina prisionera salía de la oficina de Cyprian, saltando con pasos ligeros, no pudo sino evitar sonreírle a todos los que pasaban.

Cada tonto inconsciente de sus planes. Su tiempo en Arcardius había sido un infierno. Necesario, pero un infierno de todos modos. Le había tomado años entender en verdad la magnitud de lo que estaba en juego.

Esta noche, ella volvería a su trono xenpterano. De vuelta a su esposo, de vuelta a su hija, para presentarles a su hijo recién nacido.

Estaba dormido cuando lo fue a ver, y la criada de muchos brazos lo vigilaba, como lo había prometido.

—Se ve contenta, señora —dijo la criada, retorciendo ansiosamente las múltiples manos, como un enredo de nudos.

—Estoy contenta —la reina prisionera sonrió, porque conocía la verdad—. Quizá por primera vez en mucho tiempo.

La libertad estaba a su alcance. Y cuando sus hijos se conocieran, cuando combinaran la fuerza de las habilidades que ella había sentido en los dos... casi podía sentir que temblaba el Conducto distante, incluso desde aquí.

La galaxia no tenía la menor oportunidad.

CAPÍTULO 95
KLAREN
AÑO TREINTA

Habían pasado cuatro años desde que la reina le había ordenado a su captor que la llevara a casa.

Cyprian había logrado engañarla esa noche. Ella volaba en lo alto con su triunfo, y jamás esperó que la traicionara.

En alguna parte del camino, él había descubierto sus habilidades de persuasión. De alguna manera, él había sido el único hombre en descubrir la diferencia que tenía en la sangre. Así que la mantuvo encerrada por cuatro años, rehusándose a verla cuando lo visitaba, ignorando sus súplicas de volver a casa en Xen Ptera. Negándole el derecho de ver a su hijo.

Y aun así, él siempre volvía arrastrándose, incapaz de arrancarla de su cabeza. Ella había incrustado una profunda obsesión dentro de él, y era su única esperanza.

Hacía sólo unos días, él había entrado a sus aposentos, diciéndole que su esposo había accedido a una tregua. Que finalmente podría volver a casa con la familia que no había visto en seis años.

Ahora, finalmente, estaba casi de regreso en el lugar en donde todo había comenzado.

Estaba sentada a bordo de una astronave, mirando hacia la oscuridad del espacio. Muy a lo lejos, el orbe fulgurante que era Xen Ptera estaba suspendido como un regalo diminuto que le esperaba.

En la superficie, su hija, Nor, la esperaba.

Alrededor de ella, la nave zumbaba con soldados que corrían por todos lados. Botas pulidas que golpeaban en el brillante metal extraído de Arcadius. El capitán, con sus manos de garras, estaba ocupado hablando en tonos callados por el sistema de comunicación. Cada vez que hablaba, Klaren podía oír el repiqueteo de sus enormes dientes. El rugido profundo desde el pecho, de un gruñido mientras se comunicaba con Xen Ptera, donde ella sabía que pronto estaría caminando.

Llevaba tantos años lejos.

Ahora, no se parecía en nada al planeta que había dejado atrás.

En ese fatídico día en el que lo vio por última vez, Xen Ptera ya estaba muriendo, pero la superficie todavía era un lugar habitable; sus ciudadanos aún podían cultivar comida y recolectar agua de los grandes pozos. Ahora era un páramo muerto y yermo que colgaba flácido en la cuna del espacio.

—Mi hogar —susurró la reina para sí.

Se acercaron detrás de ella unas fuertes pisadas. Una mano acarició su hombro desnudo. Unos labios tocaron su nuca, bajo su pila de rizos.

—Me mentiste todos estos años —susurró ella—. Me dijiste que todavía mantenían su posición, que todavía luchaban. Pero eso jamás fue cierto, ¿o sí?

—No eran mentiras, mi querida Klaren —susurró Cyprian en su oído, y su aliento tibio se pegó en su piel—. Sólo no te dije toda la verdad. Todavía eres mi enemiga, sin importar cuántas cosas hayamos pasado juntos en estos últimos años.

Las puntas de sus dedos bajaron más por el cuello de ella y sobre sus brazos, donde la apretaron con suficiente fuerza y la hicieron soltar un resuello de dolor.

—¿Cuándo? —preguntó ella—. ¿Cuándo pisaré Xen Ptera?

—Tan pronto como firmes el tratado —dijo Cyprian, bajando una pantalla holográfica sobre su regazo, con el contrato que ella había solicitado, listo para su firma.

—¿Cumplirás tu promesa? —preguntó Klaren mientras él se arrodillaba junto a ella, y evitaba sus ojos con firmeza—. ¿Dejarás a Xen Ptera en paz?

—Firma el tratado, y tú y tu planeta quedarán libres.

Cyprian pasó los dedos sobre su brazo, luego tomó la mano de ella en la suya.

La llevó lentamente hasta sus labios.

—Júralo —dijo la reina.

Sin un momento de vacilación, Cyprian accedió.

El corazón de ella latió con fuerza contra sus costillas. Quizá porque la libertad estaba al alcance de sus manos. Quizá porque, finalmente, después de tantos años atrapada en Arcardius, se reuniría con su esposo.

Con su hija.

Con su preciosa, preciosa Nor.

Pensar eso, junto con la esperanza de que todavía no fracasaba en su misión, fue lo que hizo que colocara la palma de la mano en el escáner, iniciando un tratado de paz que le pondría fin a esta guerra de una vez por todas.

La pantalla holográfica soltó un bip cuando se registró su huella.

—Es tu turno, Cyprian —dijo la reina, pasándole la pantalla.

Esperó a que él firmara el tratado, que sellara el destino de Xen Ptera… y del Conducto, mucho más allá. Pero en vez de colocar la mano en el escáner, se levantó y caminó hacia su piloto de uniforme rojo.

—¿Está lista la flota para el combate? —preguntó el, pasándole la pantalla holográfica a un soldado cercano.

—Sí, señor —respondió el piloto. Cyprian lanzó a ella una mirada sin rastro de emoción en el rostro, y luego otra vez al piloto.

Klaren se quedó inmóvil.

—Cyprian —dijo ella—. ¿Dónde está Valen? Dijiste que vendría conmigo. No me iré sin mi hijo.

Ella podía ver que él movía la mandíbula, que su cuerpo se ponía rígido con el sonido de su voz. Empezó a girar hacia ella, pero en el último momento se detuvo.

—Cyprian, ven aquí —volvió a intentar ella, pero su voz había perdido su calma fría, y la había sustituido una nota temblorosa y patética—. Ven, déjame verte por última vez.

Sonaron pisadas detrás de ella.

Unas manos la tomaron de los hombros, y Klaren soltó un grito cuando le jalaron la cabeza hacia atrás, contra el reposacabezas.

Luego sintió la fría e insensible correa que se cerraba alrededor de su cuello. Que la obligaba a mirar hacia delante, al planeta distante.

—¡Suéltenme! —gritó ella—. ¡Soy la reina de Xen Ptera!

La correa se apretó en su lugar. Tanto, que apenas podía respirar.

—¡Cyprian! —dijo con voz entrecortada—. ¡Suéltame!

Alrededor de ella, los soldados entraban en acción, golpeteando las pantallas de sus tableros, hablando a sus comunicadores, desde los que respondían voces distantes.

Pero la reina sólo podía mirar hacia adelante, con los ojos cada vez más abiertos mientras veía que pasaba volando la flota de naves. Acorazados negros, enormes y torpes, los más grandes que hubiera visto jamás.

—¡Cyprian! —gritó una vez más, sin aliento.

Llegó la voz de Cyprian junto a ella. Ella se torció, luchando contra las ataduras de su cuello. Luego se paralizó del horror cuando él dijo:

—Preparen las armas.

El hielo la inundó.

Supo que la había engañado; vio su error al instante.

Él le había ganado. Había descubierto una forma de evitar sus poderes. Había descubierto una manera de superar por completo su inducción.

Todo el tratado había sido un engaño para traerla hasta aquí, para poner en pausa a los soldados xenpteranos mientras su reina volaba por el cielo, a punto de ser devuelta a casa.

No montarían una defensa, temiendo por la seguridad de la reina.

Y ahora... ahora, todos morirían.

—Por favor —suplicó ella—. Cyprian, detén esto de inmediato. Haré lo que desees. Por favor, ¡ten piedad de ellos!

El rugido profundo de sus carcajadas lanzó un disparo gélido en su pecho.

Luego, tenía los labios de él en el oído otra vez. Tenía sus manos en el cabello, jalando sus mechones mientras le susurraba:

—Reina loca, ya no me embrujarás más.

Se levantó y dio la orden de atacar.

Paralizada, miró mientras las naves abrían fuego sobre Xen Ptera.

La réplica bastó como para hacer que se sacudiera la nave. Para hundirse en los huesos de la reina y hacerla gritar mientras miraba los orbes ardientes, furiosos de luz, que se disparaban por la oscuridad, dirigidos directamente al planeta.

En ese momento, la reina supo que había fracasado.

Lo único que podía ver era el rostro de su hija.

Nor, viva y sana, con los ojos en el cielo mientras veía cómo su muerte llegaba hacia ella desde las orillas del espacio.

La reina buscó en lo más profundo de su alma. Encontró ese diminuto, reluciente hilo en su interior, y con dedos mentales lo tomó con fuerza.

—Lo lamento —susurró. Rogó que funcionara la conexión, rogó que su hija la escuchara.

Le mandó la imagen de dos huellas de mano, ancestrales y sangrientas, presionadas contra una fría torre de vidrio. Los cuerpos que yacían junto a sus pies descalzos. El Conducto lejano, que giraba brillante. El viaje. El dolor. Darai, constante y leal, siempre dispuesto a decirle la verdad. A mantenerla en línea con la luz.

Antes de que las bombas llegaran al planeta, la reina le envió una imagen del rostro de Valen como lo había visto por última vez hacía cuatro años, diminuto, gritando, y tan parecido a algo suyo.

—No estás sola. Tienes un hermano —susurró.

Casi pudo sentir que se sacudía el planeta cuando golpearon las bombas. Como un relámpago, con dedos de fuego azul extendidos que se abrían paso por cada trozo de la tierra.

Con él, brotó un grito de la garganta de la reina.

Xen Ptera quedó a oscuras.

Gritó hasta que oyó la voz de Cyprian junto a su oído, sus labios calientes y húmedos contra su piel.

—Grita, Klaren —dijo el—. Grita, y observa la evidencia de tu pérdida.

Siguió gritando, incluso mientras sus soldados sostuvieron con fuerza su cabeza, y apareció la punta de una navaja eléctrica frente a ella.

Su voz se enronqueció ronca cuando rebanaron su lengua.

Finalmente quedó en silencio mientras abrían sus ataduras.

Mientras arrastraban su cuerpo inerte hacia una cápsula, la sellaban herméticamente y enviaban a Klaren Solis, la Reina Fracasada lejos, disparada hacia los fríos cielos negros.

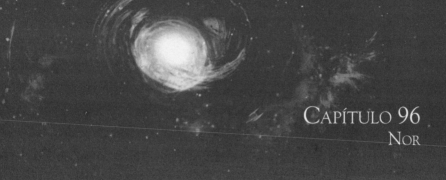

uando era una niña de once años, la princesa Nor yacía entre los escombros del palacio, con el cadáver de su padre junto a ella. Alrededor todo ardía, y la gente gritaba en agonía. Había desaparecido su mundo.

Entonces, justo cuando perdía toda esperanza, oyó la suave voz de una mujer en su cabeza, que lentamente se iba volviendo más fuerte.

Era familiar, una voz que conocía pero que al mismo tiempo no. Pertenecía a su madre.

Sólo dijo ocho palabras, antes de que se cortara la conexión. Ocho palabras que no sólo le dieron esperanza, sino el impulso para luchar otra vez contra los opresores que le habían hecho esto a su planeta.

—Lo lamento —había dicho la voz. Y luego—: No estás sola. Tienes un hermano.

La voz desapareció, y Nor supo en los huesos que su madre estaba muerta. Era como si se hubiera cortado una línea entre ellas que jamás supo que existía, hasta este mismo momento.

Pero el mensaje bastó para alimentar su necesidad de salir de los escombros y darle una nueva misión: encontrar a su hermano.

Trece años después, los hombres de Nor finalmente secuestraron a Valen de Arcardius y lo llevaron con éxito a casa.

Cuando llegó, era un chico egoísta criado en Arcardius, asustado y frágil, y no el guerrero que Nor había esperado encontrar. Al principio no parecía compartir el don de la inducción de la familia, pero Darai le dijo que tuviera paciencia. Prometió un modo de sacarlo. No del mismo modo en el que Nor había obtenido sus habilidades, sino con un método más duro y sangriento.

Ella dio las órdenes que recomendó Darai, y lanzó a su único hermano en la Celda 306 de Lunamere.

Hizo que lo torturaran, día tras día, hasta que —impulsada por el dolor— su mente se aferró a la habilidad de inducción que jamás supo que tenía.

Nor todavía podía recordar las palabras que ella le dijo después de que él detuviera a sus torturadores.

Ella se arrodilló frente a él. Se encontraron sus ojos, y finalmente sintió el poder, mientras se establecía su vínculo telepático.

Ella le habló con la mente.

—Te unirás a mí, hermano, y juntos, tú y yo retomaremos la galaxia.

Nor era un ángel de la oscuridad brotado del agujero negro más ilustre del universo. Y pronto todos conocerían su nombre. La alabarían, una diosa que caminaba entre las estrellas, con la habilidad de destruir sistemas completos con sólo mirarlos.

Valen miró a su hermana, con su elegante vestido color medianoche que bajaba por sus curvas sutiles como un río de oscuridad. De ella irradiaba un poder como ningún otro.

Él haría lo que fuera por ella. Ella era su familia, su reina, su todo. Si ella le pedía que matara, él cumpliría. Destruiría a todos los demás seres del universo si a ella le complacía.

Ella había jurado que si él asesinaba al general, jamás volverían a separarse. Estaría a su lado mientras gobernaban juntos la galaxia. Hermano y hermana, juntos para siempre.

Nadie los podría derrotar.

Tembló con placer mientras recordaba la manera en la que se había hundido su arma en el pecho de Androma. La mirada de total conmoción en su rostro, antes de que la reemplazara una cortina de dolor.

Fue fácil fingir ser el Valen que Androma alguna vez había conocido, tal y como Nor le había dicho. Pero él había dejado atrás su yo anterior cuando Nor lo encontró. El dolor que Lunamere había infligido en él le había abierto la mente y llevado a muchos descubrimientos.

Con gusto pasaría por todo eso otra vez si ella se lo pedía. Le habían dado la nueva oportunidad de proteger a una hermana que nunca había sabido que tenía, una oportunidad de redención después de no haber logrado mantener a Kalee a salvo.

No perdería la oportunidad esta vez.

La única dificultad había sido fingir perdonar al monstruo que había matado a Kalee. No había sido un accidente; Androma había matado a su hermana a sangre fría, y a Valen le deleitó haber jalado los hilos de Andi como un títere.

Valen se miró las manos, cubiertas de las manchas secas de la sangre de Andi y Cyprian. Era hermosa, de un profundo color rojo mate. Llevó la mano a su rostro, y su lengua probó la sangre del enemigo. La sangre del hombre que había mantenido a Valen alejado de su verdadera madre, el monstruo que le había mentido toda la vida sobre el lugar del que venía en realidad, y sobre qué podía hacer.

El sabor filoso y metálico se filtró en él.

La venganza sí sabía dulce. Sabía a justicia.

Volvió a poner la vista sobre su hermana, rodeada de sus consejeros. Se encontraron sus miradas y ella levantó la mano dorada, gesticulando para que se acercara.

Los pies de él no se podían mover con suficiente rapidez mientras entraba a su círculo interno, parados en el escenario del salón de baile.

—Valen, hermano mío —la voz celestial de Nor dijo cuando él se acercó—. Darai y Zahn me acaban de dar unas noticias maravillosas. Establecimos el control sobre Arcardius con éxito, y pronto tendremos el dominio de todos los demás planetas capitales.

Valen asintió, éste siempre había sido el plan. El ataque adhirano había sido una pequeña desviación, pero el aterrizaje de emergencia en el planeta le había permitido a Valen ponerse en contacto con Nor por medio de su vínculo, y a ella le había dado el pretexto para divertirse un rato. Librar una guerra con las costumbres sangrientas de antaño, en un lugar en el que él sabía que ganaría. Le habían dado a la gente de Adhira algo para distraerlos de transmitir el conocimiento del ADN alterado de Valen.

La única otra falla en su plan había sido el irritante IA del general, quien *sí* se había dado cuenta del cambio, junto con las Saqueadoras. Valen sabía que la tripulación sería destruida durante el baile. Al IA, sin embargo, lo había callado él solo, antes de que pudiera entregar el mensaje a los médicos del general y que destrozara la misión antes de que comenzara.

Fue afortunado que a Dex y a las Saqueadoras no se les hubiera ocurrido mencionárselo al general tampoco: habría sido imposible eliminarlos antes del baile sin levantar sospechas. Lo más probable es que hubieran dado por hecho que Alfie le daría las noticias al equipo médico que atendía a Valen, ya que él era el responsable de su cuidado.

Valen volvió a mirar a Nor mientras hablaba.

—¿Será un problema la Baronesa Sangrienta?

Valen pensó en cómo su cuchillo había dado en la marca cuando lo hundió en su pecho.

—No. Está muerta.

Se esbozó una sonrisa en los labios pintados de rojo de Nor.

Capítulo 98
Dex

—Así que ahora conoces la verdad —dijo el general Cortas.

Dex se sentó sobre los talones, impactado por la revelación.

—¿Entonces Valen es... mitad xenpterano? —preguntó.

—O quizás otra cosa —dijo el general, tosiendo—. Había algo extraño en la sangre de Klaren... algo que nunca antes había visto.

—Por eso nunca lo nombró su heredero —dijo Dex, dándose cuenta de eso—, no creyó que pudiera confiar en él.

—Y tenía razón —coincidió el general Cortas—. Pero Arcardius... el Sistema Phelexos todavía necesita un líder.

Hizo una pausa, resollando en busca de aire.

—Tráeme una pantalla holográfica, chico —dijo el general débilmente.

Dex trajo una pantalla holográfica de la bodega y se la llevó al general moribundo.

—¿Qué quiere que haga, señor?

—Necesito acceder a mis archivos en la base de datos arcardiana. Haz lo que te digo rápidamente, porque puedo sentir que nuestro tiempo llega a su fin.

El general guio a Dex a través de varios pasos para evitar los servidores arcardianos. Un momento después, el general Cortas soltó un respiro.

—Coloca mi mano derecha sobre la pantalla.

Dex hizo lo que le dijo, y miró al general escanear su mano ceniza y fría.

—Ahora haz que me escanee el ojo izquierdo.

Una vez más, Dex siguió sus órdenes y, cuando acabó, esperó más instrucciones.

—Ahora haz lo mismo con Androma… apúrate.

Dex no estaba seguro de que confiara en el hombre, pero el general parecía muy decidido. Siguió sus órdenes: escaneó la palma y el ojo de Andi lo más rápido que pudo.

Cuando volvió junto a la cama del general Cortas, el hombre se tomó un momento para hablar. Usando lo que le quedaba de fuerza, finalmente le dijo a Dex lo que había hecho.

—El destino de la galaxia está en juego. Los líderes están muertos, y estoy seguro de que sus sucesores pronto lo estarán también.

Respiró con dificultad.

—Lo que acabo de hacer va en contra de todo mi ser. Pero Androma será la única arcardiana en esta nave una vez que yo muera —tosió, y la sangre mojó sus labios secos—. No puedo permitir que mis sentimientos personales por la chica superen mi deber hacia mi planeta.

Hizo una pausa mientras intentaba recobrar el aliento.

—Si ella sobrevive, dirigirá Arcardius después de mi muerte.

Dex estaba seguro de haber oído mal.

—¿Señor?

—Cuando yo muera… —el general Cortas levantó la mirada hacia Dex, con los ojos inyectados de sangre, cada vez más débiles— Androma Racella será mi sucesora. Será la legítima General de Arcardius.

Antes de que Dex pudiera hacer más preguntas, el general soltó un carraspeo húmedo y lleno de sangre.

Dex había visto a mucha gente morir, muchas veces. Pero ver que la luz se desvanecía de los ojos del general Cortas marcaba el final de una era.

Y el principio de otra. Con un futuro oscuro e incierto.

Por todo Arcardius llovían explosiones plateadas desde los cielos.

Al principio, los arcardianos estaban embelesados por los orbes relucientes que bajaban de las nubes. Pero cuando tocaban el suelo y se hundían en su piel, alteraban su mente de una manera que no podrían haber previsto.

Los enemigos de Xen Ptera voltearon los ojos al cielo, sonriendo mientras pensaban en su nueva reina.

Había vuelto a nacer un mal que por mucho tiempo se creyó muerto.

Una reina sin poder había asumido su nuevo trono, con un príncipe de la inducción a su lado.

Y muy lejos, escondido entre el remolino de colores de una nébula, un general moría en una nave de cristal.

La Baronesa Sangrienta tomaba su lugar.

AGRADECIMIENTOS

Para mí, es un milagro haberme transformado de una niña que batallaba con la dislexia, sin poder leer, a una mujer que ha escrito un libro. Mi propio cuento de hadas.

A mi mágica coautora, Lindsay Cummings, por ser mi amiga y enseñarme los secretos de ser un escritora. Me parece un sueño que hace cuatro años me incluyeras en tus agradecimientos, ¡y ahora estamos escribiendo los de NUESTRO propio libro!

A la mujer que creyó en mí y en mi carrera, Joanna Volpe: no hay palabras para expresar lo agradecida que estoy de tenerte como mi agente. En serio, no tengo palabras. ¡Gracias, gracias, gracias!

A Peter Knapp, estoy tan feliz de que te unieras a nuestro equipo como el agente de Lindsay. ¡Completas nuestros cuatro mosqueteros!

A los intrépidos miembros del #TeamZ...

Harlequin TEEN: Lauren Smulski, Siena Koncsol, Bryn Collier, Amy Jones, Evan Brown, Krista Mitchell, Aurora Ruiz, Shara Alexander, Linette Kim, Natashya Wilson y Erin Craig.

New Leaf Literary & Media: Devin Ross, Kathleen Ortiz, Mia Roman, Pouya Shahbazian, Chris McEwen y Hilary Pecheone.

Y a todos en Park Literary & Media.

A JD Netto, no sólo por ser un gran amigo en todos estos años, sino también por ser el talento artístico que creó nuestra portada divina. ★ojos de corazón★

Nada de esto sería posible sin el amor y el apoyo de mi familia. Al hombre que nunca deja de iluminarme el día: papá, me has inspirado cada día para llevar a cabo mis sueños. Eres mi porrista y, sin ti, estaría perdida. Mamá, le diste un empujón a mi amor por la lectura en un momento en el que yo no creía en mí. Te amo y te extraño tanto. A mi gemela increíble, Marisa (somos mellizas, por si se lo preguntan), y a mis hermosas hermanas Jennifer, Nicole y Stephanie. A Marina y a mi tía Marcia, estoy tan agradecida de tener figuras maternas como las suyas en mi vida. A Fraser, eres una amenaza, pero eres mi amenaza.

A Myles, Oliver y Kolin, son mis pequeños cachorritos de dicha.

A mis increíbles amigos:

Gabby Gendek, Jackie Sawicz, Ben Alderson, Annmarie Morrison, Sam Wood, Natasha Polis, Zoe Herdt, Connor Wolff, Tiernan Bertrand Essington, Hannah Sun, Theresa Miele, Kaitlyn Nash, Gemma Edwards, Casey Davoren, Regan Perusse, Christine Riccio, Jesse George, Kat O'Keefe, Emma Giordano, Jenna Clare, Rebekah Faubion, Kayla Olson, Carmen Seda, Emma Parkinson, Francesca Mateo, y Molly y Anna Gottfreid. Quisiera nombrarlos a todos, ¡pero ya saben quiénes son!

A Sarah J. Maas, Roshani Chokshi, Susan Dennard, Victoria Aveyard, Danielle Paige, Adam Silvera, Val Tejeda,

Alexandra Bracken, Renee Ahdieh, Elizabeth May, Laura Lam, Soman Chainani, Dhonielle Clayton, Kerri Maniscalco, Adi Alsaid y Amie Kaufman, por inspirarme como escritora, y simplemente por ser gente supergenial.

A Escocia —sí, el país— y a Sam Heughan por lucir tan endiabladamente hermoso como mi fondo de pantalla del celular.

Y, por supuesto, gracias hasta la luna y de regreso a todos mis suscriptores (alias, mi familia YouTube) por ser el mejor apoyo que pudiera pedir una chica. Sin ustedes, nada de esto sería realidad. Son mi motivación y los amo. <3

AGRADECIMIENTOS
LINDSAY CUMMINGS

¿Realmente llevo siete años de autora? Alguien me tiene que ayudar… me estoy haciendo vieja.

Comenzaré como siempre lo hago: quiero darle las gracias a Dios por haberme dejado terminar la novela. La época que rodeó la creación de *Zénit* fue emocionante, gracias a toda la increíble diversión y las risas y las cosas sorprendentes que este libro ha hecho para mi carrera. Pero también han sido dos de los años más difíciles de mi vida. Mientras escribía *Zénit*, me hundí tan profundamente en la depresión que temí que jamás volvería a salir. Tú me salvaste, como siempre lo haces. Me diste el don de la escritura, y no podría estar más bendecida. Me apoyaste para superarlo, incluso ahora, y siempre lo harás. Te amo. Rezo para ponerte siempre en primer lugar.

Para el TEAM Z, el cual incluye a mi intrépido agente, Peter Knapp, de Park Literary: ¡es una dicha absoluta trabajar contigo! Defiendes mi trabajo como un campeón de boxeo, pero siempre con clase. Estoy tan contenta de que nos hayamos escogido el uno al otro. ¡Brindo por más aventuras, Alfie!

A Joanna Volpe, y todos los demás en New Leaf Literary: gracias por apoyar a *Zénit* y ayudarlo a llegar adonde está ahora. Esto no habría sucedido sin todos ustedes.

A mi esposo, mis padres, mi hermana y mi cuñado: gracias por tranquilizarme cuando me abruma demasiado la idea de publicar. Quizás algún día me relaje con todo eso (pero lo más probable es que no). Los amo. Sé lo que es el amor verdadero gracias a ustedes.

A la familia de mi esposo: gracias por soportarme estos últimos dos años en los que hemos estado viviendo en su casa. Soy un desastre la mayoría de los días. Los demás, soy sarcástica o estoy tramando alguna maldad. Todos los días, agradezco su apoyo.

Al equipo completo de Harlequin TEEN, ya se los he dicho un millón de veces, y se los volveré a decir… ustedes sí que saben cómo hacer que una autora se sienta querida y apreciada. Estaré eternamente agradecida por sus corazones gentiles y su emoción en general por *Zénit*. Han renovado mi dicha de escribir libros.

A Cherie Stewart, gracias por siempre estar de mi lado. Estoy eternamente agradecida por tu apoyo y tus palabras sabias y tu reconocimiento de la fatiga.

A JD Netto: no hay nadie en el mundo que diseñe tan bien las portadas como tú. No soy parcial, es sólo que eres así de talentoso. Gracias por tu creatividad y por trabajar tan duro en esta serie desde el principio.

Al resto del grupo de alabanza de la iglesia, los domingos me ayudan a sobrevivir la semana, en especial cuando hay fechas límite tan estresantes. Gracias por sus corazones y sus oraciones y su música.

A Rebekah Faubion (¡te extraño!), Kayla Olson, Roshani Chokshi, Sean Easley, Victoria Scott (¡vuelve a Texas!), Nicole Caliro, Brenda Drake, Emily Bain Murphy, Susan Dennard, Danielle Paige, Gregory Katsoulis, Stephanie Garber, Zac Brewer, Justine Larbalestier, Scott Westerfeld, Ryan Graudin y todos y cada uno de los amigos librescos a quienes inevitablemente olvidé. Gracias por apoyarme. Quizá ni siquiera sepan por qué están aquí, pero yo sí lo sé, y significan todo para mí.

A mis lectores: me han seguido constantemente desde la literatura juvenil hasta la infantil y de regreso, desde la distopía sangrienta hasta la fantasía feliz, hasta las óperas espaciales y más allá... Con ustedes a mi lado, no tengo miedo de escribir lo que tengo en el corazón. Los adoro, #booknerdigans.

Finalmente, a mi coautora, Sasha Alsberg. Sin ti, este libro no lo sería. Los eventos promocionales serían solitarios, no habría pasado un mes en Escocia (compartiendo un cuarto porque nos daba demasiado miedo la oscuridad), y estoy bastante segura de que todavía me sentiría obligada a hablar con desconocidos en los aviones. Gracias por enseñarme a usar YouTube y por presentarme los súper capuchinos de tu papá. Gracias por decir que sí cuando te abordé para que escribiéramos un libro juntas. La mayoría de la gente habría salido corriendo, ¡pero aquí estamos, con un enorme y brillante libro que lleva nuestro nombre! Aunque no lo creas, es verdad.

Esta obra se imprimió y encuadernó
en el mes de mayo de 2018, en los talleres
de Impregráfica Digital, S.A. de C.V.,
Calle España 385, Col. San Nicolás Tolentino,
C.P. 09850, Iztapalapa, Ciudad de México.